BASTEI
LÜBBE

Eileen Goudge

Im Garten der Lügen

Aus dem Amerikanischen
von Dirk Muelder

BASTEI
LÜBBE

BASTEI-LÜBBE-TASCHENBUCH
Band 11860

1.–2. Auflage 1992
3.–4. Auflage 1993
5. Auflage 1994

Die Originalausgabe erschien im Verlag Viking Penguin, Inc., New York

Ungekürzte Taschenbuchausgabe
Printed in Germany
Einbandgestaltung: Roland Winkler
Titelfoto: The Image Bank
Satz: IBV Satz- und Datentechnik GmbH, Berlin
Druck und Bindung: Ebner Ulm
ISBN 3-404-11860-x

Der Preis dieses Bandes versteht sich einschließlich der gesetzlichen Mehrwertsteuer

Für meine Mutter und meinen Vater,
die es mir ermöglicht haben
zu träumen

Danksagung

Das Schreiben eines Romans ist vor allem deshalb so reizvoll, weil es einem erlaubt, in die Haut anderer Menschen zu schlüpfen. Aufregende Anregungen dieser Art verdanke ich den folgenden Fachleuten, denen ich hier für ihre Unterstützung danken möchte: Fred Queller hat mir einen Tag in seinem Leben als Rechtsanwalt geschenkt und wertvolle Gerichtsprotokolle zur Verfügung gestellt, John Freedman hat unter Aufopferung seines Nachtschlafs das Buch auf juristische Fehler hin abgeklopft. Dr. Paul Wilson half mir mit seinen medizinischen Fachkenntnissen, John Robinson (ehemals Oberleutnant im 1. Bataillon der dritten Marinedivision) sowohl in jenen düsteren Tagen, als mein Schreibcomputer zusammenbrach, als auch durch Mitteilung seiner Vietnamerfahrungen. (Er bittet um folgenden Gefallen: Sollte jemand, der dieses Buch liest, nach Vietnam reisen und zufällig den Gipfel des Dong-Ha-Berges besteigen, so möge er dabei bitte nach einem Ring Ausschau halten, den John dort vor zwanzig Jahren im Gefecht verloren hat. Es handelt sich um einen Klassenring aus Silber mit einem blauen Stein und der Aufschrift: Cranbrook School, Class '63.) Meiner Freundin Brenda Preston, deren Rosen mir in all den Jahren so viel Freude bereitet haben, danke ich für verläßliche gärtnerische Informationen, Susan Ginsburg für ihre Hilfe und daß sie an mich geglaubt hat, meiner Lektorin bei Viking, Pamela Dorman, für ihre Hilfe bei der »Feinabstimmung« des Manuskripts.

Und *last not least* danke ich meinem wundervollen Ehemann und Agenten Al Zuckerman. Er verkörpert alle meine Helden in seiner Person. Er war die starke Hand, die mich und meinen Roman zusammengehalten hat. Ohne ihn wäre dieses Buch wirklich nicht möglich gewesen.

Prolog

Eine arme Witwe lebte einsam in einem Hüttchen, und vor dem Hüttchen war ein Garten, darin standen zwei Rosenbäumchen, davon trug das eine weiße, das andere rote Rosen. Und sie hatte zwei Kinder, die glichen den beiden Rosenbäumchen, und das eine hieß Schneeweißchen, das andere Rosenrot...

Die Märchen der Brüder Grimm

New York City, 3. Juli 1943

Sylvie Rosenthal stand in der Hutabteilung bei Bergdorf vor dem großen Spiegel mit dem vergoldeten Rahmen.

»Also, ich weiß nicht«, sagte sie zu der Verkäuferin, die hinter ihr lauerte. Sylvie glättete die Krempe des riesigen Strohhuts mit der apfelgrünen Tüllrüsche. »Finden Sie nicht, daß er ein bißchen übertrieben ist?«

»Ich habe Eleanor Roosevelt gerade neulich in der Wochenschau mit genauso einem Hut gesehen«, sagte die pummelige Modistin. »Natürlich war sie nicht... äh, guter Hoffnung.« Die letzten Worte flüsterte sie diskret.

Sylvie fand das äußerst irritierend. Wieso mußte alle Welt sie ständig daran erinnern? Lieber Gott, konnten sie es sie nicht wenigstens einmal vergessen lassen?

Sie betastete den Rand des Hutes, und ihr Ärger über die Frau verlor sich in einer Welle von Selbstzweifeln. Ach, wenn doch nur Gerald hier wäre, dachte sie. Ich weiß nie, wofür ich mich entscheiden soll. Und ich komme mir so furchtbar vor, wenn es ihm nicht gefällt.

Sie nahm den Hut ab und betrachtete ihre Erscheinung im Spiegel, verwirrt wie so oft in den acht Jahren ihrer Ehe. Wenn er sagt, ich sei hübsch, weiß ich wirklich nicht, was er in mir sieht.

Sie sah ein langes, schmales Gesicht, recht alltäglich, von den Augen abgesehen. Sie waren groß und champagnerflaschengrün, ihre Lider und Brauen aber so blaß, daß man sie fast nicht sah. Ihre Augen schienen immer irgendwie erstaunt dreinzublicken.

Sylvie erinnerte sich, daß Gerald ihr einmal gesagt hatte, sie erinnere ihn an *Alice im Wunderland* auf einem Stich von Tenniel. Sie lächelte. Ja, vielleicht hatte er damit recht. Sie glaubte wirklich manchmal, im Wunderland zu sein.

Sie sah sich um. Hier bei Bergdorf einzukaufen war unglaublich, ein richtiges kleines geheimes Paradies, unberührt vom Krieg. In den Keramikvasen auf dem Boden waren die wunderbarsten Tigerlilien und Orchideen arrangiert. Auf den zierlichen französischen Tischen und in den bauchigen Vitrinen standen entzückende handgeblasene Parfümflaschen – auch wenn in diesen Zeiten das Parfüm darin Ersatz war. Ein enormer Kristallüster hing von der Marmorkuppel herab. Wie weit sie doch gekommen war seit jenen Tagen, da sie noch bei Ohrbach nach günstigen Gelegenheiten gesucht hatte und als ein Hut für mehr als fünf Dollar völlig undenkbar gewesen war. Ja, dachte sie, ich bin genau durchs Loch ins Wunderland gepurzelt.

Morgen wurde wie jedes Jahr der 4. Juli bei Golds im Garten gefeiert, und sie freute sich schon darauf, ob schwanger oder nicht: die rotweißblau gestreiften Zelte, der Duft der Bratspieße, bei dem einem gleich das Wasser im Munde zusammenlief; dann der Tanz zur Musik von Lester Lanin auf der riesigen Plattform mit den japanischen Lampions rundherum. Die japanischen Lampions würden dieses Jahr allerdings ausfallen müssen, hatte Evelyn ihr gesagt. Evelyns jüngsten Bruder hatten sie bei Okinawa abgeschossen. Japanische Lampions waren das letzte, was sie auf ihrer Party haben wollte.

Sylvie nahm den Strohhut mit der apfelgrünen Tüllrüsche vorsichtig ab und gab ihn der Verkäuferin.

Vielleicht wäre der marineblaue Lilly Daché mit dem roten Band passender, überlegte Sylvie. Und zeitgemäßer mit der militärisch wirkenden Krempe. Sie wollte Evelyn so gern –

Sylvie erstarrte.

Tief unten in ihrem Bauch fühlte sie plötzlich ein schweres Gewicht, als wäre das Baby in ihrem Bauch hinuntergesunken. Nein, es *stieß* nach unten. Ein brennender Druck. Und, o Gott, *er ließ nicht nach.* Die Kreuzschmerzen, die ihr schon den ganzen Morgen zu schaffen gemacht hatten, wurden jetzt zu einer Handvoll Nadeln, die ihr mitten ins Rückgrat stachen.

Es geht doch nicht etwa schon los, dachte sie. Das darf nicht sein. Ich lasse es nicht zu.

Aber sie wußte, daß es soweit war.

Tief unten drin fühlte sie etwas reißen, als gäbe etwas Elastisches nach. Eine warme Flüssigkeit strömte zwischen ihren Schenkeln hinunter.

Sylvie taumelte, als ob ihr jemand ins Gesicht geschlagen hätte. Sie fühlte ihr Herz bis zum Hals herauf klopfen. Dann sah sie zu Boden, erschrocken über den sich ausbreitenden und dunkler werdenden Fleck auf dem beigefarbenen Teppich. Ihre Fruchtblase war geplatzt. Lieber Gott! Sie schämte sich wie ein kleines Mädchen, das sich in der Schule das Höschen naß gemacht hat.

Eisige Furcht überfiel sie.

Jetzt war es vorbei mit dem Versteckspiel, mit der Heuchelei, wie entzückt, wie überglücklich sie war und daß das Baby ganz bestimmt von Gerald stammte, stammen *mußte.* Nun kam die Wahrheit an den Tag. Die Angst legte sich wie eine kalte Faust um ihr Herz. *Es könnte sein, daß es nicht von Gerald ist.* Und, o Gott im Himmel, wenn es das nicht war...? Wenn es wie Nikos aussah? Schwarze Augen, mit seiner kaffeebraunen Haut und seinem schwarzen, widerspenstigen Haar...

Nein, das war ausgeschlossen, das durfte nicht sein.

Sylvie versuchte sich zu beruhigen, sah in den Spiegel. Sie

sah nicht Alice im Wunderland, sondern ein aufgedunsenes, verschwommenes Gesicht, das über einem grotesk unförmigen Körper schwebte. Sie fühlte sich davon seltsam losgelöst, als betrachte sie ein exotisches Lebewesen in einem Aquarium.

»Fehlt Ihnen etwas, Madam?« Eine ängstliche Stimme drang durch die meergrüne Tiefe zu ihr.

Sylvie drehte sich um und sah die Verkäuferin mit dem hennaroten Haar, die sie anstarrte. Erschreckt aufgerissene Augen glotzten hinter Brillengläsern, die Rougeflecke auf ihren schlaffen Wangen brannten jetzt dunkelrot.

Ja, sie war bei Bergdorf in der Hutabteilung. Den grünen oder den blauen? Sie nahm den blauen Hut vom Ständer auf der Glasscheibe des Tresens und tastete über den Schleier. Raffiniert, wie man die winzigen Jettperlen in das Netz hineingenäht hatte, damit es glitzerte...

»Madam?« Plumpe Finger packten ihren Arm.

Sylvie gelang es, der Kraft zu widerstehen, die an ihr zog.

Sie öffnete den Mund, um zu sagen: Nein, mir geht es gut, bitte, lassen Sie mich.

Da spürte sie in der Magengrube einen Schlag, und ein kreiselndes Schwindelgefühl ergriff sie. Nein, es ging ihr *nicht* gut. Wirklich nicht.

Die Knie wurden ihr weich. Sie stützte sich auf den Rand des Tresens und sah sich einer Reihe von Holzköpfen gegenüber, von denen jeder einen anderen Hut trug. Die glatten, augenlosen Gesichter machten ihr angst. Sie schienen sie anzuklagen, eine Geschworenenreihe, die sie schuldig sprach.

Wenn doch nur Gerald hier wäre! Er würde wissen, was zu tun war. Er konnte einen Geschäftsführer herbeirufen, indem er eine Augenbraue hob. Er schnippte mit dem Finger, und wie durch ein Wunder tauchte aus dem Verkehrsgewühl ein Taxi auf. Mit einem einzigen Blick konnte Gerald in der Bank die Angestellten, Kassierer und Abteilungsleiter in Bewegung setzen.

Aber nein, Gerald durfte es ja nicht erfahren. Gott sei

Dank war er bis morgen noch in Boston... Bankgeschäfte... Kriegsanleihen oder so etwas.

Sylvie hielt sich den Mund zu, eine Hand über der anderen, als ein hysterisches Gelächter heraus wollte. Der einzige Mensch, den sie brauchte, von dem sie abhing... gerade jetzt, da sie seiner am meisten bedurfte, wagte sie sich nicht an ihn zu wenden.

Wie hatte sie ihm so etwas nur antun können? Gerald war so gut. Immer. Wenn sie ihre Kopfschmerzen hatte und schon das allergeringste Geräusch eine Schmerzlawine in Bewegung setzte, achtete er streng darauf, daß das Mädchen sich nur wie ein Schatten im Haus umherbewegte.

Sylvie dachte an die Zeit, als ihr nicht nur der Kopf, sondern auch die Füße und der ganze Körper ständig weh getan hatten und eine Fahrt im Taxi ihr wie der höchste Luxus vorgekommen war. Damals hatte sie den lieben langen Tag hinter dem Schalter gestanden und Geld durch das Gitter hinausgereicht, und abends war sie in der Untergrundbahn fast totgetrampelt worden und hatte sich dann nach Haus geschleppt, die sechs Treppen im Kohlgestank hinauf.

Sie war so unsäglich erschöpft gewesen und hatte sich gefragt, wie lange ihre Füße das noch aushalten würden. Und genau dasselbe Gefühl hatte sie jetzt – als wäre sie gerade die vielen Treppen heraufgeklettert. Weshalb war ihr so kalt? Der heißeste Tag des Jahres, hatten sie im Radio gesagt, und trotzdem war es im Laden so eisig wie in einem Kühlschrank.

»Soll ich einen Arzt rufen?« unterbrach die schrille Stimme der Verkäuferin ihre Gedanken.

»Nein, ich...«

Der Schmerz in ihrem Rücken breitete sich aus, war wie ein enges Band, das sich um ihren Leib schlang, als trüge sie einen zu engen Hüftgürtel. Der Schmerz kam in eisigen Wellen.

Gott, Gott, ich muß in die Klinik. Gleich müssen sie mich hier auf dem Rücken hinaustragen in meinem Kleid voller

Flecken. Alle starren sie mich an. Gott, nein, ich möchte lieber sterben.

Sie riß sich los und drängte sich am Parfümtresen vorbei. Die Mischung der verschiedenen Düfte erregte ein Ekelgefühl in ihrem Magen; sie fürchtete sich zu übergeben. Irgendwie schaffte sie es hinaus durch die dicke Glastür und dann durch die Menschenmenge hindurch bis zum Bordstein.

»Lenox Hill Hospital«, keuchte sie, als sie auf den Rücksitz des Taxis sank.

Sie kurbelte das Fenster hinunter und ließ die stickige Luft der Abgase und brennend heißen Bürgersteige herein. Und zitterte trotzdem immer noch vor Kälte.

Der grauhaarige Taxifahrer fing an zu summen »While We're Young«. Sylvie wollte, daß er aufhörte, fühlte sich aber zu elend, um ein Wort zu sagen.

»Was meinen Sie, jetzt, wo wir diese Nazihunde aus Ägypten 'rausgeschmissen haben, glauben Sie, daß Ike jetzt nach Italien 'rübergeht?«

Ein redseliger Mensch. Sie starrte den kleinen Fettwulst an, der über dem Rand seines Kragens stand. Er war krebsrot, als ob man ihn gekocht hätte, mit feinen schwarzen Härchen darauf.

Sylvie wollte höflich sein und etwas darauf antworten, aber gerade in diesem Augenblick fühlte sie in einer sanften, öligen Welle eine Übelkeit in sich aufsteigen.

Als das Taxi die Park Avenue hinaufschlingerte, empfand sie wieder dieses beklemmende Gefühl; es ging vom Rücken aus und griff wie mit Kneifzangen in ihren Bauch. *Gott!* Sylvie drückte das Rückgrat durch und fühlte, wie sich die Sprungfedern des Sitzes in ihr Gesäß bohrten. Um nicht zu schreien, biß sie sich in das Mundfleisch.

Sylvie sehnte sich so nach ihrer Mutter, daß sie einen Augenblick lang Mamas feste, runde Arme um sich herum fühlte und den scharfen Eukalyptusduft der Creme riechen konnte, mit der sie Sylvie immer die Brust einrieb, wenn ihr

Asthma sich verschlimmerte. *Weine nicht, Scheenenke,* tröstete Mamas Stimme in ihrem Kopf. *Ich bin bei dir. Ich lasse dich nicht allein.*

Sie konnte das vom Schlaf gedunsene Gesicht ihrer Mutter und den ausgefransten Strick ihres Zopfes sehen, der an einer Schulter über ihren abgetragenen Flanellmorgenmantel hing. Und in ihren wäßrig blauen Augen den Geist des kleinen Mädchens, das auf dem Rasen vor dem großen Haus ihres Vaters in Leipzig Ball gespielt hatte, bevor sie nach Amerika hatten fliehen müssen.

Mama, von ihrem schwachen Ehemann im Stich gelassen, hatte für zwanzig Dollar in der Woche Postkarten und Kataloge im Frick-Museum verkauft und wie eine Närrin nur noch von ihren Erinnerungen gezehrt.

Sylvie war es peinlich gewesen, daß ihre Mutter von dem Museum sprach, als ob es ihr gehörte, als wäre jedes einzelne Gemälde ihr Eigentum.

Morgen nach der Schule besuchst du mich im Museum, und ich zeige dir den neuen Rembrandt. Denk doch nur, Sylvie. So etwas Schönes! Daß wir so etwas Schönes haben!

Nichts hatten sie gehabt, dachte Sylvie im stillen, während sie gegen den Schmerz ankämpfte, der seine scharfen Krallen in sie hineinschlug. Nichts als ein paar alte Möbel. Und abgetragene Kleidung, die Mamas Schwester, Tante Willie, in goldfarbigen Pappkartons herüberschickte, in den Kartons, in die ihr Mann, der Kürschner war, seine Fuchskrägen und -stolen zu verpacken pflegte.

Mama sagte immer, wir hätten etwas Besseres als Tante Willies großes Haus in der Ditmas Avenue. Wir hätten einander.

Aber das stimmte gar nicht, dachte Sylvie mit jäh aufschießender Angst. Denn Mama hatte sie verlassen!

Der Schmerz in Sylvies Bauch schien sich bis in ihren Hals hinauf auszudehnen. *Mama... oh, Mama, warum mußtest du sterben?*

Sie schloß die Augen und fühlte die Tränen, die unter ihren Lidern brannten, aus den Augenwinkeln perlen und die Wangen hinunterrollen. Sie erinnerte sich an den Tag, als der pingelige Mr. Harmon sie aus dem Kassiererkäfig zu sich in sein Büro hatte rufen lassen. *Ihre Mutter... Es tut mir leid... Ein Schlaganfall.* Alles war verschwommen und grau und dann schwarz geworden. Und als sie aufwachte, saß sie in einer Limousine. Ledersitze weich wie Butter und tiefe Polster, ein Teppich unter den Füßen und eine Glasscheibe, die den hinteren Teil des Wagens von dem vorderen trennte, in dem ein Fahrer mit einer grauen Dienstmütze saß. Wie seltsam das war, eine ganz andere Welt!

Neben ihr ein Mann, der den Arm um ihre Schultern gelegt hatte, um sie zu stützen. *Aber das war ja der Besitzer der Bank, Mr. Rosenthal selbst!* Ihr wurde abwechselnd heiß und kalt, so entzückt und zugleich erschrocken war sie darüber. Sie glaubte schon bemerkt zu haben, daß er sie bisweilen ansah, obwohl er noch nie mit ihr gesprochen hatte. Die anderen Mädchen zerrissen sich beim Kaffee die Mäuler über ihn – seine Frau war schon vor über zwanzig Jahren verstorben und hatte ihm keine Kinder hinterlassen, alle wunderten sich, weshalb er nicht längst wieder verheiratet war. Sylvie meinte, er wirke vielleicht auf andere Frauen zu ehrfurchtgebietend, als daß sie sich an ihn heranwagten. Sylvie erinnerte sich, wie sehr er sie immer eingeschüchtert hatte, wenn er durch die Schalterhalle hindurch zu seinem Büro schritt. Seine Anzüge waren stets tadellos gebügelt, und wenn er in leisem, aber bestimmtem Ton seine Anweisungen erteilte, blinkten seine goldenen Manschettenknöpfe eindrucksvoll an den Hemdaufschlägen.

Aber neben ihr im Wagen wirkte er überhaupt nicht angsteinflößend. Sie sah seine freundlichen blauen Augen inmitten eines Netzes aus feinen Fältchen; er war älter, als sie ihn geschätzt hätte, wenigstens fünfzig. Er brächte sie zum Krankenhaus, hatte er ihr gesagt. Als Sylvie seine ruhige Stimme hörte, fühlte sie die Kraft, die von ihm ausging und die in sie hineinfloß.

Später hatte er dann Mamas Krankenhausrechnung und sämtliche Beerdigungskosten bezahlt und sich um sie gekümmert, als sie so krank war, daß sie nicht aus dem Bett konnte. Niemals, nicht ein einziges Mal hatte er sich irgend etwas herausgenommen oder die Situation auszunützen versucht, bis er um ihre Hand anhielt. Daß er sie heiraten wollte, oh, so ein Wunder! Sie hatte nichts getan, um das zu verdienen.

Und, o Gott, wie hatte sie es ihm heimgezahlt!

Die Erinnerung an Nikos drückte wie ein Stein im Schuh. Immer war sie da. Jeden Morgen, wenn sie aufwachte. Sie stak ihr im Hals, wenn sie essen wollte. Sie quälte sie im Schlaf. Sie machte sich über ihre Gebete lustig – daß das Baby, das in ihr heranwuchs, doch ja wie Gerald aussehen möge...

Sylvie strich mit den Fingerspitzen über den harten Hügel ihres Bauches. Die Spannung und der Schmerz fingen an nachzulassen. Wenn ich doch nur vorher, vor Nikos schwanger geworden wäre, dachte sie, dann wäre ich gerettet.

Sie hatten es, weiß Gott, versucht. Jeden Morgen hatte sie ihre Temperatur gemessen und auf der Karte eingetragen, die Gerald am Bett aufbewahrte – und das drei Jahre lang! Und diese Arztbesuche! Ausgestreckt daliegen wie ein Huhn, dem man die Innereien herausnimmt. Kalter Stahl, der in ihr herumtastete, bis sie hätte schreien mögen. Um dann gesagt zu bekommen, daß alles in Ordnung sei. Sie solle sich Zeit lassen. Was wußten die Ärzte schon?

Sie weinte jeden Monat, wenn ihre Periode kam und sie die Enttäuschung in Geralds Gesicht sah.

Warum konnte sie ihm diesen einen Gefallen nicht tun? Sieh doch nur das wunderbare neue Leben, das er ihr geschenkt hatte. Nicht ihr Fehler, hatten ihr drei verschiedene Spezialisten in der Park Avenue gesagt, aber Sylvie wußte es besser.

Sie war sicher, daß sie schwanger werden könnte, wenn sie nur einen Weg fände, den Geschlechtsverkehr mit ihm nicht zu verabscheuen.

Wie konnte sie so undankbar sein? Welcher Ehemann auf der ganzen Welt war netter und großzügiger als er?

Trotzdem krümmte sie sich immer noch zusammen bei der Erinnerung an ihre Hochzeitsnacht, als sie ihn zum erstenmal nackt gesehen hatte. In seinen flotten, maßgefertigten Anzügen sah er groß, blühend und erfolgreich aus. Nackt aber, mit seinem Bauch, der wie ein Beutel herabhing, wirkte er alt und beinahe grotesk. Und Brüste hatte er, Brüste wie eine Frau! Noch immer empfand Sylvie einen heftigen Widerwillen, einen Ekel, wenn er sich auf sie herabsenkte, ganz gleich, wie viele Millionen Male sie sich gesagt hatte, daß sie ihn liebte und er sie. Wenn sein teigiges Bauchfleisch auf sie drückte und sie nach Luft schnappte, wenn sein Ding Zentimeter für Zentimeter in sie hineinkroch, wurde ihr schlecht. Und dann sein Gegrunze und Geächze, als ob er Schmerzen hätte.

Es wird schon besser werden, hatte sie sich immer wieder gesagt, es muß. Es kommt alles nur daher, daß wir noch nicht aneinander gewöhnt sind.

Aber wenn er seine Begierde zum Ausdruck brachte, indem er seinen Pyjama auszog und am Fuß des Bettes zusammenfaltete, schauderte es sie nach acht Jahren Ehe immer noch.

Und dann Nikos...

Ein Aufflackern des Schmerzes jagte Sylvie aus ihren Träumereien hoch. Sie wand sich auf dem Rücksitz des Taxis, als ob sie dadurch irgendwie dem strafenden Zugriff entrinnen könnte.

Als das Taxi abwechselnd nach links und rechts ausbrach, um sich im Zickzack durch den dichten Verkehr zu winden, beugte sie sich keuchend vor und hielt ihren Leib so behutsam fest, als wäre er eine Bombe, die jeden Augenblick explodieren konnte.

»Ich habe es mir anders überlegt«, sagte sie dem Fahrer. »Bitte bringen Sie mich statt dessen zum St. Pius.« Sie nannte ihm die Adresse und sah im Rückspiegel, wie er die

Augen rollte. Er fand in jenem Teil der Bronx da oben sicher keinen Fahrgast, mit dem er wieder in die City kam, aber sie fühlte sich in ihrem alten Viertel sicherer.

Für den Fall, daß Gerald aus Boston anrief, überlegte sie, würde sie Bridget sagen, sie besuche ihre alte Freundin Betty Kronsky. Später konnte sie ihm dann immer noch erklären, die Wehen seien plötzlich so heftig geworden, daß sie keine Möglichkeit gesehen hätte, noch in die City zurückzukommen oder den pedantischen Dr. Handler zu benachrichtigen, mit dem Gerald zusammen im College gewesen war.

Sie wußte, daß das verrückt von ihr und ohnehin vollkommen hoffnungslos war. Irgendwann mußte Gerald es ja herausbekommen. Aber in ihrem alten Viertel in der Bronx fühlte sie sich Mama näher, dort konnte sie sich vorstellen, daß Mama bei ihr wäre und sie beschützte. Und vielleicht ereignete sich doch ein Wunder, und sie brachte ein Baby zur Welt, das wie Gerald aussah oder wie sie.

Sobald das Taxi aus dem Verkehrsgetümmel der City heraus war, wurde es rasch schneller und glitt wie ein Pfeil an den herrschaftlichen Apartmenthäusern der Park Avenue entlang. Sylvie warf einen Blick auf die diamantenbesetzte Patek-Philippe-Armbanduhr, die Gerald ihr zu Chanukka geschenkt hatte. Schon zwei Uhr vorbei. Gott, würde sie dort noch rechtzeitig ankommen?

Abrupt, so schien es, verwandelte sich die Eleganz der Park Avenue in den Verfall und Schmutz Harlems, und sie holperten über rissiges Pflaster. Abfälle lagen herum. Und Schlimmeres. Alte betrunkene Männer lagen auf dem Bürgersteig. Sie schloß die Augen. Aber den Gestank von Bergen nicht eingesammelten, faulenden Abfalls roch sie trotzdem.

Dann das Vibrieren und Reifensummen, als sie über die Third-Avenue-Brücke in die Bronx kamen. Sylvie machte die Augen auf. Als sie vom Bruckner Boulevard abbogen, sah sie die vielen Kinder auf den Straßen, die in dem Wasser plantschten, das aus den Hydranten strömte; sie sprangen hinein und hinaus und hatten den Verkehr ganz vergessen, achteten nicht auf die Gefahr. Sie sah einen kraushaarigen Jungen mit glatter, schokoladenfarbener Haut, der ein kleines Mädchen mit langen schwarzen Zöpfen jagte, die wild hinter ihr herflatterten. Sylvie schauderte es; sie stellte sich ihr Kind hier vor, ein wildes braunes Ding, das zwischen den Mülltonnen Verstecken spielte.

Das Taxi kam schlingernd zum Stehen. Sylvie bezahlte und manövrierte ihren riesenhaften Leib hinaus. Die Knie drohten ihr einzuknicken, als sie stand.

Sie starrte hinauf. Die Fassade des St.-Pius-Hospitals aus Ziegelstein und Granit war derart rußgeschwärzt, daß sie an einen Ofen denken mußte, den man seit Jahren nicht mehr gereinigt hatte. Sie spürte, daß ihr Magen sich vor Entsetzen zusammenkrampfte. Da es dort drinnen sicherlich keine Klimaanlage, wahrscheinlich nicht einmal Ventilatoren gab, würde es so heiß wie in einem Backofen sein.

Der Straßenlärm, das Geschrei der Kinder, das Plärren der Radios, die Stimmen der Leute, die sich aus den offenen Fenstern irgend etwas auf Spanisch zuriefen, alles tat ihren Ohren weh. Sie wehrte sich gegen die Schwindelanfälle, die wellenartig über sie kamen, und schleppte sich langsam, Stufe für Stufe, die Treppe zur Klinik hoch.

Ein ohrenbetäubendes Krachen ließ sie zusammenzukken, ihr Herz hämmerte gegen die Rippen. Sie war so erschrocken, daß sie gegen die oberste Stufe stieß und sich gerade noch am eisernen Geländer festhalten konnte. Dann sah sie, worum es sich handelte: Kinder hatten auf dem Bürgersteig Feuerwerkskörper in Brand gesetzt. Natürlich – morgen war ja der 4. Juli, der Nationalfeiertag. Sie hatte es ganz vergessen.

Sylvie drehte sich um und schleppte sich mit zittrigen Beinen zur Tür. Graue Flocken glitten über ihr Gesichtsfeld. Sie merkte, daß die Muskeln in ihrem Leib sich verkrampften. Plötzlich war ihr so schwindlig, daß sie es nicht wagte, den Türknopf loszulassen. Der Fußboden kippte abwärts.

Die schwarzen und weißen Fußbodenfliesen kamen auf sie zugeschwommen. Etwas Kühles und Hartes schlug gegen ihre Backenknochen. Ein Schmerz durchzuckte sie wie fernes Donnergrollen. – Dann war es dunkel.

Als Sylvie die Augen aufschlug, befand sie sich in einem Eisenbett mit Stangen an beiden Seiten, die an ein Kinderbett erinnerten. Um sie herum war ein grüner Vorhang. Durch den Schlitz, wo die beiden Vorhangteile nicht ganz zusammenstießen, sah sie die gegenüberliegende Wand mit zwei hohen Fenstern. Dazwischen hing ein Jesusbild in einem Rahmen. Er hob die Augen zum Himmel auf und hielt die Hände bittend ausgestreckt, so daß man deren Wundmale sah, aus denen das Blut herabrann.

Sylvie stützte sich auf den Ellbogen und richtete sich auf. Der Anstrengung folgte ein schmerzhaftes Hämmern in den Schläfen, und sie schrie auf. Ihre Gesichtshaut fühlte sich gespannt an. Sie berührte ihre Nase, die Finger stießen auf hartes, rauhes Heftpflaster.

Mit einem Rasseln der Metallringe wurde der Vorhang zurückgerissen. Eine Frau in einer weißen Schwesterntracht, mit einem kleinen weißen Häubchen auf dem Kopf, stand über ihr. Das fluoreszierende Licht der Deckenbeleuchtung spiegelte sich in ihren Brillengläsern und verlieh ihrem Gesicht einen kalten, gleichgültigen Ausdruck.

Sylvie stöhnte. »Ich glaube, ich muß mich übergeben.«

»Nein, müssen Sie nicht.«

Die strenge Antwort verwunderte Sylvie so sehr, daß sie vergaß, wie übel ihr war. »Das fühlt sich nur so an«, beruhigte sie die Schwester nun etwas freundlicher. »Alles in Ordnung bei Ihnen.«

Dann fing sie an, einen engen Gummihandschuh über die Hand zu rollen. Der flachen Schale, die sie mit hereingebracht hatte, entnahm sie eine Tube und schmierte etwas Weißes, Cremiges über ihre vom Gummihandschuh bedeckten Finger.

»Ich werde Sie untersuchen, um festzustellen, wie weit der Muttermund bei Ihnen schon geöffnet ist«, sagte sie. »Ich bin Schwester Ignatius«, fügte sie hinzu, als sie das Bettuch zurückzog und zwei eingefettete Gummifinger in Sylvies Scheide bohrte.

Sylvie bäumte sich auf, ihr ganzes Wesen schrumpfte bei diesem Eingriff in sich zusammen. Ein kaltes, krampfiges Gefühl breitete sich in ihrem Unterleib aus, als die Finger darin herumstocherten.

Schwester Ignatius zog die Hand heraus und tätschelte unbeholfen ihren Arm. »Sechs Zentimeter«, erklärte sie. »Das dauert bei Ihnen noch etwas. Ihr erstes?«

Sylvie nickte. Sie kam sich mit einemmal wie ein ganz kleines Kind vor, ängstlich, hilflos und mutterseelenallein. Tränen sammelten sich auf ihren Wimpern.

Die nächsten Stunden waren qualvoller, als Sylvie es sich jemals hätte vorstellen können. Die Wehen kamen so heftig, daß sie Gerald und Nikos und sogar das Baby in ihrem Bauch vergaß, das kämpfte und geboren werden wollte.

Es war ein einziger Schmerz.

Er kam nicht mehr in Wellen mit Pausen dazwischen, in denen sie sich erholen konnte, sondern es war daraus ein niemals endender Druck geworden.

Figuren in weißen Schwesterntrachten huschten herein und hinaus aus ihrem Gesichtsfeld. Ein Kaugummi schmatzendes Mädchen mit einem Schreibbrett notierte ihren Namen und fragte sie nach ihrer Versicherung. Dann erschien ein großer grauhaariger Mann in einem grünen Kittel, der sich als Dr. Phillips vorstellte und sie bat, die Knie auseinanderzuspreizen, so daß er sie untersuchen könne. Sie empfand es nicht als peinlich, wie sie es gewöhnlich empfunden hätte, sondern nur als unangenehm. Sie schrie auf. Schweiß tropfte ihr vom Gesicht. Ihre Haut prickelte, als stünde sie in Flammen. Sanfte Hände legten ihr ein kühles, feuchtes Tuch auf die Stirn.

Sylvie hörte einen Schrei, der ein Echo ihres eigenen zu

sein schien. Sie begriff vage, daß hinter dem Vorhang noch ein Bett stand, in dem eine andere Frau sein mußte, die auch in den Wehen lag.

Sie fühlte, daß das Baby sich tiefer hinabbewegte und zu einem brennenden Druck wurde. Sylvie preßte ächzend instinktiv dagegen, nach unten. Es schien sich weiterzubewegen. Konnte sie diesen schrecklichen Schmerz aus sich heraustreiben? *Konnte* sie ihn ausstoßen?

»Noch nicht pressen«, befahl eine Stimme.

Durch den roten Schleier ihres Schmerzes hindurch zwang sie sich, sich auf das über ihr schwebende Gesicht zu konzentrieren. Schwester Ignatius. »Ich muß es tun«, wimmerte Sylvie protestierend.

»Warten Sie damit, bis wir im Kreißsaal sind«, sagte die Nonne.

Sylvie widerstand dem Drang zu pressen, aber es war ein unerträgliches Gefühl. Sie kam sich so hilflos vor, als ob man sie erwürgte und sie könnte nichts dagegen tun.

Wie in Gottes Namen standen Frauen das durch – wie überlebten sie es? Und nicht nur einmal, sondern mehrere Male. Wie konnte eine Frau überhaupt freiwillig so etwas durchmachen wollen, sobald sie einmal erfahren hatte, wie es war?

Sie nicht. Niemals. Nicht für Gerald. Für keinen Mann.

Starke Hände hoben sie aus dem Bett und legten sie auf eine Trage. Sylvie fror, obwohl es so heiß war, daß sie keuchend nach Luft schnappte. Verschwommen war ihr bewußt, daß man sie einen Korridor hinunterrollte, Gummiräder holperten über unebenes Linoleum. Ein neuer Raum. Und plötzlich blendende Helligkeit. Licht aus einer riesigen Lampe in der Mitte der Decke, das glänzend grüne Kacheln reflektierten. Überall rostfreier Stahl.

Man hob sie auf einen Tisch. Man spreizte ihre Beine und schnallte ihre Füße an höhergelegenen metallenen Beinhaltern fest, so daß sie sie nicht mehr bewegen konnte.

»Entspannen Sie sich, Sylvia. Es ist alles in Ordnung. Alles in bester Ordnung.« Dr. Phillips' Stimme hinter der Gazemaske. Freundliche blaue Augen und eine zottelige graue Hecke aus Augenbrauen.

Aber wer war Sylvia? Dann erinnerte sie sich. *Sie* war das. Das Mädchen mit dem Schreibbrett hatte ihren Namen falsch notiert.

Sie fing zu pressen an. Es war schrecklich. Pressen war fast so schlimm wie nicht pressen, aber sie konnte nichts anderes tun. Sie hörte sich tierische Laute ausstoßen. Sie konnte auch hier nicht anders. Sie hatte überhaupt keine Gewalt mehr über ihren Körper. Er hatte Gewalt über sie.

Stimmen drangen zu ihr durch das brausende Blut in ihren Ohren wie durch einen Filter und sagten: Pressen. *Pressen.*

Eine schwarze Gummimaske wurde ihr über Mund und Nase gestülpt. Sylvie kämpfte dagegen an, versuchte sie in ihrer Panik wegzustoßen, hatte Angst zu ersticken, aber die Hand, die sie hielt, drückte sie ihr nur noch fester auf das Gesicht. Sie atmete etwas Süßliches ein, es folgte ein kreiselndes Gefühl des Abhebens, ihr Kopf wurde leicht.

»Ich gebe Ihnen ein bißchen Gas«, sagte Schwester Ignatius. »Atmen Sie es ein. Es hilft.«

Gerade als sie spürte, daß ihr Leib im Begriff war aufzuplatzen, fühlte Sylvie, wie der Druck plötzlich nachließ. Etwas Kleines, Nasses – viel kleiner als das riesige Ding in ihr, das ihr soviel Schmerzen bereitet hatte – glitt hinaus.

Sie hörte den gurgelnden Schrei eines feinen Stimmchens.

Sylvie schluchzte, diesmal vor Erleichterung.

»Ein Mädchen!« hörte sie jemanden rufen.

Einen Augenblick später, wie es ihr schien, schob man ihr ein fest gewickeltes Bündel in die Arme.

Sylvie blinzelte, als sie das winzige Gesicht ansah, das aus den weißen Falten der Decke herausguckte. Die ungeheure Erleichterung, die sie empfunden hatte, verwandelte sich in lähmendes Entsetzen.

Es ist so dunkel! Eine Masse glänzenden schwarzen Haares umrahmte ein winziges zerdrückt wirkendes Gesicht von der Farbe eines alten Kupferpennys. Die Augen waren geöffnet, und Sylvie sah mit Schrecken zwei glänzende schwarze Jettknöpfe. Hatten denn nicht alle Babys blaue Augen?

Sylvie fühlte ihr Inneres wie Sand durch ein Stundenglas abfließen. Sie glaubte zu fallen, als sie in das winzige, dunkle, zerknitterte Gesicht blickte; es war ihr, als gleite sie in eine schwarze Leere hinunter.

Nikos' Kind. Da war kein Zweifel möglich.

Sie wandte das Gesicht ab. Eine neue Art von Schmerz kam in ihr auf, Tränen rannen die Wangen hinab. Gott, ich kann es nicht, dachte sie. Sie ist sein Baby, nicht meines und Geralds. Wie kann ich sie lieben? Das wird Gerald umbringen, er wird mich verstoßen.

»Sie weinen alle«, hörte sie Schwester Ignatius zu der jungen Schwesternschülerin neben ihr sagen, als sie Sylvie das Bündel abnahm.

Man rollte Sylvie in einen anderen Raum. Er sah genau wie der vorige aus, nur daß sie von ihrem Bett aus durch ein Fenster in eine schmale Gasse und auf eine Ziegelmauer blickte. Neben ihrem standen noch drei Betten da; alle drei waren sie belegt. Zwei Frauen schliefen, die dritte beäugte sie wohlwollend.

»Na, jetzt ist es wenigstens überstanden, was?« Sie sprach in dem näselnden Tonfall der Bewohner der Bronx, mit dem sie, Sylvie, auch sprechen würde, wenn Mama sie nicht unermüdlich verbessert und vor diesen Einflüssen bewahrt und sie jeden Nachmittag zu sich ins Frick-Museum bestellt hätte und samstags mit ihr ins Theater, in Konzerte, Ballettaufführungen und Vorträge gegangen wäre, zu denen Mama immer Freikarten bekam.

Sylvie, zu erschöpft zum Sprechen, begrüßte sie mit einem Nicken.

»Mein drittes«, fuhr die Frau unbeeindruckt fort. Sie hatte ein offenes, von lockigem braunem Haar umrahmtes Gesicht, große, lustige braune Augen und eine Menge Sommersprossen auf der Stupsnase. Sie seufzte. »Und noch ein

Mädchen. Dom hatte diesmal mit 'nem Jungen gerechnet. Oh, Mann, wird der sauer sein. Nicht, daß er keine Mädchen mag, wissen Sie. Nee, er hat einfach auf einen Jungen gehofft.«

»Er weiß es noch nicht?« Sylvie hatte Mühe, die Worte hervorzubringen. Ihr Mund fühlte sich an, als ob er voll Watte wäre.

Die junge Frau lachte krächzend auf. »Der's bei der Kriegsmarine, was denken Sie. Das Baby sollte ja auch erst in zwei Wochen kommen. Nächste Woche schicken sie mir meinen Dom nach Haus, zu dem großen Ereignis.« Ihr Lächeln schmolz dahin, und ihr Gesicht verdüsterte sich. »Ich hätte ja seine Mutter anrufen können, wissen Sie. Aber ich dachte, die macht mir ja doch nur die Hölle heiß, wie immer. ›Du hättest eben aufpassen sollen!‹«, äffte sie mit weinerlicher, näselnder Stimme ihre Schwiegermutter nach. »›Denkst du denn etwa, Dominik hätt' nicht schon genug am Hals auf hoher See, als daß er sich nun um noch ein Baby Sorgen machen muß? Sind zwei denn nicht genug!‹ Ha! Das sollte die mal lieber ihrem Herrn Sohn sagen, bevor er mit mir ins Bett steigt. Mit wem glaubt die denn, daß ich verheiratet bin, mit 'm Heiligen Vater in Rom?« Sie streckte die Hand nach ihrer Handtasche aus, die auf dem metallenen Tischchen neben ihrem Bett stand, und fischte eine Packung Lucky Strikes heraus.

»Zigarette?« Sylvie schüttelte den Kopf. Die junge Frau zuckte die Achseln, warf das Streichholz weg. »Ich heiße Angie. Angelina Santini.« Sie blinzelte Sylvie durch den Rauch hindurch zu, der aus ihren Nasenlöchern strömte. »Und Sie? Haben Sie sonst noch Kinder?«

»Nein«, sagte Sylvie mit einem Schaudern und fragte sich wieder, wie eine Frau, die noch bei Verstand war, mehr als einmal diese Qualen auf sich nehmen konnte. Aber ein wenig beruhigte sie Angies Zuversicht – daß sie die Dinge auf die leichte Schulter nahm. Was Angie anbetraf, waren sie wie zwei Soldaten, die im gleichen Schützenloch saßen.

»Es is' verdammt hart, ich weiß.« Angie nickte. »Vor allem das erste Mal. Aber irgendwie vergißt man's dann wieder. Das ist... wie sagt man... die menschliche Natur. Man wischt's weg und denkt nicht mehr dran, zum Beispiel wenn dein Mann auf Urlaub nach Haus kommt, und du hast ihn seit vier Monaten nicht gesehen...« Angie seufzte wehmütig, dann, als sie das Knirschen von Schritten draußen vor ihrer Tür hörte, fuhr sie hoch und drückte hastig ihre Zigarette aus. »Wenn die Schwestern mich beim Rauchen erwischen in dieser alten Feuerfalle... sagen Sie, wie heißen Sie doch noch mal?«

»Sylvie.« Sie hatte instinktiv das Gefühl, daß Angie jemand war, dem sie vertrauen konnte.

Angie ließ sich auf ihr Kissen zurückfallen, streckte den Ellbogen aus und stützte den Kopf auf die Hand. »Sie seh'n fürchterlich aus, Sylvie. Entschuldigen Sie, daß ich das sage. Ich guck' bestimmt auch nicht besser aus der Wäsche. Warum machen wir nicht beide jetzt 'n hübsches kleines Nickerchen, hm?«

Sylvie brachte ein schwaches Lächeln zustande. »Ja. Ich bin müde.« Sie fühlte sich halbtot. Als ob sie ein Jahr lang schlafen könnte, ohne aufzuwachen...

Dasselbe Jesusbild, das sie in dem anderen Raum gesehen hatte, hing auch hier gegenüber ihrem Bett. Die ausgestreckten blutenden Handflächen. Die im Schmerz aufgehobenen Augen. Eine blutige Strieme auf der Brust, die sie an die purpurne Narbe über Nikos' Knie erinnerte.

Als Sylvie einschlief, dachte sie an ihren Geliebten.

Sie erinnerte sich an jenen allerersten Tag. Sie hatte gedacht, daß der Mann, der sich um den Hausmeisterjob bewarb, entweder ein älterer Mann oder ein Halbwüchsiger sein würde wie die anderen, die sich bis dahin bei ihr vorgestellt hatten; es waren alles Männer gewesen, die als Soldaten nicht in Frage kamen. Sie hatte die Dienstbotentür geöffnet, und da hatte Nikos gestanden. Es hatte geregnet, und seine Stiefel waren naß und schmutzig. Zuerst hatte sie nur seine Stiefel gesehen. Diese derben Arbeitsstiefel, die so anders waren als die glänzenden schwarzen Galoschen, die so glatt wie Seehundsfell auf Geralds italienischen Schuhen saßen. Und dieser neue Mann hinterließ schmutzige Stiefelabdrücke auf den schwarzen und weißen Fliesen ihrer makellosen Küche. Er zog das eine Bein etwas nach, und sie überlegte, ob es wohl von einer Verwundung im Krieg herrühren mochte.

Dann war ihr Blick über die stämmige Figur in dem zerschlissenen khakifarbenen Regenmantel hinauf zu einer Masse schwarzer Locken gewandert, in denen die Regentropfen glitzerten. In seinem Gesicht, das zu leuchten schien, saßen ein Paar Augen, die so dunkel wie Neumonde waren. Winzige Fältchen strahlten von seinen Augenwinkeln aus, obwohl er nicht älter als dreißig sein konnte.

Ein kräftiger Arm streckte sich ihr entgegen, und sie hatte ihm die Hand gereicht. Es war eine riesige Hand, erinnerte sie sich. Sie hatte fasziniert diese Hand angestarrt, unfähig, ihm in die durchdringenden schwarzen Augen zu sehen.

Dann nahm er seinen Regenmantel ab, und sie sah das kleine Dreieck aus schwarzem Haar, das seine kräftige Brust schmückte und das im Kragen seines Khakihemdes verschwand. Sie hatte noch nie soviel Haar an einem Mann gesehen.

»Ich bin Nikos Alexandros«, dröhnte seine Baßstimme. Dann grinste er und zeigte sein blendendes Gebiß. »Sie haben Arbeit? Gut! Sie Arbeit für mich.«

Sie fand sein gebrochenes Englisch seltsam faszinierend.

Sie erfuhr, daß er aus Zypern stammte, Seemann auf einem britischen Tanker gewesen und bei den Bermuda-Inseln torpediert worden war, jedoch sechs Tage ohne Essen und Wasser in einem Schlauchboot überlebt hatte. Er sei einer von den Glücklichen gewesen, erklärte er ihr auf seine stockende Art, obwohl sein Bein fast zerquetscht worden war. Sylvie verstand nun, weshalb er humpelte.

Was sie nicht verstand, war die jähe Atemlosigkeit, die sie

überkam. Sylvie nickte und sagte: »Ja, ich glaube, Sie könnten bei uns arbeiten. Sie sehen sehr...« sie hatte *kräftig* sagen wollen, entschied sich dann aber anders: »...fähig aus.«

Er grinste und schüttelte ihr wieder die Hand. Daß sie diese warme, schwielige Hand drückte, hatte auf sie eine merkwürdige Wirkung. Es ängstigte und erregte sie zugleich auf sehr angenehme Weise, was ihr, wie sie sich erinnerte, erst einmal im Leben geschehen war. Mit vierzehn Jahren hatte sie eines Abends, allein zu Hause, von ihrem Fenster aus in einem Zimmer auf der gegenüberliegenden Seite der Passage einen nackten Mann und eine Frau einander umklammernd auf einer Couch liegen sehen. Sie hatte rasch das Rouleau hinuntergezogen, aber der eine Blick hatte genügt, sie heiß und zittrig zu machen, als ob sie Fieber hätte.

Und das ganze Jahr hindurch, in dem Nikos bei ihnen arbeitete, überkamen sie immer wieder diese Gefühle, wenn er in ihrer Nähe war. Sylvie beobachtete ihn insgeheim, wenn er ein zerbrochenes Abflußrohr reparierte oder im Garten Löcher für ihre Rosen grub – mit nackter Brust, das Hemd um die Taille geknotet –, und wenn dann die glänzenden braunen Muskeln in seinem Rücken tanzten, erlebte sie das gleiche Aufflammen unschicklicher Erregung. Sie fragte sich in diesen Augenblicken, wie es sein würde, wenn er sie küßte und sie mit diesen großen rauhen Händen streichelte. Schuldbewußt versuchte sie, ihre schlechten Gedanken zu verbannen. Frauen begingen Morde, um einen solchen Mann wie Gerald zu bekommen. Wie konnte sie einen anderen als ihn auch nur ansehen?

Doch es gelang ihr nicht, ihre Phantasie im Zaun zu halten. Wenn sie badete, erregte sie mit einemmal das warme rieselnde Wasser zwischen ihren Beinen, und sie hatte ein Gefühl, als spieße sie ein heißer Pfeil der Sehnsucht auf. Oder wenn sie nach dem Mittagessen schlief, träumte sie, daß Nikos in dem großen Himmelbett neben ihr läge und daß sein Schweiß die steifen Leinentücher befleckte, die Gerald aus Irland importierte. Dann war sie aufgewacht, und das Sonnenlicht war durch die Gardinen gedrungen, und sie hatte benommen zu den hohen geschnitzten Bettpfosten hinaufgestarrt und eine starke Begierde empfunden. Manchmal, im Halbschlaf noch, hatte sie ihrem Verlangen nachgegeben und es befriedigt, sich danach aber sogar noch mehr gehaßt.

Was war das nur, fragte sie sich, war es Liebe? Aber wie konnte das sein? Sie bewunderte ihn nicht so, wie sie Gerald bewunderte und respektierte. Und wenn sie aus der Praxis des Gynäkologen heimkam nach einem weiteren ergebnislosen Test, wollte sie immer, daß Gerald die Arme um sie legte und niemand sonst.

Und trotzdem...

An Nikos' muskulöse Brust dachte sie, wenn Gerald auf ihr keuchte. An Nikos' kräftige Hände, an seinen vollen Mund. Manchmal schloß sie die Augen und stellte sich vor, Gerald *sei* Nikos, und nur dann konnte Geralds Berührung angenehme Gefühle in ihr erregen.

Aber das Schlimmste war, daß sie das Gefühl hatte, als wisse Nikos Bescheid. Er hatte nie irgend etwas in dieser Richtung gesagt oder getan; aber wie er sie ansah... Ein Blick von der Seite herunter den gesenkten Lidern, wenn er mit den abgeschraubten Teilen eines Wasserhahns beschäftigt schien. Oder ein langer, nachdenklicher Blick, wenn er oben auf der Leiter stand und die Decke strich.

In einer schwülen Sommernacht, als die Luft so drückend war, daß sie zu ersticken glaubte, war Sylvie aus dem Bett aufgestanden und hatte Gerald schlafen lassen; er schnarchte leise. Draußen, unten auf der Terrasse vor dem Herrenzimmer, das zum Innenhof und Garten lag, war es kühler, und sie konnte aufatmen.

In der Dunkelheit hatte sie den roten Funken einer Zigarette glühen sehen und war erstarrt, fürchtend, daß die schattenhafte Gestalt, die an der Balustrade lehnte, ein Einbrecher sein könnte. Dann fiel ihr ein, daß die breite, geschwungene Terrassentreppe, die das Haus mit dem Garten

traute, aber sie konnte sich nicht bewegen. Es kam ihr vor, als ob ihre Scham und diese verbotenen Gefühle allesamt Teil einer köstlichen, lähmenden Droge wären. Noch nie hatte jemand sie so geküßt. Es waren langsame, zärtliche, endlose Küsse, ein offenes Meer ohne Land in Sicht und nichts, an das man sich klammern konnte, um dem Tode des Ertrinkens zu entgehen.

Sie folgte ihm halb wie im Traum die Terrassentreppe hinunter in den Garten. Dort strauchelte sie fast, ihr Hausschuh stieß gegen eine unebene Platte auf dem Weg. Er fing sie sofort auf, und sie fieberte, als sie die harten Muskelstränge in seinen Armen fühlte. Trotz seines schlimmen Beins trug er sie den Rest des Weges so bequem, als ob sie ein Kind wäre, ein Spalier entlang, das sich unter der Fülle ihrer Silver-Moon-Rosen bog, deren Duft sie tief in sich einsog, und die schmale Treppe aus Schiefer hinunter in seinen Keller.

Darin sah sie ein schmales Bett, eine Frisierkommode und ein schmales Fenster, hinter dessen Scheibe der Mond zu sehen war. Wortlos setzte er sie neben dem Bett ab. Er knotete die Schärpe auf und schob das Nachthemd von ihren Schultern; es glitt zu Boden, eine Lache aus rosa Seide. Dann entledigte er sich rasch seiner eigenen Kleider, ohne sie sorgfältig zusammenzufalten, wie Gerald es zu tun pflegte.

Sylvie starrte ihn an. Sein nackter Körper kam langsam auf sie zu. Die langen Flächen seiner Unterschenkel, blasser als sein übriger Körper, reflektierten das Mondlicht; ein seltsamer Reiz ging von ihnen aus, als lüden sie sie zu einem rituellen Tanz ein. Es geschah zum erstenmal, daß Sylvie den Körper eines Mannes als schön empfand. Sogar die purpurrote Narbe, die sich von seiner rechten Hüfte zu seinem Knie hinunterschlängelte, kam ihr hinreißend vor.

Mit einemmal war sie zu schwach zum Stehen, sie sank auf das Bett nieder, und er kam zu ihr. Seine Arme glitten ihre Arme hinauf und nahmen sie bei den Schultern und drückten sie sanft, bis sie auf dem Rücken lag. Er kniete vor ihr auf dem Fußboden nieder und senkte den Kopf wie zu einem Gebet.

Dort. O lieber Gott, er küßte sie *dort.*

Sylvie war entrüstet. Und das machte es irgendwie noch wunderbarer. Und so sündhaft. Sie fuhr mit den Fingern in das federnde Moos seiner Locken und drückte seinen Kopf an sich. Sie zitterte so sehr, daß ihr die Beine wie in einem Krampf zuckten. Gab es wirklich Menschen, die so etwas taten? Anständige Menschen bestimmt nicht.

Sie wußte, daß es nicht anständig war, und trotzdem ließ sie es geschehen. Da waren nur seine Finger, die sich in ihren Hintern gruben, sein heißer zärtlicher Mund. Seine Zunge. Sie konnte nicht aufhören zu zittern... konnte nicht aufhören...

Dann war er in ihr, drang in sie ein, heftig, hitzig, ihre Körper waren schlüpfrig vom Schweiß. Er küßte sie auf den Mund mit ihrem eigenen Geschmack auf den Lippen wie dem einer fremden, verbotenen Frucht. Und sie schrie auf, immer wieder, Arme und Beine um ihn geschlungen, ihr ganzer Körper erzitterte vor Lust, vor sehnsüchtigem Verlangen.

Oh, dieses köstliche Gefühl! Bin ich das wirklich, mache ich all diese Geräusche? Könnte es das sein, weshalb Gerald immer so keucht und ächzt? O Gott... es ist mir gleich... ich will nur nicht, daß es aufhört... es tut so gut...

Er drang tiefer in sie ein und schneller, sein Körper spannte sich. Sein Rücken bog sich, die Sehnen in seinem Nacken traten hervor. Sie grub die Finger in seine Hinterbacken, die so herrlich hart waren und sich wie Löffel an den Seiten einwölbten. Er schrie auch auf, es war ein rauher, kehliger Laut, immer wieder.

Dann folgte eine Stille, ein köstliches, fließendes Gefühl, als ob sie eine Feder wäre, die der leiseste Luftzug hochheben und in die Nacht hinaustragen könnte.

Sylvie schlug die Augen auf und sah, daß Nikos sie angrinste. »Jetzt kannst du schlafen«, sagte er.

Sie erwachte von dem lauten Krachen der Feuerwerkskörper draußen. Sie spähte halb betäubt zum Fenster. Es war dunkel. Sie wußte nicht, wie lange sie geschlafen hatte. Nicht lange genug. Der Schlaf war eine Höhle, in die sie sich wieder zu verkriechen sehnte.

Sie fühlte sich, als wäre sie in dem Körper eines anderen Menschen aufgewacht. Alles schmerzte. Sie konnte sich nicht rühren, ohne daß ihr irgend etwas weh tat. Ihr eingesunkener Bauch fühlte sich wie eine einzige Wunde an.

Sylvie sah Angie sich im Schlaf bewegen. Eine andere Frau schnarchte leise. Wie sie sie beneidete! Sie würden ihre Babys heim zu fröhlichen Ehemännern bringen und ihr gewohntes Leben fortsetzen. Sie konnten sich darauf freuen, mit ihrem Baby zu spielen, es zu hätscheln und es den entzückten Großeltern zu zeigen, an sonnigen Tagen mit ihm im Park spazierenzugehen.

Und wo würde *sie* dann sein?

Sylvie überkam ein Frösteln, als sie daran zu denken versuchte, was ihr bevorstand. Sie konnte sich nur an ein einziges Mal erinnern, daß Gerald wütend geworden war, aber es hatte sie so arg mitgenommen, daß sie es niemals würde vergessen können.

An jenem grauen, nebligen Nachmittag war sie aus dem Souterrain gekommen, nachdem sie bei Nikos gewesen war. Und da stand Gerald auf der Terrasse und sah auf sie hinab. *Gott, o Gott.* Ihr Inneres verwandelte sich in kochend heißes Wasser. Gewöhnlich kam er erst zum Abendessen von der Bank nach Hause, aber jetzt lehnte er da an der Brüstung und starrte sie mit steinerner Miene an.

Sylvie fing an zu zittern. Sie hatte das seltsam losgelöste Gefühl, daß das gar nicht die Wirklichkeit war, gar nicht wahr sein konnte. Lieber Gott, dachte sie. Er weiß, daß ich nie hinunter in den Keller gehe, daß ich in dunklen, klammen Räumen zu ersticken fürchte. Weshalb kann ich da unten gewesen sein, außer um Nikos zu besuchen? Was für eine Erklärung könnte ich ihm geben?

Aber mit einemmal war die Lüge da, so instinktiv, wie man die Hand hebt, um einen Schlag abzuwehren. »Liebling, welch eine Überraschung!« rief sie fröhlich, und das Herz schlug ihr bis zum Hals. »Ich habe dem armen Nikos gerade ein paar Aspirintabletten gebracht. Er liegt mit Fieber im Bett, und da Bridget heute ihren freien Tag hat... Aber warum hast du mir denn nichts davon gesagt, daß du heute früher nach Haus kommst?«

Gerald antwortete zuerst nicht und sah sie nur immer auf diese seltsame Weise an, als wäre sie etwas, das er noch nie zuvor gesehen hatte. Seine Augen, sah sie, als sie auf ihn zuging, waren kalt wie Eis auf einer Fensterscheibe.

»Ich wußte es selber nicht«, sagte er mit seiner üblichen Stimme. »Ich bin zurückgekommen, um einige Papiere zu holen, die ich heute früh vergessen hatte.« Als er ihren Arm nahm, tat er es allerdings nicht auf seine übliche, sanfte Art, sondern mit der festen Hand eines Vaters, der seine ungeratene Tochter aufgreift. »Du siehst selbst aus, als ob du etwas Fieber hättest, Liebling. Dein Gesicht ist puterrot. Hoffen wir, daß du dich bei dem Mann nicht angesteckt hast.«

»Ich glaube nicht, Gerald –«

»Du weißt, daß du dem Personal gegenüber nicht vorsichtig genug sein kannst«, fuhr er fort, als hätte sie nichts gesagt. »Du kannst dir alles Mögliche bei ihm holen.«

»Gerald –« Sie wollte ihm sagen, daß er ihr weh tat, als er ihr so in den Arm kniff, aber der Ausdruck in seinem Gesicht bestimmte sie, es sein zu lassen.

»Ich fürchte, ich muß darauf bestehen, daß du dich ins Bett legst, meine Liebe.«

Er führte sie durch die Terrassentür ins Erdgeschoß des Hauses, und das hohle Klacken seiner Schritte auf dem Parkett erzeugte Schockwellen, die ihr in die Magengrube fuhren. Der Weg die Treppe hinauf zum Schlafzimmer kam ihr endlos vor. Ihr wurde bewußt, was alles für sie auf dem Spiel stand. Lustige, beschwipste Dinners mit Gerald und den Golds im Restaurant Le Chambord, ihre köstlichen Rosen und, o Gott, dieses wundervolle Haus. Als sie durch das Herrenzimmer mit den gewölbten Decken und den zauberhaften Antiquitäten über den kostbaren Täbris schritten und über sie wie ein Bukett aus tausend Prismen der Waterford-Leuchter hinwegschwebte, hatte sie das Gefühl, sie müsse es sich alles einprägen, in das Gehirn einbrennen, damit sie es nicht verlor.

Dann ging es die geschwungenen Marmortreppen hinauf, und ihre Beine zitterten von der Anstrengung, über den chinesischen Läufer, der ihre Schritte dämpfte, vorbei an der Kalenderuhr aus Atlasholz, die in klagendem Ton die Stunde verkündete, an den Medaillonvasen vorüber, die in ihren runden Marmornischen Wache standen.

Dann das Schlafzimmer, das schönste von allen, nur kalt jetzt und irgendwie unversöhnlich. Der Nebel, der vom Fluß heraufkam und an den rautenförmig gerahmten Fensterscheiben hing, warf einen grauen Schatten über den Aubusson-Teppich mit den hübschen herbstlichen Farben und tauchte sie in winterliche Blässe.

Dann stand er da, als hätte er unendlich viel Zeit, er sah ihr zu, wie sie sich auszog, und wandte die wie von einem Frost erstarrten Augen nicht eine Sekunde von ihr ab. Gewöhnlich schaute er stets höflich anderswohin. Sylvie hatte das Gefühl, er prüfe ihren Körper auf verräterische Zeichen, die ihm genaueren Aufschluß über ihr Verbrechen geben sollten.

Den Tränen nahe, hatte sie endlich ins Bett steigen und unter die Decke schlüpfen dürfen. Sie zitterte so sehr, daß sie wirklich krank zu sein glaubte. Die Pfosten an den vier Ecken des Betts schienen ihr wie Türme emporzuragen, und die geschnitzten Delphine darauf entzückten sie nicht wie sonst, sondern kamen ihr mit ihrem eisigen Hohnlächeln kalt und grausig vor.

Gerald schritt zur Balkontür hinüber und sah in den Garten hinaus. Sie schrieben den 31. Oktober, und der Apfelbaum war bis auf wenige zerzauste Blätter und ein oder zwei schrumpelige Äpfel, die sich wie kleine Fäuste an die Äste klammerten, fast kahl.

»Ach, übrigens, ich habe beschlossen, Nikos zu entlassen.« Er sprach ziemlich leise, aber jedes Wort traf sie wie ein Hammer, der auf einen Amboß schlug.

Sylvie fühlte, daß die Luft aus ihren Lungen gepreßt wurde, als läge der Amboß auf ihrer Brust und drückte sie nieder, aber sie heuchelte nur ein gelindes Erstaunen. »Oh, warum?«

»Erinnerst du dich noch an mein Feuerzeug, das ich vermißte? Bridget hat es in seinem Zimmer gefunden. Dumm von ihm. Es war nicht einmal etwas wert.« Er steckte eine Hand in die Tasche und nahm das silberne Feuerzeug heraus, drehte es auf der Handfläche um – wie seltsam zierlich diese Hände waren, die Finger weiß und spitz zulaufend mit kleinen flachen muschelrosa Nägeln wie die Hände der Schäferin aus Meißener Porzellan auf dem Kaminsims. Dann steckte er sich sehr ruhig eine seiner langen, dünnen Zigarren an.

Er log. Und es war ihm gleich, daß sie es wußte. Bridget ging nie in Nikos' Zimmer. Sylvie war auch sicher, daß das Feuerzeug Geralds Tasche nie verlassen hatte. Es war nur eine Ausrede von Gerald, um ihn loszuwerden.

Lieber Gott, war sie so unvorsichtig gewesen? Aber wenn er nun doch noch nichts wußte? Vielleicht hatte er nur eine Vermutung.

Denn wenn Gerald ganz sicher war, wenn er Beweise hatte, würde er sie ebenso wie Nikos hinauswerfen. Vielleicht nicht gleich, aber liefe es am Ende nicht auf dasselbe hinaus?

Eine Serie von Krachern riß Sylvie aus ihren bösen Ahnungen. Feuerwerkskörper wieder, nur klangen sie diesmal so nahe, als würden sie in der schmalen Passage direkt unter ihrem Fenster entzündet.

Die Verzweiflung drückte sie nieder. Sylvie sehnte sich von ganzem Herzen danach, wegzufliegen und alles auszulöschen, was geschehen war, und ganz neu anzufangen. Sie sah zu Angie hinüber, die friedlich schlief. Oh, was gäbe sie dafür, mit ihr zu tauschen.

Aber ihr Geist war schwächer als ihr Körper, und Sylvie schloß die Augen und schlief ein.

Sie träumte von dem Tag ihrer Eheschließung.

Sie und Gerald standen unter dem mit Seidenstickereien geschmückten Hochzeitsbaldachin, der sich seit Generationen im Besitz seiner Familie befand. Er und Estelle, seine erste Frau, hatten darunter geheiratet... aber sie ließ sich nicht einmal von diesem Gedanken den wundervollen Augenblick verderben. Gerald konnte Estelle nicht so geliebt haben, wie er sie liebte. Er hatte ihr das zwar nicht gesagt, aber auf so vielfache Weise gezeigt.

Zitternd vor Glück stand sie ihm gegenüber. Gerald wirkte groß in seinem dunklen Smoking, und sein Gesicht war von Liebe zu ihr erfüllt, als er sie ansah.

Sie hörte den Kantor singen und sogar ein wenig schluchzen. Und die uralten Melodien taten ihr gut, erinnerten sie an die kleine *Schul* auf der Intervale Avenue, in die sie mit Mama zum Neujahrsfest ging. Gerald hob ihren Schleier hoch und setzte einen Becher mit Wein an ihre Lippen. Er war zähflüssig und süß, so süß, daß er ihr die Kehle verbrannte und die Luft abschnürte.

Plötzlich konnte sie nicht mehr atmen. Ein fürchterlicher Kloß saß ihr im Hals, und in der Nase brannte es auch, jeder Atemzug bereitete ihr Schmerzen in der Lunge.

Es war heiß. Erstickend. Warum war es so heiß?

Dann sah sie es.

Der Hochzeitsbaldachin stand in Flammen! Flammen leckten an den vergoldenen Stützen. Funken regneten herab. Verzweifelt streckte sie die Arme nach Gerald aus, aber er löste sich in Rauch auf.

Die Zeit stand still. Sie konnte sich nicht bewegen. Sie versuchte zu schreien, aber als sie den Mund auftat, wollte kein Ton herauskommen.

Sylvie erwachte mit einem Ruck. Ihre Zunge fühlte sich an, als wäre sie aus Flanell. Ihre Augen brannten, ein stechender Geruch war in ihrer Nase wie von brennendem Gummi oder aus einer jener abscheulichen chemischen Fabriken.

Sie richtete sich mit Mühe auf und schwang die Beine seitwärts aus dem Bett. Das wellige Linoleum unter ihren Füßen fühlte sich warm an. Die Luft schien stickiger geworden zu sein. Sie hustete. Ihre Lungen brannten.

Luft, sie brauchte Luft. Sie wankte zum Fenster, achtete nicht auf die Schmerzen zwischen ihren Beinen und zerrte an den Griffen, um es hochzuschieben. Aber es saß fest, bewegte sich nicht. Es war so alt wie der Rest des Gebäudes und unter ungezählten Farbschichten festgeklebt.

Dann sah sie vom Stockwerk unter ihr schwarze Rauchwolken aufsteigen, und ein orangener Flammenfinger schoß hoch. Feuer! Kein Traum, es war Wirklichkeit.

Sylvie, so betäubt sie war, wußte, daß sie fortmußte. Die anderen aufwecken. Und dann hinaus.

Sie riß das Kissen von ihrem Bett und hielt es sich vor das Gesicht, um einen Teil des erstickenden Rauchs zu filtern. Sie stolperte und schüttelte Angie. Angie ächzte, aber wollte die Augen nicht öffnen.

»Wach auf!« schrie Sylvie. »Feuer!«

Die anderen Frauen waren von ihren Schreien erwacht, krochen aus ihren Betten und eilten, so rasch sie konnten, hinaus auf den Gang.

Sylvie packte Angie bei den Schultern und rüttelte sie, so fest sie konnte. Aber ihre Bettnachbarin stöhnte nur einmal tief auf und rollte ins Kissen zurück. Sylvie bemühte sich darum, sie hochzuheben und aus dem Bett zu zerren, aber Angie fühlte sich wie ein Granitblock an. Es würde jemand kommen und ihr helfen müssen.

Halberstickt, in panischer Angst und überall Schmerzen, eilte Sylvie aus dem Raum. Sie mußte etwas tun.

Der Korridor war ein Alptraum besonderer Art. Patientinnen in Nachthemden stießen einander schreiend beiseite, andere schrien in ihren Betten liegend, so daß Sylvie an Picassos *Guernica* oder ein verrücktes surrealistisches Gemälde dachte. Eine Trage schoß vorbei, geschoben von einer Schwester mit kalkweißem Gesicht. Dicker Rauch lag in der Luft, biß in die Lungen. Ein Hustenkrampf würgte sie, die Tränen rannen ihr aus den brennenden Augen.

Sie hörte das schwache Heulen einer Feuerwehrsirene. Es klang weit entfernt. Zu weit.

Die Säuglingsstation. Sie mußte zu den Säuglingen.

Sylvie dachte nur an ihr Baby, als sie den Korridor hinuntertaumelte und dem Pfeil folgte, der ihr den Weg zu den Neugeborenen wies. Ihrer Tochter durfte nichts zustoßen, was auch geschah.

Sie stolperte, ein harter, schmerzender Schlag in den Handgelenken, Knien, aber sie raffte sich auf und zwang die Beine, sich zu bewegen. Sie war so schwach. Und zwischen den Beinen tat es ihr so weh.

Da vorn – ein Lichtschimmer hinter dem Rauch. Das lange Fenster, durch das man in die Säuglingsstation sah. Sie schluchzte erleichtert. Aber irgend etwas stimmte nicht. Die Station sah verlassen aus, die Babybetten waren leer. Sylvie blinzelte, um die Tränen aus den Augen zu pressen. Nein, es war noch immer jemand da. Eine junge Nonne, die sie aus der Entbindungsstation wiedererkannte.

Sylvie drängte vorwärts durch die Tür.

Die junge Schwester sah kurz auf, ihr Gesicht verzerrt, eine Maske des Schreckens. In rasender Eile wickelte sie gerade ein Baby in ein feuchtes Tuch. Sylvie sah den Namen auf dem Babybett: SANTINI. Angies Baby. Nahe dabei ihres mit dem Namen ROSENTHAL. Es war leer.

Ihr Blut in den Adern stockte. Sie umklammerte den Arm der Schwester. »Mein Baby...«

»Die Babys sind in Sicherheit«, krächzte die Schwester und hustete. »Sie sind alle hinuntergebracht worden. Das hier ist das letzte.«

Zitternd vor Erleichterung, fiel ihr Angie ein. »Mrs. Santini«, keuchte sie. »Ich konnte sie nicht wach bekommen. Bitte. Sie müssen ihr helfen. Ich nehme das Baby.«

»Warten Sie. « Die Schwester riß eine Schere von einem Tisch und schnitt das perlengeschmückte Identitätsarmband von dem winzigen elfenbeinfarbenen Handgelenk des Babys ab. Die Perlen prasselten auf den Linoleumboden. »Das Porzellan...«, keuchte sie, »...absorbiert die Hitze... könnte sich daran verbrennen...«

Sylvie sah, daß überall auf dem Boden und dem Tresen Perlen von den Armbändern lagen. Eine, ein winziger rosa Würfel, auf den ein schwarzes »R« gedruckt war, lag in einer Falte des Ärmels der jungen Schwester und leuchtete sie an.

Sylvie streckte die Hände aus und nahm das feuchte Bündel entgegen. Sie fühlte ihre Kraft zurückkehren, als sie das warme Gewicht des Kindes gegen die Brust drückte, und stützte das winzige, wacklige Köpfchen mit der Hand.

Mit dem Mut der Verzweiflung kämpfte sich Sylvie den Weg zurück durch den dichter werdenden Qualm, vorbei an den verlassenen Schwesternzimmern, zum Treppenhaus hin.

Da, um die Ecke. Jetzt geradeaus. Sie riß die Tür auf, auf der AUSGANG stand. Und sprang entsetzt zurück.

Das Treppenhaus stand in Flammen. Sie hörte einen schrillen Schrei und merkte, daß es ihr eigener war.

Lieber Gott, wohin jetzt?

Sie erinnerte sich an die Fenster. Wenn man sie öffnete, müßte man auf die Plattform gelangen, von der die eiserne Feuerleiter im Zickzack an der Seitenwand des Gebäudes hinabführte.

Sylvie hastete in den nächsten Raum und legte das Baby vorsichtig auf ein Bett. Sie rüttelte an dem Schiebefenster, um es anzuheben. Aber es bewegte sich nicht. Sie zerrte fester. Dann gab es plötzlich einen Knall – ein Geräusch ähnlich einem Gewehrschuß –, und das Fenster fuhr hoch. Sylvie, schwach vor Erleichterung, nahm das Baby auf. Sie zog einen Stuhl zur Fensterbank und stieg vorsichtig darauf. Langsam.

Und sah hinunter.

Fünf Stockwerke tiefer schwamm die Straße schwindelerregend in ihr Blickfeld. Seltsam, wie hell sie aussah, als ob es Tag wäre und nicht Nacht. Insektengroße Menschen wimmelten umher. Feuerwehrwagen schoben sich wie Spielzeugautos den Bordstein entlang. Der Bürgersteig war eine Schlangengrube aus Schläuchen.

Alles schien zu kippen, und sie hatte das Gefühl, daß sie gleich abstürzen würde. Sylvie schloß die Augen und holte tief Luft.

Nein. Sieh nicht hinunter. Bewege dich einfach. Los.

Sylvie stieg auf die Plattform hinaus; die Eisenrippen waren warm und rauh unter ihren nackten Fußsohlen. Zentimeterweise begann sie die Stufen hinunterzusteigen und packte das Eisengeländer mit einer Hand, während sie das Baby mit der anderen umklammert hielt. Die Stufen kamen ihr gefährlich steil vor, so daß ihr die Arme und Beine vor Angst weich wie Gummi wurden.

Wie sollte sie jemals die fünf Stockwerke hinunter schaffen? Und wenn sie hinfiel oder das Baby losließ?

Nein. Nein, sie durfte nicht daran denken. Nur nicht daran denken.

Hustend und mit brennenden Augen tastete sich Sylvie ihren Weg hinunter, quetschte und zerkratzte sich die Füße, während sie nach den Stufen suchte.

Sie hatte gerade die Plattform im vierten Stock erreicht, als eine ohrenbetäubende Explosion die Luft erschütterte und die Feuerleiter heftig zum Erzittern brachte. Sylvie erstarrte. Sie warf einen Blick hinauf und sah aus dem Fenster über ihr Flammen schlagen. Zersprungenes Glas regnete herab und prasselte auf die Feuerleiter. Etwas Scharfes, Hartes traf sie an der Schulter.

Sylvie schrie vor Entsetzen und Schmerz. Etwas Warmes tröpfelte ihre Schulter hinab. Sie fühlte ihre Muskeln schlaff, ihr Inneres zu Wasser werden. Betäubung kroch in ihren Körper. Sie wollte sich bewegen, aber sie merkte, daß sie es nicht vermochte. Sie konnte nicht mehr.

Die Zeit schien stehenzubleiben, und die Hitze nahm zu, schien sie durch das Nachthemd hindurch zu versengen. O lieber Gott, war das das Ende? Würden sie beide umkommen, während sie erstarrt dastand wie Lots Weib?

Da stieß das Baby sie an. Eine winzige Hand streckte sich aus der Decke hervor und schien in der Luft umherzutasten, bis sie ihre Wange fand. Federleichte Finger flatterten gegen ihren Mund.

Tränen sammelten sich in Sylvies Kehle. *Oh, du dummer Körper. Beweg dich, verdammt. Um dieses Baby zu retten, wenn schon nicht meinetwegen.* LOS, BEWEG DICH!

Irgendwie zwang sie ihre Glieder, die Erstarrung abzuschütteln und weiterzugehen.

Sylvie wußte nicht, daß sie den Erdboden erreicht hatte, bevor starke Hände sie umfaßten und herunterhoben. Ihre Füße berührten das Straßenpflaster. Es fühlte sich so wunderbar fest an. Stimmen redeten auf sie ein. Überall waren Hände, die sie führten und stützten.

Pulsierende rote Blinklichter stachen ihr in die Augen. Laute Stimmen, die Befehle durch Megaphone brüllten, schienen ihr zu folgen, als sie und die Männer, die ihr halfen, sich einen Weg aus dem Wirrwarr der Wasserschläuche und Feuerwehrwagen bahnten.

Sie kam sich unwirklich vor, als ob sie nicht dazugehörte. Geisterhaft schwammen Tragbahren vorbei. Feuerwehrleute in verrußten gelben Schutzanzügen brüllten einander über dem Donnern der Hydranten Worte zu. Ihre geschwärzten Gesichter waren scheußlich verzerrt wie die Fratzen mittelalterlicher Wasserspeier.

»...irgendwelche verdammten Kinder haben mit Feuerwerkskörpern gespielt...« hörte sie einen von ihnen sagen.

Sylvie bahnte sich nun allein mit dem Baby im Arm ihren Weg durch die Menschenmenge. Trotz ihrer Benommenheit war ihr eines klar: Sie mußte ihre Tochter finden. Aber zuerst Angie, damit sie wußte, daß ihr Baby in Sicherheit war. Mein Gott, die arme Frau mußte wahnsinnig vor Angst sein!

Sie entdeckte eine Gestalt, die ihr bekannt vorkam und die zwei Patientinnen in Rollstühlen dirigierte. »Schwester! Warten Sie!«

Schwester Ignatius wandte sich um. Ihr weißes Gewand war an einem Dutzend Stellen zerrissen und mit Rußstreifen verschmutzt. Und außerdem wirkte sie seltsam nackt. Dann begriff Sylvie, daß sie ihr Schwesternhäubchen und die Brille verloren hatte.

Sylvie umklammerte den schmutzigen Ärmel der Schwester verzweifelt, weil sie wissen mußte, ob ihr Kind in Sicherheit war. »Schwester, bitte, die anderen Babys...«

»Gerettet, alle gerettet, gelobt sei Gott.« Die Schwester bekreuzigte sich.

Da fiel Sylvie das Baby in ihrem Arm, Angies Baby, ein.

»Wo finde ich Mrs. Santini?« fragte Sylvie.

Sie wollte es gerade erklären, aber Schwester Ignatius' brillenlose Augen füllten sich mit Tränen. »Mrs. Santini ist jetzt bei Gott.« Sie bekreuzigte sich wieder. »Die Explosion. Es war zu spät. Als sie zum fünften Stock hinaufkamen, war sie schon... unsere arme Schwester Paul auch. Sie ist bei ihrem Versuch Mrs. Santini zu retten, ums Leben gekommen.«

Als Sylvie an die herzliche junge Frau aus der Bronx dachte, die in dem Bett neben ihr gelegen hatte, empfand sie großen Kummer. Wie hatten Angies braune Augen aufgeleuchtet, wenn sie von ihrem Baby sprach, trotz ihrer Enttäuschung, daß es ein Mädchen war. Arme Angie! Sylvie fühlte Tränen aufsteigen.

Dann schlug Sylvie zum erstenmal das Tuch zurück, welches das winzige Körperchen bedeckte, das sie in den Armen hielt.

Aus den schmutzigen Falten sah sie ein Gesichtchen an,

das so fein und zart wie eine Elfenbeinkamee war. Sylvie holte tief Atem. Runde blaue Puppenaugen und der Mund eine entzückende kleine Rosenknospe. Hellbraunes Haar wie der Flaum eines Entenkükens. Nicht so schwarz und schrumpelig wie ihr eigenes kleines Mädchen. Sie streichelte mit dem Finger die seidige Wange des Babys, und es wandte ihr den Kopf zu und bewegte das Mündchen.

Sylvies trockene, brennende Augen füllten sich mit Tränen. Mitten in diesem Alptraum war ein Wunder geschehen. Sie berührte das winzige Händchen und fühlte, wie es sich mit überraschender Kraft um ihren Finger schloß. Sie staunte über die Fingernägel, die nicht größer als Staubperlen waren.

Sie fühlte Schwester Ignatius' Hand an ihrer Schulter. »Gott war mit Ihnen. Und mit Ihrem Baby auch. Es ist ein Wunder, daß Sie den langen, gefährlichen Weg die Feuerleiter hinunter beide heil überstanden haben.«

Sylvie erstarrte, verwundert. Die Schwester hatte Angies Baby für *ihres* gehalten! Aber das war nicht schwer zu erklären. Sie hatte ihr Leben aufs Spiel gesetzt, um dieses Kind zu retten. Und wer sonst als eine Mutter tat so etwas?

Bruchstücke von Bildern wirbelten ihr durch den Kopf. Nikos. Das dunkle Gesicht ihres eigenen Kindes, das sie nur kurz gesehen hatte. Geralds blaßblaue Augen, die ihr zusahen, als sie sich auszog.

Und dann klärten sich ihre Gedanken mit einemmal; es war, wie wenn auf einem mittelalterlichen Bild oder in einer illuminierten Handschrift ein Lichtstrahl durch die Wolken brach.

Niemand würde es je erfahren. Wer konnte ihr dieses Kind streitig machen, wenn sie es behielt? Weder Angie noch Schwester Paul.

Nur vielleicht Schwester Ignatius. Aber die war halb von Sinnen, und sie hatte bereits, ohne es zu wissen, ihren Segen dazu gegeben. Es gab auch keine Akten mehr darüber. Die Explosion hatte die Geburtshilfestation zerstört.

Überwältigt fing Sylvie an zu zittern. Es war monströs, wie konnte sie nur an so etwas denken? Ihr eigenes Kind aufzugeben... und wem zu überlassen? Es gab so verrückte Menschen auf der Welt. Aber Angies Familie – das mußten nette Leute sein wie sie selbst – und sie würden zweifellos glauben, daß es ihr Baby war.

Konnte sie das tun? Brachte sie es fertig? Ihre eigene Tochter nie wiederzusehen? Niemals zu sehen, wie sie aufwuchs?

Dann dachte Sylvie daran, wie ihr Leben und das Leben ihres Babys sein würde, wenn Gerald sich von ihr scheiden ließ. Wenn er sie seiner Liebe, seines Schutzes beraubte. Sie wegschickte, damit sie ihr Baby in Schande und allein aufzog.

Allein. Ohne Mama. Ohne Gerald.

Nein, *schlimmer* als allein. Sie hätte dann ein Baby, für das sie sorgen müßte. Ein Baby, das niemand willkommen heißen würde, nicht einmal Nikos.

Sie erinnerte sich, wie krank sie nach Mamas Tod gewesen war. Was geschah, wenn sie jetzt krank wurde? Oder starb? Wer würde sich um das Baby kümmern? Wer würde es liebhaben?

Und doch konnte sie noch immer nicht glauben, daß sie so einen Gedanken dachte. Ihr eigenes Kind aufzugeben, ein anderes Baby an seiner Stelle anzunehmen. Das war schlimmer als häßlich, das war...

Es ging nicht anders. Sie mußte es tun.

Nein, nein, NEIN, schrie sie in Gedanken, ich darf nicht. Ich darf nicht einmal daran denken...

Und Angies Mann wird nichts ahnen. Denk dran, er hat das Baby noch nicht gesehen. Er wird es als sein eigenes akzeptieren, es bedingungslos lieben. Und hat Angie nicht etwas über ihre anderen Kinder gesagt? Ja, richtig. Es waren noch zwei Mädchen da. Dein Baby wird Schwestern, eine Familie haben.

...so eine Untat, eine Sünde wider Gott...

Du wirst Gerald behalten. Und hast ein Baby, das er lieben, über das er sich freuen, für das er sorgen, das er als sein eigenes Kind aufziehen wird.

Sylvie starrte auf das wundervolle Kameengesicht herab, das in ihren Armen schlief. Tränen traten in ihre Augen und tropften auf die schmutzige Decke, rollten in die Falten hinein. Ihre Brust fühlte sich an, als wäre sie aus zerbrochenem Glas, spitze kalte Splitter bohrten sich ihr ins Herz.

Ja, vielleicht wäre es besser...

Aber wie kann ich sie vergessen, meine eigene Tochter? Lieber Gott, ich darf sie niemals halten, aufwachsen sehen, liebhaben...

Sie mußte sich entscheiden. Und es blieb ihr keine Zeit zum Überlegen. Schwester Ignatius starrte sie an und wartete, daß sie etwas sagte. Sie mußte ihre Wahl *jetzt* treffen.

Sylvie blinzelte die Tränen aus den Augen fort und hob den Kopf, um dem argwöhnischen Blick der Schwester zu begegnen.

Sie hatte sich entschieden.

»Ja«, sagte sie. »Es ist ein Wunder, nicht wahr?«

Erster Teil

Ich bereue und verabscheue all meine Sünden
von ganzem Herzen Deiner gerechten Strafe wegen,
vor allen Dingen aber, weil sie Dich,
meinen Gott, beleidigen, der Du ganz und gar gut bist
und meine Liebe verdienst.
Reuebekenntnis, ein katholisches Gebet

Das Feuer hat mich verzehrt,
aber nie so sehr wie die Glut meiner Begierde.
Jüdisches Gebet am Tag der Versöhnung

I

Brooklyn 1959

»In Demut und Reue bekenne ich meine Sünden.«

Die sechzehnjährige Rose Santini beugte den Nacken im dunklen Beichtstuhl, und ihre Kniescheiben schmerzten auf der harten Bank. Der Duft des Bienenwachses und des Weihrauchs, der monotone, leise Gesang der Abendandacht, der aus dem Altarraum zu ihr herüberwehte, waren ihr vertraut, und doch hatte sie das Gefühl, zum erstenmal ihre Sünden zu beichten, und fürchtete sich schrecklich. Ihr Herz schlug so laut in ihrem Ohr, sie war ganz sicher, daß auch der Pater es hören konnte, selbst ohne sein Gerät.

Sie dachte: Ich weiß, was Sie erwarten, Pater. Das übliche Zeug eben, das Kinder Ihnen erzählen – ich habe gelogen, als ich gesagt habe, ich hätte meine Hausaufgaben gemacht, ich habe am Freitag ein Würstchen gegessen, ich habe auf meine Schwester geflucht. Ach, wenn das alles wäre...

Was sie getan hatte, war eine Million Mal schlimmer. Eine Todsünde.

Rose ballte die Faust um ihren Rosenkranz, die Perlen bissen ihr in die Handfläche. Ihr war so heiß, sie glühte, als hätte sie die Grippe. Aber sie wußte, daß sie nicht krank war. Nein, viel schlimmer. Was waren Krämpfe und Halsweh, verglichen mit der ewigen Verdammnis?

Sie erinnerte sich an die erste Klasse in der Grundschule, als Schwester Gabrielle ihr gesagt hatte, die Beichte wäre so, als ob man seine Seele wüsche. Rose hatte sich auf einem Tisch ausgestreckt liegen sehen, während ein Priester mit aufgerollten Hemdsärmeln und eingeseiften Händen über ihr stand und sie abwusch und dann die Buße, ein paar Gegrüßet seist du, Maria und Vaterunser, darüberspülte, um ihre Extraflecken herauszukriegen.

Aber heute mußte ihre Seele so schwarz sein, daß sie mit keinem Schrubber mehr sauberzubekommen war. Im allerbesten Fall konnte sie auf ein schmuddeliges Grau hoffen, wie in dieser Fernsehwerbung, wo sie das falsche Waschmittel benutzten.

»Meine letzte Beichte war vor zwei Wochen«, fuhr sie leise flüsternd fort.

Rose starrte auf das Beichtgitter vor ihr. Sie konnte gerade eben das schattenhafte Profil des Priesters auf der anderen Seite erkennen. Früher, als sie noch kleiner gewesen war, hatte sie beinahe geglaubt, daß Gott selbst darin säße ... oder vielmehr, daß Gott durch seinen Boten mit ihr spräche so wie in einem Ferngespräch, nur daß er viel weiter weg als Los Angeles oder Minneapolis war.

Jetzt wußte sie natürlich, daß nur der alte Pater Donahue dahintersteckte, der sich asthmatisch durch die Sonntagsmesse schnaufte und dessen Hand nach Zigaretten roch, wenn er ihr die Hostie auf die ausgestreckte Zunge drückte. Aber selbst das Bewußtsein, daß es der altersschwache Pater war, half nicht gegen das mulmige Gefühl im Bauch. Denn irgendwo war Gott, der sie bestrafen würde. Er konnte sie in einem Autounfall zum Krüppel machen oder ihr ganzes Leben mit Krebs auslöschen. Sieh dir die arme Frau an, von der Schwester Perpetua ihnen erzählt hatte: In ihrem Glauben schwankend geworden, war sie der Sünde verfallen und glaubte nun, sie wäre schwanger. Als man sie schließlich aufschnitt, trug sie nicht ein Kind, sondern einen abscheulichen Tumor so groß wie eine Wassermelone im Leib.

Und zumindest würde sie ins Fegefeuer kommen. Sie stellte sich vor, daß Gott ihre Sünden in ein dickes schwarzes Hauptbuch mit blaßgrünen Seiten eintrug, in so ein Buch wie das, in dem Schwester Agnes notierte, wenn jemand zu spät kam oder einen Tadel verdiente. Das Fegefeuer mußte wie die Schule sein – alle gingen sie hindurch. Es war nur die Frage, wer die Prüfungen bestand und wer nicht.

Rose betete eilig: »O Herr, ich bereue all meine Sünden von ganzem Herzen Deiner gerechten Strafe wegen, vor allen Dingen aber, weil sie Dich, meinen Gott, beleidigen, der Du ganz und gar gut bist und meine Liebe verdienst.«

Sie holte tief Luft.

Pater Donahue murmelte etwas auf Latein, dann schwieg er und wartete, daß sie fortfuhr.

Rose verlagerte ihr Gewicht von einem Knie auf das andere, und das Holz knarrte laut. In der unerträglichen Stille klang es wie ein Pistolenschuß. Es könnte sein, daß es ihn umbringt, dachte sie. Er könnte einen Herzanfall bekommen. PRIESTER DURCH TEENAGERBEICHTE ZU TODE ERSCHRECKT.

Das Blut hämmerte in ihrer Halsschlagader. Sie hatte einen sehr trockenen Mund und dachte sehnsüchtig an die halbe Rolle Drops in ihrer Handtasche. Sahne-Rum, ihre Lieblingsmarke. Aber das war ein Frevel, in so einem Augenblick an Süßigkeiten zu denken.

Sie suchte statt dessen einen die Seele reinigenden Gedanken zu fassen. Die feuchte Hitze erdrückte sie wie eine schwitzende Faust, und aus den Achselhöhlen fing es an herunterzurinnen und breitete sich über das eingezwängte Fleisch um ihren Büstenhalter herum aus; sie hatte ihn von Marie geerbt, und er war ihr um wenigstens zwei Nummern zu klein. Sie dachte an die auf dem Scheiterhaufen verbrannte Heilige Johanna.

Martyrium. Rose erinnerte sich an den Tag, an dem Schwester Perpetua ihnen zum erstenmal davon erzählt hatte. In der fünften Klasse war es, und sie hatten nur halb hingehört auf das, was die Schwester herunterleierte, und waren über ihren eselsohrigen *Heiligenleben* eingenickt.

»Mädchen –« Ihre Stimme wurde plötzlich zu einem dramatischen Flüstern. Rose hob erwartungsvoll den Kopf. »Ich habe eine sehr seltene und heilige Reliquie, die ich euch zeigen werde. Ich lasse sie jetzt herumgehen, und ihr dürft sie alle küssen.«

Sie schlug das Kreuz und nahm dann ein silbernes Medaillon von ihrem Hals. Es war unter ihrer schwarzen Tracht verborgen gewesen.

Rose beobachtete gespannt, wie die Schwester das Medaillon mit ihrem Daumennagel öffnete, der so quadratisch wie der eines Mannes war. Ehrfurchtsvoll legte die Schwester die Medaillonkapsel in die andächtig zusammengelegten Hände von Mary Margaret O'Neil, die am ersten Tisch in der vordersten Reihe saß. Mary Margaret in ihrer weißen Bluse mit den messerscharf gebügelten Ärmeln, dem ordentlich über den Ohren zurückgesteckten roten Haar war der Augapfel der Schwester, denn sie hatte den *Ruf* bereits erhalten.

Einen Heidenbammel hatten die Mädchen, als sie eine nach der anderen mit großen Augen das Medaillon entgegennahmen und sich darüberbeugten, um ihm mit verzerrtem Mund ein Küßchen zu geben, das an das Picken eines Vogels erinnerte. Die Schwester erklärte, es sei ein Stück von einer Märtyrerin, die man vor über zweihundert Jahren in Mexiko verbrannt hätte.

Rose hatte von krankhafter Neugier erregt darauf gewartet, daß es zu ihr gelangte. Wie mochte es aussehen? Würde sie sich tatsächlich überwinden können, es zu *küssen?*

Nach dem, was ihr wie eine Ewigkeit vorkam, reichte man ihr schließlich die Reliquie. Sie war abscheulich, viel scheußlicher, als sie es sich vorgestellt hatte. Schwarz und schrumplig. Wie ein verbrannter Fleischfetzen, den man vom Rand einer Pfanne ablöste. Sie konnte beinahe den Rauch und den beißenden Gestank des verbrannten Fleisches riechen.

Und dann war Rose ein schrecklicher Gedanke gekommen: Meine Mutter. So muß sie ausgesehen haben, als sie starb. Gott, o Gott. Und meinetwegen. Wenn ich an dem Abend nicht geboren worden wäre, lebte sie noch. Deshalb sagt Nonnie immer, ich trüge das Mal des Teufels auf der Stirn.

Sie brachte es nicht über sich, die Reliquie zu küssen. Nicht einmal, obwohl die Schwester und die ganze Klasse darauf warteten. Sie konnte es nicht, eher würde sie sterben.

Danach hatte sie wochenlang kein gebratenes Fleisch essen können. Wenn sie nur daran dachte, glaubte sie, sich übergeben zu müssen.

Rose stellte sich jetzt in der dunklen Ecke des Beichtstuhls vor, *sie* wäre diese Märtyrerin. Sie brannte, ihr Körper röstete langsam unter der weißen Bluse und dem blauen Faltenrock. *Hat meine Mutter so etwas gefühlt? Hat sie schrecklich gelitten?*

Das brennende Gefühl war nun sogar noch schlimmer. Schweiß rieselte ihr zwischen den Brüsten herunter, und sie atmete den Geruch ein, es war ein Gestank nach verbranntem Gummi. Angelina hätte den Tod verdient gehabt, hatte Nonnie gesagt. Hätte sich gegen Gott versündigt und ihre gerechte Strafe bekommen. Die häßlichen Worte ihrer Großmutter sausten ihr im Kopf herum wie nachts die Mäuse hinter der Küchenwand.

Nein, es ist nicht wahr. Ich glaube es nicht.

Aber wenn es *doch* stimmte? Trug sie dann einen Makel? War sie dann durch die Sünde ihrer Mutter gezeichnet wie die Menschheit durch die Sünde Evas?

Ja, sie war gezeichnet. Nach dem, was sie letzte Woche getan hatte, gab es daran keinen Zweifel mehr.

Aber wie, *wie* könnte sie sich überwinden, es zu beichten? Eine soviel schlimmere Sünde, als sie jemals zuvor begangen hatte. Sie schluckte krampfhaft an gegen die Trockenheit in ihrer Kehle, und es machte ein klickendes Geräusch in ihren Ohren.

»Ich habe meine Großmutter belogen. Mehr als einmal«, sagte sie.

Das Schweigen, das darauf folgte, war lauter als Donner in ihrem Kopf.

Dann kam Pater Donahues schwache Flüsterstimme, die sich wie Blätterrascheln anhörte, ja, sie klang ein bißchen so, als käme sie von weither über ein Fernsprechkabel.

»Welcher Art Lügen?« fragte er freundlich, ein Leuchtturmwärter, der einem verirrten Schiff den Weg durch die Nacht wies.

Rose zögerte. Das war der heikle Punkt, an dem der gefährliche Teil der Beichte begann. Wenn sie dem Pater von *allen* Lügen berichtete, die sie sich seit dem letzten Mal Nonnie gegenüber erlaubt hatte, würde sie bis Ostern im Beichtstuhl knien müssen. Und Ostern war erst in zwei Wochen. Nein, sie durfte nur ein paar davon aussuchen.

Rose schloß die Augen und strich mit der schwitzenden Hand über den Faltenrock. Dies war der Teil, den sie am meisten haßte – daß sie ihre Sünden regelrecht beschreiben mußte. Und wie, um Himmels willen, sollte sie ihre Todsünde beichten? Wußten Priester überhaupt von solchen Dingen?

Sie holte noch einmal tief Luft und ließ sie dann langsam hinaus.

»Ich habe wegen des Buches gelogen«, sagte sie.

»Welches Buch?«

»*Der Fänger im Roggen*, von J. D. Salinger. Ich habe es in der Leihbücherei ausgeliehen. Aber Nonnie hat gesagt, ich dürfte es nicht lesen, weil es auf dem Index stünde.«

Sie dachte an Molly Quinn, ihre beste Freundin, die den *Index der verbotenen Bücher* die »Scheißliste« nannte. Ein Buch mußte nicht schmutzig sein, um auf der Liste zu stehen, es brauchten bloß gewisse Wörter drinzustehen, sagte Molly. Und alle sahen andauernd im Index nach, die Schwestern und die Schülerinnen, was Rose nicht verstand, bis Molly es ihr eines Tages erklärte.

»Geh mal runter in die öffentliche Bücherei«, hatte Molly gesagt und gelacht und ihr langes blondes Haar hinter die Ohren geklemmt. Und beim Lachen hatte sie einen Mund voll Zahnklammern gezeigt (sie behauptete, sie könnte damit jeden Rundfunksender empfangen). »Geh und sieh nach, welche Bücher immer ausgeliehen sind.«

Pater Donahue hüstelte trocken und fragte höflich: »Und du hast dieses Buch gelesen, obwohl du wußtest, daß es gegen den Wunsch deiner Großmutter geschah.«

»Ja, Pater.« Rose seufzte.

»Dann hast du zwei Sünden begangen. Du hast es versäumt, deine Großmutter zu ehren, und du hast sie getäuscht.«

»Ich habe ehrlich nicht verstanden, was daran so schlimm sein soll! Ich meine, was Holden Caulfield sagen wollte ... es hatte nicht wirklich mit Sex zu tun –« Rose schwieg entsetzt. Heilige Mutter Gottes, hatte sie das wirklich gesagt? War sie nicht schon genug in Schwierigkeiten, daß sie auch noch ihren großen Mund aufreißen mußte?

Pater Donahue räusperte sich. »Du mußt der Weisheit deiner Eltern und Erzieher vertrauen, mein Kind«, ermahnte er sie sanft. »Und denke daran, daß es dir nicht zusteht, die Anordnungen der Kirche in Frage zu stellen.«

»Ja, Pater.«

»Du kannst fortfahren.«

»Oh, das ist alles, woran ich mich erinnern kann, Pater.« Noch eine Lüge. Aber was nützte es, die Dinge zu erklären? Pater Donahue konnte nicht wissen, wie es ihr zu Hause erging.

Rose schob das Haar im Nacken hoch, um etwas Luft daranzulassen. Als sie noch den Kindergarten besuchte, hatte ihr Nonnie morgens immer einen Zopf geflochten und das Haar so fest zurückgezerrt, daß die Haut sich spannte und sie Kopfschmerzen davon bekam. Aber bis zum Mittag hatte es sich dann trotzdem immer wieder aufgelöst – eine Masse drahtig schwarzer Locken, die sich nach allen Richtungen hin wie Korkenzieher wanden.

Wie eine kleine Zigeunerin, murmelte Nonnie ständig mit schmalen, zusammengekniffenen Lippen und erklärte Roses Haaren jeden Morgen den Krieg. Und wenn sie mit der Haarbürste schmerzhaft an ihren Locken riß, mußte Rose unablässig daran denken, wie sehr sie sich doch von allen anderen in der Familie unterschied. Ein Monster war sie mit ihrer dunklen Haut, ihrem unmöglichen, widerspenstigen Haar und ihren großen schwarzen Augen.

Und so schrecklich groß. Nicht fein und zierlich wie ihre

Schwestern. Nichts von all den Sachen, die sie von Marie und Clare erbte, paßte ihr richtig. Sie waren ihr viel zu eng über der Brust und den Hüften und warfen scheußliche Falten, und sie kam sich wie King Kong vor.

Aber was konnte sie dagegen tun? Nonnie sagte, es sei eine schwere Sünde, aus Eitelkeit gute Sachen wegzuwerfen. Außerdem waren sie wirklich zu arm, als daß sie irgend etwas wegwerfen könnten.

Einmal, ganz allein zu Hause, hatte Rose alles ausgezogen und nackt vor dem fleckig blinden Schlafzimmerspiegel gestanden. Sie wußte, daß es sündhaft war, sich so zu betrachten, die Schwester hatte es gesagt. Aber sie konnte die Augen nicht von ihrem dunklen Körper losreißen.

Sie war überall dunkel, sogar dort, wo das Sonnenlicht niemals hinkam. Ihre schweren Brüste hatten die Farbe der Politur, mit der Nonnie samstags die Möbel einrieb, ihre Brustwarzen waren groß wie Untertassen und so dunkel, daß sie fast blau aussahen. Und ihr Haar. Ein großer schwarzer Busch wuchs aus dem Hügel zwischen ihren Schenkeln. Dunkler und krauser sogar als das Haar auf dem Kopf.

Rose hatte sich dort berührt und schamhaft Vergnügen dabei empfunden. Heilige Jungfrau, woher war das alles gekommen? Marie und Clare hatten kornblumenblaue Augen und schönes welliges Haar von einem rötlichen Blond wie ihr Vater. Sogar Nonnie, verwelkt jetzt und voller Leberflecken, war einst auf eine solide, germanische Art blond und hübsch gewesen – der Beweis, so unglaublich er auch sein mochte, fand sich in den brauntonigen Photos, die in Zinnrahmen zwischen allerlei Krimskrams auf dem Bord über dem Sofa standen. Nonnies Eltern, so hatte man Rose gesagt, waren einst aus Genua gekommen, wo das teutonische Blut sich mit dem italienischen vermischt hatte, um Nonnie ihre helle Farbe und die blaßblauen Augen zu geben.

Schwindlig von diesem mit Entsetzen vermischten Vergnügen hatte Rose sich weiter berührt und die feuchte Spalte erforscht, die unter dem federnden schwarzen Haar verborgen lag, und dann waren ihre Hände hinaufgewandert und hatten die schweren Brüste gedrückt und gesehen, daß die Brustwarzen steif wurden wie zwei Rosinen. Häßlich, dachte sie. Ich bin so häßlich. Niemand wird mich je heiraten wollen oder berühren wollen, so wie ich aussehe.

Nonnie sagte, es sei »schlechtes Blut«, das sie so dunkel gemacht hätte, und deutete an, daß es von Roses Mutter her käme. Aber wie war das möglich? Mama hatte eine helle Haut, hellbraunes Haar und – einem alten Wintermantel von ihr nach zu urteilen – eine zierliche Figur gehabt.

Ganz hinten in Nonnies Photoalbum entdeckte Rose einen alten Schnappschuß von ihren Eltern. Und dieses Bild – nicht das steife, nachträglich kolorierte Hochzeitsphoto – trug sie im Kopf mit sich herum. Es war das verschwommene Bild einer jungen Frau in einem altmodischen Kleid mit ekkigen Schultern, die sich an eine Schiffsreling lehnte, den Kopf in den Nacken gelegt, um zu einem großen Mann aufzuschauen, der hübsch aussah in seinem flotten Matrosenanzug. Sie lachte und war offensichtlich verliebt und hielt ihre handschuhbedeckte Hand hoch, um ihre Augen vor dem Sonnenlicht zu schützen, so daß ein Schatten auf ihrem Gesicht lag. Man sah nur ihr helles, vom Wind zerzaustes Haar und das Lachen ihres Mundes mit den geschminkten Lippen.

Schlechtes Blut. Wenn sie es nicht von ihrer Mutter hatte, von wem hatte sie es dann?

Nun schien die Finsternis des Beichtstuhls durch alle Poren in sie einzudringen und sie mit Verzweiflung zu erfüllen. Wie der Alptraum, der immer wiederkehrte, daß sie durch einen schwarzen Weltraum voll dahinschießender roter Sterne stürzte und daß Hände sich nach ihr ausstreckten, um sie aufzufangen, die sich dann wie ein Nebel auflösten, sobald sie in sie hineinfiel.

Dann erinnerte sie sich an etwas. Brian hatte gesagt, all das Zeugs mit dem schlechten Blut und dem bösen Blick ihrer schwarzen Augen sei abergläubischer Blödsinn.

Er sagte, sie wäre gut und gescheit. Er kenne niemanden, der so gut Kreuzworträtsel lösen und Karten spielen oder sich Sachen ausdenken könnte wie sie, zum Beispiel, als sie die Freikarten für die Klasse und sogar für Schwester Perp organisiert hatte, damit sie zusehen konnten, wie die Yankees die Red Sox einseiften.

Im Geiste konnte sie Brians von ehrlicher Bewunderung erfüllte Stimme hören, daß sie mit ihren elf Jahren auf so einen Trick gekommen war: Cassy Stengel einfach einen Brief zu schreiben, daß die Yanks nach der katastrophalen letzten Spielzeit dringend Leute brauchten, die für sie beteten, und zwar so viele, wie sie kriegen konnten.

»Bist du sicher, mein Kind?« unterbrach Pater Donahue ihre Gedanken.

Sie biß sich auf die Unterlippe. Sollte sie es ihm sagen? Jetzt?

Das heiße Gewicht ihrer Sünde fühlte sich an, als ob es ihr ein Loch in den Magen brannte.

»Ich habe den Namen des Herrn einmal mißbraucht«, beichtete sie. Sie hatte doch nicht den Mut, es zu sagen.

»Einmal nur?«

»Ja, Pater.«

Ihr war einmal der Kragen geplatzt, weil Marie sie ständig herumkommandierte: »Steck die Bluse in den Rock, sei nicht so schlacksig, sondern halte dich gerade, *tu* etwas mit deinem *Haar* und um Himmels willen, *räum deine Zimmerhälfte auf!*«

Da war Rose explodiert: »Wenn du möchtest, daß das Zimmer wie eine gottverdammte Kaserne aussehen soll, dann räume *du* doch auf!«

Nonnie, in der Küche, hatte sie auch gehört.

Rose zuckte bei der Erinnerung zusammen, wie Nonnie sie gezwungen hatte, auf dem Linoleum des Küchenfußbodens niederzuknien und den Rosenkranz zu beten und die Heilige Jungfrau Maria, Jesus Christus, den Heiligen Geist und wer es sonst noch gehört haben könnte anzuflehen, ihr ihre furchtbare Sünde zu verzeihen. O Gott, so viele Stunden. Der Schmerz schoß herauf von ihren grün und blau gequetschten Knien. Diese Demütigung. Und danach konnte sie nicht mehr stehen. Aber Nonnie hatte sie keine einzige Träne weinen sehen. Nein, diesen Triumph hatte sie ihr nicht gegönnt. Dann wäre die Demütigung unerträglich geworden. Und so war sie auf Händen und Knien ins Badezimmer gekrochen und hatte die Tür abgeschlossen und sich dort ausgeweint, während sie das Wasser aus dem Hahn in die Badewanne rauschen ließ, damit man nicht ihr Schluchzen hörte.

»In nomine patris et filii ...« Pater Donahue setzte zum Segen an und erinnerte sie höflich daran, daß noch andere warteten, um ebenfalls zu beichten.

Rose bekam es mit der Angst. Ihre Todsünde – sie hatte sie mit keinem Sterbenswörtchen erwähnt. Nun würde Gott sie ganz sicher fürchterlich bestrafen.

Sie holte noch einmal tief Luft und kämpfte gegen ihre Angst an. Die vermischten Gerüche des Beichtstuhls – ihr Schweiß und der Weihrauch sowie das Pfefferminzkaugummi des Paters – drohten sie fast zu ersticken.

»Pater, ich habe Unzucht getrieben«, platzte sie heraus. Pater Donahues Silhouette bewegte sich und richtete sich drohend auf.

Bekam er nun einen Herzanfall? War das dann ihre Strafe: daß Gott den Priester schlug ... genau wie ihre Mutter?

Er hustete, es war eine Explosion, die wie Donner im Beichtstuhl widerhallte.

»Mein Kind ...« stieß er keuchend hervor. *»Weißt du, was du da sagst?«*

Dem Himmel sei Dank, er lebte noch. Rose stellte sich den Ausdruck auf seinem Gesicht, dem rosafarbenen Antlitz eines alt gewordenen Engels, und den Abscheu vor, den er empfinden mußte. Sie wollte ihre Worte zurückholen, auslöschen, ihre Sünde ungeschehen machen.

Aber dafür war es nun zu spät.

»Ja, Pater«, zwang sie sich, hinter den geballten Knöcheln ihrer Fäuste zu murmeln.

Sie schämte sich, aber es war ein seltsam kaltes Gefühl, sie fand sich zugleich erfrischt wie nach den verhaßten kalten Brausebädern, die sie nehmen mußte, wenn Marie das heiße Wasser im Boiler verbraucht hatte und Rose am ganzen Körper zitterte und nach Luft schnappte, ihre Haut danach aber so wunderbar warm wurde und so herrlich prickelte. Ein Stein war ihr vom Herzen gefallen, sie hatte es endlich geschafft. Nun würde der Vater im Himmel vielleicht eine milde Strafe für sie aussuchen – einen verstauchten Knöchel zum Beispiel statt eines Autounfalls, der sie zeitlebens zum Krüppel machte, oder zwei Tage im Bett mit einer scheußlichen Grippe, aber keine Leukämie.

»Bist du ganz sicher?« Sein Flüstern wurde zu einem angestrengten, zitternden Krächzen.

»Ja, Pater.«

»Hast du diesen ...« Husten »... diesen Akt mehr als einmal begangen?«

»Nur einmal, Pater.« Rose zitterte. Der Schweiß, der ihr nun ausbrach, schien den ganzen Beichtstuhl überschwemmen zu wollen. Sie war sich noch nie in ihrem Leben so nackt und verwundbar vorgekommen, ganz so, als ob ein einziges weiteres Wort des Paters sie wie ein von kräftiger Hand geschwungener spitzer Dolch tödlich ins Herz treffen könnte.

Aber dann begann Pater Donahue seine übliche Litanei zu murmeln, und es klang wie eine leise Wehklage oder sogar Totenklage.

Wollte er ihr denn weiter keine Fragen mehr stellen? Sie nicht wenigstens ausschelten?

Seine Silhouette hinter dem Gitter bewegte sich, als er sich bekreuzigte.

O Herr, ich danke dir, alles würde gutgehen ... jedenfalls nicht allzu schlimm werden. Sie mußte sich vorbeugen, um die Buße zu hören, die er ihr auferlegte. Fünfzehn Gegrüßet seist du, Maria und dreißig Vaterunser. Bei weitem mehr als jemals zuvor. Aber sie würde es nicht bedauern, daß sie es ihm gesagt hatte, kein bißchen und ganz gleich, wie lange sie dazu brauchen oder wie blau und grün ihre Knie hinterher sein würden.

»Gelobt sei Jesus Christus«, sagte er müde.

Es war vorüber. Sie hatte es geschafft. Und sie lebte noch. Der Pater ebenfalls.

Rose glitt aus dem Beichtstuhl hinaus in die kühle, weihrauchduftende Dunkelheit des Altarraums. Die Holzplanken auf dem Boden knarrten leise ihren Protest, als sie den von vielen Füßen weißgescheuerten Mittelgang hinabschritt. Sie beugte die Knie und schlüpfte in eine leere Bank, sank auf die Knie und legte den Kopf mit der Stirn auf die geballten Fäuste. Sie wußte, daß sie sich mit ihren Gedanken Gott zuwenden sollte, aber sie schien sie nicht von Brian losreißen zu können.

Sie bemühte sich, nicht an ihn zu denken und sich auf den harten und langen Pfad der Buße zu konzentrieren, der vor ihr lag.

»Gegrüßet seist du, Maria, voll der Gnade, der Herr ist mit dir. Du bist gebenedeit unter den Weibern, und gebenedeit ist die Frucht deines Leibes, Jesus...«

Aber nein, dieses gute Reuegefühl wollte sich nicht einstellen, daß sie zwar verabscheute, was sie tat, sich selbst aber liebte, weil sie es fertigbrachte – dieses Gefühl, das sie sonntags bei der Kollekte hatte, wenn sie einen ganzen Dollar ihres Babysittergeldes in den Klingelbeutel steckte, oder das sie hatte, wenn sie ihr Gelübde hielt und die ganze Fastenzeit über keine Süßigkeiten aß. Sie hob den Kopf und erwartete beinahe, Brian in seinem alten Meßdienergewand vor dem Altargitter stehen und ihr ein Zeichen geben zu sehen.

Aber als sie an das dachte, was sie getan hatten, fühlte sie ihr Herz schnell und bis zum Hals hinauf schlagen.

Aber nicht, weil sie sich dessen schämte oder weil es ihr leid tat. *Gott vergib mir...*

Alle Buße auf Erden und im Himmel konnte nichts an der Tatsache ändern, daß sie Brian liebte. Für ihn würde sie durchs Feuer gehen. Sogar durchs Höllenfeuer.

Und tief in ihrem Herzen wußte sie: Wenn Brian es wollte, würde sie wieder tun, was sie getan hatte.

Wenn. Die Möglichkeit, daß er sie jetzt nicht mehr wollte, nicht einmal mehr ihre Freundschaft, verursachte ein eisiges Gefühl in ihrem Herzen. Heute war Samstag, und sie hatte ihn seit Montagabend nicht mehr gesehen, seit der Nacht, in der sie... nun, in der sie vergessen hatten, daß sie nur sehr, sehr gute Freunde waren. Hatte er sie absichtlich gemieden? Sie hätte zu ihm hinaufgehen und an seine Tür klopfen können, um es herauszubekommen, aber jedesmal, wenn sie daran dachte, drehte sich ihr der Magen um.

»Gegrüßet seist du, Maria, voll der Gnade, der Herr ist mit dir...

...bitte mach, daß Brian mich nicht haßt...

Du bist gebenedeit unter den Weibern,...

...er ist alles, was ich habe...

und gebenedeit ist die Frucht deines Leibes,...

...ich glaube nicht, daß ich es ohne ihn aushalten könnte, ehrlich nicht...

Jesus.«

Rose hörte auf, an ihrem Rosenkranz zu fingern, und sah zu dem Altar mit der weißen Altardecke empor, der von den marmornen Figuren Jesu und der heiligen Jungfrau Maria flankiert war. Die Votivkerzen auf der Bank im Eingang tropften und rauchten im Luftzug und schienen ebenso zu diesem Ort der Andacht zu gehören wie die abgescheuerten Bänke und die eselsohrigen Meßbücher. Als Rose geradeaus sah, beugte gerade eine bucklige Gestalt in einem schwarzen Kleid und einer unförmigen wollenen Strickjacke die Knie vor dem Altar und schlurfte dann weiter, um eine der Kerzen zu entzünden, worauf sie eine Münze in den hohl rasselnden Opferstock warf. Rose sah, daß der hölzerne Deckel aufgebrochen worden war und daß ein neues Vorhängeschloß daran hing. O ja, sie erinnerte sich – Schwester Boniface hatte gesagt, daß ein Dieb ihn ausgeraubt habe.

Eine Kirche sollte ja ein Haus Gottes sein, dachte sie. Aber wenn Gott überall leben konnte, fragte sich Rose, wieso sollte er da ausgerechnet Holy Martyrs an der Ecke Coney Island Avenue und Avenue R zum Wohnsitz wählen?

Sie bezweifelte es. Sie bezweifelte es sogar sehr.

Rose sah auf. Die späte Nachmittagssonne schien widerwillig durch die Spitzbogenfenster herein und tauchte alles um sie her in ein sandig graues Licht. Die Tauben, die auf den Dachkanten saßen, hatten mit ihrem Kot Streifen darauf hinterlassen, aber niemand machte sich je die Mühe, sie zu säubern. Der Pater, sagte man, habe resigniert, seit eine Bande von Straßenjungen vor zwei Jahren die wundervollen farbigen Fenster zertrümmert hatte, man hatte sie durch einfache Drahtglasscheiben ersetzt, weil die Gemeinde nicht mehr Geld dafür ausgeben konnte.

Rose wußte, was der Pater gefühlt haben mußte. Man hatte ihm etwas entrissen, das ihm lieb und teuer gewesen war. Einfach zertrümmert. Es war nie mehr zu reparieren. Für immer und ewig verloren. Und ihr ging es genauso. Mit ihrer Großmutter. Den Traum, den Rose über alles schätzte und in Ehren hielt, hatte Nonnie besudelt, ruiniert, in Scherben geschlagen.

Ihre Mutter.

... eine Hure, eine billige kleine Hure, mehr war sie nicht...

Der Gedanke an Nonnies häßliche Worte krampfte Roses Magen zusammen. Sie schloß die Augen, ganz fest. Haß stieg in ihr auf, heiß und giftig.

Eine sogar noch größere Sünde als die, die sie mit Brian begangen hatte. Das wußte sie.

Ich wollte, sie wäre tot. Ich wollte, die alte Hexe wäre verbrannt statt meiner Mutter.

Rose mühte sich vergeblich, ihre bösen Gedanken auszulöschen, senkte den Kopf auf die zu Fäusten geballten

Hände und betete flüsternd wie im Fieber: »Vater unser, der du bist im Himmel, geheiligt werde dein Name; zu uns komme dein Reich; dein Wille geschehe, wie im Himmel, also auch auf Erden. Unser tägliches Brot gib uns heute, und vergib uns unsere Schuld, wie auch wir vergeben unseren Schuldigern; und führe uns nicht in Versuchung...«

Sie dachte an Marie und wie es alles mit der schrecklichen Ankündigung ihrer Schwester begonnen hatte. Vorige Woche.

Clare, Nonnie und sie hatten zu Abend gegessen, und in der Küche hing der Geruch von angebranntem Schmorfleisch und Kartoffeln, als Marie verspätet wie immer hereinkam. Rose war sofort aufgefallen, daß etwas nicht stimmte. Etwas Umwerfendes stand bevor. Marie blieb einfach mitten in der Küche stehen, ließ die Arme steif herunterhängen, das Kinn trotzig hochgereckt, und ihre blauen Augen funkelten verdrossen. Sie war außer Atem, ihre Brust hob und senkte sich keuchend, als wäre sie die vier Treppen ohne anzuhalten heraufgestürmt. Sie trug ihren engen schwarzen Rock, rosa Lippenstift und flache schwarze Lackschuhe. Sie brachte den schalen, abgestandenen Küchendunst in Bewegung, Gefahr lag in der Luft.

Dann ließ sie ihre Bombe fallen.

»Pete und ich werden heiraten«, verkündete sie in dem gleichen Ton, wie sie gesagt haben könnte: Pete und ich haben eine Bank ausgeraubt.

Eine Zeitlang hatte sich niemand gerührt. Es war wie ein Gemälde, dachte Rose später, eine verrückte, unheimliche Parodie auf das »lebende Bild« vom Heiligen Abendmahl, das dieser Mönch, Bruder Paul, jedes Jahr zu Gründonnerstag in der Grundschule von Precious Blood inszenierte, in die Brian gegangen war. Die drei am Küchentisch mit der Resopalplatte und den verchromten Stahlbeinen erstarrten unter dem kalten Licht der Leuchtstoffröhre, die von der Decke hing, Nonnie in ihrem schwarzen Kunstseidenkleid (das sie sonntags und freitags trug, wenn sie zur Kirche ging), sie und Clare in ihrem vorgeschriebenen Schuldress, weiße Blusen, blaue Faltenröcke. Ihre Gabeln schwebten über ihren Tellern, ihre Augen waren auf Judas Ischariot gerichtet, der als Marie verkleidet vor ihnen stand.

Rose sah Nonnies blaßblaue Augen schmal werden, als sie sich auf den umfangreichen Pullover richteten, der über Maries Taille locker herabhing. Mit einem Mal begriff Rose alles – das elende Würgen, das in der vorigen Woche jeden Morgen hinter der verschlossenen Badezimmertür zu hören gewesen war, Maries Nervosität in der letzten Zeit, daß sie auf alles, was Rose sagte, unwirsch reagierte, und natürlich, daß sie ständig unterwegs war und Tag und Nacht bei Pete verbrachte.

Heilige Mutter Gottes, *Marie war schwanger.*

Nonnie hörte auf zu kauen und erhob sich langsam. Die Hände flach auf der Tischplatte zu beiden Seiten ihres Tellers, stieß sie sich mit ihren knochigen Armen hoch, bis sie Marie genau ins Gesicht sah und nur noch der Tisch sie voneinander trennte. Das Licht blinkte über die Linsen von Nonnies randlosen Brillengläsern, und einen kurzen Augenblick hatte Rose die Widerspiegelung ihres eigenen Gesichts, nicht größer als ein Fliegendreck, darin gesehen. Rose holte tief Luft, um sich gegen das plötzlich so schwere und schwindelerregende Gefühl in ihrem Magen zu wehren.

Nonnie schob ihren Stuhl zurück und ging sogar noch langsam um den Tisch herum dorthin, wo Marie stand. Sie hob die Hand und schlug Marie voll ins Gesicht. Ein dumpfes Klatschen, wie ein Stiefel, der auf eine Eisfläche stampft.

»Diese Schande!« zischte Nonnie. »Diese Schande, die du mir angetan hast. Du. Du bist nicht besser als eine schmutzige Hure!«

Marie stand einfach nur da, käsebleich und erstarrt. Dann erschienen hektische rote Streifen in ihrem Gesicht, und ihre Augen glitzerten von den Tränen, die sie zornig zurückhielt. Aber sie bewegte sich nicht und schrie nicht auf.

Es war Clare, die gequält aufschluchzte. Mit einem heftigen, mißtönenden Kratzen schob sie den Stuhl zurück und floh, das Gesicht in den Händen, weinend aus dem Raum. Als Rose es sah, schwand ihre Betäubung, und sie dachte boshaft: So ist es richtig, lauf nur weg. Laufe zu deinem Gebetbuch, wie du es immer machst. Du bist ja so furchtbar gut. Oder hast du vielleicht Angst, daß es ansteckend sein könnte wie eine Krankheit, so daß du auch schwanger wirst?

Dann sah sie wieder Marie und starrte sie an und versuchte einen Sinn hinter alledem zu entdecken. Marie war inzwischen fast zwanzig und arbeitete im Kaufhaus am Tisch für preiswerte Kosmetika, und dort hatte sie auch Pete kennengelernt. Während die Spitzen ihrer schwarzen Halbschuhe meistens ungeputzt und ihre Strümpfe nie ganz ohne Laufmaschen waren, achtete sie darauf, daß ihr Gesicht immer perfekt aussah, die Augenbrauen zupfte sie aus und malte sie nach wie Audrey Hepburn, und als Lippenstift bevorzugte sie das blasseste Rosa. Ihr hellbraunes Haar trug sie zu einer Blase hochtoupiert, und ein Pony aus haarspraybebrigen Strähnen hing ihr wie eine Reihe von steifen Kommas in die Stirn.

Marie war nicht von schlechten Eltern. Sie hatte das, worauf es offenbar im Leben ankam: eine eiserne Ruhe, an ihr prallte alles ab, sogar Nonnies Zornausbrüche, wie Wassertropfen von einem Regenschirm. Ihr schien niemals etwas wirklich Schlimmes zu widerfahren. Sie war hart im Nehmen.

»Oh, diese Schande!« Nonnies schrille Stimme jagte Rose aus ihren Gedanken hoch. Entsetzt sah sie, daß Nonnie mit einem knochigen Finger auf Maries Gesicht einstach. »Was fällt dir ein? Ich gebe dir zu essen und zu trinken. Ich sorge für dich, als wärest du meine eigene Tochter. Und du tust mir das an. So eine Schande! Du arbeitest in so einem Laden, malst dir das Gesicht an wie keine anständige Frau. Tag und Nacht unterwegs wie eine Straßendirne mit diesem Taugenichts, diesem spanischen Maultiertreiber.«

Marie fuhr hoch. »Pete ist kein spanischer Maultiertreiber. Er ist zur Hälfte Puertoricaner. Du hast kein Recht, ihn einen spanischen Maultiertreiber zu nennen.«

»Er hat dir diese Schande zugefügt, nicht wahr?«

»Wenn du damit meinst, daß ich ein Baby kriegen werde, ist die Antwort ja. Ja, ich kriege ein Kind.« Marie tat, beinahe drohend, einen Schritt vorwärts. Ihr blaßrosa geschminkter Mund verzog sich zu einer Grimasse des Ekels. »Und eines sag' ich dir, altes Weib. Mein Kind wird es mal besser haben, als ich es gehabt habe.«

»Ha!« Nonnies Gesicht verzerrte sich zu einem höhnischen Grinsen. »Du hattest es gar nicht schlecht. Du wärst in der Gosse gelandet, wenn ich mich nicht um dich gekümmert hätte, als Gott mir meinen Dominik nahm, der Herr sei seiner Seele gnädig.«

Rose starrte auf den Hackbraten auf ihrem Teller. Er war inzwischen kalt geworden; kleine Inseln aus wachsartigem grauem Fett hatten sich darauf gebildet. Ihr war übel. Wenn Marie doch bloß aufhörte! Rose fürchtete, ihre Schwester könnte Nonnie so sehr provozieren, daß sie etwas sagte oder tat, das ihnen allen leid tun würde.

Marie sah wütend aus. Sie ging noch einen Schritt auf Nonnie zu, die Schultern vorgestreckt und die Fäuste in die Seiten gestemmt. »Es tut mir nicht leid, daß er mir ein Kind gemacht hat. Und weißt du auch, warum? Ich sag's dir. Weil ich dann endlich hier 'rauskomme. Dann hab ich dich nämlich vom Hals und brauche mir nicht mehr anzuhören, wie schlecht und wie verdorben ich angeblich bin. Vielleicht bin ich nämlich gerade deswegen so schlecht und so verdorben, weil du es mir dauernd eingeredet hast. Und dann will ich dir noch etwas sagen. Clare tut mir leid. Und du, Rose, tust mir auch leid.« Sie warf Rose einen mitleidigen Blick zu. »Wenn du wüßtest, was gut für dich ist, würdest du auch sofort hier ausziehen.«

»Du bist es nicht wert, den Namen deiner Schwester auszusprechen!« spuckte Nonnie. »Clare fühlt sich berufen, sie wird den Schleier nehmen. Nicht in hundert Jahren würde sie mir jemals eine solche Schande zufügen.«

»Natürlich, du hast sie ja so viele Jahre mit Jesus vollgestopft, daß sie auch meinen würde, sie wäre berufen, wenn jemand ›Buh‹ sagt. Und Rose behandelst du, als wäre sie Dreck unter deinen Füßen.« Sie wandte sich zornig an Rose. »Warum läßt du dir das gefallen, Rose? Heh?«

»Marie, bitte. Laß doch...« Rose fühlte sich so getroffen, daß sie kaum die Lippen bewegen konnte. Sie sah mit einem flehenden Blick zu ihrer Schwester auf, damit sie es sein ließ.

Die gelblichen Küchenwände und die verblaßten Tapeten mit dem Äpfel-Birnen-Kirschen-Weintrauben-Muster schienen näherzurücken, die einstmals blauen, jetzt spülwassergrauen Einbauschränke drangen auf sie ein.

»Rose.« Die Lippen verächtlich zurückgezogen – Nonnie sprach ihren Namen fast mit einem Spucken aus. Ihre kleinen blauen Augen ruhten mit einem Ausdruck auf Rose, in dem sich Haß und Freude mischten. »Sie ist nicht deine Schwester.«

Rose hatte das Gefühl, die erstickende Luft sei wieder lebendig geworden und summe wie ein Schwarm zorniger Wespen. Ich muß sie falsch verstanden haben, dachte sie. Nonnie kann das nicht gesagt haben.

Marie sah ihre Großmutter nur an. »Bist du verrückt? Was redest du da?«

»Sie ist nicht die Tochter von meinem Dominik«, sagte Nonnie. »Sie ist ein Bastard genau wie das, was du in deinem Bauch hast. Natürlich, ich habe keinen Beweis. Aber«, fuhr sie fort und klopfte sich auf die Brust, »für manche Dinge braucht man keine Beweise. Sieh sie dir nur an! Der Tag ist von Gott verflucht, an dem sie geboren wurde. Als dein Vater sie zum erstenmal sah, hat er geweint. Ich sage zu ihm: ›Was weißt du von deiner Frau mit den schicken Seidenstrümpfen und den Kleidern, die fünfzig Dollar kosten? Was glaubst du, tut so eine, wenn ihr Mann im Krieg eingezogen ist und nicht mehr richtig auf sie aufpassen kann?‹ Ich sage dir, es war ein Fluch, daß deine Mutter in dem Feuer umgekommen ist. Die Strafe hat Gott ihr gesandt!« Ihre Stimme erhob sich zu einem schrillen Greinen.

Rose hielt sich mit beiden Händen die Ohren zu, aber sie hörte es trotzdem. Jedes Wort drang hindurch wie der Stachel einer Wespe, der sich ins Fleisch bohrte, um Gift hineinzuspritzen.

»Nein!« Rose sprang von ihrem Stuhl auf, warf ihn um, und ihr Zorn brach los. »Du lügst! Meine Mutter war nicht so! Sie war gut und... und...« Sie konnte nicht die richtigen Worte finden, um das heiße, schmerzende Gefühl auszudrücken, das diesen Aufruhr in ihrer Brust entfesselte.

Brian. Sie mußte Brian finden. Er würde ihr helfen und ein Mittel wissen gegen diesen Schmerz.

Rose rannte an Marie und Nonnie vorbei, heiß liefen die Tränen über ihre Wangen. Sie stolperte durch das Wohnzimmer, in den Flur, sie kämpfte mit der Vorhängekette an der Wohnungstür, sie haßte sie, sie haßte alles in dieser furchtbaren Wohnung. Dann war sie draußen im Treppenhaus, endlich frei, stürmte zu Brian ins Dachgeschoß hinauf und betete, daß er zu Hause war.

Der geräuschvolle Wirrwarr in der Wohnung der McClanahans nahm sie vom ersten Augenblick an gefangen, in dem sie über die Schwelle trat. Brians Mutter begrüßte sie, während sie ein Baby an die üppige Hüfte gepreßt hielt und ein etwas größeres sich an ihrem Bein festklammerte. Ein warmer, scharfer, würziger Geruch hing im Wohnzimmer, das voll von Kindern war, auf dem Boden lagen Couchpolster und leere Babyflaschen mit Ringen von angetrockneter Milch.

»Rose, du kommst wie gerufen. Würdest du bitte mal Kevin nehmen, während ich den Kuchen aus dem Ofen hole? Es ist Jaspers Geburtstag und ich – oh, hier.« Sie schob ihr Kevin zu, mit nasser Windel und allem, und rannte zur Küche, während sie rief: »Brian! Rose ist hier. Wenn du Sean nicht aus der Badewanne nimmst, schrumpft er zu einer Erdnuß zusammen!«

Rose wischte sich die tränenden Augen mit dem Handrücken ab und sank auf die durchgesessene Couch, während sie Kevin auf dem Knie balancierte. »He! Freundchen! Möchtest du mal Cha-Cha-Cha tanzen?«

Das Baby brach in ein breites zahnloses Grinsen aus. Daß Rose ihn zum Rhythmus einer unsichtbaren lateinamerikanischen Band auf dem Knie hopsen ließ, war sein Lieblingsspiel. Rose fing an, sich ein bißchen besser zu fühlen.

Die Unordnung munterte sie irgendwie auf. Der riesige geflochtene Teppich war ein Schiffswrack aus ringsherum verstreuten Bauklötzen, einem leeren Heftpflasterkarton, Matchbox-Lastwagen, Gummistiefeln, zerbrochenen Buntstiften und Malbüchern mit abgerissenen Deckeln. Auf dem angestoßenen Kaffeetisch lag ein Berg ungeschickt eingewickelter Geburtstagsgeschenke. Und auf dem alten Fernsehsessel, auf dessen Fußstütze Mr. McClanahan abends die Beine legte und die *New York Post* las, hockte der zweijährige Jasper und zerkrümelte mit den Zehen einen Zwieback.

»Willkommen in Inferno City! Hast du schon gehört? Präsident Eisenhower hat diese Wohnung gerade zum Katastrophengebiet erklärt.«

Rose sah auf und erblickte Brian, der sie angrinste, er trug den vom Baden ganz rosigen Sean auf dem Arm. Die Ärmel seines Sweatshirts mit dem Aufdruck »Brooklyn College« waren bis zu den Ellbogen hochgerollt. Ein paar verirrte Shampooreste auf seinen dunkelbraunen Locken sahen wie Schneeflocken aus. Allein sein Anblick machte Rose fast schon glücklich.

Bevor sie antworten konnte, setzte er Sean ab und sank neben sie aufs Sofa. Auf der Vorderseite seines Sweatshirts sah man den Abdruck von Seans kleinem Körper. »He! Rose, alles in Ordnung?« fragte er leise. »Du siehst aus, als ob du geweint hättest.«

Rose schüttelte den Kopf und schluckte und unterdrückte

die frischen Tränen, die hervorzubrechen drohten. »Mir geht es gut. Aber Kevin braucht eine neue Windel. Ich glaube, keiner von uns beiden hält das noch lange aus.«

»Sean!« schrie Brian durchs Zimmer. »Paß auf Jazzbo auf, bitte! Laß ihn nicht an die Geschenke ran, verstanden?«

In dem winzigen Zimmer, das Brian sich mit zweien seiner Brüder teilte, machten Rose und er sich zusammen daran, Kevin mit einer neuen Windel zu versehen, obwohl er sich vehement dagegen sträubte. Dann setzte Brian ihn in seinen Laufstall zwischen einen zerdrückten Zwieback und einen Ring mit Plastikschlüsseln.

»Im Westen nichts Neues«, flüsterte er und nahm ihre Hand. »Komm, laß uns abhauen, bevor die Rothäute Wind davon bekommen.«

Rose dachte in einer jähen Anwandlung von Liebe: Er weiß Bescheid. Er bringt mich zum Fort, weil er weiß, daß etwas nicht stimmt.

Das Fort. Sie waren – seit wann – seit mindestens ein paar Jahren nicht mehr im Fort gewesen. Seit Brian vor zwei Jahren die Schule beendet und sich im Brooklyn College eingeschrieben hatte. Danach war es ihm wohl wie, na ja, wie Babykram vorgekommen. Sie konnte sich aber daran erinnern, daß es einmal der aufregendste Ort auf der ganzen Welt für sie gewesen war.

Die Wohnung der McClanahans lag im obersten Stock. Brians Mutter hatte schon vor langer Zeit vor allen Fenstern der Wohnung Sicherheitsgitter anbringen lassen. Aber Brian hatte einen Weg gefunden, um in die verschlossene Besenkammer des Hausmeisters im Korridor zu gelangen. Sie besaß ein Fenster, das sich zu einer kleinen, außen gelegenen Plattform öffnete. Von dort aus führte eine schmale Eisenleiter aufs Dach. Die eigentliche Treppe, auf der man innerhalb des Hauses zum Dach hinaufgelangte, war den Mietern nicht mehr zugänglich, seit der vierjährige Jimmy Storelli 1950 hinuntergestürzt war, als seine Mutter gerade ihre Wäsche von der Leine nahm. Die kleine Eisenleiter bestand aus acht angerosteten Stufen, die mit Bolzen an der Hauswand befestigt waren, darunter gähnte ein fünf Stockwerke tiefer Abgrund.

Sie war sieben gewesen. Brian achteinhalb, als sie die Leiter entdeckt hatten. Sie erinnerte sich, daß sie schreckliche Angst davor hatte, auf die Plattform hinauszuklettern. Die Leiter hinaufzusteigen fiel ihr leichter. Aber Brian ermutigte sie und sagte, er wäre ja immer hinter ihr und würde sie auffangen, wenn sie hinunterfiele. Er kletterte sogar zweimal ganz allein so hurtig wie ein Affe hinauf, nur um ihr zu zeigen, daß es wirklich kinderleicht war.

Gott, hatte sie eine Angst gehabt. Sogar jetzt, als sie in der Dämmerung hinter Brian her emporkrabbelte und sich mit Leichtigkeit von einer Stufe zur nächsten hochzog, erinnerte sie sich noch daran, wie wütend der Wind damals an ihrem cordsamtenen Trägerkleid gezerrt hatte, das von Marie stammte. Wie ein Segel hatte es den Wind eingefangen und sich aufgebläht und war ihr dann im nächsten Augenblick wieder heftig gegen die Kniekehlen gepeitscht. Ihr Herz spielte Fangen mit ihrem Magen, und sie dachte an den armen Jimmy Storelli und stellte sich vor, daß sie hinunterstürzte und dann mit dem hohlen Geräusch einer platzenden Wassermelone, die von einem fahrenden Lastwagen herunterrollte, auf dem Bürgersteig aufschlug.

Auf halbem Weg nach oben war sie stehengeblieben, und ihre Knie hatten sich in Wackelpudding verwandelt.

»Ich kann nicht!« hatte sie geheult.

Brians Stimme war zu ihr heraufgeweht. »Aber klar, du kannst, Rose. Ich weiß, daß du's kannst. Es ist überhaupt nicht schwer. Ich verspreche dir, du fällst nicht herunter. Und wenn du fällst, fange ich dich auf.«

Und sie hatte ihm geglaubt. Brian *würde* sie auffangen. Ganz bestimmt würde er das, ganz bestimmt. Hatte er sich nicht immer um sie gekümmert? Schon als er sie am allerersten Tag in den Kindergarten brachte, nachdem Marie sie, angewidert von ihrem Geschrei, draußen auf dem Schulhof hatte stehen lassen. Brian ging schon in die erste Klasse, aber er gab ihr eine Lakritzstange und brachte sie zu ihrem Gruppenraum. Und er hatte ihre Hand gehalten. Das war das Beste daran, sogar als seine Freunde alle zusahen, die großen Jungen, die schon in die zweite Klasse gingen und ihn hänselten. So wußte Rose, vor Angst erstarrt da oben, fünf Stockwerke über dem Bürgersteig, ohne jeden Zweifel, daß Brian sein Wort halten würde, obwohl sie andererseits wußte, daß er sie niemals auffangen könnte, wenn sie doch abstürzte.

Rose lächelte jetzt, als sie den Fuß über die letzte Stufe hinweg auf die warme, vom Wetter gewellte Teerpappenoberfläche des Dachs setzte. Sie hielt einen Augenblick inne, um die Augen an die orange-graue Dämmerung zu gewöhnen. Dort, zwischen dem Schornstein und dem Ventilatorschacht, lag das Fort. Ihr geheimes Versteck. Es überraschte sie ein wenig, daß es noch vorhanden war. Sie hatten es vor Jahren aus Abfällen gebaut, die sie auf einem Bauplatz hinter Gross' Bäckerei gefunden hatten – aus Sperrholzstücken, Gipsplattenresten, einer Rolle Isolationsmaterial aus Glaswolle, ein paar alten Schaumstoffpolstern und einem Duschvorhang mit einem Seepferdchenmuster darauf. Wie beeindruckt Brian gewesen war, als sie ihm ihre Vorrichtung aus Leinen und Flaschenzügen zeigte, die sie selbst entworfen hatte, um das Material heraufzuziehen. Gemeinsam hatten sie dann Seite an Seite mit Hilfe von Mr. McClanahans Werkzeugkiste ihr Fort erbaut – Brian mit seiner perfekten Vision wußte von Anfang an, wie es aussehen sollte, und sie, die Gewissenhafte, achtete sorgfältig darauf, daß jedes Brett genau saß, bevor sie einen Nagel hineinschlugen, und daß alle Ritzen abgedichtet wurden.

Das Dumme war, das begriff sie jetzt, als sie hinter Brian hineinkroch und sich duckte, um nicht mit dem Kopf anzustoßen, daß sie *zu groß* dafür geworden waren. Der magere kleine Kerl, mit dem sie damals gespielt hatte, war jetzt ein ein Meter achtzig großer Bursche mit strammen Muskeln. Und auf den Schaumstoffpolstern ausgestreckt, mit dem

Rücken an der einen Wand, die Beine gegen die andere hochgestemmt, sah Brian ein bißchen lächerlich aus. Wie Gulliver in Lilliput.

Dennoch spürte Rose, wie sie eine seltsame Ruhe überkam. Gott, die Stunden, die sie hier oben verbracht hatten! Dabei hatten sie wirklich gar nichts Besonderes gemacht, dachte sie. Nur dagesessen und meistens Karten gespielt. Rommé, Siebzehn-und-vier. Oder sie hatten die Zigaretten geraucht, die er von seinem Vater stibitzte. Aber oft redeten sie auch nur und stellten sich die verschiedenen Richtungen vor, in die ihr Leben sich entwickeln könnte.

Brian würde Schriftsteller werden wie Ernest Hemingway. Mit dreizehn schrieb Brian einen Roman. Er handelte von der Großwildjagd und war voll von Szenen, in denen der Held im einem Kapitel auf der Flucht vor einem Rhinozeros von dessen Horn durchbohrt und im nächsten von Löwen zerfleischt wurde. Und die Heldin fiel dauernd auf dem Weg, den die fliehenden Elefanten nahmen, in Ohnmacht. Über manches mußte sie lachen, weil es so albern war, aber es gefiel ihr auch.

Roses Traum war längst nicht so großartig oder aufregend. Sie wollte nur eins: weg, weg, sehr weit weg. Sie malte sich aus, daß sie nach Kalifornien ging, wo Nonnie sie nie finden würde. Sie träumte davon, sich an Bord eines Schiffs oder Zuges zu schmuggeln und so weit damit zu reisen, wie sie eben kam.

Es gab da nur ein Problem. Weglaufen hieße Brian verlassen.

»Einen Penny für deine Gedanken«, unterbrach Brian ihre Träumerei.

Rose seufzte. »Gib mir lieber einen Dollar.«

»So schlimm?«

»Denkst du je an deine Eltern... du weißt schon..., daß sie mit anderen ins Bett gehen könnten als miteinander?«

Brian lachte. »Bei sieben Kindern? Wann hätten sie die Zeit dazu, selbst wenn sie es wollten?«

»Ich dachte gerade ... na ja, an andere Leute. Die tun es, obwohl sie nicht miteinander verheiratet sind.« Rose hob ein Stück schmutzig grauen Schaumstoff von einem Polster auf. »Marie und Pete werden heiraten.«

»He! Das ist toll!«

»Sie ist schwanger.«

»Oh.« Er war für einen Augenblick still. »Hast du deshalb geweint?«

»Nein. Ich freue mich für sie. Pete ist in Ordnung. Sie will ihn. Ich habe nur ...« In einem Gefühlsausbruch erzählte sie ihm, was Nonnie gesagt hatte.

Brian sah sie lange an. Dann sagte er in seiner ruhigen, nachdenklichen Art: »Selbst wenn es wahr ist, weshalb sollte sie es dir sagen?«

»Um mich zu demütigen.«

»Warum? Was hast du ihr je im Leben getan?«

»Sie meint, ich hätte meine Eltern umgebracht. Sie mochte meine Mutter nicht. Aber nach meinem Vater war sie richtig verrückt.«

»Aber du warst damals doch erst ein *Baby.«*

»Er diente im Krieg als Funker auf einem Zerstörer. Nachdem meine Mutter ... nachdem ich geboren war, kam er zurück ... aber nur für ein paar Tage. Ich dachte immer, er wäre nicht länger geblieben, weil er traurig wegen meiner Mutter war und wir – Marie, Clare und ich – ihn zu sehr an sie erinnerten. Dann, nach seinem Tod ... machte ich aus ihm in meinen Gedanken einen zu großen Helden. Aus meiner Mutter auch. Aus ihr machte ich eine Art Heilige wie Johanna von Orleans. Und jetzt sagt Nonnie –« Heiße Tränen erstickten ihre Worte.

»Vergiß, was sie gesagt hat«, unterbrach sie Brian ärgerlich. »Es ist nicht wahr. Du weißt, daß es nicht stimmt. Sie hat schon immer versucht, dich zu quälen, auf alle möglichen Arten.«

»Aber wenn es stimmt? Sieh mich an, Brian. Ich sehe anders als alle anderen in meiner Familie aus. Es ist, als ob ...

als ob ich vom Himmel gefallen wäre oder so etwas. Niemand ist so dunkel wie ich. Du weißt, wie manche Mädchen in Sacred Heart mich nennen? Tante Jemima. Sie sagen, einer meiner Vorfahren müsse farbig gewesen sein.«

Brian erstarrte, sein Gesicht leuchtete weiß in den Zwielichtschatten. »Das hast du mir nie erzählt«, sagte er.

»Ich wußte, daß es dich fürchterlich aufregen würde. Jedenfalls habe ich ihnen eins ausgewischt.« Es klang zufrieden trotz ihres Elends. »Ich habe ihre Namen auf die Liste derjenigen gesetzt, die an der ganztägigen Busfahrt zum St.-Mary-Kloster teilnehmen wollten. Als die Schwester sie vorlas, war sie so glücklich – und keines von den Mädchen traute sich, ihr zu widersprechen.« Rose fing an zu lachen, aber das Gelächter blieb ihr in der Kehle stecken. Plötzlich weinte sie los und krümmte sich schluchzend zusammen.

Brian hockte sich neben sie und schloß sie in die Arme. »Zum Teufel mit ihnen allen. Es spielt keine Rolle, was sie denken. Es geht doch nur um dich.«

Sie hob den Kopf. Ihr Gesicht war naß, ihre Augen geschwollen vom Weinen. »Glaubst du, daß es wahr ist. Brian? Glaubst du, daß ich ein ... ein Bastard bin wie Maries Baby?«

»Nein, aber es wäre mir gleich, wenn du einer wärst.« Er glättete ihr Haar, als sie mit dem Gesicht an seinem Sweatshirt ruhte. Er roch nach Babypuder und Shampoo. »Wie auch immer – was ist so schlecht daran, anders zu sein? Du bist tausendmal gewitzter als irgendein Mädchen, das ich kenne.«

»Aber ich bin nicht hübsch.« Sie merkte, wie schüchtern das klang und fügte rasch hinzu: »Und ich fische nicht nach Komplimenten. Es stimmt.«

»Wer sagt das?«

Rose fühlte kribbelige Hitze ihren Hals heraufsteigen und war froh, daß er sie im Dunkeln kaum sehen konnte. »Ich bin es nun mal einfach nicht.« Sie sagte es schroffer, als sie es hatte sagen wollen. »Wie auch immer. Es ist mir gleich.«

Brian beugte sich zurück und packte sie bei den Schultern. »Rose, du *bist* hübsch.«

»Oh, ja?« spottete sie. »Nun, ich sehe niemanden sonst herbeieilen, um mich näher zu betrachten.«

»Vielleicht würden sie es tun, wenn du es ihnen nicht so schwermachtest. Du bist so sicher, daß die Leute dich nicht mögen, und hältst den Kopf so hoch, daß keiner dich anzusprechen wagt. Zum Teufel, Rose, du mußt den Leuten eine Chance geben.«

»Du meinst, ich sollte mehr flirten, so wie Georgette?«

»Fang nicht wieder von ihr an, Rose«, warnte Brian.

»Was habe ich denn gesagt?«

»Du magst sie nicht.«

Rose hatte das Gefühl, in der Achterbahn auf Coney Island zu sitzen. Sie wollte anhalten, aber sie konnte es nicht. Es war unmöglich auszusteigen. Tief innen war sie vom ersten Augenblick an auf Brian böse gewesen, als er mit Georgette ausging. Es war dumm von ihr, aber sie hatte irgendwie das Gefühl, daß sie ihren besten Freund verlor.

»Ich habe nie gesagt, daß ich sie nicht mag«, widersprach Rose. »Aber ich glaube, darauf kommt es auch gar nicht an. Die Sache ist die, daß du sie magst. Vielleicht liebst du sie sogar. Sie ist der Typ, hinter dem die Jungens herlaufen. Ich nehme an, du gehst mit Georgette ins Bett.«

»Verdammt, das geht dich gar nichts an«, explodierte Brian. Er riß sich mit einem ärgerlichen Ruck von ihr los und ließ sich auf die Polster fallen.

In der Stille, die darauf folgte, merkte Rose, daß ihr Herz sehr schnell schlug.

»Es tut mir leid, Brian«, sagte sie leise und streckte die Hand aus, um seinen Arm zu berühren.

Es tat ihr aber nicht wirklich leid, daß sie Georgette nicht mochte. Wer konnte jemanden mögen, die Georgette hieß, wie eine Modepuppe aussah, Kaschmirpullover trug und mehr blondes Haar als ein Collie hatte?

»Du hast wirklich einen Piek auf sie.«

»Ich habe nur gesagt, daß sie mich an Lassie erinnert.«
»Lassie ist ein Hund.«
»So? Ich mag zufällig Hunde.«

Brian lachte, obwohl er sich eben noch geärgert hatte. »Sieh's ein, Rose. Und selbst wenn sie Grace Kelly persönlich wäre. Du magst sie einfach nicht, weil ich mich mit ihr treffe. Du und Ma. Ihr seid euch doch beide gleich.«

»Deine Mutter und ich?« Rose sprang wütend auf. Schlug mit dem Kopf ans Dach und wurde jäh und schmerzhaft daran erinnert, daß sie seit der vierten Klasse ein schönes Stück gewachsen war. Sie sank zu Boden und rieb sich die Kopfhaut. Aber die Kränkung schmerzte sie noch mehr.

Seine Mutter. Jesus. Das saß. Selbst wenn er nur ihr bester Freund und nicht ihr Liebling war, es tat weh, daß er sie und seine große, sanfte und irgendwie (trotz ihrer sieben Kinder) geschlechtslose Mutter in einen Topf warf.

»Nur zu deiner Information, du toller Hecht, ich habe auch schon eine Menge Erfahrung«, sagte sie ihm. »Und nicht nur im Küssen.«

»Klar, hast du«, sagte Brian nur. Sie konnte sehen, daß er die Lippen verzog, um nicht zu lächeln.

Sie seufzte resigniert. Es war sinnlos zu lügen. Brian durchschaute sie immer. Sie erinnerte sich, einmal damit angegeben zu haben, daß ihr Vater ein berühmter Admiral bei der Marine gewesen wäre und im Krieg ein ganzes Schiff voller Schlitzaugen versenkt hätte.

Sie waren zusammen zur Schule gegangen, und Brian war stehengeblieben, um einen geschwärzten Penny vom Bürgersteig aufzuheben. Er hatte ihn sorgfältig betrachtet. »Ja«, sagte er. »Mein Pop kannte ihn. Er hat gesagt, er wäre ein großartiger Kerl gewesen. Er brauchte kein berühmter Admiral zu sein, um ein großartiger Kerl zu sein, möcht' ich wetten.« Er steckte den Penny in die hintere Hosentasche, und als er sich zu ihr umwandte, war sein Gesicht ernst und sah viel älter als das eines Zwölfjährigen aus. »Rose, wo hast du das Wort gehört? Schlitzaugen.«

Sie hatte ihr Herumgehopse unterbrochen, gefesselt von dem kühlen Ausdruck in seinen grauen Augen. »Von Nonnie. Sie sagt, die Leute, die meinen Dad getötet haben, wären ein heimtückischer Haufen von schlitzäugigen gelben Bastarden.«

»Also, dann sag es nicht wieder, verstanden? Es ist ein böses Wort. Wie die Wörter, die an den Wänden der U-Bahn-Stationen stehen. Du magst Bobby Lee, oder?«

»Klar mag ich ihn, er ist nett.« Bobby Lees Vater gehörte ein chinesisches Restaurant an der Ocean Avenue, und die Lees wohnten in ihrem Haus im dritten Stock.

»Wenn du das Wort sagst, dann nennst du ihn ebenfalls so. Für Menschen wie uns gibt es auch solche Schimpfwörter: Wop, Guinea. Dogo. Mick. Für Italiener und so weiter.«

Rose hatte sich schrecklich geschämt. »Ich habe es nicht so gemeint.«

Brian strich ihr übers Haar. »Ach, Rose, denkst du, ich weiß das nicht?«

Jetzt begriff Rose mit einem Mal, weshalb sie Brians Liebste verabscheute. Es hatte gar nichts mit Georgette persönlich zu tun. Sondern damit, daß Brian mit ihr irgendeine Grenze überschritten hatte. Nein, nicht eine Grenze, sondern eine Mauer – eine Mauer, die die Kinder von den Erwachsenen trennte.

Nun, sie hatte es satt, auf der anderen Seite der Mauer zu stehen und sich nur immer vorzustellen, was die anderen Leute taten.

»Küß mich, Brian«, sagte sie, sagte es, wie sie gesagt haben würde: Spielen wir Siebzehn und vier.

»Was?« Seine Stimme klang so schockiert, als hätte sie ihm vorgeschlagen, die Statue der Heiligen Jungfrau mit Farbe zu besprühen.

»Nur ein Übungskuß«, erklärte sie. »Damit ich mich nicht so total idiotisch anstelle, wenn es ernst wird. Du kannst mir sagen, was ich falsch mache. Sind dafür nicht die besten Freunde da?«

»Nicht genau.« Er wirkte nicht mehr schockiert, nur noch verlegen. »Aber, na ja... in Ordnung. Ich nehme an, es könnte nichts schaden.«

»Soll ich dabei sitzen oder liegen?« fragte sie und war mit einemmal nervös. Ihr Mund war trocken wie Sandpapier. Würde Brian es merken? Na ja, dachte sie, was spielte es für eine Rolle, es war ja nur ein Übungskuß.

Brian wirkte beunruhigt. »Bleib da, wo du bist«, befahl er. »Und wenn ein Kerl dir sagt, du sollst dich hinlegen, tu's nicht, hörst du?«

Sie schloß die Augen und wartete. Nichts geschah. Sie öffnete sie und sah, daß Brian sie anstarrte und die Stirn runzelte.

»Nicht so. Dein Gesicht ist ja ganz verzerrt. Die Lippen locker lassen.«

»Soll ich ›cheese‹ sagen?«

»Nur wenn du dich fotografieren lassen willst.«

»Das wäre nett. Ein Schnappschuß für mein Erinnerungsalbum. Mein erster Kuß.«

»Übungskuß«, verbesserte er sie.

Brian näherte sich. Sie konnte seinen Atem auf ihrem Gesicht spüren, warm und vage nach Lakritze duftend. Dann bewegten sich Brians Lippen sanft auf ihre zu. Rose hatte das Gefühl, in einem Lift zu stecken, der gerade drei Stockwerke weit in die Tiefe geschossen war.

Etwas Weiches, Samtenes streichelte ihre Zähne. Brians Zungenspitze. Sie öffnete den Mund weiter und fühlte, daß ein warmer Strom durch ihren Unterleib floß, als er mit der Zunge das Innere ihres Mundes erforschte.

Als er sich zurücklehnte, atmeten sie beide heftig. »Brian«, flüsterte sie so benommen wie damals, als sie eine Flasche Gallo Red Mountain heraufgebracht und ausgetrunken hatte. »Oh, Brian...«

»Gott, oh, Rose, tut mir leid. Ich wollte nicht –« Er nahm ihr Gesicht in beide Hände. Sie merkte, daß sie zitterten. »Ich wollte das nicht tun.«

»Küß mich noch mal«, drängte sie ihn. »Küß mich diesmal richtig.«

Diesmal endete der Kuß nicht. Er zog sie auf die Matratze. Sie kam sich seltsam schwer vor. Und feucht da unten.

Brian stöhnte fast wie im Schmerz. »Jesus, Rose.«

Seine Hand bewegte sich herauf und legte sich ihr auf die Brust. Sie konnte sie fühlen, heiß und schweißnaß unter der gestärkten Baumwolle ihrer Bluse. Sie wußte, daß es eine Sünde war. Eine Sünde, hatten die Schwestern gewarnt, sogar wenn man sich selbst berührte. Aber irgendwie kam es ihr nicht falsch und schlecht vor, nicht mit Brian. Die Hand auf ihrer Brust war dieselbe, die ihre Hand am ersten Schultag gehalten hatte.

Brian küßte sie überall, seine Lippen waren auf ihrer Kehle, in ihrem Haar. Sein Atem brach keuchend und heiß über sie herein, es klang, als ob er erstaunt wäre. Er schob die Hand unter ihre Bluse und war ungeschickt darum bemüht, ihren Büstenhalter aufzuhaken.

In diesem Augenblick merkte Rose: Er hat es noch niemals zuvor gemacht. Er weiß nicht, wie es geht.

Von einer neuen Art von Zärtlichkeit für ihn erfüllt, streckte sie die Hand aus und half ihm dabei.

Brian stöhnte, und seine Hüften drängten gegen sie.

Er streichelte ihre nackte Brust, und Rose dachte, sie würde ganz bestimmt schmelzen von der Hitze seiner Hand dort. Aber sie hatte auch Angst. Es fühlte sich zu gut an. Alles, was sich so gut anfühlte, mußte eine Sünde sein. Sie wand sich hin und her, um ihren Rock herunterzuziehen, und Brian erstarrte plötzlich und stöhnte tief und wie erstickt auf.

Rose fühlte etwas Feuchtes an ihrem Bein. Zuerst dachte sie erschrocken, sie hätte sich naß gemacht. Dann begriff sie: *Sein Zeug. Das Zeug, aus dem die Babys entstehen.*

Sie schämte sich, sie wußte, daß sie etwas Schreckliches getan hatten, das sich nicht wiedergutmachen ließ. Sie war genau wie Marie.

Aber dann verflog das Schamgefühl, und da war nur noch Brian. Er hielt sie fest. Ihr bester Freund, ihre Seele.

Er war lange Zeit still, sein Gesicht war an ihrer Schulter. Sie konnte seinen Arm in ihrem Haar fühlen, das Blut pochte wild in seinem Hals. Rose wollte immer so liegenbleiben.

Schließlich bewegte er sich, hob den Kopf. Sein schmales Gesicht leuchtete im Dunkeln. Rose sah den traurigen Ausdruck in seinem Gesicht und preßte einen Finger fest auf seine Lippen.

»Nein«, sagte sie. »Sag nicht, daß es dir leid tut.«

Rose war erstaunt über das, was sie empfand, obwohl sie in diesem Augenblick nicht hätte sagen können, was es genau war. Es durchströmte sie mit der Gewalt eines Feuerstrahls und brannte Nonnies haßerfüllte Worte weg. Sie fühlte sich neu und leuchtend, als ob sie wiedergeboren wäre.

»Ich liebe dich«, sagte sie.

»Rose.« Er zog sie an sich und hielt sie fest, ihre Haare dämpften seine Worte. »Etwas ... ist passiert. Ich weiß nicht genau, was. Aber ich ... ich glaube, ich meine es ernst. Ich glaube, ich habe gewollt, daß es passiert. Gott helfe mir, Rose, ich glaube, ja.«

Es waren diese letzten Worte Brians »Gott helfe mir«, die in ihrem Gedächtnis steckenblieben wie ein Dorn. Ein schrecklicher Gedanke kam ihr: Würde Gott sie dafür bestrafen, daß sie Brian so liebte? Sie hatten Unzucht getrieben, nicht wahr? Schwester Perpetua hatte gesagt, Unzucht wäre jeder unsaubere Gedanke und jede unsaubere Tat. Rose kam sich nicht unsauber vor, aber sie wußte, was die Schwester damit meinte: Sex. Und das war eine Sünde, außer man war verheiratet und tat es, um ein Baby zu bekommen. *Jede* Art von Sex.

Angst schnürte Rose das Herz ab. Sie dachte an schreckliche Dinge. Schwanger würde sie nicht werden, aber ein Auto könnte sie überfahren, während sie eine Straße überquerte. Oder sie könnte vor einen U-Bahnzug fallen. Oder –

Sie hörte auf; der Druck auf ihrem Herzen tat ihr weh. Dann begriff sie, welches die *schlimmste* Strafe sein würde.

Brian zu verlieren.

»...sondern erlöse uns von dem Übel. Amen.«

Rose beendete das letzte Vaterunser. Als sie aufsah, merkte sie, daß es dunkel und die Kirche fast leer war. Die Knie taten ihr weh, und ihr Magen knurrte. Es mußte nach der Abendessenszeit sein.

Sie erhob sich steif und rutschte aus der Bank heraus. Als sie die Knie beugte, zuckte sie zusammen. Dann tauchte sie den Finger in das Weihwasserbecken am Eingang, bekreuzigte sich und ging hinaus.

Rose schritt in der einbrechenden Dämmerung rasch die Straße hinunter. Am Himmel waren Wolken aufgezogen, und es fing an zu regnen. Dicke, lauwarme Tropfen klatschten ihr ins Gesicht.

Das Kinn in den Kragen hineingezogen, eilte sie die Coney Island Avenue entlang. Abends um diese Zeit erinnerte sie die Straße an einen jener Brettersteige an der See, die im Herbst fürs Publikum geschlossen wurden. Man kurbelte die gestreiften Markisen zurück, ließ die schweren metallenen Rolläden herunter und zog Scherengitter vor die Schaufenster und Ladentüren. Sogar der Brezelverkäufer hatte seinen Platz an der Ecke verlassen, und sie sah den Rücken seines schwarzen Mantels flattern, als er, seinen Karren schiebend, die Straße überquerte.

Trotzdem wimmelte die Avenue von Leben, Autohupen quäkten, Menschen hasteten, um aus dem Regen heraus ins Trockene zu gelangen. Rose hörte einen bulligen Lastwagenfahrer einem Mann in einer schwarzen Plymouth-Limousine etwas zurufen, der hinter ihm stand und wie besessen hupte: »Ich ramme Ihnen gleich Ihre verdammte Kühlerhaube in die Visage, Mister, wenn das nicht aufhört, Himmel, Arsch und Wolkenbruch.«

Sie ging schneller. Loser Kehricht – Zeitungsblätter, Styroporbrocken, Strohhüllen, leere Zigarettenschachteln – wehte vor ihr her. Sie kam sich einsamer vor als je zuvor in ihrem Leben.

Sie hatte Brian seit jenem Abend auf dem Dach nicht mehr gesehen. Eine Woche war inzwischen vergangen. Er ging ihr aus dem Weg. Warum? Bedauerte er das, was geschehen war? War es ihm so peinlich, daß er sie nicht mehr anzusehen wagte?

Schuldgefühle nagten an ihr: Ich habe gesagt, daß er mich küssen sollte. Ich habe ihn zur Sünde verführt, genauso wie Eva Adam.

Sollte das Gottes Strafe sein... daß er ihr Brian nahm?

Oh, bitte, Gott, dachte sie, bitte, ich will alles tun, wenn du ihn mir zurückgibst. Ich will kein Fleisch mehr essen, nie wieder, nicht nur nicht am Freitag. Ich will vor Ostern vierzig Tage fasten. Ich will mein Leben in den Dienst anderer Menschen stellen.

Als Rose nach Haus kam, verfolgte Nonnie im Fernsehen gerade die »Lawrence Welk Show«. Sie sah kaum von ihrem Strickzeug auf.

»Du kommst spät«, krächzte sie. »Ich habe dir das Essen in den Backofen gestellt.« Seit dem Abend, an dem Marie gegangen war, hatte Nonnie Rose in Ruhe gelassen. Rose fragte sich, ob Nonnie ihre häßlichen Worte bedauerte.

»Ja, danke«, sagte sie. »Aber ich habe keinen Hunger.«

In dem winzigen Schlafzimmer, das sie sich mit Marie geteilt hatte, war das andere Bett leer, das Laken abgezogen. Die abgewetzte Chenilledecke lag glattgestrichen auf der Matratze. Saubere Kreise im Staub auf dei Kommode zeigten die Stellen an, wo Maries Parfüm- und Hautwasserflaschen gestanden hatten. Fort waren auch die Schnappschüsse und die 25-Cent-Streifen aus dem Photoautomaten, die hinter dem Spiegelrahmen gesteckt hatten. In Maries Seite des leeren Kleiderschranks stießen die leeren Drahtbügel mit einem hohlen metallischen Klick aneinander, als Rose ihren Pullover aufhängte.

Es war, als ob Marie gestorben wäre. Rose fröstelte es, und nur halb dessen bewußt, was sie tat, schlug sie das Kreuz.

Dann kauerte sie sich nieder und hob die zerfranste Ecke des senfbraunen Teppichs hoch, die sich von den Dielen gelöst hatte. Eine von ihnen war locker. Sie fand die metallene Nagelfeile, die sie in der unteren Schublade der Kommode aufbewahrte, und hob damit das lose Dielenbrett heraus. Darunter war ein Hohlraum, gerade groß genug für eine alte metallene Heftpflasterschachtel. Es war ihr geheimes Versteck. Niemand sonst wußte davon. Auch nicht Marie. Nicht einmal Brian.

Rose öffnete die Heftpflasterschachtel und schüttelte einen Klumpen grauen Baumwollstoffs hinaus. Langsam faltete sie ihn auseinander und enthüllte den glitzernden Schatz, der darin verborgen gewesen war.

Ein Rubinohrring schimmerte in ihrer Hand wie ein gefrorener Tropfen Blut.

Vor sieben Jahren – war es schon so lange her? Sie sah es so deutlich, als geschähe es eben gerade. Die elegante Dame im Nerzmantel. Rose hatte sie eines Tages draußen vor dem Schulhofzaun stehen sehen. Sie sah nicht wie eine von den Müttern aus. Mehr wie eine Königin. Oder wie ein geheimnisvoller Filmstar in dem schönen Nerzmantel, und sie trug einen Hut mit einem kleinen Schleier, der ihr über die Augen herabhing.

Dann hatte sie gemerkt, daß diese geheimnisvollen Augen unter dem Schleier *sie* anstarrten. Zuerst war Rose sicher, daß sie sich irrte. Sie hatte sogar einen Blick über die Schulter geworfen, um zu sehen, ob jemand hinter ihr stünde. Aber nein, die Dame sah sie an. Ihre Augen waren groß und sahen irgendwie feucht aus, sie erinnerten sie an die durchsichtigen grünen Murmeln in ihrer Sammlung, die soviel wie zehn Katzenaugen wert waren.

Rose ging vorsichtig auf sie zu. Traurig und verloren, so sah die Dame aus. Aber das war unbegreiflich. Warum sollte sie es sein? Wer so schön angezogen war, mußte reich sein, und reiche Leute hatten nie Sorgen wie die Erwachsenen, die Rose kannte. Es war ein kalter Tag, und die Dame schien zu frösteln; sie zog den Nerzmantel enger um sich. Rubinohrringe blitzten an ihren Ohren. Was konnte sie wollen?

Als Rose inmitten der lauten Schar ihrer drängelnden Mitschülerinnen aus dem Tor kam, rannte die Dame plötzlich ungeschickt los und rief mit einer hohen, brüchigen Stimme: »Warte!«

Verwundert hielt Rose an, erinnerte sich, daß Nonnie und ihre Schwestern ihr – nicht nur einmal, sondern mindestens fünfzigmal – eingeschärft hatten, daß sie sich niemals, niemals von fremden Menschen ansprechen lassen dürfte. Aber irgendwie konnte sie nicht weglaufen. Ihre Halbschuhe fühlten sich an, als wären sie in den Asphalt eingesunken. Ihre Arme und Beine waren wie erstarrt.

Rose wartete wie hypnotisiert von dem schönen, aber irgendwie gequält wirkenden Gesicht, dessen zarte Knochen aus der weißen, milchigen Haut hervorzuspringen schienen. Weiches Haar von der Farbe des Herbstlaubs floß über ihren Pelzkragen. Sie erinnerte Rose an eine Schneeflocke, die schmolz, wenn man sie berührte. Der blumengleiche Mund der Frau zitterte. Sie schien sprechen zu wollen, aber sie zuckte jäh zurück, als hätte sie es sich anders überlegt.

Statt dessen hob sie ihre behandschuhte Hand – sie hatte gezittert, erinnerte sich Rose – und schraubte den Rubin von ihrem rechten Ohrläppchen ab.

Während Rose dastand, zu schockiert, um zu protestieren, drückte die Dame ihr den winzigen eiskalten Ohrring in die Handfläche. Dann war sie weggelaufen, daß ihre hohen Absätze über den Bürgersteig klapperten, und in eine lange, glänzende Limousine gestiegen, die am Bordstein auf sie wartete, und wie in einer Rauchwolke verschwunden.

Rose war sich ihrer Sache ganz sicher gewesen: Die Dame war ihr Schutzengel. Jeder Mensch besaß einen, hatte

Schwester Perpetua gesagt. Nur hatte Rose nicht geglaubt, daß das auch für sie galt... bis zu jenem Tag.

Und jetzt besaß sie den Ohrring als Beweis.

Rose hielt ihn gegen das Licht: einen Rubin in Form einer Träne, der von einem winzigen, goldenen, mit Diamanten verzierten Stift herabging. Sogar in dem düsteren Zimmer strahlte er wie Feuer, so daß Rose, verwundert über dieses Leuchten, tief Luft holte, obgleich sie ihn doch schon hundertmal betrachtet hatte. Ja, es war ein Zauberstein. Der Himmel hatte ihn ihr geschickt.

Und sie brauchte seine Zauberkraft jetzt mehr denn je.

»Verlaß mich nicht, Brian«, flüsterte sie und ballte die Faust zusammen. »Bitte, verlaß mich nie.«

2

New York City 1963

Rachel betrachtete mißbilligend ihren Teller mit dem Spiegelei in der Mitte zwischen den beiden dreieckigen Toastscheiben. Rund wie ein Gänseblümchen und keine einzige Blase. Bridget briet sie in einer Form, damit sie einen glatten Rand bekamen. Damit sie so vollkommen waren wie alles in diesem Haus. Die Gabel in ihrer Hand gehörte zu Mamas Cartier-Silber und war so glänzend poliert, daß man sich darin spiegeln konnte. Sie sah sich darin verzerrt – runde blaue Augen, ein hellbrauner Haarschopf.

»Ich gehe nicht«, sagte Rachel leise als Antwort auf die Frage ihrer Mutter.

Wie könnte sie? Nach dem Abend gestern mit Gil? Sich zurechtmachen, flirten, so tun, als ob? Gott, das wäre ja ein Witz.

Sie erinnerte sich an Gils Worte, schmerzhafte Worte: *»Warum gibst du es nicht zu, Rachel? Du bist nicht so verdammt moralisch. Das ist nicht der Grund, warum du es nicht* *mit mir ausprobieren willst. Du magst ganz einfach keinen Sex. Du bist frigide. Oder vielleicht möchtest du gern mit einer Frau…«*

Rachel stach die Spitze ihrer Gabel fest ins Eigelb hinein und sah es platzen und über den hübschen blauen Wedgwood-Teller laufen.

Rachel war wütend auf Gil, aber im Innern beunruhigte sie dieser Gedanke. *Gott, und wenn es wahr ist?*

Gib's ruhig zu, sagte sie zu sich selbst, nicht nur Gil läßt dich kalt. Es war doch bisher mit allen Jungs so.

Zwanzig und immer noch Jungfrau. Nicht weil sie so moralisch war, wie Gil richtig erkannt hatte. Nein, schlimmer. Sie hatte bisher einfach keine Lust dazu gehabt.

Rachel starrte hinunter auf das zerlaufene Eigelb, und ihr war ein bißchen schlecht. Nur hatte diese Übelkeit nichts mit dem Eigelb auf ihrem Teller oder dem Bier zu tun, das sie letzten Abend getrunken hatte.

Im Grunde war alles Sex, dachte sie. Alles. Die Mode. Die Parfüms. Die Titelblätter der Illustrierten. Sogar die Fernsehwerbung für Zahnpasta. Es schien, als ob alle Menschen in der ganzen Welt entweder daran dachten, davon redeten oder gerade damit beschäftigt waren.

Also, was stimmt mit mir nicht?

War es so, wie wenn man schwimmen lernte? Entweder man konnte es gleich, oder man versank wie ein Stein?

Oder vielleicht war sie so zur Welt gekommen. Äußerlich völlig normal. Sogar hübsch. Rachel erinnerte sich, daß ihre Großtante Willie sie fast in ihrem parfürmierten Nerz erstickt und dann ihr Gesicht in die behandschuhten Hände genommen und ausgerufen hatte: »Oh, so ein kleines Püppchen! Ach, wie niedlich. Und diese blauen Augen, Sylvie, die muß sie von Gerald haben! Aber woher hat sie bloß dieses hübsche kleine Puppengesicht? Nicht von dir oder deiner Mama. Ich würde wirklich gern wissen, von wem.«

»Vom Mädchen mit der Gießkanne«, hatte Rachel feierlich erklärt.

Das sagte Mama immer: Rachel erinnere sie an das Mädchen auf dem Gemälde von Renoir. Sie hatte Rachel die Abbildung in einem Buch gezeigt: Ein kleines Mädchen mit Wellen rotgoldenen Haars und hellen Wedgwoodblauen Augen, die zu ihrem Kleid paßten, es stand steif posierend in einem Garten und hielt eine Gießkanne in der Hand.

Rachel hatte das Bild gehaßt und einmal in einer düsteren Laune mit einem Malstift darübergekritzelt. Warum sagten die Leute andauernd zu ihr, sie sei niedlich und hübsch und ach-so-zierlich? Sie hatte sich danach gesehnt, durch die hallenden Räume ihres großen Hauses zu rennen, statt leise zu gehen, wozu Mama sie immer ermahnte, sie hätte so gern aus voller Kehle geschrien und wäre am liebsten mit ihrer Schubkarre über die gemusterten Teppiche gerollt. Sie wollte keine Puppe und kein Mädchen sein, das eine dumme Gießkanne hielt, sondern ein Vogel oder ein wildes Tier, das tat, was ihm gefiel, und dem es gleich war, was die Leute von ihm hielten.

Jetzt fragte sie sich, ob sie sich die ganze Zeit über die falschen Dinge Sorgen gemacht hatte. Hatte sie sich gewünscht, groß und wild wie die Amazonenfrauen zu sein, von denen sie gelesen hatte, während die ganze Zeit in ihrem *Innern* etwas nicht stimmte? Irgendeine schreckliche, noch unentdeckte Mißbildung. Fehlende Hormone oder ein gelähmter Geschlechtstrieb.

»Rachel, was ist in dich gefahren?« unterbrach Mamas Stimme ihre Gedanken.

Rachel sah auf. Daddy war mit seiner Zeitung beschäftigt, aber Mama betrachtete sie mit diesem traurigen, ein wenig bestürzten Gesichtsausdruck, den sie immer zu haben schien, wenn sie in irgend etwas verschiedener Meinung waren. Konnte sie es Mama sagen?

Mama, die sich nur mit schönen Dingen umgab, immer Kammermusik in der Stereoanlage, Seidenschals, bestickten Taschentüchern, ihren kostbaren Rosen. Sie sah selbst wie eine Blume aus, schlank und elegant mit diesen großen grünen Augen und ihrem hellen, fast weißblonden Haar.

Sie wäre wahrscheinlich furchtbar schockiert, kam es ihr in den Sinn. Sie hat noch nie über Sex geredet, jedenfalls nicht mit mir. Ich frage mich, ob sie je so etwas empfunden hat, irgend so eine Leidenschaft für Daddy... oder irgendwen.

»Ich habe einfach keine Lust, das ist alles«, sagte Rachel. »Diese Matheprüfung hat mir den Rest gegeben.« Sie seufzte und hob ein Toastdreieck auf, tauchte eine Spitze davon in das klebrige Eigelb. »In der medizinischen Vorprüfung, dachte ich, würde ich hauptsächlich Sachen zerlegen wie Schafsaugen und Kuhherzen und so, keine Zahlen.«

Rachel sah ihre Mutter das Gesicht verziehen. Ganz klar, Sylvie verabscheute noch immer den Gedanken, daß sie Ärztin werden würde. Rachel fühlte Ärger über ihre Mutter in sich hochkommen.

Verdammt, ich *will* nicht wie sie sein, dachte sie. Wie ein Paar Seidenstrümpfe, hübsch, aber vergänglich. Gute Werke tun, aber sich nicht die Finger schmutzig machen.

Dann kam Rachel ein neuer beunruhigender Gedanke: Angenommen, ich bin ihr ähnlicher, als ich weiß. Wenn Mama sich nicht viel aus Sex macht – und ich kann mir unmöglich vorstellen, daß sie es mit Daddy so macht wie Sophia Loren mit Marcello Mastroianni in *Scheidung auf italienisch* – dann ist so etwas vielleicht ebenso erblich wie die Augen- oder Haarfarbe.

»Die Party ist ja erst in zwei Wochen«, erinnerte Sylvie sie sanft. Ihre Mutter lächelte matt, als sie Milch aus einem Silberkännchen in ihren Kaffee goß und langsam, würdevoll darin zu rühren anfing, wobei ihr Löffel leise gegen die Tasse klirrte. »Ich überlegte gerade. Erinnerst du dich noch daran, daß Mason dir das Schwimmen beibrachte? Du mußt damals vier oder fünf Jahre alt gewesen sein. In dem ersten Winter, nachdem Daddy das Haus in Palm Beach gekauft hatte. Ist das richtig, Gerald?«

Daddy sah vom *Wall Street Journal* auf. »Mmm? O ja, ja.

Du und der kleine Junge, ihr wart dauernd in Aktion. Meistens allerhand Unsinn.« Seine Augen begegneten denen Rachels, er zwinkerte ihr zu, und für einen Augenblick fühlte sie den unsichtbaren Ring, der nur sie beide umschloß.

Dann dachte sie: *Er sieht so alt aus,* und der Gedanke tat ihr weh.

Vom Alter glattpoliert wie Mamas antikes Teegeschirr. Sie sah die Sommersprossen auf seinem Schädel unter dem spinnwebenfeinen Silberhaar und die rostfarbenen Flecken in seinem Gesicht und empfand beinahe Schmerzen bei dem Gedanken, wie bald sie ihn verlieren könnte.

Sie erinnerte sich daran, wie er sie hochzuheben pflegte – bis über seinen Kopf. Und sie, oben in der Luft, hatte hinab in seine funkelnden Augen geblickt und vollkommen und leuchtend seine Liebe zu ihr gesehen und war so glücklich gewesen.

Dann dachte sie daran, wie sie im Halbdunkel in der nach Leder riechenden Kühle seines Arbeitszimmers gesessen und Musik gehört hatte, und es machte so einen Spaß, weil jede Schallplatte eine Geschichte hatte und Daddy sie erzählte und all die verschiedenen Personen spielte. Manche von ihnen so albern, manche so traurig. So kannte sie, als sie acht Jahre alt wurde, alle Libretti auswendig. Dann hatte er sie in die Metropolitan Opera mitgenommen, und zusammen, nur er und sie, hatten sie seine Lieblingsoper, *Figaros Hochzeit*, gesehen, und die Met war das schönste Haus der Welt.

Aber jetzt, verdammt, kam er ihr nicht nur dünner, sondern auch irgendwie zerbrechlich vor; er bewegte sich vorsichtiger, seine Augen brannten irgendwie, als ob ein Feuer in ihnen wäre, das ihn allmählich verzehrte.

Sie erinnerte sich an jenen schrecklichen Tag vor drei Jahren, als der Anruf kam, daß man Daddy in die Intensivstation des New York Hospital geschafft hätte. Sie war von der Schule aus hingejagt und, zu unruhig, um auf den Fahrstuhl zu warten, die Treppen hinaufgestürmt. Endlich hatte sie, zerzaust und außer Atem, sein Zimmer erreicht. Als sie ihn grau und eingefallen unter dem Sauerstoffzelt aus Plastik gesehen hatte – wie eine mumienhafte Kreatur, die man zur Schau stellte mit all den Schläuchen und Drähten, die in seinem Körper staken –, waren Verzweiflung und Wut zugleich in ihr hochgekommen. Weshalb konnte man denn nicht etwas *tun* und ihn gesund machen, und sie – sechzehn Jahre alt und ein Meter fünfundfünfzig groß – hätte die Pfleger, Schwestern, Ärzte, all die, die nichts taten, als miteinander zu reden und irgend etwas auf irgendwelche Blätter zu kritzeln, anschreien mögen. Warum waren sie nicht bei ihm, warum arbeiteten sie nicht wie die Wahnsinnigen, um ihm zu helfen? Rachel hatte sich so glühend danach gesehnt, ihn gesund zu machen. Sie würde diesen Tag, diesen Augenblick niemals vergessen, als sie, die Stirn auf das kratzige Laken gesenkt, den kalten, metallenen Rahmen des Bettgestells packte und sich selbst und Gott schwor, daß sie Ärztin werden würde, wenn Daddy sich wieder erholte. Damit sie sich nie wieder so dumm und hilflos und abhängig von Leuten fühlen müßte, die nichts taten.

Rachel schob die Erinnerung von sich. Mason. Sie hatten über Mason Gold geredet, nicht wahr? »Ich erinnere mich, daß er mich fast ertränkt hat«, sagte sie mit einem Lachen. »Er nannte mich ein dummes altes Angsthasenmädchen, und ich war so wütend, daß ich ins tiefe Wasser sprang und wie ein Stein unterging.«

Sylvie hob den Kopf, ihre tiefgrünen Augen weiteten sich entsetzt. »Das hast du mir niemals erzählt.«

Das ist noch gar nichts, Mama, dachte Rachel.

Sie zuckte die Achseln. »Hättest du mich sonst je wieder an ein Schwimmbecken herangelassen?«

Ein Schweigen folgte, das einer Bestätigung gleichkam. Gerald und Sylvie wechselten Blicke. Rachel hörte Geräusche aus dem Haus, gewohnte Geräusche, die beruhigend wirkten: das Klappern in der Küche, in der Bridget abwusch, das leise Brummen Portias unter dem Tisch, als sie sich kratzte, den Glockenschlag der Uhr auf dem Kaminsims. Sie dachte: Gott, sie denken, was aus ihnen geworden wäre, wenn sie mich verloren hätten, wenn ich ertrunken wäre.

Sie fühlte ein Gewicht wie einen schweren Rucksack, den man ihr auf die Schultern geschnallt hatte – zuviel Liebe, weil sie ihr einziges Kind war.

Wie hatte sie sich nach einer kleinen Schwester oder einem Brüderchen gesehnt! Aber obwohl Mama die Krippe so lange im Kinderzimmer stehen ließ, kam nie ein Baby an.

Rachel beobachtete ihre Mutter, wie sie weiter ihren Kaffee umrührte, der langsam kalt wurde. Ihre langen, schmalen Finger wirkten beinahe so durchscheinend wie die Porzellantasse. Rachels Blick wanderte weiter, an Sylvie vorbei, zur dunkel schimmernden Anrichte, einem Stück des englischen Kunsttischlers Thomas Sheraton, dessen Stil sich durch Einfachheit der Form, gerade Linien und eine klassisch schlichte Dekoration auszeichnete. Darauf standen Kandelaber und silberne Tabletts. Gegenüber funkelte Mamas Porzellanschrank mit dem Baccarat-Kristall hinter den rautenförmigen Scheiben. Hübsch... so sehr ein Teil von ihr, als hätte die Zeit die Nähte zwischen Mama und diesem Haus hinwegpoliert und beide wären harmonisch, untrennbar zusammengeflossen.

Doch was war das mit Mama, daß sie sich manchmal so seltsam von allem abwandte und in sich selbst versenkte? Rachel erinnerte sich, daß sie immer schon diese matte Trauer gespürt hatte – gleich einem Schatten, der zwischen sie fiel. Wenn Mama sie in die Arme nahm, dann preßte sie sie so fest an sich, daß sie sie fast erstickte. Als hätte sie Angst, daß Rachel ihr entschlüpfen und sich davonstehlen könnte.

Vor allem an den Geburtstagen, wenn Mama nicht wußte, daß Rachel sie beobachtete, drang das Lächeln in ihrem Gesicht nie ganz bis zu den Augen vor. Rachel pustete die Geburtstagskerzen aus und wünschte sich Jahr für Jahr immer wieder das gleiche: Bitte laß meine Mutter glücklich sein.

Wieso konnte sie es nicht sein? Was konnte sie sich denn noch mehr wünschen?

Rachel erinnerte sich an die Angst, die sie als Kind gehabt hatte: Ob ein anderes Baby Mama glücklich machen könnte? War es ihr Fehler? Und wenn sie anders, gehorsamer und ordentlicher, wie das kleine Mädchen mit der Gießkanne wäre – wäre Mama dann glücklich?

»Iß dein Frühstück, Liebling«, ermahnte Sylvie sie sanft. »Es wird kalt.«

»Ich habe keinen großen Hunger.«

Sylvies Gesicht spannte sich. »Fühlst du dich nicht gut?« Jetzt ging das wieder los. »Doch, Mama, es geht mir gut. Aber ich bin erst um zwei nach Haus gekommen, und als ich endlich im Bett lag, wollte Portia zu mir hineinkriechen. Ich glaube, sie hat mich vermißt.« Sie warf einen Blick unter den Tisch auf den dicken schwarzen Neufundländermischling zu ihren Füßen, der jetzt zufrieden schnarchte. Sie kitzelte Portia zärtlich mit dem großen Zeh und empfand eine jäh aufschießende Zuneigung zu dieser Promenadenmischung, die sie als Hundebaby gerettet hatte. Dann, als sie wieder zu Sylvie aufsah, merkte Rachel, daß ihre Mutter sie immer noch ängstlich beobachtete. »Ehrlich, Mama. Ich bin so gesund wie ein Pferd.«

Gott, dachte sie, wird sie je damit aufhören? Mein ganzes Leben lang, bei jedem aufgeschlagenen Knie und zerkratzten Ellbogen hätte man glauben können, es wäre Epilepsie oder Krebs. Arme Mama. Ich kam mit blauen Flecken oder Kratzern nach Hause, weil ich auf einen Baum geklettert oder von meinem Fahrrad gefallen war, und sie war es, die weinte.

Wann hatte sie zum erstenmal festgestellt, daß die Mütter anderer Mädchen nicht so wie ihre Mutter waren? Seltsam, sie zogen sich wie Mama an, trugen die gleichen Frisuren und kauften in den gleichen Läden ein, obwohl die meisten von ihnen nicht annähernd so elegant waren.

Mit Mama machte alles mehr Spaß. Was sie zusammen unternahmen, hatte Pfiff. Andere Mütter nahmen ihre kleinen Mädchen mit in den Park, zum Puppen- und Marionettentheater. Mama nahm sie in Museen mit, zu geheimnisvollen Gräbern mit vergoldeten Sarkophagen aus dem alten Ägypten und in Säle mit wundervollen Gemälden und Kunstgegenständen, einem ganzen japanischen Dorf, das aus einem einzigen Elefantenstoßzahn geschnitzt war, und Gemälden von plumpen nackten Frauen und geflügelten Cherubim und komplizierten, perlenbesetzten, von Eskimos genähten Taschen. Und Mama, die ihre Hand hielt, erklärte ihr jeden einzelnen Gegenstand, und alles erschien ihr wundervoll.

Aber auf eine Art waren die Mütter ihrer Freundinnen und Freunde viel gelassener und entspannter. Sie behandelten die aufgeschlagenen Knie ihrer Kinder in der gleichen Weise mit Jodtinktur und Heftpflastern, wie sie ein Stück Toastbrot mit Butter bestrichen. Sie brüllten manchmal und schrien und ärgerten sich und regten sich auf. Aber wenn man eine Viertelstunde zu spät von der Schule oder mit einer blutigen Nase nach Hause kam, brachten sie sich nicht gleich um. Es war für sie nicht gleich das Ende der Welt.

Doch seltsam, bei einer wirklichen Krise verlor Mama nicht den Kopf. Rachel erinnerte sich, nach Daddys Herzanfall, als Mama sie schluchzend an seinem Bett im Krankenhaus fand, wie Mama sie fest am Arm genommen und hinaus auf den Gang geschoben hatte. Rachel war verblüfft gewesen, Mamas Augen blitzen zu sehen, nicht vor Tränen, sondern vor Zorn.

»Ich möchte das nicht!« hatte Sylvie in scharfem Ton zu ihr gesagt, zum erstenmal in ihrem Leben. »Du benimmst dich, als ob er im Sterben läge. Er wird sich wieder erholen. Er wird wieder ganz gesund werden. Und um Himmels willen, bevor du da wieder hineingehst, spül dir das Gesicht mit kaltem Wasser ab. Ich möchte nicht, daß Daddy aufwacht und denkt, wir sitzen schon da und trauern um ihn.«

Ja, Mama war in mancherlei Hinsicht unergründlich. Irgendwo hatte Rachel gelesen, wenn man Seidenfäden so dick wie Stahlkabel spönne, wären sie stärker als Stahl. So war Mama auch – stärker als jedermann, vielleicht sogar sie selbst, glaubte.

»Legst du so großen Wert darauf, daß ich zu dieser Party gehe?« fragte Rachel und sah Mama zu, wie sie die Tasse an die Lippen hob, und wollte so gern, noch immer so gern ihr gefallen, damit die sanfte, matte Traurigkeit hinter ihren Augen verschwände.

Sylvie setzte die Tasse sehr behutsam ab. »Oh, Rachel, es ist nicht meinetwegen. Ich möchte es doch nur für dich, siehst du. Als ich ein junges Mädchen war...« Ein verträumt-entrückter Ausdruck erschien in ihren Augen, aber sie riß sich zusammen. »Jedenfalls, es war nicht so schlecht. Nur... einsam. Ja, ein Mädchen in deinem Alter sollte sich beteiligen, sich von jungen Männern auffordern lassen.«

Rachel lachte. »Junge Männer *fordern* Mädchen nicht mehr auf, Mama.« *Sie wollen mit ihnen ins Bett gehen.*

Sie dachte an Gil und empfand dabei nichts als Kälte. Sie sah, daß es draußen regnete, schwere Tropfen schlugen gegen die Fensterscheiben. Thanksgiving war in ein paar Tagen, dann kam Chanukka. Sie hatte einen tollen Kaschmirschal für Gil erstanden, ein gedämpftes Blau wie Heidekraut.

Bin ich in ihn verliebt? Aber sie konnte sich nicht erinnern, je innerlich geschmolzen zu sein, so wie es einem dabei angeblich erging, nein, nicht mal beim ersten Mal. Gewiß, sie fand ihn charmant, wie er über ihre albernen Wortspiele lachte und dann selbst bessere machte. Die lässige Art, wie er sich kleidete, eine lederne Bomberjacke und Socken mit einem Schottenmuster oder das Jackett von einem Anzug und dazu farbenbekleckerte Jeans und abgewetzte Turnschuhe. Die witzigen Karikaturen, die er im College in ihr Notizbuch zeichnete.

Aber er war so ein verdammter, aufgeblasener Streber,

gerade mal im vormedizinischen Jahr in Haverford angefangen, und schon büffelte er für sein Spezialgebiet, die Thoraxchirurgie.

Rachel merkte, daß sie wütend wurde: erst auf ihn, aber dann auf sich selbst.

He! Es ist nicht sein Fehler, daß du frigide bist.

Sie dachte zurück an die Zeit, als sie angefangen hatte, sich mit Jungen zu verabreden, in dem Sommer, als sie siebzehn wurde, draußen im Strandhaus in Deal. Es hatte ihr gefallen, als Buck Walker sie küßte, es gab ihr ein angenehmes, warmes Gefühl. Und manchmal, wenn er weiterging. Dann, an einem unbekannten Punkt... hörte es einfach auf. Vorbei die guten Gefühle, die warmen Aufregungen. Sie fühlte zwar die Hand auf der Brust oder zwischen den Beinen, aber es war ein ganz gewöhnliches Gefühl, nicht aufregender, als wenn man sie mit einem Waschlappen oder einem Stück Seife abrieb. Und so zog sie sich allmählich in ihr Schneckenhaus zurück. Nicht körperlich zuerst. Seelisch. Als wäre sie aus ihrem Körper ausgestiegen und schwebte darüber wie ein geisterhafter Sportreporter, der live vom Verführungsspiel berichtet.

Und jetzt werden die Spieler allmählich warm, meine lieben Zuschauer draußen an den Bildschirmen, Sie sehen es ja: Er geht ran, er schmeißt sich ran an den Gegner, er – oh, Mann, er will es jetzt wirklich wissen – das könnte ein Tor werden, das könnte ein Tor werden. Er hat den Büstenhalterhaken aufgemacht, und da arbeitet er jetzt an ihrem Reißverschluß. Er ist wirklich außer Atem, liebe Zuschauer, er setzt jetzt alles auf eine Karte, jetzt geht's auf Biegen oder Brechen. Aber Moment mal, irgend etwas stimmt nicht. Sie weicht zurück. Sie will nicht. Sie schiebt seine Hand weg, sie – wir müssen jetzt mit der Kamera ganz nahe herangehen, bitte – ja, sie hat ihn an der Torlinie gestoppt. Das ist hart...

Sie hatte es von den Jungen und von ihren Freundinnen gehört, daß viele Mädchen im letzten Augenblick losweinten. Und sich entschuldigten mit der Religion, der Moral, ihrer Periode, weil sie sich für ihren Ehemann aufsparen wollten, oder weil sie einfach Angst hatten. Warum also war es bei ihr die Kicherei?

Sie konnte es sich hundertmal vornehmen, daß sie diesmal nicht loskichern würde, aber dann fing das Gekicher trotzdem an, und sie konnte nicht aufhören...

Kein Junge, merkte sie, konnte weitermachen, wenn sie sich vor Lachen kringelte.

Sie dachte an gestern abend. Gil hatte sie nach Hause gebracht. Er fuhr irgendwo von der Autobahn herunter, und bevor sie noch richtig wußte, wo sie waren, hatte er an einem Bootshaus am Lake Carnegie in Princeton geparkt. Es dämmerte, der Himmel war malvenfarben, das Wasser dunkel und still. Es war zu kalt, als daß man lange draußen hätte sitzen können, aber Gil bestand darauf. Gut vorbereitet wie immer, hatte er einen Sechserpack Löwenbräu, eine große Tüte chips und eine alte gesteppte Matratzenauflage mitgebracht.

Dann, so erinnerte sich Rachel vage, wurden Knöpfe aufgemacht und sie kam sich wie mit dem Lasso eingefangen vor und mußte dringend Pipi. Dann klemmte Gils Reißverschluß, und er lief sehr rot an im Gesicht und fing zu fluchen an. Plötzlich kam ihr das Ganze unerträglich lächerlich vor, dieses Herumgefummel in der Eiseskälte und daß Gil über seinen eingeklemmten Ständer fluchte.

Das Gekicher war einfach losgegangen, so wie Bier aus einer geöffneten Dose sprudelt.

Als es ihr endlich gelang, ihr Kichern zu unterdrücken, wischte sie sich, erschöpft und beschämt, die Tränen aus den Augen und sagte zu Gil: »Es tut mir leid. Ich weiß nicht, was in mich gefahren ist.«

Gil zerrte nun nicht mehr an seinem Reißverschluß, sondern zog mit vorgestreckter Unterlippe einen Flunsch. Aus dem jungen Gregory Peck, der ihr anfangs so attraktiv vorgekommen war, schien er sich in einen verdrossenen, ungeduldigen kleinen Jungen verwandelt zu haben, dem man gerade sein Lieblingsspielzeug weggenommen hat.

»Oh, das weißt du sehr gut, glaube ich. Du weißt es«, sagte er in einem beleidigten Ton. »Es ist nicht das erste Mal, wie wir beide wissen. Und eins hätte ich *wirklich* gern erfahren: Was du an mir so verdammt komisch findest.«

Aber er sah so zum Lachen aus mit seinem wutverzerrten Gesicht und dem wirren Haar, und während in der Dunkelheit das Wasser des Sees an den Strand schwappte, war ihr Drang, Pipi zu machen, schlimmer als zuvor. Wieder hatte sie das Gefühl, kichern zu müssen.

»Es hat nichts mit dir zu tun«, stieß sie hervor. »Es ist meine Schuld. Das passiert mir oft, wenn ich nervös bin. Du weißt, so wie es Leute gibt, die bei Beerdigungen lachen. In meinem Innern verkrampft sich alles, und dann ... bricht es irgendwie heraus.« Beerdigung? O Gott, dachte sie, welch ein Vergleich.

Aber sein Gesicht entspannte sich, und sein Ärger verlor sich ein bißchen. »Verdammter Mist. Was hast du denn gedacht, Rachel, was das hier wäre? Mal so eine Nummer ganz auf die Schnelle? Etwas gegen den Juckreiz? Warum bist du nervös? Ich *liebe* dich, verdammt.«

Dann fing das Kichern mit seinem dämonischen Eigenleben an, ihren Hals hochzukriechen. Sie biß sich auf die Zunge, um es unten zu halten.

Aber seine Erklärung hatte ihr, Gott sei Dank, einen Ausweg gezeigt, so klar und deutlich wie ein Schild mit der Aufschrift AUSGANG, das im Dunkel aufleuchtet.

»Es tut mir leid, Gil«, brachte sie heraus, Tränen traten ihr in die Augen, Tränen des Schmerzes von ihrer pochenden Zunge. »Ich mag dich. Ich mag dich sehr. Aber ich glaube, ich liebe dich nicht. Nicht genug, um ... das mit dir zu machen.«

Ja, richtig, und dann nächsten Monat oder nächstes Jahr, sobald sie sich verliebte, würde es anders sein. Und dann würde sie all die Gefühle empfinden, von denen es hieß, daß sie einem dabei kämen.

Dann lachte Gil bitter, als er seinen Reißverschluß hochzog. »Liebe? Du meinst, deshalb hältst du dich zurück? O Gott, du bist ja noch viel verkorkster, als ich dachte. Die Wahrheit ist, daß du überhaupt keinen Sex magst. Außer vielleicht mit einer Frau, was weiß ich.« Er fing an, die Matratzenauflage mit wilden Armbewegungen zusammenzufalten, dann hielt er inne und fixierte sie mit einem unheilvollen Blick. »Was es auch ist, ich hoffe, du wirst es finden. Ich hoffe ehrlich, daß es dir gelingen wird. Nur laß mich von nun an aus dem Spiel, zum Teufel.«

Als Rachel sich jetzt daran erinnerte, zuckte sie zusammen. Dann dachte sie an letzte Nacht, als sie endlich zu Haus war und im Bett lag und nicht einschlafen konnte, weil Gils Worte ihr weh taten. Verzweifelt und um sich selbst zu beweisen, daß sie nicht frigide war, hatte sie sogar zu masturbieren versucht. Aber das kam ihr sogar noch lächerlicher als das vor, was sie mit Jungen gemacht hatte – wie ein Herumstolpern in der Dunkelheit ohne Taschenlampe. Würde sie überhaupt einen Orgasmus bemerken, wenn sie einen hätte?

Schließlich hatte sie es einfach aufgegeben und geweint. Sie würde als medizinische Kuriosität mit ein, zwei Absätzen im Wälzer irgendeines Sexologen enden. Als Monstrum.

Sie würde niemanden finden, der sie liebte. Niemanden, den sie wiederlieben könnte.

Ein klapperndes Geräusch brachte sie zum Frühstückstisch zurück. Rachel hob den Kopf und sah Bridgets breiten Rücken in den Anrichteraum verschwinden.

»Jedenfalls komme ich mir nicht einsam vor«, log sie Sylvie an und achtete darauf, daß ihre Stimme unbeschwert klang. »Ich habe dich und Daddy und Portia.«

Daddy sah wieder von seiner Zeitung auf. »Na, da bin ich ja froh, daß du deine Mutter und mich wenigstens dazurechnest, zu deinem Hund. Nur wünschte ich mir wirklich, daß du sie nicht mehr bei Tisch füttern würdest.«

Rachel zog die Hand unter dem Tisch hervor, nachdem

Portia ihr gierig die letzten Toastkrümel von den Fingern geleckt hatte.

»Das ist alles, du dicke Betteltante«, schalt sie den Neufundländer zu ihren Füßen, dann schob sie Portia heimlich den letzten Rest ihres Toastbrots ins Maul.

Sie hörte Daddy in die Zeitung murmeln: »Warum, zum Teufel, geht Kennedy ausgerechnet in Texas auf Werbetournee? Wer braucht ihn da? Er sollte sich lieber mal um ein paar Zäune in seinem eigenen Hinterhof kümmern, die geflickt werden müßten. Es gefällt mir nicht, wie sich die Dinge in Indochina entwickeln, das wird da immer heißer, das riecht mir ganz so wie damals Korea.«

»Gerald«, schalt Sylvie ihn freundlich. »Vor allen Dingen, bitte, laß uns nicht über Krieg reden.« Sie wandte sich Rachel zu, ihr Gesicht heiterte sich auf. »Ich dachte, wir können heute nachmittag oder morgen zusammen einkaufen gehen«, sagte sie vorsichtig. »Um dir ein Kleid zu besorgen. Du brauchst ein neues Kleid für die Party. Bei Bendel ist eine wundervolle neue Kollektion von Cassini eingetroffen, die mußt du dir mal ansehen.«

Rachel war nicht erfreut von diesem Gedanken. Mindestens dreißig Kleider füllten bereits ihren Schrank, bei manchen hing noch das Preisschild am Ärmel, und Mama wollte sie ausgerechnet zum Einkaufen mitnehmen.

Wie einfach und angenehm und bequem wäre es doch, wenn sie weiter keine Kleider hätte als das, was sie am Leibe trug – ihren weiten Hängepullover, die abgewetzten Jeans, die so weich wie Flanell waren, und ihre alten, derben flachen Sportschuhe. In diesen Sachen fühlte sie sich sicher, in ihnen war sie wirklich sie selbst. Sie stellte sich das Kleid vor, das Mama aussuchen würde: feine Seide oder Chiffon, die Farbe matt wie die Dämmerung, die Ärmel weit gebauscht und ein Rock, der ihr um die Knie floß. Und so würde sie dann schließlich zu Masons Party gehen: wie ein schön eingewickelter Geschenkkarton – mit nichts drin.

Zwei Tage darauf saß Sylvie im Ohrensessel vor dem Fernsehgerät in der Bibliothek und sah die Konturen auf dem Bildschirm wegen der Tränen, die ihr kamen, immer verschwommener.

Zwischen den Kommentaren, den Beileidsbezeugungen von Staatshäuptern aus der ganzen Welt zeigten sie John F. Kennedy als jungen Kongreßabgeordneten, als frischvermählten Gatten von Jackie und dann immer wieder die gleichen alptraumhaften Bilder: die Autokolonne, die offene Limousine mit dem lächelnden Präsidenten und Jackie, elegant wie immer mit ihrem Pillbox-Hut, während sie der Menge zuwinkte. Dann drehten sie alle ein bißchen durch, Kennedy sackte plötzlich nach vorn, einen schwarzen Blutfleck hinten am Kopf. Jackie hielt ihn im Arm, wollte dann über die Rückenlehne aus dem Wagen klettern und wurde von einem Geheimdienstmann aufgehalten. Die Limousine beschleunigte und verschwand.

Sylvie stand auf, ganz steif vom langen Sitzen, und knipste den Fernseher aus. Ihre Augen brannten. Es war fast Mitternacht, und sie hatten seit dem frühen Nachmittag am Gerät ausgehalten, sie und Rachel, zu benommen, um irgend etwas anderes zu tun. Gerald hatte die Bank geschlossen und war nach Hause gekommen. Alle machten zu, sagte er.

Sie und Rachel waren bei Bonwit Kleider anprobieren gewesen, als sie es hörten. Rachel hatte versprochen, daß sie zu Mason Golds Party gehen würde, aber wie immer war es unmöglich gewesen, es ihr recht zu machen, sie fand sämtliche Kleider zu elegant oder zu frivol.

Syl ie erinnerte sich plötzlich an den Tag bei Bergdorf, an dem die Wehen sie überrascht hatten.

Sie fühlte ein dumpfes Pochen an den Schläfen. Rachel und Gerald waren schon vor Stunden hinaufgegangen, aber sie wußte, daß sie nicht würde schlafen können, wenn sie sich hinlegte, und dann kämen ihr die Erinnerungen, die sie nicht ertragen konnte.

Sie durchquerte das dämmrige Arbeitszimmer, das voll

von Geralds Sachen war, ein richtiges Herrenzimmer mit den soliden Möbeln und Büchern und alten Photographien seiner Eltern und Großeltern an den Wänden und dem breiten, dreiteiligen Regency-Schrank mit dem vorspringenden Mittelteil, der die Libretti aller Opern enthielt, die je ins Englische übersetzt worden waren. Die Stereoanlage und darunter, eine ganze Wand entlang, seine Schallplattensammlung. Alle großen Sänger und Sängerinnen. Caruso. Pinza. Callas.

Sie blieb an seinem Schreibtisch stehen, dessen Platte mit Leder bezogen war, und strich mit den Fingerspitzen über den silbernen Brieföffner, den Rachel ihm zu seinem letzten Geburtstag geschenkt hatte. Er war alt und schwer und schön gearbeitet, genau das Richtige für ihn. Sie verstand ihn so gut. Die beiden paßten so gut zusammen, hingen so aneinander.

Sylvie fühlte einen Schmerz, als hätte ihr jemand den Brieföffner in die Brust gestoßen. Sie war ganz allein. Gerald würde nie von der schrecklichen Entscheidung erfahren, die sie getroffen hatte, würde nie diesen Schmerz mit ihr teilen. Wie viele Nächte hatte sie wach gelegen und sich gequält und leise um das dunkelhäutige, schwarzhaarige Kind geweint, das sie geboren hatte und niemals in den Armen halten, niemals aufwachsen sehen würde.

Aber Rachel nicht kennengelernt zu haben, *das* wäre auch schrecklich gewesen. Sylvie konnte sich ein Leben ohne Rachel nicht vorstellen. Unmöglich.

Trotzdem spürte sie manchmal, daß ihr *etwas* in ihrer Liebe zu Rachel fehlte, es gab da in ihr einen Riß, der niemals wirklich heilen würde. Wie beneidete sie Gerald um seine Unwissenheit; er hatte Rachel ganz, ohne Kompromisse, sie gehörte ihm.

Wenn sie Rachel anschaute, sah sie Bilder von Angie Santini, Rachels richtiger Mutter, vorbeiziehen.

Hatte sie diese Widerspenstigkeit auch von Angie? Daß sie Ärztin werden und ein Leben führen wollte, das allem

Häßlichen auf dieser Welt – der Krankheit, dem Schmerz, dem Tod – geweiht war.

Ich habe mich so bemüht, sie zu meiner Tochter zu machen, dachte sie. Kultiviert und damenhaft. Aber sie ist ganz eigen, nicht wie ich, auch nicht wie Gerald. Seltsam, sie ist so klein und zierlich ... und trotzdem so halsstarrig, so unabhängig.

Sylvie erinnerte sich: Mit zwei Jahren war Rachel ein bezauberndes Püppchen mit immergrün-blauen Augen und einer Wolke weicher, bernsteinfarbener Locken gewesen. Sylvie hatte das Kinderzimmer auf Zehenspitzen betreten, um nachzusehen, ob Rachel von ihrem Mittagsschlaf aufgewacht war. Verblüfft mußte sie feststellen, daß es Rachel gelungen war, aus dem Gitterbett herauszuklettern und sich eine saubere Windel vom Wickeltisch herunterzuholen. Während ihr die alte, feuchte Windel und das Gummihöschen an den Füßen hingen, bemühte sie sich, die frische zu befestigen. Sylvie lief los, um ihr beizustehen, aber Rachel schob sie mit ihren winzigen Babyhänden weg und sagte mit einer klaren, fast erwachsen klingenden Stimme: »Nein, Mama, laß mich.«

Seit damals mußte sie diese Worte tausendmal gehört haben. Mit fünf auf ihrem ersten Fahrrad sitzend, bat Rachel Gerald, den Lenker loszulassen. An ihrem ersten Tag im Kindergarten verlangte sie von Sylvie, daß sie draußen vor dem Eingang stehenblieb, damit Rachel allein hineingehen konnte. Die Erinnerungen kamen ihr wie Bilder in einem alten Photoalbum.

Und Sylvie dachte: *Bin ich nicht auch ein ganz kleines bißchen neidisch?* Rachel schien genau zu wissen, was sie vom Leben wollte und wie sie es bekam. Sylvie fragte sich, was aus ihrem eigenen Leben geworden wäre, wenn sie Gerald nicht geheiratet hätte. Nicht, daß sie es etwa bedauerte! Nein, keinen Augenblick. Sie liebte Gerald und ihr Leben mit ihm zusammen. Aber was für Drachen hätte sie vielleicht erschlagen, wenn Geralds Schutzschild nicht gewesen wäre? Welche Fähigkeiten hätte sie in sich entdeckt?

O ja, es gab Augenblicke – nicht oft, aber dann und wann –, in denen sie sich vorstellte, daß sie auf eigenen Füßen stünde und irgendwo, vielleicht in einem Büro, arbeitete, hinter einem Schreibtisch wie diesem womöglich, und die Leute kämen zu ihr und fragten *sie* nach ihrer Meinung und bäten *sie* um Rat. Nicht einfach nur als Gattin von Gerald Rosenthal, sondern als Frau, die selbst etwas geleistet hätte und die für ihre Arbeit ein Gehalt bekam.

Dann versank Sylvie in hoffnungsloses Brüten: Wer bin ich, daß ich noch mehr verlange? Ich habe schon so viel, mehr als ich verdiene. Den nettesten Mann auf der Welt, mehr Luxus, als irgend jemand sich erhoffen kann. Und eine ebenso liebe wie eigensinnige Tochter.

Nein, ihre Liebe zu Rachel könnte auch nicht größer sein, wenn sie ihr eigenes Fleisch und Blut wäre. Wenn Rachel aus der Tür ging, schmerzte es sie jedesmal. Sie wollte soviel für sie ... alle guten Dinge auf der Welt. Aber sie sehnte sich auch danach, Rachel das zurückzugeben, was sie ihr genommen hatte – ihre Schwestern, ihre wahren Blutsverwandten. Und das konnte sie niemals tun. Niemals.

Sylvie legte den Brieföffner hin. Nur nach einem sehnte sie sich noch ...

Nur einmal sie umarmen. Meine eigene Tochter. Das Baby, das ich neun Monate in mir getragen habe. Die Tochter aus meinem Fleisch. O lieber Herrgott, was würde ich dafür geben.

Aber das durfte niemals geschehen. Wahrscheinlich hatte sie schon zuviel riskiert, als sie den Detektiv beauftragt hatte, festzustellen, wo ihre Tochter lebte. Und was hatte ihr das gebracht außer noch mehr Herzensleid? Dominik Santini war tot, erfuhr sie. Rose lebte mit ihren beiden Schwestern und der Großmutter zusammen, die kaum mit der Sozialhilfe und ihrer kleinen Rente auskam.

Sylvie sehnte sich danach, einen Weg zu finden, wie sie Rose helfen könnte. Und dann hatte sie eines Tages diese alte Fernsehshow »The Millionaire« gesehen und war so auf den Gedanken gekommen, für Rose, natürlich anonym, ein Sparkonto zu eröffnen.

Durch den Detektiv fand sie einen Anwalt, der tat, was sie von ihm verlangte, ohne sie nach den Gründen zu fragen. Sie hatte den Namen des Anwalts vergessen, aber sie erinnerte sich an ein elendes Loch, in dem sie ihn aufsuchte, an den verstaubten Gummibaum auf dem Aktenschrank und die toten Fliegen auf der Fensterbank. Durch ihn ließ sie auf Roses Namen einen Betrag von fünfundzwanzigtausend Dollar – alles, was sie zusammenkratzen konnte, ohne Geralds Verdacht zu erregen – auf ein Treuhandkonto deponieren. Dann wurde ein Brief an Roses Großmutter abgeschickt, in dem sie als Treuhänderin benannt und davon in Kenntnis gesetzt wurde, daß das Geld von einem Wohltäter gestiftet sei, der ungenannt zu bleiben wünsche.

Natürlich war das dumm von ihr und höchst gefährlich gewesen. Angenommen, Roses Großmutter schöpfte Verdacht. Angenommen, sie setzte sich mit dem Anwalt in Verbindung. Aber Sylvie hatte ihre Spuren verwischt und ihm einen falschen Namen gegeben, das Geld in bar bezahlt. Nichts wirklich Schlimmes konnte daraus erwachsen, hatte sie sich gesagt. Und so hätte die kleine Rose etwas, einen Notgroschen für später, vielleicht fürs College oder, Gott behüte, falls sie jemals krank werden oder einen Unfall erleiden sollte.

Und doch konnte auch das Bewußtsein, für Rose gesorgt zu haben, nicht die Sehnsucht in Sylvies Herzen zum Schweigen bringen. Diesen Hunger danach, sie zu sehen und zu berühren. Und darum hatte sie einige Jahre später etwas wirklich Unbesonnenes getan – sie war zu Roses Schule gefahren.

»Rose«, flüsterte Sylvie. Es tat gut, ihren Namen auszusprechen, ein einziges Mal nur, laut. Ein kleiner Stein fiel ihr vom Herzen.

Sylvie hob den Kopf und betrachtete das Ölgemälde über dem Kamin. Sie selbst war darauf abgebildet in jüngeren

Jahren, heiter und gelassen aussehend, ja sogar prächtig wie eine Königin in ihrem blaßblauen Chiffonkleid, die Schultern weiß wie Osterlilien. Ihr goldenes Haar war zu einer Schnecke geflochten, ihr Kopf seitwärts gedreht, so daß man den Rubin an ihrem Ohrläppchen sah. Sie erinnerte sich daran, daß Gerald ihr diese Ohrringe geschenkt hatte, kurz nachdem Rachel geboren war – kostbare alte Rubine mit tränenförmigem Schliff in uralten goldenen Fassungen und mit Stiften daran, die winzige rosa Brillanten zierten. Der Rubin sei Rachels Geburtsstein, erklärte er. Und wie überrascht war er dann über ihren Tränenausbruch gewesen!

Jetzt, als sie diesen Ohrring betrachtete, dachte Sylvie daran, wie kunstvoll der Maler dessen tief weinrote Glut eingefangen hatte, die Art, wie das Licht einfach so aus ihm heraussprühte. Und mit einemmal stand sie wieder auf dem Bürgersteig vor Roses Schule an dem eiskalten Wintertag, als sie auf das Ende des Unterrichts wartete, wenn Rose herauskommen würde.

Vom ersten Augenblick an, als sie ihre Tochter erblickte, hatte Sylvie erkannt, wie wenig dieser sanfte Name zu ihr paßte, den sie ihr gegeben hatten – Rose, nach der schönsten der Blumen. Denn sie war dunkel, dunkel wie eine Zigeunerin und hatte lange Beine und große Augen und die Backenknochen einer Frau, nicht die eines kleinen Mädchens von neun Jahren. Eingezwängt sah sie aus in dem lumpigen Mäntelchen, aus dem sie offensichtlich längst herausgewachsen war, und ihr schwarzes Haar war zu zwei strengen Zöpfen geflochten.

Aber in dem Augenblick, als diese großen Augen an ihr hochwanderten, vergaß Sylvie die Fremdheit ihrer dunklen Tochter und fühlte ihr Herz in tausend Stücke zerspringen.

Dann, gegen alle Vernunft, hatte sie den Rubinanhänger von ihrem rechten Ohr abgeschraubt. Als sie vor dem eisigen Schulhof stand und den Ohrring in Roses kleine hohle Hand drückte, hatte sie das Gefühl gehabt, daß es sich irgendwie so gehörte, aber sie wünschte, daß es mehr sein könnte; die lebenslange Liebe einer Mutter.

Sylvie hob die Hand an ihr Ohr und erinnerte sich. Sie trug nun Diamanten, nie mehr Rubine, und den einen ihr verbliebenen Ohrring hatte sie an einem Ort verborgen, an dem niemand ihn je finden würde.

Sie hatte Rose auch seit jenem Tag nicht wiedergesehen. Vor ein paar Monaten war sie allerdings so verwegen gewesen, bei Rose daheim anzurufen. Sie hatte angegeben, sie sei von der Telefongesellschaft und führe eine Untersuchung durch. Die Frau, die am Apparat war, sagte, sie wisse nichts, sie sei nur eine Nachbarin, die sich um Mrs. Santini kümmere, die kürzlich einen Schlaganfall erlitten hätte. Dann hatte sie Sylvie eine Nummer gegeben, über die sie Rose auf ihrer Arbeitsstelle erreichen könne. Sylvie wählte die Nummer und hörte, daß es sich um ein Anwaltsbüro handelte, woraufhin sie rasch auflegte. Rose arbeitete wahrscheinlich dort als Sekretärin. Sie hielt sich offensichtlich über Wasser. Aber ob sie glücklich war?

Rachel stand im Eingang zum Ballsaal des Pierre und nahm das Schauspiel der Party zu Mason Golds einundzwanzigstem Geburtstag in sich auf.

Sie sah den blitzenden Ball aus Spiegelscheiben an der Decke, der sich langsam drehte und das Licht wie Strahlen-Konfetti in den riesigen Raum streute. Gott, Masons Eltern mußten ein Vermögen ausgegeben haben! Auf den mächtigen, von Speisen überladenen Tischen standen gelbe Chrysanthemen- und weiße Freesiensträuße, und auf einer Plattform spielte eine Band in goldstrotzenden Jacken »Only You« für die Paare, die sich auf dem Tanzboden wiegten.

Na ja, Gott sei Dank ist es Masons Party und nicht meine, dachte Rachel. All dieses... Geprotze mit dem Geld, das sie haben... ich würde vor Scham sterben.

Sie suchte nach einem vertrauten Gesicht, sah aber niemanden, den sie kannte. Die Mädchen sahen einander alle ziemlich ähnlich, sie trugen diese kurzärmeligen pastellfarbenen Futteralkleider, die Jackie Kennedy aufgebracht hatte, und ihr Haar war »nahtlos« zu helmartigen Gebilden hochtoupiert. Die Jungen ebenfalls – wie Modepuppen in ihren identischen Smokings, mit ihrer winterlichen Sonnenbräune und dem Lächeln ihrer weißen, ebenmäßigen Gebisse. Eines blieb an ihr hängen, das Lächeln eines breitschultrigen Jungen mit blondem Bürstenschnitt, der sie forschend beäugte, und ihr Magen fühlte sich an, als hätte er von unten einen Stoß bekommen.

O Gott, sieht man es mir an? Man kann es mir doch nicht etwa ansehen, oder?

Ihr Herz hämmerte, und sie drückte ihr Samthandtäschchen fest gegen die Hüfte und fühlte die flache Untertassenform des Pessars darin.

Sie hatte jetzt das Gefühl, daß alle Jungen im Saal sie ansahen. Aber daß sie dieses Kleid trug, das an ihrem Hintern haftete und die Hälfte ihrer Brust zeigte, hieß doch noch nicht, daß sie wußten, was sie vorhatte, oder?

Rachel reckte sich und streckte das Kinn heraus. Na gut, und wenn schon. Sollen sie ruhig wissen: Heute abend ist Rachel Rosenthal bereit und willens.

Und unter all diesen Smokingaffen mußte wenigstens einer so schön geil sein, daß es ihm nichts ausmachte, sozusagen seine Champagnerflasche zu Ehren ihrer Jungfernfahrt an ihrem Bug zu zerschmettern.

Letzte Woche war sie so bestürzt wegen Kennedy gewesen, daß sie etwas Wichtiges begriffen hatte. Sie konnte schon morgen sterben, und dann erführe sie nie, wie das mit dem Sex war. Vielleicht hatte sie ja doch bloß Angst – vor diesem letzten, unwiderruflichen Schritt. Und sobald das geschafft war und sie es getan hatte, konnte sie sich entspannen und ihr Leben genießen.

Und das hatte sie dazu bestimmt, Dr. Saperstein zu erzählen, sie wolle sich verloben, damit er ihr ein Pessar anpaßte. Dann hatte sie zu Haus im Badezimmer gehockt und dieses abscheuliche Gelee überall herumgeschmiert und das Einsetzen des verdammten Dings geübt, bis ihr alles weh tat.

Die ganze Sache war ungefähr so romantisch, wie wenn sie eine Flügelmutter an ihrem Fahrrad festzog, und genauso unangenehm. Sie war ja so ein Versager, das fühlte sie. Und dabei hatte sie noch nicht einmal angefangen!

Und nun stand sie da in diesem engen Oleg-Cassini-Sack aus blauem Samt, ihr langes Haar schimmerte, und sie trug zum erstenmal seit Jahren wieder Lippenstift – und kam sich so unsicher wie noch nie vor. Und die ganze Idee schien ihr mit einemmal völlig witzlos. Denn wenn sie sich jemandem hinzugeben versuchte, würde sich ja doch nur mit hundertprozentiger Sicherheit herausstellen, was sie schon wußte. Daß sie tatsächlich frigide war.

Eine tiefe Stimme riß sie aus ihren Gedanken.

»Alle Wetter! Welch Sonnenschein fällt in meine Spelunke!«

Sie wirbelte herum, wobei sie instinktiv die Hände vor den Mund hielt und zwischen den Fingern hindurchlachte, wie sie es vor Jahren zu tun pflegte.

»Mason! Gott, ich hätte dich nicht wiedererkannt.« Sie blickte zu dem großen, fremden jungen Mann mit dem dunklen, krausen Haar auf, der in seinem Smoking wie so viele dieser jungen Collegestudenten aussah – bis auf eine kleine Besonderheit allerdings: seine Smokingschleife war aus Goldlamé.

Mason grinste. »Du hast dich aber auch sehr verändert. Wie lange ist das jetzt her... fünf, sechs Jahre?«

»Ja, so ungefähr. Wie geht es dir?«

»O. K.« Er sah anderswohin, es schien ihm mit einemmal peinlich zu sein, und mehr denn je wünschte sie sich, sie wäre nicht gekommen. Dann grinste er sie wieder an, und sie fand ihn betörend. »Na, was sagst du? Tolle Party, was? Der alte Herr hat noch immer mächtig was auf dem Kasten.«

Aber alles, was Rachel jetzt sehen konnte, war das dichte Gedränge. »Du kennst wohl 'ne Menge Leute.«

Er zuckte die Achsel. »Ich komme herum auf dem Campus. Sportmannschaft. Arbeite auch mit an unserer Zeitung, der *Yale Daily News*. New Haven ist keine so kleine Stadt, wie man sich das vorstellt. Und wie Freunde sich vermehren, wenn sie das Wort ›Party‹ hören, weißt du ja.«

»Es wundert mich, daß du daran gedacht hast, mich einzuladen«, sagte sie. »Wir sind irgendwie verschiedene Wege gegangen.«

»Ich will dir was sagen, wenn du nicht gleich beleidigt bist, es war Moms Idee. Ich habe gedacht, du kennst hier doch keinen und so. Und außerdem hatte ich immer noch diese Vorstellung von dir im Kopf als einer mageren kleinen Göre mit Zahnspangen im Mund, die sich am meisten für Ringkämpfe interessierte.«

»Mückenstich – so hast du mich immer genannt«, sagte sie und lachte.

Da erst fiel Masons Blick auf ihren großzügigen Ausschnitt. Die Seiten seines Halses röteten sich, und er sah rasch wieder auf.

Rachel fand es für sie beide peinlich. Sie hatte ihn nicht damit aufregen oder zu irgend etwas einladen wollen. Mason war schließlich... na ja, beinahe ein Cousin.

Ein hübscher Cousin, mußte sie zugeben. Er *hatte* sich verändert. Aus einem pickligen Teenager mit Beinen wie Fahrradspeichen zu diesem eleganten '63er Modell, das vor ihr stand. Selbstsicher, aber nicht *zu* selbstsicher. Gutaussehend, wenn man den großen dunklen Typ mochte, den sie mochte.

»Und ich bin nicht beleidigt, daß du mich nicht einladen wolltest«, sagte Rachel schnell und lachte. »Es war *meine* Mutter, die mich überredet hat herzukommen.«

»Ich bin froh, daß sie's getan hat. Und daß du auf sie gehört hast.« Was Mason sagte, klang aufrichtig.

Die Peinlichkeit schwand. Mason legte ihr lässig den Arm um die Schultern. »Komm, ich besorge dir was zu trinken, und du kannst meinen Eltern guten Tag sagen. Dann möchte ich, daß du ein paar von meinen Freunden kennenlernst.«

»Ich habe deinen Vater, als ich kam, in der Nähe der Garderobe gesehen. Er sagte mir, Birds Eye hätte Reklamationen wegen seines tiefgefrorenen Spinats bekommen, und Gold Star wäre gleich um zwei Punkte geklettert. Er sah aus, als ob er gerade die Weltmeisterschaft im Schwergewicht gegen Cassius Clay gewonnen hätte.«

»Der gute alte Dad«, sagte Mason und lachte. »König des tiefgefrorenen Gemüses seit der Sintflut. Möchte, daß ich ins Geschäft eintrete, sobald ich mit dem Studium fertig bin.«

»Es gibt Schlimmeres.«

»Hast du je mit dem Gedanken gespielt, Selbstmord zu begehen, indem du in einen Kessel voll Bohnenmehl und Zwiebeln springst? Ich ja, jeden Sommer, wenn ich bei meinem alten Herrn gearbeitet habe. Er hat mich ans Fließband gestellt. Ich sollte einen Eindruck davon bekommen, wie es ist, wenn man sich von ganz unten heraufarbeitet. Kannst du dir vorstellen, wie es ist, jeden Abend, wenn du nach Hause kommst, nach Bohnen zu riechen?«

Rachel lachte. Mit Mason zusammen kam sie sich wieder wie sieben vor, fuhr mit ihm Tandem auf seinem Flexy Flier und jagte quietschend einen Scarsdale-Hügel hinunter.

Mason steuerte sie zu einer Gruppe hinüber, die an einem der Tische saß. Mehrere der Jungen sahen sie von unten bis oben und wieder bis unten an, und sie fühlte, wie sie erstarrte und von Panik erfaßt wurde, als sie sich an das erinnerte, was sie zu tun vorhatte.

»Hi«, sagte sie und nickte, als Mason sie vorstellte, und es gelang ihr nicht, sich einen dieser Namen zu merken. Sie merkte nur, daß der Schweiß in ihren Achselhöhlen zu prikkeln anfing, obwohl sie sich zweimal mit Roll-on-Deodorant eingecremt hatte.

Sie hätte nicht herkommen sollen. Diese ganze Party war keine gute Idee. Und ihr eigener Plan kam ihr blöd vor.

Sie hatte fast die Tür erreicht, als sie eine Hand auf der Schulter fühlte, die sie festhielt. Mason.

»He! Warte einen Augenblick, wo gehst du hin?«

»Ich ... ich fühle mich nicht sehr gut. Ich glaube, ich fahre lieber heim.«

»Bevor wir ein einziges Mal getanzt haben? He! Du könntest meinen Wunsch zunichte machen, bevor ich dazu gekommen bin, die Kerzen auf meiner Torte auszublasen.«

Die Band spielte den alten Presley-Hit »Love Me Tender«.

Mason senkte die Augen und schürzte die Unterlippe wie Elvis, und sie mußte einfach loslachen. Dann befand sie sich plötzlich mit ihm auf der Tanzfläche, und sie bewegten sich zusammen durch das dahinrieselnde goldene Licht.

Er hielt sie locker im Arm, nicht eng an sich gepreßt, wie die meisten Jungen es taten. Sie entspannte sich und genoß das gesprenkelte Licht, das über ihr Gesicht floß, und merkte, wie mühelos sie sich zu der Musik bewegte.

Mit einemmal sah sie das Pessar in ihrer Handtasche vor Augen.

Sie hatte Masons Penis einmal gesehen, als sie sieben und er acht war. Sie hatten ihre Badesachen angezogen, draußen in der Kabine an Golds Swimmingpool, und sie hatte ihn gefragt, ob sie es anfassen dürfe, nur um zu sehen, wie es sich anfühlte. Und er hatte sie zögernd gelassen. Nur Antippen mit dem Finger, ein kurzer Eindruck, daß es gummiartig und weich war, und dann hatten sie beide fasziniert daraufgestarrt, als er wuchs, der winzige rosa Finger, und sich zu einem Ding verhärtete, das ungefähr so groß wie eine Zwei-Cent-Rolle Bazooka-Kaugummi war. Mason, rot wie Erdbeermarmelade, hatte seine Badehose angezogen, und von da an war er immer ins Haus gegangen, um die Sachen zu wechseln.

Sie versuchte sich vorzustellen, wie Masons Penis jetzt aussehen mochte und ertappte sich dann entsetzt bei diesem Gedanken. Mit Mason? Gott, was fiel ihr ein?

»Hunger?« fragte Mason, als der Tanz endete. »Laß das Pops Sorge sein. Es ist genug zu essen hier für ein ganzes verhungerndes afrikanisches Land.«

Rachels Blick schweifte über die langen Tische mit den riesigen Platten voll geräuchertem Lachs, Austern und Garnelen, die auf kleinen Betten aus zerstoßenem Eis lagen, den mächtigen Silberschüsseln voll glitzernden schwarzen Kaviars. Und dort, als Mittelpunkt des Ganzen, von kunstvoll konzentrisch angeordneten Melonenschnitten und Weintrauben umrahmt, ein stolzer, aus Eis geschnittener Spargelspeer – das Warenzeichen der Gold Star Frozen Vegetables Company.

Rachels Augen blieben daran haften, und der Drang zu kichern quälte sie wieder. Dann stellte sie sich Mason vor, nicht nur ausgezogen, sondern mit einer riesigen Spargelstange, die ihm zwischen den Beinen sproß.

Gott, was war das bloß mit ihr? Sie gehörte von Rechts wegen auf die Couch eines Psychiaters, statt daß sie sich hier vorstellte, mit Mason ins Bett zu steigen.

»Habe ich etwas Komisches gesagt?« Mason lächelte.

»Nichts, nichts.« Rachel holte tief Luft, bemüht, sich wieder in den Griff zu bekommen. »Ich könnte etwas zu trinken gebrauchen, bitte. Ginger Ale, wenn du hast.«

Mason legte den Arm um ihre Schulter und führte sie hinüber zur Bar. Dort war es laut, die Leute schrien durcheinander, schlugen Mason auf die Schulter und wünschten ihm alles Gute zum Geburtstag. Rachel konnte den Barkeeper nicht hören, sah ihn aber den Kopf schütteln.

»Pepsi, Coke, Orangensaft, Seven-up, aber kein Ginger Ale«, hörte sie Mason durch den Lärm rufen. »Wie wäre es mit Champagner?«

Sie schüttelte den Kopf.

»Hast noch nie Alkohol vertragen.« Mason grinste.

Sie wußte, daß er von dem Tag sprach, an dem sie eine Flasche von dem Château Petrús ihres Vaters hinunter zum Wellenbrecher bei ihren Häusern in Palm Beach geschmuggelt hatten. Kotzübel war ihnen geworden, obwohl nur sie sich erbrochen hatte. Gott, sie hatte soviel gereihert, daß sie dachte, ihr ganzer Magen käme mit heraus. Und dann hatte Mason sie noch wochenlang hinterher damit aufgezogen.

»Reize mich bitte nicht«, sagte sie liebenswürdig.

»Weißt du, mein Vater hat eine Suite gemietet. Ich hab' was Besseres als Champagner da oben. Hast du schon mal Hasch probiert?«

Marihuana? Gott, Mama würde sterben. Dann erinnerte sie sich, daß ihre Zimmernachbarin Judy Denenburg sich darüber ausgelassen hatte, wie phantastisch Sex wäre, wenn man *stoned* war.

Rachel wurde es warm; ihr Gesicht war heiß, als hätte sie zu lange in der Sonne gelegen. Dachte er an dasselbe wie sie? Gott!

»Nein«, gab sie zu. »Aber es ist deine Party. Wird man dich nicht vermissen?«

Mason zuckte die Achseln und grinste beim Anblick der Menschen, die sich zu amüsieren schienen. »Wie einen Feuerwerkskörper am 5. Juli.« Seine Hand fühlte sich warm und feucht an, als er ihre nahm. »Komm, laß uns abhauen.«

»Warte. Meine Handtasche.« Sie entdeckte sie an dem Tisch, an dem sie sie hatte fallen lassen, als sie tanzen gegangen waren.

»Die kannst du dir später holen.«

»Nur einen Augenblick. Ich treffe dich am Lift.«

Rachel holte tief Atem, als der Fahrstuhl abhob, und hielt ihre Tasche unter dem Arm fest.

»Was hast du eigentlich so Wichtiges darin, den Schlüssel zu deinem Safe?« neckte Mason sie.

Rachel lächelte. »In gewisser Weise.«

Ja, diesmal mußte es sein. Mason würde sich so gut wie jeder andere dafür eignen. Besser sogar. Sie waren schließlich alte Freunde und mochten sich. Der Witz dabei war nur, daß Mason zweifellos dachte, daß *er* sie verführte.

In der Suite, die wie eine Wohnung in Paris dekoriert war

– an den Wänden vergoldete Lilienmedaillons, Spiegel mit vergoldeten Rahmen und mit Goldbronze lackierte Möbel –, bat Mason um Entschuldigung und verschwand. Eine Minute später kam er zurück und hielt eine tropfende durchsichtige Plastiktüte hoch.

»Ich hatte sie im Wassertank der Toilette versteckt. Möchte nicht gern, daß mein Vater hinter Gitter kommt, wenn das Zimmermädchen sie rumliegen sieht.«

»Was ist, wenn er heraufkommt?«

»Kommt er nicht. Ich könnte ihn nicht von einer Party losreißen, selbst nicht, wenn ich ihm das Leben retten wollte. Der muß da unten seine Faxen machen, der alte Armleuchter.«

Rachel dachte an ihren Vater, daß er wieder einen Herzanfall bekommen würde, wenn er das wüßte, und hatte ein schlechtes Gewissen.

Mason hockte sich vor den Cocktailtisch und schüttelte ein wenig von den schrumpligen braunen Blättern auf das dünne Zigarettenpapier. Er rollte es langsam, klebte es zusammen und drehte dann die Enden zu.

Rachel sah ihn es anstecken, einen tiefen Zug nehmen und dann den Rauch sehr lange in den Lungen halten. Dann atmete er langsam aus; süßlicher, beißender Rauch kam aus seinen Nasenlöchern. Er gab es ihr, hielt den Joint mit der Daumen- und Zeigefingerspitze.

»Langsam«, belehrte er sie leise. »Atme es langsam ein und behalte es so lange drin, wie du kannst. Dann wirst du schneller *high.*«

Trotz des Zitterns ihrer Hand und einer plötzlichen Kurzatmigkeit gelang es Rachel, den Joint an die Lippen zu halten und etwas von dem dicken, süßen Rauch einzuatmen.

Sie spürte einen jähen, brennend heißen Schmerz tief unten in ihren Lungen. Ein federnd-elastisch-schwungvolles Gefühl folgte, es wurde ihr ganz leicht im Kopf. Sie nahm noch einen Zug und noch einen. Dann fingen die Dinge an, sich zu verändern. Ihr Gesicht kam ihr geschwollen vor, ihr

Kopf riesig und gewichtlos wie ein an einem Faden schwebender Luftballon. Als ob sie durch eine kreisende Kameralinse sähe, schien Mason zurückzuweichen, während andere Dinge im Raum rasiermesserscharf und deutlich wurden. Die Farben und das Motiv des Perserteppichs, jetzt hell und magisch, verwandelte sich von einer Form in die andere wie in einem wunderbaren Kaleidoskop. Und die Wände, die goldenen Streifen auf der Tapete, schienen auf sie zuzuspringen wie etwas in einem Panoptikum.

»Wie fühlst du dich?« Masons Stimme krachte in ihren Kopf.

»Ich weiß noch nicht. Ich habe mich noch nie so gefühlt. Es ist seltsam, ich komme mir vor, als wäre ich wer anders, und trotzdem bin ich noch immer ich. Und alles sieht so merkwürdig aus. Wie ich noch nie vorher etwas gesehen habe. Ich frage mich, ob Babys, nachdem sie geboren sind, die Welt so sehen.«

»Du bist *stoned.*« Mason atmete Rauch aus und lachte heiser. Rachel nahm noch einen Zug, atmete den Rauch tief ein und kam sich wie ein alter Profi vor. »Vielleicht. Unter anderem.«

»Was anderem?«

»Oh, ich weiß nicht.« Sie wollte sich nicht festlegen. »Vielem anderen.« Konnte sie ihm sagen, woran sie dachte? Nein, das käme vielleicht wie eine kalte Dusche für ihn. Oder, schlimmer noch, er lachte darüber und machte einen großen Witz daraus. »Du weißt, wie meine Mutter ist. Na ja, sie haßt meinen Plan, Ärztin zu werden.«

»Jesus. Du machst einen Fehler.« Er sah sie an und blinzelte, die Augen blutunterlaufen, durch eine Rauchwolke. »Jüdische Prinzessinnen sollen Ärzte *heiraten.*«

Sie starrte durch den Rauch hindurch. »O.K., Mr. Schlauberger, das klingt jetzt vielleicht ein bißchen spießig, aber ich habe diese verrückte Idee im Kopf, daß ich Leuten helfen, etwas besser machen möchte auf der Welt.«

»Klar, warum nicht? Du und Dr. Albert Schweitzer.«

Sie sah ihn an, fasziniert von den grünen und goldenen Flecken, die in seiner Iris schwammen. »Seit wann bist du so zynisch?«

Mason zuckte die Achseln, ein melancholischer Ausdruck trat an die Stelle seines schlauen Grinsens.

»Es hat sich eine Menge verändert, seit wir Kinder waren. Ich habe Gerüchte gehört, und das Reserveoffizierstrainingscorps auf dem Campus ist da draußen voll in Aktion, als ob sich Yale plötzlich in West Point verwandelt hätte. Ein Freund von Pop im Außenministerium sagte, sie werden ziemlich bald anfangen, Soldaten für den Krieg in Indochina einzuziehen. Jesus, ich hoffe nur, daß ich nicht einer von ihnen bin.«

»Wirst du nicht. Nicht, wenn du Jura studierst.«

Sein Grinsen war wieder da. »Hast du dich erinnert?«

»Klar. Ich und Albert Schweitzer. Du und Perry Mason.«

»Ja, das bin ich, Wahrheit, Gerechtigkeit und die amerikanischen Werte.«

»Ich denke, das war Superman?«

»Ja, er auch. Sag mal, hast du dich je gefragt, warum er und Lois Lane es nie zusammen gebracht haben? Ich meine, hör mal, worauf haben sie eigentlich gewartet?«

Das war es also, er machte den Anfang. Ihr Herz begann zu hämmern, und sie hatte mit sich zu tun, um ruhig zu bleiben.

»Na ja, vielleicht war Lois frigide, oder vielleicht stimmte es, was sie über ihn sagten. Du weißt, schneller als eine Revolverkugel.« Die Worte rutschten ihr einfach so heraus, und sie lehnte sich zurück, zugleich entsetzt und amüsiert über sich selbst. *Gott, bin ich stoned.*

Dann fing sie an zu kichern, leise aber hilflos, und sie wußte, daß sie sich das Höschen einnässen würde, wenn sie nicht bald ins Badezimmer käme.

Rachel schleuderte die Schuhe von den Füßen und taumelte zum Badezimmer, wobei sie ihr Handtäschchen mitnahm.

Allein in dem lachsfarben gekachelten Bad fummelte sie das Pessar aus der Tasche. Jetzt, dachte sie, ich muß es jetzt tun, solange ich noch den Nerv dazu habe. In ihrem Rausch versuchte sie sich zu erinnern, wie sie es genau einsetzen sollte. Zuerst das Sperma-Gelee. Ja, das war's. Genug, um diese unangenehmen kleinen Dinger in der ersten Runde k.o. zu schlagen. So und jetzt biegst du es zusammen...

Sie hielt es so, gefaltet wie eine mexikanische Tortilla, als es ihr zwischen den Fingern wegrutschte, losflog, gegen die Tür der Duschkabine prallte und mit einem feuchten Plop auf dem Fußboden landete. Als sie darauf hinabsah, wie es einem toten Seeigel ähnlich auf dem rosa Marmor ihr zu Füßen lag, hatte sie das Gefühl, jeden Kontakt mit der Realität verloren zu haben.

Gott, wie kann ich damit klarkommen? Ich komme mir ungefähr so sexy vor wie dieses Gummiding, das ich in mich hineinstecke.

Hör auf mit dem Gejammer, sagte sie zu sich selbst. Tu's einfach, um Gottes willen.

Als sie aus dem Badezimmer auftauchte, fühlte Rachel die Kicherblase in sich hochkommen. Wie Mason sie anstarrte!

»Rachel, mein Gott. Bist *du* das?«

»Natürlich bin ich das. Was denkst du denn?«

»Du bist...«

»Nackt. Richtig.«

Sie nickte weise, ihr Kopf, zu groß, tanzte gewichtlos an der Leine ihres Halses. Es war ein komisches Gefühl, ohne irgendwelche Sachen dazustehen, aber peinlich war es nicht. Sie dachte daran, daß sie als Kinder in Florida an jenen heißen Abenden auch immer nackt gebadet hatten. So fühlte sie sich jetzt, die Luft floß um ihren Körper dick und warm wie geheiztes Wasser im Schwimmbecken.

Rachel ging hinüber und setzte sich, die Beine gekreuzt, neben ihn. »Hör zu, du brauchst überhaupt nichts zu tun. Ich meine, ich weiß, du bist nicht in mich verliebt oder irgendwas. Ich dachte einfach nur, es wäre vielleicht eine gute Idee.«

Mason sah sie weiter mit glasigen Augen an, und sein Mund über dem schlaff herabhängenden Kinn blieb offen. Dann zuckte er wie von einem Schmerz getroffen zusammen, und Rachel sah, daß der Joint bis auf seine Fingerspitzen herabgebrannt war. Er ließ ihn in den Aschenbecher fallen, führte die Hand zum Mund und saugte an dem angesengten Finger. Er sah wieder zu Rachel hoch, und sein trottelhafter Ausdruck war verschwunden. Er grinste nur närrisch, als ob er es noch immer nicht ganz glaubte.

»Machst du Witze? Weil das nämlich, verdammt noch mal, nicht sehr komisch wäre, wenn du es tätest.«

»Sieh mal. Es ist mein voller Ernst. Aber wenn du lieber nur sitzen und darüber reden möchtest, ziehe ich mir die Sachen wieder an.«

»Jesus, Rachel. Ich habe gehört, daß Gras auf manche Leute diese Wirkung hat, aber ich hätte nie gedacht... o je.« Er strampelte nun wild herum, warf die Jacke ab, riß die Krawatte los, fummelte an den winzigen Perlenknöpfen seiner Smokinghemdmanschetten, bückte sich. »Verdammt, meine Schnürbänder sind völlig verknotet.«

»Hier, ich helfe dir.« Sie streifte seinen Arm mit der Brust, als sie sich vorbeugte, um ihm beim Aufknoten seiner Schnürbänder behilflich zu sein. Ein merkwürdiges Gefühl, nicht unbedingt sexy, aber auch nicht unangenehm. »So, jetzt. Ich hab's. He! Da ist ja immer noch der Buckel, wo du dir beim Wasserski den Zeh gebrochen hast. Tut es weh?«

»Komm her.« Während er Unterhemd und Shorts von sich schleuderte, zog er sie neben sich auf den Teppich hinunter und küßte sie auf den Mund. Feucht und weich, dasselbe Gefühl wie beim Nacktbaden, als ob sie jetzt unter Wasser tauchten. Tiefes, warmes Wasser.

»Hm, Mason, ich glaube, ich muß dir etwas sagen.« Sie wich ein Stück zurück und versuchte, sein verschwommenes Gesicht scharf einzustellen. »Ich bin eine Jungfrau.«

»Eine *was?*«

»Eine Jungfrau. Aber ich wüßte nicht, wieso das etwas ändern sollte, was meinst du?«

»Ich verstehe das nicht. Warum ich?« Mason sah sie an, sein Gesicht ein feuchtes Rosarot, zugleich glücklich und verwirrt, als ob er gerade festgestellt hätte, daß er eine Million Dollar in der Lotterie gewonnen hatte, es aber noch nicht so recht glauben könnte.

»Ich weiß nicht. Vielleicht weil du nichts erwartet hast.«

Jetzt spürte sie etwas an ihrem Bein, einen heißen Druck. Sie sah hinunter, und ein kleiner Schock durchzitterte sie.

»Es ist größer geworden«, sagte sie und starrte hinab auf sein Ding. Es war nicht mehr so klein wie ein Zwei-Cent-Kaugummi. Mehr wie ein Rocket Pop jetzt.

Mason lachte, eine Hand auf einer ihrer Brüste. »Du bist aber auch größer. Ich kann dich nicht mehr Mückenstich nennen.«

Rachel kuschelte sich enger an ihn, als er sie an sich zog, sie zitterte und versuchte, nicht an den kräftigen, sauren Marihuanageschmack in ihrem Mund zu denken. Oder an den juckenden Stoppel des Teppichs in ihrem Rücken. Mason schien Übung darin zu haben, er machte es gut, weder ungeschickt noch roh. Er war zärtlich, streichelte ihr den Schenkel und die Brüste, küßte ihre Brustwarzen. Und mußte sie nun nicht etwas spüren? Wenigstens ein bißchen?

Aber je mehr sie sich Mühe gab, um so schlimmer wurde es. Wie wenn man einen Wagen starten will, dachte sie, und wie verrückt auf den Gashebel tritt, nachdem der Motor abgesoffen ist. Es fing an, sie zu nerven, Kleinigkeiten störten sie, die Kälte seiner Finger zwischen ihren Beinen, sein kratziger Bart an ihrer Brust, Gluckslaute, die er im Hals machte.

Der Start war gut... aber der Ball wird abgefangen...

Nun stand er auf, zog ein Paar Jeans aus dem Wandschrank, faßte in die Tasche. Was suchte er? Dann sah sie es. Ein Gummi. Na ja, natürlich. Von einer Jungfrau erwartete man nicht, daß sie vorbereitet war.

Sie sah ihn niederknien mit rotem Gesicht und ungeduldig an dem Päckchen herumzerren. Die Lächerlichkeit der Situation kam ihr zu Bewußtsein und das Kichern bahnte sich seinen Weg hinaus durch ihre Kehle.

Jetzt ist alles aus, sagte sie sich, ihr Magen schmerzte, Tränen liefen ihr die Wangen hinunter, du hast es wieder verpatzt.

Aber Mason schien nicht wütend zu werden so wie Gil. Mein Gott, er lachte auch. Es *war* etwas Komisches an alledem. Und sie war nicht der einzige Mensch, der das sah.

»Hab' nie eins von diesen verdammten Dingern ankriegen können, ohne wie ein Idiot auszusehen«, sagte er.

»Laß doch«, sagte sie. »Komm einfach her.«

Und dann passierte es, *passierte* es tatsächlich. Ein Schmerz, nicht sehr schlimm, und er war drin. Bewegte sich sanft. Und sie hatte nichts dagegen. Es war nicht so schlecht. Ja, es war beinahe... angenehm.

Mason stöhnte, pumpte mit den Hüften.

Sie fing an, sich warm da unten zu fühlen, als ob warmes Wasser zwischen ihren Schenkeln plätscherte. Aber es sollte mehr daran sein, nicht wahr? Es kam ihr vor, als schwömme sie zu etwas hin und könnte es, obwohl sie sich anstrengte, nicht ganz erreichen.

Mason gab ein langes, halbersticktes Stöhnen von sich und kam erzitternd zu einem Halt.

Dann flüsterte Masons Mund feucht und heiß etwas an ihrem Ohr.

»Bist du o.k.? Ich habe dir nicht weh getan, oder?«

Nein, nicht weh getan. Sie fühlte sich steif, unbeholfen, wie ein Holzklotz in Masons Armen. Es stach ein bißchen, aber sie wußte, daß sie nicht daran sterben würde.

Was zählte, war, was sie *nicht* fühlte.

Sie empfand keines der schwindelerregenden Gefühle, von denen sie in Romanen gelesen oder ihre Freundinnen flüstern gehört hatte. Keine Musik, keine explodierenden Raketen. Von immer größer werdender Ekstase keine Spur.

Was Rachel fühlte, war ... Kälte. Als hätte man sie aus einem geheizten Swimmingpool gezogen und naß und zitternd auf diesen Teppich fallen lassen.

Es stimmt also, sagte sie sich. Du bist frigide. Wenn das hier es dir nicht beweist, dann wirst du es nie einsehen.

»Ich bin o.k.«, flüsterte sie. »Nur ein bißchen zittrig. Blute ich sehr?«

Er sah hinunter. »Ein bißchen. Nicht schlimm. Mach dir keine Sorgen, es ist dieselbe Farbe wie der Teppich.«

»Mason, ich ...« Sie wollte ihm sagen, daß es ihr leid täte, daß sie ihn in diese Geschichte hineingezogen hatte. Es war schließlich doch eine dumme Idee gewesen. Aber die Brust war ihr so eng, sie würgte ihr die Worte ab.

Dann hielt Mason sie fest und wiegte sie hin und her auf dem stoppeligen Teppich. »Ich weiß«, murmelte er. »Du brauchst es mir nicht zu sagen. Es war großartig, für mich auch. Du bist wirklich wunderbar, weißt du das, Rachel?«

Wunderbar, hallte es in ihrem Bewußtsein wider. *Ja, ich bin wunderbar.*

Wunderlich wäre allerdings das bessere Wort.

Gefangen zwischen Tränen und hilflosem Gelächter bekam Rachel einen Schluckauf.

3

Brooklyn 1968

»Ich taufe dich im Namen des Vaters, des Sohnes und des Heiligen Geistes.«

Die Worte des alten Priesters hallten in der leeren Kirche wider. Pater Donahue, in seinem grün-weißen Meßgewand, die zitternde Hand ausgestreckt, um die Silberkelle in das marmorne Taufbecken zu tauchen und das Weihwasser über den Flaum des Köpfchens zu tröpfeln, das aus der Decke in seinem Arm hervorragte.

Ein lebhafter, empörter Schrei ertönte.

Rose stand ein paar Schritte entfernt von dem schmiedeeisernen Gitter, das das Taufareal umgab, und spürte ein Ziehen in der Brust. Sie sehnte sich danach, ihren kleinen Neffen zu halten.

Er hat ganz recht, wenn er schreit, dachte sie. Wer würde das nicht tun, wenn jemand ihn aus dem Schlaf reißt, indem er ihm kaltes Wasser über den Kopf gießt?

Erbsünde. Wie unfair! Jedes Neugeborene damit behaftet ohne eigene Schuld, weil Adam vor Tausenden von Jahren in Evas Apfel gebissen hat. Entwertet wie ein Gegenstand zweiter Wahl auf einem Verkaufstisch.

So wie die Sünde ihrer Mutter sie gebrandmarkt hatte. Und bestraft, nicht nur einmal, sondern für ihr ganzes Leben. Seit Nonnies Erkrankung war es noch schlimmer geworden. Die letzten Monate waren eine Hölle auf Erden gewesen.

Gott, ich weiß nicht, wieviel mehr ich noch aushalten kann!

Rasch schob Rose den Gedanken von sich, schämte sich. Was fiel ihr ein, sich hier hinzustellen und Selbstmitleid zu empfinden? Marie war viel mehr zu bedauern. Sie konnte kaum ihre beiden zu Hause durchbringen, und nun noch eins.

Sie sah Marie an – hohläugig, die Knöchel unter dem zipfeligen Saum ihres abscheulichen schwarzen Umstandskleides geschwollen. Als ob es ein Begräbnis wäre, nicht eine Taufe.

Neben ihr Pete, hager und kläglich in seiner buntkarierten Holzfällerjacke, die ihm zu eng war. Er sah etwas verwirrt drein, als hätte ihm ein Vertreter irgendeinen Ramsch angedreht, bevor er Piep sagen konnte.

Petes Familie war nach Detroit gezogen, so waren sie jetzt ganz allein. Nur noch sie und Clare, jetzt Schwester Benedicta. Rose warf Clare einen Blick zu. Ihr rundes Gesicht wirkte gelassen und heiter in der weißen gestärkten Haube. Clare in ihrer Tracht erinnerte sie an eine graue Taube: eine

Handvoll Flaum über zierlichen, hohlen Knochen. Rose fühlte eine Kohle des Grolls in ihrer Brust glühen.

Wozu ist deine ganze Religion gut, wenn deine Hände zu sehr mit dem Beten beschäftigt sind, um richtige Arbeit zu tun, klagte sie im stillen ihre Schwester an. Wo bist du, wenn ich mir das Kreuz verrenke, um Nonnie in den Rollstuhl zu heben? Wenn ich sie füttere und saubermache?

Eine plötzliche Stille riß sie aus ihren Gedanken. Das Baby hatte aufgehört zu weinen.

Rose trat einen Schritt vor, ihre Winterstiefel quietschten auf dem Mosaik der zerbrochenen Fußbodenfliesen.

»Darf ich ihn halten?« flüsterte sie Marie zu.

Marie zuckte die Achseln und reichte ihr eine Wolke aus Decken, die nichts als Luft zu enthalten schienen. Roses Herz blieb einen Augenblick stehen. Aber dann fühlte sie den festen, beruhigenden Druck eines winzigen Körpers, und ein rundes Gesicht sah zu ihr auf mit Backen dick wie Brötchen. Mit einem winzigen feuchten Plops rutschte der Schnuller aus seinen zahnlosen Kiefern, und er lächelte.

»Sieh mal!« rief Rose erfreut.

Marie linste in das Deckenbündel. »Das ist nur Luft.« Sie lachte gequält, ein heiseres Bellen. »Und das überrascht mich auch gar nicht. Von mir hat er es bestimmt nicht gelernt, da gibt's nicht viel zu lächeln mit zwei Babys und Pete arbeitslos, von der Vermieterin gar nicht zu reden, die nach ihrem Geld schreit. Und jetzt mußte ich mir ausgerechnet noch ein Kind andrehen lassen.«

Rose sah schweren Herzens ein, daß es nicht der richtige Zeitpunkt war, um mit ihrer Schwester über Nonnie zu reden, wie sie es geplant hatte.

Ich verlange nicht viel von dir, wollte sie sagen. Nur daß du sie ab und zu besuchst, das ist alles. Setze dich nur einen Abend zu ihr, so daß ich einmal Luft schnappen kann. Das ist so wenig, und trotzdem würde es mir sehr helfen.

Die Erinnerung an den letzten Schlaganfall ihrer Großmutter war so schrecklich und schneidend wie draußen der eisige Dezemberwind. Im Mai, vor acht Monaten, hatte es sich zugetragen, aber es war ihr kälter als heute gewesen. Der einzige Vorteil lag darin, daß Nonnie nun still war bis auf die stammelnden Laute, die sie hervorbrachte. Sie saß den lieben langen Tag vor dem Fernseher, und ihr Mund war zu einem seltsam verzerrten Grinsen erstarrt, als lächle sie innerlich über einen Witz, den nur sie kannte.

Die Sprache wiederzuerlangen würde einige Zeit dauern, hatte der Arzt gesagt, denn die Worte waren in ihrem Hirn durcheinandergeraten. So sagte sie zum Beispiel »Tür«, wenn das Telefon läutete, oder »Kissen«, wenn sie zur Toilette mußte. Jedenfalls konnte sie jetzt wenigstens mit Hilfe eines Stocks ins Badezimmer humpeln.

Trotzdem – Rose mußte sich ganz allein um alles kümmern. Sie ausziehen und füttern, bevor sie sie der Obhut von Mrs. Slatsky überlassen konnte, und dann weg zur Arbeit ohne einen Augenblick für sich selbst und eine Stunde eingezwängt in der U-Bahn. Den ganzen Tag für Mr. Griffin Telefonhörer jonglieren, Diktate aufnehmen und tippen. Dann abends erschöpft nach Haus und nur noch den einen Gedanken im Kopf, sich ausruhen und die Augen schließen zu dürfen. Aber zuerst Nonnie – sie füttern, sie saubermachen, wenn etwas danebengegangen war, und ihr beim Einnehmen ihrer Medizin helfen. Und war sie wenigstens ein kleines bißchen dankbar? Ein halbes dutzendmal in der Nacht hämmerte sie mit dem Stock gegen die Wand und weckte sie auf. Nur zum Vergnügen, dachte sie, damit ich aufstehe, zu ihr komme und sehe, was sie möchte.

Rose haßte es, sich über jemanden zu ärgern, aber sie konnte nicht dagegen an. Wie schön wäre es doch, wenn sie einfach weggehen und ihre Großmutter und die dunkle, heiße, enge Wohnung verlassen könnte, in der sie allmählich erstickte.

Wenn sie ausziehen – und Brian heiraten könnte.

Sie sah das Haus deutlich vor sich, in dem sie wohnen würden. Luftige, in pastellfarbenen Tönen ausgemalte Räume, die Fenster weit geöffnet, um die Sonne hereinzulassen, und ein Garten, wenn auch noch so winzig, mit etwas Gras, ein paar Tulpen und ein, zwei Bäumen.

Ein Haus für sie beide allein. Jeder Morgen so wunderbar, wenn sie ihn beim Aufwachen neben sich im Bett fand, und dann die Freude, einen ganzen Tag zusammen zu verbringen, nicht nur ein paar Minuten ab und zu, wenn sie sich von Nonnie wegstahl.

Dann verblaßten ihre sonnigen Zimmer zur grauen Wirklichkeit. Das Herz wurde ihr schwer.

Wer würde sich um Nonnie kümmern? Es war kaum genug Geld da, um Mrs. Slatsky für das bißchen widerwillige Hilfe zu bezahlen, die sie ihr angedeihen ließ. An eine Pflegerin für den ganzen Tag oder ein Pflegeheim war gar nicht zu denken. Und Marie konnte sie vergessen. Clare auch. Sie erinnerte sich an ihre Ferngespräche mit Clare, wie sie sie angefleht hatte, zurückzukommen und ihr beizustehen.

Und Clares sanfte, beruhigende Stimme hatte gesäuselt: »Du darfst nicht glauben, daß du damit allein gelassen bist, Rose. *Gott* ist bei dir.«

Das Baby begann sich in ihren Armen zu regen. Sie wiegte es und tat, als sei es ihr eigenes Kind, ihres und Brians, das sie hielt. *Eines Tages werden wir verheiratet sein, aber nicht so wie die beiden hier.*

Brian studierte an der Columbia University und würde dieses Jahr seine Dissertation beenden. Dann war er mit seinen Tutorenjobs fertig und konnte eine Planstelle in Brooklyn oder vielleicht sogar draußen in Kingsboro übernehmen. Vielleicht könnte sie es sich dann leisten, ihren Job aufzugeben und selbst ein College zu besuchen. Und Nonnie in ein Pflegeheim stecken oder sie, verdammt noch mal, per Eisenbahn-Express zu Clare nach Syracuse schicken.

Wie auch immer, solange sie Brian hatte, würde alles gut werden.

»Hier, gib ihn mir«, sagte Marie, und ihr Atem bildete ein eisiges weißes Dampfwölkchen. »Es ist Zeit für seine Flasche. Sonst legt er gleich los. Der Junge hat ein Organ, das würdest du nicht für möglich halten.«

Rose reichte das Baby vorsichtig ihrer Schwester. »Er ist hübsch, Marie. Du hast ein Glück. Drei wunderbare Kinder.«

Für einen Augenblick verschwand die Bitterkeit aus Maries Gesicht, und ihre Augen leuchteten auf, feucht vor Stolz und Sehnsucht. »Ja, sie sind o. k.«

Während Marie mit dem Baby beschäftigt war, griff Rose in die Handtasche. Ein Zwanzig-Dollar-Schein, das war alles, was sie besaß. Für den Lebensmitteleinkauf, und von dem Rest hatte sie noch ein Geschenk für das Baby besorgen wollen. Nun, der kleine Gabriel würde eine Rassel oder ein Paar Stiefel nicht vermissen, und Marie konnte das Geld gebrauchen.

Sie faltete den Schein längsseits zusammen und schob ihn Marie, als Pete nicht guckte, in die Hand.

Marie warf ihr einen erstaunten Blick zu und schlug dann schnell die Augen nieder, zwei helle rote Flecken erschienen auf ihrem blassen, einst so hübschen Gesicht. Sie nickte hastig und verschämt, und Rose sah das Glitzern von Tränen in ihren Augen.

Der peinliche Augenblick ging vorüber, und Marie, im einen Arm das Baby wie eine Einkaufstüte balancierend, marschierte frisch und munter los, ein Ziel vor Augen.

»He! Hör mal, Kindchen, ich lasse dich und die Jungfrau Maria da drin ungern allein, aber wir müssen uns beeilen. Ich habe Bobby und Missy bei meiner Nachbarin Kathleen abgeladen. Sie hat selbst zwei Kinder am Hals und geht die Wände hoch, wenn ich nicht bald zurück bin.«

»Schon gut«, sagte Rose. »Aber komm doch nächsten Sonntag nach der Kirche mal vorbei. Nonnie ist dann gewöhnlich bei guter Laune. Und außerdem hat sie das Baby noch nicht gesehen.«

Marie runzelte die Stirn. »Wozu? Wir fangen dann ja doch nur an zu streiten, so wie immer. Es hat sich nichts geändert. Wenn überhaupt, ist sie schlimmer geworden, seit sie krank ist. Jesus Christus, ich weiß nicht, wie du das aushältst.«

Rose wollte laut aufschreien: Ich weiß auch nicht, wie ich es aushalte. Es ist schlimmer, als du dir vorstellen kannst. Aber wer ist denn sonst da?

Aber sie hielt sich zurück. Es hatte keinen Sinn, Marie damit zu belasten. Sie zuckte die Achseln und sagte leise: »Es bleibt mir nichts anderes übrig.«

Rose und Marie sahen einander an. Marie hatte die gleichen seltsamen blaßblauen Augen wie Nonnie, aber sie wirkten menschlicher.

»Ich habe dich immer beneidet«, sagte Marie mit einer Stimme, die sanfter und ernsthafter klang, als Rose es von ihr gewöhnt war. »Du bist stärker. Intelligenter. Nicht so wie Clare und ich. Wir haben den bequemsten Weg gewählt.« Ihre Hand schoß heraus, dünne kalte Finger packten Roses Handgelenk. »Laß dich nicht von ihr unterkriegen, Rose. Gib niemals auf.«

Rose wich zurück, aus dem Gleichgewicht gebracht. Sie wunderte sich. Marie? Neidisch auf *sie?*

»Das tue ich nicht«, versprach Rose ihr. Sie küßte Maries kalte Wange und winkte Pete zu, der schon im Wagen saß und den Motor aufheulen ließ.

Nun mußte sie mit Clare reden, als ob sie nicht schon genug am Hals hätte. Die sanfte, heilige, hilflose Clare. Sie sah ihre Schwester aus der Kirche kommen und das Gesicht im grellen Sonnenlicht verziehen. Wie ein Baby. Ihr Kindermündchen rundete sich enttäuscht zu einem kleinen O, als sie sah, daß Marie fort war.

»Marie konnte nicht warten«, erklärte ihr Rose. »Sie war sehr in Eile.«

»Oh, mein Fehler«, flötete Clare vergnügt. »Der Pater und ich hatten ja so viel zu bereden, daß wir gar nicht gemerkt haben, wie schnell die Zeit vergeht. Ich fürchte, wir haben uns ein bißchen gestritten. Der Pater denkt, dieses

Vatikanische Konzil von Papst Paul sei schlecht für die Kirche gewesen. Ich war zuerst anderer Meinung, aber dann sah ich ein, daß der Pater recht hat...«

Rose fühlte Verärgerung in sich aufsteigen. Wieso blieb Clare nie bei ihrer eigenen Meinung? Sie hätte ein wenig von der Stärke ihres Häubchens nehmen und in ihr Rückgrat tun sollen.

Sie warf einen Blick auf die Armbanduhr. »Wir haben viel Zeit, bevor dein Bus abfährt. Komm doch kurz mit nach Haus. Nonnie würde sich freuen.«

»Nonnie, ja.« Clare nickte. «Weißt du, Rose, ich bete jeden Tag einen Rosenkranz für sie, und ich habe Pater Laughlin gebeten, sie in den täglichen Segen einzubeziehen.«

Ein fauliger Geschmack kam in Roses Mund, als ob sie zu viele Süßigkeiten gegessen hätte. Wie leicht es für Clare mit ihren Rosenkranzperlen war. Rose konnte beinahe ihr leises Aneinanderklicken hören. Wie angenehm, in der kühlen Stille der Kirche niederzuknien und seine Sorgen eine nach der anderen wegzuticken, während andere bei der Arbeit ins Schwitzen gerieten.

Während der Groll in ihr siedete, schritt Rose die Treppe hinunter und den Bürgersteig entlang, ohne darauf zu achten, ob Clare ihr folgte.

Sie kamen zur Avenue K. Vorbei an Suds 'n' Duds, wo sie jeden Samstag Nonnies beschmutzte Laken wusch, und Eva's Beauty Shop mit der Reihe staubiger Pflanzen im Schaufenster gleich nebenan, wo sie Nonnie zum Haarewaschen und -legen ablieferte, während die Wäsche nebenan in den großen blauen Trockentrommeln wirbelte.

Dann bog sie auf den Ziegelsteinpfad ab, der zu ihrem Mietshaus führte, trat in das dunkle, nach Kiefernadel-Desinfektionsmittel duftende Treppenhaus ein.

Als sie die langen Treppen hinaufstapfte, stellte Rose sich wie immer das Schlimmste vor – Nonnie tot, noch ein Schlaganfall. Sie spürte einen Augenblick lang eine schwindelerregende Hoffnung, gefolgt von niederschmetterndem Schuldgefühl. Wie konnte sie *wünschen,* daß ihre eigene Großmutter tot war?

Rose schloß auf und trat beiseite, damit Clare vor ihr hineingehen konnte.

Da schrie Clare auf – ein schriller, piepsiger Laut.

Rose rannte an ihr vorbei ins dunkle Wohnzimmer, das vom gespenstischen Licht des Fernsehers trübe erhellt war, ein ekelerregender Geruch stieg auf, wie der Gestank einer übergelaufenen Toilette.

Mutter Gottes, was –?

Dann sah sie Nonnie. Sie lag mit dem Gesicht nach unten, alle viere von sich gestreckt, auf dem Plastikläufer, der den Wohnzimmerteppich in der Diagonale bedeckte, ihr gesteppter rosa Hausmantel war hochgeschlagen, so daß man die dünnen weißen Stelzen ihrer Beine sah. Tot?

Rose kniete nieder, ihr war leicht im Kopf von einer Mischung aus Angst und unbändiger Hoffnung, als sie das Handgelenk ergriff, das nur noch ein mit Haut bedeckter Knochen war.

Dann rührte Nonnie sich und stöhnte. Der grauenhafte sumpfig faule Gestank war nun noch stärker, und Rose hatte das Gefühl, sich übergeben zu müssen.

Sie schluckte und dachte: O Herrgott, sie hat es nicht bis zum Badezimmer geschafft und sich deshalb in die Hose gemacht. Sie muß gefallen sein, während sie hinzugelangen versuchte. Die verdammte Mrs. Slatsky hat sie allein gelassen.

Das Quäken des Fernsehers kam ihr mit einemmal so laut vor, als hätte jemand die Tonstärke voll aufgedreht, in Roses Kopf hämmerte es. Irgendeine blöde Unterhaltungssendung. Eine Dame in einem Gorillakostüm hopste auf und nieder und schrie über den Kühlschrank, den sie gewonnen hatte.

Rose wollte auch schreien oder wie eine Verrückte lachen. Dies hier war *ihr* Preis. Eine gemeine alte Dame, die in ihrer eigenen Scheiße lag.

Sie wandte den Kopf herum, um zu Clare hochzusehen. »Hilf mir, sie aufzuheben.«

Aber Clare stand nur da und fingerte an den Perlen ihres Rosenkranzes herum, der ihr von der Taille herabhing. Die blauen Augen waren aufgerissen und stierten leer. Das runde Babygesicht erstarrt.

»Clare!«

»Meinst... meinst du, daß wir sie aufheben sollen?« flötete Clare ängstlich. »Vielleicht hat sie sich etwas gebrochen.«

Nonnie rührte sich jetzt, versuchte sich hinzusetzen. Rose faßte sie unter die Arme, und es gelang ihr, sie ganz allein wieder auf die Füße zu stellen. Sie wog nicht viel; es war, als ob man einen Haufen trockener Blätter aufhob, unter dem es feucht und modrig roch. Speichel tröpfelte aus ihrem herabhängenden Mundwinkel, als Nonnie mit den gutturalen Tönen in ihrer Kehle rang und sich bemühte, sie zu Worten zu formen.

Verdammte Clare mit ihren Rosenkränzen. Warum half sie nicht?

Der Zorn gab Rose Kraft. Indem sie Nonnie stützte, gelang es ihr, sie ins Badezimmer zu zerren. Sie zog ihr den gesteppten Mantel aus und bugsierte sie irgendwie in die Badewanne. Sie drehte den Hahn auf und nahm einen Waschlappen vom Regal. Nun kam die abscheuliche Waschprozedur.

Denke einfach nicht daran. Denken macht es schlimmer.

Rose stellte sich eine riesige Spritze voll Novocain vor, die sie von Kopf bis Fuß betäubte. Sie führte alle nötigen Bewegungen aus, aber in ihren Gedanken war sie anderswo.

Bei Brian. Sie waren verabredet heute abend, und davon würde sie nichts und niemand abbringen. Auch nicht Mrs. Slatsky, falls sie nicht bei Nonnie bleiben konnte.

Brian hatte gesagt, er müsse mit ihr über etwas reden. Etwas Wichtiges. *Lieber Gott, laß ihn sagen, er kann nicht warten und daß wir sofort heiraten sollten, nicht erst in einem Jahr. Ich brauche ihn so sehr.*

Ein schrecklicher Laut schreckte Rose aus ihrer Träumerei auf.

»Gaaarraghhhh.«

Nonnie wollte etwas sagen. Rose fühlte warmen Speichel gegen ihre Wange sprühen. Nonnies blasse Augen rollten wie die einer Wahnsinnigen von Rose zur offenen Tür.

»Gaaaaarrrrraaagghhaa.«

Schließlich verstand Rose. Nonnie wollte Clare.

Rose starrte hinunter auf Großmutters verdorrten grauweißen Körper, der in dem schmutzigen Badewasser schwamm. Es kam ihr vor, als hätte man ihr einen Schlag in den Magen versetzt.

Nonnie gab keinen Pfifferling für all die Mühe, die Rose sich mit ihr machte, daß sie sie trug und fütterte... und wusch und ihren Dreck wegputzte.

Sie wollte nur Clare.

Und wo zum Teufel *war* Clare?

Rose fand ihre Schwester, wie sie an der Stelle auf dem Plastikläufer kniete, an der Nonnie gelegen hatte, und ihre Lippen in einem stillen Gebet bewegte.

Ein wilder Zorn, der wie ein Sturm durch ihren Körper heulte, ein Brüllen in ihrem Kopf, ein Brennen in der Brust. Sie wollte Clare ohrfeigen dort, wo sie kniete, so fest, daß sie das Bewußtsein verlor.

Dann verschwand ihre Wut so rasch, wie sie gekommen war. »Sie will dich«, sagte Rose, zu müde zum Streiten.

Clare schlug die Augen auf und lächelte so frisch und freundlich wie ein Baby, das von einem Nickerchen erwacht. »Ja... natürlich.« Sie erhob sich, glättete ihren Rock und bewegte sich auf ihren Nonnenschuhen mit den dicken Kreppsohlen lautlos ins Bad hinüber.

Denke an Brian, befahl Rose sich selbst und legte den Kopf in den Nacken und versuchte die Geräusche und das wilde, kreischende Gelächter des Fernsehens zu überhören. Bald sind es nur noch wir beide. Für immer...

Rose trieb dahin, ließ sich treiben.

Weit weg von ihrer Großmutter und der höllischen Wohnung in der Avenue K. Weit weg von allem und jedem, das ihr Schmerzen bereitete.

In der warmen Höhle, die ihre Körper unter der Decke bildeten, Brians lange Gestalt locker neben ihr ausgestreckt, meinte sie auf den sanften Wellenbewegungen seines Atems und dem Klopfen seines Herzens dahinzuschwimmen.

In Sicherheit. In Frieden.

Brian, süßer Brian. Ihr Geliebter. Wie seltsam es anfangs gewesen war, auf diese Art und Weise an ihn zu denken. Sie erinnerte sich an die Lust, die sie beim erstenmal empfunden hatte und an ihre Schuldgefühle und wie sie in Tränen ausgebrochen war. Und Brian, verwirrt, hatte gedacht, er hätte ihr weh getan. Beide hatten sie einander beruhigen müssen.

Neun Jahre war das her. Mutter Gottes, wirklich schon so lange?

Rose war danach nicht mehr zur Beichte gegangen. Wozu wäre es gut gewesen? Es hatte keinen Sinn, Gott zu sagen, es täte ihr leid, wenn sie genau wußte, daß sie es doch weitertun würde. Und wie konnte sie aufhören? Ihre Liebe zu Brian war das einzige, das sie am Leben erhielt.

Sie konnte nur hoffen, daß Gott in seiner unendlichen Gnade das irgendwie einsehen und ihr verzeihen würde.

Rose bewegte sich und stützte sich auf den Ellbogen, so daß sie ihn ansah. Über seine Schulter hinweg konnte sie aus dem Fenster schauen. Eine Straßenlampe glühte in einem feuchten Ring aus Nebel, einzelne Schneeflecken lagen noch auf dem Rasen vom South Field. Und rechts ragte der Koloß der Butler Library aus Ziegelstein und Schiefer empor.

Wie oft hatte sie so dagelegen und aus Brians Zimmer im ersten Stock der Hartley Hall hinaus aus dem Fenster gestarrt? Und von dem Tag geträumt, an dem sie nicht mehr die Zeit zusammenstehlen mußten, um zusammenzusein.

Ihr Blick kehrte ins Zimmer zurück. Es war ein enger, kleiner Schlafraum, eine Zelle, Wände voll Reißzweckenlöchern, daran die aus Hohlsteinen und darübergelegten Brettern errichteten, mit Büchern vollgestopften Regale. Lauter Bücher, von denen sie geträumt hatte, daß sie eines Tages die Zeit haben würde, sie zu lesen. Hemingway und Faulkner, Fitzgerald und Joyce und Baudelaire. Und in der Ecke auf dem zerkratzten Eichentisch stand Brians altertümliche Underwood-Schreibmaschine, und aus einem Kartondeckel floß ein Stoß getippter Seiten. Der Roman, an dem Brian gearbeitet hatte, bevor er mit der Dissertation begann.

Sie hatte den Roman gelesen, und er war gut. Besser als gut. Stolz schwellte ihre Brust, wärmte sie innerlich. Es spielte keine Rolle, daß dieses Bett furchtbar durchgesackt war und daß keiner von ihnen einen Cent auf der Bank hatte. Er würde eines Tages berühmt sein, dessen war sie sicher. Seine Bücher würden in Studentenzimmern wie diesem neben Joyce und Faulkner stehen.

Sie betrachtete sein Gesicht im Halbdunkel des Zimmers. Schweiß schimmerte auf seiner Stirn und auf seinem Nasenrücken. Sie leckte eine Perle von seiner Schläfe und kostete den salzigen Geschmack auf der Zunge.

»Mmm. Ich könnte dich auffressen.« Sie rieb Mund und Nase an seinem Hals und flüsterte ihm ins Ohr: »Aber was würde ich tun, wenn nichts mehr von dir da wäre?«

»Rose.« Brian setzte sich mit einem Ruck auf. »Ich hätte dir etwas... schon vorher sagen müssen, bevor wir...« Er wandte sich ab, sein Profil war eine Silhouette vor dem halbdunklen Fenster. »Jesus, ich hasse das. Ich wollte... es gäbe einen Weg, es leichter zu machen.«

»Brian, was? Was ist los?« Sie setzte sich auf, drückte das Bettuch an sich, empfand ein Bedürfnis, sich vor der schlimmen Sache zu schützen, die auf sie zukam, wie sie fühlte.

»Ich hätte es dir vorher sagen sollen – es ist nur, daß, Gott, als ich dich sah, konnte ich an nichts anderes denken, als dich an mich zu drücken, dich hier hereinzubringen.«

Sie riß sich mit einem nervösen Lachen von der Beklemmung los. »Ich weiß. Jeder Ministrant träumt davon. Nettes katholisches Mädchen und so. Ich glaube, es ist eine Art Aphrodisiakum, das sie ins Weihwasser tun. Sie sollten es auf Flaschen ziehen. Eau de Vatican. Glaubst du, der Papst würde seinen Segen dazu geben?« Wenn sie weiterredete, mußte sie ihm nicht zuhören. »Gott, erinnerst du dich an diese fürchterlichen Gewissensbisse, die ich hatte? Ich weiß, wie Märtyrer sich gefühlt haben müssen, wenn sie härene Hemden trugen.«

»Rose. Mein Gestellungsbefehl ist gekommen. Ich werde eingezogen.«

Seine Worte fielen wie eine Abrißbirne, die gegen eine Hauswand schlug. In ihren Ohren sauste es von dem Aufprall. »Das ist unmöglich.« Aber während sie es sagte, verkrampften sich ihre Muskeln, und kalte Finger krochen ihr Rückgrat hoch.

»Es ist aber passiert.«

»Nein!« Das Sausen wurde ein wildes, irres Alarmläuten in ihrem Schädel. »Es ist ein Fehler. Jemand hat den falschen Computerknopf gedrückt. Du brauchst nicht hin. Du bist zurückgestellt. Sie können dich nicht nehmen. Mein Gott, Vic Lucchesi ist in Vietnam *gefallen.* Und der arme Buddy...« Sie konnte sich nicht überwinden, es zu sagen.

»Nicht jeder...« fing er an, aber sie hielt sich mit den Fäusten die Ohren zu.

»Nein. *Nein.* Du nicht. *Du* nicht, Brian.«

Sie konnte ihre Stimme hören, laut und schrill. Aber sie schien von außerhalb zu kommen, nicht aus ihr selbst; sie klang wie die Sirene eines Krankenwagens auf der Straße.

»Rose, mach's nicht noch schlimmer.« Er versuchte, sie in seine Arme zu ziehen, aber sie wehrte sich, machte sich steif, hatte irgendwie Angst, daß sie, wenn sie nachgab, diese schreckliche Sache akzeptierte.

»Sie können dich nicht einziehen.« Sie zwang sich, leise zu sprechen, flüsterte beinahe. »Du bist zurückgestellt.«

»Nein, Rose, hör zu. Ich bekam die Aufforderung, zur Musterung zu erscheinen. Und die war letzte Woche. Ich sah keinen Sinn darin, dir vorher etwas zu sagen. Du weißt, wenn es sich herausgestellt hätte, daß ich einen Herzfehler oder so etwas habe und sie hätten beschlossen, mich nicht zu nehmen. Aber ich habe heute die Nachricht bekommen. Eins-A. Ich muß mich nächste Woche zur Grundausbildung in Fort Dix einfinden.«

Ein schreckliches Summen war in Roses Kopf. Dann, als schalte sie die Abendnachrichten ein, sah sie Brian in einem Reisfeld liegen, sein Kampfanzug blutbefleckt, Blut, das sich in karmesinroten Kreisen über die schaumbedeckte Wasseroberfläche ausbreitete. Nein. O lieber Gott, nein.

Sie schaltete das fürchterliche Bild ab. Aber sie konnte nicht die Kälte abschalten, die durch ihren Körper sickerte, als ob ihr Herz Eiswasser pumpte statt Blut.

Und es war real, nicht nur irgendein fürchterlicher Alptraum. Brian ging nach Vietnam. Damit man auf ihn schoß, ihn vielleicht verwundete oder gar tötete.

»Nein!« Rose sprang aus dem Bett.

»Rose –« Brian schwang die Beine über den Rand der Matratze, streckte bittend den Arm nach ihr aus.

Aber sie wollte nicht zu ihm gehen. *Verdammt. Er will das wahrscheinlich. Der Scheißkerl will den großen Helden spielen.*

»Kanada!« flehte sie ihn an. »Erinnerst du dich an Rory Walker? Er ist nach Kanada. Montreal, glaube ich. Oder vielleicht war es Toronto. Du könntest das auch tun. Die Sachen packen und dann ab... Ich würde mit dir kommen.«

Brian ließ die Arme schlaff an den Seiten herunterfallen. Sein Schatten streckte sich über die Strohmatte, auf der sie stand, und über sie hinweg wie eine dunkle Vorahnung des Todes. Sie zitterte hilflos; es war ein Gefühl, als hätte sie hohes Fieber. Und sie spürte einen heißen Druck hinter den Augen, ein Hämmern in den Schläfen.

»Rory ist in der Vorhölle«, sagte er leise. »Er kann nicht

zurückkommen, nicht mal, um seine Familie zu besuchen. Er würde verhaftet.«

»Es gibt noch andere Möglichkeiten. Kriegsdienstverweigerung aus Gewissensgründen.«

»Rose, du kennst meinen Vater. Es würde ihn umbringen. Er hat die Landung bei Anzio mitgemacht und den ganzen Vormarsch bis zu den Alpen. Mein Großvater hat im Ersten Weltkrieg gekämpft, wurde bei Verdun verwundet. Ich erinnere mich, Grandpa hatte diese Samtschachtel oben in seiner Kommode, ganz hinten.« Brians Stimme wurde leise. »Er hat mir nie gezeigt, was da drin war, bis er mich und Kirk erwischte, als wir auf dem leeren Grundstück hinter seinem Laden Soldaten spielten, ich war damals vielleicht zwölf. Und er nahm uns mit hinein und zeigte uns seinen Bronze Star. Er sagte, wir wären jetzt vielleicht alt genug, um zu verstehen, was das bedeutete. Was es ihm bedeutete, jedenfalls. Er sagte, Leute, die dächten, Krieg, das sei etwas, wobei man ein Held wird und Orden bekommt, hätten Drillich statt Grips im Schädel. Kämpfen, sagte er, wäre wirklich schlimm, aber etwas, das getan werden müßte, so wie man ein Feuer löschen müßte, bevor es außer Kontrolle geriet. Nichts, weswegen man aufgeblasen daherstolzieren könnte. Man täte einfach nur, was getan werden müßte.«

»Du bist nicht dein Großvater«, protestierte Rose verzweifelt. »Es ist ein anderer Krieg. Keiner weiß auch nur, warum wir kämpfen.«

Brian hob die Augen, und sie konnte nun nicht anders, sie mußte das Licht darin sehen, klar und leuchtend. »Vielleicht nicht. Aber trotzdem werden eine Menge Leute hinübergeschickt. Leute, mit denen wir beide aufgewachsen sind. Vic und Buddy und Gus Shaw. *Das* bedeutet etwas. Ich bin nicht sicher, was. Aber eines weiß ich bestimmt: Wenn ich mich drücke, heißt das nur, daß sie einen anderen an meiner Stelle einziehen. Jemand anderen, der vielleicht verbrennt, während ich hätte da sein sollen, um das Feuer zu löschen.« Er schwieg einen Augenblick. »Ich habe viel darüber nachgedacht«, sagte er dann. »Schon früher. Ich habe dir nicht erzählt, was ich für ein schlechtes Gewissen hatte, Jahr für Jahr zurückgestellt zu werden, weil ich wußte, daß es dich aufregen würde. Aber jetzt...«

Sie dachte an John Wayne in *The Green Berets.* Eine Menge Gerede über Ehre und Pflicht, aber die Wirklichkeit war, diese Leute schossen einfach wahnsinnig gern. Jedoch Brian? Nein, er meinte jedes Wort so, wie er es sagte. Gott, sie hätte es wissen sollen.

Eine Erinnerung kroch herein, etwas, das sie völlig vergessen hatte. Damals in der fünften Klasse. Brian kommt aus der Schule, die Handrücken rot und geschwollen, mit Striemen darauf. Bruder Joseph hatte ihm ein halbes Dutzend Hiebe auf die Pfoten abgezählt.

»Warum, Brian?« hatte sie gefragt, so erschüttert und verletzt, als hätte man sie auch geschlagen. »Was hast du getan, daß er dich geschlagen hat?«

»Nichts«, sagte er mit einem Achselzucken. Oh, wie unbekümmert er gewesen war. »Es war Dooley. Er hat ein Fenster in der Pfarrei zerbrochen. Es war ein Unfall, aber Bruder Joseph hatte ihn sowieso schon auf dem Kieker. Er hätte ihm zehnmal soviel Schläge verpaßt.«

Oh, Brian, ich würde an deiner Stelle gehen, wenn ich könnte, dachte Rose. Denn wenn dir etwas geschieht, sterbe ich auch.

Rose sank nieder, die geflochtene Jute schnitt ihr in die Knie. Der Krampf in ihrem Bauch war schlimmer. Ihr tat alles weh, als ob man sie verprügelt hätte.

Wie dumm sie gewesen war, sich davor zu fürchten, daß Gott ihr Brian wegnehmen würde.

Nein, das tat Brian selbst. Er wählte diesen Weg – es war, als ob er zum Rekrutierungszentrum gegangen wäre und sich freiwillig gemeldet hätte.

Er verließ sie.

Wut brach in ihr aus. Rose sprang auf und packte den ersten Gegenstand, den sie sah – ein Einmachglas voll Pennies, das auf der Frisierkommode stand. Sie schleuderte es gegen die Wand. Ein Krachen und Klirren, Pennies spritzten überall, sprangen von den Möbeln, rollten über den Fußboden.

»Du Hundesohn! Wenn du dich da drüben umbringen läßt, verzeihe ich dir das nie!«

Tränen brannten in ihren Augen, in ihrem Gesicht. »Es ist mir gleich, wer an deiner Stelle geht!« schluchzte sie. »Es ist mir gleich, wer umgebracht wird. Ich möchte nur nicht, daß dir etwas geschieht. Ich hasse dich, Brian. Hörst du mich. Ich hasse dich, weil du das tust.«

Dann hielt er sie in seinen Armen fest, damit sie nicht zersprang. Wärmte sie.

Mutter Gottes, was redete sie da? Natürlich würde er nicht fallen. Natürlich nicht. Sie umklammerte ihn und heulte.

»Weine nicht, Rose.« Seine Stimme zitterte, und sie spürte etwas Feuchtes an ihrem Hals. Tränen. Brians Tränen. »Ich weiß, ein Jahr ist eine lange Zeit, und du wirst mir fehlen. Du fehlst mir schon jetzt so sehr, daß es weh tut. Aber mir passiert nichts. Ich versprech's.«

Rose klammerte sich fester an ihn, es kam ihr vor, als hätte man ihr das Herz herausgerissen, nur noch dieses große schmerzende Loch in der Brust.

Wie werde ich das aushalten, fragte sie sich. Das Warten. Von einem Brief zum nächsten. Nicht zu wissen, ob er gesund ist. Ob er verwundet, oder schlimmer noch, ob er –

Sie wich vor ihm zurück, hob das Gesicht, um in seine grauen Augen zu sehen.

»Versprich nichts, Brian. Versprechen werden gebrochen. Komm einfach nur zurück. Das ist alles. Komm einfach nur zu mir zurück.«

4

»Dr. Mitchell. Sofort zur Unfallstation. Dr. Mitchell...«

Rachel hastete den Gang hinunter und durch die schwingenden Stahltüren, die zur Entbindungsstation führten. Sie warf einen Blick auf die Uhr über dem von Glasscheiben umgebenen Schwesternraum. Sechs Uhr fünfunddreißig. Verspätet zur Morgenvisite. Verdammt. Das fehlte ihr noch, ausgerechnet heute. Sie fühlte sich wacklig auf den Beinen, schlapp trotz der beiden Tassen Kaffee auf nüchternen Magen und des wahnsinnigen Spurts von ihrer Wohnung durch den eisigen Regen. Aber bei dem Gedanken, jetzt gleich David zu sehen, fing ihr Herz an zu hämmern, und ihre Hand fuhr in die Tasche ihres weißen Arztkittels.

Sie betastete den Zettel.

Rachel sah es vor sich, das dünne rosa Durchschlagpapier aus dem Labor mit dem schwachen Kohlepapieraufdruck: *Schwangerschaft, positiv.*

Sogar jetzt, zwölf Stunden später, schienen diese Worte ihr noch die Finger zu verbrennen und ein Schwindelgefühl in ihr hervorzurufen.

O.K., Gott, Schicksal, Bestimmung, wer auch immer du bist, dachte sie. Du hast mir deine Macht bewiesen. Was jetzt?

Sie war den größten Teil der Nacht aufgeblieben und hatte sich diese Frage gestellt und war einer Antwort kein bißchen näher. Ihr ganzes Leben lang hatte ihre Mutter ihr gesagt, am nächsten Morgen sieht alles besser aus, aber an diesem Morgen, dachte Rachel, sah alles vielleicht noch schlimmer aus.

Grace Bishop beobachtete sie, und Rachel kam sich vor, als hätte man sie in der ersten Klasse beim Kaugummikauen erwischt. Grace war wahrscheinlich schon vor Rachels Geburt Schwester in der Entbindungsstation gewesen und ließ sich von niemandem etwas sagen. Sie stand breitbeinig im Korridor vor dem Schwesternraum, die Arme über einem

Busen von der Größe einer Janitscharentrommel verschränkt. Sie nahm die Arme auseinander und warf demonstrativ einen Blick auf die riesige Armbanduhr an ihrem kaffeebraunen Handgelenk. Jede ihrer Bewegungen drückte Mißfallen über alle Ärztinnen aus, die je ihre Station betreten hatten.

Rachel, bei weitem die jüngste mit fünfundzwanzig Jahren – sie hatte in der High School ein Jahr übersprungen und ihre Collegezeit und das Medizinstudium in sieben Jahren geschafft –, kam sich sogar noch jünger vor: wie ein kleines Mädchen, das zu spät in den Kindergarten kam, und die Lehrerin machte ein Riesenspektakel.

»Die Visite hat schon begonnen«, sagte Grace mit ihrem abgehackten jamaikanischen Akzent. »Beeilen Sie sich mal lieber.«

Rachel nickte bejahend, sah sich mit einemmal mit Graces Augen: Sie trug die gleichen zerknautschten Khakihosen wie gestern und hatte einen Kaffeefleck auf dem Revers ihres weißen Kittels. Ihr Haar war in einem struppigen Zopf zurückgerafft, ihr Gesicht – im erbarmungslosen Neonlicht der Deckenbeleuchtung – schrecklich bleich und hohläugig von der durchwachten Nacht.

Diesmal konnte sie es Grace nicht vorwerfen, daß sie sie schief ansah. Plötzlich kroch der alte, halb hysterische Drang zu kichern in ihr hoch, zusammen mit dem absurden Wunsch, Grace zu sagen: *Keine Angst. Ich bin qualifiziert. Wer kann eine Frau, die in den Wehen liegt, besser behandeln als eine schwangere Ärztin?*

Aber keine Zeit jetzt, die Haltung zu verlieren. Sie trabte den langen grünen Gang zur Station 1 hinunter, ihr Herz schien im Takt mit dem Tappen ihrer Turnschuhe auf dem Linoleumboden zu schlagen, während sie sich ausmalte, wie sie David die frohe Botschaft mitteilen würde.

Tut mir leid, daß ich zu spät komme... Sie zieht ihn beiseite und flüstert dann: *Und nebenbei, ich bin schwanger.*

Nein, nicht so.

David, ich weiß, daß wir es so nicht geplant haben... aber wir werden es schon irgendwie schaffen...

Hatte sie das nicht in einem Film gesehen? Sandra Dee und Troy Donahue. Abblende in den Sonnenuntergang, das Paar umarmt sich zärtlich. *Darling, ich liebe dich, und nur darauf kommt es an.*

»Mist«, fluchte sie leise und trat beiseite, als ein gehetzter Pfleger eine fahrbare Liege an ihr vorbeiwuchtete, und schalt sich selbst wegen der Tränen, die in ihren Augen prikkelten.

Werde doch endlich erwachsen, schalt sie sich. Er hat dir nie irgend etwas versprochen, und jetzt verlangst du alles. Valentinsherzen für ewige Treue und einen Himmel voller Geigen und eine Kiste Zigarren plus den gutaussehenden Arzt, der dem Mädchen, das er liebt, tief in die Augen schaut und sagt: Ja, so soll es sein.

Nur, wer glaubt heute noch an so etwas? Vor hundert Jahren hätte der Brautvater den jungen Mann mit der Schrotflinte zum Traualtar gejagt. Heute gab es andere Möglichkeiten. Man hatte die Wahl.

Du könntest es abtreiben.

Rachel versuchte sich den Klumpen in ihrem Inneren vorzustellen, der ihr Baby war, nicht größer als ein Stecknadelkopf, und ihre Augen füllten sich mit Tränen. Sie stolperte und hielt sich an der Wand mit dem dicken roten Pfeil fest, der den Weg zur Radiologie anzeigte.

Was für ein Witz. Sie war immer für den Schwangerschaftsabbruch eingetreten. Leidenschaftlich hatte sie erklärt, er müsse ebenso zu den Grundrechten der Frau gehören wie das Wahlrecht. Und sie war auch für ein »Nullwachstum« der Bevölkerung gewesen. Aber verdammt, hier ging es nicht um einen Zacken in der Wachstumskurve, hier ging es um ein Leben, das in ihr wuchs. Ein Baby. *Ihr* Baby.

Der Gedanke, es aus sich herauskratzen, in irgendeinen Abfluß wegspülen zu lassen, löste einen Schmerz in ihrem Bauch aus.

Und doch, was gab es für eine andere Möglichkeit? Das Baby zu bekommen und alles aufzugeben, was sie sich so hart erarbeitet hatte?

All die Jahre während ihres Medizinstudiums, wenn sie ein Gefühl gehabt hatte, als würde ihr Gehirn in einen Schraubstock gepreßt. Der Formaldehydgestank, der sich nicht abwaschen ließ. Ihre Alpträume, in denen die halbzerlegten Leichen wieder zum Leben erwacht waren.

Und trotzdem hatte sie auch Freude an ihrer Arbeit gehabt. Das Schwartz-Auditorium mit seinen purpurroten Sitzen und dem permanenten Schweißgeruch, das monotone Geleier des Professors in der Pathologie, bei dem sie immer einschlief. Dr. Duberman mit seinen endlosen Prüfungen in Hämatologie. Und dann ihr Praktikum im dritten Studienjahr, als sie mit Patienten gearbeitet hatte, mit Menschen, die sie brauchten, *richtigen* Menschen, und zum erstenmal empfunden hatte, was es bedeutete, eine *Heilerin* zu sein.

Und nun war sie schon so weit und hatte bereits die Hälfte ihrer Assistenzzeit hinter sich.

Rachel erinnerte sich an den Tag, an dem sie sich in diesem Krankenhaus vorgestellt hatte. An die lange U-Bahnfahrt, fast eine Stunde hatte sie gedauert, ins Zentrum von Brooklyn, hauptsächlich schwarze und braune Gesichter in dem überfüllten Abteil. In der Flatbush Avenue war sie ausgestiegen, die heruntergekommenen Läden und verhärmt aussehenden Menschen waren ihr aufgefallen, dann hatte sie sechs Querstraßen weit über rissige und verdreckte Bürgersteige zu dem schwer zu beschreibenden Gebäude gehen müssen: vierzehn Stockwerke aus rußig grauem Stein und Drahtglasfenstern. Wenn man davon absah, daß es von keiner Mauer umgeben war, wirkte es mehr wie ein Gefängnis und nicht wie ein Ort, an den die Menschen kamen, um gesund zu werden. Aber sie kamen in Scharen, wie sie bald feststellen konnte: Menschen aus Barbados und Haiti, aus Puerto Rico und der Dominikanischen Republik, Schwarze,

Menschen ohne Krankenversicherung und ohne Geld, die dringend ärztliche Hilfe brauchten.

Und deshalb hatte sie sich für das Good Shepherd entschieden, trotz des Gezeters ihres Vaters, daß sie doch lieber zum Presbyterian oder dem Mount Sinai gehen sollte. Und die Arbeit hatte ihr sehr gefallen. Wenn sie angenommen wurde, wollte sie nach ihrer Assistenzzeit dortbleiben. Und nun war sie fast soweit, nur noch zwei Monate, dann die Wechselschichten im Notdienst, und sie hatte ihre Zeit herum. Wie konnte sie da mit einemmal Schluß machen und alles aufgeben?

Als sie sich am Ende des Korridors nach rechts wandte, sah Rachel vor der Station 1 eine Gruppe von Leuten in weißen Kitteln stehen, die die Köpfe zusammensteckten. Ihre Gesichter waren vom Schlaf verschwollen, und sie tranken Kaffee aus Pappbechern. Andere, die die Nachtschicht hinter sich hatten, waren blaß vor Erschöpfung, und ihre Augen schimmerten glasig. Unter dem Neonlicht sahen sie alle grau wie Kadaver aus.

Aber von David noch nichts zu sehen, Gott sei Dank. Er kochte vor Wut, wenn jemand zu spät zur Visite kam. Und er machte auch bei ihr keine Ausnahme. Sie waren sich von Anfang an darin einig gewesen, daß er sie nicht bevorzugen durfte.

Joe Israel begrüßte sie mit einem Gähnen. »Du hast was verpaßt: Zwillinge. Die Dame kam einfach von der Straße hereinspaziert und warf sie wie ein paar Hundebabys.«

Rachel sah zu Israel auf, er war groß und schrecklich mager, hatte ein aknenarbiges Gesicht, das sie an eine Zielscheibe für Wurfpfeile in einer Billardhalle erinnerte. Sie mochte Israel, aber »Hundebabys«?

Janet Needham warf ihm einen vernichtenden Blick zu. »Hast du schon mal überlegt, ob du nicht zur Tiermedizin überwechseln solltest, Israel?«

Janet war die einzige andere Frau unter den Assistenten. Rachel hatte sich mit ihr anzufreunden versucht, aber das war schwer. Janet mochte sich selbst nicht. Sie wog zuviel und hatte ihr fettiges Haar, um es aus dem Gesicht zu halten, mit einem Gummi zusammengebunden, sie machte permanent ein finsteres Gesicht, voll Mißtrauen jedem gegenüber, der sich ihr freundlich zu nähern versuchte.

Israel grinste Janet an und hob den Kaffeebecher. »Wenn ich's tue, lasse ich es dich als erste wissen.«

»Hört auf, ihr beiden«, zischte Pink. Sein richtiger Name lautete Walter Pinkham. Rachel zählte heute fünf Kugelschreiber in der Brusttasche seines weißen Kittels. Er trug als einziger Assistenzarzt eine Aktentasche.

Dann sah Rachel David, der mit Riesenschritten auf sie zukam. Er sah so groß in seinem makellosen weißen Kittel aus und so zielstrebig, daß sein Erscheinen die schläfrigen Assistenzärzte aufmunterte, die sich ein wenig strafften und die Schultern durchdrückten.

Ihr Herz fing zu klopfen an. Lieber Gott, wie kam es, daß er so auf sie wirkte? Feuchte Handflächen, Adrenalinausstoß, alles, was dazugehörte. Jahrelang hatte sie geglaubt, sie sei frigide, und jetzt fürchtete sie, es könnte genau umgekehrt sein. Akute Nymphomanie.

Sie lächelte, als sie sich erinnerte, was sie bei ihrem Vorstellungsgespräch gedacht hatte. Jeder, der so gut aussieht, muß ein Schweinehund sein.

Perfekte Besetzung für einen Arzt im Fernsehen mit diesen Wunder wirkenden grünen Augen und dem sandfarbenen Haar, das ihm jungenhaft über die Stirn hing. John-F.-Kennedy-Stil. Er hatte sogar Grübchen, zwei an jeder Seite seines Mundes und eines, peng, mitten auf dem Kinn wie Cary Grant.

Aber ganz allmählich – und Gott allein wußte, was er an ihr fand – hatte er sie für sich gewonnen, ihr den Hof gemacht, als wäre sie eine stocksteife Schullehrerin und Heldin in einem Roman aus der Zeit der Königin Victoria, brachte ihr an einem Tag eine Rose, am nächsten eine Nelke, Blumen, die er zweifellos aus den Zimmern von Patienten nahm, die man entlassen hatte. Legte sogar ein-, zweimal ein Briefchen in ihren Spind wie ein verliebter Oberschüler.

Und nun ein Baby, dachte sie mit bitterem Vergnügen.

»Guten Morgen, Kollegen. Tut mir leid, daß ich Sie habe warten lassen. Ich hatte einen Notfall.« David holte tief Luft, sein Blick wanderte über sie dahin, er sah ihr nicht in die Augen.

Rachel, von der Furcht erfaßt, daß sie ihm nicht mehr bedeutete als die anderen, durchlief es eiskalt. Dann siegte ihr gesunder Menschenverstand. Wie dumm von ihr, er war nur diskret, er mußte es sein. *Natürlich* liebte er sie.

Aber sie war immer noch so gespannt, hielt sich so steif, als wäre der rosa Laborbericht in ihrer Tasche eine Briefbombe, die explodieren könnte, wenn sie eine unvorsichtige Bewegung machte.

Sie schloß sich der Gruppe an, als sie David in die Station folgten. Ein langer Raum, mit einer ekligen gelbgrünen Farbe angemalt, und Reihen von Betten, jedes hinter einem tristen gelb-braunen Vorhang. Und heiß. Die Radiatoren der uralten Dampfheizung rasselten und zischten. Warum war noch niemand auf die Idee gekommen, ein Fenster einzuschlagen?

David blieb am ersten Bett stehen. Ein bleiches Gesicht, umrahmt von einem Gewirr schwarzen Haares, blinzelte sie an. Die Bettdecke bis zum knochig hervortretenden Schlüsselbein hochgezogen, in dessen Wölbung ein winziges goldenes Kruzifix blinkte. Sie sah so jung aus, daß es einem die Sprache verschlug. Schon Mutter und selbst noch ein Kind.

David warf einen Blick auf ihr Krankenblatt, dann auf Gary McBride, der neben ihm stand. »Ihre Patientin, glaube ich, Dr. McBride?«

Gary erinnerte Rachel mit seinem jungenhaften Aussehen und den Sommersprossen, dem roten Haarschopf inklusive Wirbel an einen aus den Kinderschuhen herausgewachsenen Tom Sawyer. Er war aber ein guter Arzt. Er mochte seine Patienten.

Gary warf nicht mal einen Blick auf seine Notizen. »Miss Ortiz. Sechzehn. Die erste Schwangerschaft. Sie wurde heute früh um zwei Uhr aufgenommen, vier Zentimeter weit. Blutdruck normal. Aber sie hat ein bißchen aus der Scheide geblutet, und die Herzfrequenz des Fötus war zu niedrig. Ich habe Dr. Melrose hinzugezogen, und er hat eine Schnittentbindung angeordnet.«

»Wie geht es Ihrer Patientin heute morgen?« fragte David.

»Blutdruck etwas zu niedrig. Erhöhte Temperatur. Achtunddreißig vier. Sie klagte über Schmerzen, deshalb habe ich ihr Demerol gegeben.«

Rachel sah zu, wie David das Bettuch zurückzog, Miss Ortiz' Nachthemd hochhob und vorsichtig das Betadin-befleckte Gazequadrat von dem Einschnitt entfernte. Rachel starrte seine Hände an, empfand eine solche Ehrfurcht. Gott, sie waren schön. Die Hände eines Künstlers, eines Bildhauers am lebenden Fleisch. Breite, quadratische Handflächen mit langen, seltsam feingliedrigen Fingern, die sich zu den flachen blassen Halbmonden seiner Nägel hin verjüngten. Hände, die Wunder wirken konnten.

Sie hatte gesehen, wie er beim Operieren die brüchigsten Venen abband, ohne sie zu zerreißen, hatte gesehen, wie er der Kopfhaut eines Fötus Blut entnahm, einfach indem er in den Uterus der Mutter hineinfaßte und seinen Weg ertastete.

Und war es nicht auch eine Art Wunder, was er in ihr für Gefühle erregt hatte?

Sie erinnerte sich an ihre erste Nacht, und ihr Gesicht wurde warm. Verführung im Hollywoodstil. In seiner Wohnung, Champagner auf Eis und sanfte Musik, dann ins Bett, die Laken dufteten nach English Leather Aftershave. Die Raffinesse seines Vorgehens erregte sie und ließ sie gleichzeitig kalt werden.

Dann, mitten im Liebesakt, hatte er abrupt angehalten und sich auf die Ellbogen gestützt, um mit einem nachdenklichen Lächeln auf sie herabzusehen.

»Es macht dir keinen großen Spaß, nicht wahr?« hatte er bemerkt.

Sie war zu überrascht von seiner Offenheit gewesen, um zu lügen, und hatte erwidert: »Ich weiß nicht, wie.«

Sie war in all den Jahren seit ihrem Versuch mit Mason Gold nur mit drei Männern zusammengewesen. Und mit jedem hatte sie sich mehr wie ein Versager gefühlt. Und nun dies. Sie hatte losweinen wollen.

Zärtlich war David aus ihr herausgeglitten und auf der Matratze nach unten gerutscht, bis sein Kopf sich zwischen ihre starren Schenkel schmiegte. Sie hatte sich zuerst dagegen gesträubt, zu erschrocken und beschämt, um irgend etwas zu empfinden. Dann begannen langsam, ganz langsam seltsame zitternd flatterhafte Gefühle sich zu regen und durch die Wände ihrer Abwehr zu kriechen. Gefühle, die elektrisierend waren. Seine Zunge fand geheime Lustzentren, von denen sie nicht gewußt hatte, daß es sie gab. Stundenlang, schien es, spielte er so mit ihr, bis sie vor Aufregung zitterte und schließlich in einem so wunderbar warmen Crescendo ihre Lust heraussang und in der verwirrenden Hitze ihres Gefühls tatsächlich dahinzuschmelzen glaubte.

Und dann richtete er sich auf und kniete über ihr und grinste, als er wieder langsam in sie eindrang. »Alles besser jetzt?«

War es in jener Nacht, fragte sie sich nun. Acht Wochen, das kam ungefähr hin. Und es lag eine Art poetische Gerechtigkeit darin, wenn man an so etwas glaubte: beim erstenmal, wenn man entdeckt, daß Sex wunderbar sein kann, ein Kind gemacht zu bekommen.

Sie beobachtete David, wie er den zerschnittenen, in sich zusammengesunkenen Ballon-Bauch der Patientin abtastete. Aber sie sah es mit einer neuen, völlig unerwarteten Art von Faszination. Es war, als hätte sie einen unheimlichen Augenblick lang ihren eigenen Körper verlassen. Nicht länger eine Ärztin, einfach nur eine Frau, die in das uralte Geheimnis der Mutterschaft eingeführt wurde.

Tränen traten in ihre Augen, machten sie sekundenlang blind, als sie sich vorstellte, daß sie dieses Kind tatsächlich zur Welt bringen würde. Ein winziges wunderbares Wesen, das aus ihrem eigenen Fleisch geformt war, nachdem sie das Wunder von so vielen gesehen hatte, die anderen Müttern gehörten. Es in den Armen zu halten, zu säugen, die Brüste schwer von der süßen Milch.

Falsch, alles falsch, sagte sie sich. Sie hatte kein Recht darauf. In ihrem Leben gab es keinen Platz für ein Baby. In ein paar Jahren vielleicht. Aber nicht jetzt.

Sie zwinkerte wütend die Tränen fort und versuchte sich auf die Patientin zu konzentrieren, während sie in Gedanken gleichzeitig ihre eigenen diagnostischen Vorstellungen überprüfte.

»Wie fühlt sich das an?« fragte David das Mädchen, das ein Gesicht zog und sich auf die Lippen biß.

Er strahlte sie mit seinen smaragdgrünen Augen an, und augenblicklich wurde das Mädchen sehr still wie ein Schulkind, das der Lehrer aufgerufen hatte.

Auch ein Bestandteil seiner Magie, dieser Blick, dachte Rachel. Ein Blick, der grenzenlose Zuversicht einflößte: Dr. Kildare alias Dr. Schweitzer und Ben Casey in einer Person. Rachel war ganz sicher: Wenn David Miss Ortiz befohlen hätte, aufzustehen und fünfzig Kniebeugen zu machen, hätte sie keinen Augenblick gezögert.

»Tut das weh?« fragte David und drückte ein bißchen fester.

»Ein bißchen«, flüsterte das Mädchen.

Rachel sah, daß sie noch blasser wurde, sich aber noch immer nicht rührte, als David sie weiter mit der Hand abtastete, während er ihr in die Augen sah.

David richtete sich auf und zog ihr das Hemd herunter, alles in einer einzigen knappen Bewegung. Er wandte das Gesicht den Assistenzärzten zu und sagte zu Gary McBride:

»Eine gewisse Empfindlichkeit des Fundus uteri. Behalten Sie sie im Auge. Könnte Sepsis sein. Und ich möchte, daß sofort ein Blutbild gemacht wird und heute nachmittag noch eins, um festzustellen, wie hoch die Anzahl ihrer Leukozyten ist.« Er runzelte die Stirn, als er das Krankenblatt betrachtete. »Ich vermisse hier den Namen des behandelnden Arztes. Wer hat die Anamnese der Patientin aufgenommen?«

»Ich... ich hab's gemacht«, stotterte Gary. »Sie ist Dr. Gabriels Patientin, aber ich konnte ihn nicht erreichen...«

»Es ist mir gleich, wo er gewesen ist, und wenn er gerade auf dem Mond war«, unterbrach ihn David. »Ich will seinen Namen auf dem Blatt sehen zusammen mit allem anderen, auch wenn Sie es für unwichtig halten, *Doktor.*« Er betonte das Wort »Doktor« sarkastisch.

Rachel sah mit Bestürzung, daß Gary hellrot anlief, die Sommersprossen traten deutlich hervor, und sein Gesichtsausdruck verriet, wie sehr er David vergötterte und wie niedergeschlagen er durch dessen Mißfallensäußerung war.

»Es tut mir leid, Dr. Sloane. Es... es ist unentschuldbar. Es wird nicht wieder vorkommen.«

Rachel brannte darauf, einzuschreiten und loszuschreien: Nein, David, so nicht! Sie kannte ihn, eine Seite von ihm, die den anderen verborgen war. Sie sehnte sich danach, ihnen zu zeigen, wie liebevoll er sein konnte.

Dann auf einmal, als hätte er ihre Gedanken gelesen, lächelte David – das strahlende Lächeln, wie wenn die Sonne hinter einer Wolke hervorkam –, und Rachel merkte, wie sie sich entspannte. David klopfte Gary auf die Schulter.

»Bestimmt nicht, glaube ich Ihnen. Alles andere haben Sie korrekt durchgeführt. Gute Arbeit, Doktor. Und jetzt...«

David bewegte sich zum nächsten Bett, der nächsten Patientin weiter und ließ den grinsenden Gary McBride hinter sich, dessen Erleichterung so offensichtlich war, daß es ein bißchen komisch wirkte.

Ja, so wird er reagieren, wenn ich es ihm sage, dachte Rachel. Zuerst wird er überrascht und aufgebracht, vielleicht sogar ein wenig böse sein. Aber dann wird er mich in die Arme nehmen und festhalten und mir sagen, daß er mich liebt und daß alles gut werden wird.

Und das *wird* es, sagte sie sich. Es muß einfach.

Rachel merkte, daß sie zitterte, und steckte schnell die Hände in die Taschen, so daß niemand es sah. Ihre Finger berührten das Papier. Nun kam es ihr nicht mehr so unmöglich, so gänzlich inakzeptabel vor.

Ich sage es ihm heute abend, beschloß sie.

Zum erstenmal seit zwölf Stunden, seit sie es erfahren hatte, kam es Rachel vor, als könnte alles gut werden.

»Dieser Arsch! Wir hatten eine Querlage und ein Baby mit Tachykardie, und er fummelte herum wie ein Student im ersten Semester. Christus, der Mann war voll bis obenhin. Die ganze Station stank nach Alkohol...«

Rachel sah David wütend auf und ab gehen über den abgetretenen Bergamateppich, der in ihrem winzigen Wohnzimmer lag. Es war die neueste Fortsetzung der Dr. Petrakis-Horrorstory. David hat vollkommen recht, dachte sie träge, ob Oberarzt und Chef der Geburtshilfestation oder nicht, den Mann hätte man schon vor Jahren hinauswerfen müssen. Ein hemmungsloser Alkoholiker, der nicht mal mehr zum Krankenpfleger geeignet war.

Aber es fiel ihr schwer, ihm zu folgen. Sie mußte immerzu an das Baby denken. Und wie sie es David sagen sollte. Sie hatte sogar schon überlegt, ob sie ihm einen Brief schreiben und ihm den in die Tasche stecken sollte, wenn er ging. *Lieber David: Ich habe eine Patientin für dich. Sie ist seit ungefähr acht Wochen schwanger und möchte das Baby...*

Aber wäre es verrückt von mir, fragte sie sich, dieses Baby zu behalten? Zusammengekuschelt auf dem Sofa liegend, legte Rachel die Hand auf ihren Bauch. Es war natürlich noch zu früh, um etwas zu fühlen, aber sie *fühlte* es. Eine Art warme, stetige Glut.

Aber würde er sie verstehen? Sie erinnerte sich, daß er ihr einmal erzählt hatte, am meisten bewundere er an ihr unter anderem ihre Härte. Daß sie nicht gefühlsduselig und sentimental wie die meisten Frauen sei. Und war sie das nicht doch, wenn sie das Baby haben wollte?

Aber ich habe es nicht mit Absicht bekommen, verdammt. Das weiß er.

Doch als sie ihn jetzt sah, die Augen zu grünen Schlitzen zusammengekniffen, das Gesicht von Wut zerquält, wie er mit seinen zornigen Schritten Wellen in den alten Teppich trat, begann ein Wurm des Zweifels sich in ihren Eingeweiden einzugraben.

Und wie könnte sie ihre Wohnung hier aufgeben, um bei ihm zu leben? Sie hing an diesem schäbigen Apartment in Greenwich Village trotz der fünf Treppen und der briefmarkengroßen Räume. Und teilte es sich gern mit Kay Krempel, einer Krankenschwester für Rehabilitation, die sie im Lenox Hill Hospital kennengelernt hatte und die so lustig und eine bessere Freundin als irgendwer sonst war. Mama hatte diese Idee gehabt – ihr Geschenk eigentlich, da sie darauf bestand, alles zu bezahlen und die Arbeiten selbst zu beaufsichtigen – die rissigen, löchrigen, von uralten Mörtelschichten bedeckten Wände bis auf die Ziegelsteinmauer abzuklopfen und auch die unzähligen, zum Teil noch aus dem Paläozoikum stammenden Ölfarbenreste von den Türen, Fenstern und so weiter abzubrennen und das Holz- und Balkenwerk ungestrichen zu lassen. Und dann hatte sie auch noch Pflanzen in mexikanischen Tonkübeln und gar nicht teure Rattanmöbel mit Madraskissen herbeischaffen und an der Decke eines jeden Raums einen Ventilator anbringen lassen. »Frühes Casablanca«, war Rachel dazu eingefallen, und sie war begeistert gewesen, obgleich sie es sich wirklich wünschte, daß ihre Mutter sie endlich allein ließ.

Bist du verrückt, fragte sie sich. Dann tadelte sie sich streng: Natürlich würdest du Davids wegen hier ausziehen. Wer würde das nicht?

»... der Kerl ist ein gottverdammter Irrer. Schadensersatzprozeß wegen Kunstfehler? Nein: abführen lassen sollten sie den Mann. Wenn ich bei der Verwaltung ein Wörtchen mitzureden hätte ...«

Sie sah David vor dem vorhanglosen Fenster stehenbleiben, von dem man in die Grove Street hinunterblickte. Am Tage konnte man das wunderbare Brot in den Öfen der italienischen Bäckerei da unten riechen und zuschauen, wie prächtige alte Schränke in den Antiquitätenladen gekarrt wurden, bis sie irgendwann einen Käufer fanden, der sie wieder herauskarren ließ, und wie Pärchen Hand in Hand in Pierre's Bistro strebten.

Jetzt war das Fenster dunkel, und Rachel konnte darin nur eine geisterhafte Erscheinung, Davids Spiegelung, erkennen. Einen großen, gutgebauten Mann mit gebügelten marineblauen Hosen, einem hellblauen V-Kragen-Pullover und ordentlichem Haar. Er sah fast aus, als wäre er von einer Seite des *Gentleman's Quarterly* herunter ins Zimmer gestiegen. Man konnte beinahe die Bildzeile darunter lesen: *Princeton Jahrgang 1960, Mitglied der Fußballmannschaft.* Aber als Rachel den Kontrast zwischen seinem starren Gesichtsausdruck und den sich bewegenden Muskeln in seinem Nacken gewahrte, während er sich bemühte, wieder Herr seiner selbst zu werden, hatte sie den beunruhigenden Eindruck, daß es da irgendwie zwei Davids gab, die unter seiner Haut einen Kampf austrugen. Plötzlich kam ihr der unangenehme Gedanke, daß sie im Begriff stand, etwas zu entdecken, von dem sie viel lieber nichts erfahren würde.

Sie wandte die Augen ab und sah hinunter auf die Getränke, die in kleinen Pfützen auf dem Eichenholztischchen standen. Er hatte seines nicht angerührt, und nun war das Eis geschmolzen.

Sie streckte die Beine aus und erhob sich. »Ich hole noch Eis«, sagte sie mit aufgesetzter Munterkeit. »Und wie wäre es mit etwas zu essen?«

Sobald er sich beruhigt hat, sage ich es ihm, versprach sie sich selbst.

»Was gibt es denn?« rief David ihr nach, als sie um die Schallplatten herumging, die wie Spielkarten verstreut vor dem Stereoschrank lagen. Sie blieb stehen, lächelte und hob die ersten beiden auf. »Surrealistic Pillow« und »Beverly Sills at Covent Garden«. Ein himmelweiter Geschmacksunterschied zwischen ihr und Kay.

Rachel dachte an die surreale Unterhaltung zwischen Kay und ihr am Morgen, bevor sie beide zum Dienst losgejagt waren. Sie in einem Sessel verkrochen, die Augen vom Weinen geschwollen. Kay am Spülbecken stehend und schluckweise ihren Pulverkaffee herunterkippend wie ein Revolvermann, der sich in Dodge Citys Long Branch Saloon seinen Whiskey hinter die Binde gießt. Ein Meter zweiundfünfzig in Dr. Scholls Holzpantinen, den weißen Hosenanzug ihrer Schwesternkluft eng um den plumpen Hintern, runde schwarze Krauskopffrisur.

»Ich kann dir nicht sagen, was du tun sollst«, hatte Kay ihr erklärt. »Was auch immer du tust, achte darauf, daß es das ist, was *du* willst, nicht das, was David will.« Sie schenkte Rachel über den Rand ihres Kaffeebechers hinweg ein rätselhaftes Lächeln. »Weißt du, ich habe immer gedacht, es gäbe einen Grabstein tief unten in jedem von uns, wo wir unsere Wünsche unter denen irgendeines Mannes begraben. Nur kommt es mir so vor, als ob sie nicht sehr lange begraben liegen bleiben können, oder? Wir vergessen nie wirklich...«

Rachel fröstelte jetzt, als sie die Schallplattenalben zurück auf den Stapel schob. *O.k., Kay, warum bist du so sicher, daß das, was ich will, sich von dem, was er will, unterscheidet?*

Sie beobachtete David genau, als er auf sie zukam, sein Gesicht war jetzt entspannt, er lächelte. Rachel lächelte zurück.

Sie trat in die altmodische Küche ein und sah in den Kühlschrank. »Milch. Eier. Erdnußbutter. Ein Rest Huhn Lo

Mein. Wenigstens glaube ich, daß es das ist.« Sie schnupperte am Inhalt des Kartons. »Das Lo Mein streichen wir lieber. Ich müßte erst mit einem Radiokarbontest feststellen, wie alt es ist.«

David legte von hinten die Arme um sie und rieb sein Gesicht an ihrem Nacken. »Lassen wir das Abendessen ausfallen. Ich bin nicht so hungrig. Ich mache uns hinterher ein Omelett.«

»Hinter was?« Sie wand sich aus seiner Umarmung heraus, um ihm ins Gesicht zu sehen.

Ihr Herz, bemerkte sie jetzt, schlug sehr schnell. Verdammt. Er machte sie heiß und feucht, sie wollte ihn. Eine Berührung, ein Kuß und sie war bereit. Wie ein Alkoholiker, der nach einem Glas verloren ist.

David ahnte nicht einmal, wie intensiv ihre Leidenschaft für ihn war. Sie gab sich locker. Mit Absicht. Die Zukunft schien ein Thema, das ihm nicht lag, und das war o. k. Sie war auch nicht zur Ehe bereit. Zusammenleben vielleicht, eines Tages, wenn sie beide Lust dazu hatten.

Aber das war vorher, sagte sie sich. Vor dem Baby. Du wirst jetzt über die Zukunft reden müssen, wir müssen irgend etwas planen...

Sie sah ihn an, machte den Mund auf, um zu sprechen, hielt ein. Er betrachtete sie mit diesem Blick, der ihre Knie zittrig machte, seine Augen, goldene Wimpern über kühlen grünen Pupillen, die Mundwinkel etwas hochgezogen, vielsagend, suggestiv. Nicht der effiziente, distanzierte Dr. Sloane. Nur David. Sie konnte die Venen an seinem Hals sehen, eine dicke, die Drosselvene, die an seiner rechten Seite ungeduldig pulsierte. Sie erinnerte sich an seinen Penis, hart, seilartig vor Venen, die Spitze weich, tauig, wie Rosenblätter.

Ich könnte wahrscheinlich jetzt sofort kommen, dachte sie. Einfach so, nur dadurch, daß ich ihn anschaue.

Sie konnte sein Begehren auch spüren, als er sie gegen den offenen Kühlschrank drängte und die kalten Kanten der Drahtfächer ihr ins Rückgrat drückten und er die Hände über ihre Rippen hinaufgleiten ließ und ihre Brüste sanft drückte.

»Lecker. Reif«, murmelte er. »Vielleicht bin ich hungriger, als ich dachte.«

Rachel wünschte, sie hätte daran gedacht, sich etwas Sexigeres, Weiblicheres anzuziehen, ihr Seidenkleid statt dieses alten zerfetzten Hemdes von Kay.

Dann begriff sie, wie albern sie war. Es spielte keine Rolle. In einer Minute würde sie gar nichts mehr anhaben.

Rachel drückte sich an ihn und warf die Kühlschranktür hinter sich zu. Er zerrte schon wild und ungeduldig an ihren Knöpfen und merkte nicht, daß einer von den ausgefransten Fäden, die ihn hielten, abriß und auf den abgetretenen roten Linoleumfußboden prallte.

»Nicht hier drin«, sagte sie und lachte nervös, ihre Stimme zitterte vor Erregung. »Kay könnte früher nach Haus kommen. Laß uns ins Schlafzimmer gehen.«

Er lachte. »Ich habe dir doch gesagt, ich bin hungrig.«

Jesus. Es war ihr gleich, wer sie sah. Würde er sie hier auf dem Fußboden nehmen? Der Gedanke ängstigte und erregte sie gleichzeitig. Sie fühlte sich seltsam schwach, die Brüste – schwerer und empfindlicher als gewöhnlich – stramm und pochend, die Warzen steif gegen die weiche Unterseite ihres Hemdes. Hitze strömte durch sie wie heißer Sand durch eine Sanduhr und legte sich zwischen ihre Beine. Sie fühlte sich, als ergriffe sie dort eine warme, schwitzende Hand.

O mein Gott, *der Tisch,* er führte sie, hob sie jetzt auf den kleinen runden Tisch, ein bißchen mit Gewalt. Er zog an ihrer Hose, zerrte sie ihr über die Hüften, pellte sie von ihren Beinen ab, die über den Tischrand baumelten. Sie spürte die lackierte kalte Kiefernholzoberfläche unter ihrem Hintern, und die harte Strohkante eines Tischsets. Er war noch angezogen, nur daß er die Hose aufgemacht und ein wenig über die schmalen Hüften hinuntergeschoben hatte.

Rachel schloß die Augen und wartete, bereit zum ersten

Stoß, oh, so bereit. Dann fühlte sie etwas Hartes, Knochiges zwischen ihren Schenkeln stochern, das sie ein bißchen überraschte, nicht seinen Schwanz, sondern seine Finger. Bewegten sich hinein und hinaus in einem harten, stetigen Rhythmus.

Der Tisch, das harte Licht über ihr, der Druck von Davids Fingern erinnerte sie einen Augenblick lang an etwas anderes, etwas, an das sie nicht denken wollte. Sie fühlte, daß die Hitze in ihr nachließ. Der Gynäkologe, das war es. Wie ein Besuch beim Frauenarzt. Eine Untersuchung des Beckens.

Das macht David mit den Schwangeren in der Klinik, dachte sie unwillkürlich, er tastet ihr Inneres ab, während sie auf einem Tisch liegen, die Füße in den Beinhaltern.

Nein, nein, ich will nicht an so etwas denken. Es ist nicht das gleiche. Ich bilde mir da bloß etwas ein. Wegen des Babys. Weil ich ihn heute abend brauche und er zärtlich zu mir sein soll.

Aber so zusammen zu spielen, konnte auch gut sein. Das Feuer in ihr kam wieder. Ja, o ja. David wußte so gut, wodurch sie in Erregung geriet. Sie konnte einfach so kommen, jeden Augenblick jetzt. Würde er sie lassen?

Nein. David zog sie auf die Seite, ihr Gesicht ihm zugewandt, ihre Augen in Höhe seines Schritts.

»Saug mich aus«, sagte er.

Rachel zögerte einen Augenblick, dann nahm sie ihn in den Mund. Es war immer so, der kleine Schock zuerst, das Gefühl, daß es schlecht, verderbt war, das zu tun. Aber dann fing sie an, sich gut zu fühlen, mächtig beinahe, als sie spürte, daß er sogar noch mehr anschwoll, und sein wollüstiges Stöhnen hörte und sich vorstellte, daß sie die einzige Frau auf der Welt war, die das tun konnte. Sie würde David geben, was niemand sonst ihm geben konnte.

Und es ist nicht schmutzig, sagte sie zu sich selbst, nicht wenn man jemanden liebt.

Sie bewegte die Zunge den Schaft des Penis entlang. Er stieß jetzt gegen sie und ächzte, sie konnte das stetige Ticken seines Reißverschlusses gegen die Tischkante hören, als er die Hüften bewegte. Er hielt auch den Rhythmus mit den Fingern, die immer noch in ihr waren, hinein und hinausglitten. Heiß. So heiß fühlten sie sich an, als ob sie brannten, sie verbrannten.

Sie kam, als schösse sie in Flammen empor, und gleichzeitig fühlte sie auch David platzen und schmeckte den Strom der salzigen Flüssigkeit, die ihren Mund füllte. Sie hatte nichts gegen den Geschmack, obwohl sie gehört hatte, daß manche Frauen ihn nicht mochten. Vielleicht ginge es ihr mit jemand anderem ebenso, aber David war der einzige, mit dem sie es je gemacht hatte.

David wich jetzt vor ihr zurück, zog die Hosen hoch und half ihr auf die wackligen Beine. Sein Gesicht war rot, aber davon abgesehen hätten sie hier auch zusammensitzen und Karten spielen können. Kühl, ruhig. Nichts brachte ihn aus der Fassung. Deshalb war er ein so guter Arzt. Aber verdammt, sie wollte, er würde sie in den Armen halten. Sie brauchte seine Umarmung so sehr.

Rachel sah David zum Spülbecken gehen. Er fing an, sich die Hände zu waschen, und das scheußliche Gefühl, das sie vorher gehabt hatte, überfiel sie, daß sie sich in der Sprechstunde eines Arztes befände... *Nun, junge Frau, es sieht aus, als ob Sie schwanger sind, ungefähr in der sechsten Woche, würde ich sagen, aber wir machen einen Urintest, um sicherzugehen.*

»David?« rief sie ihn leise, während das Wasser in den alten Emailleausguß plätscherte. Sie sank auf einen Stuhl nieder und machte sich nicht die Mühe, die Hosen anzuziehen, strich nur das Hemd über den Knien glatt. »Ich bin schwanger.«

Er drehte den Kopf herum und sah sie an, als hätte sie einen schlechten Witz erzählt, sein Mundwinkel hob sich, als wäre er nicht sicher, ob er lachen oder höhnisch grinsen sollte.

»Rachel, das ist nicht komisch, darüber macht man keine Witze.«

»Es ist kein Witz.« Die Worte schienen nicht aus ihrer Kehle, sondern der schmerzenden Höhle in ihrem Bauch zu kommen.

Sie sah sein Gesicht finster werden und spürte, daß er innerlich Abstand von ihr nahm. Warum sah er sie an, als hätte *sie* alles verdorben, als griffe sie ihn in irgendeiner Weise an?

»Rachel! Bist du sicher?« Er fing sich, schlug sich mit dem Handballen gegen die Stirn. »Verdammt, natürlich bist du's. Du als Ärztin. Wie konntest du so etwas geschehen lassen?«

»Ich war nicht gerade einsam, als es passiert ist«, antwortete sie.

Zwei schnelle Schritte, eine Reihe von Wassertropfen auf dem Fußboden von seinen tropfenden Händen, und schon stand er vor ihr, beugte sich zu ihr herab, Handflächen klatschten auf den Tisch herunter. Zorn flammte in seinen grünen Augen auf.

»Heiliger Jesus, Rachel. Du bist doch nicht eins von diesen Kindern, die zu uns kommen mit sechzehn und denen jemand ein Kind gemacht hat, weil sie zu dumm sind zu wissen, was Geburtenkontrolle ist. Du hast mir gesagt, du benutztest ein Pessar. Gerade eben dachte ich... Scheiße, darum habe ich dich nicht... weil ich zu geil war, darauf zu warten, daß du dein verdammtes *Pessar* einsetzt.«

Seine Augen sahen seltsam flach aus, so daß das Blut in ihren Adern zu Eiswasser wurde. Sie fühlte seinen Ärger in der Luft knistern wie Elektrizität, die eine Erde sucht.

Sie starrte seine Hände an. Ins Gesicht konnte sie ihm nicht sehen. Seine Finger lagen gespreizt auf der astigen Kiefernholzfläche des Küchentischs, juwelenartige Tröpfchen glitzerten auf den goldenen Härchen unterhalb der Knöchel.

Verdammt. Dieser Bastard.

Rachel holte tief Luft, bemühte sich, ihren Schmerz und Zorn zu unterdrücken. »Ich *habe* das Pessar benutzt. Die

Dinger sind nicht hundertprozentig sicher, wie du weißt. Vielleicht habe ich es zu früh herausgenommen. Oder zu spät eingesetzt. Oder vielleicht haben kleine grüne Männchen Löcher hineingebohrt, als ich nicht aufpaßte. Verdammt, wie soll ich wissen, wie es passiert ist?«

Sie sah auf und fand sein Gesicht sehr ruhig und kalt.

»Vielleicht weißt du es doch. Vielleicht war es kein solcher Zufall.«

Rachel fühlte seine Worte mehr, als daß sie sie hörte – Worte wie Eis in ihrer Magengrube. *O Gott. Hat er das wirklich gesagt?*

Nein, er konnte das nicht wirklich glauben. Er mußte wissen, daß sie so etwas niemals tun würde. Sie wollte ihn schlagen, diesen Ausdruck kühler Verachtung zerstören.

Dann verließ ihr Zorn sie schlagartig und sie fühlte sich flach und leer. »Du, lassen wir das. Wütend werden hilft nicht. Es ist keiner von uns beiden schuld. Es ist einfach passiert.«

David streckte sich, fuhr sich mit den Fingern beider Hände durch das dichte sandfarbene Haar und atmete aus – erleichtert. »Du hast recht. Es tut mir leid. Hat keinen Sinn, sich so aufzuregen. Was ist schließlich schon geschehen?«

»Wie meinst du?«

Er sah sie an, als ob sie ein Kind wäre, und zwar kein sehr intelligentes. »Wir lassen einen Abortus vornehmen. Keine Angst. Ich arrangiere alles.«

Sie schloß die Augen und sah sich vor ihm zurückweichen – sie stand an einem Ende eines langen Tunnels und sah Davids Silhouette als einen schwarzen Punkt am anderen. Sie fühlte eine so riesige Entfernung zwischen sich und ihm.

David, der ihr Schweigen als Zustimmung auffaßte, lächelte nun und ging um sie herum, um ihr die Schultern zu massieren, sein Griff war fest und sicher.

»Du, ich weiß, was dich beunruhigt«, fuhr er fort. »Diese Mädchen, die ständig bei uns eingeliefert werden, nachdem sie sich von einem Kerl mit dem Drahtbügel haben aufstechen lassen. Keine Angst, wir machen das ganz anders. Ich habe einen Freund vom Studium her. Er hat jetzt eine eigene Praxis. Geburtshilfe und Gynäkologie. Und er schuldet mir noch ein paar Gefälligkeiten. Bei ihm wird es richtig gemacht. Sicher. So bequem, als ob man einen Zahn extrahiert.«

Sie entzog sich seinem Zugriff und drehte sich um, starrte ihn an, ein Rauschen in den Ohren.

Rachel dachte an das Baby in ihrem Bauch, an seine warme Glut und wie sie schon angefangen hatte sich vorzustellen, wie es aussehen, was es für ein Gefühl sein würde, es in den Armen zu halten. Sie hatte auch an das gemütliche Heim gedacht, in dem sie und David leben, an das Zimmer, das sie für das Kind einrichten würden.

Und sie würde ihren Beruf nicht aufgeben müssen, hatte sie sich gesagt. Vielleicht ein paar Monate Urlaub, und dann, mit Davids und Mamas Hilfe und der eines Mädchens, könnte sie trotzdem die Planstelle übernehmen.

Aber nun sagte er ihr, sie solle sich davon trennen, von ihrem *Kind,* als wäre es etwas Schmutziges, das sie sich von der Schuhsohle kratzen müsse.

Rachel sprang auf, sie stieß mit der Hüfte gegen den Tisch. Sie hörte es krachen und klirren und sah durch ihre Tränen hindurch die sternförmige Explosion aus weißen Kristallen und den Porzellansplittern, die ihre Zuckerdose gewesen war.

»Nein«, sagte sie, überrascht, wie ruhig ihre Stimme klang. »Ich lasse es nicht abtreiben.«

»Dann willst du –«

»Richtig. Ich werde dieses Baby zur Welt bringen.«

Er starrte sie an, ein Augenblick sprachlosen Erstaunens, dann begann sein Gesicht sich zu verhärten, und seine smaragdgrünen Augen verengten sich.

»Du würdest deine Karriere wegwerfen«, sagte er kalt. »Für einen Klumpen aus Zellen nicht größer als dein Daumennagel. Etwas, das wir in der Embryologie im vormedizinischen Semester unter dem Mikroskop studiert haben. Oder hast du das vergessen? Durch Romantisierung ändert man nichts an den biologischen Tatsachen.«

»Du Bastard.« Sie wollte ihn schlagen, sein hübsches, selbstgefälliges Gesicht so hart sie konnte mit ihren Fäusten treffen. »Du kalter Bastard.«

»Hast du erwartet, daß du mich heiraten würdest, war das auch ein Teil deiner Phantasie?«

»Nein«, sagte sie und ihre Stimme klang brüchig. »Ich hatte nur gedacht, du machtest dir etwas aus mir.« Sie starrte ihn an, einen großen fremden Mann, der sich gegen die Pfannen lehnte, die an der Ziegelsteinwand hinter ihm an Haken herabhingen. Sie versuchte sich zu erinnern, warum sie jemals geglaubt hatte, daß sie ihn liebte.

Er wandte sich von ihr ab, zeigte ein Profil wie ein römischer Kaiser auf einer Münze. »Das tue ich«, sagte er, jedes Wort einzeln und deutlich betont. »Ich mache mir etwas aus dir. Und ich mache mir etwas aus meinem Beruf. Aber ich will mich nicht entschuldigen. Ich habe dir nie etwas versprochen, und ich werde dir auch jetzt nichts versprechen. Wenn du dieses Baby bekommst, rechne gefälligst nicht mit mir.«

Rachel starrte auf die zerbrochene Zuckerdose auf dem Boden. Im einen Augenblick noch ganz, im nächsten irreparabel zerschmettert.

Sie spürte einen leisen Ekel, betäubt von seiner Kälte. Der Gedanke an das, was sie vor ein paar Minuten auf diesem Tisch getan hatten, kam ihr nun gemein, wie ein schmutziger Witz vor.

Und ein noch schlimmerer Witz war, daß sie sich sogar jetzt noch, nach allem, was er gesagt hatte, danach sehnte, daß er sie in die Arme nahm, damit der Schmerz aufhörte. Der Schmerz, der wie ein stumpfes Messer in ihr hackte, so daß sie nach Luft ringen mußte.

»Geh weg«, sagte sie. »Geh.«

»Stell dir vor!«

Kay wehte zur Tür herein, die dicken Arme mit Balducci-Tüten beladen, das runde Gesicht vor Aufregung gerötet.

»Was?« fragte Rachel, die inmitten zerknüllter Papiertaschentücher auf der Couch lag und sich noch elender als am Abend zuvor mit David fühlte.

Kay ließ die Tüten auf den Kiefernholztisch in der Diele plumpsen. Köstlich würzige, rauchige Düfte wehten zu Rachel herüber.

Wenn sie das wegen irgendeines Kerls anschleppt, muß wirklich was dran sein, dachte Rachel. Die feinfühlige Kay, versehen mit dem Sherlock-Holmes-Instinkt jüdischer Mütter, hatte noch immer nicht begriffen, daß Rachel um zwei Uhr nachmittags in der Dunkelheit dalag, während sie eigentlich im Krankenhaus sein sollte.

»Ich habe gekündigt!« Kay warf ihren Mantel hin und klapperte mit ihren Dr.-Scholl-Pantinen Tanzschritte auf den Linoleumfußboden.

»Keine Valiumüberdosierungen, keine Brustimplantationen mehr«, brabbelte Kay fort. »Und keine Nasenbeinkorrekturen mehr. Keine Barbra Streisands mehr, die glauben, daß sie wie Grace Kelly aussehen können.« Sie hopste über die Telefonschnur, die am Boden lag. »Rachel, kannst du dir vorstellen, diese Frau heute, diese Nervensäge, kommt in die Erste-Hilfe-Station, weil sie sich auf der Rolltreppe bei Saks den Zeh verstaucht hat, und während sie heult und zetert, verblutet praktisch keine drei Meter von ihr entfernt ein Junge an etlichen Stichwunden. Ich weiß nicht, was es war, aber irgendwas in mir hat plötzlich ausgesetzt, und ich habe ihr gesagt, sie solle ihren lieben kleinen Zeh zu Saks zurückbringen und umtauschen lassen. Dann bin ich rausgegangen, um einmal tief durchzuatmen, und da mußte ich an Abbie Steiner denken, erinnerst du dich noch an sie? Sie hat sich letzten Sommer beurlauben lassen und ist in ein Rot-Kreuz-Lazarett nach Vietnam gegangen. Ich habe einen Brief von ihr bekommen. Junge, brauchen die Hilfe da drüben, Schwestern, Ärzte, die suchen ganz verzweifelt wen, weißt du. Und ich habe es satt, nur über diesen Krieg herumzulabern und nichts zu tun, also hab' ich beschlossen –« Sie hielt ein, und ihr rundes Gesicht runzelte sich mit einemmal betroffen. »He! Rachel, ist dir nicht gut, bist du krank oder so was? Was machst du zu Hause? Ich dachte, du hättest Dienst?«

»Das ist eine lange Geschichte.«

Rachel kniff die Augen zu, als Kay die Rouleaus hochzog. Hartes Wintersonnenlicht stach ihr in die Augen. »Bitte nicht so weit. Ein bißchen niedriger. Ich mag es dunkel. Nein, ich bin nicht krank, nur ein bißchen schwanger. Kay, das kann nicht dein Ernst sein.«

Kay plumpste aufs Sofa neben sie. »Das ist mein Ernst, so sicher wie es Richard Nixons Ernst ist, sich wieder um die Präsidentschaft zu bewerben.«

»Jesus, Kay. Ich kann's nicht glauben, daß du in Lenox Hill aufhörst. Einfach so. Und Vietnam? Das ist furchtbar.«

»Ich weiß.« Kay gab ein rasselndes Lachen von sich, in dem die Angst zu hören war. »Kein Ort für eine Dame, sich in zerrissener Unterwäsche erwischen zu lassen, wie meine liebe Mama sagen würde. Aber stell dir vor, Rachel. Mein Gott, eine Gelegenheit, was zu *tun* statt nur dazusitzen und herumzumeckern, was es doch alles für ein vergammelter Abfallhaufen ist.«

Rachel lächelte. »Irgendwie kann ich mir dich einfach nicht vorstellen, daß du jemals dasitzt und nur herummekkerst.«

»Meine Mutter, Gott behüte, wenn sie das herausbekommt, geht bestimmt sofort nach Washington und setzt Präsident Johnson und sämtliche Kongreßabgeordnete unter Druck, daß sie mich aufhalten sollen.«

»Ach, Kay.« Rachel lehnte den Kopf an Kays Schultern und ließ ihren Tränen freien Lauf. »Ich glaube, du bist verrückt. Und tapfer. Und ich weiß nicht, wie ich das ohne dich durchstehen werde.«

Und einen wahnsinnigen Augenblick lang dachte sie: Ich wollte, ich ginge auch. So weit weg von diesem Schlamassel, in dem ich stecke.

Dann drückte Kay sie an sich und weinte auch ein wenig. »Du hast es ihm also gesagt.«

Rachel nickte. Sie war letzte Nacht erschöpft eingeschlafen, bevor Kay nach Hause kam, und an diesem Morgen war Kay schon wieder fort, bevor es ihr gelang, sich aus dem Bett zu erheben.

»Er will, daß ich es wegmachen lasse.«

»Ist das das, was du willst?«

»Nein.« Rachel verbarg das Gesicht in den Händen, der Schmerz vom Abend zuvor kam wieder zurück. »Aber es ist so verdammt kompliziert. Wie soll ich es ohne David schaffen? Alles, wofür ich gearbeitet habe, aufgeben? Und wenn ich es nicht tue, wie ist das für das Baby, wenn ich kaum jemals da bin?«

Kay zuckte die Achseln. »Wie das Leben eben ist.«

»Und so verrückt es klingt, obwohl ich weiß, wie schwer es sein wird, möchte ich es haben. Aus allen möglichen verantwortungslosen Gründen. Ich kann einfach nicht den Gedanken ertragen, daß jemand es aus mir herauskratzt. Und ich möchte es sehen, sehen, ob es wie ich aussieht. Aber das Tollste ist: Es ist schon ein Teil von mir geworden. Ich fühle mich durch das Baby verändert. Es kann nie wieder so wie früher sein. Kay, sag mir, sind das ausreichende Gründe?«

Kay stand auf, ging durchs Zimmer und nahm sich eine Mentholzigarette aus dem Päckchen, das auf dem Bücherregal aus Bambus lag. Sie zündete sie an und stieß den Rauch durch die Nase aus.

Sie lachte kurz und hart auf. »Wer soll das wissen? Hast *du* dir deine Eltern ausgesucht? Habe ich mir meine Eltern ausgesucht? Bei meiner Mutter konntest du vom Küchenfußboden essen, aber für ihre Familie zu kochen hat sie gehaßt. Sie schob den Staubsauger zum Nordpol und wieder zurück, aber daß sie sich mal mit mir oder einem meiner

Brüder auch nur eine Stunde hingesetzt hätte, um Siebzehn und vier zu spielen, nein, dazu war sie nicht zu bewegen. Auf ihre eigene meschugge Art liebte sie uns, das weiß ich. Ich glaube, als Kind nimmst du einfach alles, was du kriegen kannst, ganz gleich, mit was für Eltern du behaftet bist, und freust dich drüber.« Sie sah die Zigarette zwischen ihren Fingern an, als überrasche es sie, sie dort zu sehen, ihr breites, üppiges Gesicht sackte herunter. »Ich habe letzte Woche damit aufgehört. Sechs Tage ohne eine Zigarette, und jetzt sieh mich an. Jesus. Vielleicht sollte ich lieber staubsaugen wie Mama.«

Rachel dachte an Sylvia. Hatte es etwas mit Mama zu tun, daß sie dieses Baby haben wollte? All die Jahre hatte sie sie traurig die leere Wiege im Kinderzimmer anstarren sehen. Jetzt kam endlich ein Baby an, um die Wiege zu füllen. Ein Baby, das sie beide lieben konnten.

Dann verschwand ihre rosige Phantasie. Sie stellte sich vor, wie es wirklich wäre. Jeden Tag mußte es sie dann in zwei verschiedene Richtungen ziehen. Sie würde aus zweiter Hand – vom Kindermädchen oder vielleicht von ihrer Mutter – von seinem ersten Lächeln, seinen ersten Schritten erfahren und so wahrscheinlich am Ende die gleiche Distanz zwischen sich und dem Baby schaffen wie die, dic sie zwischen sich und ihrer eigenen Mutter spürte.

Ach, warum machte sie es sich so schwer? Warum konnte sie es nicht mit beiden Händen festhalten oder aber einfach loslassen?

Gott, o Gott, was soll ich tun?

Sie starrte auf den Haufen aus zusammengeballten Papiertaschentüchern und haßte sich selbst. Es war nicht das Ende der Welt. Sie war nicht die erste Frau, der jemand ein Kind gemacht hatte.

Sie stand auf. »Komm, laß uns diese schönen Sachen auspacken, die du mitgebracht hast, und sie aufessen, bevor sie kalt werden. Mein Kopf hält keine Psycho- und Soziodramen mehr aus.«

Kay griff sofort in eine der Tüten und zog Plastikschälchen und in Folien eingepackte Päckchen heraus.

»Ich möchte ein kleines Abschiedsessen geben. Warte, bis du siehst, was ich alles habe. Französisches Huhn mit Weintrauben. Lachs aus Nova Scotia. Eingelegte Artischockenherzen... Rachel? Bist du da?«

Rachel stürzte plötzlich ins Badezimmer. *O Jesus, ich muß mich übergeben.* Danach, als ihr Magen leer war und sie auf den kalten Fliesen kniete und der Kopf ihr weh tat, sackte sie gegen den Toilettensitz.

Minuten später, aus meilenweiter Entfernung, wie ihr schien, hörte sie die Wechselsprechanlage in der Diele leise surren und dann das Klappern von Kays Holzpantinen, als sie hinauslief, um zu antworten.

»Rachel!« rief sie. »Es ist deine Mutter. Sie kommt herauf!«

O Herrgott, nicht jetzt. Aber ja, sie hatte ihrer Mutter irgendwann letzte Woche mitgeteilt, daß es ihr heute passen würde, wenn sie mit den Stoffmustern vorbeikäme. Mama, die ständig versuchte, alles noch schöner zu machen. *Sie weiß nicht, daß ich hier bin. Ich habe ihr gesagt, ich wäre im Dienst und sie könnte die Muster mit Kay ansehen.* Rachel schaute auf ihren zerknautschten Bademantel hinunter. Sie mußte sich schnell einen Grund ausdenken, weshalb sie zu Hause war und wie eine aufgewärmte Leiche aussah.

Sie stürzte zum Waschbecken und spülte das Gesicht mit kaltem Wasser ab, tupfte mit dem Waschlappen auf den geschwollenen Stellen um ihre Augen herum. Ach, was nützte es. Mama würde sofort sehen, daß sie geweint hatte. Wenn ich es ihr doch nur sagen könnte, dachte Rachel, wie wunderbar, wenn ich mich ihr anvertrauen und mir von ihr helfen lassen könnte, mich zu entscheiden.

Aber sie wußte, was Mama sagen würde. Bring das Baby zur Welt, ich freue mich darauf. Eine Abtreibung – der bloße Gedanke würde sie schockieren. Warum sollte sie es ihr also sagen, sie in dieses Debakel hineinziehen?

Rachel verließ das Badezimmer und sah ihre Mutter am Wohnzimmerfenster stehen, eine Stoffprobe gegen den Rahmen haltend. »Rachel! Welch eine Überraschung. Ich wußte nicht, daß ich dich antreffen würde. Gefällt dir das hier? Das Blau paßt gut zu dem... Liebling, was ist denn? Du siehst schrecklich aus. Bist du krank?«

Rachel streckte eine Hand aus, wie um die Fürsorglichkeit ihrer Mutter abzuwehren. Ängstlich sah sie sich nach Kay um, aber ihre Zimmernachbarin war in die Küche entwichen. Rachel hörte den Aufprall des Wassers, das sich in das alte Emaillespülbecken ergoß.

»Es ist nichts... nur eine Erkältung. Nichts weiter.«

»Natürlich. Aber jetzt gehörst du ins Bett! Die Vorhänge können warten. Ich mache dir einen heißen Tee. Ist dein Magen auch in Mitleidenschaft gezogen?«

Rachel starrte Sylvie an: perfekt zurechtgemacht in einem marineblauen Rayonkostüm mit Volant-Taille und einer gekräuselten weißen Bluse. Aber der Duft ihres Parfüms, Chanel N° 5, ließ Rachels Magen überschwappen wie einen randvollen Eimer. Wenn sie sich nicht schnell hinlegte, würde sie sich wieder übergeben müssen.

Sie ging in ihr Zimmer, und Mama schlug die Bettdecke zurück und legte ihr einen feuchten, kühlenden Waschlappen auf die Stirn. Genau wie damals, als sie ein kleines Mädchen gewesen war. Und plötzlich war alles zuviel für sie. Es kamen ihr die Tränen und tropften aus den Augenwinkeln.

Oh, verdammter Mist! Ich will nicht heulen. Ich will nicht schwach sein. Wenn sie mich doch bloß allein lassen würde... geh doch, geh... bevor ich ihr alles zu erzählen anfange...

»Rachel. Ach, mein Liebling, Mädel, was ist denn? Kannst du es mir denn nicht sagen?«

In Sylvies waldgrünen Augen glitzerten nun ebenso die Tränen, als ob Rachels Schmerz auch der ihre wäre. Sie hielt eine kühle, nach Chanel duftende Hand an Rachels Wange.

»Mama, ich bin schwanger.« Die Worte kamen heraus, bevor Rachel es verhindern konnte.

Sylvie starrte sie an. Farbe kam in ihre bleichen Wangen. Ihr Mund öffnete sich und ließ das feuchte Innere jenseits des korallenroten Lippenstifts sehen. Aber sie bekam keinen hysterischen Anfall, Gott sei Dank.

»Was wirst du tun?« Ihre Stimme klang überraschend fest.

Rachel war wie betäubt. Sie kam ihr überhaupt nicht wie die Stimme ihrer Mutter vor. Wie konnte Mama sich etwas anderes auch nur vorstellen, als daß sie dieses Baby zur Welt brachte und behielt? Aber dann dachte sie zurück und erinnerte sich an das letzte Mal, als ihre Mutter sie so überrascht hatte, an den Tag, an dem Rachel zu Daddy ins Krankenhaus gekommen war, wie stark und sogar hart Mama damals auf sie gewirkt hatte.

»Ich weiß es nicht«, murmelte Rachel.

Mamas Hand glitt von ihrer Wange herab, und sie sah weg.

Rachel folgte ihrem Blick. Dort, zur Ecke hin, stand die Frisierkommode aus Kiefernholz, die Mama auf dem Land bei einem Trödelverkauf erworben hatte, um sie abbeizen und aufpolieren zu lassen. Und daneben der große Drehspiegel mit dem Schaukelstuhl, die schon in Rachels Schlafzimmer gestanden hatten, als sie noch ein Kind gewesen war. Mama hatte gewußt, daß sie genau in dieses Zimmer passen würden, sie hatte so ein sicheres Auge in diesen Dingen. Konnte sie sich tatsächlich den häßlichen Eingriff vorstellen, an den Rachel jetzt dachte?

»Ist er... der Vater, meine ich... will er das Kind?«

Rachel fühlte etwas in sich schrumpfen. »Nein.«

»Ich verstehe.« Sylvie nickte, ihr Korallenmund zog sich zu einer festen Linie zusammen. »Wie weit bist du schon damit?«

»Noch nicht weit. Sechs Wochen. Aber, ach Mama, ich spüre es trotzdem schon. Ein richtiges Baby.«

»Ein Baby...« Sylvies Gesicht nahm einen wehmütigen Ausdruck an, dann schien sie sich zusammenzureißen und sagte: »Ach, Rachel, ich wollte, ich könnte dir sagen, was du tun sollst. Oder dir wenigstens einen Rat geben. Aber wie kann ich das? Die richtige Antwort für mich könnte für dich die falsche sein.«

»Aber Mama, was würdest *du* tun?« rief Rachel aus.

»Es war anders zu meiner Zeit. Die Menschen waren viel weniger... bereit zu akzeptieren... Frauen in deiner Position hatten keine Wahl, ihnen blieb nur *eins*.«

»Aber wenn ich dieses Baby zur Welt bringe, wird es alles verändern. Mein ganzes Leben auf den Kopf stellen.«

Sylvie, die zum Fenster hinaussah, lächelte schwach. »Das tun Babys immer.« Dann wandte sie sich wieder Rachel zu, immer noch lächelnd, ihre Augen schimmerten feucht. »Du hast mein Leben auch auf den Kopf gestellt.«

»Du möchtest, daß ich es bekomme.« Rachel hörte den anklagenden Ton in ihrer Stimme und haßte sich selbst. Sie hatte kein Recht, Mama Vorwürfe zu machen...

»Nein.« Sylvie schüttelte den Kopf. »Das habe ich nicht gesagt. Was ich möchte, ist unwichtig. Ich habe dir ja gesagt: Ich kann dir keinen Rat geben. Aber du tust mir leid, mein Liebling. Wenn ich an deiner Stelle gewesen wäre, ich –« Ihre Stimme wurde ein bißchen brüchig. »Nun, ich weiß nicht, was ich getan hätte, wenn ich mich in einer solchen Situation hätte entscheiden müssen.«

»Oh, Mama...« Rachel schoß empor, packte die Decke mit beiden Fäusten und preßte sie zusammen. »Ich wollte, ich wüßte, was ich tun soll.«

»Wofür du dich auch entscheidest, mein Liebling, ich werde für dich da sein. Ich liebe dich. Vergiß das nie.«

Rachel fühlte eine Woge der Dankbarkeit, die ihr Schmerzen in der Kehle bereitete, und sie fühlte auch noch etwas. Eine neue Art von Bewunderung für ihre Mutter.

»Wirst du es Daddy sagen?« fragte sie ängstlich.

»Nein.« Sylvie schüttelte den Kopf. »Daddy liebt dich, aber Männer sehen diese Dinge nicht immer so, wie wir sie sehen.«

»Mama?«

»Ja?«

»Wolltest du mich haben, bevor ich geboren wurde? Wirklich haben mehr als alles?«

Einen langen Augenblick, der in der Luft zwischen ihnen zu zittern schien, schwieg Sylvie. Ihre Hände berührten Rachels, die auf der Bettdecke lagen. Und da war es – dieses leise, traurige Lächeln, das Rachel so oft gesehen hatte.

»Ja, meine Rachel. Mehr als alles.«

David sah geradewegs durch sie hindurch.

Rachel kam es vor, als sei sie nur ein weiterer Bestandteil des antiseptischen Waschraums der Chirurgen, so anonym wie die gekachelten Wände und die Spülbecken aus rostfreiem Stahl. Sie fröstelte, ein eisiges Gefühl breitete sich im ganzen Körper aus, und ihr Magen begann sich wieder zusammenzukrampfen.

Bitte, mach das nicht. Um Gottes willen, tu nicht so, als ob ich nicht da wäre.

»Dr. Petrakis hat mich gebeten zu assistieren«, erklärte sie verlegen und haßte ihn, weil er ihr das Gefühl gab, sich rechtfertigen zu müssen.

Um ihren Zorn loszuwerden, stampfte sie auf das Pedal, so daß das kochend heiße Wasser aus dem Hahn strömte, und streckte die Hände darunter.

Als sie den Kopf hob und David ins Gesicht sah, waren seine Augen kühl und distanziert, flach und grün wie die gekachelten Wände.

»Sie ist seine Patientin«, sagte er mit einem leichten Achselzucken.

Und ich bin eine verdammte Närrin, dachte Rachel und kämpfte gegen die Tränen an, als sie die Bürste packte und ihre Hände so hart schrubbte, daß sie die Haut von den Knöcheln kratzte.

Eine Woche, sieben furchtbare Tage, und sie stand immer noch hier wie eine Idiotin und hoffte und wartete auf ein

Wort, ein Zeichen, einen Hoffnungsschimmer. Eine Woche lang hatte er sie ignoriert, und schlimmer noch, sie hatte bemerkt, daß er sie von Zeit zu Zeit ansah, als wäre sie ein störender loser Faden, der aus dem ordentlichen Stoff seines Lebens heraushing.

Rachel warf die tropfenden Hände hoch in die Luft und ließ das Wasser von den Ellbogen herabrieseln. David am Becken neben ihr war gerade mit dem Bürsten fertig, und sie wandte sich schnell ab, damit er nicht die Tränen in ihren Augen sah.

Sie ging vor ihm hinaus und durch die Schwingtüren in den Operationssaal. Wieder grüne Kacheln, rostfreier Stahl, kalte weiße Deckenbeleuchtung. Handtuch, Gummihandschuhe, dann knüpfte eine Schwester ihr den Kittel hinten zu. Rachel nickte grüßend zum Springer hin, einem geschmeidigen Mädchen mit kupferfarbener Haut namens Vicki Sanchez, die gerade die Instrumente nebeneinander auf den Instrumentiertisch legte. Klemmen. Nahtmaterial.

Hinter Vicki blockierte ein schwerfälliger großer Kerl mit grauem Haar und in einem zerknitterten grünen Chirurgenkittel Rachels Blick auf den Operationstisch. Dr. Petrakis. Er schien nach einer Seite überzuhängen. Und als er sich langsam, mit übertriebener Vorsicht zu ihr umwandte, erblickte sie die feuerroten Sonnen seiner Augen. Ein Schreck fuhr ihr durch den Magen.

Jesus, er ist völlig betrunken.

Ein dringend erforderlicher Kaiserschnitt wegen einer Plazentaablösung – und da stand er, mit so einer Fahne! Während des Medizinstudiums brachten sie einem nicht bei, wie man mit *so* einer Situation fertig werden sollte.

Und trotzdem, erstaunlicherweise schien es Petrakis immer wieder zu schaffen. Jahrelange Praxis, nahm sie an. Trotzdem merkte sie, daß sie ein kleines Gebet murmelte.

»Wo ist Henson?« brüllte Petrakis. »Sollen wir hier stehen und warten, bis die Patientin verblutet, während der sogenannte Anästhesist da oben mit sich selbst herumspielt?«

Hinter Rachel erscholl Davids Stimme kühl und beherrscht. »Henson ist verhindert. Ich habe Gilchrist gerufen, er müßte jede Minute kommen. Die Pädiatrie auch. Ich dachte, die PD sollte auch dabei sein, für den Fall, daß. Was macht die Patientin?«

Petrakis ging beiseite, und Rachel sah sie, ein großer gestrandeter Berg von einem Bauch, der sich aus einem Strudel grüner chirurgischer Tücher erhob, ihre Haut ein kränkliches Gelbbraun vom Desinfektionsmittel.

»Sie bleibt bei acht Zentimetern«, antwortete Petrakis. »Das Baby wird eine Weile nirgendwohin gehen. Aber sie hat ein paar hundert Kubikzentimeter Blut verloren. Und ich möchte nicht mehr lange warten.«

Oberhalb der Tücher starrten zwei dunkle Augen aus einem weißen Gesicht wie Zigarettenlöcher, die jemand in eine Papierserviette gebrannt hatte. Rachel fühlte einen Stich, das Mädchen tat ihr leid. Keine Narkose in diesem Fall, schlecht für das Baby. Eine leichte Demerol vielleicht. Das war eine hellwache, entsetzte junge Frau. Und der betrunkene Idiot Petrakis, der über sie redete, als wäre sie ein Auto, das einen neuen Auspufftopf brauchte.

Rachel ging näher hin, signalisierte ihr mit den Augen Zuversicht. »Es ist bald vorbei, Señora«, sagte sie beruhigend. »Sie werden Ihr Baby haben, bevor Sie es merken.«

Die Frau sprach, ein piepsiges Flüstern; Rachel mußte sich zu ihr hinabbeugen, um sie zu verstehen. »Ich spüre, daß es kommt«, sagte sie. »Ich muß pressen.«

Ein Alarm schrillte durch Rachels Kopf. Nein, nein, da die Plazenta hinunter über den Gebärmutterhals gerutscht war, wäre Pressen das Allerschlimmste. Es könnte eine Blutung hervorrufen. Möglicherweise tödlich für sie, das Baby oder beide.

Aber Petrakis hatte gesagt, die Cervix wäre auf acht Zentimeter erweitert. Es fehlten nur noch zwei Zentimeter. Trotzdem...

Rachel sah zu Petrakis auf. »Sie sagt, sie muß pressen.«

Er wirkte verärgert. Sie dachte: So ein Mist. In zehn Wochen Geburtshilfe hatte sie ganz bestimmt eines gelernt: Wenn eine Frau sagte, sie müsse pressen, dann meinte sie das auch so.

»Unmöglich«, bellte Petrakis. »Ich habe sie selbst noch vor zehn Minuten untersucht.«

David schien es auch nicht glauben zu wollen. Aber jedenfalls war er nicht bereit, das, was die junge Frau gesagt hatte, rundweg von sich zu weisen. »Untersuchen wir sie noch einmal.«

Dann sah Rachel etwas, bei dem sich ihr das Herz umdrehte. Mit hochgezogenen Knien preßte die Patientin, das Gesicht zu einer roten Faust des Schmerzes zusammengedrückt. Zwischen ihren Beinen tauchte der Kopf des Babys auf. Ein glitzernder Kreis dunkler Kopfhaut von der Größe eines Vierteldollars.

»Sauerei«, sagte Petrakis.

Einen Sekundenbruchteil lang schien alles erstarrt, eine Waage, dic darauf wartete, nach welcher Seite sie sich neigen würde. Dann spürte Rachel den Schock. Nichts geschah. Jesus Christus. Petrakis stand einfach mit offenem Mund, die Beine weit auseinander, da und schwankte leicht wie ein Betrunkener in einer Ausnüchterungszelle, der Spinnen und Schlangen sieht.

Dann schien alles auf einmal zu geschehen. Petrakis schrie den Schwestern etwas Unverständliches zu. David sprang hinzu, übernahm die Paticntin, wölbte die Hände, um einen dunklen, zerdrückten Kopf hinauszugeleiten, dann in einem glitschigen Strom von Blut und Fruchtwasser einen winzigen rosa Körper, der am Ende einer hell türkisblauen Nabelschnur zappelte. Ein Junge.

Rachel nahm ihn David ab. Sie hielt das von Blutstreifen bedeckte Bündel in den Händen, seine Streichholzbeine wirbelten herum wie winzige Dreschflegel, in dem verschrumpften Affengesicht arbeitete es, es stieß einen schrillen, spitzen Schrei hervor, als sie ihn absaugte. Alles um sie her schien zu verblassen. Sie sah nur das Wunder dieses neuen Lebens, es kam ihr vor, als ob ein helles, heißes Band sich ihr ums Herz geschlungen hätte. Vollkommen. Kostbar. Kostbarer als irgend etwas anderes auf der Welt.

Mein Baby auch. Wie könnte ich es ertragen, es nicht zu bekommen?

Dann blickte sie auf.

Etwas Fürchterliches geschah. Die Mutter blutete. Ein Blutstrom ergoß sich zwischen ihren Beinen, spritzte über den Tisch und die ordentlich ausgelegten Instrumente auf dem Instrumentiertisch und bildete eine karmesinrote Pfütze auf dem Fußboden.

»Schwester!« hörte Rachel eine tiefe Stimme rufen. »Die Tröpfe auf! Die beiden A-positiv-Konserven. *Sofort.*«

David. Er rammte eine Faust zwischen die Beine der Patientin, in all das Blut hinein, plötzlich, schockierend. *Lieber Gott, was macht er da?*

Dann verstand Rachel. Und sie half ihm, drückte auf einen Bauch, der sich wie Tapiokapudding anfühlte, drückte fest, unterstützte ihn dabei, den Uterus zu massieren, versuchte ihn zum Kontrahieren zu zwingen.

»Holen Sie etwas Ergometrin«, schnauzte er Vicki über die Schulter an. »Und um Gottes willen, mehr Blut in die Tröpfe, oder ich verliere sie. Blutdruck ist herunter auf achtzig zu hundert. Sie sieht aus, als ob sie einen Schock hat.«

»Ich fühle nichts«, hörte Rachel sich rufen. »Sie kontrahiert nicht.«

»Verdammt. Ich will sie nicht verlieren.« Davids grüne Augen über der Maske, so strahlend, daß sie sich einen Augenblick lang geblendet fühlte, blitzten sie an. Ihr Herz machte einen Sprung, ihre Hände kneteten härter.

»Kontrahieren, verdammt. *Kontrahieren*«, murmelte sie.

Dann spürte sie es, winzige Wellen, ein Spannen, o Jesus, ja, *ja.*

»So ist's gut«, keuchte sie. »Gutes Mädchen. Weiter so.« Ihre Maske fühlte sich feucht an. Sie merkte, daß sie weinte.

Die Blutung ließ nach. Jetzt hörte sie auf. David sah hoch, ihre Augen trafen sich. Davids Augen leuchteten triumphierend, ein dunkler Fleck wie ein aufgehender Mond auf der Stirnseite seiner Chirurgenkappe. Er zog die Faust heraus, und Rachel sah, daß sein Arm bis zum Ellbogen hinauf mit Blut bedeckt war.

Er hob die Hand mit den blutigen Fingern, riß die Maske ab. Er grinste. Rachel fühlte sich, als hätte man sie ein, zwei Meter über den Fußboden erhoben und dann wieder fallen gelassen. Der Raum drehte sich, ihr Magen hob sich, war da, wo ihr Herz hätte sein sollen.

»Ach, zum Teufel«, sagte er und drückte sie an sich.

Rachel sah David die blutigen Handschuhe abstreifen und in den Behälter werfen, der im Chirurgenwaschraum stand. Worte kamen ihr in den Sinn, keines von ihnen war groß genug, um das auszudrücken, was sie empfand.

Ich habe dich da drin gesehen, wollte sie sagen, wie du gekämpft hast. Und wie du aussahst, nachdem du gewonnen hattest. Niemand, der so ausgesehen hat, könnte je wirklich ein Leben zerstören wollen.

»Ich hab's nicht geglaubt«, sagte sie lahm.

»Was?«

»Petrakis. Daß er nichts getan hat.« Sie ging um ihn herum, um ihm beim Aufknöpfen seines Kittels zu helfen. Sie konnte sein Gesicht nicht sehen, aber sie konnte die Spannung in seinen verknoteten Nackenmuskeln fühlen.

»Der Mann hat heute sein eigenes Todesurteil unterzeichnet. Das haben zu viele Leute mit angesehen. Sogar Donaldson wird das nicht ignorieren können.«

Aber Rachel wollte nichts von Petrakis oder Donaldson, dem Schwachkopf von Verwaltungsdirektor, hören.

»David«, sagte sie sanft. »Du hast mir gefehlt.«

Er drehte sich um und sah sie an, sah sie *wirklich* an, als ob sie das einzige Ding wäre, das existierte. Sie sah etwas Helles in seinen Augen aufleuchten. Erleichterung.

»Nicht hier«, sagte er leise, nahm sie beim Handgelenk, packte es hart an. »Zu viele Leute in der Nähe. Laß mich dich zu einer Tasse Kaffee einladen.«

Zwei Stockwerke hinunter mit dem Aufzug, dann die Ca feteria, ein Meer von Gesichtern, Küchendünste. Sie hielt zwei Plätze frei, während David in der Schlange anstand und mit einem vollen Tablett zurückkehrte.

»Ich habe dir ein Sandwich mitgebracht«, sagte er. »Du siehst aus, als hättest du die ganze Woche nichts gegessen.«

Ja, das stimmte, das hatte sie wirklich nicht. Man nannte es die morgendliche Übelkeit, aber sie war in Wirklichkeit morgens, nachmittags und abends da.

Sie zuckte die Achseln. »Zu beschäftigt, nehme ich an. Du weißt, wie es ist.«

»Ja, so ein Mist. Was gäbe ich für eine anständige Mahlzeit und eine Nacht, in der ich mal durchschlafen könnte, ohne aufgeweckt zu werden.«

»Das war eine Glanzleistung, die du da oben an dem Mädchen vollbracht hast.«

»Ich wollte nur, Petrakis wäre nüchtern genug gewesen, um es zu sehen«, sagte er und lachte bitter.

»Zum Teufel mit Petrakis. Du warst gut. Und du hast nicht die Nerven verloren. Ich an Stelle des Mädchens würde Gott danken –« Sie hielt inne. Hitze stieg ihr ins Gesicht, brennend heiße Tränen waren in ihren Augen. *Nein, verdammt, du weinst jetzt nicht. Niemand soll dich bemitleiden.*

Sie streckte die Hand nach dem Tee aus, um den sie statt Kaffee gebeten hatte – Kaffee war schlecht für das Baby –, aber David hielt sie fest und drückte sie zwischen seinen beiden Händen. Lieber Gott, danach hatte sie sich gesehnt, so eine einfache Sache und doch so wundervoll – daß er sie berührte. Jetzt waren die Tränen nicht mehr zu halten.

»Rachel, Gott. Du hast mir auch gefehlt. Ich kann nicht glauben, wie dumm wir waren, uns so zu streiten. Ich komme mir wie ein Scheißkerl vor.«

Warum hast du dann nicht angerufen, dachte sie. Warum bist du mir aus dem Weg gegangen? So daß ich mich wie eine verdammte Aussätzige gefühlt habe.

Nein, nein. Sie wollte diese wütende Stimme in sich ausschalten.

»Mir tut es auch leid«, sagte sie. »Ich hätte es dir nicht so Knall und Fall mitteilen sollen. Daß ich das Baby haben will. Bevor wir darüber geredet haben. Aber laß uns das alles vergessen. Können wir nicht noch einmal ganz von vorn anfangen? Jetzt gleich? Hier?« Und sie fügte in Gedanken hinzu: Sag mir, daß du mich liebst. Bitte. Daß du wenigstens noch keinen endgültigen Entschluß faßt, bevor ich dir erklärt habe, wie wir es schaffen können.

Er drückte ihre Hand fester, tat ihr beinahe weh. Er lächelte jetzt, hatte denselben triumphierenden Ausdruck, den er im OP gehabt hatte.

»Ich wußte, daß du es dir überlegen würdest. Christus, Rachel, es gibt nichts, das ich mehr will. Und es wird wieder so sein. Sobald wir diese Sache hinter uns haben.«

»Welche Sache, David?«

Er sah sie an, als ob er nicht glauben könnte, daß sie gefragt hatte. »Den Abbruch.«

Rachel war es, als versänke sie in einem tiefen Brunnen, schwarzes Wasser schloß sich über ihrem Kopf, schloß die Luft aus. Und kalt. So kalt, daß sie merkte, wie sie allmählich erstarrte. Sie versuchte sich vorzustellen, daß sie da hindurchging, die Abtreibung vornehmen ließ. In gewisser Weise war es nicht schwer, nur ein kleines Stück von ihr. Und sie könnte sich sagen: Siehst du? Es war nicht so schlimm. Und wenn das nächste Mal jemand ein Stück von ihrer Seele haben wollte, würde es soviel leichter sein nachzugeben, weil soviel weniger da sein würde, um das sie kämpfen konnte. Bis am Ende nichts mehr von ihr da sein würde. Nichts, das zählte.

Nein, sie konnte es nicht tun. Sie konnte es nicht.

Rachel erhob sich aus ihrer Schwärze, kam auf die Füße,

schob ihren Stuhl zurück. Und in dem kalten Licht blickte sie auf David hinab und sah, was er war.

»Was ist los? Wozu siehst du mich so an?« Er lachte nervös, ein gutaussehender Mann in einem gelben Sportpullover, den ein kleiner aufgenähter Alligator zierte, und einem lockeren silbernen Namensarmband am linken Handgelenk. Ein Mann, auf dessen hübschem Gesicht der saure Ausdruck der Enttäuschung heraufzog.

»Ich hatte gehofft, du wärest jemand, auf den ich zählen könnte«, sagte sie. »Ich glaube, ich habe mich geirrt.«

Dann floh sie, stieß gegen Tische und Stühle, blind von ihren Tränen, hörte nur einen lauten Lärm in ihrem Kopf und fühlte einen furchtbaren Schmerz in ihrem Herzen.

5

David Sloane stieß die schwere Glastür des Krankenhauses auf und zog den Kopf ein, als harte Regentropfen ihm ins Gesicht schlugen. Er riß den Kragen seines Kamelhaarmantels hoch, schob die Schultern vor und verfluchte sein Pech, als er in Richtung U-Bahn-Station losmarschierte.

Verdammt, er hatte nicht daran gedacht, einen Schirm mitzunehmen, geschweige denn einen Regenmantel. Und an ein Taxi war gar nicht zu denken an einem solchen Abend und in diesem Teil von Brooklyn.

David hatte ein unangenehmes Gefühl in der Magengrube. Als ob sein Glück – Stipendien, gute Noten, Aufforderung zur Mitarbeit an Fachzeitschriften, Absolventenkonzilen, Ehrengesellschaften in Princeton, Spitzengruppe der obersten zehn Prozent seines Jahrgangs in Columbia, Planstelle und jetzt der Oberarztposten – sich irgendwie, nur ein bißchen hier und dort an den Rändern, in Straßenkot verwandeln könnte.

Nicht daß schon irgend etwas wirklich Fürchterliches geschehen war. Aber er hatte seit Jahren nicht mehr so ein unheimliches Gefühl verspürt. Und nach der jahrelangen Plakkerei, nachdem er sich halb totgearbeitet hatte, konnte er jetzt, da er fast soweit war, mit einer eigenen Praxis eine Menge Geld zu verdienen, keinen Rückschlag irgendeiner Art gebrauchen.

Und es fing alles letzte Woche mit Rachel an, nicht wahr: Miss Riverside Drive, stinkfeine Eltern, ganz die jüdische Prinzessin.

In Wirklichkeit eine ordinäre Schickse.

Stolziert aus der Cafeteria, als wenn die ganze Sache sein Fehler wäre. Dämliches Luder! Aber er wäre mit ihr fertig geworden. Warum mußte sie so einen verdammten Wirbel machen? Dummes Gerede, sie wolle das Baby haben.

Dabei hatte er gedacht, sie wäre anders. Aber jetzt begriff er, daß sie auch nicht besser als alle anderen war, all die Mitschülerinnen, Studentinnen, Krankenschwestern, medizinisch-technischen Assistentinnen, die er je gevögelt hatte. Welche von ihnen hatte an ihn gedacht, wenn sie die Beine breit machte? Quatsch, einen Brillantring für den dritten Finger an ihrer linken Hand war alles, was sie wollten.

Aber Rachel, hatte er gemeint, wäre intelligenter. Eine Frau mit Köpfchen, die wußte, wie man fickt. Dieses seltene, zauberhafte Wesen – eine Eisprinzessin mit Beinen, die nur darauf warteten, daß man sie auseinanderspreizte. Es war ihm gleich beim erstenmal aufgefallen, sie hatte nicht die leisestc Ahnung, wie man's macht. Ihm hingegen konnte man so ein intuitives Gefühl für Frauen nicht absprechen. Rachel war keine Jungfrau gewesen, rein technisch gesehen, aber nahe daran – eine Frau ohne eine Ahnung, wie sie das, was zwischen ihren Beinen war, benutzen sollte, weil niemand es ihr je gezeigt hatte. Eine Frau, die so erstarrt war, daß die richtige Berührung eine Flut wie bei einer Frühjahrsschmelze in den Bergen in Bewegung setzen mußte. Eine Frau, die reif war, gepflückt zu werden.

David Sloane war kein Idiot. Genau das Gegenteil. Er

suchte sich die Frauen aus, und er bestimmte, wo es langging. Und wenn die Zeit gekommen war, eine Affäre zu beenden, dann war *er* derjenige, der Schluß machte, verdammt.

Zum Teufel also mit Rachel Rosenthal. Dieser Gedanke, daß er sich beinahe von ihr hätte einfangen lassen! Mein Gott, wie lächerlich hätte er dagestanden. Ja, zugegeben, sie war ihm ziemlich nahegekommen, hatte sich irgendwie in ihn hineingebohrt. Er dachte an diese Schwarze, mit der er sich zwischendurch ein paarmal getroffen hatte, sie hatte prächtige Titten und einen ausgefallenen Geschmack. Sogar während er Charlene fickte, hatte er an Rachel gedacht. Und so was war ihm noch nie passiert. Kein Wunder, daß er so zittrig auf den Beinen war.

David sah die Ampel rot werden, als er die Ecke vor dem U-Bahn-Eingang erreichte. Scheißegal, er ging trotzdem los und zuckte die Achseln, als die Autohupen hinter ihm quäkten und die Reifen auf dem nassen Asphalt wie auf Glas quietschten. Zwei Sprünge und er hatte den gegenüberliegenden Bordsteinrand erreicht und schwang sich über einen See schmutzigen Wassers, das aus einem verstopften Kanal hervorgequollen war.

Er rannte – David hatte das Gefühl, immer nur gerannt zu sein. Zuerst weg von seinem Vater, klar, daß man schon als Kind ein As im Wettlauf werden muß, wenn dein Alter ein Alkoholiker und ständig betrunken ist; man muß ja schneller sein als er, wenn er dir wegen irgendwelcher Kleinigkeiten ins Gesicht schlägt – bloß weil man vergessen hat, sich die Turnschuhe zuzubinden oder das Fernsehen zu laut angedreht hat oder weil man ihm einfach im Weg ist.

Nach sechs oder sieben Flaschen Bier – David erinnerte sich, daß er gelernt hatte, sie zu zählen, so wie ein Mann in der Todeszelle seine letzten Minuten zählte – wurde aus dem betrunkenen, gutmütigen alten Kumpel ein hundsgemeiner Schrottplatz-Killer.

He! Davey, bist du vielleicht so ein schwuler Hund oder so was? Den ganzen Tag die Nase in irgendein verdammtes Buch stecken, was? Meinst wohl, du bist was Besseres als dein Alter, wie? Antworte, wenn ich mit dir rede, du Drecksau! Warte, ich will dir mal was zeigen, was nicht in deinen verdammten Büchern steht...

So hatte er rennen gelernt; im letzten Jahr der High School, mit sechzehn Jahren, war er Sieger beim nationalen Wettbewerb der Schulen im Geländelauf geworden. Und auch sonst fast nur Einsen im Zeugnis. Fast achthundert Punkte beim Eignungstest fürs Studium. Ein Vollstipendium in Princeton. Er hatte sich im College zunächst oft einsam gefühlt, aber dann Anschluß an eine nette Clique gefunden, und von da an war Jersey City Schnee von gestern gewesen. Ganz so, als hätte er zu seinem Alten gesagt: *Nun will ich dir mal was zeigen, was nicht auf deinen Bierflaschen steht.*

Und bald werde ich auch aus diesem Rattenloch von Krankenhaus heraus sein, dachte er. Ich richte mir in Morristown oder Montclair oder vielleicht Short Hills eine anständige Praxis ein, wo die Leute Geld haben und alle mindestens zwei Kinder und natürlich einen guten Gynäkologen wollen. Einen von *ihrer* Sorte, der nett redet und sich nicht belästigt fühlt, wenn sie ihn wegen Sodbrennen oder Aufstoßen anrufen aus Angst, daß die Wehen gleich losgehen könnten.

Ja, er würde endlich unabhängig und frei sein. Und er wäre ein verdammter Idiot, wenn er es zuließe, daß irgendeine Schlampe, auch wenn es eine reiche war, ihn für immer an die Kette legte. Vielleicht würde er in fünf oder in zehn Jahren bereit sein für das Häuschen mit dem weißen Zaun drumherum, aber jetzt nicht.

David bahnte sich seinen Weg die Treppen hinunter in den Bauch der U-Bahn, als er an etwas denken mußte und der Schweiß ihm ausbrach. Angenommen, sie setzte wirklich ihren Kopf durch. Dann *wäre* er Vater, ob er es nun wollte oder nicht. Und irgendwo da draußen liefe dann ein

Kind mit seinen Gesichtszügen und seinem Blut in den Adern herum. Es würde Dinge verlangen, die er ihm unmöglich geben könnte. Und ihn eines Tages vielleicht ebenso hassen, wie er seinen Vater gehaßt hatte.

David war so erschüttert, als er den Bahnsteig erreichte, daß er seine letzte Münze fallen ließ, bevor es ihm gelang, sie ins Drehkreuz zu stecken. Er merkte, daß er Angst vor Rachel hatte, so wie er früher Angst vor Pop gehabt hatte; es war der gleiche Stich im Magen und derselbe Geschmack nach Pappe im Mund.

Verdammt, warum ließ er zu, daß sie ihm das antat? Dann erinnerte er sich an den Morgen, an dem Rachel ein Paar schwarze Spitzenhöschen, wahrscheinlich Charlenes, unter seinem Bett gefunden und nichts gesagt, nur freundlich gelächelt hatte und in die Küche verschwunden war, um das Frühstück zuzubereiten. Als er vom Duschen kam, war sie fort. Sie hatte noch den Tisch für ihn gedeckt, ein Glas mit frisch ausgepreßtem Orangensaft hingestellt, eine Leinenserviette im Ring danebengelegt. Und genau auf seinem Teller ebendieses schwarze Spitzenhöschen über die getoastete Frühstückssemmel gebreitet. Und auf dem Zettel, der danebenstand, las er »Bon appétit.«

Nein, obwohl sie ihren Krokodilstränen freien Lauf gelassen hatte wie die anderen Weiber auch, war sie eine harte Nuß, berechnend und schlau und eiskalt wie eine gefrorene Silbergabel. Und wenn sie ihn hinunterzog, ganz gleich, was er tat? Genauso wie Pop. Von dem Augenblick an, als er dreizehn war, hatte er ausziehen wollen, hatte sich als Tellerwäscher bei Muldowney's nach der Schule ein paar Dollar verdient. Aber immer, wenn er wieder mal soweit war, seine Sachen zu packen und in den Wind zu schießen, hatte er sich plötzlich wie gelähmt gefühlt. Pop besaß eine Geheimwaffe, die Davey am meisten fürchtete: der Alte brauchte ihn irgendwie.

David verspürte einen Zugwind in der übelriechenden Luft und sah tief im Tunnel die Scheinwerfer des herannahenden Triebwagens auftauchen, und er war wie der Atem seines betrunkenen Vaters auf seinem Gesicht mit den blutunterlaufenen, zornig leuchtenden Augen, der herausgerast kam, um ihn zu töten.

Meinst wohl, du bist ein Schlaumichel, was Besseres als ich, was? Aber du kommst ja doch nie von hier weg, Davey, das garantiere ich dir. Und weißt du auch, wieso? Weil ich nämlich in dir drinstecke, mein Junge. Ich bin ein Teil von dir. Und jedesmal, wenn du später in den Spiegel glotzt, werde ich dich ansehen...

Dann hörte er nur noch den herandonnernden Zug und das harte Hämmern seines Herzens.

David stieg ein, sank auf den harten Plastiksitz. Er sah sich um. Gegenüber von ihm saß zusammengesackt ein Stadtstreicher in einem dreckigen Parka und schlief seinen Rausch aus. Der fuhr nirgendwohin. Wollte nur von der Straße weg, irgendwo im Warmen liegen. Ekelhaft.

Aber auf eine seltsame Art und Weise verbesserte der Anblick dieses Penners seine Stimmung. Er erinnerte David daran, wie weit er es gebracht, wieviel er erreicht hatte. Er fühlte die Kraft in sich zurückkehren. Wenn Rachel ihm ein Bein stellen wollte, nun – dann würde er auch damit fertig werden.

»Hallo, David.«

Die Stimme einer Frau begrüßte ihn aus der Dunkelheit seines Wohnzimmers. Davids Herz machte einen Sprung wie ein Auto, das von einer vereisten Straße über die Leitplanke schoß.

»Rachel?« Er tastete nach dem Lichtschalter.

Rachel, ja, aber er hätte sie nicht wiedererkannt. Sie saß still und stocksteif auf dem Drehsessel am Kamin, die Hände im Schoß wie ein sehr artiges Kind in der Schule. Welch eigenartiges Verhalten. Es war das erste Mal, daß er sie in einem Kleid sah. Es war sogar recht hübsch. So ein weicher Baumwollstoff mit einem Strudel aus Pastellfarben darauf, Batik vielleicht. Ihr Haar, das gewöhnlich in einer weichen goldbraunen Wolke – der Farbe von Sahnebonbons – um ihre Schultern wallte, hatte sie mit einem Kamm hochgesteckt, so daß man ihren schlanken weißen Hals und Nakken sah. Er spürte wieder dieses Angstgefühl wie in der Untergrundbahn, als würde jeden Augenblick etwas Fürchterliches geschehen, und war zugleich seltsam erregt.

Ihre Augen erschreckten ihn am meisten. Sie waren sehr groß und dunkel, aber eigenartig leer wie Fenster mit herabgezogenen Rouleaus. Was sie auch immer fühlen mochte – es blieb dahinter, ließ ihn draußen in der Kälte.

Es stand eine Flasche Cuervo Gold auf dem Kaffeetisch vor ihr; sie war halbleer. Kein Glas, kein Eis. Lieber Gott! Rachel trank sonst kaum. Ein Glas Wein, und sie lag unter dem Tisch. Da sollte sie nach diesem Quantum im Delirium liegen, aber sie sah so nüchtern wie ein Pastor aus.

Paß auf, Junge, dachte er. Wir schlittern hier auf sehr dünnem Eis. Paß auf, daß du nicht einbrichst.

»Hast du etwas dagegen, daß ich dir Gesellschaft leiste?« fragte er, zog seinen durchweichten Mantel aus und warf ihn über einen Stuhl. Dann setzte er sich auf das Sofa ihr gegenüber, alle Muskeln seines Körpers angespannt. Er nahm die Flasche in die Hand, sah auf das Etikett. »Kannst du dir vorstellen, daß diese Flasche seit letzten Weihnachten in meinem Schrank gestanden hat? Ein Geschenk von meinem Vater. Schickt mir jedes Jahr so eine. Ich trinke normalerweise nicht, aber es ist eine Saukälte draußen. Ein kleiner Schluck zum Warmwerden kann nicht schaden.«

Jesus Christus, warum sagt sie denn nichts oder zwinkert wenigstens mal mit einem Auge? Was zum Teufel ging hier vor?

Dann rührte sie sich. Er sah einen Schauer durch sie laufen und ihre Augen blickten seine an. Kalt. Vierzig Grad unter Null. Als er die Flasche an den Mund setzte, merkte er, daß seine Hand zitterte. Und den Arm hinunter fühlte er eine Gänsehaut entstehen.

»Laß das«, sagte sie. Leise. Bestimmt.

Aber es war ihr Blick, der ihn die Flasche absetzen ließ. O Jesus, ihre Augen. Die Leere war etwas Entsetzlichem gewichen, einer erschreckenden Weißglut mit einem blauen Feuer in der Mitte.

»Ich will nicht, daß du betrunken bist, wenn du es machst.« Sie sprach wieder mit der gleichen, aufreizend tonlosen Stimme.

Er stellte die Flasche mit einem Krachen auf den hell gebeizten Kaffeetisch, und etwas von der bernsteinfarbenen Flüssigkeit spritzte heraus auf seine Hand. Er hob sie an den Mund und lutschte die Flüssigkeit von den Knöcheln ab, und der scharfe Tequilageschmack brannte ihm im Mund.

»Wenn ich was mache? Rachel, du kannst einen ganz schön erschrecken, weißt du das? Sitzt hier im Dunkeln wie eine gottverdammte Spinne. Himmel noch mal, du hättest wenigstens anrufen können, um mir zu sagen, daß du kommst. Dachtest du, ich würde dich nicht wiedersehen wollen?«

Er mußte wegsehen, als er es sagte. Die Wahrheit war, daß er sich wünschte, sie säße auf einem anderen Stern. Er wünschte, sie wären einander nie begegnet.

»Das ist mir gleich«, sagte sie. »Nach heute abend spielt es keine Rolle mehr.«

»Würdest du mir bitte erklären, wovon du redest? Ich verstehe kein Wort von dem, was du sagst.«

Er hatte nicht mehr diese fürchterliche Angst. Allmählich wurde er sauer.

»Ich meine, ich rede nicht mehr von uns. Das ist vorbei. Ich bin *seinetwegen* hier, wegen des Babys.«

O Jesus, dachte er, nun fängt sie damit an und verlangt, wir sollten heiraten, pro forma nur, irgendso ein Scheißdreck, damit es ehelich zur Welt kommt und nicht als Bastard.

Wenn er je einen Schluck gebraucht hatte, dann jetzt. Zum Teufel mit ihr. Er hob die Flasche hoch und kippte sie zum Mund herüber, ließ das Gesöff die Kehle hinunterrinnen, so glatt und warm – ja, es wärmte ihn wirklich nicht schlecht auf, durch und durch.

Er wandte die Augen ab von ihr und sah sich im Zimmer um und bemerkte, wie leer, ja nackt es war. Er hatte die Wohnung – wann? – vor sechs, sieben Monaten bezogen. Es schien die nächste Stufe auf der Leiter nach oben zu sein. Klein, ziemlich dunkel, aber phantastisch gelegen – das beeindruckte die Frauen immer. Siebzigste Straße, nahe am Central Park. Nicht genau mit Aussicht auf den Park, aber nahe genug, um im Sommer die Scharen von hübschen Mädchen in Shorts und schulterfreien Oberteilen vorbeigehen zu sehen.

Wie hatte dieser Homo, dieser Makler die Wohnung doch genannt? Ein Liebesnest? Ekelerregend. Aber er hatte seither oft daran gedacht, und es stimmte irgendwie. Das Treppenhaus war gerade modernisiert worden, aber in den Wohnungen gab es noch ein paar Jugendstilelemente. Wie zum Beispiel die hübsch geschwungene Deckenleuchte mit den Milchglasschirmen. Und die Kupferplatten mit den Frauenprofilen auf beiden Seiten der Kamineinfassung. Er hatte einen Druck aus der gleichen Periode darübergehängt, damit die Leute merkten, daß er Bescheid wußte und kein Banause war.

Aber da hörte es auch schon auf. Seine Bücher und die anderen Sachen lagen meist noch in den Kartons, die an der Wand aufgereiht standen. Außer dem Hi-Fi natürlich. Was war schon Verführung ohne Musik?

Dann fiel ihm ein, weshalb er nie ausgepackt hatte. Es sollte ja nicht für lange sein. Von hier aus würde er etwas Richtiges finden.

Und nun wollte ihn dieses Miststück aufhalten.

»Was willst du?« fragte er mürrisch.

»Ich möchte eine Abtreibung.« Ruhig, tot. »Und ich möchte, daß du sie vornimmst.« David erstarrte. Was hatte sie gerade gesagt? Er fühlte die Flasche aus der Hand gleiten. Eine Bewußtseinstrübung, nur kurz.

Das konnte nicht ihr Ernst sein.

Mal ganz ruhig, sagte er sich. Er durfte vor allen Dingen nicht die Übersicht verlieren. Aber der Kopf tat ihm weh. Wie zum Teufel konnte er mit dieser Situation fertig werden?

»In Ordnung«, sagte er. Er schloß die Augen und sah sich selbst: *Dr. med. David Sloane* im weißen Kittel mit dem blauen Plastikschild, auf dem sein Name stand. Ja, so war es leichter. Er merkte, daß sein Atem langsamer wurde. »Du hast die richtige Entscheidung getroffen. Du wirst sehen, es ist so am besten. Und wie ich dir schon gesagt habe, ich bin fest entschlossen, dir dabei behilflich zu sein. Steve Kelleher ist zufällig der fähigste Gynäkologe, den ich kenne. Am besten ist doch wohl, ich rufe ihn gleich an, um zu sehen, ob er –« Er war schon aufgestanden, durchquerte den Raum, streckte die Hand nach dem Telefon aus.

»Nein, David.«

»Sieh mal, ich weiß, du möchtest nicht, daß das herumgetratscht wird. Aber er ist sehr diskret.«

»Das meine ich nicht. Es ist mir gleich, wie gut er ist oder wie diskret. Ich möchte dich haben.« Wieder mit diesem ruhigen, bestimmten Ton.

Ihm brach der Schweiß aus. »Du bist betrunken«, sagte er.

Sie lachte auf, es klang hohl wie ein einzelner einsamer Ton auf einem Dudelsack. »Ich wollte, ich wäre es. Bei Gott, das wollte ich.«

»Rachel, hör zu...«

»Nein, hör *du* zu.« Sie stand auf, ihre Augen loderten, der Schmerz in ihnen so strahlend hell, daß er wegsehen mußte. »Du hast gesagt, es wäre so leicht, wie wenn der Zahnarzt einen Zahn zieht. Ich möchte nur, daß du –« ihre Stimme klang ein wenig brüchig – »daß du es weißt, das ist alles. Wie es wirklich ist. Was wir wirklich tun.«

David erinnerte sich plötzlich, daß sein Vater seine Mutter wie wild getreten hatte. *Nicht das Baby, Hal,* schrie sie.

Bitte nicht das Baby! Damals hatte er nichts verstanden, aber später begriff er es. Sie war seit drei Monaten schwanger, und sie verlor das Baby.

Mist, warum erinnerte er sich an all das? Und seine Kopfschmerzen, er brauchte etwas Tylenol oder vielleicht etwas Stärkeres.

»Du hast ja völlig den Verstand verloren. Woher soll ich denn überhaupt wissen, ob es von mir ist? Woher weiß ich, mit wie vielen Kerlen du herumgevögelt hast?« Er hörte die Gemeinheit in seiner Stimme, und ein Teil von ihm, ein Teil, der losgelöst von dem allen war, erschrak, als er merkte, daß sie genau wie die seines Vaters klang.

Er sah sie blaß werden, die Farbe von Kerzenwachs, und einen Augenblick dachte er, sie würde vielleicht ohnmächtig werden. Aber sie hielt sich aufrecht, packte die Sessellehne mit beiden Händen.

Als er den Schmerz in ihrem Gesicht sah, schämte er sich einen Augenblick. Sie tat das nicht, um sich an ihm zu rächen, begriff er. Da spürte er kurz einen verrückten Drang, sie in die Arme zu nehmen und ihr all das zu sagen, was sie hören wollte.

»Es ist deins«, sagte sie. »Unseres. Dieses Baby – oder wie auch immer du es nennen willst – haben wir zusammen gemacht. Ich habe es mir genausowenig gewünscht wie du, aber jetzt ist es da. Wenn ich es also allein abtreiben gehe, als wäre es ein unbedeutender Eingriff, dann ... dann würde es alles abwerten und klein und erbärmlich machen. Mein Gefühl mir selbst und dem Leben und sogar meinem Beruf gegenüber. Deshalb, David, muß es so sein. Ich habe darüber nachgedacht, und es ist die *einzige* Möglichkeit. Für mich. Wenn ich damit leben soll.«

Rachel setzte sich wieder, die Hände im Schoß zusammengeballt, und dachte, David müsse sie jetzt wahrscheinlich hassen, weil er meinte, daß sie auf eine raffinierte Art Vergeltung an ihm üben wolle.

Wenn sie es sich allerdings genau überlegte, spielte es eigentlich keine Rolle, was er glaubte. Was auch immer sie einander bedeutet hatten, es war vorbei. Zwischen ihnen konnte nie wieder irgend etwas sein.

Aber zuerst mußten sie das noch aus der Welt schaffen, sie und David. Das waren sie ihrem Baby schuldig. Nein, sie würde ihre Gefühle nicht betäuben und so tun, als ob es nichts wäre. Sich zurücklegen, während irgendein Unbekannter zur Musik aus dem Lautsprecher summend ihr Baby auskratzte wie Innereien aus einem aufgeschnittenen Fisch. Sie schämte sich, und David sollte sich auch schämen.

Aber nun sah sie, wie sehr sie David unterschätzt hatte. In ihm war etwas von einem wilden Tier, dessen Bein in einer stählernen Falle festgeklemmt war – von einem Tier, das wußte, es gab nur einen einzigen Ausweg: Es mußte sich das Bein abbeißen. Er stand am entfernten Ende des Wohnzimmers, sein hübsches Gesicht hager, sein sonst gutsitzendes Haar in nassen Strähnen wirr durcheinander, Hemd und Hose von Regen durchweicht.

Den Ausdruck auf seinem Gesicht hatte sie noch nie zuvor gesehen. Und dann dämmerte es ihr: Er war zu Tode erschrocken.

»Nein.« Sein Mund bildete das Wort, bevor der brüchige Ton seiner Stimme herauskam. »Es ist... obszön. Du mußt verrückt sein zu glauben, daß ich das meinem eigenen –« Er brach ab, würgte sich ab.

»Deinem eigenen was, David?« *Sag es, verdammt, sag es wenigstens.*

»Nichts.« Er zog ein Taschentuch heraus und wischte sich die Stirn ab. Er hatte noch nie eine solche panische Angst empfunden, nicht einmal während der lebensbedrohlichsten Operation. »Sieh her, das kannst du gleich vergessen, dieses makabre Spielchen. Ich bin Arzt, kein Psychoanalytiker. So einen brauchst du, Baby. Ja. Du bist wirklich endgültig durchgedreht.«

»Vielleicht«, sagte sie. »Aber das ändert nichts daran. Wir stecken trotzdem, so oder so, in dieser Sache drin.«

»Was meinst du damit?« Seine Augen wurden schmal und mißtrauisch.

»Ich meine: Wenn du die Abtreibung nicht vornimmst, wird es keine geben. Dann bekomme ich das Baby.«

»*Drohst* du mir?«

»Nein.« Und sie meinte es auch so. »Ich sage dir nur, was für mich in Frage kommt – womit ich leben kann. Daß dein Freund Kelleher es nett und diskret erledigt, gehört nicht dazu.«

Rachel war kalt, und sie dachte, so würde es sein, wenn man tot wäre und es fühlen könnte. Sie hatte auch Angst.

Sie sah David an und dachte: Du bist nicht halb der Mann, der mein Vater ist. Er an deiner Stelle hätte das meiner Mutter nicht angetan. Er hätte sie nicht so leiden lassen.

Nun wich David zurück, blind, außer sich. Sein Fuß verhakte sich mit dem Bein eines Barhockers, der kippte um, schlug dröhnend auf dem Fußboden auf. Er bückte sich, um ihn aufzuheben, seine lange Gestalt bewegte sich ruckweise wie ein Kran.

Dann richtete er sich auf, starrte sie mit wütenden Augen an; sie sah die weißen Ränder rund um die Iris. Er schien begriffen zu haben, daß er sein Bein abbeißen könnte und trotzdem immer noch genauso gefangen bliebe.

David sackte gegen einige Kartons und schloß die Augen, in seinem Gesicht war keine Farbe mehr.

»Also gut«, sagte er. »Verdammt, du gewinnst. Aber ich weiß nicht, was du dir von dieser obszönen kleinen Horrorshow versprichst. Ich hoffe, *du* weißt es. Ich hoffe bei Gott, du weißt es.«

Rachel kam sich sehr schwer vor, in ihrem Kopf drehte sich alles, sie *war* betrunken. Sie hatte es vorher nur nicht begriffen.

Sie hatte gewonnen. Sie müßte sich nun eigentlich gut fühlen, triumphieren zumindest. Aber sie fühlte nur die kalte, tote Taubheit in sich. Wichtig war jetzt, bei der Sache zu bleiben, diese Sache so oder so durchzustehen, das wußte sie.

Die nächste Stunde war ein Nebel.

David am Telefon, er sprach mit Kelleher, erklärte es ihm mit leiser, stockender Stimme, etwas betrunken auch, bat ihn um den Schlüssel zu seiner Praxis. Dann gingen sie, fuhren schweigend mit dem Fahrstuhl hinunter. Draußen Regen auf ihrem Gesicht, prickelte auf ihrer Kopfhaut. Kälte.

Als David die Tür zu Kellehers Praxis aufschloß und die Lichter einschaltete, als sie das helle Wartezimmer mit der gemütlichen Einrichtung, den Lithographien aus dem neunzehnten Jahrhundert an den Wänden und auf einem Tisch in der Ecke den mit Holzengeln geschmückten Weihnachtsbaum sah, flackerte Angst in ihr hoch.

Ich werde nie mein Baby erblicken. Ich werde es nie in den Armen halten.

Dann das Untersuchungszimmer. Hübsche pastellfarbene Vorhänge, um die Decke herum eine Umrandung aus schablonierten Störchen. Und Fotos. Hunderte, so schien es. Schnappschüsse, mit farbigen Reißzwecken an ein großes schwarzes Brett geheftet. Bilder von Kindern, denen Kelleher auf die Welt geholfen hatte.

Ein Schrei stieg in ihr auf, blockierte ihre Luftröhre, so daß sie einen Augenblick nicht atmen konnte. Sie wurde betrogen, und schlimmer noch, sie tat es sich selbst an. Das Zimmer verschwamm in einem See von Tränen.

Ich kann jetzt nicht losheulen, dachte sie. Später. Wenn es vorbei ist. Aber, o lieber Gott, ich weiß, daß ich sie immer vor mir sehen werde. All diese süßen kleinen Babys.

Am Ende des Untersuchungszimmers befand sich ein kleiner, mit einem Vorhang abgeteilter Alkoven, und auf einem Korbstuhl in der Ecke lag zusammengefaltet ein leichtes Baumwollhemd. Rachel zog sich, so schnell sie konnte, um, aber ihre Hände zitterten, ihre Finger fühlten sich wie Holzstöcke an, als sie an den Knöpfen ihres Kleides nestelte.

Ein großer Spiegel war an der Wand befestigt, dem Stuhl gegenüber. Als sie dann das Hemd anhatte, das auf dem

Rücken zuzubinden war, stand sie einen Augenblick lang still und betrachtete sich im Spiegel. Sie sah ein Gesicht, das nicht ihres war, verzerrt und gräßlich weiß, mit Augen, eingesunken gleich Daumeneindrücken in einer rohen Tonskulptur. Sogar ihr Körper schien der einer fremden Person, die Brüste schwer, geschwollen, die dunklen Brustwarzen sichtbar durch den dünnen Baumwollstoff. Ihr Bauch sanft gerundet und weich auf beiden Seiten, wo ihr Becken vor sprang. Sie legte die Hände auf den Bauch, streichelte ihn zärtlich, und ihre Augen füllten sich erneut mit Tränen.

»Es tut mir leid«, flüsterte sie. »Es tut mir so leid.«

Das kalte, tote Gefühl war fort, und ein Schmerz flammte in ihrer Brust auf. *Ich werde dich nicht vergessen, Baby.*

Als Rachel vor dem Vorhang auftauchte, sah sie, daß David bereit war. Die Hände gebürstet, Handschuhe an, die Instrumente auf einem Metalltablett ausgelegt.

Sie kletterte auf den Untersuchungsstuhl. Die Papierdecke fühlte sich kalt und steif unter ihrem nackten Hintern an und erinnerte sie seltsamerweise an die Worte ihrer Mutter. *Lege immer, hörst du, immer ein Papier auf den Toilettensitz, bevor du dich hinsetzt. Du weißt ja gar nicht, was für Krankheitserreger du dir in öffentlichen Toiletten holen kannst.*

Rachel war hin- und hergerissen zwischen einem Schluchzen und einem absurden Drang zu kichern. Sie hielt die Augen wohlweislich von David abgewandt. Wenn sie ihn ansähe, wenn sie sähe, was er jetzt in der rechten Hand hielt, würde sie womöglich schreien oder verrückt werden.

»Es ist noch nicht zu spät.« Davids Stimme wehte an ihrem Ohr vorbei. »Wir brauchen es nicht durchzuführen. Ich kann Steve anrufen und ihm sagen, er solle herkommen.«

Seine Worte brachten sie wieder zur Vernunft, als ob man einen Eimer mit Eiswasser über sie geschüttet hätte.

»Nein«, sagte sie. »Mach es.«

Das Rückgrat steif wie ein Maßstock, legte sie sich hin und zwang die fröstelnden Beine auseinander. Jetzt der kalte Schock der Beinhalter auf ihren nackten Sohlen. Ihr Fleisch zog sich in Erwartung von Davids Berührung zusammen.

David. Sein Gesicht hing zwischen den Berggipfeln ihrer Knie wie ein geisterhafter Mond an einem kalten Himmel. Licht blitzte vom stählernen Instrument in seiner Hand. Eine eisige Vorahnung überfiel sie: *Es ist wie eine Hochzeit, nicht wahr? Wir werden dadurch für den Rest unseres Lebens miteinander verbunden sein.*

Und dann wußte sie, daß es zu spät war.

Sie hatten den Punkt überschritten, von dem noch eine Rückkehr möglich gewesen wäre.

Beim ersten kalten Eindringen des Spekulums stieß Rachel die Faust in den Mund, um nicht loszuschreien.

6

Manon brauchte ewig zum Sterben.

Sylvie rutschte in ihrem Sessel herum, ein wenig genervt von dem lamentierenden Duo und dem Dirigenten, der wie ein Wahnsinniger den Taktstock schwang. Sie wünschte sich, der Vorhang würde fallen. Seltsam. Gewöhnlich war sie gern hier in der Met. Sie saß neben Gerald in ihrer Loge, einen Steinwurf über der eleganten Menge auf den Orchesterplätzen und direkt gegenüber der Bühne, der beste Platz im ganzen Haus. Wie eine Königin mit dem König über ihrem Hof, was sie in gewisser Weise waren. Himmel, wie viele solcher Veranstaltungen hatten sie besucht, wie viele Feste und Dinners hatten sie gegeben seit damals, als die Oper noch am Broadway Ecke 38. Straße gewesen war. Denn in all diesen Jahren hatte Geralds Bank zu den maßgebenden Mäzenen des Grand-Leadership-Kreises gehört.

Aber heute abend war sie unruhig. Des Grieux, gesungen von einem italienischen Tenor, dessen Namen sie noch nie gehört hatte, sah aus wie ein zum Braten gezäumter Truthahn in seinem Kostüm aus dem neunzehnten Jahrhundert und, schlimmer noch, klang, als ob er eine Erkältung hätte. Und die Diva, die eine hinreißende fünfzehnjährige Schönheit sein sollte, mußte wenigstens fünfzig sein und war so stark wie ein Pferd. Es stellte wirklich eine Leistung dar, daß er ihren sterbenden Körper in den Armen halten konnte.

Sylvie griff nach Geralds Hand und fühlte, wie sie sich warm und beruhigend um ihre schloß. Sah er müder als gewöhnlich aus? Sie hatte ein wenig Angst. Oder bildete sie es sich nur ein? Es tat ihr weh, das Bild von Gerald, das sie im Geiste mit sich herumtrug – des eleganten und energischen Bankdirektors, den sie geheiratet hatte –, mit dem gebückten, weißhaarigen Mann zu vergleichen, den sie heute abend zentimeterweise, Stufe für Stufe, auf das Geländer gestützt die Treppen hatte hinaufgehen sehen.

Er ist sechsundsiebzig, dachte sie, ärgerlich über sich selbst. Natürlich ist er ein bißchen langsamer geworden. Aber er ist so gesund wie eh und je.

Trotzdem rieselte ihr ein Schauer über den Rücken, als sie Manon sterben sah.

Ohne ihn, dachte sie, könnte ich nicht leben. Mein Beschützer, mein liebster Freund.

Nicht mehr ihr Liebhaber; sie waren seit Jahren nicht mehr als Mann und Frau zusammen gewesen. Seit Geralds letzter Operation...

Aber das spielte keine Rolle. Sie fühlte sich ihm jetzt näher denn je. Sicher und innig geliebt. Wenn sie im Riverside Park spazierengingen, ihren Arm bei ihm untergehakt, oder einfach nur so wie jetzt, Hand in Hand, dasaßen, fühlte sie eine Nähe, die tiefer war als in all den Jahren ihres Liebeslebens.

Seit er seinen Aufsichtsratsposten bei der Mercantile Bank aufgegeben hatte, waren sie ständig zusammen gewesen. Die kalten Monate in Palm Beach hatten sie nebeneinander sitzend Romane gelesen oder auf der Terrasse am

Swimming-pool vierhändig Bridge gespielt, während die Callas ihnen aus dem Stereogerät eine Serenade sang. Und die Reise nach Venedig letztes Frühjahr – wie überreich an wunderbaren Erinnerungen –, als sie im Palazzo Gritti in derselben Suite wohnten, in der sie fast dreißig Jahre zuvor ihre Flitterwochen verbracht hatten.

Sylvie dachte an die Reise, die sie für den nächsten Monat geplant hatten, eine Kreuzfahrt nach Bora Bora und Tahiti. Sie entspannte sich ein wenig. Ja, genau das, was er brauchte. Die Seeluft würde ihm guttun und das paradiesische Eiland seine müden Augen aufleuchten lassen.

Nun fiel der Vorhang, begleitet von einer Woge des Beifalls, auf der vereinzelte Rufe *»Bravo, bravissimo«* dahinschwammen.

Unten standen die Leute auf, Männer in Samtjacken und Smokings und Frauen in langen Kleidern aus Seide und Satin und steifem Brokat, die glänzenden Pelze lässig über die Sitzlehnen drapiert. Sylvie hörte die Stimme ihrer Mama im Kopf, als säße sie im Sessel neben ihr. *Eine echte Lady trägt einen Stoffmantel, als ob er ihr bester Pelz wäre, und wirft ihren Nerz herum, als wäre er aus Stoff.* Wenn sie jetzt doch nur hier sein und Sylvies eigenen russischen Zobel im Vorraum hängen sehen könnte. Mama mit ihrem einzigen guten schwarzen Mantel, den sie in jenen Jahren immer wieder neu gefüttert hatte.

Mama hätten auch die Juwelen gefallen, dachte Sylvie. Wunderbare Stücke, die an Hälsen, Armgelenken, Fingern und Ohrläppchen blitzten, von Bulgari, Cartier, Van Cleef & Arpels. Blendend.

Sylvie betastete die Kette an ihrem Hals. Schöne alte Cabachon-Smaragde in Achtzehn-Karat-Goldfiligran gefaßt und vor vierzig Jahren von der legendären Jeanne Toussaint bei Cartier in Paris entworfen. Geralds Geschenk zu ihrem letzten Geburtstag. Sie paßten zu ihren Augen, sagte er und sprach nie davon, welch ein Vermögen sie gekostet haben mußten. Und wie perfekt sie mit dem Schiaparelli-Kleid harmonierten, das sie jetzt trug, einem einfachen schwarzen Futteralkleid aus Felbel, elegant und zeitlos wie die Smaragde, deren Hintergrund es bildete.

Sylvie erhob sich und bewegte sich auf die Rückseite der Loge zu. Es dauerte einen Augenblick, bis sie merkte, daß Gerald nicht neben ihr war und ihr die Tür aufhielt, wie er es stets tat. Sie wandte sich um und sah ihn immer noch auf seinem Platz sitzen. Lieber Gott, wie müde er aussah! Das Herz schlug ihr bis zum Hals hinauf.

Dann faßte sie sich rasch. Es war schon spät und ein so langer Abend, vier endlose Akte, zwei Pausen, natürlich war er müde. Wer wäre es nicht? Und doch...

»Gerald?« erkundigte sie sich zärtlich. »Ist dir nicht wohl?«

Er straffte ein bißchen die Schultern und brachte ein schwaches Lächeln zustande.

»Kein Grund zur Sorge, meine Liebe. Nur eine kleine Magenverstimmung, glaube ich. Habe wie üblich ein bißchen zuviel gegessen.« Er verzog das Gesicht. »Weißt du, ich glaube, es ist wirklich an der Zeit, daß ich ein paar Pfund abnehme. Wenn mein Hosenbund noch enger wird, werde ich mich nicht mehr hinsetzen können.«

Sie wußte, daß er sie zu beruhigen versuchte, indem er einen Witz machte, aber die nagende Sorge, die sie spürte, verlor sich nicht. Sie erinnerte sich an seinen zweiten Herzanfall, der so viel schlimmer als der erste gewesen war: Gerald im New Yorker Hospital, Schläuche staken in seinen Armen, seiner Nase, ein Katheter hing an seinem Bein herunter, Drähte waren mit Klebeband an seiner Brust befestigt. Ein Monitor piepte über seinem Bett und zeichnete jeden Herzschlag auf. Als ob diese elektronisch aufgezeichnete Zackenlinie das einzige war, an dem man sehen konnte, daß er noch lebte.

Und all diese Medizinstudenten, Assistenzärzte, Ärzte, Labortechniker, Kardiologen, die ein und aus gingen und ihn nicht einen Augenblick in Ruhe ließen. Und die sie mit ihren ernsten, langen Gesichtern und ihren schwerverständlichen Erklärungen zu Tode erschreckten. Schließlich hatten sie und Gerald sich mit dem Schrittmacher einverstanden erklärt.

Aber es geht ihm jetzt gut, versuchte sie sich selber einzureden. Bevor wir aus Florida zurückkamen, hat der Spezialist alles geprüft. Alles in bester Ordnung, hat er gesagt. Ich rege mich wie gewöhnlich zu sehr auf.

»Ruh dich hier ruhig ein bißchen aus«, sagte sie. »Soll ich dir etwas zu trinken holen, ein Gläschen Sodawasser von der Bar?«

Er seufzte. »Ja, das ist gut. Etwas, um meinen Magen zu beruhigen, dann bin ich wieder so gut wie neu. Es macht dir nichts aus, nein? Ich würde selbst gehen, aber...« Seine Stimme verlor sich in einem Gemurmel.

»Natürlich macht es mir nichts aus«, erwiderte sie mit forcierter Munterkeit.

Dann überraschte es sie, als er unvermittelt sagte: »Ich dachte gerade an Rachel. Als sie acht war, in dem ersten Sommer, als sie zum Camp fuhr. Weißt du noch? Wir brachten sie da hinauf, und all die anderen kleinen Mädchen klammerten sich an ihre Eltern und taten, als wäre es das Ende der Welt. Und unsere Rachel sagte: ›Sie weinen, weil ihre Mommies und Daddies traurig sind. Ihr seid auch traurig. Aber ich werde nicht weinen. Ich bin zu groß dafür.‹«

»Ich erinnere mich«, sagte Sylvie sanft und spürte, wie sich ihr das Herz umdrehte.

Ihre Gedanken flogen zurück zu gestern nachmittag und dem Schock, als Rachel ihr gestand, daß sie schwanger war. Oh, wie hatte sie sich danach gesehnt, Rachels Schmerz zu lindern!

Hätte ich ihr einen Rat geben sollen, fragte sich Sylvie. Mein eigenes Enkelkind, ein Baby nach all den Jahren, wie wundervoll könnte es sein!

Trotzdem hatte sie ihre Sehnsucht vor Rachel verborgen, weil eine Stimme in ihr sprach: *Wer bin ich, daß ich ihr etwas sagen könnte? Wenn sie wüßte, wie ich während meiner Schwangerschaft gebetet habe, daß es eine Fehlgeburt würde. Was für eine Angst ich ausgestanden habe, Nikos' Kind zur Welt zu bringen.*

Ja, dachte Sylvie traurig, ich weiß, was es heißt, ein Baby im Leib zu tragen, das man nicht will. Ich würde Rachel das nicht wünschen, ganz gleich, wie sehr ich mich darüber freuen könnte.

Geralds Stimme unterbrach Sylvies Gedanken. »Ich hatte sie gebeten, heute abend zu uns zu kommen – du weißt, wie sehr sie immer *Manon* gemocht hat. Aber sie sagte, sie müßte in der Klinik sein.« Er lachte leise in sich hinein. »Ich wollte soviel für Rachel, wollte den Mond und die Sterne für sie vom Himmel holen, aber jetzt, seit sie da draußen ist und arbeitet und zu beschäftigt für irgend etwas anderes ist, möchte ich sie nur öfter sehen!«

Sylvie dachte an einen anderen Grund, aus dem Rachel es vorgezogen haben könnte, an diesem Abend nicht mitzukommen. Aber sie sagte nichts, sondern schloß die Hand nur fester um den Knopf der Tür, die hinaus auf den Korridor führte.

»Gerald?« Sie sah ihm zu, wie er sich mit einem fragenden Lächeln nach ihr umdrehte und die Schultern dabei ein wenig durchdrückte. »Ich liebe dich.«

Es war ihr bewußt, daß sie rot wurde, und sie kam sich ein bißchen närrisch vor – sie, eine Frau mittleren Alters, benahm sich wie ein junges Mädchen, das zum erstenmal verliebt war. Es kam so selten vor, daß einer von ihnen diese Worte laut aussprach.

Geralds Blick heftete sich auf sie, seine Augen schimmerten. Dann kicherte er leise in sich hinein. »Herr Puccini«, sagte er. »Ganz gleich, wie oft ich Ihre *Manon* sehe, sie berührt mich jedesmal. Dich auch, sehe ich.«

Ihr Herz schlug höher. Vielleicht *hatte* sie vor all den vielen Jahren die richtige Entscheidung getroffen. O ja, vielleicht.

»Dein Sodawasser«, erinnerte sie sich. »Ich bin gleich wieder da.«

Der Korridor mit seinen preiselbeerfarbenen, samtenen Wänden war verstopft von Leuten, die sich auf die hochzeitstortenförmigen Treppen zuwanden, die zum Foyer hinabführten. Draußen hinter dem Springbrunnen wartete eine lange Doppelreihe von Limousinen, während vor der Glastür des Foyers Chauffeure mit sehr großen Regenschirmen bereitstanden, um die Herrschaften vor dem heftigen Regen zu schützen, der seit dem Nachmittag auf die Stadt herabrauschte.

Sylvie schob sich langsam an einer großen, dunkelhaarigen Frau vorbei, die einen schwarzen Minirock aus Samt und ein mit Goldplättchen besetztes Oberteil trug und mit ihrem Begleiter Französisch parlierte. Wohin sie auch sah, überall strahlende Gesichter, Gelächter. Sie schienen alle eine fremde Sprache zu sprechen, ihre Worte klangen wie Kauderwelsch in ihren Ohren.

Sylvie merkte, daß sie selbst auch lächelte und in Richtung Adeline Vanderhoff nickte, einer Frau, die sie flüchtig aus dem Harmonie Club kannte. Sie hoffte, daß Adeline sie nicht ansprechen würde. Sylvie fühlte sich selbst ein bißchen krank und rang nach Atemluft in dem Gedränge aus Pelzen und den vermischten Gerüchen der teuren Parfüms.

Als sie in das Foyer im Erdgeschoß herauskam, wo die Menge die Treppen hinunterströmte, sah sie mit Erleichterung, daß die Bar noch nicht geschlossen hatte.

»Sylvie? Bist du's?«

Die Stimme, männlich und mit einem leichten Akzent, überraschte sie so, daß sie beinahe das randvolle Glas mit dem Mineralwasser verschüttete, das sie gerade an der Bar gekauft hatte.

Nein, das kann nicht sein...

Dann drehte sie sich um und sah, daß es doch so war, und fühlte, daß ihr Herz zu hämmern anfing. Da stand er, grau geworden, auch ein bißchen untersetzt, aber sonst kaum verändert. Glänzende schwarze Augen in einem Gesicht von van Gogh, robust und offen, schwarze Locken mit Eisenfäden.

Nikos. – Wie war das möglich?

»Sylvie! Unglaublich. Immer noch so schön wie eh und je. Die arme Regina, sie ist nicht so gut gealtert, aber ihre Stimme ist noch immer großartig. Hat dir *Manon* heute abend gefallen?«

Der Akzent war der gleiche, aber sein Englisch hatte sich verbessert, die Stimme klang sicher und gebieterisch. Nikos hatte eindeutig etwas aus sich gemacht. Sylvie fiel der elegante Zweireiher auf, den er trug. Und die Krawatte von Hermès mit einer Nadel, Gold und Onyx, und die dazugehörigen Manschettenknöpfe.

Konnte er die Wirkung sehen, die er auf sie hatte? Sie fühlte sich schwach, als wären all die Jahre nie gewesen, als böte er ihr wieder auf der Terrasse draußen vor dem Herrenzimmer eine Zigarette an.

»O ja, sehr«, sagte sie. Unglaublich, wie leicht es war, die richtigen Dinge zu sagen, obwohl ihr Herz dabei klopfte wie ein Vogel, der in ihrer Brust gefangen saß.

»Meiner Frau hätte die Aufführung heute abend so sehr gefallen.«

Da siehst du es, dachte sie. Er ist verheiratet, wahrscheinlich auch ein halbes Dutzend Kinder und vielleicht sogar Enkel. Warum stehst du hier also und schwitzt wie ein entwischter Sträfling, den die Bluthunde anbellen. Er kann unmöglich etwas von Rose wissen.

»Jammerschade also, daß sie nicht kommen konnte«, murmelte Sylvie.

»Ja.« Seine dunklen Augen trübten sich. »Barbara ist voriges Jahr gestorben.«

»Oh, das tut mir leid.« Sylvie war es peinlich, ihn zu trösten. Ihre Besorgnis um Gerald stellte sich wieder ein. Sie mußte sich entschuldigen. Aber sie schien unfähig, sich zu bewegen.

»Und dein Mann?« fragte Nikos. »Ist er hier?«

»O ja. Tatsächlich, er wartet jetzt auf mich. Wenn du mich also entschuldigen –«

Nikos legte eine Hand leichthin auf ihren Arm. »Es ist so lange her, sicher kannst du noch eine Minute erübrigen. Für einen alten Freund.«

Sylvie starrte ihn an, und es kam ihr vor, als hätte sie sich dort verbrannt, wo er sie berührt hatte. Einen schrecklichen Augenblick lang war sie sicher, daß er von Rose wußte und sie quälte, indem er so tat, als wisse er es nicht.

Lächeln, sagte sie sich. Gib dich natürlich!

»Aber ja«, trillerte sie ein bißchen zu enthusiastisch. »Wie rücksichtslos von mir. Hier denke ich, wie wohl du aussiehst, und vergesse zu fragen, wie es dir ergangen ist.«

»Sehr gut, danke. Die Glücksgötter sind mir in mancher Hinsicht gnädig gewesen. Die Arbeit ist gut. Genug, um mich von meinen trüben Gedanken in meinem leeren Haus abzulenken.« Er nahm sie beim Ellbogen und steuerte sie näher zur Wand hin, aus dem Menschenstrom heraus. »Zigarette?«

Sylvie spürte die Hitze ihren Hals hochsteigen und erinnerte sich an die heiße, liebliche Nacht, als er sie zum erstenmal geküßt hatte. Sie schüttelte den Kopf und sah ihn ein schmales goldenes Etui aus der Brusttasche ziehen und eine Zigarette entnehmen.

»Was für eine Art von Arbeit machst du denn?« fragte sie, bemüht, ihrer Stimme einen höflichen und freundlichen Klang zu geben. Offensichtlich war er kein Hausmeister mehr.

Es belustigte sie dann, als er sich seine Zigarette ziemlich ungehobelt mit einem Streichholz ansteckte, das er aus einem Heftchen riß und mit dem Daumennagel in Brand setzte. Das goldene Etui war sicherlich ein Geschenk seiner verstorbenen Frau.

»Ich habe jetzt meine eigene Baufirma. Im Augenblick errichten wir ein paar Apartmenthäuser in Brighton Beach.

Ich hoffe, sie werden im September fertig sein, wenn das Wetter uns nicht einen Strich durch die Rechnung macht.«

Sylvie war überrascht. »Du bist das? *Dir* gehört die Anteros Construction Company?«

Geralds Bank hatte das Projekt finanziert. Sie erinnerte sich, daß er es erwähnte und sagte, wie schlau es sei, in einer solchen Gegend direkt am Meer und trotzdem mit guter Verkehrsverbindung zur City zu bauen.

Nikos zuckte die Achseln, verzog die vollen Lippen zu einem Lächeln. »Eins habe ich gelernt: Je größer die Firma ist, die du hast, um so mehr gehörst du ihr und nicht umgekehrt. Ich glaube, dein Mann würde darin mit mir übereinstimmen, oder?«

Sylvie lachte. »Ja. Woher wußtest du das? Das ist eine von Geralds Lieblingsklagen.«

»Ich habe ihn immer bewundert, weißt du.« Nikos zog an seiner Zigarette und ließ einen schmalen Rauchkringel aus den Nasenlöchern entweichen. »Ein bemerkenswerter Mann. Klug... und das auch in Herzensangelegenheiten.« Er tippte sich an die Brust.

Sylvie spürte, daß ihr wieder warm wurde. Warum tat er das? Er hatte jeden Grund, Gerald zu hassen. Es ergab keinen Sinn, außer er machte sich irgendwie über sie lustig.

»Ja«, erwiderte sie steif. »Schau, ich muß wirklich –«

Aber Nikos schien ihr Unbehagen nicht zu bemerken. »Weißt du, er hat mir einen großen Gefallen getan, als er mich hinauswarf. Wenn er mich nicht dazu gezwungen hätte, wäre ich vielleicht nie auf eigene Füße gekommen. Und die Firma –« Er schwieg abrupt, als ertappe er sich gerade dabei, etwas zu verraten, das er lieber für sich behalten wollte. Er überbrückte den peinlichen Augenblick mit seinem strahlenden Lächeln. »Aber ich merke, wie egoistisch ich bin, dich so lange aufzuhalten.«

»Das macht nichts«, sagte sie und hoffte, er würde nicht bemerken, wie erleichtert sie war. Sie sah hinunter auf das Glas mit dem Club Soda, das in ihrer Hand warm wurde.

»Aber ich fürchte, ich werde das umtauschen müssen. Es sieht aus, als ob es schal geworden ist.«

»Darf ich?« Bevor sie etwas dagegen einwenden konnte, hatte er ihr das Glas aus der Hand genommen und bahnte sich einen Weg zur Bar. Aber der grauhaarige Mann hinter dem Tresen schüttelte den Kopf und sagte, es sei schon geschlossen.

Sylvie sah zu, peinlich berührt, als Nikos einen Schein aus der Brieftasche zog und ihn über den Tresen reichte. Und dem bereitwilligen Gesichtsausdruck des Barkeepers entnahm sie, daß es ein großer Schein war. Nikos kehrte einen Augenblick darauf zurück und hielt ein frisches Glas Sodawasser mit Eis in der Hand.

»Das hättest du nicht tun sollen«, sagte sie.

Nikos zuckte die Schultern. »Sagen wir mal, ich schulde deinem Mann eine ganze Menge. Und das ist eine kleine Rate meiner Abzahlung.«

Sylvie konnte sich nicht vorstellen, daß Nikos Gerald gegenüber Dankbarkeit empfinden könnte, aber sie hörte nur Aufrichtigkeit in seiner Stimme. Vielleicht hatte es etwas mit der Beteiligung der Bank an dem Projekt in Brighton Beach zu tun.

»Ich danke dir, wenn das so ist«, sagte sie. Sie streckte ihre freie Hand aus, die augenblicklich in seiner großen schwieligen Faust lag. »Lebe wohl. Es war nett, dich wiederzusehen.«

Sie wandte sich um und wollte gehen, als Nikos ihre Schulter berührte. »Warte. Noch etwas. Du hast mir nie erzählt. Von deiner Tochter. Geht es ihr gut?«

Einen schrecklichen Augenblick lang dachte Sylvie, er meine Rose. *Sein* Kind. Ihr Herz fühlte sich an, als hätte eine Faust sich darum geschlossen. Langsam drehte sie sich zu ihm um, bemüht, nicht die Fassung zu verlieren.

»Rachel geht es gut«, sagte sie. Gerald mußte Rachel Nikos gegenüber erwähnt haben. Das war es. Nikos war nur höflich zu ihr.

Aber jetzt sieht er, daß etwas nicht stimmt, dachte sie erschrocken. Schau, wie schmal seine Augen werden, und sein Gesicht ist mit einemmal so hart.

Sylvie überbrückte ihre Angst rasch, indem sie sagte: »Du mußt auch Kinder haben.«

»Nein.« Nikos schüttelte traurig den Kopf. Seine Zigarette war bis zum Filter herabgebrannt, und er drückte sie in dem großen metallenen Aschenbecher aus, der neben ihm stand, und schien nicht in Eile zu sein. »Barbara und ich wollten Kinder. Sehr. Und jedesmal, wenn sie schwanger wurde, hofften wir, daß diesmal ... aber es sollte wohl nicht sein, nehme ich an.«

»Das tut mir leid«, sagte Sylvie. Hatte sie das nicht schon einmal gesagt? Sie konnte sich nicht erinnern. Sie kam sich wie gelähmt vor, ihre Gedanken drehten sich im Kreis.

Nikos beugte sich zu ihr vor, war ihr so nahe, daß sie das Nikotin in seinem Atem riechen konnte. »Sylvie, ich weiß«, sagte er leise.

Er meinte nicht ihr Mitgefühl. Er sprach von etwas anderem. Angst packte sie, warf sie aus dem Gleichgewicht. Sie fühlte etwas Feuchtes durch ihr Kleid rinnen. Geralds Sodawasser. Sie hatte es verschüttet und vorn über das Kleid gegossen.

Jetzt drehten sich ihre Gedanken schneller. *Er weiß es, er weiß es, er weiß es ...*

»Was weißt du?« fragte sie und setzte ein kokettes Unschuldslächeln auf, das, wie sie sogar ohne Spiegel wußte, niemanden hinters Licht führen würde.

»Ich habe es seit langem vermutet«, sagte er. »Du hast ein Kind zur Welt gebracht, neun Monate nachdem du und ich –«

»Nein«, unterbrach sie ihn und wich jählings einen Schritt zurück, noch etwas Flüssigkeit ergoß sich über die Vorderseite ihres Kleides. »Du irrst dich.«

»Wirklich? Ich schäme mich zuzugeben, daß ich das früher selbst einmal gehofft habe.«

»Das ist blanker Unsinn«, zischte sie. »Ich möchte so etwas nicht mehr hören.« Aber seine Hand lag nun wie ein stählernes Armband um ihr Handgelenk. Tränen quollen ihr aus den Augen. »Bitte, ich muß zu Gerald zurück. Er wird sich fragen, weshalb ich so lange wegbleibe.«

»Sylvie, ich will dir nicht weh tun. Du mußt mir das glauben. Ich möchte nur eins. Daß du es sagst, *sag* es einfach. Mehr will ich gar nicht. Gib mir das. Ich habe noch nie darum gebeten, aus Rücksicht auf Barbara. Auch auf Gerald. Ich schwöre dir, wenn du es mir sagst, daß es wahr ist, lasse ich dich in Ruhe. Ich werde niemals versuchen…«

Sylvie entzog sich, sie konnte ihn keinen Augenblick länger ertragen, den nackten Hunger in seinen dunklen Augen, *nun,* da sie wußte, daß sie nicht nur Gerald, sondern auch Nikos betrogen hatte.

Sie lief fort, kümmerte sich in diesem Augenblick nicht darum, wie es aussah oder wer es sah. Gerald. Sie mußte zu ihm zurück. Oh, lieber Gott, es würde ihn umbringen, wenn er es herausbekäme. Er durfte es niemals erfahren.

»Sylvie!« rief Nikos ihr nach. »Warte!«

Sylvie fühlte ihr Gesicht brennen, bildete sich ein, daß die Leute sie anstarrten, über sie tuschelten.

Bitte, wollte sie rufen, bitte laß mich in Ruhe.

Aber als sie mit dem Sodawasser, das ihr über die Hand schwappte, durchs Parterre lief, als sie in ihre Loge trat und das Blut in ihren Ohren rauschte, wußte sie, daß sie nicht wirklich vor Nikos, sondern vor sich selbst und der schrecklichen Wahrheit weglief.

Rose…

7

Rose zwängte sich in den überfüllten U-Bahn-Wagen hinein und griff nach der Haltestange. Sie schwankte, als der Zug anruckte; Körper preßten sich gegen sie. Dem Himmel sei Dank fuhr sie wenigstens in die richtige Richtung. Nach Hause.

Sie schloß die Augen und stellte sich vor, sie wäre schon da. Kletterte die vier steilen Treppen hinauf, langsam, langsam, damit sie die Vorfreude auskosten konnte. Nicht mal der Gedanke, daß Nonnie dasein würde, konnte die köstliche Hoffnung zerstören, daß sie dort ein Brief erwartete – ein Brief von Brian.

Bitte, Gott, laß diesmal einen dasein, dachte sie. Es ist so lange her, zwei volle Monate, und ich bin so geduldig gewesen. Nur einen Brief, eine Postkarte, irgend etwas. Ich weiß, er ist nicht tot, seine Eltern bekommen ja Briefe. Es muß einen wichtigen Grund geben, daß ich keinen kriege.

Und wenn *das* nun der Grund war: daß er sie nicht mehr liebte?

Aber nein. Sie biß die Zähne zusammen und hielt aus. Sie mußte heim. Zu Brians Brief. Ja, heute würde bestimmt einer auf sie warten; sie war sich dessen sicher. Vielleicht sogar mehrere, ein ganzes Bündel, all die Briefe, die er ihr geschrieben hatte und die irgendwie einen falschen Weg gegangen oder im falschen Postamt gelandet waren.

»Nur dieses eine, Gott«, flüsterte sie, und ihr Gebet wurde vom Dröhnen und Rattern des Zuges übertönt. »Und für jeden Brief werde ich ein Dutzend Rosenkränze beten. Und dabei nicht auf dem Teppich knien. Ich werde es auf dem Badezimmerfußboden tun, wo es hart und kalt ist. Und ich werde anfangen, wieder zur Beichte zu gehen . . . und zur Frühmesse jeden Freitag . . .«

Der Gedanke an die Messe besänftigte sie, und das erinnerte sie an etwas anderes, das ihr ein gutes Gefühl geben würde. Der Band der *Law Review* unter ihrem Arm. Sie genoß den Gedanken, daß sie sich später dahinein vergraben, das Krachen des steifleinenen Buchrückens hören und die glatte Frische der dicken Blätter fühlen würde. Sie wußte, daß sie nicht alles verstehen würde, was sie las, aber sie liebte diese wunderbaren Sätze, den prächtigen Rhythmus der lateinischen Begriffe und all diese zuerst trocken klingenden Fälle und Resümees, die aber, wenn man zwischen den Zeilen las und seine Phantasie benutzte, wie Geschichten waren. Ja, es war ein bißchen wie das Gefühl, das sie hatte, wenn sie in der Kirche kniete, in ihrem Gebetbuch las und den Gesängen des Priesters lauschte.

Dann machte sie sich plötzlich Sorgen. Und wenn er es herausbekam? Würde Mr. Griffin etwas dagegen haben, daß sie sich diese Bände auslieh? Aber sie nahm nie mehr als einen auf einmal mit nach Hause und brachte ihn stets am folgenden Morgen zurück. Wahrscheinlich würde Mr. Griffin es nicht einmal bemerken, wenn sie ein Buch eine Woche lang behielte. Aber sie wollte es lieber nicht übertreiben. Die Arbeit bei ihm war der beste von den drei Jobs, die sie bisher gehabt hatte – der erste bei einem Großhändler für Bürobedarf, der pleite ging, der zweite bei einem Anwalt, bei dem Überstunden auch im Bett stattfinden sollten –, und diesen hier wollte sie unbedingt behalten.

Nein, natürlich würde er nichts dagegen haben. Er war so nett, so verschieden von den beiden anderen, Walsh und dann Delaney. Und so energisch! Ja, manchmal kam sie sich wie Dorothy im Wirbelsturm vor, auf der Reise ins magische Land Oz.

Sie sah ihn jetzt vor sich, wie er hinter seinem Schreibtisch auf und ab ging, den Telefonhörer ans Ohr gepreßt und hin und wieder mit den Armen fuchtelte oder sogar mit der Faust zur Betonung auf den Schreibtisch schlug. Ein kräftiger Mann in den Vierzigern, ein bißchen stark um die Taille, aber mit einem gutmütigen Gesicht. Dem Gesicht eines Mannes, auf den man sich verlassen konnte, dachte sie. Er erinnerte sie in dieser Hinsicht an Brian, obwohl er ganz anders aussah.

Mr. Griffin kam ihr wie ein ehemaliger Profiboxer vor, aber einer, der mit Worten statt Fäusten kämpfte. Seine Jacke warf er immer über die Stuhllehne, die Hemdsärmel waren bis zu den Ellbogen aufgerollt, und mit den Fingern fuhr er sich dauernd durch sein dichtes, wollig braunes Haar, so daß es hochstand und sich sträubte, und es überkam sie dann ein seltsam zärtliches Gefühl, so wie sie es Brians kleinem Bruder Jason gegenüber spürte, der immer einen Wirbel hatte. Er lächelte auch sehr viel – das mochte sie an ihm. Und damals, als sie den falschen Brief an die Cressler Corporation abgeschickt hatte, den, der für Damon Chandler bestimmt war und in dem es hieß, das Erinnerungsvermögen des alten Mr. Cressler ließe ein bißchen nach und er brächte manchmal gewisse Dinge durcheinander – Gott, welch ein Unglück! Sie war so verzweifelt gewesen. Aber Mr. Griffin hatte es nicht so schlimm genommen, obwohl sie sehen konnte, daß es ihn ärgerte. Er hatte ihr gesagt, das könne jedem passieren, und sie würden es irgendwie schon wieder ausbügeln.

Rose dachte, er könnte so ungefähr alles wieder ausbügeln. Sie brauchte nicht auf das Getratsche in der Kaffeeküche zu hören, um zu wissen, daß Max Griffin ein hervorragender Anwalt, der am meisten bewunderte in der ganzen Sozietät, wahrscheinlich einer der besten in New York war. Gott, wenn sie in einer Jury säße, würde er sie bestimmt für sich gewinnen und die übrigen Geschworenen auch.

Am Montag wollte sie ihm sagen, daß sie sich diese Bücher ausgeliehen hatte. Er würde nichts dagegen haben, nur... na ja, sie kam sich so dämlich vor, und es war ihr peinlich. Und wenn er sie auslachte? Und wenn er ihren Gedanken, daß sie vielleicht eines Tages Anwältin werden könnte, für einen albernen Witz hielt?

An der Avenue J, zehn Stationen später, stieg Rose aus. Als sie die rußige Treppe von der Außenplattform hinabging, sich durch das Drehkreuz wand und nun draußen auf der Straße stand, fing ihr Herz zu klopfen an. Noch ein paar hundert Meter weiter, und sie war zu Hause.

Plötzlich wollte sie den kurzen Fußweg in die Länge ziehen. Und wenn sie heimkam und es war kein Brief von Brian da? Heute war Freitag, und manchmal kam der Postbote am Sonnabend, aber wahrscheinlich würde es bis zur nächsten Post das ganze Wochenende und den ganzen Montag dauern. Und sie hatte schon so lange gewartet...

Sie blieb beim Obsthändler an der East Fifteenth stehen und kaufte sechs Orangen, suchte jede einzelne mit viel größerer Sorgfalt als nötig aus. Dann kaufte sie in der koscheren Bäckerei auf der anderen Straßenseite, verführt von dem Duft nach Zimt und Schokolade und Roggenmehl, ein Stück Apfelstrudel zusätzlich zu ihrem üblichen Pumpernikkelbrot. Der alte Mr. Baumgarten, der immer einen Bleistift hinter seinem riesigen Ohr trug, schenkte ihr eine Makrone dazu, so wie er es immer getan hatte, seit sie als kleines Mädchen mit Nonnie zusammen hergekommen war.

»Und Ihrer Großmutter, wie geht es ihr?«

»Gut«, antwortete Rose pflichtbewußt.

»Und Sie, so eine feine junge Dame jetzt! Arbeiten mitten in der City. So elegant! Und Schuhe mit hohen Absätzen!«

»Mir geht es auch gut, Mr. Baumgarten.«

Es wurde ihr warm. Wenn sie den Mantel ausgezogen hätte, wäre dem Bäcker vielleicht die versengte Stelle auf ihrer Bluse aufgefallen. Sie war beim Bügeln an diesem Morgen so in Eile gewesen und hatte keine saubere, die sie statt dessen hätte tragen können. Drei gute Blusen, das war alles. Und zwei hübsche Wollröcke, die sie immer abwechselnd trug. Diesen grauen und den blauen Faltenrock, den sie noch von der Schulzeit her besaß. So eine elegante Dame, haha!

Na ja, eines Tages, sagte sie sich, werde ich eine sein. Wenn Brian wiederkommt, wenn wir geheiratet haben. Ich werde dann die Frau eines Professors sein, und dann werde ich mich nie mehr schäbig oder minderwertig fühlen müssen.

Aber wenn er nicht wiederkommt…?

Plötzlich fühlte sie sich einem Tränenausbruch gefährlich nahe. Sie dankte dem Bäcker, nahm ihm die weiße Papiertüte aus der Hand und floh aus dem Laden.

Nun rannte sie, rannte, stürmte über die Avenue J, ein halbes Auge auf dem Verkehr, mißachtete die rote Ampel.

Sie mußte nach Haus, mußte sehen, ob heute… o bitte, Gott… heute… laß einen Brief dasein…

Der Bürgersteig schien an ihr zu ziehen, sie langsamer zu machen, ihre hohen Absätze blieben hier und da am unebenen Pflaster hängen. Die Orangen im Plastikbeutel pendelten hin und her und schlugen ihr gegen die Hüfte, als sie dahinhastete.

Dann endlich sprang sie die drei Stufen hoch ins Haus. Außer Atem rannte sie die vier Treppen hinauf. Ihr Herz hämmerte gegen den Brustkorb, als sie ihr Stockwerk erreichte.

Brian, oh, Brian, du fehlst mir so. Deine Briefe, die sind alles, was ich habe. Sie sind alles.

Heute, bitte, mach, daß heute…

Nonnie saß vor dem Fernsehgerät. Mrs. Slatsky, die immer um Punkt sechs ging, eine gute halbe Stunde, bevor Rose nach Hause kam, hatte Nonnies Lieblingssendung »Gilligan's Island« eingeschaltet. Als Rose hereinkam, sah Nonnie gerade mal auf.

»Das Essen ist im Ofen«, sagte sie. »Diese Frau, sie hat einen Hackbraten gebracht.«

Diese Frau, Jesus, Mrs. Slatsky war immer noch »diese Frau« nach wie vielen Jahren?

»Schwimmt im Fett, möcht' ich wetten. Sie kann nicht kochen, diese Frau, nicht besser als ich Baseball spielen kann.«

Einer von Nonnies guten Tagen, merkte Rose. Ihre Großmutter sprach nicht mehr so undeutlich und saß ganz gerade, die Augen hell und scharf wie geschliffenes Glas. Mrs. Slatsky hatte ihr anscheinend das Haar gewaschen und auch gelegt, obwohl sie es nicht sehr gut gemacht hatte. Aber das ersparte Rose die Arbeit, und sie war ihr dankbar.

Aber von Mrs. Slatsky abgesehen – wo war die Post? Rose sah auf den Garderobentisch im Flur, auf den Mrs. Slatsky sie gewöhnlich legte, nachdem sie sie am Nachmittag heraufgebracht hatte. Nichts. Rose ließ die Augen im abgedunkelten Wohnzimmer umherwandern. Sie wollte nicht zu auffällig danach suchen. Nonnie durfte nicht merken, wieviel ihr diese Briefe bedeuteten.

»Auf dem Küchentisch«, sagte Nonnie, als hätte sie Roses Gedanken gelesen.

Sie sah überrascht zu ihrer Großmutter auf.

Die erstarrten Muskeln in Nonnies Gesicht hatten sich nach dem Schlaganfall nie wieder richtig entspannt, und jetzt sah sie Rose mit dem seltsamen, halb grinsenden Ausdruck an, der Rose sogar nach all den Monaten immer noch nervös machte. Sie trug den gesteppten rosa Hausmantel, den Clare ihr zum Geburtstag geschenkt hatte. Ihre Hände, die schlaff in dem eingesunkenen Schoß lagen, erinnerten Rose an diese abscheulichen verkrümmten Hühnerfüße, die die Schlachter umsonst als Suppenfleisch dazugaben.

Ohne etwas zu sagen, ging Rose in die Küche. Da, auf dem Tisch, neben dem Toaster, lagen zwei Briefe und eine Postkarte.

Ihr Herz pochte, als sie den ersten Umschlag aufhob und umdrehte. Ihre Hand zitterte, und ihr Mund war trocken. Aber er war nur von Clare. Der andere war eine Werbesendung. Die Postkarte stammte von Molly Quinn, die jetzt in Vancouver lebte. Mollys Freund hatte beschlossen, nach Kanada zu gehen, damit er nicht eingezogen wurde, und Molly war mitgegangen.

Rose wurde das Herz schwer. Kein Brief, nichts von Brian. *Nein, heute nicht... vielleicht nie mehr... und dann?*

O Gott, wie sollte sie es schaffen, jeden Morgen aufzustehen? Wie sollte sie das Leben denn dann noch aushalten? Jeden einzelnen Tag? Jede einzelne Stunde?

Sie legte den Kopf auf den Küchentisch, zu niedergeschlagen, als daß sie hätte weinen können.

Dann versuchte sie sich vorzustellen, daß Brian nebenan im Zimmer war – ihre Lieblingsmethode, um sich über seine Abwesenheit hinwegzutrösten – und jeden Augenblick hereinkommen und ihr mit der Hand durchs Haar fahren und sie wegen des juristischen Buchs anpflaumen würde, das sie mit nach Hause geschleppt hatte. Brian...

Aber jetzt konnte sie nicht daran glauben, es funktionierte nicht, nicht mal ein ganz klein wenig. Sie konnte sich das Gefühl seiner Hand auf ihrer Haut nicht vorstellen, sosehr sie es auch versuchte. Und seinen Geruch auch nicht. Wie roch er?

Geruch. Sie schnüffelte. Rauch hing in der Luft, etwas verbrannte. Sie jagte hoch. Mrs. Slatskys Hackbraten!

Mit einemmal fand sie es komisch. Hier war sie und machte sich Sorgen wegen Brian, und das ganze Leben lief einfach wie eine Dampfwalze weiter, Nonnie, angebrannter Hackbraten und alles. Ja, es *war* komisch. Sie fing an zu lachen. Hilflos, mit Tränen, die ihr die Wangen hinunterliefen und einem Knoten von der Größe einer Faust in den Eingeweiden.

8

»Setzen Sie sich doch, Miss... äh, *Dr.* Rosenthal?«

Dr. Dolenz lächelte, aber Rachel konnte sehen, daß es nur ein beruhigendes Lächeln und kein von Herzen kommendes war. Seine Art erinnerte sie an ihren Vater, ein bißchen förmlich, aber darauf bedacht, einem gefällig zu sein. Und diese Praxis in der Park Avenue mit dem großen glänzenden Schreibtisch und den eichenen Aktenschränken mit den Messingbeschlägen erinnerte sie an Daddys Büro in der Bank, so wie es ihr als kleinem Mädchen erschienen war, als sie in dem großen Ohrensessel gegenüber Daddys Schreibtisch gesessen und sich von der schweren dunklen Gewalt und den ledrigen, rauchigen Männergerüchen des Raums verschlungen gefühlt hatte.

Sie saß sehr ruhig da, die Hände im Schoß gefaltet, aber ihr Herz jagte. Was zeigte ihr Röntgenbild? Sechs Wochen waren seit der Abtreibung vergangen, und sie war immer noch nicht frei davon... und würde es vielleicht nie mehr sein.

Schweigend flehte sie ihn an: Bitte, wenn es so schlimm wie das Plastiklächeln auf Ihrem Gesicht ist, dann möchte ich es nicht hören, ich will es nicht wissen...

Sie erinnerte sich, wie krank sie in den ersten Tagen nach der Abtreibung gewesen war... Fieber, ab und zu sogar mit Bewußtseinstrübung. Eine Grippe, hatte sie zuerst gedacht, die ging ja überall herum. Wie eine arrogante Närrin hatte sie Davids Angebot abgelehnt, ein Taxi zu rufen. Sechs Querstraßen weit war sie stumpf und taub und betrunken durch den Regen gelaufen, bis sie endlich nüchtern genug – oder vernünftig genug – gewesen war, ein Taxi zu nehmen. Als sie nach Hause kam, war sie durchnäßt und zitterte vor Kälte.

Drei Tage lang hatte sie hohes Fieber gehabt. Sie wußte, es konnte nicht nur die Grippe sein. Da war der Schmerz im Unterleib – wie chirurgische Klammern. Kay hatte sie schließlich überredet, hierherzugehen.

Dr. Morton Dolenz. Sie starrte ihn jetzt an, einen dunklen Mann mit haarigen Armen, die zu lang für seinen Körper waren, und einem feisten Gesicht. Aber trotz seiner affenähnlichen Erscheinung war er überraschend sanft gewesen. Er hatte eine ernste Entzündung im Bereich des Beckens diagnostiziert. Ernst, hatte er gesagt, aber nicht ernst genug, um eine Einlieferung ins Krankenhaus notwendig zu machen. O ja, sie wußte über diese Beckenentzündungen Bescheid. Die konnten einen nicht umbringen, aber sie konnten einen verunstalten... innen.

Er hatte ihr Penicillin gegeben, ein Gramm viermal täglich. Fast sofort ging es ihr besser. Dann, einen Monat später, hatte er eine Uterographie vorgeschlagen, um festzustellen, ob es zu einer Narbenbildung ihrer Eileiter gekommen und, wenn ja, wie ausgedehnt diese war, und hatte für sie einen Termin bei einem Röntgenologen verabredet.

Nun, eine Woche später, öffnete er die Klammer, die den großen braunen Umschlag verschloß, und zog die Filme heraus.

»Ich glaube, es hat keinen Zweck, wie die Katze um den heißen Brei zu schleichen«, sagte er. »Sie sind ja Ärztin, sehen wir sie uns also zusammen an, und ich werde Ihnen zeigen, was ich meine.«

Sie sah ihn die Filme an einen Lichtkasten klemmen, der sich an der Wand befand. Langsam stand sie auf, um neben ihn zu treten, eine Ader in ihrem Hals zuckte wild, und ihr Magen krümmte sich zusammen.

Er deutete auf zwei graue Felder, wo das Kontrastmittel nicht durchgedrungen war. »Wie Sie sehen, sind beide Eileiter ziemlich stark vernarbt. Dadurch wäre eine Empfängnis... nun, sagen wir... unwahrscheinlich. Irgendwann in der Zukunft werden Sie vielleicht eine Operation in Betracht ziehen. Jedoch –« er zuckte die Schultern – »wie Sie wahrscheinlich wissen, sind die Ergebnisse auf diesem Gebiet bisher nicht zufriedenstellend gewesen.«

Es überlief sie siedend heiß. Meinte er, keine Kinder? Nie? Nein... das kann nicht sein... o Gott, nein...

Rachel fühlte sich schwindlig, so als ob sie wieder Fieber hätte.

»Es tut mir leid«, fuhr er fort. »Ich wollte, ich hätte Ihnen etwas Aufmunternderes sagen können. Aber in diesen Fällen finde ich immer, daß es am besten ist, direkt zu sein... und keine... äh... Erwartungen zu wecken. Dann wissen Sie, welches Ihre Karten sind, sozusagen. Sie können immer noch adoptieren, das heißt, wenn Ihr Ehemann –«

Rachel streckte die Hand aus und schüttelte rasch die seine, dankte ihm, machte seinem täppischen Versuch, ihre düstere Zukunft aufzuhellen, ein Ende.

Sie schaffte es hinaus, hielt sich sehr gerade, das Kreuz ganz steif, das Kinn hochgereckt, als könnte sie so die Hitze in ihrer Brust irgendwie am Überlaufen hindern. Sie ging wie in Trance zu ihrer sechzig Querstraßen weit entfernten Wohnung zurück, verlangsamte ihre Gangart nicht einmal, als sie fühlte, daß sich Blasen an ihren Hacken bildeten, oder als der Regen auf sie herabzuprasseln begann. Kurz nach Einbruch der Dunkelheit, ihr Haar in nassen Strähnen, kam sie zu Hause an.

Sie ließ sich in den Korbsessel im Wohnzimmer fallen und machte sich nicht die Mühe, den durchnäßten Mantel auszuziehen. Nun war ihr kalt. Aber trockene Kleidung oder jede Anzahl Decken würden diese Kälte nicht wegnehmen, die wie ein Klumpen Eis in ihrem Magen war.

Keine Kinder... keine Babys... o Gott, was habe ich getan...

Sie verbarg das Gesicht in den Händen.

Ach, wenn doch nur Kay hier wäre, dachte sie, sie würde mich in den Arm nehmen und mir einen Topf mit Tee machen, und wir würden reden und reden, bis ich vielleicht irgendeinen Weg fände, damit fertig zu werden.

Aber hier war keine Kay mehr, sie war fort, vor drei Wochen schon... Vietnam, eine andere Welt...

Rachel ließ die Hände von ihrem Gesicht fallen und ballte sie zu Fäusten. Nein, verdammt, sagte sie sich, ich will nicht hier sitzen und mich selbst bemitleiden. Ja, es ist passiert, aber ich bin nicht tot... Herrgott, wie könnte ich das sein?... nicht mit diesem Schmerz in mir. Ich muß hier heraus. Eine völlige Veränderung. Vielleicht sollte ich es wie Kay machen. Es fehlen Ärzte in Vietnam. Und gerade jetzt braucht Kay mich wahrscheinlich genauso sehr, wie ich sie brauche. Dann könnte ich es vergessen, irgendwo, wo ich keine Zeit haben werde, daran zu denken...

Das Telefon läutete.

Laß es läuten. Sie wollte jetzt mit niemandem sprechen. Wer auch immer es war... sollte später anrufen, morgen.

Aber das Telefon läutete und läutete und hörte nicht auf zu läuten...

Rachel zog sich aus dem Sessel hoch.

»Hallo?«

»Rachel, Gott sei Dank, ich hatte es schon fast aufgegeben!« Mamas Stimme, klar und heiter wie Kristallgläser, die beim Toast aneinanderklingen.

Als sie ihre silberhelle Stimme hörte, kam Rachel sich mit einemmal so verletzlich, so schrecklich nackt in ihrem Elend vor wie damals, als sie zwölf war und Mama sie beim Weinen überraschte, nachdem der gemeine Will Sperry das Valentinsherz zerrissen hatte, das sie ihm in der Schule geschenkt hatte, Mamas Mitgefühl war schmerzhafter als Will Sperrys Grausamkeit gewesen. Nein, sie konnte es nicht ertragen, daß irgendwer sie bemitleidete, und vor allem nicht Mama.

Und Mama, denk daran, wie sie auch leiden würde – keine Enkel, auf die sie aufpassen, mit denen sie spielen und die sie verwöhnen kann. Nein, für Mama war es viel besser, wenn sie es nicht wußte. Rachel konnte den Gedanken an das Elend ihrer Mutter, das noch zu ihrem eigenen hinzukam, nicht ertragen.

»Tut mir leid, ich komme gerade nach Hause«, log Rachel. »Hör mal, Mama, kann ich dich zurückrufen? Diese Wechselschicht beim Notdienst hält mich den ganzen Tag auf Trab, und ich bin wirklich fertig. Ich sehne mich jetzt nach einer heißen Dusche.«

»Nur eine Minute«, zirpte Sylvie. »Es ist wegen morgen; wir schicken den Wagen um halb elf zu dir. Das sollte uns gerade genug Zeit geben, um gegen zwölf in Cold Spring einzutreffen, sogar wenn ein bißchen Verkehr ist.«

Was war das denn? Cold Spring... morgen, um halb elf? Rachel zerbrach sich den Kopf, um einen Sinn hinter dem allen zu finden.

»Oh, Liebling, du hast es doch nicht etwa vergessen, oder?« Sylvies Stimme klang bestürzt, sie schien ihre Gedanken zu lesen.

»Natürlich nicht, wie könnte ich es vergessen –« Sie unterbrach sich und fing vor Schreck zu kichern an.

»Mason. Mason Golds Hochzeit«, soufflierte Mama und lachte auch ein wenig. »Rachel, ehrlich, denkst du an gar nichts anderes mehr als an die Medizin? Nun sag mir bitte nicht, du hast nichts Nettes anzuziehen, oder ich komme sofort bei dir vorbei und entführe dich zu Saks.«

O Gott, ja. Die handschriftliche Einladung, die sie letzten Monat bekommen hatte – sie war ihr ein bißchen ausgefallen vorgekommen, nicht die steife, formelle Karte, die sie erwartet hätte. Sie war neugierig gewesen und hatte gedacht, wie nett es sein würde, Mason wiederzusehen und das Mädchen kennenzulernen, das er heiratete. Dann hatte sie die Einladung irgendwo in eine Schublade getan und vergessen. Herrgott, wenn Mama nicht angerufen hätte, hätte sie es tatsächlich völlig vergessen.

Ja, es würde großartig sein, Mason wiederzusehen. Rachel verzog das Gesicht, als sie an die Party zu Masons einundzwanzigstem Geburtstag dachte und wie ungeschickt sie auf dem Teppich in der Suite seines Vaters im Pierre gewesen waren. Und wie fürsorglich und höflich er sich danach um sie bemüht und ihr beim Anziehen geholfen und sie dann aus dem Fahrstuhl hinausbegleitet hatte, als wäre sie eine kaum noch gehfähige ältere Tante. Sie meinte ihren alten Freund schon für immer verloren zu haben. Aber dann hatte Rachel bei der Party aus lauter Verzweiflung eine Handvoll Eis genommen und es ihm hinten in die Hose gesteckt. Mason hatte gejault und einen wilden Indianertanz vollführt und sie eine gemeine Schlange, einen Satansbraten, eine faule kleine Tomate genannt. Seither waren sie wieder gute Freunde gewesen.

»... es sei denn, du möchtest lieber ins Bloomingdale«, fuhr Mama fort.

Einkaufen gehen? Gott, das fehlte ihr gerade noch. Nein, sie würde etwas aus ihrem Schrank ausgraben.

»Mach dir keine Sorgen, Mama, ich habe etwas Passendes.«

»Um halb elf dann«, sagte Sylvie und seufzte. »Und um Himmels willen, Liebling, vergiß *bitte* nicht, Strümpfe und einen Unterrock anzuziehen. Das letzte Mal, als du ein Kleid trugst, konnte ich genau hindurchsehen, jedesmal, wenn du mit dem Rücken zum Licht standest.«

Rachel fragte sich, ob das die gleiche Sylvie war, der sie sich so nahe gefühlt hatte, als ihr das Eingeständnis ihrer Schwangerschaft herausgerutscht war.

»O Mama, bitte – ja, einverstanden, gut, ich ziehe einen Unterrock an, zehn Unterröcke, wenn dich das glücklich macht.« Dann wurde ihr die Komik bewußt, und sie lächelte. »Wenigstens kann man dir leicht eine Freude machen, Mama, ich weiß, du würdest glücklich sterben, solange ich immer frische Unterwäsche trüge und Papier auf fremde Toilettensitze legte und die Beine beim Hinsetzen an den Knöcheln kreuzte. Mama, ich liebe dich. Und, Mama, hör mal, danke für –«

Wofür eigentlich?

Ja, dafür, daß du auch weißt, worauf es wirklich ankommt... daß du bei mir und für mich da bist, wenn ich dich brauche.

Sylvie war nicht in Entsetzensschreie ausgebrochen, als Rachel ihr von der Abtreibung erzählt hatte. Sie hatte weder geweint noch geklagt, noch Beschuldigungen geäußert, sondern sie einfach in den Arm genommen und fast erdrückt und gesagt: »Ich liebe dich, und ich werde dich immer lieben, was auch geschehen mag.«

»Danke wofüv« fragte Sylvie.

Ein Kloß stieg in Rachels Hals empor, aber sie schluckte ihn hinunter. »Oh, nichts. Einfach nur danke. Bis morgen um halb elf.«

Mason Golds Hochzeit war nicht das, was Rachel erwartete hatte.

Sie hatte sich eine Synagoge und ein Meer von Blumen, Brautjungfern in pastellfarbenen Chiffonkleidern mit Puffärmeln, Braut und Bräutigam in weißem Satin und Frack wie auf den Hochzeitstorten vorgestellt.

Statt dessen saß sie mit ihren Eltern in einem großen alten Gewächshaus oben auf einem Grashügel mit Aussicht auf den Hudson und sah zwei Hippies zu, die sich versprachen, einander zu lieben und zu ehren, aber nicht zu gehorchen. Mason Gold ein Hippie! Unglaublich. Unvorstellbar.

Gewiß, sie hatte ihn ein paar Jahre nicht gesehen ... er hatte sich total verändert, ein großer fremder Mann mit einem Pferdeschwanz in einem langen weißen Kaftan und Sandalen. Die Braut trug ebenfalls einen Kaftan, und ihr langes, glattes schwarzes Haar war mit winzigen wilden Gänseblümchen geschmückt. Kein Hochzeitsbaldachin. Statt dessen standen sie unter einem Korb voll herabhängender Begonien, deren fleischige weiße Blüten ihre Häupter berührten, und herabgefallene Blütenblätter lagen verstreut zu ihren Füßen.

Rachel lächelte und dachte: Schön für dich, Mason. Du hast es also doch geschafft, aus dem Tiefkühlfach auszubrechen.

Sie sah sich um und entdeckte Masons Eltern, die neben einem Kübel voll Zinnien in der ersten Reihe hockten. Evelyn, immer noch Mamas beste Freundin, saß stocksteif da und lächelte tapfer ein erstarrtes Blitzlichtlächeln. Rachel sah, daß die Absätze ihrer rosa Pumps von dem Aufstieg über den sumpfigen Abhang schlammig geworden waren. Ihre Augen sahen geschwollen und rot aus, als ob sie geweint hätte. Neben ihr rutschte Ira Gold, plump und kahlköpfig, auf seinem Stuhl hin und her. Das war keine Hochzeit, bei deren Planung die Golds ihre Hand im Spiel gehabt hatten ... oder die sie sich in ihren schlimmsten Alpträumen hätten vorstellen können.

Rachel konnte die Verwandtschaft und Bekanntschaft der Golds leicht ausmachen ... Sie sahen alle unangenehm berührt und beunruhigt aus, betrachteten angestrengt ihre Hände und wechselten verlegene Blicke. Aber nicht Mama, die so elegant in ihrem blaßblauen Kaschmirkostüm war – sie sah einfach verträumt aus. Rachel war stolz auf sie.

Rachel strengte sich an, den Geistlichen zu verstehen, einen freundlichen bärtigen Mann, der aufrichtig wirkte und, zum Glück für die Golds, einen Anzug mit einer Krawatte trug. Er las laut die Gelübde vor, die Mason und Cheyenne zusammen aufgesetzt hatten. Etwas darüber, daß die Liebe so frei wie ein Adler sei... und über Kreise innerhalb von Kreisen. Nett und nicht *zu* idiotisch.

Rachel spürte, daß ihr die Tränen kamen. Gott, weinte sie tatsächlich? Vielleicht weil Mason seine Braut so zärtlich ansah. Sie waren gänzlich voneinander in Anspruch genommen, sie hätten in einem sinkenden Ruderboot stehen können und nichts von alledem bemerkt. David hatte sie niemals so angesehen.

Masons Freunde, langhaarige Jungen in Jeans und locker darüberhängenden Hemden, saßen in einer Gruppe ziemlich weit vorn. Die Mädchen, vier oder fünf, hatten alle langes, in der Mitte gescheiteltes Haar und unscheinbare, sauber gewaschene Gesichter. Sie nickten träumerisch und wirkten ziemlich weggetreten. Was bauten sie in diesem Gewächshaus wohl noch an außer Blumen?

Mason steckte seiner Braut einen Ring an den Finger, und nun, mit glühendem Gesicht und zitternd vor Rührung, beugte er sich herab, um sie zu küssen. Ein Junge, der auf einem umgedrehten Blumentopf saß und eine Gitarre im Schoß hielt, fing an Cat Stevens' »Moon-shadow« zu spielen. Rachel merkte, daß sie mitsummte, hingerissen von der Freude des Augenblicks.

Ein paar Minuten später gingen sie alle im Gänsemarsch hinaus. Mason und Cheyenne zuerst, ihre Freunde in einer Traube um sie herum, grinsend und lachend und einander umarmend.

Die älteren Leute blieben zurück, murmelten den Golds ihre höflichen, gezwungen wirkenden Glückwünsche zu. Rachel sah, daß Ira Golds Gesicht noch finsterer wurde, als ihm ein anderer kleiner kahlköpfiger Mann, der wie ein Bruder oder Cousin aussah, mitfühlend auf die Schulter klopfte.

Über die Stühle hinweg begegneten sich Rachels und Geralds Blicke, und sie lächelten beide. Daddy macht das Spaß, dachte sie. Ira hat einen Dämpfer bekommen... Daddy fand ihn schon immer ein bißchen angeberisch.

Nun suchte sie sich ihren Weg den Hügel abwärts und humpelte in ihren hochhackigen Schuhen um die Maulwurfslöcher und Steine herum. Welch ein Witz, daß sie sich tatsächlich Sorgen gemacht hatte, ob sie gut genug angezogen sein würde.

In dem schimmlig riechenden alten Farmhaus standen Erfrischungen auf einem runden Eichentisch bereit. Hundert Liter frisch gepreßten Apfelmosts, gesund aussehende Salate, bestreut mit Sonnenblumenkernen und Sprößlingen, Vollkornbrote, irdene Töpfe mit süßer Butter und Quark, knusprige vegetarische Schmorbraten.

Später, in der großen altmodischen Küche mit den riesigen Schränken und der geräumigen Speisekammer, gelang es Rachel schließlich, Mason einen Augenblick allein zu sprechen. »Ist das alles wirklich wahr?« fragte sie. »Ich kann gar nicht glauben, daß du das bist. Was ist aus Yale und der Zeitung und der Sozialarbeit geworden?«

»Hast du schon mal Selleriestangen mit frisch gemahlener Erdnußbutter probiert?« Er nahm eine von einem angestoßenen Teller auf dem schräg abfallenden Buffet und steckte sie ihr in den Mund. Er grinste und sah ihr zu, wie sie zu kauen versuchte. »Cheyennes Spezialität. Zuerst mochte ich das Zeug auch nicht, das sie ißt, aber sie hat mich umgekrempelt.«

Rachel zwang sich, den klebrigen, faserigen Klumpen hinunterzuschlucken.

»Tut mir leid, was ich über Yale gesagt habe. Ich bin noch nicht so richtig daran gewöhnt, dich mit einem Pferdeschwanz zu sehen. Aber ich freue mich für dich, ehrlich, Mason.«

»Keine Ursache. He! Möchtest du nicht die anderen Räume sehen? Cheyenne und ich haben den ganzen zweiten Stock für uns. Dove und Gordy teilen sich den ersten mit Lisa und Joe. Hast du Joe kennengelernt? Das Haus hat früher Joes Großvater gehört; er war eine Art Botaniker. Es war Joes Idee, die Hochzeit im Gewächshaus zu feiern...«

Rachel folgte Mason eine breite Treppe mit einem geschnitzten Eichengeländer und gedrechselten Spindeln hinauf. Der zweite Stock, in dem er wohnte, war eigentlich das Dachgeschoß. Sie folgte ihm in den niedrigen weißgekalkten Raum und duckte sich, um nicht mit dem Kopf an die schräge Decke zu stoßen. Jemand – Cheyenne wahrscheinlich – hatte Vorhänge aus gestreiften alten Baumwollaken genäht, die früher einmal als Tagesdecken auf irgendwelchen Betten gelegen haben mußten. Eine riesige Matratze auf dem Fußboden stellte außer einer Kommode die einzige Einrichtung dar.

Mason setzte sich auf die Matratze, die Beine wie ein Indianer gekreuzt. Er sah ihren etwas bestürzten Gesichtsausdruck und sagte: »Ich weiß, ein bißchen nackt und kalt, aber es ist nur vorübergehend. Bis zum Ende des Sommers. Dann ziehen wir in die Stadt. Ich fange im September bei der Rechtshilfe an – habe ich dir schon von der Legal Aid Society erzählt? Ich habe die Nase voll vom bürgerlichen Pack, lauter reiche Armleuchter, die einander übers Ohr zu hauen versuchen. Hast du eine Ahnung, wie viele ehrliche und anständige Leute jeden Tag im Gefängnis landen, nur weil sie sich keinen guten Anwalt leisten können? Natürlich triffst du bei der Rechtshilfe auch unfähige Juristen, Leute, die nur dort sind, weil sie nichts Besseres finden können. Aber ich suche mir das ganz bewußt aus. Ich möchte diesen armen Schweinen helfen.«

Rachel ließ sich neben Mason fallen und küßte ihm auf die Wange. Sie war stolz auf ihn, auf seinen Mut, sein Engagement.

Er lachte und bückte sich, um unter einer Ecke der Matratze eine Plastiktüte hervorzuholen. »Möchtest du eine rauchen? Wie in alten Zeiten?«

Er rollte einen schmalen Joint, und sie reichten ihn sich hinüber und herüber und kifften in stiller Eintracht. Es war irgendwie ein gutes Gefühl, das Hasch mit Mason an seinem Hochzeitstag zu rauchen. Genau das richtige, um sich von den Gedanken an sich selbst und ihren Kummer loszureißen.

Dann fragte Mason: »Was macht Dr. Kildare alias Dr. Schweitzer? Zu sehr damit beschäftigt, Menschenleben zu retten, um sich zu verlieben und zu heiraten?«

»Ich war einmal verliebt«, sagte sie. »Wenigstens dachte ich es damals. Ich glaube, ich bleibe jetzt beim Menschenleben-Retten und fange erst einmal mit meinem eigenen an ... He! Ich gewöhne mich schon an dich mit deinem Pferdeschwanz. Ja, er gefällt mir sogar. Ich glaube, ich bin bekifft.«

»Habe es selbst gezüchtet.«

»Was, das lange Pferdeschwanzhaar?« Sie kicherte und fühlte sich leichter im Kopf.

»Das hier.« Er hielt ihr den Joint hin. »Oben im Gewächshaus.«

»Hatte ich mir irgendwie schon gedacht.«

»Pop ahnt etwas, glaube ich. Er hat mich regelrecht gefragt, ob ich irgendwelche komischen Sachen vorhätte. Er fällt mir wahnsinnig auf die Nerven. Ich glaube, er nimmt es mir immer noch übel, daß ich nicht bei ihm ins Geschäft einsteigen will.«

Rachel nahm einen tiefen Zug und verschluckte sich an dem süßlichen, heißen Rauch. Es war lange her, daß sie so etwas geraucht hatte, wahrscheinlich zu lange. Sie legte sich auf die Matratze zurück und stützte sich auf einen Ellbogen auf. Sie konnte durch das niedrige Fenster sehen; draußen über dem Fluß ging die Sonne in einem orangefarbenen Nebel unter.

»Möchtest du was richtig Radikales hören?« fragte sie. »Ich denke daran, nach Vietnam zu gehen.«

Mason starrte sie an. »Ach, du Scheiße, Rachel, meinst du das ernst?«

»Ja.« Bis zu diesem Augenblick war sie sich dessen noch nicht sicher gewesen, aber indem sie es sagte, schien es nun auf einmal real zu werden.

Mason starrte das glimmende Stäbchen an, das er zwischen Daumen und Zeigefinger hielt. »Wow! Ich wußte, daß dieses selbst angebaute Zeug gut ist, aber nicht, daß es *so* gut ist.«

Sie lachte. »O.K., ich bin ein bißchen bekifft, aber ich meine es ernst.«

»Das ist bei weitem die verrückteste Idee, die du je gehabt hast.« Seine braunen Augen weiteten sich zu einem Ausdruck ungläubigen Erstaunens – wie in einem Comic strip.

»Ich sage nicht, daß ich zur Armee gehen will oder irgendwas dergleichen. Ich könnte in einem katholischen Krankenhaus arbeiten, für eine Organisation namens Catholic Relief. Es werden da drüben eine Menge Zivilisten angeschossen, zu Krüppeln gemacht ebenso wie Soldaten. Ich kann mir nicht vorstellen, daß es schlimmer sein kann als die Arbeit mit den Knastologen, die du bei der Legal Aid Society vorhast.«

Mason dachte darüber nach und kniff die Augen zu, während der Rauch um seinen Kopf herum aufstieg. »Ja, da könntest du recht haben. Und außerdem, wer bin ich, um das beurteilen zu können. Was Pop angeht, habe ich mein Leben schon ziemlich verpfuscht, wie soll ich dir da sagen, was du zu tun hast? Und ich kenne dich gut genug, um zu wissen, daß du es sowieso tust.«

Rachel sah ihn an und dachte, wenn sie einen Bruder hätte, würde sie sich wünschen, daß er genau wie Mason wäre.

»Ich schicke dir 'ne Postkarte«, sagte sie.

»Aber schreib ja nicht darauf ›Ich wollte, du wärst hier‹.« Er klopfte sich auf die Brust und grinste. »Herzgeräusche. Tauglichkeitsstufe Vier-F. So ein Mist, was?«

Rachel erhob sich, fühlte sich schlaff, müde, aber trotzdem besser als all die vergangenen Wochen. Ja, sie wollte es tun ... das war die Antwort ... alles hinter sich lassen ...

Ein neues Leben anfangen wie Mason.

»Laß uns hinuntergehen«, sagte sie. »Cheyenne fragt sich vielleicht, was du hier oben an deinem Hochzeitstag mit einer anderen Frau treibst.«

»Keine Angst, Cheyenne ist nicht so. Sie glaubt nicht daran, daß man jemanden auf diese Art und Weise besitzen kann.« Er zog sich von der Matratze hoch.

Dann sah sie Mason streng in die Augen. »Hör mal zu, Freundchen, mach mir ja keine Sperenzchen. Wenn du sie liebst, dann halte sie ja gut fest.«

Mason salutierte, und sein linker Mundwinkel verzog sich nach oben. »Keine Sorge, General. Ich will nur sie und noch ein paar. Paß auf, ich verrate dir jetzt etwas, das ich noch nicht einmal meinen Eltern erzählt habe. Cheyenne und ich ... na ja, sie ist seit drei Monaten schwanger. Ich werde Vater. Wie findest du das?«

Ein brennender Schmerz in der Brust; Rachel hatte ein Gefühl, als ob ihr Herz ein stromführendes Kabel berührt hätte. Dieser saudumme glückliche Ausdruck in Masons Gesicht. Sie mußte an David denken, wic distanziert, wie kalt und ablehnend er gewesen war. O Gott.

Dann riß sie sich zusammen. »Du hast es ja wirklich eilig, wie?«

»Das ist vielleicht verrückt, was? Ich heirate, kriege ein Kind. Du gehst vielleicht nach Vietnam.« Er wandte sich ihr zu, als sie zur Treppe gingen. An seinem Kinn waren ein paar kleine rote Kratzer, wo er sich beim Rasieren geschnitten hatte. Aus Rücksichtnahme auf seine Eltern hatte er sich früh morgens den Bart abgenommen, erzählte er ihr. Sie hätten wahrscheinlich zuviel gekriegt, wenn er ihnen auch noch als Jesus Christus erschienen wäre. »Paß bloß auf, daß du da drüben deinen Kopf nicht zu weit herausstreckst.«

Draußen auf dem Treppenabsatz hörte sie Lärm von unten, jemand rief etwas, eine Tür schlug zu, Schritte hämmerten die Treppe unter ihnen hinab.

»Rachel? Rachel?« Mamas angsterfüllte Stimme rief nach ihr. Jemand verletzt? Sie dachte verrückterweise an diese alten Cartoons: Bugs Bunny kreischt: »Ist da irgendwo ein Doktor?«

Aber als der weiße Kreis von Mamas Gesicht im Treppenhaus auftauchte, erstarrte Rachel. Es war ihr, als bliebe ihr das Herz stehen. *O Gott, etwas Schreckliches... etwas Schreckliches muß passiert sein...*

»Rachel.« Mama rang nach Luft. »Daddy ist...«

9

Sylvie saß in dem alten, mit rotem Samt bezogenen Schaukelstuhl in ihrem Schlafzimmer und nähte einen Knopf an Geralds Hemd.

Sie zielte mit der Nadel durch das Knopfloch. Es waren so winzige Knöpfe und so feine, die altertümliche Sorte aus poliertem Fischbein, nicht aus Plastik. Typisch für Gerald, in allen Dingen so eigen. Seine Hemden stammten alle von demselben Schneider in der Savile Row, bei dem schon sein Vater hatte arbeiten lassen.

Sylvie sah kurz auf zu den hohen bleiverglasten Fenstern und stellte zu ihrer gelinden Überraschung fest, daß der Nachmittag schon fast vorüber war.

Irgendwo hörte sie ein Geräusch, ein Klopfen. Aber so weit entfernt, daß es von unten aus dem Parterre kommen mußte. Ach, na ja, sollte Bridget sich darum kümmern. Sie stellte sich vor, daß sie das Hemd für Gerald herauslegte, so daß er es morgen tragen konnte, zusammen mit seinem hübschen blauen Anzug mit dem Fischgrätenmuster und der Dior-Krawatte, die Rachel ihm letztes Jahr zum Vatertag geschenkt hatte...

Das Klopfen wurde lauter, hartnäckiger. Ach, es kam ja gar nicht von unten, es kam ja draußen von ihrer Schlafzimmertür. Und sie hörte auch eine Stimme rufen.

»Mama? Bist du da drin? Mama?«

Rachel? Welch wunderbare Überraschung. Vielleicht bleibt sie zum Abendessen. Die Gedanken kamen ganz automatisch.

»Komm herein, Liebling«, rief Sylvie fröhlich mit glokkenheller Stimme. »Sie ist nicht abgeschlossen. Nur etwas verklemmt. Ach, diese alten Türen. Drücken mußt du. Kräftig.«

Herrgott, wie schrecklich sie aussieht, dachte Sylvie, als ihre Tochter ins Zimmer kam. Das Haar strähnig und matt, als ob sie es seit Tagen nicht gewaschen hätte. Das Gesicht aufgeschwemmt, die Augen verquollen. Armes Kind.

»Oh, Mama.«

Rachel durchquerte das Zimmer und kniete Sylvie zu Füßen nieder. Als sie den Kopf in den Nacken legte, traf ein Strahl der Abendsonne ihr Gesicht, hob es aus der Dämmerung heraus und erleuchtete es, als wäre sie eine gemarterte Seele auf einem Bild von Goya. Etwas in diesem Gesicht weckte Sylvie aus ihrer Lethargie auf und rief ein Gefühl der Kälte in ihr hervor. Einer Kälte, die tief drinnen in den Knochen saß und die man mit noch so vielen Decken nicht herausbekommen konnte.

Geh weg, dachte sie. Laß mich doch bitte in Ruhe.

Rachel preßte ihr Gesicht in die Falten von Geralds Hemd, das auf Sylvies Schoß ausgebreitet lag. Ihre Stimme erhob sich, erstickt und tränenschwer. »Er fehlt mir so sehr. Ich kann es einfach nicht glauben, daß ich ihn nie wiedersehen werde. Wenn ich durch dieses Haus gehe, ist er in allen Räumen da. O Gott, Mama, es ist ganz so, als ob er jetzt *hier* wäre, so nahe, daß ich ihn sogar *riechen* kann. Ich kann ihn nur nicht sehen oder berühren.«

Rachel fing an zu weinen, ihre Schultern zuckten, heiße Tränen drangen durch Sylvies Morgenmantel.

»Still jetzt!« Sylvie strich leise mit der Hand über Rachels Kopf und fühlte die harte Kurve des Schädels unter dem Haar und die zarte kleine Höhlung in ihrem Nacken. Als Rachel ein winziges Baby war, hatte Sylvie sie genauso in den Schlaf gestreichelt. »Weine nicht, mein Liebling.«

Sylvie hatte ein wundervoll friedliches Gefühl. Als hätte sie die Gegenwart in der Tat hinter sich gelassen und schwebte nun losgelöst in einer anderen Zeit, einer Zeit des Glücks: Ein Baby lag auf ihrem Schoß, und sein süßer Puderduft erfüllte das ganze Zimmer.

»Mama, Daddy fehlt mir, aber um dich mache ich mir Sorgen.« Rachels Worte zogen sie tiefer hinein in die Kälte und Schwärze, in die sie nicht wollte. »Du hast kein einziges Mal geweint. Und du willst nichts essen. Du bist seit einer Woche nicht mehr aus diesem Zimmer herausgekommen. Bridget hat mich heute morgen angerufen. Sie hat geweint, sie war so durcheinander.«

»Es gibt für keinen von euch beiden einen Grund, so besorgt zu sein«, erwiderte Sylvie. »Ich bin vollkommen in Ordnung. Ich habe nur keinen großen Appetit, das ist alles. Und so gern ich Bridgets Küche mag, sie geht doch ein bißchen zu großzügig mit der Butter und den Eiern um. Sie versucht mich seit Jahren herauszumästen, tut sogar Sahne in meinen Kaffee, obgleich ich sie ausdrücklich um Magermilch gebeten habe. Es ist ein Krieg zwischen ihr und mir, weißt du. Und sie will einfach nicht nachgeben.«

»Oh, Mama.« Rachel hob das Gesicht, feucht und verquollen von den Tränen. »Kannst du nicht wenigstens weinen? Es wäre soviel besser, wenn du es könntest.«

Sylvie wich den verletzt wirkenden Augen aus. Nein, sie durfte nicht weinen. Wenn sie es täte, würde sie nie mehr damit aufhören können. Das wäre eine Meereswoge, die sie hinabziehen würde.

Oh, wenn doch Gerald nur da wäre!

Aber das war es, woran Rachel sie erinnerte, nicht wahr? Daß Gerald nicht zu ihr zurückkehren würde, nie mehr.

Dann brach etwas in Sylvie auf, drückte gegen ihre Brust und schmerzte und trieb die Luft aus ihren Lungen. In einer großen erstickenden Welle stiegen Tränen ihren Hals hinauf.

Und in einer Woge kam alles zurück.

Gerald klagte bei Mason Golds Hochzeit über Schmerzen in der Brust und brach zusammen, bevor sie und Rachel ihn zum Wagen hinausbringen konnten. Dann die Intensivstation, all diese Ärzte, Schwestern, Helfer, die um ihn herumschwärmten, ihm auf die Brust schlugen, Nadeln, Drähte und Schläuche in ihn hineinbohrten und sein Herz mit dieser Schocktherapie wieder zum Schlagen bringen wollten. Aber es war zu spät, zu spät...

Die Beerdigung zwei Tage später erschien wie ein Nebel in ihrer Erinnerung. Wie unwirklich sie ihr vorgekommen war, wie ein Traum oder ein Film, den sie sah. Die Emmanuel-Synagoge so voll, Geralds Freunde, seine Kunden, die Angestellten, Leute von der Oper. Hunderte, alle wollten sie ihr die Hand drücken, ihr einen Kuß auf die Wange geben. Und Rachel an ihrer Seite so gut, so stark, wußte alle Namen, murmelte die richtigen Dankesworte.

Sylvie sah im Geist den Friedhof unter einem Leichentuch aus Schneekristallen glitzern. Und dann der abscheuliche Teppich aus künstlichem Gras, so falsch, schlimmer als das gähnende Loch darunter. Jemand hatte einen Strauß babyrosa Rosen am Grab gelassen, obgleich jeder hätte wissen sollen, daß keine Blumen darauf sollten. Ja, sie hätte dann beinahe geweint. Sie hatte das Bündel in die Arme nehmen und wegtragen wollen, bevor sie verwelkten. Diese lieblichen, vergeudeten Rosen.

Sylvie hatte das Gefühl gehabt, selbst dahinzuwelken, aber die starke Hand eines Mannes ergriff plötzlich ihren Ellbogen und stützte sie. Nikos. Und er wirkte nicht mehr bedrohlich. Nur ein alter Freund, jemand, der gut zu ihr war.

Er würde ihr nicht weh tun. Oder Rachel.

Sylvie hatte das gewußt, schon bevor Rachel sich zu ihm umdrehte und leicht die Stirn runzelte, als ob sie ihn unter den vielen Freunden und Bekannten ihres Vaters unterzubringen versuchte. Dann hatte sie seine ausgestreckte Hand akzeptiert.

»Es tut mir leid«, hatte er gesagt.

Und das war alles. Obwohl er Rachels Hand ein bißchen zu lange gehalten und ihr mit seinen dunklen Augen ins Gesicht gestarrt hatte, ließ er Sylvie wissen, daß er nur dort war, um sein Beileid auszudrücken.

Später, als fast alle zu ihren Wagen gegangen waren, hatte Nikos noch weiter bei ihr verweilt.

»Man hat deinen Mann sehr geschätzt«, sagte Nikos liebenswürdig. Sein Atem war eine weiße Feder in der frostigen Luft, und seine Schuhe stanzten tiefe Löcher in den gefrorenen Schnee, als er mit ihr zum Wagen zurückging.

»Ja, er hatte viele Freunde«, sagte Sylvie. »Er war ... ein großzügiger Mann.«

»Ich weiß das besser als die meisten.«

»Du?« Sie blieb stehen, um ihn anzusehen. Sein runzliges braunes Gesicht – ja, jetzt bei Tageslicht konnte sie all die winzigen Furchen und Fältchen sehen, wie in altem poliertem Leder – zeigte nur Bewunderung.

»Es gibt da etwas, das du wissen solltest«, begann er, als sie langsam den schmalen Fahrweg, eine Schneise mitten in einem Wald von Grabsteinen, entlanggingen. »Ich sehe nicht, daß es dir schaden könnte, wenn ich es dir nun sage. Und vielleicht wird es für dich ein Trost sein.«

Sylvie fühlte sich wieder etwas schwindlig und umklammerte Nikos' Hand. »Trost?« schluckte sie. »Wie kann irgend etwas für mich ein Trost sein jetzt, da er nicht mehr lebt?«

»Wir können ein andermal darüber sprechen, wenn du möchtest.«

»Nein. Sag's mir.«

»Er wußte von uns«, sagte Nikos. »Von dir und mir. Damals. Er wußte es. Als er mich vor die Tür setzte, sagte er, er werfe es mir nicht vor. Er hatte nur Angst, daß du ihn verlassen würdest, einen alten Mann, der dir nichts bieten konnte als Geld.«

Ein Teil von ihr wollte loslachen, irre, hysterisch. Aber mit einemmal war sie so müde, so schrecklich müde und wollte sich nur in den Schnee legen und die Augen zumachen. Sie Gerald verlassen?

Sylvie spürte etwas Kaltes auf dem Gesicht und merkte, daß sie weinte. Sie grub die behandschuhten Finger in ihre Wangen. »Er wußte es? Die ganze Zeit, meinst du, wußte er es?«

»Er hat mir Geld gegeben«, sagte Nikos und ließ den Kopf hängen. »Ich mußte versprechen, daß ich dich nie wiedersehen würde. Fünfhundert Dollar. Ich habe mir davon einen alten Lieferwagen gekauft und mein Geschäft aufgemacht, woraus die Anteros Construction Company wurde.«

»Anteros.« Ihr ging ein Licht auf. »Der Gott der betrogenen Liebe.«

»Ja«, gestand er. »Ich habe dich geliebt. Aber ich wußte, was er nicht wußte – daß du ihn nie meinetwegen oder irgendeines anderen Mannes wegen verlassen würdest. Ja, so habe ich das Geld genommen; ich schäme mich, es zu sagen.«

»Schäme dich nicht«, sagte sie. »Es gibt Schlimmeres, als Geld zu nehmen.«

»Ich habe ihn erst vor zwei Jahren wiedergesehen«, fuhr Nikos fort. »Jemand erzählte mir, er wäre vielleicht an dem Grundstück interessiert, auf dem ich bauen wollte. Und ich brauchte eine Finanzierung, also ging ich hin. Aber hauptsächlich, glaube ich, war es die Eitelkeit. Ich wollte ihm zeigen, wie gut ich diese fünfhundert Dollar angelegt hatte. Aber woran ich mich am besten erinnere, war das Photo in einem Silberrahmen auf seinem Tisch – von dir und deiner Tochter. Da habe ich begriffen, wer damals bei unserem Handel das bessere Los gezogen hat.«

Die Stille, die Nikos' Bekenntnis folgte, schien ungeheuer und unheimlich. Sylvie hörte die Äste der alten Ulme über sich knarren und vernahm das Flattern der Sperlinge, die davonflogen. Irgendwo in der Nähe konnte sie das Anlassen von Automotoren und das schwerfällige Dröhnen eines Baggers hören, der ein Grab aushob. Die Sonne kam gerade in diesem Augenblick hinter einer Wolkenbank hervor und verwandelte den Schnee in einen hellen Spiegel, der die Glimmerflecken in den granitenen Grabsteinen aufblinken ließ.

Sylvie stand nur da und sah hinaus über die Gräber, und es war ihr, als würde sie das kostbare Geschenk, das Nikos ihr gemacht hatte, zerschlagen, wenn sie sich zuviel oder zu schnell bewegte, diesen Einblick in das geheimnisvolle Herz ihres Mannes, den sie geliebt und der sie so unverdientermaßen und leidenschaftlich und innig wiedergeliebt hatte.

Sogar ihr Schmerz erschien ihr nun wie etwas Köstliches, ein fein gearbeitetes Stück, das sie von allen Seiten betrachtete, um über die verzwickte Form zu staunen.

Ich hätte ihm von Rose erzählen können, dachte sie. Und er hätte es verstanden. Er hätte mir verziehen. All diese Jahre...

Sie hatte sich damals ihrer Schande und Geralds Großzügigkeit wegen so geschämt.

Nun, als sie in ihrem Schaukelstuhl saß, ein Hemd, das Gerald niemals tragen würde, über den Schoß gebreitet, und Rachel vor ihr kniete, dachte sie: Wie dankbar sind wir doch für die geringste Atempause oder Gnadenfrist, wenn unsere Welt auseinanderbricht. Für eine zärtliche Berührung. Ein freundliches Wort. Oder dafür, daß man uns verzeiht.

Er war wirklich nicht mehr da. Ihr lieber Gerald. Sie hörte seine Schritte nicht mehr auf der Treppe. Oder die Musik von Puccini aus seinem Arbeitszimmer. Erblickte ihn nie mehr lächelnd auf der Terrasse, wenn sie beim Rosenschneiden aufsah. Und nie mehr blieb er bei ihr stehen in der

Abendstille, um ihr eine Passage aus einem Buch vorzulesen.

Aber sie hatte immer noch ihre Tochter, sie hatte Rachel. Und Rachel trauerte auch.

»Mama«, sagte Rachel. »Ich habe daran gedacht... reg dich bitte nicht auf, ich *dachte* nur daran... zu Kay nach Vietnam zu gehen. Sie suchen dort so verzweifelt Ärzte und... na ja, ich glaube, es wäre gut für mich. Herauszukommen aus... aus allem. Aber ich werde nicht gehen, wenn du möchtest, daß ich bei dir bleibe, Mama, wenn du mich brauchst. Ich weiß, daß Daddy gewollt hätte, daß ich mich um dich kümmere.«

Sylvie fühlte einen Schmerzensblitz in ihrem Herzen einschlagen. Nicht Rachel... Rachel verließ sie auch? Lieber Herrgott, wieviel mehr konnte sie noch ertragen?

Oh, wo war Gerald? Weshalb war er nicht hier, wenn sie ihn so sehr brauchte?

Gerald, so ein guter Beschützer, wie der Vater, den sie nie gehabt hatte. Er hätte gewiß nicht gewollt, daß sie allemı gelassen wurde.

Aber Rachel war nicht dazu bestimmt, sie zu beschützen. Rachel mußte ihr eigenes Leben haben.

»Nein.« Sylvie legte ihre Näharbcit beiseite und erhob sich von ihrem Sessel. So ein einfacher Akt und doch wie schmerzhaft, als hätte sie Tage eingeschlossen in einem Käfig verbracht.

Doch war es gut, ihren Körper zu spüren, sogar wenn er ihr weh tat. »Ich möchte nicht, daß du dein Leben meinetwegen aufschiebst. Ich möchte nicht die Verantwortung dafür übernehmen.«

»Mama.« Rachel schüttelte nur den Kopf, die Sonne ging unter, das Licht verschwand von ihrem Gesicht. »Ich *will* mit dir zusammen sein.«

»Jetzt möchtest du es. Für ein paar Tage, vielleicht ein paar Wochen. Und dann wird es dir leid tun. Nein. Ich mag den Gedanken nicht, daß du weggehst, und so weit weg. Wo es so gefährlich ist. Aber ich fände es noch schlimmer, wenn du meinetwegen hierbliebst.«

»Meinst du das wirklich, Mama? Bist du sicher?«

Sylvie war sich in keiner Weise sicher. Sie wußte nur, daß sie diese Nacht wohl noch überstehen würde. Sie fühlte sich so schwach, so verloren ohne Gerald. Aber wenn sie aufstehen und eine Entscheidung treffen konnte, selbst wenn es die falsche war, dann bedeutete das etwas, nicht wahr? Das mußte bedeuten, daß sie nicht sterben, nicht verwelken würde wie diese armen Rosen auf Geralds Grab.

Das Leben ist voller Überraschungen, dachte sie, und vielleicht werde ich mich einfach selbst überraschen.

Sylvie wischte Rachel ein Haar von der tränenfeuchten Wange. »Kannst du zum Abendessen bleiben? Dann können wir über deine Pläne reden. Und uns von Bridget mästen lassen.«

10

Max Griffin erwachte. Bernice schnarchte, ein leise gurgelnder Laut, der ihn, noch halb im Schlaf, daran erinnerte, daß die Toilettenspülung reguliert werden mußte. Er spürte ein dringendes Bedürfnis zu pinkeln.

Schlaftrunken rutschte er aus dem Bett, und dann traf der Schock des kalten Bodens seine Fußsohlen. Verdammt! Wo waren die Hausschuhe? Er tastete blind herum, schließlich fand er sie, nicht dort, wo er sie vorher von den Füßen geschleudert hatte, sondern vielmehr ordentlich nebeneinander vor dem Nachttisch, mit den Zehen nach außen. Bernice. Klar. Sie stellte sie immer dorthin, damit er sie fand, falls er nachts aufs Klo mußte.

Nein, von ihr hörte man solche Worte nicht – Klo oder Lokus oder Abtritt oder Topf, ich muß mal, nicht mal Toilette. Für sie war es das Bad, er hörte ihre Stimme klar und deutlich, diese exakte und präzise damenhafte Stimme, wenn sie Besucher in das Wohnzimmer geleitete, ihnen die Mäntel abnahm. *Wenn Sie sich mal die Nase pudern wollen, das Bad ist am Ende des Ganges, dort können Sie sich auch die Hände waschen.*

Max fand die Tür, tastete nach dem Lichtschalter. Ein Glanz schlug ihm ins Gesicht wie ein Blitzlicht, strahlend grell, was da der Chrom und der Spiegel und die blinkenden Kacheln reflektierten. Wenn er bisher noch nicht wach gewesen war, nun war er es bestimmt. Nun könnte er ein Plädoyer beginnen, das die Jury beeindrucken würde, so klar fühlte er sich im Kopf.

Als er pinkelte, starrte er in die Toilette. Das Wasser war unnatürlich hellblau, so hellblau wie das Schwimmbecken beim Christlichen Verein Junger Männer. Und jetzt wurde es grün, ein ekelhaftes, nach Krankheit aussehendes Gelbgrün.

Eine uralte Erinnerung dämmerte ihm herauf. Einmal kam er nach Hause und fand Bernice auf Händen und Knien auf dem Küchenfußboden vor dem avocadogrünen Kühlschrank, sie trug große gelbe Gummihandschuhe, die ihn an Minnie Mouse denken ließen, und schrubbte mit einer Flaschenbürste und einer Plastikschüssel voll Seifenwasser darunter herum.

»Baby schläft?« hatte er gefragt.

Sie sah zu ihm hoch, ihr rotes Haar mit einem Haarreifen zurückgesteckt; eine feine Schicht feuchten Glanzes schimmerte auf ihrer fahlen Stirn. »Sie trinkt gerade ihre Flasche«, sagte Bernice. »Ich habe diese neue Halterung entdeckt, ein Kissen mit Schlaufen, in die man die Flasche hineintun kann, so daß sie nicht umkippt. Man legt das Ganze einfach ins Kinderbett, wenn sie hungrig ist. So habe ich gleich wieder etwas Zeit für andere Dinge gewonnen.«

Mandy war damals drei Monate alt gewesen.

Von ein paar kaum sichtbaren Streifen auf der Haut abgesehen hatte sich Bernie dadurch, daß sie Mutter wurde, nicht verändert, dachte Max. Ihre Tochter war nicht mehr als ein weiterer Haushaltsgegenstand, der in den Tagesablauf einbezogen werden mußte. Ein Punkt mehr auf dem schwarzen Brett in der Küche über dem Telefon, lauter DINGE, DIE GETAN WERDEN MÜSSEN.

Er schüttelte sich ab und spülte.

Nun fing ein Kopfweh an, ein schmerzhaftes Pulsieren in den Schläfen, das hervorgekrochen kam. Das fehlte ihm gerade noch. Und morgen im Gericht ein Termin nach dem andern.

Max ging zum Medizinschränkchen, in dessen Spiegel er einem unwillkommenen Gespenst mittleren Alters gegenübertreten mußte: einem stämmigen Mann von bald vierzig Jahren mit vom Schlaf aufgedunsenen Augen, einem zwar noch festen Kinn, aber von grauen Strähnen durchsetztem, zerzaustem braunem Haar.

Er klappte das Schränkchen auf, erleichtert, daß sein Spiegelbild beiseite glitt. Reihen von Flaschen sahen ihn an. Wenige von den Sachen, die man gewöhnlich in Arzneischränken fand, keine uralten Tabletten, keine verkrusteten Flaschen mit dem Hustensaft vom letzten Winter, keine Ringe auf den Glasscheiben. Sondern alles hübsch der Reihe nach geordnet, penibler als ein Apothekerregal. Massengil-Lotion. Daisy-Intimspray. Vier verschiedene Arten Unterarmdeodorant. Das lila Plastikzifferblatt mit Bernices Antibabypillen. Er fand das Tylenol neben dem orangenen Babyaspirin, das sie Monkey gab, wenn sie Fieber hatte. Er schüttelte zwei in die Handfläche. Wo war das Wasserglas? Mist, sie hatte es wieder konfisziert. Die Brutstätte der Bazillen. Er würde eines aus der Küche holen müssen.

Im Erdgeschoß beruhigte ihn die kühle Leere. Die Kopfschmerzen ebbten ab. Er erinnerte sich, wie hart er schon bald nach ihrer Heirat auf dieses große alte Haus mit seiner Aussicht auf die Bucht hingearbeitet hatte, obgleich die Hypothekenraten mörderisch waren. Bernice hatte ein Auge auf diese Pseudo-Tudor-Reihenhäuser in Bayside geworfen. Soviel leichter sauberzuhalten, hatte sie gemeint. Nicht wie dieser achtzig Jahre alte Kasten mit einem Fußboden aus Kiefernholzdielen, wo der Schmutz sich in den Ritzen festsetzen konnte, seinen vom Salz der Seeluft zerfressenen Fenstern mit dem zerbröckelnden Kitt. Sechs Monate hatte es gedauert, um Dachschindeln und Abflußrohre zu erneuern, eine Farbschicht nach der anderen abzulösen, bevor sie einziehen konnten. Aber als das Streichen, Tapezieren und Versiegeln der Böden mit Polyurethan beendet war, ließ sich Bernice erweichen. Sogar sie war von dem Zauber des alten Hauses, dem freiliegenden Balkenwerk, den eingebauten Schränkchen unter den Fenstern und dem fächerförmigen Oberlicht mit der Bleiverglasung über der Eingangstür angetan.

Max ging zum Spülbecken in der Küche, ohne das Licht anzuschalten. Er konnte gut genug sehen. Mondlicht schimmerte auf den Fußbodenfliesen. Seine Augen wanderten zu dem mit Ziegelsteinen ausgelegten Innenhof hinüber, der unter dem Fenster lag. Er sah, daß die Osterglocken an den Seiten herausgekommen waren, Reihen von gelben Narzissen in einer Linie, ordentlich nebeneinander wie Zaunpfähle oder Streikposten, bohrten sich durch die frisch umgegrabene Erde. Max spürte die Aufwallung eines Glücksgefühls bei diesen Anzeichen neuen Lebens. Dann dachte er, gleich wieder traurig: Sie sind schon seit Tagen, vielleicht sogar schon seit einer Woche heraus, und ich habe sie nicht mal bemerkt. Als ich noch jünger war, hätte ich nie die ersten Osterglocken übersehen.

Max fand ein Glas im Abtropfständer im Spülbecken. Eine gesprungene Kachel fiel ihm auf, sie saß genau darüber. Die muß ich ersetzen, dachte er, dann erinnerte er sich, warum er es noch nicht getan hatte: Diese Unvollkommenheit gefiel ihm. Bernice konnte nichts daran verbessern und saubermachen, ganz gleich wie sehr sie darauf herumscheuerte, um alles spiegelblank zu bekommen.

So wie mich, dachte er. Sie kann mich ebenso wenig ändern wie eine gesprungene Kachel an der Wand. Obwohl sie es weiß Gott versucht.

Genausowenig Monkey. Eine wilde Range, übermütig und so frech. Er hatte seine Tochter »Äffchen« genannt, als sie zu laufen anfing und so schnell auf diesen beiden kleinen Füßen umhertollte und mit ihren bananenklebrigen Fingern Unheil anrichtete. Jetzt waren es Fahrräder, Skateboards und Gott weiß was sonst noch. Bernice rang die Hände vor Verzweiflung, gestern hatte sie ihm von Monkeys letztem Mißgeschick erzählt – sie hatte sie erwischt, wie sie die Dachrinne herunterrutschte.

Nach oben zurückgekehrt, warf er einen Blick in Monkeys Zimmer. In dem Licht, das durch die offene Tür auf ihr Gesicht fiel, sah sie nicht älter aus als vier oder fünf, ein Baby noch, zierlich und zart. Dann wanderte sein Blick hinunter zu dem Gewirr aus langen Armen und Beinen, die unter der Decke hervorsahen, ein mit Schorf bedecktes Knie, angenagte, mit abgeplatztem rotem Lack beschmierte Fingernägel. Neun, fast zehn Jahre alt, und nicht mehr lange, und sie würde ein Teenager sein. Er sah ein Donovan-Poster an der Wand über ihrem Kinderbett aus Ahornholz. Wann hatte sie das bekommen? Und wo waren die Stofftiere geblieben, die immer in einer Reihe an ihrem Bett gesessen hatten?

Schlagartig kam ihm die Erkenntnis: *Sie wird groß – sie ist kein Baby mehr.*

Eine namenlose Wehmut erfaßte ihn, und der Gedanke tat ihm weh, daß sie ihn eines Tages verlassen, ausziehen, ein College besuchen würde. Der Tag war gar nicht mehr fern.

Er ging auf Zehenspitzen zu ihr hinüber, strich behutsam eine Haarsträhne aus ihrem Gesicht, die auf ihrer Wange gelegen hatte. Sie hatte Bernices dichtes rotes Haar, nicht karottenfarben, sondern rot, wie man es auf den Bildern von Tizian und Rubens sah.

Bildete er sich das nur ein, oder war Monkey in letzter

Zeit wirklich stiller geworden? Und mäkelig. Wollte nicht mal die Hälfte von dem essen, was auf ihrem Teller lag. Und heute abend, als er sie zugedeckt hatte, hatte sie ihn nicht loslassen wollen und gebettelt, er solle sie nicht im Dunkeln allein lassen.

Bernice hatte es mit ihrem üblichen »Das gibt es nicht« abgetan. Aber Max hatte da seine Zweifel. Manchmal machte er sich wegen Monkey Sorgen. Mehr als was, soweit er wußte, für einen Vater normal war.

Warum gibst du es nicht zu, dachte er. Du hast Angst, daß sie wie ihre Mutter wird.

Und was wäre daran so schlimm? Auf ihre Art war Bernice eine perfekte amerikanische Hausfrau, Köchin und Gastgeberin. Ihre Figur war noch so schlank wie damals, als er sie geheiratet hatte, obwohl sie heute viel mehr aufpassen mußte. Eine verdammt attraktive Frau. Gerade letztes Wochenende hatte er einen jungen Schnösel an der Tankstelle seinem Kumpel zuflüstern hören: »Die würde ich nicht aus meinem Bett schmeißen.« Max mußte lächeln. Die Gefahr, daß Bernice ihn betrog, war so groß wie die, daß die Freiheitsstatue ihre Röcke hochhob.

Und vor allen Dingen wußte er, daß Bernice Monkey ebensosehr liebte wie er selbst. Warum bekam er also einen Schweißausbruch bei dem Gedanken, daß Monkey ihn eines Tages mit den kühlen braunen Augen ihrer Mutter ansehen würde, um zu sagen: »Um Himmels willen, mußt du denn *immer* vergessen, den Toilettendeckel hinunterzuklappen, wenn du fertig bist?«

Max ging auf Zehenspitzen hinaus und schloß die Tür leise hinter sich. Sein Kopfweh war beinahe weg. Gut. Vielleicht könnte er nun sogar noch ein bißchen schlafen.

Aber als er ins Bett zurückkroch, wachte Bernice auf, eine warme Kugel, die sich, von seinen kalten Füßen gestreift, entfaltete. Sie setzte sich auf und blinzelte gequält, ihr rotes Haar ein Wirrwarr um ihre Schultern. Er erinnerte sich an die erste Zeit nach ihrer Hochzeit, als Bernice nackt und zusammengerollt wie ein Kätzchen in seinen Armen geschlafen hatte. Seine Hand war die Krümmung ihres Rückgrats hinuntergeglitten und hatte eine kleine harte Hinterbacke festgehalten, und sie hatte getan, als schliefe sie noch, aber ihre Beine waren ein ganz klein wenig auseinandergegangen, gerade soviel, daß er sie weiter erforschen konnte.

»Was ist los?« rief sie entsetzt. Die arme Bernice, immer voller Angst, sogar im Schlaf.

»Alles o.k.«, beruhigte er sie und tätschelte ihr Bein. »Leg dich wieder hin und schlafe.«

Ihr Nachthemd war am Hals aufgegangen, und eine kleine feste Brust sah hervor. Max merkte, daß er eine Erektion bekam, und dachte: Nein, Gott, nicht jetzt! Er haßte es, daß es ihn nach ihr verlangte, weil er wußte, daß sie sich nur lustlos hingeben würde.

Aber während er sich sagte, er solle aufhören und schlafen, merkte er, daß seine Hand sich weiter ihr Bein hinaufbewegte, bis ein Finger sich unter das Gummiband ihres Höschens schob.

»Jetzt?« murmelte sie mit belegter Stimme. Und seufzte dann und sagte »O.K.« und rollte ihr Nachthemd über das flache Bäuchlein hoch, so wie Monkey die Jeans hochrollte, bevor sie ins Meer watete.

Max streichelte sie eine Weile und hoffte auf eine Reaktion. Warum konnte sie ihn nicht auch ein ganz kleines bißchen wollen? Und wenn er ihr so völlig gleichgültig war, warum konnte sie ihm dann nicht wenigstens sagen, er solle sie in Ruhe lassen? Dies... daß er sie so nahm, während sie still dalag und kaum atmete... Christus, das war eher Onanie als Liebe.

»Bernice? Liebling, möchtest du, daß ich irgend etwas tue...?«

»Nein, mach ruhig weiter«, murmelte sie höflich. »Es ist schon in Ordnung.«

Nein, dachte er, als er in sie eindrang, es ist nicht in Ordnung. Mein Gott, willst du dich nicht wenigstens etwas bewegen, lieg doch nicht da so steif wie ein Brett, tu doch zumindest einen Augenblick so als ob, damit ich mir nicht wie ein schmutziger alter Mann vorkomme.

Nun fühlte er, daß er kam, ein wilder, heißer Ausbruch. Er hielt Bernice in den Armen, drückte sie so fest, daß sie schrill aufschrie. Und einen Augenblick war ihm wohl dabei, ihr weh zu tun, weil sie dadurch *irgend* etwas fühlte.

Dann schämte er sich fürchterlich. Wie ekelhaft von ihm, daß er ihr weh tun wollte.

Dann war es vorüber. Bernice rutschte unter ihm weg. »Bin gleich wieder da«, murmelte sie.

Nein, laß mich dich doch noch einen Augenblick in den Armen halten, wollte er ihr nachrufen, wenigstens das. Ich weiß, wie du es magst, wenn man dir den Nacken massiert, laß mich doch –

Zu spät. Er konnte sie im Badezimmer hören, das dumpfe Klopfen der alten Wasserleitung, als sie den Hahn aufdrehte, das Klicken des Medizinschränkchens.

Max lag auf dem Rücken und starrte an die Decke, an der ein Licht entlangwanderte; ein Auto fuhr draußen vorbei. Er hatte ein beklemmendes, heißes Gefühl in der Brust.

Er hörte, wie sie den Hahn zudrehte. Und dann den gequälten Ton ihrer Stimme, als sie rief: »Oh, Max, um Himmels *willen.*«

Der Klodeckel. Er hatte vergessen, ihn hinunterzuklappen. Schon wieder. Max bekam mit einemmal eine solche Wut, daß er sich vorstellte, er schlüge ihr mit diesem Deckel auf den Kopf.

Er holte tief Luft. Warum wurde er wütend auf Bernice? Es war alles ganz allein sein Fehler. Er konnte ihr nicht vorwerfen, daß er zu feige war, sie um die Scheidung zu bitten. »Scheidung«, das magische Wort, das er nicht auszusprechen wagte.

Und dann dachte er wie immer, wenn er sich vorstellte, Bernice zu verlassen, an Monkey.

Spät am Nachmittag des folgenden Tages stand Max an dem Fenster, das sich fast über die ganze Ostwand seines Büros erstreckte. Er sah hinaus in den Himmel, der sich purpurrot zu färben begann, und betrachtete in der Ferne die Brooklyn-Brücke, die sich über den East River spannte. Die spinnwebartigen Träger hatten sich im Rampenlicht der untergehenden Sonne in Chrom verwandelt. Majestätisch, das war das einzig mögliche Wort dafür.

Max wandte sich vom Fenster ab und sank auf den Stuhl vor seinem von Akten bedeckten schönen, alten, mit einem Sockel verzierten Schreibtisch aus der Zeit der Jahrhundertwende. Er starrte die zwischen zwei antiken Ecksesseln aufgestellte Papptafel mit der riesigen Vergrößerung der Lenksäule eines Autos an.

Wenn Jorgensen, der Kläger, gewann, wurde die Firma Pace Motors zwölf Millionen Dollar los, plus noch einmal hundert Millionen, um alle Autos vom Typ Cyclone in die Werkstätten zurückzuholen und ihre Lenksäulen zu reparieren. Max mochte die Leute von der Firma Pace gern, er fuhr selbst seit Jahren ihre Wagen und dankte seinen Glückssternen mindestens einmal wöchentlich dafür, daß seine Sozietät Amerikas fortschrittlichsten Automobilhersteller zum Klienten hatte. So war seine instinktive Reaktion die gewesen, daß er Pace verteidigen wollte, überzeugt davon, daß Jorgensen die Firma mit seiner Schadensersatzklage übers Ohr hauen wollte.

Aber seit seiner Begegnung mit dem Chefingenieur Caravella letzten Montag, der viel zuviel geredet und ihn mit einer Flut von technischen Erläuterungen, Konstruktionszeichungen und Testergebnissen überschwemmt hatte, die allesamt weniger aussagten als der Schweiß, der ihm derweil von der Stirn rann, und seit dann am Dienstag der Vizedirektor der PR-Abteilung, Rooney, eingeflogen war und in jeden seiner Sätze die Worte »außergerichtlicher Vergleich« eingeflochten hatte – ja, da war Max einfach mit der Nase darauf gestoßen, daß an der Sache irgend etwas faul war.

»Ich habe diese beeidigten Zeugenaussagen, die Sie haben wollten, Mr. Griffin.« Eine leise, angenehm klingende Stimme riß ihn aus der abwärts führenden Spirale seiner Gedanken heraus. »Und Ihren Kaffee.«

Er sah auf, und da stand Rose, einen ordentlichen Papierstapel an die Hüfte gedrückt, und suchte für den dampfenden Becher in ihrer Hand ein freies Plätzchen auf seinem Schreibtisch.

Er nahm ihr den Kaffee ab und stellte ihn auf einen Block gelben Konzeptpapiers, der, von allerlei Kringeln bedeckt, schon die Abdrücke der vorangegangenen Kaffeetassen des Tages trug. »Danke.« Er griff nach den Abschriften, die sie vor ihn hingelegt hatte, und fing an sie durchzublättern. »Wo ist der Bericht des unabhängigen Ingenieurbüros?«

»Im Xerox-Raum. Alle einhundertundelf Seiten. Einschließlich der Skizzen. Ich lasse gerade Kopien ziehen, aber es wird eine Weile dauern, bis sie fertig und überprüft sind.«

Max seufzte und murmelte: »›Mich dünkt, die Dame protestiert zuviel.‹«

»Was für eine Dame?«

»Man nennt sie Huren: die Sachverständigen, die Ärzte, Psychologen und Ingenieure. Die liefern eine Papier mit erstunkenen und erlogenen Daten, so daß man damit die Ärsche einer ganzen Jury einen Monat lang abwischen kann.«

Er nahm einen Schluck Kaffee und verzog das Gesicht.

»Tut mir leid, wenn er zu stark ist«, entschuldigte sich Rose mit einem kurzen Auflachen. »Es ist der letzte Rest aus dem Topf.« Dann verschwand das Lächeln aus ihrem Gesicht, und sie sagte leise: »Sie glauben nicht, es war... wie sagen die Juristen... *res ipsa loquitur?*«

Wo hatte sie das her? Offenbar hatte sie mehr getan als nur seine Papiere getippt. Intelligentes Mädchen. Hübsch auch. Aber da alle Welt heute soviel von Emanzipation und Frauenbefreiung redete, achtete er strikt darauf, über ihre Attraktivität hinwegzusehen.

Aber, zum Teufel, es war schon ein Genuß, eine Frau zu

sehen, die so spät am Nachmittag noch so frisch und munter aussah. Ihr Gesicht strahlte, als ob sie es gerade mit duftender Seife gewaschen hätte, die Wolke ihres schwarzen Haars roch ganz schwach nach Shampoo, und ihre weiße, papierglatt gebügelte Bluse war akkurat in ihren einfachen blauen Rock aus Segeltuch gesteckt. Unmodisch lang zwar bis übers Knie, aber er stand ihr besser als den anderen Sekretärinnen ihre kurzen Röcke.

Nein, er konnte sich nicht vorstellen, daß sie einen Minirock anzog und sich über den Kühlschrank beugte, so daß der spitzenbesetzte Saum ihres Höschens darunter hervorsah. Außerdem trug sie wahrscheinlich vernünftige Baumwollunterwäsche, die Sorte, die man bei Sears & Roebuck in Zweierpackungen bekam. Gutkatholische Unterwäsche, die zu dem winzigen goldenen Kruzifix an ihrem Hals paßte.

Max merkte, daß sein Gesicht warm wurde. Genug! Er zwang seine Gedanken zu Jorgensen zurück.

»Tja, auf irgendeine Art spricht diese Sache wirklich für sich selbst«, erwiderte er. »Klar, die meisten Unfälle sind auf das Verschulden des Fahrers zurückzuführen. Aber glaube ich, daß das hier Jorgensens Fehler war?« Er überlegte. »Nein, beim besten Willen.«

Er fühlte sich besser, nachdem er seinen Verdacht ausgesprochen hatte. Irgendwie hatte er das Gefühl, daß er Rose vertrauen konnte. Sie kam ihm vor wie jemand, der ein Geheimnis für sich behalten konnte.

Es sind ihre Augen, dachte er. Diese großen, schwarzen Augen sind voller Geheimnisse.

»Aber Sie sind nicht sicher«, Rose beugte sich herunter und richtete einen der Aktenstapel auf seinem Schreibtisch gerade. »Und wenn Quent Jorgensen die Wahrheit sagt, daß er an dem Abend nicht betrunken war, dann gibt es da draußen vielleicht noch Dutzende, Hunderte von weiteren defekten Lenksäulen. Wollen Sie darauf hinaus?«

»Sie würden eine gute Anwältin abgeben«, sagte er und lachte. »Haben Sie schon mal an ein Jurastudium gedacht?«

Er konnte sehen, daß er ins Schwarze getroffen hatte, und bedauerte seine unbedachte Frage. Christus, wie hatte er nur so gedankenlos sein können? Trotz der fast peinlichen Mühe, die Rose sich mit ihrer Erscheinung gab, war es ihm nicht entgangen, daß sie immer wieder dieselben beiden Röcke plus drei oder vier Blusen und dieselben schwarzen Schuhe trug. Ein Jurastudium? Sie hielt sich wahrscheinlich gerade mal so über Wasser.

Eine Schamröte war in ihren Wangen aufgestiegen, die ihren dunklen Teint im Ton von Sienaerde aufstrahlen ließ. Sie überspielte sie rasch mit einem Lachen. »Wer würde dann auf Mrs. von Hoeslings Chihuahua aufpassen?«

Max lachte in sich hinein, als er sich daran erinnerte, wie Mrs. von Hoesling neulich hereingewankt war, um das Testament ihres verstorbenen Gatten zu erörtern. Im Vorzimmer hatte sie Rose einfach ihren wütend knurrenden und die Zähne fletschenden Chihuahua ausgehändigt, als wäre er ein Mantel oder Hut. Und Rose hatte das Tier, wofür Max ihr ewig dankbar sein würde, kommentarlos, ohne das Gesicht zu verziehen, einfach in eine Schublade ihres Schreibtischs neben ihren Apfelstrudel gesetzt, kaum daß die alte Dame ihr den Rücken zuwandte.

»Ein wichtiger Gesichtspunkt«, sagte er.

»Wenn Sie mit Sicherheit herausbekommen könnten, was es mit dieser Lenksäule auf sich hat, würde das die Sache wirklich erleichtern?« fragte sie und bückte sich, um ein paar zerknüllte Papiere aufzuheben, die neben dem Papierkorb gelandet waren. Er sah, wie sie dabei ein wenig in die Knie ging und sich zur Seite drehte, so daß ihr Rocksaum sich kaum hob. Die Nonnen hatten ihr das beigebracht.

»Nein, nicht unbedingt. Ich kann es mir kaum leisten, unserem größten Klienten zu erzählen, er sei ein Lügner, oder? Jedenfalls ist das nicht meine Aufgabe. Und vielleicht ist meine ganze Unzufriedenheit nichts als purer Egoismus... ich habe nun mal gern alle Karten, die guten und die schlechten, auf dem Tisch und hasse es, im Dunkel herumzutappen. So wie die Sache steht und wenn das, was ich befürchte, stimmt und wenn Jorgensens Anwalt den Fall dem Gericht mit einigem Geschick präsentiert... und ich nicht genau weiß, was los ist, nicht alle Einzelheiten kenne, weil man sie mir vorenthält... dann stehe ich womöglich wie der König der Idioten da.«

»Aber andererseits«, sagte Rose leise, »wenn Ihr Verdacht sich als unbegründet erweisen sollte, dann würden Sie doch eine große Erleichterung empfinden, nicht wahr? Sie brauchten sich zumindest keine Gedanken darüber zu machen, daß irgendein armer Kerl im Rollstuhl oder auf dem Friedhof landet.«

»Haben Sie irgendwo eine Kristallkugel?« fragte er und lächelte.

»Nein. Etwas viel Einfacheres.« Sie richtete sich auf und sah ihn mit ihren unergründlich tiefen und dunklen Augen an.

»Was denn?«

»Das Auto. Warum probieren Sie nicht eines draußen auf der Autobahn aus? Um es selbst zu überprüfen.«

Er grinste. »Ich wollte, es wäre so leicht. Dieser Fehler... ob er nun wirklich da ist, oder ob ich ihn mir einbilde... kann unmöglich in allen Lenksäulen stecken, sonst wäre Pace inzwischen bereits mit Schadenersatzklagen überschwemmt. Ich fürchte, deshalb sind sie mir gegenüber auch nicht hundertprozentig offen. Sie wollen es wahrscheinlich nicht einmal sich selbst gegenüber zugeben. Der Defekt findet sich vielleicht nur in jedem hundertsten Cyclone oder nur in jedem tausendsten. Und sogar dort macht er sich nicht sofort bemerkbar – ich nehme das jetzt einmal an –, sondern vielleicht nur bei sehr hoher Geschwindigkeit und unter bestimmten Fahrbedingungen.«

»Wer weiß«, sagte Rose. »Vielleicht haben Sie zufällig Glück.« Sie lächelte nicht. Verdammt, sie meinte es ernst. Was war das eigentlich für eine Frau?

Max starrte sie an. Ja, vielleicht hatte sie wirklich recht.

Vielleicht war es einen Versuch wert, selbst wenn man sich nicht zuviel davon versprechen durfte. Er sagte nachdenklich: »Es gibt da einen Pace-Händler nicht weit von hier. Ich kenne den Geschäftsführer.«

»Sie könnten sagen, Sie möchten einen kaufen«, warf sie ein, »und eine Probefahrt unternehmen.«

Max stand auf, schob den Stuhl vom Schreibtisch zurück und fühlte sich so gut wie seit Wochen nicht mehr. Merkwürdig aufgeregt.

»Sie kommen mit«, sagte er und grinste vergnügt. »Ja, Sie. Es war schließlich Ihre Idee. Holen Sie Ihren Mantel, und dann geht's los.«

Sie bremsten und hielten am letzten Mautschalter auf der Sawmill-Zufahrt, und dann kamen sie endlich auf den Thruway. Als sie den Tappan Zee überquerten, war die Sonne unter den Horizont gesunken, und nun blinkte nur noch eine sanfte orangefarbene Glut durch die dichten Pappelreihen, die auf der Böschung zu beiden Seiten der sechsspurigen Autobahn standen.

Max konnte sich nicht erinnern, wann er sich zum letztenmal so aufgekratzt gefühlt hatte: wie ein Teenager, berauscht von dem jungfräulichen Vinylgeruch des neuen Wagens, erregt vom Anblick der Straße, die sich vor ihnen erstreckte.

Er sah hinüber zu Rose, die auf dem Fahrersitz saß und ganz konzentriert war. Mit beiden Händen hielt sie das karmesinrote Lenkrad, ein langes bronzefarbenes Bein gleich einem straffen Stahlseil zum Gaspedal hin ausgestreckt. Dann blickte er auf die rote Nadel des Tachometers, die bei einhundertzehn Stundenkilometern stand.

Sie hatte darauf bestanden, den Wagen zu fahren. Nein, darauf bestanden war falsch. Auf dem Garagenhof des Händlers war sie einfach in den niedrigen Schalensitz hinters Lenkrad gerutscht. Hatte mit dem eifrigen und ungeduldigen Lächeln eines kleinen Mädchens, das zum erstenmal auf einem Dreirad sitzt, zu ihm aufgeschaut und gesagt: »Ich darf doch, ja? Ich wollte immer schon mal wissen, was es für ein Gefühl ist, wenn man in einem von diesen Dingern über die Autobahn flitzt.«

Mut hatte sie ja, zuerst war sie ein bißchen vorsichtig und nervös, aber dann hatte ihr Selbstvertrauen rasch zugenommen. Die halbe Stunde, die sie bereits fuhren, war kein Wort zwischen ihnen gefallen, es hatte keinen Grund dafür gegeben. Ein seltsames Zusammengehörigkeitsgefühl schien sie zu verbinden. Max hatte sogar beinahe schon den Grund für das, was sie taten, vergessen.

»Ich glaube, ich habe gerade die B-und-B-Grenze durchbrochen«, sagte Rose endlich und warf ihm einen Blick von der Seite her zu, die vollen Lippen zu einem Lächeln gerundet. Es war ungewöhnlich warm für den Monat April, und Max fing den schwachen, verführerischen Duft ihres Körpers auf.

»B-und-B?«

»Brooklyn und Bronx. Es heißt, wenn man in einem dieser beiden Stadtteile geboren ist, kommt man niemals heraus. Man fährt nie weiter, als die U-Bahn einen trägt. Sogar die Long-Island-Railroad – da, wo ich wohne, reden viele Leute darüber, als wäre es der Orientexpreß.«

Max lächelte. »Und Sie?«

Ein grünweißes Zeichen, NEW PALTZ 38 MEILEN, blitzte auf der rechten Seite vorbei. Sie waren eine flache Steigung emporgeklommen, und vor ihnen breiteten sich Wälder aus, die mit der hereinbrechenden Dämmerung grau wurden.

»Ich habe mir vorgestellt, daß das mein Wagen ist – vergessen Sie mal einen Augenblick die möglichen Defekte –, und ich bin auf dem Weg nach... Augenblick, eine Sekunde... oh, ich weiß... ja, in diesen berühmten Ort in den Catskills. Ich bin eine bekannte Schauspielerin und sündhaft reich, und... und ich treffe mich heimlich dort mit einem Geliebten zu einem irrsinnig frivolen Wochenende. Es klingt wie etwas, das Clark Gable und Carole Lombard tun würden, habe ich recht?«

»Sie haben recht, so klingt es. Mögen Sie alte Filme?«

Sie warf einen Blick in den Rückspiegel, brach dann nach links in die Überholspur aus und zog an einem blauen Buick und einem gelben Opel Kadett vorbei, während die letzten Strahlen der untergehenden Sonne seitwärts über die glänzende rote Kühlerhaube glitten. Die Tachometernadel sprang über die 130-Stundenkilometer-Marke. Vor ihnen lag eine schnurgerade Strecke ohne ein Abfahrtszeichen in Sicht und wunderbarerweise ohne Verkehr.

»Sagen Sie es bitte niemandem weiter«, erklärte sie. »Die Leute werden denken, ich wäre sonderbar, aber die Wahrheit ist, ich mag die Sachen nicht so sehr, die nach 1940 entstanden sind. Erinnern Sie sich an die alten Filme mit Shirley Temple – sie hat in jedem von ihnen mit Bill Robinson getanzt. Und Nelson Eddie und Jeanette MacDonald in *Naughty Marietta.* Am Schluß von *Now, Voyager* habe ich sogar geweint. Sie wissen, als Bette Davis sagt: ›Bitten wir nicht um den Mond, wir haben die Sterne.‹ Oder war es umgekehrt?«

Max sah sie an, belustigt und ein wenig überrascht. Soviel hatte sie noch nie hintereinander gesagt, seit sie vor zwei Jahren zu ihm gekommen war. Es schien, als hätte dieser Sportwagen sie beide verzaubert.

»Ich erinnere mich nicht«, sagte er und lachte. »Nur an die beiden Zigaretten. Paul steckte sich und Bette fast in jeder Szene eine an. Ich glaube, die Freiwillige Selbstkontrolle des Hays Office war der Meinung, Lungenkrebs sei leidenschaftlichen Küssen vorzuziehen.«

»Sie sprechen wie ein Zyniker. Sie haben sich gerade verraten, wissen Sie? Ich bin auch so. Ich beschäftige mich gern mit – fahre ich Ihnen zu schnell? Sie sehen ein bißchen grün aus.«

»Nein«, log er. Er fühlte sich tatsächlich schon ein wenig feucht in den Achselhöhlen. Jesus. Sie fuhren wirklich ziemlich schnell. Und konnte man ihr wirklich einen solchen Wagen anvertrauen?

Ein Bild von Quent Jorgensen blitzte ihm durch den Kopf. In einem Beweisstück, das Jorgensens Anwalt für das Gerichtsverfahren vorbereitet hatte, hatte er schlauerweise zwei Photos seines Mandanten nebeneinandergelegt. Auf dem einen sah man den Athleten Jorgensen bei der Olympiade spielend eine Hürde nehmen, auf dem anderen den nun verkrüppelten Mann zusammengefallen im Rollstuhl sitzen. Während Max jeden Grund hatte anzunehmen, daß der Richter diese tendenziöse Gegenüberstellung als Beweismittel nicht akzeptieren würde, konnte er andererseits nur hoffen, daß der Alkohol, den man nach dem Unfall in Jorgensens Blut gefunden hatte, der eigentliche Grund des tragischen Geschehens war.

Sie warf einen Blick auf die Tachometernadel. »Ich nehme an, das ist, was Sie *malum prohibitum* nennen würden.«

»Verletzung des Gesetzes ohne böswillige Absicht beziehungsweise Fahrlässigkeit oder auch schuldhaftes Versagen«, übersetzte Max. »Ja, ich glaube, zu schnelles Fahren würde darunterfallen. Das heißt, wenn Sie ins Schleudern geraten. Unter anderen Umständen hätte ein Arzt vielleicht einen anderen Ausdruck dafür.«

»Und welchen?«

»*Exitus letalis,* tödlicher Unfall. Schauen Sie, vielleicht sollten Sie ein bißchen langsamer fahren. Und warum sprechen Sie soviel Latein?«

»Ich muß Ihnen etwas beichten. Ich habe mir immer mal ein paar von Ihren juristischen Büchern mit nach Hause genommen.« Sie blickte zu ihm hinüber, als erwarte sie, ihn ärgerlich zu sehen. »Aber immer nur eins, und ich bringe sie gleich am nächsten Morgen wieder zurück. Ich gehe sehr vorsichtig mit ihnen um. Ehrlich.«

Sie errötete wieder. Also hatte er sich nicht getäuscht, daß sie sich mehr als nur vorübergehend für die Juristerei interessierte. »Ich habe nichts dagegen. Aber Sie öffnen da vielleicht eine Büchse der Pandora. Ist das wirklich das, was Sie wollen?«

»Ich weiß nicht, was ich will«, sagte sie. Ihre Augen trübten sich. »Ich dachte früher... ach, vergessen Sie's, ich habe wahrscheinlich sowieso schon zuviel geredet.«

»Nein. Bitte. Ich...« Es fiel ihm nichts ein, das nicht wie ein Satz aus einem schlechten Film klang, so schloß er tölpelhaft: »Vielleicht kann ich Ihnen helfen.«

Sie biß sich auf die Lippe, als wolle sie nicht gleich losweinen. »Nein, ich glaube nicht. Es ist... etwas Persönliches.«

»Ihr Freund?«

Das Orangerot ihrer Wangen färbte sich noch dunkler, und Max spürte den Stachel einer Eifersucht, die völlig unvernünftig war. Da hast du's, alter Knabe, dachte er. Du läßt doch keine Gelegenheit vorübergehen.

»Er ist bei der Armee. Seit beinahe vier Monaten in Vietnam. Seit drei Monaten und einundzwanzig Tagen. Ich... das heißt wir... wollen heiraten, wenn er zurückkommt. Aber die Sache ist die...« Ihre Stimme klang laut und blechern und brach dann ab. »O Gott, ich wußte, daß das geschehen würde, ich weine immer, wenn ich von ihm spreche...« Sie wischte sich mit dem Ballen ihrer linken Hand verärgert über die Augen. »Sehen Sie, ich habe seit einiger Zeit nichts von ihm gehört. Seit drei Monaten nicht, um genau zu sein. Und nur einen einzigen Brief von ihm...« Es klang, als würde sie womöglich wieder zu weinen anfangen.

»Sie lieben ihn sehr, nicht wahr?« Dumme Frage.

Sie nickte, die Augen auf die Fahrbahn gerichtet. Es war jetzt ein Ausdruck des Hungers und des Schmerzes in ihnen, und ihr Mund wirkte mit einemmal hart und verkniffen. Er sah die Muskeln in ihrer Wade straffer werden, als ihr Fuß das Gaspedal unmerklich tiefer hinunterdrückte. Das Brüllen des Motors wurde zu einem hochtourigen Greinen, ähnlich wie bei einem Jet, der die Startbahn hinunterrollt, um abzuheben.

Dann sagte sie: »Ich würde sterben ohne ihn. Ich weiß, das ist ein Ausdruck, den sie oft im Film gebrauchen. Aber ich meine es ernst. Haben Sie jemals jemanden so sehr geliebt?«

Max dachte an Bernice. Nein. Nicht einmal in der ersten Zeit nach der Hochzeit hatte er sie so sehr geliebt, daß er für sie hätte sterben mögen. Ehrlich nicht.

Er starrte die dunkle junge Frau an seiner Seite an, deren Haar im Fahrtwind flatterte. Er begriff nun die tiefe, geheimnisvolle Intensität dieses Mädchens, die er schon früher empfunden hatte, und nun kam sie ihm wie ein Reh vor, das regungslos am Rande einer Lichtung steht, und man hatte Angst, daß es fort sein würde, wenn man sich bewegte oder sprach.

Mit einemmal *konnte* er sich vorstellen, wie es sein mochte, wenn man eine Frau genug liebte, um für sie zu sterben.

Max merkte, daß er diesen Mann beneidete, wer er auch war.

»Ich habe meiner Tochter gegenüber ein solches Gefühl«, sagte er. »Als wir sie aus der Klinik nach Hause brachten, stand ich vor ihrem Bettchen und dachte zum ersten Mal, ja, ein vernünftiger Mensch kann einen Mord begehen. Wenn jemals jemand Mandy weh zu tun versuchen würde, würde ich nicht zögern, ihn umzubringen.«

»Sie kann von Glück sagen, daß sie Sie hat.« Rose schwieg einen Augenblick, sie hörten nur das hochtourige Weinen des Wagens, das zu einem Heulen wurde, als sie das Gaspedal hinuntertrat und der Wagen beschleunigte. »Ich habe meinen Vater nie gekannt. Auch nicht meine Mutter. Sie kam in einem Krankenhausbrand um, in der Nacht, in der ich geboren wurde. Wie finden Sie das filmisch?« In ihrer Stimme war ein bitterer Klang.

»Das tut mir leid.«

»Oh, ich erinnere mich an überhaupt nichts. Man hat mir die ganze gespenstische Geschichte später erzählt. Daß mich eine der Schwestern in eine nasse Decke gewickelt heruntergebracht hat. Und daß meine Großmutter kam, um mich abzuholen – mein Vater war damals in Übersee –, und sie dachte, da müsse ein Irrtum vorliegen. Schauen Sie, ich sehe nicht wie meine beiden Schwestern und auch nicht wie meine Eltern aus. Aber ich war das letzte Baby, das noch übrigblieb, alle anderen waren schon fort. Glauben Sie, daß meine Mutter mich gewollt hätte, wenn sie nicht umgekommen wäre?« Rose hielt sich erschrocken die Hand vor den Mund. »Gott, habe ich das wirklich gesagt? Das ist ja unglaublich, was ich Ihnen hier erzähle.«

»Ist schon gut. Ich höre gern zu. Fahren Sie fort.«

»Der Rest ist ziemlich langweilig. Sie würden es nicht hören wollen.« Ihr Mund wurde härter. »Ich habe mal einen dieser alten Tarzanfilme gesehen, und da war eine Szene, wo Johnny Weismüller im Treibsand steckenbleibt – ich glaube, er blieb so ziemlich in jedem Film im Treibsand stekken –, aber so kitschig es auch war, ich wußte genau, was er dabei empfand. Was es bedeutet, in einer Falle zu sitzen und langsam zu versinken, und je mehr man sich bemüht herauszukommen, um so schlimmer wird es.«

Die Tachometernadel war über die 130-km-Marke geklettert und pendelte nun bei 140. Das Motorengeräusch war nun ein schrilles Heulen.

»Wissen Sie, wie das ist?« fragte sie laut.

»Ja, ich weiß.« Er dachte an Bernice, und der Gedanke, wie seine Frau auf diese kleine Eskapade reagieren würde, bereitete ihm eine Art perversen Vergnügens. »Rose, ich glaube, Sie sollten wirklich lieber langsamer fahren.«

»Was ist mit Quent Jorgensen?«

»Ich nehme an, wenn wir umkommen, würde es seiner Sache am Ende vielleicht nützen, aber ich möchte es nicht empfehlen.«

»Ich meine, wollen Sie denn nicht herausbekommen, ob –« Unvermittelt spannte sich ihr Körper, sie beugte sich ein wenig vor, ihre Finger schlossen sich um das glänzend rote Lenkrad, ihre Knöchel weiß.

»Stimmt was nicht?« Max fühlte, daß sein Körper sich mit einemmal verkrampfte und seine Haut sich überall unerträglich straffte.

»Heilige Mutter Gottes!« schrie sie. »Es sitzt fest. Ich kann es nicht...« Sie riß am Lenkrad, das blockiert zu sein schien und sich nur zwei oder drei Zentimeter in jeder Richtung bewegen ließ.

Dann sah Max die Kurve, die vor ihnen lag. Und gleich dahinter die Fahrzeugschlangen einer Verkehrsstockung. Rose hatte den Fuß vom Gaspedal genommen und stand nun auf der Bremse. Ihr ganzer Körper war erstarrt, ihr Gesicht käseweiß.

Gott! Sie geriet in Panik, bremste zu stark.

Ein furchtbares Kreischen, Gestank verbrannten Gummis, und das Heck schwang hin und her, bis sie sich zu drehen anfingen und über zwei Fahrspuren hinwegschleuderten. Die Leitplanke schoß drohend auf sie zu und dahinter ging es senkrecht bergab. Die Angst traf ihn wie ein Sandsack auf die Brust.

»Jesus Chri –«

Der Augenblick schien im Raum aufgehängt zu sein, ohne Beziehung zu allem, was vorher gewesen war oder was nachher kam, es gab nur diese drohende weiße Leitplanke und den steinigen Abhang dahinter, das endlose Quietschen der Reifen.

Und nun stieß Rose, eine wütende Frau, die er kaum wiedererkannte, die Augen groß und schwarz wie der Flitzer, der auf sie zuraste, einen spitzen, gellenden Schrei aus, während sie den Wagen in ihre Gewalt zu bekommen versuchte.

Max wurde nach vorn gegen das Armaturenbrett geschleudert, mit der Stirn prallte er schmerzhaft gegen die Chromleiste am Rand der Windschutzscheibe. Eine Explosion, weiß wie ein Blitzlicht, hinter seinen Augen, dann eine Sekunde, in der seine Sinne über den Rand eines Abgrunds rutschten.

Durch das Summen in den Ohren glaubte er zu hören, daß sie einen Namen rief, der wie »Brian« klang.

Nun wurde sein Kopf klarer, und er sah, daß Rose sich mit dem ganzen Gewicht ihres Körpers gegen das Lenkrad warf. Und dann ein trockenes Knacken, wie wenn die Arretierung eines klemmenden Türschlosses aufgeht.

Und plötzlich drehte sich das Steuerrad, Rose hatte es wieder in ihrer Gewalt, wendete langsam, fuhr auf den Randstreifen hinauf und hielt endlich, glücklich, mit einem jähen Ruck.

Max öffnete den Mund, um etwas zu sagen, aber es kamen keine Worte heraus. Er konnte diese Frau nur anstarren, dieses gutkatholische Mädchen, das sich in eine Wahnsinnige verwandelt hatte, das schwarze Haar wirr um die Schultern, die Bluse herausgerissen aus dem Bund ihres Rocks, das Gesicht gezeichnet von der hochfiebrigen Farbe eines Adrenalinstoßes. Er war zu zittrig, zu überwältigt.

»Mein Gott«, würgte er schließlich hervor. »Mein Gott, Rose. Wann haben Sie so fahren gelernt?«

»Ich wußte nicht, daß ich es konnte«, sagte sie und stieß den Atem in einem kurzen, explosiven Gelächter aus, während Tränen der Verblüffung und Erleichterung ihre Augen füllten. »Sehen Sie, ich habe erst seit ein paar Monaten einen Führerschein.«

II

Es war das häßlichste blaue Auge, das Rose je gesehen hatte, soweit sie sich erinnern konnte: mehr schwarz als blau und fast zur Größe einer Billardkugel angeschwollen oder einer jener Kugeln, mit denen sie als Kinder gespielt hatten und die einem auf verschiedene Weise die Zukunft vorhersagten, je nachdem, wie man sie drehte.

Nun brauchte Rose keine Vorhersage, um zu erkennen,

was ihrer Schwester zugestoßen war. Rose stand im schäbigen Hausflur vor Maries Wohnung und starrte das schwarze Auge an.

»Marie, mein Gott, dein Auge.«

»Ja, ich weiß. Alfred Hitchcock würde mir gern die Hauptrolle in seinem nächsten Film geben.«

Marie gab ein trockenes Bellen an Stelle eines Lachens von sich, als sie den Riegel der Kette zurückschob und die Tür öffnete, um Rose hineinzulassen. Sogar in dem dunklen Vorraum konnte Rose sehen, daß ihre Schwester unter einem ausgebleichten, von Babynahrung befleckten Hauskleid nur noch Haut und Knochen war, und das ungewaschene Haar klebte an ihrem Schädel. »Dümmstes Ding, das du je gesehen hast. Ich bin gegen die Tür gerannt. Kannst du dir so was vorstellen?«

Nein, wollte Rose sagen, das kann ich nicht. Was war es voriges Mal gewesen? Die Treppe. Marie sagte, sie hätte sich den Arm gebrochen, weil sie die Treppe hinuntergefallen wäre. Und das Mal davor war sie auf einem Matchboxauto ausgerutscht und hatte sich irgendwie das Nasenbein gebrochen und einen Zahn ausgeschlagen. Und natürlich war es nur ein Zufall, daß Pete jedesmal arbeitslos zu Hause herumgesessen hatte.

Aber Rose behielt ihre Gedanken für sich. In Maries gesundem Auge las sie die Worte: »Finger weg!« Einen Ausdruck, als wollte sie sagen: Das ist meine Angelegenheit, wenn mein Alter mich schlägt, also behalte bitte dein Mitgefühl für dich.

Sie folgte Marie ins Wohnzimmer, einen engen, schachtelartigen Raum mit Wänden, von denen der Verputz bröckelte, und einem Mobiliar, wie man es in schäbigen Motelzimmern fand. Pete hockte krummbucklig, eine Dose Budweiser-Bier in der Faust, vor dem Fernseher. Bobby und Missy spielten auf dem Fußboden an der Heizung.

»Hast du deshalb angerufen?« fragte Rose und streckte instinktiv die Hand aus, um ihre Schwester zu trösten, ließ sie dann aber, weil Marie ein merkliches Stück weit zurückwich, heruntersinken.

»Deshalb?« Marie berührte ihr Auge und zuckte ein bißchen zusammen. »Keine große Sache. Damit werde ich schon allein fertig. He! Willst du eine Tasse Kaffee oder was? Ich würde dich zum Essen einladen, aber es ist nicht das Waldorf Astoria. Frankfurter Würstchen mit Bohnen.«

Pete sah auf von »The Flintstones«. »Schon wieder? Christus, Marie. Du weißt, daß ich Blähungen davon kriege. Zum Teufel, mit deinen Bohnen könnte ich 'n Gaswerk aufmachen.« Er kicherte über seinen Witz und rief dann großspurig: »Sei unser Gast, Rose. Ich gehe sowieso weg. Ich hole mir unten bei Tony's einen Happen.« Tony's war das nächste Bierlokal.

Marie warf ihm einen finsteren Blick zu und bückte sich dann, um das Baby aufzuheben. Der kleine Gabe brüllte, mit zurückgeworfenem Kopf, den Mund so weit aufgerissen, daß Rose nicht nur seine vier Zähnchen und das glänzende Zahnfleisch, sondern bis zu seinen Mandeln hinuntersehen konnte.

»Was hast du ihm getan?« schnauzte Marie Bobby an, der nun mit Unschuldsmiene einen langen, korkenzieherartigen Strang aus dem olivgrünen Teppich zog, wo er sich vom Fußboden gelöst hatte.

Bobby streckte die Unterlippe heraus. »Er hat mich zuerst geschlagen. Und *fest.* Mit seiner Flasche.«

»Ich schlage dich das nächste Mal«, sagte Marie. »Er ist nur ein Baby. Er weiß nicht, was er tut.«

Bobby warf Gabe einen mörderischen Blick zu und kehrte zu seiner Arbeit am Teppich zurück. Er hatte schwarzes Haar wie sein Vater und kleine, wütende Augen.

Rose ging hinüber und hockte sich neben ihn. »He! Bobby, ich habe dir etwas mitgebracht.«

Sie fischte einen winzigen Papierschirm aus der Tasche ihres Regenmantels, die Art, wie man sie in den Mixgetränken polynesischer Restaurants fand. Mr. Griffin hatte ihn vom

Lunch bei Trader Vic's mitgebracht. Als Glücksbringer, hatte er mit einem Grinsen gesagt und ihn auf ihren Schreibtisch fallen lassen.

Und ihr dann von seinem Freund Sam Blankenship und der Phipps Foundation erzählt und der Möglichkeit, ein Stipendium fürs College und vielleicht auch für ein Jurastudium zu bekommen, wenn sie das wollte. Was für ein lieber Mann Mr. Griffin war. Heilige Mutter, wäre das nicht etwas, Philosophie und Shakespeare zu studieren und vielleicht sogar Französisch zu lernen... obwohl nur Gott wußte, wozu sie jemals Französisch brauchen würde. Trotzdem, wie wundervoll, wenn sie etwas lernen könnte.

Aber dann war ihre Phantasie verblaßt.

Vier Monate, lieber Gott, und nicht ein Brief. Könnte er sie vergessen haben? Mochte er sie nicht mehr?

Nein, unmöglich, sie würde es sich nicht erlauben, so etwas zu denken. Es mußte eine Erklärung geben. Rose schluckte hart gegen den festen, schmerzenden Knoten in ihrem Hals an. Keine Tränen mehr, sagte sie zu sich selbst. Du hast genug geweint. Wenn du nicht aufhörst, wirst du noch ernsthaft unter Salzmangel leiden.

Bobby starrte den kleinen bunten Sonnenschirm mißtrauisch an. »Kriegen Gabe und Missy auch einen?«

»Nur du kriegst einen«, sagte sie. »Aber erzähl's nicht weiter. Es ist unser Geheimnis.«

Er lächelte dann wie die Sonne, die durch eine Bank aus Gewitterwolken bricht, und Rose spürte, daß ihr leichter ums Herz wurde.

»Du würdest eine gute Mutter abgeben«, sagte Marie, als sie am gelben Plastiktisch in der Küche saßen und ihren Kaffee tranken.

»Warum nicht? Ärztin, Anwältin, Indianerhäuptling. Ich könnte alles versuchen.«

Rose dachte wieder an Max – er hatte darauf bestanden, daß sie ihn Max nennen sollte, nicht Mr. Griffin (das käme ihm ein bißchen albern vor, nachdem sie beinahe zusammen ums Leben gekommen wären). Sie hatte sich Sorgen gemacht, als er sie am nächsten Morgen in sein Büro rief – schließlich war es *ihre* großartige Idee gewesen, so leichtsinnig auch sein Leben aufs Spiel zu setzen. Aber er hatte kein Wort darüber verloren, sondern ihr nur erzählt, daß er nach dem Lunch vielleicht eine kleine Überraschung für sie hätte. Und als er ihr dann nachmittags erklärte, es gäbe die Möglichkeit eines Stipendiums für sie, war Rose dermaßen überwältigt, daß sie kein Wort hervorbrachte außer »Danke«.

Sie berichtete Marie davon und versuchte die große Aufregung, die sie dabei empfand, aus ihrer Stimme fernzuhalten.

So wütend war der Ausdruck, der dann in Maries böse zugerichtetem Gesicht erschien, daß Rachel staunte. Der Mund ihrer Schwester zitterte, und der Schlitz in dem gräßlich geschwollenen Fleisch, durch den ihr linkes Auge blickte, glitzerte wie rostfreier Stahl.

»Tu's!« zischte sie und beugte sich vor, die mageren Hände um den Kaffeebecher gepreßt, der vor ihr stand. »Verdammt, Rose, so eine Gelegenheit kommt nie wieder. College. Ich wollte bei Gott, ich hätte diese Chance. Vergeude sie nicht, wie ich es getan habe, Rose. Sei nicht dumm.«

Eine Träne erschien auf dem blassen Blau des gesunden Auges ihrer Schwester. Eine harte Träne wie aus Eis, die nicht herunterfiel. Rose spürte eine Welle des Bedauerns für Marie, die in dieser Wohnung, dieser Küche voll schmutzigen Geschirrs und zerkrümelten Toastbrots gefangen saß – mit nur einem Traum in ihrer Reichweite: den Stellenanzeigen in der *Times,* die entfaltet auf dem Tisch neben einer Banane lag, und von denen sie die Gesuche in der Rubrik »Putzfrauen« angestrichen hatte.

»Es ist noch längst nicht sicher«, sagte Rose. »Mr. Griffin – ich meine, Max – hat gerade mit dem Mann zu Mittag gegessen. Es wird wahrscheinlich nichts dabei herauskommen. Außerdem müßte ich dann immer noch zumindest halbtags arbeiten, und wenn ich das täte, plus College, wer würde sich um Nonnie kümmern?«

Marie sackte zurück auf ihren Stuhl, die Augen trübe, als hätte die Anstrengung des Nachdenkens über ihre eigenen verpaßten Chancen sie erschöpft. Mit Bitterkeit in der Stimme sagte sie: »Du wolltest wissen, warum ich dich angerufen habe? Nun, wenn ich es dir sage, wirst du es dir vielleicht zweimal überlegen, ob du dein Leben weiterhin damit vergeuden willst, bei unserer lieben Nonnie die Florence Nightingale zu spielen.«

»Wovon redest du?«

»Hiervon, schau mal her.« Marie erhob sich, riß eine Schublade voll alten Gummibändern, Plastikdeckeln für Babyflaschen, Bindfadenenden auf. Sie wühlte im hinteren Teil herum und zog dann ein mit einem Plastikbändchen umwundenes Päckchen Briefe, oblatendünne blaue Luftpostbriefe heraus.

Der oberste war mit einem halben Dutzend Briefmarken beklebt und in Brians enger, spitzer Handschrift an sie adressiert.

In Roses Schläfen fing es an zu pochen. Es war ein summendes Geräusch in ihrem Kopf, und mit einemmal wurde ihr schwindlig.

Sie streckte die zitternde Hand aus, um die Briefe entgegenzunehmen, und als sie nach so vielen Tagen und Nächten unerfüllter Sehnsucht die Festigkeit des Bündels und das kühle, knittrige Papier fühlte, von dem ihr Name in Brians Handschrift ihr entgegensprang, stieg die Spirale ihres Schwindelgefühls immer höher.

»Wo hast du die her?« gelang es ihr, mit erstickender Stimme zu fragen. Aber einen irrsinnigen Augenblick lang war es ihr ganz gleich. Alles, was zählte, waren die Briefe in ihrer Hand. Ihr Herz jagte. *O Gott, lieber Gott, er liebt mich, er liebt mich immer noch.*

Marie verschränkte die Arme über der mageren Brust. »Ich habe das getan, weswegen du mir all die Monate in den

wollte einfach nicht abgehen. Und jetzt weiß ich auch, warum nicht.«

Sie warf ihrer Großmutter einen langen harten Blick zu und sagte dann: »Weil der Schmutz nicht an mir klebte. Sondern an dir, die ganze Zeit.«

Nonnie griff noch einmal nach dem Bettgestell und zog sich hoch. Das dicke Kopfbrett knarrte und schwankte und klopfte eine Reihe von zusammenhanglosen Morsezeichen an den Verputz der Wand.

Jetzt stand sie und griff nach dem Stock, der an der Wand lehnte, jetzt stand sie Rose gegenüber, krumm und behindert von Arthritis, aber immer noch bedrohlich.

»Hure!« schrie sie, ihr Gesicht seltsam verzerrt. »Aus der Gosse stammst du – du bist Dreck! Ja, ich weiß genau, was du hinter meinem Rücken treibst... Du liegst mit diesem Kerl und der Herrgott weiß mit wem sonst noch im Bett. Da kommst du jetzt her, gib es zu! Du liegst mit einem Mann im Bett wie eine billige Hure. Genau wie deine Mutter und deine Hurenschwester, ihr bringt Schande über mich, Schande über den guten Namen meines Jungen.«

Rose fühlte ihren Haß glühen wie einen Ring aus heißen Kohlen um ihr Herz.

»Du hast Brians Briefe gehabt. Du hast sie versteckt, damit ich dächte, daß er mich nicht mehr mag.«

Nonnies blasse Augen glitzerten böse triumphierend. »Ja, ich habe sie versteckt. Auf daß Gottes Wille geschehe. Und die Sünder sollen bereuen, oder sie werden von den Gerechten erschlagen werden.«

»Gott, o Gott.« Rose bedeckte das Gesicht mit den Händen, Grauen überkam sie, überwältigte sie plötzlich, es war ein Gefühl, als schlösse sich hinter ihr eine Tür und sie säße in der Finsternis gefangen.

Und Nonnies Stimme zischte immer weiter wie die einer teuflischen Schlange.

»Natürlich, du flehst den Herrgott jetzt um Vergebung an. Aber es ist zu spät. Er wird dich strafen. Er hat Angie gestraft. Er hat sie brennen lassen für ihre Sünden, für ihre Unzucht. Dann werden wir sehen, was geschieht. Wie die Mächtigen erhoben werden und die Gottlosen der Verachtung anheimfallen. Und was werden dir dann deine kostbaren Briefe nützen, du elende Hure? Was werden sie dir nützen, hä?«

Mit einem Schrei stürzte Rose vorwärts, ihr rechter Arm schwang auswärts, der Ellbogen angewinkelt. In ihren Ohren war ein spitzer Jaulton, in ihrem Mund ein Geschmack wie Blut. Und sie konnte an nichts anderes denken, als daß sie Nonnie sehr hart treffen mußte, um ihr auf der Stelle den Kopf von den dürren Schultern zu schlagen.

»Du gemeines Biest! Du gemeines, verlogenes altes Biest!«

Aber etwas Tieferes als ihr Haß hinderte sie, Nonnie zu schlagen, etwas Vernünftiges und Anständiges tief in ihrem Innern.

Und so schoß ihre Hand vor und riß in einem Hagel von Gips und Mörtel das Kruzifix mitsamt dem schwarzen Nagel von der Wand und schleuderte es quer durchs Zimmer gegen die schwere Frisierkommode, geradewegs in den Wirrwarr aus Arzneiflaschen und Gläsern hinein.

Ein Splittern und Krachen. Flaschen und Gläser klirrten und zerbrachen, flogen gegen den fleckigen Spiegel, der über der Kommode hing, wirbelten über den Rand hinaus, plumpsten und kollerten über den Linoleumboden. Eine Flasche Pepto-Bismol stürzte um, und ein schleimiges rosa Rinnsal lief über das angeschlagene Furnierholz der Kommode. Ein Geruch von Pfefferminz stieg in einer Übelkeit erregenden Wolke auf.

Nonnie stieß einen schrillen Schrei aus und sank so abrupt, als hätte man ihr den Krückstock weggetreten, auf die Matratze.

»Da ist dein Gott«, schrie Rose und sah auf die abgezehrte alte Frau im Bett hinunter. Das Blut sang hoch und wild in ihrem Kopf, und sie fühlte sich seltsam schwerelos, als hätte sie gerade eine riesige, fürchterliche Last von ihren Schultern gewälzt. »Soll der Herrgott sich von nun an um dich kümmern.«

28. April 1969

Lieber Brian,
ich weiß nicht, wie ich diesen Brief beginnen und auch nicht, wie ich ihn beenden soll. Meine Hand zittert so sehr, daß ich kaum den Füller halten kann. Und ich kann anscheinend auch nicht mit dem Weinen aufhören. Ich habe gerade zum fünfzehnten oder sechzehntenmal Deine Briefe durchgelesen. Und kann nur hoffen, daß Du mir verzeihen wirst, daß ich Dir nicht früher geschrieben habe, wenn Du diesen Brief erhältst. Weißt Du, ich habe Deine Briefe erst gestern erhalten. Nonnie hatte sie vor mir versteckt. Klingt das wie ein Schauerroman von Charlotte Brontë? Ich glaube, nicht einmal Charlotte Brontë könnte meiner lieben, süßen Großmutter gerecht werden. Aber wenn das Ganze auch ein Gutes hat, dann, daß ich endlich den Mut zu dem gehabt habe, was ich schon vor Jahren hätte tun sollen: ausziehen.

Gestern abend habe ich nach einer schrecklichen Szene alles gepackt, was ich in einem Koffer unterbringen konnte. Ich wohne vorübergehend bei meiner Freundin April Lewis (einem von den Mädchen im Büro), bis ich mir eine eigene Wohnung mieten kann. Die wird wahrscheinlich nichts Besonderes sein bei dem, was ich verdiene, aber allein schon der Gedanke daran, meine eigenen vier Wände zu haben und ohne Nonnie, ist wie ein Traum.

Ich habe gestern auf dem Weg zu Aprils Wohnung von einer Telefonzelle aus Clare angerufen. Ich habe ihr erzählt, was geschehen ist, und bevor sie sagen konnte »Ich werde für dich beten«, schaltete sich die Vermittlung ein und sagte, das koste wieder fünfundzwanzig Cents. Da habe ich fast gelacht, wirklich, nur daß ich in dem Augenblick zu wütend war. Ich habe Clare gesagt, wenn sie nicht will, daß Nonnie verhungert oder die Treppe hinunterfällt und sich alle egoistischen Kno-

chen in ihrem Leibe bricht, soll sie mal lieber ihren Heiligenschein einpacken und von der Wolke herunterkommen, auf der sie sitzt, und sich selbst um Nonnie kümmern. Und ich glaube nicht, daß Gott es mir im geringsten vorwerfen wird.

Möchtest Du etwas noch Verrückteres hören? Heute früh, als ich zur Arbeit kam (ich schreibe das hier in meiner Mittagspause), sagte mir mein Boß, Mr. Griffin, er hätte eine gute Nachricht für mich. Er hat mit einem alten Freund gesprochen, der zuständig für die Vergabe von Stipendien für ältere Leute (das bin ich!) ist, die das College nachholen wollen, und jetzt ist praktisch alles geklärt. Ich werde das College besuchen! Ja, ich! Geld gibt es nicht viel, gerade genug für die Studiengebühren und so, aber Mr. Griffin hat mir versprochen, daß ich so viel Tipparbeiten für ihn erledigen kann, wie ich schaffe, so daß ich also nicht verhungern werde. Ich bin sehr aufgeregt wegen alledem und habe auch große Angst. Bin ich intelligent genug? Wird man mich nicht gleich am ersten Tag auslachen, so daß ich aus dem Klassenzimmer rennen muß? Ich habe Molly gerade bei der Arbeit angerufen, und sie sagt, ich wäre total blöde, womit sie, glaube ich, meint, daß ich doch schlau genug bin. Gott, ich hoffe es. Sonst werde ich das älteste und dümmste Erstsemester in der New York University sein.

All das muß Dir ein bißchen verrückt vorkommen, aber ich verspreche, es ist alles zum Besten. Wenn Du zurückkommst, können wir neu anfangen, nur Du und ich, kein Holy Martyrs mehr. Kein Vietnam mehr. Brian, Du fehlst mir so sehr, daß ich manchmal denke, ich halte es keine Minute länger aus. Ist es da drüben so schlimm, wie man sagt? Du schreibst in Deinen Briefen nicht viel darüber, wie es ist, über die Lebensverhältnisse und den Krieg. Willst Du, daß ich mir keine Sorgen mache? Du schreibst, daß Du mich liebst und daß ich Dir fehle, aber wenn Du leidest und es mir nicht schreibst, trennt uns das sogar noch mehr voneinander. Lieber mache ich mir Sorgen, als daß ich ausgeschlossen bin. Also schreib mir bitte, bitte alles. Ich bete jeden Tag, jede Minute für Dich.

Aber am meisten bete ich darum, daß dieser Brief Dich erreicht, bevor Du die Hoffnung verlierst, daß ICH DICH LIEBE.

Deine Rose
XXXXXXXXXXOOOOOOOKÜSSE

P. S. Ich lege einen Polaroid-Schnappschuß bei, den April gestern abend von mir gemacht hat, obwohl ich wie etwas aussehe, das die Katze von der Straße hereingeschleppt hat (zeige es keinem von Deinen Kameraden, wenn Du es verhindern kannst). Und frag nicht, weshalb ich nur einen Ohrring trage. Es ist eine Art Talisman, wie ein vierblättriges Kleeblatt. Zwei Ohrringe wären zuviel, findest Du nicht? Jedenfalls trage ich ihn für Dich. Ich werde ihn nicht abnehmen, bevor Du zu mir zurückkommst.

12

Vietnam 1969

»Denkst du je daran, was passiert, wenn du tot bist?« fragte der schwarze Junge aus Alabama leise von hinten, während sie im Dunkeln den Trampelpfad entlanggingen. »Ich meine, in den Himmel kommen und all den Scheiß?«

»Nein«, flüsterte Brian zurück. Er schlug mit der Hand auf etwas, das auf seiner Wange krabbelte; er konnte nicht sehen, was es war. Die vom Regen überflutete Dunkelheit des Dschungels war vollkommen. Er folgte nur dem leisen Knirschen der Stiefel von Matinsky, der vor ihm ging.

Es war lange nach Mitternacht. Der Zug befand sich seit vier Uhr nachmittags auf Patrouille im sogenannten Hinterland, und es kam ihm vor, als wären seitdem hundert Jahre vergangen. Fünf oder sechs Kilometer zuvor war einer der Männer auf eine jener Minen getreten, die sie Bouncing Betty nannten, und buchstäblich entzweigerissen worden.

Er starb zwar mit den Füßen in den Stiefeln ... nur daß die Beine nicht mehr an seinem Körper saßen.

Nein, Brian glaubte nicht an einen Himmel. Aber wie die Hölle aussehen würde, konnte er sich gut vorstellen: endlose feuchte Dschungelgänge, meterhohes Elefantengras, das einem die Hände und Arme wie mit Rasierklingen aufschnitt, niemals endender Regen und überall der Todesgestank der Fäulnis.

»Wieso nicht?« drängte der Junge und schob sich vorwärts neben ihn. Brian konnte gerade eben das breite braune Gesicht unter dem Helm mit der Tarnung sehen und seinen vom Kautabak beißenden Atem riechen. »Du bist katholisch, nicht? Ich hab' gesehen, daß du dich bekreuzigt hast.«

»Ja, trotzdem.«

»Trotzdem was?«

»Daß ich Katholik bin, bedeutet nicht, daß ich alles akzeptiere, was die Kirche mir sagt.«

»Du glaubst an Gott, was?«

»Ich bin mir nicht mehr sicher.«

»Mann, sag nicht so was. Ich hab' ohnehin schon einen Heidenbammel.«

»Ist das deine erste Patrouille hier?« Brian hatte schon an einem halben Dutzend teilgenommen. Er war gleich am ersten Tag bei einem Spähtruppunternehmen gelandet, Alabama hatte es erst heute erwischt.

»Mann, ich wollte, es wäre meine erste. Aber ich renne jetzt schon so lange in diesen Wäldern herum, ich glaube, meine Nummer ist allmählich dran. Das ist hier meine dritte Einheit. Kann ja nicht jedesmal so ein Schwein haben wie bisher immer.«

Brian blieb stehen. »Horch mal. Hörst du das? Der Fluß. Wir sind beinahe da, glaube ich. Wenn wir am Fluß sind, haben wir es geschafft. Da sind wir am Ziel.«

»Mann, das ist nur der Regen, den du hörst.« Der Junge, dessen Name Brian vergessen hatte, lachte leise. »Hat immer nur geregnet, seit sie mich hierhergebracht haben.

Herrgott, ich gäbe mein linkes Ei für ein Paar trockene Socken und eine Zigarette. Wenn irgendwelche Gooks da draußen sind, hörst du sie nicht, weil sie keine Stiefel tragen. Die träumen nicht soviel von trockenen Socken, daß sie dabei auf die verdammten Minen treten.«

Er gluckste leise in sich hinein, und das Glucksen wurde zu einem unterdrückten hysterischen Kichern, das wie das Jaulen von Leuchtspurmunition klang. Brian fragte sich, ob der Junge gerade dabei war, den Verstand zu verlieren. Aber taten sie das nicht alle auf die eine oder andere Art?

Du denkst an frische Socken, damit du nicht ans Sterben denkst.

Du hörst den Fluß, damit du nicht daran denken mußt, wie weit er noch entfernt sein könnte.

Genauso wie du nie eine Patrouillenratte sagen hörst, wie lange sie schon draußen ist, dachte Brian, sie sagt dir nur, wie viele Monate es noch sind, bis es nach Hause geht.

Nach Hause. O Gott, nur nicht daran denken. Zu Hause ist, wo sie dich hinschicken, wenn du tot bist. Er wußte von Zügen, wo die Grunts ihre eigenen Leichensäcke mitschleppten, sogar darin schliefen, um trocken zu bleiben.

Er dachte an seinen ersten Tag zurück. Landung in Saigon an Bord eines Continental-Jets, Glen Yarbrough singt einen schmalzigen Schlager im Kopfhörer, und eine hübsche blonde Stewardeß zirpt: »Willkommen in Vietnam, Gentlemen, ich sehe Sie wieder in einem Jahr.« Dann stundenlanges Stehen draußen auf dem glühend heißen Rollfeld, warten mit dreißig oder vierzig anderen Cherries, daß du einer Einheit zugeteilt wirst. Die Jungs albern miteinander herum, groggy von der Hitze und den achtzehn Stunden in der Luft, einer ist ganz aufgekratzt und hofft, er kommt irgendwo an die Front, so daß er »jemand in den Arsch treten« kann. Brian hatte sich keine allzu großen Sorgen gemacht. Nach dem, was er bisher gesehen hatte, stellte er sich vor, daß die Geschichten, die man sich über Nam erzählte, zum größten Teil übertrieben waren.

Dann landete ein großer Chopper, und die Besatzung fing an, große Säcke hinauszuwerfen, die wie Dufflecoats aussahen. Zuerst hatte er gedacht, das *wäre* irgendwelches Gepäck, und vielleicht hätte er es auch wirklich geschafft, sich das einzureden, wenn nicht diese dumpf platschenden Geräusche beim Aufschlagen der Säcke auf dem Rollfeld gewesen wären. Dann platzte einer, und in dem entsetzlichen Sekundenbruchteil, bevor er ohnmächtig wurde, hieß Vietnam ihn wirklich willkommen... mit einem Klumpen aus blutigem, zerhacktem Fleisch in der Gestalt von etwas, das einmal ein Mensch gewesen war.

Jetzt, als er sich durch den Dschungel schleppte, versuchte Brian statt dessen einen Zustand geistiger Leere in seinem Kopf zu erzeugen, so wie Trang es ihm beigebracht hatte. Vielleicht würde er wirklich den Fluß hören, vielleicht waren sie ihm wirklich schon ziemlich nahe.

Aber alles, was er hören konnte, war der Regen. Der Junge – Jackson, hieß er nicht so? – war still, und man vernahm nur das endlose Trommeln des Regens, das Klatschen der nassen Blätter gegen die Regenumhänge aus Plastik. Eine Wolke mußte sich gehoben haben, denn Brian konnte, als er durch das Dunkel starrte, die verschwommene Gestalt ausmachen, die vor ihm herging (war es fast schon Morgen? Christus, bitte, ja), den Buckel von Matinskys Rucksack unter seinem Regenumhang, die Antennen seines PRC-25, die neben seinem Kopf hochragten. Er sah aus wie ein gespenstisches Insekt. Und ganz vorne, vor Matinsky und dem befehlshabenden Offizier, Leutnant Gruber, war ihm, als sähe er im Riedgras den Schatten von Trang Li Duc sich vorwärtsbewegen.

Er dachte: Wenn die NVA da draußen ist, wird Trang sie sehen.

Ihr Führer Trang kannte diesen Teil des Dschungels besser als irgend jemand sonst; er hatte das Auge und die Reflexe eines Leoparden. Mit vierzehn war er mit Gewalt in die NVA eingezogen worden, und als er mit sechzehn Jahren floh, hatte er verschiedene Tricks gelernt: wie man die Bewegungen des Feindes daran erkannte, daß man ein kleines, flaches Stück Holz auf den Boden legte und das Ohr daranschmiegte, und wie man des Nachts Falldrähte ausmachte, indem man in der Dunkelheit den Erdboden vor sich mit einem Grashalm fegte.

Ein paar von den Jungs waren sich bei Trang nicht so sicher. »Einmal ein Gook, immer ein Gook«, war Matinskys Redensart. Aber Trang, nicht Matinsky hatte vor weniger als einem Monat bei einer Patrouille im sogenannten Hinterland Brian das Leben gerettet. Sie waren die Hügel oberhalb von Tien Sung hinaufgebuckelt, Brian an der Spitze, ziemlich erschöpft, nachdem sie stundenlang versucht hatten, auf dem steilen Abhang eine bestimmte Marschrichtung einzubehalten. Beim Morgengrauen war Brian so kaputt, daß er sich in einem Reisfeld voll Blutegeln ausgestreckt hätte, um bloß endlich mal die Augen zumachen zu können.

Sie kamen in ein Dorf, gerade als die Sonne ihren ersten roten Schimmer über die Bäume warf. Ein kleines Dorf ganz versteckt oben am Berg mit Reisfeldern, die wie Treppenstufen hinaufführten. Rauch ringelte sich über den strohbedeckten Hütten, Wasserbüffel, eine herrliche Idylle. Sie hatten angehalten, um sich gründlich auszuruhen, sich das mal anzusehen, vom Vietcong keine Spur, nur alte Männer und Mama-sans und kleine Kinder. Eine alte Mama-san kochte einen großen Topf Reis. Nichts Ungewöhnliches zu bemerken. Sie schenkte Brian ein zahnloses Lächeln und wickelte ihm etwas Reis in ein Bananenblatt ein. Er streckte die Hand aus, um es zu nehmen, als Trang ihn plötzlich packte und wegstieß. Einen Sekundenbruchteil später riß eine explodierende Mine den Boden auf, wo Brian gestanden hatte. Zwei von den Jungs erwischte es, bevor sie in Deckung gehen konnten.

»Woher wußtest du, daß wir in einen Hinterhalt geraten waren?« fragte Brian Trang später.

Trang sah ihn mit diesen flachen, seltsam ausdruckslosen schwarzen Augen an und sagte: »Reis. Sie gekocht zuviel Reis für ein Dorf.«

Aber jetzt machte der schmerzende Körper es Brian schwer, an Trang oder an irgend etwas anderes als sein eigenes Elend zu denken. Er wünschte sich so sehnsüchtig wie Jackson ein paar trockene Socken. Die Füße in den Stiefeln fühlten sich wie ein Paar faulende Schwämme an. Sie taten auch weh. Sie schmerzten auf eine Art und Weise, daß er Angst hatte vor dem, was er sehen würde, wenn er die Schnüre endlich aufknoten und die verdammten Stiefel ausziehen müßte.

Aber jetzt konnte er daran nichts ändern. Man konnte ebensowenig der Dschungelfäulnis entkommen wie den Insekten, den Blutegeln und dem Regen. Aber, mein Gott, nahm das denn nie ein Ende? Mit jedem Schritt, den er ging, schien ihn der Dreck, der an ihm saugte, ein bißchen tiefer hinabzuziehen.

Ein rieselndes Geräusch tief im Dickicht ließ ihn aufhorchen. War das der Fluß? Er konnte es nicht genau identifizieren, vielleicht war es nur ein Blätterrascheln oder das Rauschen des Regens. Dickson dahinten mit der komischen Karte hatte gesagt, es seien noch zwei, vielleicht drei Kilometer, bevor sie ans Wasser kämen. Aber das war vor über einer Stunde gewesen, nicht wahr?

»Ich wollte, ich hätte eins von diesen Infrarot-Augen«, hörte Brian hinter sich eine Stimme murmeln. »Mit einem von den Dingern könntest du im Dunkeln auf zwei Meilen Entfernung eine Schlange pissen gehen sehen.«

Eine andere, müdere Stimme: »Oh, Mann, ich wollte nur, ich wäre zu Hause.«

Dann sprach niemand von ihnen, und es war nur das Klatschen der Blätter, das Knirschen der Stiefel, die sich aus dem Matsch erhoben, und das schwache, undeutliche Rauschen von Matinskys Funkgerät zu hören.

Zu Hause, dachte Brian. In seinem Kopf formte sich ein

Bild von Rose. Er sah sie in seinem Zimmer im Studentenheim in New York auf dem Fußboden knien, der von Pennies übersät war, nackt, das Gesicht naß vor Tränen. Er sah sich selbst, wie er sich hinhockte, sie in die Arme nahm und sie dort auf dem Fußboden liebte. Das Bild war so intensiv, daß er beinahe das Gefühl wiedererlebte, das er dabei hatte, er spürte sogar die Pennies, die kühle Kreise in sein Fleisch preßten, und die wilde Glut zwischen diesen beiden langen Beinen, die die seinen umklammerten. *Verlaß mich nicht, Brian, verlaß mich nie*...

Dann verschwand es. Er befand sich wieder im Dschungel. Der Regen prasselte gegen den Helm, rann über den Umhang. Das Geräusch des Flusses war jetzt nur ein Flüstern in seinem Hinterkopf. Brian war zum Weinen zumute, wenn er Roses Bild doch nur ein bißchen länger hätte festhalten können, bis sie den Fluß erreichten.

Nimm Vernunft an, Mann, sie hat dich längst vergessen.

Nein, das wollte er nicht glauben. Er konnte es nicht. Aber sieh es ein, es war Monate her, daß er einen Brief bekommen hatte. Sie konnte jemand anderen kennengelernt haben. Vielleicht hat sie das auch. Nein, das ergab keinen Sinn. Bei einem anderen Mädchen konnte das geschehen, nicht bei Rose. Aber was ergab noch einen Sinn? Hier draußen im Dschungel hatte er Ungeheuerlichkeiten gesehen, die er vorher nie für möglich gehalten hätte. Nun konnte er so gut wie alles glauben.

Disneyland West. Das war ein Grunt-Ausdruck für Vietnam. Ein Ort der Illusionen und des Scheins. Aber hier jetzt war Nam so real wie etwas, das er verschluckt hatte, etwas Hartes und Kaltes, das tief unten in seinem Magen lag. Dafür schien das Zuhause nicht mehr Wirklichkeit zu sein. Brian konnte sich kaum erinnern, was für ein Gefühl es war, auf einem Bürgersteig zu gehen, in einem Bett mit sauberen weißen Laken zu liegen, einen ganzen Tag zu erleben, ohne über die Schulter zu blicken in der Erwartung, daß jemand versuchen würde, ihn zu erschießen.

Sogar Rose war nicht ganz real. Wenn sie doch zu ihm kam, geschah es gewöhnlich morgens früh in jenen allerersten Sekunden, bevor er richtig wach wurde. In der grauen entmilitarisierten Zone zwischen Schlaf und Wachsein spürte er ihren warmen Atem auf der Wange und war sicher, daß er sie schlafend neben sich finden würde, wenn er die Augen aufschlug, ein Wirrwarr schwarzer Locken auf seinem Kissen, einen braunen Arm über seinen Bauch ausgestreckt. Dann wälzte sich jemand in der Koje über ihm herum oder fing an, gegen das Wellblech der Baracke zu hämmern, und ihr Bild löste sich wie ein schwacher Morgennebel auf.

Jesus Christus! Wenn Rose doch schreiben würde! Nur einen einzigen Brief. Das war alles, was er verlangte.

Brian fühlte, wie er zitterte. Der Regen war durch den Umhang gedrungen, sein Kampfanzug war durchnäßt. Er dachte an das sorgfältig in Wachstuch eingewickelte Notizbuch unten in seinem Rucksack. Das Tagebuch, das er seit seiner Ankunft in diesem Alptraum geführt hatte. Wenn er jemals wieder hier herauskam, würde er es brauchen, und sei es nur, um sich davon zu überzeugen, daß das alles wirklich geschehen war.

Plötzlich ein Geräusch. Brian erstarrte. Ein Rauschen oder Rascheln, aber lauter und näher als zuvor. Weiter vorn sah er Trang in die Hocke gehen, das M-16-Gewehr schußbereit.

Brian ließ sich auf den Bauch fallen und lud sein M-16 durch, als hätte jemand einen Schalter in seinem Kopf angeknipst. Neben ihm tat Jackson das gleiche. Vorn ging Matinsky ungeschickt in Deckung, ein großer, schwerfälliger Farmerssohn aus Nebraska; das Funkgerät auf seinem Rücken schlingerte und hopste.

Brian hörte knatternde Geräusche, als ob ein Feuerwerk losginge, und Matinsky kippte um und krachte ins Unterholz.

Dann brach die Hölle los.

Das Knattern von Gewehrfeuer, dann explodierte die Dunkelheit mit einem betäubenden Knall zu orangefarbenem Feuer. Granatwerfer. Einen höllischen Augenblick lang verwandelte sich die Nacht in hellichten Tag, und der Dschungel schien Brian in Technicolor anzuspringen. Im nachglühenden Feuer der platzenden Granaten, die im Nebel aufblitzten, schlangen sich Äste und Lianen wie lebendige Nattern umeinander. Vom Feind nichts zu sehen – aber, Gott, es klang, als wären es Hunderte von ihnen mit knatternden Gewehren, die aus jedem Busch, jedem gottverdammten Baum Feuer spien. Roter Lehm flog in Klumpen durch die Luft, brannte in seinem Gesicht. Ein Krater von der Größe eines frisch ausgehobenen Grabes keine zehn Meter links von ihm, nackte Baumwurzeln, die wie große Knochenfinger ihre Klauen emporstreckten. Weiter vorn im Zug schrien Männer. Manche lagen wahrscheinlich im Sterben. Andere waren bereits tot. Er hörte ihren MG-Schützen Dale Short eine Salve in das Unterholz abfeuern.

Brians Kopf wirbelte wie ein leerer Gewehrlauf herum. Ein lähmendes Entsetzen ergriff ihn.

Sie haben uns erwartet, fuhr ihm durch den Kopf. Der Fluß! Wir kommen nie mehr an den Fluß.

Er hörte einen Schrei, ein Gurgeln und sah Jackson mit gesenktem Kopf auf die Knie fallen, als ob er beten wollte.

Eine ganze Seite von Jacksons Kopf war weggeblasen.

O heiliger Christus, nein... nein... nein...

Es dröhnte ihm in den Ohren. Scin Gewehr war mit einemmal so schwer, als ob es hundert Pfund wöge. Alles schien im Zeitlupentempo vor sich zu gehen wie in einem Alptraum.

Wo zum Teufel war Leutnant Gruber? Warum gab er keine Befehle?

Eine zweite blendend orangerote Granate explodierte, er hörte das Knistern von Matinskys Funkgerät, und eine Stimme, nicht Matinskys, dröhnte hinein: »Delta Bravo, kommen, kommen, hört ihr mich? Hier ist Delta Echo. Wir werden beschossen. Sieht aus, als ob sie ringsherum sind. Wir brauchen einen Medevac, und pronto. Koordinaten sind VD 15-Null... Au Sch–«

Die Stimme brach ab.

Sie haben uns umzingelt. Verdammt, wenn er sie wenigstens sehen könnte! Brian gab einen Schuß mit seinem M-16 ins Unterholz ab. Neben sich fühlte er die Erde von den Einschlägen der AK-47 des Feindes zucken. Er versuchte, nicht an den Körper zu denken, der neben ihm lag und aus dem das Hirn in den Dreck tropfte. Er hatte Angst, daß ihm schlecht werden könnte.

Ihm *war* schlecht, er würgte den Gestank von Kordit, Blut und verbranntem Fleisch heraus. Lieber Jesus, dachte er, sie knallen uns ab wie Tontauben auf einem Schießstand.

Brian stemmte die Ellbogen in das Erdreich und kroch auf dem Bauch in den Busch, der ein Gewirr aus Ranken und Elefantengras war. Er hielt an, die Galle kam ihm wieder hoch. Ein Paar Augen, die nichts sahen, starrten keine zwei Meter von ihm entfernt himmelwärts. Gruber. O Gott! Der Regen fiel auf die starrenden Augen, bildete Pfützen in den Augenhöhlen.

Brian spürte, daß sich ein Schrei in seiner Magengrube zusammenballte. Ein Schrei, der das Dach von dem ihm noch verbliebenen Verstand absprengen würde.

Aber da packte ihn jemand bei den Schultern, drückte ihn zu Boden. Brian drehte den Kopf herum und sah ein mit orangenem Lehm beschmiertes ortientalisches Gesicht mit scharfen Zügen und undurchdringlichen schwarzen Augen vor sich. Trang.

»Mau lên!« zischte Trang und deutete mit dem Kopf auf das Bambusdickicht, das zwanzig oder vielleicht dreißig Meter links von ihm lag. »Fluß hier lang. Komm.«

Brian schaute zurück. In der höllischen Glut, die er sah, schien der Zug sich aufgelöst zu haben. Keine Unterstützung von irgendwoher, keine befehlsgewohnte Stimme, die Flankenschutz oder Ausweichmanöver anordnete. Gruber tot.

Der Prick-25, der auf Matinskys Rücken gesessen hatte, zum Teufel, ein Gekröse aus Kupferdrähten, Armaturen, verbogenen Plastikgehäuseresten. Sergeant Starkey lag tot daneben in einer Blutlache, den Hörer in der geballten Faust. Erschossen, bevor er die Koordinaten durchgeben konnte.

Der Fluß. Ja. Wenn er und Trang es bis zum Fluß schaffen könnten. Da war eine Sandbank am gegenüberliegenden Ufer, auf der ein Hubschrauber landen konnte, hatte Dickson gesagt. Wenn er genug Zeit fände, um eine Hitzetablette herauszuholen und ein Loch dafür in den Boden zu graben, würde der Infrarotdetektor des Hubschraubers sie vielleicht finden.

Brian riß eine Handgranate aus dem Gürtel, entsicherte sie und warf sie ins Dickicht, um ihnen den Weg freizumachen. Ein weißer Blitz kochte hoch in roten Rauch, einen Sekundenbruchteil später ein Donnerschlag.

In der Stille, die der Explosion der Handgranate folgte, hörte er sein Herz pochen – und das liebliche Plätschern des Wassers. So nahe. Keine hundert Meter entfernt. Aber es hätten auch ebensogut hundert Meilen sein können. Sie würden es ja vielleicht bis zum Fluß schaffen. Aber mit heilen Knochen?

Trotzdem kroch er hinter Trang her, der sich jetzt wie eine Eidechse auf dem Bauch fortbewegte – quer durch das Unterholz. Vor ihm lag das undurchdringliche Bambusdikkicht, eine Kreuzschraffierung aus Schatten, quälend wie eine Luftspiegelung.

Peng! Eine Kugel pfiff an seinem Ohr vorbei. Brian blieb mit dem Bauch auf dem Boden, spürte den Aufschlag jeder explodierenden Granate wie einen Tritt in den Magen. Er schob sich mit den Knien und Ellbogen vorwärts, schmerzhaft, zentimenterweise, Zweige und Wurzeln krallten sich in sein Gesicht, im Mund schmeckte er Sand und Dreck.

Denke nicht ans Sterben. Denke nicht an Himmel oder Hölle oder irgend etwas, außer daß du hier raus willst.

Er ließ Trangs dunkle Eidechsengestalt nicht aus den Augen, die vor ihm dahinglitt, und wagte kaum die Lider zu bewegen aus Angst, er könnte ihn verlieren. *Nur noch ein bißchen weiter. Bitte, Gott. Nur noch ein paar Meter.*

Jetzt schnitten und stachen ihn winzige rasierklingenscharfe Blätter ins Gesicht. Schlanke Bambusstengel blinkten wie polierte Jade, fielen raschelnd nach beiden Seiten um. Seine Knie versanken in faulig stinkendem Flußschlamm. Das Geräusch des strömenden Wassers in seinen Ohren, das lieblichste Geräusch der Welt, schwoll an.

Zwischen den Bambushalmen konnte er den Fluß sehen. Mondlicht glänzte auf schwarzem Satin. O Jesus. Sein Herz machte einen Satz. Die andere Seite entlang erstreckte sich die Sandbank.

Als geschähe ein Wunder und sein Gebet wäre erhört worden, vernahm Brian ein entferntes Rattern von Rotorflügeln in der Luft. *Sie suchen uns.* Er atmete erleichtert auf. Tastete in der Jackentasche nach der Hitzetablette.

Seine Hände zitterten, als er die Folie des Päckchens aufriß und in rasender Eile ein Loch in den schlammigen Boden kratzte. Der Feind würde sie nicht sehen, nur der Infrarotdetektor des Hubschraubers konnte sie erkennen.

Gerade in diesem Augenblick hob sich der schlanke Körper Trangs vom Boden auf, krümmte sich zusammen und fiel zurück in den Sand.

Das Bambusdickicht explodierte in einer Korona aus rotem Feuer. Brian spürte, das etwas in ihn hineinraste, ein Zug, der mit zweihundertfünfzig Stundenkilometern fuhr.

Dann folgte eine ungeheure pfeifende Dunkelheit, die wie das Messer einer Guillotine über ihn hereinbrach und ihn von seinem Bewußtsein abtrennte.

Als er zu sich kam, war ihm, als hätte man ihm einen riesigen rotglühenden Eisenpfahl durch den Magen getrieben und ihn damit in die Erde genagelt. Er versuchte zu schreien, aber es schien keine Luft in seinen Lungen zu sein. Es gab da nur diesen riesigen brennenden Abgrund des Schmerzes, in den er hinabgestürzt war.

Er schlitterte wieder zum grauen Rand der Bewußtlosigkeit. Undeutlich hörte er Geräusche. Männer schrien. Maschinengewehre ratterten.

Langsam, unter heftigen Schmerzen und während er sich gegen die graue Flut stemmte, die an seinem Gehirn zerrte, gelang es Brian, sich aufzusetzen. Er starrte auf die zerfetzten Reste seines Umhangs hinunter. O Jesus, es hatte ihn böse erwischt. Blut. Da war eine Menge Blut. Er fragte sich, ob er jetzt sterben würde.

Er hatte noch nie so große Angst gehabt. Er wollte nicht sterben. Vor allen Dingen wollte er nicht hier, in diesem gottverlassenen Dreckloch krepieren.

Ich habe Rose versprochen, ich käme zurück. Ich habe Rose versprochen –

Brian hörte ein verzweifeltes Stöhnen, und seine Augen suchten in der Dunkelheit. Dann sah er Trang. Er lag mit dem Gesicht im Schlamm, ein Schienbein mit einem zersplitterten Knochen, wo sein rechter Fuß gewesen war, ragte hervor.

O Jesus... eine Mine. Er war auf eine Mine getreten.

Ohne auf die Glut zu achten, die in seinem Unterleib brannte, kroch Brian hinüber und legte den Arm um Trangs schmächtige Schultern. Kniend zog er Trang hoch, so daß der Kopf auf seinen Schenkeln ruhte.

»Wir müssen hier raus, hörst du«, flüsterte er. »Wir müssen auf die andere Seite.«

Brian blickte zum Himmel hoch. Er sah die roten Lichter eines Cobra-Kampfhubschraubers einen weiten Kreis ziehen und dann schräg in die Kurve gehen, gefolgt von einer Explosion riesiger weißer und orangener Feuerblumen.

»Didi mau! Didi mau!« Trang schüttelte den Kopf, sein Gesicht ein aschfahler Kreis im Halbdunkel.

»Nein«, keuchte Brian. »Ich lasse dich nicht hier liegen.« Trang hatte ihm das Leben gerettet. Brian hatte es nicht vergessen.

Er umklammerte Trang fester mit dem Arm und fühlte

den Pfahl im Unterleib eine wütende Drehung ausführen. Schwäche überkam ihn, ein hohes feines Sirren im Kopf wie ein Schwarm Dschungelstechmücken. Er kämpfte dagegen an.

Später, Mann, du mußt jetzt weiter. Du bist beinahe da. Gib doch nicht so kurz vor dem Ziel auf.

Der Fluß, der Fluß.

Muß da hinüber, auf die andere Seite.

Den rechten Arm in Trangs Achselhöhlen und den linken als Hebel benutzend, begann Brian durch den Schlamm des Bambusdickichts zum Wasserrand zu kriechen, der etwa vier Meter entfernt lag.

Der Schmerz schwoll an, pendelte sich auf einer kristallzerschmetternden Note ein. Sein Bewußtsein wand sich wie ein Wurm im Delirium.

Christus... ging auf dem Wasser, verwandelte es in Wein... Old Man River, he just keeps rolling... rolling...

Trang war schwer, so schwer... wie war das möglich... so ein schmächtiger Kerl...

Dann sanken seine Knie in tiefen Morast. Wasser drang ihm in Mund und Nase. Brian hob den Kopf, würgte und hustete. Der graue Nebel hinter den Augen hob sich, und er sah, daß er bis zur Hüfte im Wasser kniete.

Das Wasser entfaltete die Flügel um ihn her und hob ihn hoch, und Brian selbst schaffte es gerade noch, das leichte Gewicht von Trang festzuhalten, damit er nicht vom sanften Sog des Wassers fortgezogen wurde. Er bemühte sich, sie beide über Wasser zu halten, und legte den Kopf in den Nakken, als das schwarze Wasser ihm über den Mund schwappte und in die Nasenlöcher lief.

Die Wolkendecke brach auf. Der Himmel sah wie eine verblassende Quetschung aus, gelb und rosa, ein paar Sterne stachen wie Knochensplitter hindurch. Beinahe Morgen.

Er fing an zu weinen. So nahe am Ziel. Und er würde es nicht schaffen. Er spürte, daß der letzte Rest seiner Kraft mit dem Strom dahinschwamm. Und der Schmerz nahm zu, wurde heftig, ein riesiger Berg aus zerbrochenem Glas, den er auf bloßen Händen und Knien hinaufkriechen mußte.

Dann hörte er eine Stimme, entfernt aber deutlich wie ein Echo am Ende eines langen Korridors. Roses Stimme.

Du hast es versprochen, Brian. Du hast es mir versprochen, daß du zurückkommen würdest. Versprochen...

Aber sein Versprechen zählte nicht mehr. Es war so lange her, daß er Rose in den Armen gehalten hatte.

Sie hatte aufgehört, ihn zu lieben...

Und nun war es Zeit, sich fallenzulassen.

Er wollte sich fallenlassen. Diesen brennenden Schmerz fallenlassen und nur friedlich dahintreiben, schwerelos wie ein Zweig oder ein Grashalm auf dem Wasser.

Dann spürte er, daß Trang in seinem Arm sich aufbäumte, und er wußte, daß er sich nicht – noch nicht – fallenlassen durfte, weil er wenigstens Trang retten mußte.

Brian bot alle Kraft auf, sein Herz barst beinahe bei der Anstrengung, sie beide vor dem Untergehen zu bewahren, und er fing an zu schwimmen.

13

Tien Sung 1969

Die Leichen waren wie Klafterholz an der Betonwand des Operationssaals aufeinandergestapelt, ihre olivgrünen Kampfanzüge steif vom getrockneten Blut, die toten Augen mit leerem, milchigem Blick zur Decke gerichtet. Rachel ging näher heran und sah, daß einer noch lebte, der oben auf den anderen lag. Sie erstarrte vor Entsetzen. Seine Augen rollten in einem Gesicht, das überhaupt kein Gesicht mehr war, sondern nur noch eine Maske aus verkrustetem Blut. Nun streckte sie die Arme aus, ihre Arme waren aus Gummi, streckte sie endlos lange aus, bevor ihre Hände sich endlich über seinen Schultern schlossen. Sie zog verzweifelt, um ihn freizubekommen. Vielleicht konnte sie ihn noch retten, vielleicht war noch Zeit. Dann fingen die Tränen an, ihr aus den Augen zu tropfen und bildeten schmutzige Rinnsale auf ihrem Gesicht. Sein Mund klaffte auf, und er heulte: »Warum hast du mich sterben lassen? Ich bin dein Sohn. Warum hast du –«

Rachel erwachte mit einem Ruck. Sie schoß in ihrer schmalen eisernen Koje hoch – in kalten Schweiß gebadet, das Herz raste. Sie rieb sich mit zitternden, klebrigen Händen die Augen.

Ein Alptraum, nur ein blöder Alptraum, sagte sie sich. Aber, o Gott, so real. Und das Gesicht. Diese blutige Maske.

Es war der Junge, den sie getötet hatte.

Er hatte sie seine Mutter genannt, aber nein, sie wollte nicht daran denken. Wenn sie zu alledem hier auch noch anfing, über die Abtreibung nachzudenken, würde sie verrückt.

Jemand hämmerte an die Tür.

»Dr. Rosenthal!« rief eine Frauenstimme. Die Tür öffnete sich ein paar Zentimeter weit, die Silhouette eines Kopfes erschien in der Öffnung. Feine Gesichtszüge, zu einem Knoten zurückgebundenes glattes Haar. Eine der vietnamesischen Schwestern. »Frau Doktor, bitte, Sie müssen kommen!«

»Was... bist du das, Lily?« Rachel fühlte sich zerschlagen, desorientiert. Ihr Körper war wie Blei, als hätte sie sich voll Novocain gespritzt. Ihre erste freie Nacht nach sechsunddreißig Stunden Dienst. Ihr war, als wäre sie seit ihrer Ankunft in Vietnam vor sechs Wochen nicht mehr richtig zum Schlafen gekommen.

Im Dunkeln schlug sie das Moskitonetz zurück, schwang die Beine über den Bettrand und streckte sie suchend in ein Paar Khakihosen, die zusammengeknüllt auf dem Boden lagen, zog sie über ein Männer-T-Shirt hoch, das ihr fast bis zu den Knien ging.

»Ja. Medevac Chopper ist gerade hereingekommen«, antwortete Lily und klang ein bißchen außer Atem. »Acht Verwundete. Die meisten in schlimmer Verfassung. Doktor MacDougal braucht Sie bei der Triage.«

»Wie schlimm ist schlimm?« fragte Rachel.

Sie stand auf und zog an der Kette, die von der Glühbirne herabhing. Grelles Licht weckte sie mit einem Schlag, und sie sah sich in dem Raum mit den Betonwänden um, den sie sich mit Kay teilte. Klein und karg wie eine Gefängniszelle: Zwei eiserne Kojen mit zeltförmigen Moskitonetzen darüber und ein wackliger Frisiertisch für beide. Statt Fenster schräggestellte Bretter mit Luftschlitzen dazwischen. Die Wände kahl bis auf den zersprungenen Spiegel über dem Frisiertisch. Rachel sah, daß Kays Koje leer war. Immer noch im Dienst. Gut. Sie würde Kay brauchen. Lily auch.

Sie wandte sich Lily zu, die in ihrem zerknitterten, blutbefleckten weißen Schwesternkittel in der Türöffnung wartete. Winzig, zart wirkend, so fein geformt wie eine Elfenbeinfigur... und trotzdem hatte sie die Ausdauer eines Wasserbüffels. Sie konnte tagelang ohne Schlaf auskommen und schien nicht müde zu werden, und Rachel hatte sie einmal einen zwei Zentner schweren, von Heroin berauschten Marinesoldaten zu Boden ringen sehen.

»Der Zug ist in einen Hinterhalt geraten«, sagte Lily. Sie sprach ausgezeichnet Englisch. Ihr Vater hatte vor dem Krieg einen hohen Regierungsposten bekleidet. »Fünf wurden getötet.« Sie machte eine Pause. »So wie es aussieht, waren das die Glücklicheren.«

Rachel dachte an den jungen Marinesoldaten, der gestern ihres Fehlers wegen gestorben war. An den Jungen in ihrem Traum.

Eine lähmende Hilflosigkeit überkam sie. Sie dachte: Ich kann nicht hingehen. Ich kann das nicht noch einmal geschehen lassen.

Aber sie wußte, daß sie trotzdem gehen würde. Panik war ein Luxus. Und für Luxus blieb keine Zeit.

»Sage Mac, ich komme sofort«, erklärte Rachel. Lily nickte und eilte fort, ließ die Tür offenstehen.

Rachel steckte die nackten Füße in ein Paar Sandalen, die sie für fünfunddreißig Piaster bei einem Straßenhändler in Da Nang gekauft hatte. Die Sohlen waren aus dem Profil alter Autoreifen geschnitten und hielten an den Füßen durch Segeltuchstreifen, die man daraufgenäht hatte. Ihre teuren Stiefel aus New York waren nach zwei Wochen im Monsunregen von Tien Sung auseinandergefallen.

Sie blieb vor dem Spiegel stehen, um die losen goldbraunen Wellen, die ihren Rücken hinabfielen, zu einem dicken Strang zu bündeln.

Eine Sekunde lang sah sie sich in dem zersprungenen Spiegel an, ihr blasses Gesicht, die dunklen Höhlen unter den Augen. Mein Gott, dachte sie, ich sehe wie eine Missionarin in einem Melodram aus und kämpfe im tiefsten Herzen Afrikas gegen Pest und Mörderameisen. Leonora in Arrowsmith.

Sie spürte einen Funken melancholischer Befriedigung, gefolgt von einem Gefühl der Scham. Du bestrafst dich, wie? »In Sack und Asche« mit Rachel Rosenthal in der Hauptrolle. Was kommt als Nächstes, härenes Hemd oder Selbstgeißelung?

Rachel wandte sich um, stieß die Tür ganz auf und trat auf den überdachten Gehweg hinaus, der in gerader Linie an dem kasernenartigen Betongebäude entlangführte. Der Morgen, sah sie, hatte sein blutunterlaufenes Auge geöffnet. Das Sonnenlicht wurde von dem Gewirr der Wellblechdächer des weiter unten im Tal gelegenen Dorfes zurückgeworfen. Die Leute erwachten dort gerade, schon so früh. Sie entdeckte ein halbes Dutzend Strohhüte, die sich zwischen den langen Halmen in den Reisfeldern hin und her bewegten. Sie konnte das traurige Muhen der Wasserbüffel und das Quietschen und Knarren der Räder eines Ochsenkarrens hören, der einen Feldweg entlangfuhr. Und noch ein anderes, mißtönendes, fremdes Geräusch, das Pfeifen von

Hubschrauberflügeln, die die träge Luft über dem Tal zerschnitten.

Es fiel ihr wieder ein, weshalb sie hier war.

Sie lief los, halb im Trab, ihre Sohlen klatschten auf die Betonplatten. Der Gehweg endete abrupt an einem Lehmpfad, der quer durch einen Palmenhain nach etwa fünfzig Metern zum Hospital führte. Rachel betrat ihn und versank bis zu den Knöcheln im Schlamm.

»Scheiße«, schimpfte sie leise.

In dem milchigen Licht watete sie durch den Dreck, bis sie einen Brettersteig aus schmalen Planken erreichte. Verdammter Monsunregen! Lieber nähme sie Tag für Tag den New Yorker Schneematsch in Kauf. Sie balancierte über die Planken und kämpfte gegen ihren Wunsch an loszurennen.

Endlich tauchte das dunkle Krankenhausgebäude auf. Zweistöckig mit abbröckelndem vanillefarbenem Stuck und knallroten Bougainvilleen und Lianenranken so dick wie Männerarme. Uralt, charmant, französisch wie nur irgend etwas im Herzen von Paris...

Als sie um die Ostwand herum auf den Hof kam, wo sich der Hubschrauberlandeplatz – dem rückwärtigen Eingang gegenüber – befand, sah Rachel den Chopper, einen großen Chinook-Transporter. Medics in grünen Uniformen mit weißen Armbinden luden etwas auf einer Trage aus.

Etwas, das in blutige Verbände gewickelt war.

Eine Welle der Panik erfaßte sie.

Was ist, wenn das wieder geschieht? Was ist, wenn ich am Tod eines anderen Menschen schuldig werde? Was ist, wenn –

Nein, sie mußte diesen Gedanken von sich wegschieben.

Und laufen.

Keine Gedanken, keine Gefühle. Du setzt bloß deinen verdammten Arsch in Bewegung.

Rachel konnte Kays kehlige Stimme hören: *Es ist wie eine Jalousie. Du ziehst an der Strippe und siehst nur, was du sehen willst, den Rest schaltest du aus. Sonst wirst du verrückt.*

Rachel holte tief Luft und trat ein. Der Raum sah eher wie

eine Fabrik als wie eine Intensivstation aus. Die Triage-Einrichtungen waren nach Art der chirurgischen Einheiten der Armee improvisiert, denen dieses zivile Krankenhaus mit dem Namen Corpus Christi (das dem Catholic Relief gehörte), als Hilfsstation diente. Sägeböcke, um die Tragen daraufzusetzen, aufgespannte Drähte, um rasch die Flaschen mit dem Blut und den IV-Schläuchen daran aufhängen zu können. Und in der Ecke, unter dem Regal mit den Vorräten, Zweihundertliterfässer voll Wasser, in denen die blutdurchtränkten Gazebinden eingeweicht und, wenn das Fett und Fleisch an die Oberfläche kam, gewaschen wurden, so daß man sie wiederverwenden konnte. Keine komplizierten Apparate, keine fahrbaren Krankenbetten oder fahrbaren Tragen. Die einzige Konzession an das zwanzigste Jahrhundert war der elektrische Strom, erzeugt von einem stotternden alten Generator, dessen entferntes Wimmern sie über den Rufen der Ärzte und Schwestern und den gellenden Schreien der Sterbenden hören konnte.

Der Triage-Raum war mit verwundeten Soldaten überfüllt, die vor Schmerzen delirierten, manche von ihnen schrien, sie standen bis in die mit einem Vorhang abgeteilte Intensivstation hinein. Überall war Blut, in den Mullbinden und den schmutzverkrusteten Kampfanzügen, es spritzte aus verletzten Arterien, bildete Pfützen auf dem Zementfußboden.

Rachel entdeckte Ian MacDougal in der Ecke. Seine breiten Schultern waren bucklig vor Übermüdung, er hatte den ergrauenden rostroten Kopf über eine AK-Amputation gebeugt: beide Beine an den Knien abgeschossen. Der Junge, sein Gesicht hatte die Farbe von geronnener Milch, sah nicht älter als siebzehn aus. Er wand sich vor Schmerzen und schrie: »Mommy! Mommy!«

Rachel fühlte, daß etwas in ihrer Brust wegbrach wie lockeres Erdreich, das einen steilen Abhang hinunterstürzte. So jung, lieber Gott, sie würde sich nie daran gewöhnen. Es sind Kinder, dachte sie.

»Helfen Sie mir mal hier«, rief ihr Mac mit seinen rollenden schottischen Rs zu. Es klang nach Niederlage. »Klammern Sie die Blutung. Gut. Festhalten, während ich die Wunde ausschneide. Dana!« rief er eine der Schwestern. »Hängen Sie ihn an den Tropf und legen Sie ihn in den Prä-OP, unter *später*.« Als Rachel fragend die Augenbrauen hob, erklärte er mit seiner üblichen Schroffheit: »Er kommt durch. Wird nicht mehr mit den Jungens zu Hause Fußball spielen, aber er kommt durch.«

»Mommy«, wimmerte der Junge und hielt Rachels Hand umklammert. Es drehte ihr das Herz im Leibe um, und einen schmerzhaften Augenblick lang dachte sie an ihr eigenes verlorenes Baby und an die Babys, die sie vielleicht niemals haben würde. Sie streichelte kurz sein Gesicht, dann überließ sie ihn Dana.

Rachel sah auf und erblickte Kay auf der anderen Seite des Raums. Die liebe Kay, ihre stämmige kleine Figur im blutigen weißen Schwesternkittel, das Gesicht angespannt unter dem Schopf ihrer wirren dunkelbraunen Locken, bellte den Schwestern und Helfern, die ihr unterstanden, Befehle zu.

»Bringen Sie die IV-Schläuche an. Erzählen Sie mir nicht, Sie können keine Vene finden, nehmen Sie eincn Gartenschlauch, wenn's sein muß... aber *finden* Sie sie.«

Sie erblickte Rachel und warf ihr ein grimmiges Lächeln zu. »Willkommen im Yankee Stadium. Meinst du, wir werden die Red Sox heute abend schlagen?«

Rachel zwang sich zu einem Lächeln. Kays Galgenhumor war zwar nicht zum Lachen, aber er half ihr, nicht den Verstand zu verlieren.

War es erst sechs Wochen her, daß sie hier war? Es kam ihr wie ein Jahr vor. Nach zwei Tagen in verschiedenen Flugzeugen war sie in Da Nang gelandet, dann kam eine endlose Fahrt im Jeep über holprige Straßen nach Tien Sung – und dann sofort das hier. Nein, schlimmer noch. Ein Dorf in der Nähe war mit Granaten beschossen worden. Kinder, Babys, schwangere Frauen zerfetzt. Und sie hatte dagestanden mit offenem Mund, gelähmt von dem grauenvollen Anblick, bis jemand ihr eine Schere in die Hand gab und ihr befahl, sie solle einem zweijährigen Jungen den Fuß abschneiden, der an einer Sehne von seinem zerschossenen Knöchel hing.

Aber sie hatte gelernt, und zwar schnell. Handle zuerst, in Panik kannst du später ausbrechen. Gelernt, wie man die, die sterben würden, aussortierte von denen, die eine Chance hatten zu überleben. Wer sterben würde, wurde hinter den Vorhang in der Ecke geschafft, wo man ihn allein ließ. Die Sofortfälle brachte man in den Prä-OP und teilte sie in zwei Kategorien ein: die dringenden Fälle und die, deren man sich später annehmen würde.

»Als Kinder haben wir Doktor gespielt«, hatte Kay ihr an jenem ersten Tag gesagt. »Jetzt spielen wir Gott.«

Und manchmal machen wir Fehler, dachte Rachel, weil wir keine Götter sind, nur menschliche Wesen, und unser Bestes tun, aber nie genug.

Wie gestern bei dem Marinesoldaten aus Arkansas mit dem Babygesicht; er hatte sie angefleht, ihn nicht allein zu lassen, sagte, er würde sterben, und sie hatte erwidert, er solle sich keine Sorgen machen. Eine zertrümmerte Kniescheibe, das war alles. Sie teilte ihn zur Operation nach zwei anderen Sofortfällen ein, die in schlechterer Verfassung waren, wie sie gemeint hatte. Als sie fünf Minuten später nach ihm sah, war er tot. Herzstillstand. Dann wurde ihr klar, weshalb: schwere Lungenembolie aufgrund des verletzten Beins.

Die Erinnerung bewirkte, daß ein frischer Schmerz sie durchschnitt. *Gott, bitte, laß mich nicht noch so einen Fehler machen!*

Rachel ging weiter, um zu der Trage zu gelangen, die gerade hereingebracht wurde. Ob es für den dort Hoffnung gab? Er war wenigstens noch ganz.

Er war groß, das fiel ihr sofort auf. Seine dreckverkrusteten Stiefel hingen über das Ende der Trage. Und sehnig, mager, sein Gesicht war nur noch Knochen und Kanten. Sein Kampfanzug war naß und schlammig, als hätte man ihn mit dem Gesicht nach unten in einem Reisfeld gefunden. Die Verbände, die seinen Leib bedeckten, waren blutdurchtränkt. Er war bewußtlos, seine Haut wachsbleich, fast durchsichtig, die Farbe von Paraffin. Die Farbe des Todes.

Mit einemmal wollte sie nicht wissen, was unter den Verbänden war. Sie fühlte ein Frösteln ihr Rückgrat hinunterschleichen, als blase ihr ein kalter Wind in den Nacken.

Sie konnte fast keinen Puls feststellen. Blutdruck achtzig zu zwanzig. Oh, das war wirklich schlimm. Klassischer Schock. Blaue Lippen, Zyanose. Er hatte auch Schwierigkeiten beim Atmen. O Gott, er glitt ihr weg, glitt ihr durch die Finger.

»Blutinfusion!« rief sie Meredith Barnes zu. »Sechzehner Kanüle. Ziehen Sie vier Röhrchen Blut auf für Kreuzprobe. Er wird wenigstens sechs Konserven brauchen. Und ein paar Gramm Penizillin für den Anfang.«

Rachel führte ihm einen Schlauch in die Nase ein, um den Magen zu entleeren. Dann nahm sie eine Schere und begann, die Verbände aufzuschneiden, die den Unterleib bedeckten. O mein Gott! Es war viel schlimmer, als sie gedacht hatte. Ein gähnendes Loch, als ob ein Boxer mit dem Fausthandschuh hineingeschlagen hätte. Selbst das Bauchfell war gerissen. Bräunlich-weiße Darmschlingen quollen hindurch.

Dann fühlte sie es, mit Gewißheit. Seine klare, harte Stimme sagte ihr, daß er sterben würde. Ganz gleich, was sie täte, er würde sterben. Das Beste, das sie für ihn tun könnte, war, ihn hinter den Vorhang zu legen, damit er Ruhe hatte.

Dann sah sie wieder auf sein Gesicht, und ihr Atem stockte. Sie konnte sich nicht rühren, weder atmen noch schlucken.

Er war jetzt bei Bewußtsein, und er sah sie an. In seinen Augen ein seltsam leuchtendes Grau, das wie Morgenlicht aus den Höhlen seines sterbenden Gesichts schien.

Und er lächelte.

Rachel war, als bräche etwas tief in ihr Begrabenes auf und tastete sich empor zum Licht wie ein Grashalm, der sich auf einem Bürgersteig durch eine Ritze zwängt.

Es dauerte einen Augenblick, bevor sie wußte, was es war. Sie hatte so etwas lange nicht mehr empfunden.

Hoffnung.

Heiße Tränen verschleierten ihre Augen und rannen die Wangen hinunter.

Der verwundete Soldat hob die Hand und strich ihr über die Wange, seine Fingerspitzen waren sanft wie Blätter. »Rose«, murmelte er. »Weine nicht, Rose. Ich komme zurück. Rose…«

Einer der Medics, ein stämmiger Schwarzer, schüttelte den Kopf. »Den Namen ruft er, seit wir ihn aus dem Fluß gefischt haben. Verdammt, so was ist mir noch nicht vorgekommen. Der Bauch total im Eimer, und trotzdem schwimmt er noch raus, uns entgegen, als wär er Jesus Christus oder was. Und schleppt noch seinen toten Kameraden mit sich rum.« Er schüttelte den Kopf. »Sieht aus, als ob der auch einer für die GR ist.«

GR. Graves Registration. Wo die Männer Namensschilder bekamen, in Säcke gesteckt und zu ihren trauernden Familien nach Hause geschickt wurden. Die Kälte in ihr verwandelte sich in Feuer bei dem Gedanken, daß man auch diesen hier wie eines jener Gepäckstücke hinausrollen und in eine Ladeluke werfen würde.

»Nicht, wenn ich es verhindern kann«, sagte Rachel mit einer so wütenden Entschlossenheit, daß all ihre Muskeln und Knochen wie gespannte Drähte zu vibrieren schienen.

Sie klammerte Arterien, schnitt die Wundränder ab und holte die größten Granatsplitter heraus, desinfizierte die Wunde mit steriler, in Paraffin getränkter Gaze.

»Darf ich mal sehen?« Eine tiefe Stimme ließ sie zusammenfahren. Sie sah auf. Dr. MacDougal runzelte die buschigen rötlich-grauen Brauen, die über seine traurigen braunen Augen herabhingen.

Seine Untersuchung war kurz, aber gründlich. Danach zog er Rachel beiseite. »Er hat eine Menge Blut verloren. Und es sieht aus, als ob die rechte Niere heraus muß. Ich sehe eine Menge Darmschlingen, das Peritoneum ist gerissen. Und erhebliche Verletzungen des Dünndarms und des Dickdarms. Herrgott, Mädchen, der Junge wird mehr als nur Ihre Hände brauchen, um eine Operation zu überstehen. Er braucht ein verdammtes Wunder. Und selbst wenn er sie überleben sollte, muß ich Ihnen nicht sagen, was er bei so einem Schock plus Bauchfellentzündung für Chancen hat, gesund zu werden.« Er legte eine breite, väterliche Hand auf Rachels Schulter. »Ich weiß, Sie geben nicht gern auf, Rachel. Ich habe nie jemanden gesehen, der so auf verlorenem Posten gekämpft hat, aber das Beste, was Sie mit diesem Mann tun können, ist, daß Sie ihn in Ruhe sterben lassen.«

Rachel hielt Ian MacDougals traurigen Dachshundblick einen langen Augenblick fest, dann antwortete sie: »Bitte, lassen Sie es mich versuchen, Mac. Ich werde Sie dabei brauchen, aber ich kann assistieren. Ich sage nicht, daß wir ihn retten können, aber lassen Sie es uns wenigstens versuchen.«

Mac senkte die Augen und schien ihre Bitte in Erwägung zu ziehen. Rachel hielt den Atem an. Ian war der Oberarzt. Er konnte es ihr abschlagen.

»Dann tun Sie, was Sie tun müssen«, sagte er und seufzte.

Rachel wies die Pfleger an, den Patienten in den Prä-OP zu bringen. Dann sah sie noch einmal in diese klaren Augen hinunter, auf dieses Lächeln und wußte, daß sie diesen Mann ebensowenig aufgeben konnte, wie sie ihr eigenes Fleisch und Blut hätte aufgeben können.

Rachel warf einen Blick auf seine Hundemarke, kritzelte den Namen und die Identitätsnummer auf ihre Schreibtafel.

Brian McClanahan, Soldat.

»Halte aus, Brian«, flüsterte sie. »Halte ja aus – für mich, o.k.?«

Rachel erwachte von dem Geräusch des Regens, der auf das Wellblechdach der Betonbaracke trommelte. Sie schlug die Augen auf. Es war dunkel, aber sie konnte den riesigen Käfer sehen, der vor ihr über die Wand krabbelte. Immer noch im Halbschlaf, in dem Gefühl, daß sie eigentlich träumte und ganz woanders war, folgte sie ihm, wie er sich im Zickzack fortbewegte. Aber etwas zupfte an ihrem Bewußtsein... etwas, an das sie sich erinnern mußte.

Dann fiel es ihr ein, eine Welle der Angst ließ sie hellwach werden. Brian McClanahan. Drei Tage waren seit seiner Bauchoperation vergangen, und noch immer schwebte er in Lebensgefahr. Es konnte sein, daß er in diesem Augenblick starb, während sie hier lag...

Rachel warf die dünne Baumwolldecke beiseite und stand auf. Sie war halb angezogen, als Kay sich in der anderen Koje regte und aufsetzte und sich die Augen rieb. Sie gähnte und warf einen Blick auf das schwach leuchtende Zifferblatt ihrer Armbanduhr.

»Bist du verrückt?« murmelte sie mit belegter Stimme. »Es ist drei Uhr früh. Die erste ruhige Nacht seit Wochen. Was ist los?«

Sie weiß, daß ich nicht vor Tagesanbruch zur Latrine gehen würde, dachte Rachel. Nicht, wenn es heißt, umgeben von Käfern und Schlangen einen Fuß tief im Wasser zu stehen.

»Tut mir leid, daß ich dich geweckt habe«, sagte Rachel. »Ich möchte nach meinem Patienten sehen. Ich mache mir ein bißchen Sorgen um ihn. Gestern abend, als ich ihn verließ, hatte er Fieber.«

Nun war Kay auch um ihren Schlaf gebracht, sprang aus der Koje und schaltete das Licht an. Sie betrachtete Rachel mit finsterem Gesicht, ihre braunen Augen, rotgerändert und geschwollen, sahen ohne Brillengläser nackt aus.

»Dieser Patient heißt nicht zufällig Brian McClanahan, oder?« fragte Kay eisig. »Ist das derselbe Brian McClanahan, den du seit seiner Operation wie eine Glucke bemutterst? Dana ist letzte Nacht in Tränen aufgelöst zu mir gekommen und sagte, du hättest sie angebrüllt, weil sie mit der Nachricht, daß er vierzig Fieber hatte, nicht sofort zu dir gekommen war. Als hätten meine Schwestern den ganzen Tag nichts anderes zu tun, als Fieber zu messen.«

»Ich hätte Dana nicht so anbrüllen sollen«, entschuldigte sich Rachel. »Sie ist eine gute Krankenschwester.« Es tat ihr leid, aber verdammt, Brian war etwas Besonderes. Konnten sie das nicht sehen? Er hatte die Operation nur gerade so mal eben überlebt, richtig, aber er atmete noch, und sein Herz schlug, und sie wollte, verdammt noch mal, dafür sorgen, daß es dabei blieb.

Kays braune Augen blitzten. »Gut? Was heißt gut, sie ist ein As. Sie ist eine Wucht. Alle meine Schwestern sollten die Congressional Medal of Honor bekommen. Statt dessen gibt man ihnen einen Tritt in den Hintern. Seit Jahren haben wir uns einzureden versucht: Wenn wir mehr Ärztinnen haben, wird alles anders. Aber ich sage dir eins, und das ist eine bittere Lehre für mich gewesen – ein Arschloch in einem weißen Kittel bleibt ein Arschloch, ganz gleich, ob Arzt oder Ärztin.« Sie machte eine Pause, holte Luft, und dann war ihre Wut mit einemmal verraucht, und sie grinste. »Noch etwas. So kannst du nirgendwohin gehen.«

»Was heißt ›so‹?«

»In *der* Hose.«

Rachel hatte sich inzwischen fertig angezogen, nun sah sie hinunter und merkte, daß sie Kays Khakis trug. Sie hingen ihr in Falten um die Hüften, und unter den Umschlägen sahen ihre Knöchel hervor. Sie sank auf ihr Bett und fing an zu kichern. Dann spürte sie, daß sie nicht aufhören konnte.

»Ich glaube, ich drehe durch«, sagte sie und wischte sich mit dem Handrücken die Tränen fort.

»Möchtest du darüber reden?« Kay zündete sich eine Zigarette an.

»Es ist kompliziert«, sagte Rachel. »Ich bin nicht sicher, ob ich es selbst verstehe. Ich habe einfach dieses Gefühl...

wenn ich ihn verliere ... ist es ein für allemal aus mit mir ... und ich tauge nur noch für ein Leben in der Klapsmühle.«

»Das darf doch nicht –« Rachel sah den Rauch von Kays Lippen kräuseln und im Moskitonetz verschwinden. »Das kommt von der Umgebung. Wir alle hier sind ein bißchen plemplem, Rosenthal.«

»Das ist es nicht. Es ist ... nicht nur der Krieg. Es hat auch mit mir selbst zu tun. Mit allem. Was vorher geschehen ist.«

»Du hast getan, was du tun mußtest«, sagte Kay ein wenig zu schnell. Rachel erinnerte sich, wie gut Kay zu ihr gewesen war, ein Felsen, damals wie heute.

Sie dachte an den Abend vor noch nicht langer Zeit, an dem Kay sie per Anhalter in einem Sanitätsauto der Armee nach Da Nang entführt hatte. Sie hatten Kim Chee gegessen in einem Restaurant in einem dunklen Seitengäßchen irgendwo – eine uralte Vietnamesin, die in einem Schuppen das Essen kochte, und drei wacklige Tische, an denen die Leute Karten spielten. Dann weiter zu einer Bar voll lärmender Marinesoldaten und lauter amerikanischer Musik, wo sie sich, als sie Otis Redding »Dock on the Bay« singen hörte und an zu Hause dachte, so fürchterlich betrunken hatte. Gott, war ihr danach schlecht gewesen! Kim Chee und Wodka hatten ihrem Magen den Krieg erklärt. Kay hatte ihr das Haar zurückgehalten, während sie sich draußen in den Büschen übergab, und später dann, als ihr die Tränen kamen, hatte sie sich an Kays Schulter lehnen dürfen.

»Ich fand es ja seinerzeit auch richtig, daß ich es tat«, sagte Rachel und fing wieder an zu lachen. Nur war es nun gar nicht komisch. Das Lachen blieb ihr im Hals stecken wie ein Stück Brot, das nicht hinunterrutschen wollte. »Wenn ich jetzt daran denke, habe ich immer das Gefühl ... ja, daß ich innerlich sterbe. Als ich klein war, habe ich mir immer eine kleine Schwester gewünscht. Und meine Mutter sagte mir dann jedesmal, daß ich eines Tages selbst Babys haben würde, so viele ich wollte. Es ist mir nie der Gedanke gekommen, nicht ein einziges Mal, daß ich ... daß ich keine

Kinder bekommen könnte. Nicht mal ein einziges Kind. Ein Baby – ist das zuviel verlangt? Ja?«

»He! Sieh mal mich an«, sagte Kay. »Ich bezweifle sehr, daß ich je einen Mann finden werde, der so verrückt ist, mich zu heiraten, von einem Kind gar nicht zu reden.« Sie versuchte Rachel mit ihrem Witz über ihr Elend hinwegzutrösten, aber Rachel konnte sehen, daß ihre Augen, die sie des Rauches wegen zukniff, feucht schimmerten. »Es tut dir leid. Du bereust es. Ach Scheiße, du vergeudest damit nur deine Zeit. Laß dir was Besseres einfallen.«

»Was zum Beispiel?«

»Ich weiß es nicht. Beten meinetwegen. Und vergiß nicht, wenn du Gott an der Strippe hast, würdest du ihm etwas ausrichten von mir? Sag ihm, er soll diesem Krieg ein Ende machen, damit ich aufhören kann, diese dreckigen Zigaretten zu rauchen. Die bringen mich um.« Ihre Stimme wurde ein wenig rauh, und sie drückte ihre Zigarette in der leeren Sardinendose auf dem Fußboden neben ihrem Bett aus.

Rachel lächelte. »Ich glaube, wir sind alle süchtig... auf die eine oder andere Art.«

»Ich habe mal eine Geschichte gelesen«, sagte Kay. »Über dieses Mädchen, das sehr krank war, sie hatte eine Lungenentzündung, glaube ich. Sie konnte nur im Bett liegen und aus dem Fenster auf das Efeu starren, das draußen an der Hauswand wuchs. Und dieser Freund von ihr, dieser Künstler, der unter ihr wohnt, ihm sagt das kranke Mädchen: Wenn das letzte Blatt herunterfällt, wird sie sterben. Es ist Winter, weißt du. Und alle Blätter fallen bis auf ein letztes Blatt. Das bleibt einfach hängen. Also stirbt sie nicht. Es geht ihr sogar besser. Und als es ihr wieder so gut geht, daß sie aufstehen kann, merkt sie, weshalb dieses letzte Blatt nicht heruntergefallen ist – der Künstler hatte es drangemalt. Der Witz ist, daß er am Ende stirbt, weil er draußen im Regen und in der Kälte gestanden hat, um das verdammte Blatt an die Hauswand zu malen.«

»Keine Angst«, sagte Rachel und lachte, rutschte aus

Kays Hose hinaus und fand ihre eigenen unter dem Bett. »Ich werde mich nicht erkälten. Ich fange mir höchstens eine Malaria ein. Oder sterbe am Hitzschlag. Aber bestimmt nicht an einer Lungenentzündung.«

»Das meine ich nicht. Ich habe mich gerade gefragt...« Kay stand auf und fand eine frische Packung Mentholzigaretten auf dem Frisiertisch. Langsam pellte sie das Zellophan ab. »Was wäre mit dem Mädchen passiert, wenn das letzte Blatt heruntergefallen wäre?«

Sie ging zu Rachel hinüber, legte die Hände auf ihre Schultern, so daß Rachel den Kopf heben und sie ansehen mußte. »Gönne dir eine Pause, Kindchen. Dein Herz kann wirklich eine gebrauchen bei dem, was du ihm zugemutet hast. Hör auf meinen Rat – denke nicht mehr daran, vorläufig. Hier darfst du dich nicht mit so etwas beschäftigen.«

Der Regen hatte aufgehört. Aber der Fußweg, der zum Hospital führte, war ein Meer aus Schlamm.

Rachel schritt vorsichtig über die Planken, die man über den matschigen Weg gelegt hatte, als sie es vernahm: ein pfeifendes Geräusch, etwas, das über sie hinwegflog.

Granaten.

Sie warf sich mit dem Bauch in den warmen Schlamm, gerade als ein ohrenbetäubendes WUUUUUPH ertönte. Als sie den Kopf hob, sah sie drei- bis vierhundert Meter entfernt eine trüborangene giftige Blume über den Bäumen aufblühen – kalte Panik legte eine Schlinge um ihr Herz. In dem Dschungel, der das Dorf umgab, hatte es schon Artilleriefeuer gegeben, aber noch nie so nahe.

Was ist, wenn sie uns treffen? Was ist, wenn –

Sie stöhnte leise, kniff die Augen zu im Angesicht des schrecklich grellen orangenen Lichts und preßte die Hände auf die klingenden Ohren, als eine zweite Granate über sie hinwegpfiff und dann explodierte, diesmal dem Knall nach zu urteilen viel näher.

Sie hatte Angst, aber sonderbarerweise nicht um sich

selbst. Sie dachte an Brian, der bewußtlos, abgezehrt, weiß und bis zum Kinn in Verbände eingewickelt auf seinem Bett in der Intensivstation lag. Er befand sich immer noch in einem kritischen Zustand. Wenn er auch nur die geringste Erschütterung erlitte, würde er sterben. Sie mußte zu ihm und sehen, wie es ihm ging.

Rachel begann auf Händen und Knien zentimeterweise durch den Schlamm auf das Hospital zuzukriechen. Die Geschosse folgten nun eines auf das andere – wie bei einem Feuerwerk am 4. Juli, das zum Wahnsinn ausgeartet war. Die Luft schien sich in einem Wirbel zu drehen. Eine künstliche Dämmerung malte den Himmel über den Baumwipfeln orange, gelb und rot. Sie schmeckte etwas Bitteres auf der Zunge. Schießpulver. *O Herrgott, sie haben es genau auf uns abgesehen.*

Als sie das Hospital erreichte, waren die Lichter aus. Der Generator war offenbar getroffen. Ihr Herz stockte. Sie tastete sich im Dunkeln durch einen überwölbten Torweg, der in einen offenen, mit Fliesen ausgelegten Hof führte. Die uralten Fliesen waren zerbrochen und aufgeworfen von der ständigen Feuchtigkeit, und sie stolperte ein paarmal, als sie auf die Doppeltür zuging, die in die Station führte.

Drinnen ein dunkler Korridor, dann plötzlich blendendes Licht. Jemand leuchtete ihr mit einer Taschenlampe ins Gesicht. Sie blinzelte und hob eine Hand hoch. Mehr Taschenlampen jetzt, deren Strahlen in wilden Bögen durch den Raum zuckten und wie in einem Fiebertraum Licht und Schatten über die Station warfen. Als ihre Augen sich an die Dunkelheit gewöhnt hatten, sah sie Lily, die sich bemühte, einen im Koma befindlichen Patienten, einen Mann, der doppelt so groß wie sie selbst war, unter das Bett neben der Tür zu ziehen. Sein Infusionsschlauch war abgerissen, und ein karmesinroter Fleck breitete sich langsam über die Verbände aus, die seine Brust bedeckten.

Rachel stürzte vorwärts, um Lily zu helfen, aber Lily schüttelte den Kopf und schob sie beiseite. »Keine Zeit. Holen Sie die anderen herunter. Sicherer unter den Betten, wenn wir getroffen werden.«

Donner erschütterte das Gebäude, und Streifen eines zinnoberroten Himmels flackerten in den Fensterschlitzen. In der Ferne hörte sie Schreie und das Quieken von Schweinen, und sie begriff, daß eine Granate das Dorf im Tal unter ihnen getroffen haben mußte. Würde irgend jemand in diesem alten Gebäude sicher sein, wenn eine Granate einschlug?

Und Brian. Es war ihm gestern abend so schlecht gegangen, er hatte so hohes Fieber gehabt. Macs Voraussage mit der Bauchfellentzündung war eingetroffen. Ganz gleich, wie sorgfältig sie die Wunden gesäubert und ausgeschnitten und obwohl sie jeden noch so winzigen Splitter und Dreckkrümel herausgeholt hatte, eine Entzündung ließ sich nicht vermeiden.

Bitte, Gott, betete sie, laß ihn noch leben. Laß ihn diese Nacht noch überstehen. Ich kümmere mich dann um den Rest.

Sie rannte den Gang zwischen den beiden Bettenreihen hinunter, streifte Schwestern und Pfleger, die manche Patienten zu besänftigen versuchten und mit anderen rangen. Brians Bett war das letzte. Sie sah es in dem schwachen, flackernden Licht.

Es war leer.

Brennender Schmerz explodierte in ihrer Brust, als hätte eine Granate sie getroffen.

»Nein!« schrie sie. »NEIN!«

Rachel, halb von Sinnen, packte den Arm einer vorbeieilenden Schwester. Es war Dana, das blonde Haar hing ihr, aus den Klammern gerissen, in Strähnen um das hagere, bleiche, verängstigte Gesicht. Dana hielt eine Infusionsflasche mit Ringerlösung in der Hand; bei Rachels Berührung fuhr sie zusammen, und die Flasche glitt ihr aus der Hand. Ein lautes Klirren. Lauwarme Flüssigkeit spritzte über Rachels Füße. Ein Glassplitter stach ihr in den Knöchel.

»Wann?« fragte Rachel und packte Danas Arm viel härter, als sie gewollt hatte. Sie hörte den schrillen, hysterischen Klang in ihrer Stimme. »Wann ist er gestorben?«

Dana riß ihren Arm los und trat einen Schritt zurück, um zu sehen, ob Rachel verrückt geworden war. Dann begriff Rachel, wie sie aussehen mußte, von einer Schmutzkruste bedeckt, das Haar lose und wirr. Wie jene irrsinnig dreinschauenden Patienten in der Süchtigenstation, die zu viele von Mama-sans opiumgetränkten Marihuanazigaretten geraucht hatten.

Dana brauchte nicht zu fragen, wen sie meinte. »Er ist... noch nicht tot«, sagte sie. »Doktor Mac hat ihn in den OP gebracht. Er hatte einen Herzstillstand, ein oder zwei Minuten, bevor das Granatfeuer losging.«

Erleichtert atmete Rachel auf, doch dann erfaßte sie eine Welle der Panik. Sie mußte zu ihm, sie mußte ihm helfen. *Sie* war die Verbindung, das letzte Blatt, das ihn irgendwie noch am Leben erhielt. Verstanden sie das nicht?

Rachel drehte auf dem Absatz um und rannte den Weg zurück, den sie gekommen war. Der Operationssaal befand sich am Ende des Korridors, nicht mehr als dreißig oder vierzig Meter entfernt, aber es schien ihr, als wäre sie meilenweit gelaufen, als sie dort ankam. Ihre Kleidung war durchgeschwitzt, und ihre Beine zitterten wie Gummi. Ihr Herz pochte wahnsinnig.

Sie stürmte hinein.

Der Saal war lang und schmal, es stand ein halbes Dutzend Operationstische darin. Eine Taschenlampe, die am anderen Ende des Raums brannte, warf riesige, unheimliche Schatten, die sich die Wand hinauf und über die Decke wölbten. Zwei dunkle Figuren duckten sich über einen Operationstisch. Als sie näherkam, sah sie, daß es Doktor Mac und Meredith Barnes waren. Meredith hielt die Taschenlampe in der linken und eine Klammer in der rechten Hand. Mac beugte sich über eine lange, auf dem Tisch ausgestreckte Gestalt.

Brian. *Ihr* Brian. Rachels Herz zuckte vor Entsetzen.

Sie hatten einen Trachealtubus eingeführt und pumpten ihn auf, preßten Sauerstoff in seine Lungen. Auf Brians magerer, nackter Brust war Blut verschmiert. Sie sah den langen Einschnitt links im vierten Zwischenrippenraum genau unterhalb der Brustwarze. Mac mühte sich mit einem Paar Rippentraktoren ab.

Er wollte eine offene Herzmassage vornehmen. Gott sei Dank gab es noch eine Hoffnung. Gott sei Dank war es noch nicht zu spät.

Mac sah auf und warf ihr einen überraschten Blick zu unter den buschigen Augenbrauen. Rachel streifte schon ein Paar Gummihandschuhe über.

»Lassen Sie mich«, bat sie. »Meine Hand ist schmaler.«

»Haben Sie das denn schon einmal gemacht?« fragte Mac, und seine Stimme klang unglaublich müde, zu müde zum Streiten.

»Nein. Aber ich habe zugesehen, wie man es macht. Ich schaffe es.« Sie fühlte sich seltsam ruhig, als ob sie sich tief im Innern die ganze Zeit auf diesen Augenblick vorbereitet hätte.

»Gut. Für Fehler bleibt keine Zeit. Der Stillstand dauert schon zu lange. Er hat vor fünf Minuten zu atmen aufgehört. Ich habe Herzanimation vorgenommen und sechs Einheiten Epinephrin in den Herzmuskel gespritzt. Wenn es jetzt nicht klappt, haben wir ihn verloren.«

Rachel konzentrierte sich auf das, was sie über die Thoraxeröffnung in Notfällen gelernt hatte. Beim schwachen Licht der Taschenlampe sah sie in die offene Wunde hinein, fand den Herzbeutel und führte mit dem Skalpell einen Längsschnitt aus, achtete darauf, den Nervus phrenicus nicht zu verletzen. Sie führte die behandschuhte Hand durch den Einschnitt ein, tastete sich um die Lungenschlagader und die obere Hohlvene herum. Nichts. Nicht mal ein schwaches Flattern.

Zärtlich, rhythmisch fing sie an zu pressen. *Lebe, o bitte, lebe, Brian, du mußt mir helfen, ich kann es nicht allein schaffen, o bitte...*

Nichts.

Schweißperlen sickerten von ihrer Stirn und rannen ihr die Schläfen herunter. Sie kämpfte gegen die Panik an. Halte den Rhythmus, so mußte es gemacht werden. Stetig, beharrlich.

Gott, bitte hilf mir doch!

Alle Empfindungen steigerten sich. Sie konnte den schalen Geruch von Macs Schweiß unterscheiden und den blumenartigen Duft des Parfüms, der von Meredith ausging. Blut schien wie ein feiner Nebel in der Luft zu schweben, der Geschmack war bitter auf ihrer Zunge wie Kupfer. Der Druck ihrer Hand, die sein schlaffes Herz massierte, stimmte mit dem rhythmischen Singsang in ihrem Kopf überein.

KOMM jetzt. Schlag doch. KOMM JETZT. Bitte. JETZT.

Mac schüttelte betrübt den Kopf. »Genug, Kindchen. Es hat keinen Zweck. Sie haben Ihr Bestes getan.«

Rachel konnte die Tränen aufsteigen fühlen, das Schluchzen, das sie erstickte. »Nein«, bettelte sie. »Nur noch etwas länger. Bitte. Ich möchte sicher sein.«

»Noch eine Minute, mehr nicht. Die anderen brauchen uns jetzt.«

Eine Ewigkeit schien in dieser Minute zu vergehen. Rachel spürte, wie es ihre Beherrschung auffraß und sie zu verschlingen drohte. Sie kämpfte nicht nur für Brian, sondern auch für sich selbst, um ihren eigenen Verstand.

Schließlich, gerade als sie die Hoffnung aufgegeben hatte, ein winziges Zucken.

Noch eines.

Ein einzelner, stockender Herzschlag.

Mehrere endlose Sekunden vergingen ohne ein weiteres Lebenszeichen, dann fing Brians Herz mit einem eigenen flachen Rhythmus zu schlagen an.

Rachel taumelte fast unter dem Ansturm der Freude, der

über sie hereinbrach. Ihre Kehle entkrampfte sich, und Tränen entströmten ihren Augen.

»Es schlägt!« rief sie. »Es schlägt! Er lebt!«

Sie zog die Hand aus Brians Brustkorb und sah zu Mac auf, der sie ungläubig anschaute. Der Strahl der Taschenlampe sprang hoch und zuckte hin und her, als Meredith einen triumphierenden Schrei ausstieß.

»Ich glaube, ich träume«, flüsterte Mac. »Ein Wunder ist das, wenn ich je eines gesehen habe. Sind Sie nicht vielleicht doch katholisch?«

Rachel lachte, Tränen liefen ihr die Wangen hinunter. »Nicht daß ich wüßte. Warum?«

»Einen Augenblick hätte ich schwören können, ich hätte auf Ihrer Schulter einen Engel sitzen sehen.«

14

Brian schlug die Augen auf und sah alles weiß. Weiße Wände. Weiße Laken. Weiße Jalousien, die man aufgezogen hatte, um den Geruch des Regens und das heiße Blau des Tropenhimmels hereinzulassen.

Ich träume, dachte er. Ich bin zu Haus in meinem eigenen Bett neben Kevins, und Mom ist in der Küche und rührt Haferflocken in den großen Emailletopf, und ich –

Er bewegte sich, weil er bequemer liegen wollte, und die Bewegung löste einen rasenden Schmerz in seinem Bauch aus, einen Schmerz, der sein Inneres durchschnitt, ein Augenblick glühendheißer Qual. Es war kein Traum, aber was?

Er war hellwach. Er stöhnte; Tränen der Qual tropften aus seinen Augenwinkeln und liefen langsam die Schläfen hinunter ins Haar.

Durch den Tränennebel sah er verschwommen den Umriß von jemandem, der über ihm stand. Er zwinkerte die Tränen beiseite, und das Bild wurde schärfer.

Eine Frau.

Sie war klein und zierlich wie die Vietnamesinnen, aber ihre Haut war hell, fast zu blaß, ihr Haar ein hübsches Kupferbraun. Sie trug es straff anliegend und im Nacken mit einer Spange befestigt. Ihre Augen waren leuchtend blau. Allmählich nahm er den Rest von ihr in sich auf. Kleines, herzförmiges Gesicht. Trotziges Kinn und eine gerade Nase mit witternden Nüstern. Ein Mund, der ein bißchen zu breit war und das Gesicht davor bewahrte, niedlich zu wirken. Sie schien müde und besorgt zu sein. Es lagen violette Schatten unter ihren Augen, und die Haut um ihre Schläfen und den Hals sah etwas blutunterlaufen aus.

Seltsamerweise kam es ihm so vor, als kenne er sie schon sehr lange.

»Guten Morgen«, sagte sie, und ihre tiefblauen Augen waren mit vollkommener Konzentration auf ihn gerichtet und wichen seinem Blick keine Sekunde aus. »Wie geht es Ihnen?« Er sah, daß sie Khakihosen und einen ausgebleichten grünen Kittel trug, aus dessen tiefer Brusttasche ein Stethoskop herausragte.

War sie eine Krankenschwester? Er befand sich in einer Art Hospital, nicht wahr? Er lag auf einem Bett in einem langen Raum. Andere Betten – eiserne Feldbetten eigentlich – standen entlang den weißgekachelten Betonwänden. Und in jedem Bett lag eine mit Verbänden umwickelte Gestalt, manchc von ihnen kaum als menschliche Wesen zu erkennen.

Brians Kopf fühlte sich leicht und benommen an, sein Mund war trocken wie Flanell. Sein ganzer Körper vom Hals abwärts fühlte sich an, als hätte ihn ein Bulldozer überfahren. Schon das Atmen tat ihm weh.

»Wie Sonny Liston nach fünfzehn Runden mit Cassius Clay«, sagte er und brachte ein winziges Lächeln zustande.

Als hätte sie auf irgend etwas, irgendein Zeichen von ihm gewartet, entspannte sich ihr Gesicht. Sie lächelte. Ein strahlendes Lächeln, das fast eine körperliche Berührung schien, das ihn ergriff und hochhob.

»Sie haben die Fans nicht enttäuscht«, sagte sie. »Wir waren nicht sicher, daß Sie alle Runden durchstehen würden, aber Sie haben großartig gekämpft. Erinnern Sie sich an irgend etwas?«

Brian bewegte sich einen Millimeter auf der harten Matratze seines eisernen Feldbetts. Schmerz loderte wieder auf. Er fiel zurück und ächzte. Was, in Gottes Namen, war mit ihm geschehen?

»Kaum«, sagte er, der Schmerz nun ein dumpfes Hämmern. »Wie lange bin ich schon hier?«

»Seit fast drei Wochen jetzt«, sagte sie. »Sie haben den größten Teil der Zeit geschlafen. Das Morphin hat dabei geholfen.«

Er schloß die Augen. Das Licht tat ihm weh. In seinem Kopf, in dem es dunkel und kühl war, folgte ihm ihre Stimme, seltsam ruhig. »Vielleicht wäre es besser, wenn Sie sich nicht an alles auf einmal zu erinnern versuchen«, sagte sie.

Er kannte diese Stimme, nicht wahr? Sie war ihm beinahe ... vertraut. Jetzt berührte eine kleine kühle Hand seine Augenbraue, und der heiße Schmerz ebbte ein wenig ab.

Seltsame und unzusammenhängende Erinnerungsbruchstücke tauchten aus einer tiefen Dunkelheit in seinem Kopf auf. Er mühte sich ab, sie zusammenzufügen. »Wir waren auf einer Patrouille im Busch«, sagte er. »Wir gerieten in einen Hinterhalt. Ich wurde getroffen. Ja, ich erinnere mich jetzt. Es war Trang... er trat auf eine Mine. Der Fluß...« Brian riß die Augen auf. Er versuchte sich aufzusetzen, aber ein so vernichtender Schmerz warf ihn zurück, daß rote Sterne hinter seiner Stirn explodierten. Er wartete, bis die Qualen ein wenig nachließen, dann fragte er: »Trang? Ist er...«

Die Frau schüttelte den Kopf. »Tut mir leid«, sagte sie freundlich. »Bitte, versuchen Sie sich jetzt noch nicht aufzusetzen. Es ist besser, wenn Sie flach liegen. Kann ich Ihnen irgend etwas besorgen?«

Brian fühlte Trauer in sich aufsteigen. Auch Zorn. Er hatte Trang also nicht gerettet. Wozu gab man sich überhaupt noch Mühe? Was sollte das alles – daß die Jungs krepierten und der Krieg selbst?

Er war müde, so müde. Seine Gedanken wurden wieder zusammenhanglos, trieben dahin.

Er leckte die Lippen und schmeckte etwas Salziges. Blut. Die Lippen waren aufgesprungen, rauh wie alter Karton. »Wasser«, sagte er. »Sind Sie eine Schwester?«

»Ärztin«, sagte sie und lächelte. »Aber bitte, nennen Sie mich Rachel. Ich habe das Gefühl, daß wir inzwischen alte Freunde sind.«

Sie füllte einen Pappbecher aus einem Krug, der auf dem kleinen Metalltisch neben seinem Bett stand, und hielt ihm den Becher an die Lippen, während sie mit der anderen seinen Kopf stützte. Sie war überhaupt kräftig für eine so zierliche Person. Ihr langer Pferdeschwanz streifte seine Wange sanft wie ein Kuß, und er atmete einen Zitronenduft ein.

Der Duft brachte ein anderes Bruchstück seiner Erinnerung an die Oberfläche. Ein Traum wirklich, aber vielleicht war so etwas Ähnliches tatsächlich geschehen. Er hatte sich an einem dunklen Ort befunden, in einem Tunnel, und war auf das Licht am anderen Ende zugegangen. Ein Licht, das so stark war, daß es seinen Augen weh tat, als ob man in die Sonne sah. Aber es zog ihn an wie ein Magnet. Je näher er ihm kam, um so glücklicher fühlte er sich. Er eilte darauf zu, flog beinahe.

Dann war der Tunnel plötzlich von einem starken und überwältigenden Duft erfüllt. Einem berauschenden Duft, einer Mischung aus Zitronenblüten, Sommergras und dem guten Geruch frisch gebügelter Kleider, die im Schrank seiner Mutter hingen. Es war auch eine Stimme da, eine Frauenstimme. Er konnte nicht verstehen, was sie sagte, aber er fühlte, daß sie ihn zu sich heranwinkte. Daß sie ihn zurückzog ... weg von dem Licht. Er wehrte sich zuerst dagegen, aber sie zog zu fest. Und schließlich gab er ihr nach ...

Jetzt, als er das lauwarme Wasser trank und ihren Duft einatmete, dachte er: *Sie war es.* Diese kleine Frau mit dem Namen Rachel. Sie hatte ihn von irgendeinem Rand weggezogen. Dem Tod? Lieber Gott, war er schon so weit weg gewesen?

Sollte er ihr dafür dankbar sein? Ja, wahrscheinlich. Aber im Augenblick fühlte er sich nur kaputt. Er wollte nichts als schlafen ...

Als er getrunken hatte, legte sie seinen Kopf vorsichtig ins Kissen zurück. »Sie trugen das um den Hals, als man Sie herbrachte.« Sie drückte ihm etwas in die Hand. Etwas Kühles. Metallisches. Sein St.-Christophorus-Medaillon. Rose hatte es ihm am Tag der Abreise geschenkt. »Ich habe es für Sie aufgehoben. Ich dachte, Sie würden ... es brauchen.«

»Danke«, sagte er und schloß die Faust darum. Er versuchte, sich an Roses Gesicht zu erinnern, aber es gelang ihm nicht. Das einzige Bild, das ihm einfiel, war das auf dem Schnappschuß, den er in der Brieftasche trug. Er hatte es letzten Winter draußen auf Coney Island geknipst. Ein prächtiger Tag, erinnerte er sich. Ein ganzer Tag nur für sie beide allein. Sie hatten Hot dogs und geröstete Muscheln bei Nathan's gegessen und sich wie die einzigen beiden Menschen auf der Welt gefühlt, bis ihnen die Finger in den Fausthandschuhen fast erfroren waren. Er hatte ein Foto von Rose gemacht, auf dem sie ein bißchen steif vor den heruntergelassenen Rolläden irgendeines Panoptikums stand. Das schwarze Haar wehte ihr über das Gesicht, ihre Wangen waren gerötet, und ein halbes, versuchsweises Lächeln deutete an, daß sie ihrem Glück nicht so richtig traute und fast damit rechnete, daß jeden Augenblick etwas eintreffen könnte, das es zerstören würde.

Rose, liebe Rose, dachte er, wußtest du nicht, daß dir mit mir nichts passieren konnte? Hast du das nicht gemerkt?

»Schlafen Sie jetzt«, sagte Rachel. »Ich komme wieder,

wenn Sie sich ein bißchen mehr ausgeruht haben. Erwarten Sie vorläufig nicht zuviel. Sie haben eine Menge durchgemacht.«

Mit einemmal wollte er nicht, daß sie ihn verließ.

»Bitte«, flüsterte er. »Würden Sie sich zu mir setzen, bis ich einschlafe? Nur ein paar Minuten?«

Sie lächelte und setzte sich auf den Rand des Feldbetts neben ihn und legte ihre Hand leicht auf sein Handgelenk. »Ich bleibe so lange Sie wollen«, sagte sie.

Eine Woche darauf saß Brian aufgerichtet im Bett. Ein Kissen, das auf seinen Knien lag, diente ihm als Unterlage für das zerfledderte Spiralheft, über das er sich beugte. Seine Hand zitterte; es war so lange her, daß er einen Füllhalter gehalten oder länger aufgesessen hatte. Sobald er aber zu schreiben anfing, flossen ihm die Worte leicht aus der Feder:

Heute ist der erste Juni. Bobby Childress haben sie vor zwei Tagen den Schlauch aus der Luftröhre herausgenommen. Und ihn heute früh zum Marinehospital nach Okinawa weggeschafft. Vor ein paar Stunden brachten sie einen anderen Kerl herein, dem ein Schlauch in der Brust steckte und ein Arm fehlte. Jemand sagte, er hätte eine Hure in Quang Tri aufgegabelt, die ihm ein kleines Geschenk daließ, bevor sie in die Nacht hinausglitt. Deke Forrester sprach für uns alle, als er sagte: »Schade, daß es nicht der Tripper war.« So denkt man nach einer Weile. Es ist nie eine Frage von gut oder schlecht, sondern alles ist nur relativ. Wie schlecht ist schlecht, wenn du neben einem armen Kerl liegst, der ein Paar tropfende Stümpfe an der Stelle hat, wo früher seine Beine waren? Oder verglichen mit einem neunjährigen Kind, dem das halbe Gesicht fehlt?

Während ich das hier schreibe, spielen ein paar von den Jungs Poker auf dem Bett mir gegenüber. Big John und Skeeter Lucas und Coy Mayhew. Skeeter gibt, und jemand hebt die Karten für Big John ab, weil Big John, der als guter Foot-

ball-Spieler eigentlich ein Stipendium kriegen sollte, nur noch zwei Finger an der linken Hand hat. Und der Typ, der Mayhews Blatt (für ihn) hält, macht sich über Mayhews »blindes Glück« lustig. Mayhew ist nämlich eine Bienenkorbladung ins Gesicht geflogen, die seinen Sehnerv durchtrennt hat. Er wird nie mehr etwas sehen, aber er sagt, er habe Schwein gehabt, daß es keine Lobotomie geworden sei.

Das Verrückteste ist, daß sie mit all den übriggebliebenen Teilen ein Ganzes ergeben. Nein, mehr noch. Es herrscht eine Großzügigkeit... ich weiß nicht, wie ich es beschreiben soll... ich habe einfach noch nie so etwas gesehen, nicht mal draußen im Dschungelkrieg. The quality of mercy, *mit den Worten des alten Will Shakespeare. Gestern sah ich diese Qualität des Mitleids bei jemandem, der von der Hüfte abwärts gelähmt ist und der sich aus dem Bett zog, um jemanden mit dem Löffel zu füttern, der zu krank ist, um aufsitzen zu können.*

Nachts weinen sie. Es ist wie der Wind, der in den Bäumen rauscht, du gewöhnst dich daran, an das Geräusch, das Männer machen, wenn sie still und leise in ihr Kissen weinen. Wir wollen alle nach Hause, aber wir haben auch Angst. Die Welt ist immer noch die gleiche, nur wir haben uns verändert. Manche von uns äußerlich, alle von uns im Innern. Wir fragen uns alle: Wie wird es sein? Wie können wir zurückkehren und das alte Leben wieder aufnehmen, wenn das alte und das neue nicht mehr zusammenpassen?

Ich denke jetzt gerade an Rose. Wie sie aussieht, wie sie sich anfühlte. Ich muß mich sehr anstrengen, in Gedanken ein Bild von ihr zu zeichnen. Das macht mir angst. Ich weiß, ich liebe sie wie eh und je, aber je mehr ich mich an sie zu erinnern versuche, um so ferner scheint sie zu rücken. Denkt sie noch an mich? Wird sie mich wieder wollen? Aber selbst wenn sie mich will, bin ich nicht sicher, wen sie zurückbekommt. Nicht den Brian, der sich um sie gekümmert, auf sie aufgepaßt, für sie gesorgt hat, seit sie ein Kind war. Jetzt weiß ich nicht mal mehr, ob ich auch nur auf mich selbst aufpassen kann. Nachts bekomme ich manchmal Angstzustände. Ich denke an Trang und Gruber und Matinsky, und ich weine. Ich weine einfach wie ein verdammtes Baby und das macht mir höllische Angst. Warum sollte es nicht auch Rose höllische Angst machen?

Hör zu, Rose, wenn Du da draußen bist und diesen Sender eingestellt hast, um Gottes willen schreib mir. Sag, daß Du mich liebst. Sag, daß Du mich liebst, ganz gleich, wen Du in meiner Haut findest, wenn ich zurückkomme. Sag –

»Ein Brief nach Hause?«

Brian sah auf, Rachel stand vor seinem Bett, einen seltsam sehnsüchtigen Ausdruck im Gesicht. Wie lange war sie schon da?

»So könnte man es nennen.«

Er legte den Füllhalter auf die dichtbeschriebene Seite und fühlte etwas von der Spannung in seinen Muskeln abebben. Er war froh, sie zu sehen.

Gib's zu, Mann, du hast dich schon darauf gefreut. Ja, o. k., das stimmte. Er hatte sich daran gewöhnt, sie abends um diese Zeit zu erwarten. Wenn es so ruhig wie in den letzten Tagen war, kam sie immer noch vorbei. Es war ihm bloß bis zu diesem Augenblick nicht klar gewesen, wieviel ihm daran lag und wie sehr ihre Gegenwart ihn beruhigte. Um ehrlich zu sein: Er schämte sich ein bißchen, es zuzugeben, sogar sich selbst gegenüber.

»He! Doc!« rief Big John herüber. Er winkte mit dem Stumpf seiner rechten Hand, und sein dunkles Gesicht grinste so breit wie der Mississippi. »Kommen Sie her, spielen Sie mit!«

Rachel lachte und rief zurück: »Nicht nachdem Sie mich so eingeseift haben wie letztes Mal.«

Big John warf den Kopf in den Nacken und brüllte vor Lachen. »Wenn ich irgendwelche Asse hier im Ärmel hätte, würden Sie es als erste erfahren.«

Brian ahnte, daß sie mit diesen Witzeleien ihre Hochachtung ausdrücken wollten. Sie wußten, daß sie sich um ihre Patienten sorgte, und sie wußten auch, daß sie sich nichts gefallen ließ. Er nahm an, daß ein paar von ihnen sich sogar in sie verliebt hatten.

Big John nahm sein Kartenspiel wieder auf. Rachel setzte sich ans Ende von Brians Bett. Sie trug das Haar an diesem Abend frei, und es schien wie ein elektrisch geladenes Feld um ihr Gesicht herum zu knistern. Sie hatte es gerade gewaschen, die roten Glanzlichter blinkten wie Funken im harten Schein der nackten Glühbirne über seinem Bett. Er atmete ihren sauberen Zitronenduft ein und war dankbar. Er hatte genug von dem fauligen Todesgeruch der Station, und jedesmal, wenn sie ihn besuchte und ihr Lächeln, das Leuchten ihrer blauen Augen und ihren Duft mitbrachte, war es wie ein kleines Geschenk, das man langsam auspacken und genießen mußte.

Nun wünschte er sich, er hätte ein Geschenk für sie.

»Das ist mein Tagebuch«, erklärte er, als er sah, wie neugierig sie sein Spiralheft betrachtete. »Ich habe es am Anfang meines Einsatzes begonnen. Und ich schreibe jeden Tag irgendeine Kleinigkeit. Damit zähle ich gewissermaßen meine Tage.« Manche trugen einen Stock mit sich herum mit einer Kerbe für jeden noch verbleibenden Tag ihres Einsatzes. Und jeden Tag schnitten sie mit ihrem Messer eine Kerbe weg, bis schließlich nur noch ein Stumpf übrigblieb und es Zeit war, nach Hause zurückzukehren. Eine Art Talisman, nahm er an. Er zuckte die Achseln. »Ich tue es, um nicht den Verstand zu verlieren.«

Sie nickte. Er sah an ihrem Gesichtsausdruck, daß er es nicht zu erklären brauchte. Sie verstand ihn. Sie sagte: »Der Vorrat an Verstand ist hier ziemlich knapp, deshalb nehmen Sie, was Sie bekommen können. Da fällt mir ein, ich habe Ihnen etwas mitgebracht.« Sie faßte in die Tasche ihres Khakihemds und zog einen Schokoladenriegel heraus. Ghirardelli's Bittersweet. Es lief ihm schon vom Hinsehen das Wasser im Munde zusammen. »Meine Mutter schickt sie mir. Sie tut gern so, als wäre ich im Sommercamp genau wie damals, als ich zehn Jahre alt war. Willkommen also im Camp der armen Irren.« Sie reichte ihm den Riegel, und ihr Blick fiel wieder auf sein Tagebuch. »Was wollen Sie damit machen?«

»Ich weiß es noch nicht. Vielleicht hebe ich es einfach nur zur Erinnerung auf. Wenn ich je einen Sohn haben sollte, würde ich gern wollen, daß er Bescheid weiß.«

»Mögen Sie Kinder?« Sie wirkte traurig.

»Natürlich, ja. Bei sechs jüngeren Brüdern gar nicht zu vermeiden. Ich habe immer vorgehabt, mir eines Tages mindestens ein Dutzend anzuschaffen.«

»Nur ein Dutzend?«

»Na ja, für den Anfang.«

Sie lachte mit ihm, aber er fand, daß ihr Lachen bemüht klang. »Möchten Sie es lesen?«

»Darf ich?« Ihr Kopf wippte hoch, ein Ausdruck der Begierde breitete sich über ihr herzförmiges Gesicht aus.

Brian dachte, wie seltsam es war, daß er sich nicht scheute, ihr seine geheimsten Gedanken zu enthüllen. Aber dann – war das wirklich so überraschend? Sie kannte seinen Körper besser als seine eigene Mutter. In irgendeiner Weise war es so, als ob sie ihn geboren hätte. Sie hatte ihn ins Leben zurückgeholt, sie hatte jeden Teil von ihm berührt, ihn von seinem Schmutz befreit, ihn gefüttert und gepflegt. So war es ganz natürlich, daß er sich mit ihr verbunden fühlte.

Er gab ihr das Tagebuch und dachte, sie würde es in eine ihrer Taschen stecken, um es später zu lesen. Aber sie überraschte ihn damit, daß sie es gleich an Ort und Stelle aufschlug. Sie fing an zu lesen und hörte nicht auf und bewegte sich nur, um die Seiten umzublättern, bis sie den allerletzten Satz entziffert hatte.

Über eine Stunde war vergangen. Zehn Uhr vorbei und die Schokolade nur noch ein süßer Nachgeschmack auf seiner Zunge. Das Pokerspiel fand ein Ende. Die Jungs schlurften mit dem unsicheren Gang betrunkener alter Männer zu ihren Betten zurück. Lily kam zur Visite, prüfte Luftröhrenschläuche und Verbände, gab die Medikamente aus. Die ganze Station hindurch hörte man das Knarren der Sprungfedern, als die Männer sich zur Ruhe begaben und ihre geschundenen Körper in eine Stellung brachten, in der sie vielleicht schlafen könnten.

Als Rachel den Kopf hob, sah Brian, daß Tränen in ihren Augen glänzten. »Es ist gut«, sagte sie mit belegter Stimme. »Ich fühle etwas dabei, wenn ich es lese, und verdammt, ich *will* nichts fühlen.«

»Ich weiß, was Sie meinen mit dem Nichts-fühlen-Wollen«, sagte er. »Ich dachte daran, ein Buch zu schreiben, wenn ich nach Hause komme. Dann habe ich das Tagebuch angefangen, damit ich nichts davon vergesse. Aber jetzt weiß ich nicht, ob ich es könnte. Es wäre so, als ob ich alles noch einmal erlebte.«

Sie nickte. »Ich verstehe. Aber das ist um so mehr ein Grund, nicht wahr? Wie wollen wir sonst diesen Wahnsinn beenden?«

»Glauben Sie, es würde jemand lesen wollen? Die Öffentlichkeit will Leutnant Calley wegen My Lai kreuzigen. Sie versteht nicht, wie so etwas geschehen konnte. Fragen Sie den Mann auf der Straße, was seiner Meinung nach das Schlimmste ist, das ihm passieren kann, und er wird in neun von zehn Fällen sagen: Daß er stirbt. Aber das ist nicht das, wovor er sich am meisten fürchtet. Ich glaube, am meisten fürchten wir uns vor uns selbst – vor dem, was wir tun könnten, wenn wir hart genug geschliffen werden. Leute wie Calley machen uns nervös, weil wir uns fragen, ob nicht auch tief in uns selbst etwas fähig ist, ein ganzes Dorf auszurotten.«

Sie sah ihn lange an, bevor sie sprach. Schließlich sagte sie: »Sie haben natürlich recht. Aber wenn wir uns nicht zwingen, dieser Tatsache ins Auge zu sehen, was für eine Hoffnung bleibt uns dann noch, es in Zukunft zu verhindern?« Sie beugte sich vor und nahm seine Hand in beide

Hände. Sie hatte ihn oft berührt, an vielen Stellen, aber immer mit den kühlen, effizienten Händen einer Ärztin. Nun, als sie ihn auf eine andere Art berührte, fuhr ein Schock wie ein Stromstoß durch ihn hindurch.

»Schreiben Sie Ihr Buch, Brian. Es ist alles hier drin. Denken Sie überhaupt nicht daran, wer es lesen wird. Schreiben Sie es einfach.«

Brian sah in ihre heißen blauen Augen, und ihm war, als hätte ihn ein Sog von den Füßen gerissen, atemlos, erschlagen von ihrer Leidenschaft, ihrem übermächtigen Willen. Er nickte langsam. »Vielleicht werde ich es tun. Vielleicht ja.«

Zwei Wochen später lag Brian im Bett, mußte pinkeln und fragte sich, ob es möglich wäre, an Zappeligkeit zu sterben. Er packte die Eisenstangen an beiden Seiten des Bettes und zog sich in eine sitzende Position hoch. Er fühlte sich so schwach, und sogar diese einfache Anstrengung brachte Schmerzen mit sich, die wie die harten Schläge eines Hammers waren. Aber er sollte verdammt sein, wenn er noch länger wie ein neugeborenes Baby hilflos dalag. Diesmal würde er aufrecht auf seinen eigenen Füßen stehend wie ein Mann pissen, sogar wenn das hieße, daß die Nähte platzten, die seine Gedärme im Unterleib zusammenhielten.

»Krücken.« Er zischte das Wort durch die zusammengebissenen Zähne.

»Das ist gegen den Rat Ihrer Ärztin, ich möchte, daß Sie das wissen.«

Rachel stand vor ihm, die Arme über der Brust gekreuzt. Sie trug einen grünen Chirurgenkittel und Sandalen, ihr Haar war zu einem losen Zopf geflochten, aus dem Strähnen heraushingen. Ihre Wangen waren erhitzt, und ihre Augen glänzten in einer Mischung aus Zorn und Angst.

Verdammt, es ging ihm doch gar nicht so schlecht, oder? Er hatte noch immer zwei Beine, obgleich er sich natürlich nach fast einem Monat auf dem Rücken ein bißchen schwach fühlte. Mit einiger Mühe gelang es ihm, die Beine unter dem Deckbett hervorzustrecken. Entsetzen packte ihn, als er sie über den Rand der Matratze hängen sah, als wären es die Strümpfe einer alten Dame, die zum Trocknen auf der Leine baumelten. Die Haut war so bleich, daß sie wie tot aussah, abscheulich wie die langen Narben, die im Zickzack die Schenkel hinaufliefen.

»Zum Teufel mit Ihrem Rat«, sagte er. »Wenn ich hinfalle, können Sie mich aufheben. Aber ich will verdammt sein, wenn ich mir noch länger den Hintern abwischen lasse, als ob ich zwei Jahre alt wäre.«

Rachel reichte ihm mit steifem Arm die Krücken, ihr Gesicht war hart. »Nun, wenn Sie weiter keine Sorgen haben, mir sind schon mehr nackte Hintern untergekommen als einer Garderobenfrau im Christlichen Verein Junger Männer, und an Ihrem ist nichts Besonderes, glauben Sie mir.«

Im Nachbarbett richtete Dawson seinen schweren schwarzen Leib auf einem Ellbogen auf und rollte das nicht von dicken Gazeverbänden bedeckte Auge: »Wollen Sie mal *wirklich* was Besonderes sehen, Doc, dann schauen Sie sich an, was ich unter meinem Hemdchen habe.«

»Danke, Sergeant. Ich werde es mir merken.« Sie sah Brian an, hart und unbewegt, als blicke sie in den Lauf eines M-16-Infanteriegewehrs. »Aber ihr Jungs tätet besser daran, mit dem zu denken, was ihr zwischen den Ohren, und nicht, was ihr zwischen den Beinen habt.«

Dawson brach in schallendes Gelächter aus, aber Brian blieb grimmig vor Entschlossenheit.

»Muß ja doch irgendwann mal raus aus diesem Bett, also weshalb nicht jetzt?«

Er streckte die Füße aus, versuchte sich aufzurichten und bereute es sofort. Die Beine knickten ein und fingen an zu zittern. Die Latrine da draußen kam ihm plötzlich so weit entfernt vor wie Hongkong.

Er schwang die Krücken aus, schlurfte zwei Schritte weit und hielt, um sich auszuruhen.

Vom Hals abwärts brannte sein ganzer Körper, Flammen züngelten in seinem Leib bis zum Schlüsselbein empor. Und er war so schwach, so verdammt schwach. Und was er in der Spiegeltür des Arzneischranks erblickte, sah auch nicht vertrauenerweckend aus. *O Jesus, bin ich das wirklich?*

Als er die Hälfte des Weges durch die Station zurückgelegt hatte, erschien ihm das Ziel ferner denn je. Schweiß rann ihm zwischen den Schulterblättern hinab. Er kam sich wie ein weichgekochter Fisch vor, dessen Rückgrat man einfach abheben konnte.

Die anderen Männer – Deke, Henson, Bucholtz, Pardo – beobachteten ihn so gespannt, als wäre er Whitney Ford am Ende eines Runs auf dem Baseballfeld.

Er hätte sich so gern irgendwo hingelegt. Der Fußboden genügte völlig. Er war so müde, daß er nur die Augen schließen und schlafen wollte.

Nur die Vorstellung, daß er in einer Urinlache liegen würde, hielt ihn aufrecht.

Brian schlurfte vier Schritte weiter; die hölzernen Achselstützen der Krücken schnitten schmerzhafte Rinnen in sein Fleisch.

Dann warf er einen Blick zurück über die Schulter und sah, daß Rachel sich nicht von der Stelle gerührt hatte. Sie stand noch immer dort, wo er sie hinter sich gelassen hatte, etwa zehn Meter entfernt, und blickte ihm finster nach.

»Glotzen Sie mich nicht so mit Ihren großen Kuhaugen an«, sagte sie verärgert. »Sie sind ja doch so höllisch scharf darauf, mir zu zeigen, was für ein Mann in Ihnen steckt, daß Sie den Rest des Weges auch allein schaffen werden.«

»Ich habe Sie nicht um irgendeinen Gefallen gebeten«, sagte er ein wenig wütend und schob sich schwankend ein paar Meter weiter vorwärts.

»Es gibt hier eine Regel – sobald Sie aus dem Bett klettern können, bringt man Sie mit dem nächsten Flugzeug raus nach Okinawa. Dort gibt es eine Klimaanlage, habe ich gehört. Und Toiletten mit Wasserspülung.« Ihre Stimme klang seltsam schrill.

»Ich kann's kaum erwarten.« Er spürte neue Muskeln in seinem Körper, Muskeln, von denen er längst vergessen hatte, daß es sie gab.

Zum Teufel mit Rachel, es ging sie nichts an, was er tat. Da, von wo er hergekommen war, gab es noch hundert andere wie ihn. Was stellte er denn für sie dar – etwas mit einem Namen und einer Hundemarke und sonst gar nichts. Sicher, sie hatte ihm das Leben gerettet, aber dafür waren die Ärzte nun einmal auf der Welt.

Nachdem er die Last seines Körpers eine Ewigkeit lang – so kam es ihm vor – über den Fliesenboden eines düsteren Korridors geschleift hatte, wies eine Schwester ihm den Weg zu einer Tür, die nach draußen zu den Latrinen führte.

Als er hinaustrat, kniff er die Augen zusammen im grellen Licht der Sonne, die über fernen Baumwipfeln stand. Durch die roten Flecken, die vor seinen halbgeschlossenen Lidern tanzten, sah er einen schlammigen Trampelpfad, der quer über den eingezäunten Platz zu vier nebeneinanderstehenden weißgetünchten Holzkabinen mit Wellblechdächern führte. An einer von ihnen hing, mit Reißzwecken befestigt, ein krude beschriftetes Schild: WER ES BIS ZUR LATRINE SCHAFFT, IST NICHT TOT.

Brian mußte fürchterlich lachen. Die Tränen liefen ihm über die Backen, und er zitterte am ganzen Leib, so sehr erschütterte ihn die Wahrheit dieses Satzes: Wenn du auf deinen eigenen beiden Füßen stehend pinkeln konntest, warst du auch Manns genug, selbst über deine Zukunft zu bestimmen. Und darum ging es doch, nicht wahr? Selbst darüber zu bestimmen. Ordnung in ein Leben zu bringen, das aus dem Gleis gekommen war.

Mit jedem Tag, den er hierblieb, entfernte er sich weiter von allem, was ihm früher einmal etwas bedeutet hatte. Die Erinnerungen an zu Hause waren verblaßt wie alte Fotos, die vergessen in irgendeiner Schublade lagen. Schlimmer noch, seine Beziehungen zu den Menschen, die ihm am nächsten standen, waren durcheinandergeraten. Jeder Tag brachte ihn Rachel näher und stieß ihn weiter weg von Rose.

Ich bin ein Narr, dachte Brian. Verwechsle Dankbarkeit mit –

Womit? Liebe?

Nein, das war lächerlich. Rachel hatte sich mit ihm angefreundet, das war alles. Er hatte nicht vor, den Bogen zu überspannen.

Das Bedürfnis zu pinkeln war mit einemmal so stark, daß es alles andere auslöschte.

Brian hörte ein Geräusch hinter sich. Er schwang sich ruckartig auf seinen Krücken herum und verlor beinahe das Gleichgewicht.

Rachel war ihm gefolgt. Sie blieb ein paar Schritte hinter ihm stehen und beobachtete ihn so ängstlich, wie eine Mutter ihrem Kleinkind zusieht, das gerade laufen lernt, kam aber nicht, um ihm zu helfen. Sie sah nun viel kleiner aus, da er auf eigenen Füßen stand, und so jung wie ein Schulmädchen mit ihrem Zopf im Nacken. Er stellte sich vor, daß er das Gummiband davon abstreifte und die dicken Flechten langsam auflöste und ihr seidiges, nach Zitronenblüten duftendes Haar wie einen Fächer ausbreitete und das Gesicht darin vergrub. Zum Teufel mit ihr, daß sie ihn so verdammt anzog.

»Ich brauche hierfür keinen Doktor«, sagte er steif. »Das letzte Mal, als ich sie sah, war meine Wasserleitung noch in Ordnung.«

»Ich weiß. Ich wollte nur sagen ...« Rachel stockte, und er hörte etwas in ihrem Hals klicken, als sie schluckte. »Es tut mir wirklich leid. Ich hätte Sie nicht so anschnauzen sollen.«

»Hat das nicht Zeit?« fragte er beinahe flehentlich. »Ich muß wirklich dringend –«

Er stockte, Entsetzen packte ihn, als er begriff, daß er es nicht schaffen würde. Er fühlte etwas in sich nachgeben, und ein plötzlicher Andrang warmer, beißender Nässe breitete sich über die Vorderseite seiner dünnen Pyjamahosen aus.

Und mit einemmal war es alles... einfach... einfach zuviel...

»O Jesus«, stöhnte er und fing mit einem trockenen, stoßweisen Schluchzen zu weinen an.

Arme schlossen sich um ihn, schmal und stark, drückten ihn fest. *O ja,* dachte er und sank in ihren sanften, weichen Leib, *o ja.* Er lehnte den Kopf an ihre Schulter und ließ die Tränen kommen.

Dann, als der heiße Geruch des Urins zu ihm aufstieg, kam die Beschämung.

O Gott, was mache ich denn, dachte er. Ein verdammter Zweijähriger läßt sich nicht so gehen. Stehe hier in meiner eigenen Pisse und weine mich an ihrer Schulter aus.

Er versuchte sich loszureißen, aber diese starken Arme umklammerten ihn nur noch fester. Er spürte ihr von der Sonne erwärmtes, weiches Haar an seinem Hals. Ihr Zitronenduft umwehte ihn.

»Du Idiot«, sagte sie mit vor Rührung halberstickter Stimme. »Denkst du, daß mir *das* etwas ausmacht? Ich habe dir zugesehen... und dich gehaßt... weil du so tapfer bist. Ich wollte nicht, daß du gehst, verdammt noch mal.«

Brian war zu verblüfft, es fiel ihm nichts anderes ein als: »Warum?«

»Ich liebe dich«, sagte sie einfach. »Und jetzt gehst du fort.«

Ihm war schwindlig. Er spürte, daß sie etwas Wichtiges sagte, aber ihre Worte fielen hierhin und dorthin und trieben fort, und er blieb mit seinem schrecklich leeren Gefühl allein zurück. Er dachte: O Jesus, wie kann ich sie verlassen?

Aber er kam nicht auf die Worte, die er sagen wollte.

»Ich stinke«, sagte er.

»Ja. Aber ich habe viel Schlimmeres gerochen.« Sie lachte bitter. »Komm, wir machen dich sauber, und dann ziehst du etwas Trockenes an.«

Sie wich etwas zurück und gab ihm ihren Arm, so daß er

die Krücken nicht brauchte. Sie stützte ihn mühelos, diese kleine, schlanke Frau, deren Kraft und Zärtlichkeit ihn immer aufs neue überraschte.

Und in diesem Augenblick wußte er, wovor er weggelaufen war.

Ich liebe sie.

Es war auf einmal so einfach... und trotzdem so unmöglich. Er würde fortgehen. Nach Hause zurückkehren, um zu sehen, welche Scherben er mit Rose würde aufsammeln können. Das war es, was er wollte. Er wünschte es sich so sehr und schon so lange – es war eine Litanei, ein Gebet, dessen Worte man immer weiter wiederholt, bis man ihre Bedeutung längst vergessen hat.

Aber jetzt sehnte er sich nach Rachel. Es war mehr als nur ein leidenschaftliches Begehren. Er brauchte sie so dringend, wie er die Luft zum Atmen und Schlaf und Essen brauchte.

Aber was konnte er ihr versprechen? Wie konnte er sie nehmen, ohne Rose zu betrügen? Und Rose war auch ein Teil von ihm, sogar ein tief in ihm wurzelnder, wie das Mark in seinen Knochen.

Brian stützte sich auf Rachel, während sie langsam über den Hof zurückgingen, und dachte, wie seltsam, von allem, was er erlitten hatte, tat ihm die Liebe zu ihr am meisten weh.

Zwei Nächte darauf kam sie zu ihm.

Er sah, wie ihr dunkler Umriß sich vom Eingang löste, und dann bewegte sie sich durch die schrägen Streifen des Mondlichts den Gang herunter auf ihn zu.

Sie trug ihr Haar offen, und im Licht des Mondes glänzte es so hell, daß es ihn bei ihrem Anblick in der Kehle würgte.

Dann lag ihre Hand kühl auf seiner Wange, und der sommerliche Duft hüllte ihn wie eine Umarmung ein.

»Morgen«, sagte er und richtete sich auf.

»Ich weiß. Ich komme, um Lebewohl zu sagen.«

Sie war so nah, als sie neben ihm im Halbdunkel saß, daß er ihren Atem auf der Haut spüren konnte, warm und lieblich wie ihr Duft. Und mit einemmal wollte er sie so gern in die Arme nehmen. Einmal nur ... um sie zu trösten ... denn, o Jesus, er wußte, wenn er es nicht tat, würde er hier die ganze Nacht – und wahrscheinlich den Rest seines Lebens – liegen müssen, um es höllisch zu bereuen.

Und gleichzeitig spürte er, daß es falsch wäre. Er würde vielleicht etwas weit öffnen, das besser verschlossen bliebe.

Eine Woche in Okinawa und dann mit etwas Glück die Entlassung nach der ärztlichen Untersuchung und das Flugticket nach Hause. Nach Hause zu Rose ... wenn sie ihn noch immer wollte.

Er sah sie vor sich, sieben Jahre alt, als sie in ihrem weißen Kommunionskleid mit dem Schleier wie die kleinste Braut der Welt am Altar kniete, die Augen zugekniffen und die Hände in den weißen Handschuhen vor sich gefaltet. Eine kleine weiße Braut, ganz allein. Und er spürte wieder das Gefühl, das er damals empfunden hatte: Er sehnte sich danach, sie zu beschützen, diese kleine arme Rose, die soviel Liebe brauchte.

Dann verhöhnte ihn eine häßliche Stimme: *Sie hat dich vergessen. Kein einziger Brief. Sie hat jemand anderen gefunden, der sich um sie kümmert.*

Rachel sprach und störte seine Gedanken: »Ich nehme an, du gehst nach Hause, in die Staaten zurück.«

Er nickte. »Wenn sie mich entlassen. Ich würde verdammt ungern noch einmal aus Okinawa zurückkommen. Wie sagt das Sprichwort: Der Teufel läßt sich einmal betrügen, aber ein zweites Mal nicht?«

»Dem Teufel würde es hier nicht gefallen. Zuviel Konkurrenz. Jedenfalls habe ich deine Entlassung empfohlen. Du kannst vielleicht wieder gehen, aber zur Kriegsdienstverwendungsfähigkeit wäre es noch ein weiter Weg.«

»Ob überhaupt jemand je wirklich dafür verwendungsfähig ist?«

Sie war einen Augenblick lang still. »Versprich mir etwas, Brian.«

»Alles, was du willst, Doc.«

»Versprich mir, daß du dieses Buch schreiben wirst. Du hast eine wunderbare Begabung. Und etwas Wichtiges zu sagen. Die Menschen sollten es wissen. Die Leute zu Hause bei uns... was das für ein Krieg ist.«

Die Leute zu Hause. Er dachte wieder an Rose. Nein, er konnte sich nicht vorstellen, daß er ihr von Vietnam erzählte. Wie konnte sie – oder irgend jemand, der es nicht durchgemacht hatte – das verstehen?

Rachel weiß, wie es ist, dachte er. Ihr brauche ich nichts zu erklären.

»Wenn ich es schreibe«, sagte er, »dann nur, damit *ich* es verstehen kann. Und ich weiß nicht, ob das nicht schon zuviel verlangt ist.«

Sie berührte seine Hand und strich mit den Fingern leicht über den Knochenhöcker, der aus seinem mageren Handgelenk herausragte. Er spürte, oh, so eine Trauer in dieser Berührung... er wollte die verschlossene Tür zwischen ihnen öffnen und nachsehen, was sonst noch dort war...

»Achte darauf, daß du genug ißt«, sagte sie. »Du könntest ein paar Gramm Fett gebrauchen.«

»Pizza«, sagte er und lachte. »Bis sie mir zu den Ohren herauskommt. Ich glaube, ich würde den ganzen Reis dieses verdammten Landes gegen eine einzige Pizza tauschen.«

»Pastrami auf Roggen im Carnegie Delicatessen, davon träume ich. Mit braunem Senf und einer großen, dicken süßsauren Dillgurke. Würdest du das für mich tun, Brian, gehst du da hin, wenn du nach Haus kommst, und ißt sie für mich?«

»Und wenn ich auf Krücken hinhumpeln muß.«

»Du wirst mir fehlen, Brian, ich weiß nicht, wie ich es sagen soll, aber...«

Er streckte die Hand aus und legte einen Finger auf ihren weichen Mund. »Das brauchst du nicht. Ich weiß es.«

»Du... wirst mir fehlen«, wiederholte sie leise, und als er sich vorbeugte, um sie zart auf die Wange zu küssen, spürte er den feuchten Stachel ihrer Tränen auf den Lippen.

Ich liebe dich. Er sehnte sich danach, es ihr zu sagen.

Aber was er sagte, war: »Ich werde es schreiben. Das Buch.« Er würde es ihr widmen, obwohl er sie vielleicht niemals wiedersah.

»Ich freue mich«, sagte sie.

In der vom Mond erhellten Dunkelheit sah er den feinen, starken Umriß ihres Gesichts, das stolze Kinn, und er hatte niemals in seinem Leben etwas so sehr bedauert wie das, was er ihr jetzt sagen mußte.

»Lebewohl, Rachel.«

15

Brian akzeptierte die Halbliterflasche Glenlivet, die Dan Petrie ihm anbot. Er warf den Kopf in den Nacken, nahm einen großen Schluck, und der Whisky brannte ihm den Hals hinunter. Die vergangenen zehn Tage in Okinawa waren die längsten seines Lebens gewesen, und er versuchte, noch einen endlosen Tag durchzustehen, indem er sich sinnlos betrank.

»Läuft kühl runter bei der Hitze«, sagte der naßforsche kleine Australier und lachte. »Das letzte Mal, als ich mich so habe vollaufen lassen, war auf einem Fischerboot im Golf von Mexiko, als ich schwarzen Rum mit Fidel Castro saufen durfte. Wenn es je einen Hundesohn gegeben hat, der mit mir mithalten konnte, dann dieser Typ mit dem schwarzen Bart. Aber du machst dich auch ganz gut. Nur glaube ich nicht, daß du auf diese Weise mit dem Virus fertig wirst, hinter dem du her bist.«

Brian sah den kleinen Burschen mit dem sandfarbenen Haar an, der ihm auf dem orangenen Plastikstuhl gegenübersaß. Petrie erinnerte ihn an einen zweitklassigen Trainer aus der zweiten Fußballiga. Der UPI-Korrespondent trug einen adretten blauen Plüschbademantel, den rechten Arm in der Schlinge und in den Nacken zurückgeschoben eine marineblaue Schirmmütze, unter der sein Bürstenhaar hervorschaute. In der halben Stunde, die sie im Tagesraum an der »2. Straße Ost« miteinander verbracht hatten, war Brian der schneidende Ton in Petries lustigem Palaver schon aufgefallen. Seine flinken blauen Augen sahen aus, als hätte man sie in den Kopf hineingeschraubt, und er tat nur so, als höre er dem anderen nicht zu, während er in Wahrheit die Ohren spitzte.

»Ich habe es heute erfahren«, sagte Brian. »Sie entlassen mich. Mit dem Verlust von einer Niere und drei Metern Darm bin ich qualifiziert für die sofortige Entlassung aus der Armee und die Verleihung der Purple-Heart-Medaille.«

Dan setzte die Flasche an den Mund und wischte sich dann die Lippen mit dem Handrücken ab. »Der Krieg ist gut für die Karriere, aber höllisch schlecht für die Anatomie. Sie scheinen nicht glücklich darüber zu sein. Nach Hause zu kommen, meine ich, nicht das Purple Heart. In welcher Einheit waren Sie doch noch?«

»Einhunderteinundzwanzigstes Infanterieregiment«, sagte Brian und wischte die Flaschenöffnung mit dem Ärmel seines schottisch gemusterten Bademantels ab, bevor er sie zurückgab. »Wir waren ungefähr auf halbem Weg zwischen Da Nang und einem Dorf namens Tien Sung stationiert. Geschützstellung Alpha.«

Der kleine Australier nickte. »Ja, ich kenne den Ort ganz gut. Ich war nämlich dort. Eine höllische Schweinerei. Scheint so, als wären Sie da gerade noch rechtzeitig herausgekommen.«

Brian fühlte, wie er erstarrte, es schnürte ihm schmerzhaft die Kehle zu.

»Sie waren dort?« fragte er.

Petrie wies mit der fast leeren Flasche, die er mit der gesunden Hand umklammerte, auf den Arm in der Schlinge. »Da habe ich mir dieses Andenken geholt. Geschoßsplitter von der Größe eines verdammten Hühnereis.« Er grinste. »Hat mir glatt den Ellbogen durchgesägt. Jetzt habe ich zwei Musikantenknochen statt einem. Aber das wird wieder.« Er schwieg und warf Brian einen forschenden Blick zu. »Aus *Ihnen* werde ich nicht schlau. Sie sehen wie ein Leichenbestatter auf der eigenen Beerdigung aus, Kamerad.«

Brian war wirklich übel; eine Art Seekrankheit überkam ihn. Der Saal, in dem sie saßen – ein häßlicher fensterloser Raum voll Plastikstühlen und wackligen Tischen, an denen trübselig blickende Männer in Bademänteln und Pyjamas saßen und lustlos Karten spielten – kippte unvermittelt abwärts. Er hielt sich krampfhaft an beiden Seiten seines Stuhls fest und fürchtete einen Augenblick lang, er könnte hinunterfallen. Er war betrunkener, als er gewußt hatte. Aber nicht genug, als daß er nicht den kalten Knoten der Angst im Magen gefühlt hätte.

»Was ist geschehen?« fragte er, einen bitteren Kalkgeschmack im Mund.

»Ich war in Da Nang mit irgendeinem SEATO-General, als wir von dieser Geschichte hörten. Höchste Zeit, daß ich hinkam, die Party war fast vorbei... Charlie hatte Ihre Firma in die Berge gejagt; sie hatten das ganze Gebiet infiltriert.«

Brian würgte es im Hals, er konnte nicht schlucken. »Da... da war ein Hospital. Katholisches Hospital. In Tien Sung. Corpus Christi. Ich habe dort gelegen, bevor sie mich herbrachten. Wissen Sie, ob man es evakuiert hat?«

»Davon habe ich nichts gehört. Und ich bezweifle es. Gut, daß Sie da noch rausgekommen sind. Es wimmelt dort nur so von Vietkongs. Sie haben all ihre Verwundeten hingeschafft.«

Gott, laß ihn nicht recht haben. Nur diesmal. Aber Petrie war ein Topreporter. Wenn irgend jemand korrekt berichtete, dann ganz sicher er.

Er dachte an Rachel – er hatte sie in den zehn Tagen seit der Trennung von ihr nie länger als ein oder zwei Minuten vergessen können. Der bittere Geschmack des Whiskys kam ihm die Kehle hoch. Er hatte eine Menge darüber gehört, was die Vietkongs mit weißen Frauen machten... Gott, was war mit diesen beiden französischen Nonnen gewesen, die man tot, an Bäume gefesselt und mit herausgeschnittenen Zungen aufgefunden hatte? Er hoffte, daß sie Rachel zu dringend als Ärztin brauchten, als daß sie ihr die schrecklichen Dinge antaten, die ihm durch den Kopf gingen.

Eine kleine Stimme in seinem Hinterkopf sagte: *Sie kann selbst auf sich aufpassen. Sie wird herauskommen, wenn es gefährlich ist. Wer hat dich überhaupt zu ihrem Retter berufen?*

Mit einemmal fühlte er sich stocknüchtern. Das Würgen in seinem Hals hatte aufgehört, und er wußte, was zu tun war. Er beugte sich vor, und der Raum pendelte wieder dahin zurück, wohin er gehörte.

»Petrie, ich muß nach Tien Sung«, sagte er leise. »Ich kenne da jemanden, eine Ärztin – ich möchte sehen, ob ich ihr helfen kann. Sie herausholen, wenn sie noch dort ist.«

Der Journalist schnaubte verächtlich. »Sie und Ihre ganzen verdammten Streitkräfte. Tut mir leid, Junge, Sie haben zu viele John-Wayne-Filme gesehen. Außerdem – hat es Ihnen noch keiner gesagt? Da draußen wird geschossen.«

Brian wartete. Nach einer Minute oder so wich das zynische Grinsen aus Petries Gesicht. Dann sagte Brian: »Ich habe nicht viel Zeit. Und ich brauche Ihre Hilfe.«

Der kleine Reporter aus Australien war auch beim Sechstagekrieg dabeigewesen, wenn es stimmte, was er erzählte. Nach seiner Gefangennahme durch die Syrer auf den Golanhöhen hatte er es mit irgendwelchen Tricks geschafft, ihnen zu entkommen, bevor sie ihm die Eier abschneiden konnten. Auch wenn die Hälfte der Geschichten erlogen war, besaß er doch wenigstens eine Erfindungsgabe wie Robert Louis Stevenson. Wenn Brian ihn für sich gewinnen könnte, wäre er ein nützlicher Verbündeter.

»Christus, was stellen Sie sich denn vor, wer ich *bin*, ein verdammter Fallschirmspringer oder so was?«

Brian konnte fühlen, daß sein Mund sich zu einem Lächeln verzog, obwohl ihm nicht danach zumute war. Die Gesichtsmuskeln taten ihm von der Anstrengung weh. »Fallschirmspringer bekommen keine Pulitzer-Preise.«

Er sah dem Gesichtsausdruck des Reporters an, daß er ihm nun wirklich zuhörte.

»Es ist eine wahnsinnige Geschichte«, fuhr Brian fort und versuchte den Mann bei seiner Berufsehre zu packen. »Ich war buchstäblich schon tot, und sie... sie hat mich aufgeschnitten und mein Herz massiert, bis es schließlich wieder zu schlagen anfing. Und außerdem...« Er stockte.

Außerdem *was?* Was hatte er gerade sagen wollen?

Nichts, was du nicht bereits tausendmal gedacht hast, antwortete er sich selbst.

Petrie wartete, die Schirmmütze hatte er abgenommen und fuhr sich mit den kurzen Fingern durch die Stoppeln seines Bürstenschnitts. Seine quicklebendigen Augen waren auf Brian gerichtet, als erwarte er, von ihm die Bergpredigt zu hören.

»...werde ich sie dort herausholen und heiraten«, beendete Brian seinen Satz.

War das wahr? Er wußte es nicht. Aber er hatte ein gutes Gefühl dabei, als er es sagte. Und es *wäre* eine wahnsinnige Geschichte.

»Verdammt.« Petrie schlug sich aufs Knie, und sein Grinsen wurde noch breiter. »Also das *ist* eine Story. Vielleicht sogar ein Film. Zum Teufel, ich wette, Sie könnten sogar John Wayne für die Rolle kriegen. Ist sie hübsch, Ihre Ärztin?«

Einen Augenblick wußte Brian nicht, was er sagen sollte. Er hatte nie auf diese Art an sie gedacht. Hübsch war ein Mädchen mit nackten Schultern und langen, braungebrannten Beinen, das in einem Sommerkleid auf dem Bürgersteig an dir vorbeiging. Mit solchen Worten konnte man Rachel nicht beschreiben.

»Sie ist wie keine andere Frau, die Sie je gesehen haben«, sagte Brian.

Dan Petrie trank den letzten Tropfen seines Whiskys aus. Seine Wangen waren gerötet, seine Augen blitzten.

»Sie würden einen Monat brauchen, um eine Änderung Ihres Marschbefehls durchzusetzen – *wenn* die Sie überhaupt zurücklassen würden, was genauso unwahrscheinlich ist wie, daß ich den Pulitzer-Preis bekomme«, sagte Petrie.

»Ich bin bereit, mich notfalls auch ohne Erlaubnis von der Truppe zu entfernen. Also machen Sie sich um mich keine Sorgen. Wie sieht es mit Ihnen aus? Kann ich auf Sie rechnen?«

»Man hat mir zwar schon vorgeworfen, daß ich unvorsichtig, aber noch nie, daß ich ein gottverdammter Idiot wäre. Nächstes Mal könnte mein Kopf an der Reihe sein, nach dem Arm jetzt.«

»Ja und die Golanhöhen? Das ist doch auch kein Sonntagsspaziergang gewesen.«

»Eine völlig andere Situation.«

»Wieso?«

»Da draußen in der Wüste sieht man sie gewöhnlich kommen. Sie knallen dich nicht von den Bäumen herunter ab. Aber Sie müßten sowieso erst mal von hier weg und nach Vietnam hinein kommen. Wie sollte das denn vor sich gehen?«

»Ich glaube, das dürfte nicht so schwer sein... es sind nicht so viele von uns närrisch genug, sich ohne Erlaubnis von der Truppe zurück in Richtung Hölle zu entfernen. Das ist wohl die letzte Gegend, in der sie einen suchen würden. Aber, verdammt, ich brauche Ihre Hilfe dabei.«

Petrie dachte einen Augenblick lang nach und zupfte an seinem Kinn. »Ich müßte ein paar Leute mit hineinziehen. Ein Kollege von mir, er arbeitet für *Stars and Stripes,* könnte uns vielleicht zurück ins Land schmuggeln. Aber ich kann nichts versprechen.«

Brian, verzweifelt jetzt, fing an zu betteln. »Ich gebe Ihnen die Exklusivrechte an der Geschichte, Petrie. Verdammt, ich lade Sie vielleicht sogar als Trauzeugen zur Hochzeit ein. Was sagen Sie?«

Christus, dachte er, was rede ich denn da? Von was für einer Hochzeit? Schon allein, um nach Vietnam hineinzukommen, wird ein verdammtes Wunder nötig sein.

Aber für Rachel, das wußte er, hätte er alles versprochen.

Petrie nickte langsam, sein Gesicht sah immer noch unschlüssig aus. »Ich will sehen, was ich tun kann, Kamerad.«

Der Junge wirkte nicht älter als vierzehn, vielleicht fünfzehn. Aber in seinem von Narben entstellten Gesicht und den schwarzen Schlitzaugen sah Rachel etwas, das sie noch nie zuvor erblickt hatte.

Haß. Rein und mörderisch. Sie spürte, daß der Junge, der in dem Bett lag und mit diesen brennenden Augen zu ihr hochstarrte, sie ohne eine Sekunde zu zögern umgebracht hätte, wenn er noch stark genug dazu gewesen wäre.

Ich bin der Feind, kam es ihr in den Sinn. Er denkt gar nicht daran, daß er ohne meine Hilfe sterben würde. Er würde lieber sterben, als sich von mir berühren lassen.

Rachel schauderte es, ein Krampf, der ihre Hände zittern machte. Die IV-Nadel, die sie hielt, glitt ihr aus der Hand und fiel mit einem rasselnden Geräusch auf den Betonfußboden.

Reiß dich zusammen, befahl sie sich. Du bist Ärztin und nicht Soldat. Deine Aufgabe ist es, zu heilen. Alles andere geht dich nichts an.

Sie riß ein Zellophanpäckchen auf, das eine frische Nadel enthielt, und griff nach dem schlaffen, blutverschmierten Handgelenk des Jungen, suchte nach einer Vene. Er würde vielleicht zwei Liter Blut brauchen, aber seine Wunden sahen nicht so schlimm aus, wie sie zuerst gedacht hatte. Womöglich war nicht einmal eine Operation erforderlich. Sie würde die Wunden säubern, ausschneiden, nähen. Und dann –

Etwas Nasses traf ihre Wange.

Rachel sah entsetzt auf – er grinste, die Lippen triumphierend zurückgezogen, mit blutigem Speichel befleckt.

Zitternd nahm Rachel einen sauberen Gazestreifen und wischte sich die Wange ab, wo er sie angespuckt hatte. *O lieber Gott, das ist nicht wahr, das kann nicht wahr sein. Ich habe mich in der Gewalt –*

In ihrem Kopf drehte es sich, und alles wurde grau und wellig, als sähe sie durch graue Gazevorhänge. Sie hatte das Gefühl, daß sie ohnmächtig werden würde, wenn sie sich nicht hinlegte. Sie war seit vierundzwanzig Stunden auf den Beinen.

Nun brüllte der Junge etwas, deutlich ein Strom von haßerfüllten Worten, die gegen sie gerichtet waren.

Rachel wich langsam zurück, die Nadel immer noch in der Hand.

Ihr Blick begegnete dem Vietkong-Soldaten, der im Eingang zur Station Wache stand. Etwas in seinen Augen jagte ihr einen eisigen Schreck ein... er sah sie an, wie eine Schlange ein Kaninchen ansehen mochte, bevor sie sich entschied, ob sie es auffressen wollte oder nicht.

Vor vier Tagen, dachte sie, als ihre Verwundeten die Intensivstation überfluteten, war ich ihnen nützlich... aber jetzt hört es allmählich auf... und Lily sagte, sie habe ihren Kommandeur darüber reden hören, daß sie ihre eigenen Ärzte herbeiholen wollten. Wer weiß also, wie lange es noch dauert, bis ich ihnen entbehrlich bin? Und was dann?

Nun übernahm Lily das Kommando. *»Yên lăng chó!«* schimpfte sie böse. *Schweige, Hund.* Sie nahm Rachel die Nadel aus der Hand und stach sie in den Arm des NVA-Soldaten. Lily sah so erschöpft aus, wie Rachel sich fühlte. Strähnen ölig schwarzen Haars, das sich aus ihrem Knoten gelöst hatte, hingen an ihrem Elfenbeinhals herunter. Ihre Augen waren glasig und von roten Äderchen durchzogen. Die Vorderseite ihres Kittels war steif von getrocknetem Blut.

Wann hatte Lily das letzte Mal geschlafen? Die vier Tage

seit der Einnahme von Tien Sung kamen ihr wie drei Jahre vor. Das Dorf war nun voll von Vietkongs. Wie konnte sie wissen, daß es sich so entwickeln würde, als sie sich vorige Woche bei der Evakuierung freiwillig bereit erklärt hatte zurückzubleiben, um für die wenigen nicht transportfähigen Patienten zu sorgen? Nun war das Schlimmste zwar vorbei, aber infolge der Scharmützel brachte man noch immer jeden Tag ein paar Verwundete herein.

Sie dachte an Brian, und einen kurzen Augenblick fühlte sie sich stärker und lebendiger als seit Tagen. Dem Himmel sei Dank, daß wenigstens er noch rechtzeitig herausgekommen war.

Er fehlte ihr. Sie sah ihn vor sich, die silbrigen Augen, sein hageres Gesicht. Die unendliche Traurigkeit, mit der er sie angeblickt hatte, als man ihn an Bord des Choppers hob, der ihn nach Da Nang bringen sollte.

Fort. Und wahrscheinlich würde sie ihn nie wiedersehen. Und, oh, das tat weh. Es schmerzte viel mehr, als sie es sich hätte vorstellen können.

Aber sie durfte nicht zusammenbrechen. Nicht jetzt. Diese Vietkongs waren menschliche Wesen, und sie brauchten sie. Und solange sie ihnen half... würden sie sie sicher in Ruhe lassen.

Rachel ging zur nächsten Trage weiter. *»Bác-sĩ«*, sagte sie als Einführung zu einem verwelkten alten Mann mit offenem Mund, der sie aus flachen Obsidianaugen ansah. *Doktor. Das heißt, ich bin hier, um Ihnen zu helfen, ganz gleich wie sehr wir beide diesen Gedanken hassen. Verstehen Sie mich?*

Offenbar nicht. Seine Augen blieben leer wie verschossene Patronen. Er sah hundert Jahre alt aus, und der Ausdruck auf seinem eingeschrumpften Affengesicht besagte, daß er alles gesehen hatte und daß ihn auch in weiteren hundert Lebensjahren nichts mehr überraschen könnte.

Nicht schlimm verwundet, wenn man ihn mit den anderen verglich. Ein tiefer, länglicher Einschnitt im Bein vom Knie bis zur Leistenbeuge, sah wie eine Messerwunde aus.

Aber das Gesicht...

»Anh bao nhieu tuoi?« fragte sie ihn in ihrem stockenden Vietnamesisch. *Wie alt sind Sie?*

Mit einer Stimme, die so flach wie seine Augen war, antwortete er: *»Muói chin.«*

Neunzehn.

O lieber Gott...

Brian klammerte sich an dem Rand seines Sitzes fest, als der Jeep durch ein Schlagloch fuhr, das groß genug war, einen Wasserbüffel darin zu versenken. Er stemmte sich gegen den wirbelzerrüttenden Stoß. Und er hatte gedacht, die Hauptstraße sei schlecht. Mit dieser verglichen war es eine frischgeteerte Schnellstraße gewesen.

»Bist du sicher, daß er weiß, wo er hinfährt?« schrie er Dan Petrie über das Brüllen des Motors hinweg zu, während er die Augen auf den Hinterkopf Nguyens, ihres Fahrers, gerichtet hielt.

Sie befanden sich nicht auf einer Straße, die man auf der Rand-McNally-Straßenkarte fand, das war jedenfalls sicher. Sie hatten seit wenigstens fünf Kilometern keine Anzeichen von Zivilisation mehr gesehen. Es war das, was Dorfmeyer, einer aus seinem Zug, Cold Sweat Country zu nennen pflegte. Nichts als riesige Teakholzbäume und in Lianen verwickelte Mangroven, meterhohe Farne und Elefantengras. Perfekt für einen Hinterhalt.

»Hab' nicht die leiseste Ahnung«, brüllte Dan fröhlich zurück. »Aber warum sollen wir uns Sorgen machen? Wir werden es ja früh genug erfahren.«

Brian sah Nguyen mit beachtlicher Geschicklichkeit einem weiteren riesigen Schlagloch ausweichen. Die Straße, mehr ein Weg eigentlich, war kaum breit genug für den Jeep, und der Schlenker schickte sie schlingernd und mit schleuderndem Heck über die Böschung und hinterließ eine Spur aufgewühlten Drecks im flachgewalzten Gras.

Warum sollen wir uns Sorgen machen? Er hatte Petrie diesen Satz in den vergangenen beiden Tagen an die hundertmal sagen hören. So als säßen sie im Expreß nach Sheepshead Bay. Christus. Jeden Augenblick konnten sie getötet werden. Aber Dan Petrie hatte sie, nur Gott wußte wie, soweit sicher hergebracht.

Zuerst der Flug nach Saigon. Petrie hatte irgendwie eine Reihe von Dokumenten beschafft, aus denen hervorging, daß es sich bei Brian um einen weiteren Reporter seines Pressedienstes handelte. So waren sie an Bord einer C-130 gelangt, in der außer ihnen nur frische Rekruten saßen. Riesiges Glück. Bis ein Oberstleutnant aus Brians Division die Papiere sehen wollte. Jesus, hatte er da Blut geschwitzt! Aber obwohl der Offizier ihn genau betrachtete, war ihm nichts Verdächtiges aufgefallen, und so hatte er ihn durchgelassen. Brian wurde klar, wie er aussehen mußte. Er hätte sich wahrscheinlich *selbst* nicht wiedererkannt. Vierzig Pfund, vielleicht mehr, hatte er verloren. Der blühende junge Mann, der er vor sechs Monaten bei der Ankunft auf dem Flughafen von Saigon gewesen war, hatte sich in jemanden verwandelt, der mehr an Ho Chi Minh erinnerte als an sein altes Ich.

Sechs Stunden später, auf dem Flugplatz in Saigon, war Petries Kollege von den *Stars and Stripes* in den Warteraum für Offiziere gekommen und hatte sie zu einem Chinook-Chopper gebracht. Bald darauf sahen sie Da Nang aus der Vogelperspektive: blaues Wasser und khakifarbene Strände von Grün umrandet, hübsch wie auf einer Postkarte.

Mit ihrer Glückssträhne war es vorbei, oder so schien es Brian, als Dan einen Sergeanten, der den Kraftfahrzeugpark beaufsichtigte, zu überreden versuchte, ihm einen Jeep zu leihen. Aber Dan zog einfach ein weiteres Kaninchen aus dem Hut, diesmal in Gestalt von ein paar brandneuen Magazinen und einem Päckchen opiumgetränkter Zigaretten, und der Jeep gehörte ihm.

Und diesen Fahrer Nguyen anzuheuern, war eine weitere großartige Idee Petries gewesen... hatte Brian zu Anfang wenigstens gedacht.

Aber von der Hauptstraße abzubiegen war ein Fehler, nun ging es ihnen an den Kragen. Eigentlich hatte er ja auch ebenso wie Petrie gemeint, es sei sicherer, auf einer solchen Nebenstraße nach Tien Sung zu fahren, weil sie nicht sehr benutzt und kaum überwacht wurde. Aber nun war ihm klar, daß sie einen Fehler gemacht hatten.

»Irgendwelche Bedenken?« fragte Petrie.

»Nein«, sagte Brian. Sie konnten hierbei zwar alle ums Leben kommen, aber er wollte es wenigstens versuchen, Rachel zu erreichen.

»Es muß also etwas an ihr dran sein.« Petrie fing an, den Titelsong aus *Die Brücke am Kwai* zu pfeifen.

Brian konzentrierte sich auf den schmalen Weg, der vor ihnen lag. Sie konnten jeden Augenblick auf eine Mine fahren. Oder von Scharfschützen erschossen werden. Er wollte, er hätte sein M-16-Infanteriegewehr dabei. Oder auch nur eine Pistole. Aber in Da Nang hatte Dan darauf bestanden: Keine Waffen! Als Zivilisten, *so* – und er hatte sein Gesicht vor dasjenige Brians gehalten – *so* würden sie dort hinfahren. Das war ihr Schutz und ihre einzige Chance, so gering sie auch sein mochte. Und außerdem wären sie selbst mit ein paar Gewehren den VC-Scharfschützen hoffnungslos unterlegen.

Petries Worte hatten Brian aber auf einen Gedanken gebracht. Es gab sehr wohl noch andere Waffen als Gewehre und Pistolen. Am Nachmittag, bevor sie Da Nang verließen, hatte er eine katholische Kirche im Herzen der Stadt aufgesucht. Der Priester, ein schlanker Europäer, der Englisch mit einem französischen Akzent sprach, hatte ihn durch ein Labyrinth von schmalen steinernen Gängen in einen kleinen, rings von Mauern umschlossenen Garten geführt. Winden und Geißblatt bedeckten sie, und auf kleinen Erdhügeln zwischen sorgfältig angeordneten Steinen wuchs ein moosartiges Gras, während in der Mitte ein von Wasserlilien übersäter Teich wie ein Juwel leuchtete. Es war der hübscheste Garten, den Brian je gesehen hatte. Auf einer Teakholzbank im Schatten eines Hibiskusbaums schenkte ihm Pater Sebastian bitteren chinesischen Tee ein, und danach kniete Brian mit ihm in dem weichen Gras und betete. Er hatte sich fern von Gott gefühlt, aber die uralten lateinischen Worte und Rhythmen hatten ihn erquickt, so als hätte ihm seine Mutter die Hand auf die Stirn gelegt. Danach schickte ihn der Priester mit einem Segen und dem fort, um dessentwegen Brian gekommen war... mit dem, das, wie er hoffte, für ihre Sicherheit sorgen würde. Er hatte es unter seiner Jacke versteckt. Nicht einmal Petrie ahnte etwas davon.

Plötzlich bremste der Fahrer, der Ruck warf Brian gegen das Armaturenbrett.

Etwa dreißig Meter vor ihnen versperrte ein junger Vietnamese in schwarzen Pyjamas und Sandalen den Weg. Er mochte etwa sechzehn Jahre zählen und hätte ein Dorfbewohner auf dem Weg zu den Reisfeldern sein können... wenn sein Gewehr nicht gewesen wäre. Ein sowjetisches AK-47.

»Dung lai!« befahl der Junge.

Brian sah zu und kam sich hilflos vor; jeder Muskel in seinem Körper war gespannt, als Nguyen hurtig vom Fahrersitz herabsprang und zu ihm hinübertrabte. Der Schlamm sog schmatzend an den Sohlen seiner Sandalen.

Ein stürmischer Wortwechsel in vietnamesischem Singsang mit wütenden Gesten auf beiden Seiten folgte.

»Ganz ruhig sitzen bleiben«, flüsterte Dan und legte eine Hand auf Brians Arm. »Lächle einfach! Lächeln – als ob du gerade Zweite bei der Miss-Amerika-Wahl geworden wärest.«

Brian lächelte. Er lächelte so angestrengt, daß er glaubte, sein Gesicht wäre nun für immer zu diesem Lächeln erstarrt. Und die ganze Zeit hielt er auch seinen übrigen Körper so steif, daß alle Muskeln sich verkrampften, der Schweiß ihm von der Stirn tropfte und die Angst sich in seinem Innern zu einem Knoten zusammenzog.

Unvermittelt drehte sich Nguyen um und kam zum Jeep zurückgerannt. Sein Gesicht war starr, die Augenschlitze schmal vor Verachtung.

Petrie fluchte leise. »Es klappt nicht, verdammt. Er will uns nicht durchlassen. Wir können von Glück sagen, daß er uns nicht erschossen hat.« Nach einer kurzen Pause fügte er grimmig lächelnd hinzu: »Außer er hat sich vielleicht das Beste für zuletzt aufgespart.«

Brian dachte an Rachel. Er *mußte* zu ihr. Er mußte es wagen.

Mit einemmal war ihm, als seien alle seine Muskeln zu einem einzigen verschmolzen, der ihn vorwärtstrieb.

Er riß den Arm von Dan los und sprang hinaus. Zu spät begriff er, daß er sich vorsichtiger hätte bewegen sollen. Eine orangene Flamme spritzte auf. Ein Ton, als träfe ein Wassertropfen ein glühendheißes Kuchenblech. Brian spürte, daß etwas Feuriges seine Wange streifte.

Der warme Schlamm stank nach Jauche. Er lag auf dem Bauch, die Arme schützend über dem Kopf verkrampft, die noch heiße Mündung der halbautomatischen Waffe drückte ihm von der Seite her in den Nacken. Ich werde sterben, fuhr es ihm durch den Kopf. Nach alledem. Auf der Straße erschossen wie ein Kaninchen. Jesus Christus, welch ein Jammer.

Nachdem er einen qualvollen Augenblick lang stillgelegen und sich gefragt hatte, was es für ein Gefühl sein würde zu sterben, begriff er, daß es vielleicht doch noch nicht soweit war ... jedenfalls *noch* nicht. Er nahm die Arme herunter und hob den Kopf aus dem Schlamm. Vor sich sah er dreckige Füße, die in Sandalen steckten. Ganz langsam, mit hochgestreckten Armen, die Handflächen nach außen, um zu zeigen, daß er mit friedlichen Absichten gekommen war, kniete er sich hin. Als er nun in das dunkle Gesicht desjenigen, der ihn gefangengenommen hatte, hochsah, erkannte er, daß der Junge ebenso verängstigt wie er selbst war.

Brian versuchte sein Glück und deutete auf seine Jacke,

zeigte, daß er darum bat, sie öffnen zu dürfen. Der Junge hob das Gewehr, richtete es genau auf Brians Stirn ... dann nickte er.

Brian zog den Reißverschluß seiner Windjacke herunter.

Darunter trug er das schwarze Hemd und den Kragen eines Priesters.

Er schlug das Kreuz und betete mit mehr Angst im Herzen, als er je vor dem Altar von Holy Martyrs gebetet hatte, daß dieser Junge ein Katholik war – oder wenigstens gewesen war – und kein Buddhist.

Das Herz hämmerte ihm in den Ohren, der Schweiß tropfte ihm von der Nase und vom Kinn. Ein Moskitoschwarm summte um ihn herum, sie machten ihn wahnsinnig, stachen ihn. Aber er wagte es nicht, sie zu verscheuchen. Er blieb vollkommen ruhig. Er sah einen Eisvogel von einem großen Baum herabstoßen, die Sonnenstrahlen fingen sich in seinen Schwingen und explodierten in bunt schillernden Farben.

Nach einer Ewigkeit ließ der Junge langsam, steif, das Gewehr sinken. Er gab Brian mit einer Geste zu verstehen, daß er aufstehen solle. Vorsichtig, ehrfürchtig sogar, streckte der Junge die Hand aus und berührte die St. Christopherus-Medaille, die über Brians Kragen baumelte.

Brian nahm die Kette ab – hob sie über den Kopf und reichte sie dem Jungen und lächelte, um ihm zu zeigen, daß er sie ihm zum Geschenk, als Friedenszeichen darbot. Der gespannte Ausdruck wich aus dem fahlen Gesicht des Jungen, und er lächelte.

Vielleicht geht es gut, dachte Brian.

Er spürte die Erleichterung. Die Beine knickten ein, als er zu stehen versuchte, und er schwankte zweimal, bevor es ihm gelang, auf die Füße zu kommen.

Brian sprach schnell, ohne sich umzudrehen, seine Worte an Nguyen richtend: »Sag ihm, ich muß dringend zum Hospital. Dort ist eine Ärztin ... wir brauchen sie für ... für einen Priester in Da Nang, der sehr krank ist. Sag ihm, daß dieser Priester sterben wird, wenn wir sie nicht mit uns zurückbringen.«

Nguyen übersetzte es aufgeregt in einem Wortschwall ins Vietnamesische.

Fünf Minuten später kletterte der Jeep die steile Bergstraße nach Tien Sung hinauf, der Junge im schwarzen Pyjama stand, das Gewehr unter dem Arm, auf dem Trittbrett und sah begeistert und stolz wegen der Rolle aus, die er spielen durfte.

Dan wandte sich Brian zu, das Affengesicht zu einem ungläubigen Grinsen zerknittert. »Jesus Christus. Sie haben ja wirklich höllisch gute Nerven. Das war die verdammt beste Leistung seit dem Heiligen Abendmahl.«

Brian grinste. »Beim Heiligen Abendmahl gab es aber keine Hochzeitstorte.«

Rachel schloß den Arzneischrank ab und ging dann, ein Tablett mit frischen Spritzen und je vier Ampullen Morphin und Penizillin balancierend, zur Treppe, die in den ersten Stock hinaufführte. Sie warf dem vietnamesischen Wachsoldaten, der am anderen Ende des Korridors mit einem Gewehr im Arm an der Wand lehnte, einen Blick zu. Er jagte ihr schon längst keine Angst mehr ein. Sie wünschte sich beinahe, daß er sie erschösse, damit ihre Qualen ein Ende fänden.

Sie hatte seit drei Tagen nicht geschlafen. Sie war am Rande des Zusammenbruchs. Wenn Kay nicht gewesen wäre, hätte sie es nicht ausgehalten. Kay sah auch aus wie der Tod, aber sie schien aus einer verborgenen Kraftreserve zu schöpfen. Nur hatte auch sie ihre Grenzen. Sie war heute bereits einmal vor Übermüdung gestolpert und hätte beinahe den Berg frischer Verbände fallen lassen, den sie trug.

Wenn sie ihnen doch entkommen könnten...

Der Fußboden schien sich zu bewegen, er schimmerte wie kochender Asphalt, von dem die Hitze aufstieg. Ihr war schwindlig. Am Ende des Korridors standen jetzt zwei Wachen, in irgendeinen wütenden Wortwechsel verstrickt. Ein dritter, unbewaffneter Vietnamese schlenderte hinüber, lächelte friedlich, sprach mit ihnen. Sie hörte das Wort »Zigaretten«. Dann verschwanden alle drei durch die Tür, die in den Hof hinausführte.

Die Wachen waren seit ein, zwei Tagen ruhiger geworden. Seit dem Eintreffen von zwei russischen Ärzten gestern abend hatten sie Ian MacDougal sogar fortgelassen, damit er eine komplizierte Operation an einem zweijährigen Jungen im Krankenhaus in Da Nang ausführen konnte, was nur dort möglich war. Aber was wurde aus ihr? Neuerdings war ihr aufgefallen, daß einer der Wachsoldaten sie auf eine gewisse Art und Weise ansah, die ihr das Blut in den Adern gerinnen ließ und sie auf den Gedanken brachte, daß er Schlimmeres mit ihr vorhätte, als sie nur umzubringen.

Nun kamen zwei andere Männer durch die Tür, gingen auf sie zu. Das Licht war trübe. Sie sah nur ihre dunklen Umrisse. Der eine war groß und mager, der andere klein und drahtig.

Der große trat vor sie hin. Ein Priester. Was tat ein Priester hier?

Da sah sie sein Gesicht. Schmal und abgezehrt von der Krankheit, aber noch immer das schönste Gesicht, das sie je gesehen hatte. Zuerst glaubte sie es nicht. Es mußte ein Traum sein.

»Brian«, stieß sie hervor.

Es krachte. Sie sah auf das zersplitterte Glas zu ihren Füßen hinab. Sie hatte ihr Tablett fallenlassen.

Und dann begann sie auf ihn zuzulaufen.

Wie in manchen Träumen waren ihre Beine schwer und plump, als liefe sie durch tiefen Sand und jeder Schritt zöge sie hinab. Sie breitete die Arme aus... und nun wurde sie wie ein Drachen hochgehoben... Wind rauschte ihr in den Ohren... trug sie vorwärts.

Dann lag sie ihm in den Armen, die sie festhielten. Sie fühlte sich gedrückt, so fest, daß sie wußte, es war kein Traum. Das waren Brians Hände, Gesicht und Körper. Er war zu ihr zurückgekehrt. Brian, der ihr das Gefühl gegeben hatte, etwas zu bedeuten, der die Liebe in ihr geweckt hatte. Und nun, ein echtes Wunder, war er zurückgekommen, um sie zu retten.

»Brian, o Brian.« Sie umklammerte ihn, barg das Gesicht in den steifen schwarzen Falten seines Hemdes und weinte. Es war ihr gleich, weshalb er den Kragen eines Priesters trug, er war ihretwegen gekommen, das genügte.

»Rachel«, murmelte er mit erstickter Stimme in ihr Haar. »Rachel, Gott sei Dank. Oh, danke, Gott.«

Er küßte sie, hielt ihr Gesicht in seinen schmutzigen Händen, seine Wangen waren rauh von den Bartstoppeln, aber oh, wie wundervoll...

Eine Explosion von Licht druckte rote Sterne auf die Innenseiten ihrer geschlossenen Augenlider.

Sie schlug sie zwinkernd auf und sah zu ihrer Überraschung zwei Meter entfernt einen kleinen Affen von einem Mann stehen, der eine Kamera schwenkte und dabei grinste, als hätte man ihm gerade eine Bronzetrophäe überreicht.

»Gut gemacht, Kamerad«, krähte er. »Dieser Kuß wird um die ganze verdammte Welt gehen!«

16

Der Jeep holperte über einen schmalen Graben, als er von dem engen Dschungelweg auf die Hauptstraße einbog. Äste kratzten über Motorhaube und Fahrgestell, und dann sahen sie mit einemmal, was ihnen wie ein Wunder erschien, Wolken, Himmel, freien Raum. Nun polterten sie über eine von Rissen und Schlaglöchern übersäte zweispurige Landstraße, sahen endlich wieder Menschen, ein Dorf... Rachel entdeckte in der Ferne das hintere Ende eines Armeelastwagens, der einen Hügel hinaufkroch. Sie hätten jauchzen mögen.

Sie hatten es geschafft. Alle – sie und Brian und dieser komische kleine Australier. Kay auch, Gott sei Dank.

Rachel spürte, daß Brians Arm sich um ihre Schultern straffte, als sie auf eine knochenharte Querrinne stießen und schmutziges Wasser über sie spritzte. Ja, Brian, halte mich fest, dachte sie, halte mich bitte fest, oder ich könnte einfach aus diesem Traum hinausfliegen...

Sie waren eine Ewigkeit über den kaum markierten Weg durch den Dschungel gekrochen. Aber nun bremste der Fahrer wegen der Ochsen, Hunde und Kinder und verhutzelten Mama-sans, gebeugt unter enormen Bündeln auf den Köpfen, als sie allmählich in die Vororte von Da Nang gelangten. Bambushütten und Reisfelder wichen Elendssiedlungen aus wellblechbedeckten Notquartieren mit stinkenden Abzugskanälen und Kochfeuern, die wie Glühwürmchen in der hereinbrechenden Dunkelheit aufleuchteten.

Gerettet, dachte sie. Sicher vor Scharfschützen, Hinterhalten und Minen. Sie spürte, daß die Spannung in ihr allmählich abebbte. Der Ort war so trostlos und bedrückend, so entsetzlich schmutzig, und trotzdem freute sie sich über die Kakophonie aus Geräuschen und Stimmen und das Gebrüll der Ochsen. Sie wollte alle Menschen umarmen, die sie sah.

Frei, sie war frei. Und Brian, lieber Gott, er war zurückgekommen. Ihretwegen. Er liebte sie so sehr, daß er sein Leben für sie aufs Spiel gesetzt hatte.

Als sie ihn von der Seite her betrachtete und seine von Schmutzstreifen bedeckte stoppelige Wange, die vorstehenden Backenknochen sah, empfand sie eine so starke Liebe zu ihm, daß es ihr weh tat; es war ein Schmerz in ihrem Bauch, der sich bis zur Brust hinauf ausbreitete und sie in der Kehle würgte.

»Eine Dusche«, murmelte Kay, die neben ihr saß. »Das als erstes. Gott, ich stinke schlimmer als eine Ziege. Kein Wunder, daß diese Vietkongs mich mit dir haben ziehen lassen. Sie haben wahrscheinlich gebetet, daß ich verdufte.«

Dan Petrie wandte sich über die Lehne des Vordersitzes zu ihnen um – seine blauen Augen starrten aus einer Maske aus rotem Staub – und zwinkerte Kay zu. »Wenn du dich da man nicht irrst, Mädel. Wenn unser Pater Brian hier nicht gewesen wäre, säßen wir bald alle im Hanoi Hilton. Aber das muß ich Ihnen lassen, meine Dame«, er tätschelte das Kameragehäuse auf seinem Schoß, »das Bild, wo sie Charlie den Vogel zeigen, wird in die Geschichte eingehen.«

»Mein jüdisches Temperament. Nur gut, daß er nicht wußte, was es bedeutete. So wie er lächelte, dachte er wahrscheinlich, es hieße viel Glück oder so was.« Kays Gesicht, rund wie das Buddhas, brach in breites Grinsen aus, als sie die Hand mit erhobenem Mittelfinger hoch in die Luft streckte. »Also, das soll uns allen Glück bringen!«

Brian hielt Rachel in den Armen und küßte sie leidenschaftlich. Er fühlte sich an und roch den zwanzig Meilen entsprechend, die sie gerade zurückgelegt hatten, Gesicht und Hände sandig vom getrockneten Schlamm, das schwarze Priesterhemd schweißnaß, aber sie hatte noch nie etwas so Hinreißendes erlebt. Sie spürte seine feste Hand zwischen ihrem Hinterkopf und Nacken. Er zitterte.

»Heirate mich«, murmelte er und drückte sie noch fester.

Aber hatte er das wirklich gesagt, oder bildete sie es sich nur ein? Zum Teufel, es spielte keine Rolle. Er brauchte es nicht laut auszusprechen. Sie wußte, was er fühlte, genauso wie er wußte, was ihr Herz zu ihm sagte.

»Wann?« fragte sie.

»Jetzt. Sobald wir nach Da Nang kommen. Petrie kennt einen Kaplan, einen richtigen Kaplan«, sagte er und lachte. »Er sagt, der schulde ihm einen Gefallen. Obwohl ich Petrie kenne, möchte ich nicht wissen, wofür.«

Rachel, schwindlig vor Erregung, spürte etwas Ruhiges, Stilles in sich. Ja, das war richtig, so sollte es sein.

»Ja«, erwiderte sie. »Ja«, wiederholte sie, laut genug, daß auch Kay und Petrie und die ganze Welt es hören konnten. »Ja, ich möchte dich heiraten!« Sie weinte jetzt. »Ich möchte dich heiraten... in Da Nang... oder New York... oder Disneyland... wo auch immer du willst!«

Brian, ich fühle mich ganz anders als jemals zuvor, als wäre ich in einem anderen Land, in deinem Land; ich habe irgendeine magische Grenze überschritten, und ich möchte nie wieder zurück.

Alles bis jetzt, David... die Abtreibung... all diese toten und sterbenden Soldaten... die Vietkongs... alles war in einer anderen Welt und ist einer anderen Rachel geschehen.

Petrie hielt zwei Finger zu einem V für Victory hoch.

Kay sagte kein Wort, packte nur Rachels Hand und drückte sie kräftig. In ihren braunen Augen hinter den starken Brillengläsern glänzten Tränen.

»Sieht aus, als ob du die Brautjungfer spielen mußt«, sagte Rachel.

»Nur eine Frage«, sagte Kay, »darf ich zuvor noch duschen?«

Pater Rourke war betrunken wie ein Marinesoldat auf Urlaub, konnte sich aber trotzdem gerade noch so eben auf den Beinen halten.

Rachel, die mit Brian vor dem Kaplan stand, empfand ein leichtes Schwindelgefühl. Sein Atem roch nach Alkohol, er schwankte hin und her, und seine Hände zitterten, als er in den Seiten seines Gebetbuches herumfummelte. Sie hob die Augen auf und starrte auf die Straßenkarte aus zerplatzten Adern auf seiner Nase und seinen Wangen. Er war vermutlich nicht älter als dreißig und sah wie fünfundsechzig aus.

Sie mußte sich alle Einzelheiten, die häßlichen wie die schönen, einprägen. Eines Tages, wenn sie sich in ihrem festen eigenen Haus in der gemütlichen Wärme ihres Bettes zusammenkuschelten, würden sie über Pater Rourke und diese ganze Szene lachen, und die Erinnerung daran würde sie nur noch um so fester aneinanderbinden.

Sie sah sich um. Die winzige Mah-Jongg-Höhle hinter der Bar, in der Petrie den Kaplan schließlich nach dem Besuch von Dutzenden anderer Bars erwischt hatte, könnte direkt aus einem Charlie-Chan-Film stammen. Perlenvorhänge, orangene Papierlampions und ein mißtönender Lärm aus Musik und Singsangstimmen im Hintergrund. Sie zeichnete alles im Gedächtnis auf. Sie würde in ihren Gedanken immer wieder an diesen Ort zurückkehren.

Sie sah zu Brian auf, er lächelte, fand es ebenso amüsant wie sie. Dann dachte sie an Mason Golds Hochzeit, wie seltsam, daß ausgerechnet er ihr einfiel. Ach, wenn Mason doch bloß das hier sehen könnte!

»Wollen Sie... Rachel... äh... äh... Rosenthal... diesen Mann zu... äh... Ihrem rechtmäßigen... rechtmäßigen... äh... Ehemann... Ehemann nehmen? Und...«

»Ja«, antwortete sie, zu ungeduldig, um den Rest abzuwarten.

»Und Sie, Brian...«

Zu ihrer Rechten konnte Rachel Kay leise in ein Taschentuch trompeten hören.

Gesundheit, liebe Kay, dachte sie. Kay hatte für sie sogar eine an den Seiten geschlitzte weiße Seidentunika aufgetrieben – die traditionelle vietnamesische Frauenbekleidung. Kay selbst trug eine aus roter Baumwolle, die auf ihren plumpen Hüften anlag, womit sie Rachel an eine Elfe in einer Hemdhose erinnerte.

»... im Reichtum und in der Armut, in Kran-Kran-Krankheit... oder Ge-Gesundheit... äh... nehmen Sie... nein, das habe ich schon gesagt, oder?... Augenblick, hm... ja, hier... bis daß der Tod euch scheidet?«

Brian sah ihr, so schien es, sehr lange in die Augen, und sie fühlte die Liebe in ihm sich nach ihr ausstrecken und in sie eindringen und ihr Herz ergreifen.

Ich sollte dem allen hier sofort ein Ende machen, kam es ihr in den Sinn. Ich muß es ihm jetzt sagen... bevor es zu spät ist. Aber wenn er wüßte, daß ich ihm keine Kinder schenken kann, würde er mich dann immer noch heiraten wollen? Würde ich ihm genügen...?

Ja, sie wußte, daß sie es ihm sagen mußte. Sofort, in diesem Augenblick. Solange er es sich noch anders überlegen konnte, wenn er es wollte. Aber die Worte, die zu sagen sie sich verpflichtet fühlte, wollten nicht kommen, sie schienen ihr im Hals steckenzubleiben. Sie konnte Brian nicht unterbrechen, als er ihr versprach, daß er sie immer lieben und ehren wollte... als ihr Ehemann...

Und dann hörte sie Brian »Ja« sagen.

Mit einemmal war sie viel zu glücklich, als daß sie sich auf irgend etwas anderes hätte konzentrieren können als auf Brian, der sie umarmte und küßte und hochhob, so daß sie mit den Zehen kaum noch den Boden berührte und sein Körper, sein Mund mit ihrem verschmolz.

Blitzlichtbirnen knallten, blendende weiße Explosionen, die rote Nadelspitzen vor ihren Augen tanzen ließen.

Verheiratet! Sie und dieser wunderbare, tapfere, zärtliche Mann waren verheiratet...

Mit der Fingerspitze folgte Rachel der Narbe, die wie ein karmesinroter Blitz im Zickzack über Brians Bauch lief.

»Im Augenblick erinnerst du mich an Flash Gordon«, neckte sie ihn und räkelte sich zufrieden im Bett, nackt neben ihm ausgestreckt, das Bettuch zerknüllt zu ihren Füßen. »Ich sehe schrecklich gern diese alten Geschichten im Fernsehen. Er war ein großer Held für mich damals, als ich noch in kurzen Hosen und flachen Schuhen durch die Welt tänzelte.«

»Und heute?«

»Oh, ich weiß nicht. Ich bin jetzt mehr für verrückte Iren. Bringt die Maureen O'Hara in mir heraus.«

»Hast du sie je in *The Quiet Man* gesehen, diese temperamentvolle Rothaarige, die John Wayne geradezu zwingt, ihr zu zeigen, wo ihr Platz ist?«

»Und wo ist ihr Platz?«

Rachel grinste schelmisch. »Im Bett, wo sonst?«

Das altersschwache Bett mit der Vertiefung in der Mitte kam ihr in diesem Augenblick wie das wundervollste Plätzchen auf der ganzen Welt vor. Und dieses schäbige Hotelzimmer mit den wackligen Bambussesseln und den vergilbten Drucken vom Eiffelturm und dem Arc de Triomphe auch.

Nun, im ersten Tageslicht sah es sogar noch schmuddeliger aus als am Abend zuvor, als ihr Taxi durch ein Labyrinth erschreckend enger und finsterer Seitenstraßen zu diesem Loch, diesem Hôtel Arc de Triomphe geholpert war. Rachel sah das nackte Holz aus den angestoßenen Stellen der roten Lackkommode herausschauen. Und durch die Fensterläden, in denen mehrere Querleisten fehlten, drang zusammen mit dem milchig trüben Licht der Lärm der Stadt Saigon herein – Wasser, das im nahen Fluß gegen die Sampans klatschte, Töpfeklappern, ein Gewirr von Singsangstimmen. Sie atmete die köstlichen Düfte des Ingwers, des gedünsteten Reises, des Kim Chee ein. Und den darunterliegenden Geruch von faulendem Fisch und Urin.

Dann fiel es ihr wieder ein, und sie fühlte die Freude in sich aufwallen. *Wir sind verheiratet, richtig verheiratet. Und morgen geht es nach Hause!*

Nach Hause.

Mama, Gott helfe ihr, würde wahrscheinlich in Ohnmacht fallen, wenn sie es hörte. Daß sie keinen netten jüdischen

Arzt oder Anwalt zum Schwiegersohn bekam. Statt dessen brachte ihr die Tochter einen irischen Katholiken, der keinen Penny besaß. Aber, zum Teufel, *sie* war glücklich. Daß man so glücklich sein konnte, hätte sie nie für möglich gehalten. Mama würde das sehen und Brian genauso gern haben.

Und Daddy hättest du gefallen, Brian, dachte sie und lächelte. Du bist so stark und so zärtlich wie er, weißt du.

»Ich liebe dich«, sagte sie, rollte hinüber und schmiegte sich an ihn, ihre Rundungen paßten so gut in all seine Höhlen. »Habe ich dir gesagt, wie sehr ich dich liebe?«

»Sag es mir wieder, wenn ich richtig wach bin, sonst könnte ich denken, daß ich das alles nur geträumt habe.«

Er hielt sie fest in den Armen. Sie konnte sein Herz schlagen hören, es schlug schnell. Sie wünschte sich, daß sie immer so bleiben könnten, nur sie beide allein; dann brauchten sie sich nie jemand anderem zu erklären.

Aber es war nur ein Traum, ein lächerlicher Traum, nicht wahr? Früher oder später würden sie den anderen Leuten gegenübertreten müssen. Und wenn das kam, wollte sie auf festem Boden stehen.

»Erzähl mir von Rose«, sagte sie leise.

Rachel fühlte, daß er augenblicklich erstarrte. Eine scheußliche Angst fuhr ihr in die Glieder. Wenn schon allein Roses Name noch immer eine solche Macht über ihn hatte, Gott, was könnte dann geschehen, wenn er sie wiedersah, was er unweigerlich tun würde?

Ein langes, schreckliches Schweigen, bis Brian sagte: »Ich bin mit ihr zusammen aufgewachsen. Sie und ich... ich glaube, du könntest sagen, sie war ›das Mädchen von nebenan‹.«

»Hättest du... sie geheiratet?« Rachel hielt den Atem an, während sie auf seine Antwort wartete.

Brian lag so steif wie eine Holzplanke in ihren Armen und schwieg so lange, daß es ihr wie eine Stunde vorkam. »Ich habe *dich* geheiratet, kommt es denn nicht ganz allein darauf an?«

»Ja, aber nur, wenn es das ist, was du wirklich willst. Wenn du sicher bist, daß du es nicht eines Tages bedauern wirst.«

Warum tat sie das? Weshalb quälte sie sich selbst auf diese Art?

Brian lag neben ihr, ohne zu sprechen. Rachel fühlte die Angst in ihrer Brust größer werden. Angenommen er bedauerte es wirklich... Hatte Rose ihm so viel bedeutet – bedeutete sie ihm vielleicht immer noch so viel?

»Laß uns nicht über ›eines Tages‹ sprechen«, sagte Brian schließlich. »Laß uns nur an jetzt denken. Ich liebe dich, Rachel. Mehr als irgendeine andere Frau.«

Das ist nicht genug, wollte sie schreien. Du antwortest nicht auf meine Frage, du sagst es mir nicht! Aber zugleich schämte sich Rachel, daß sie ihm so verzweifelt zusetzte mit ihrer Bitte. Sie war wohl ein bißchen hysterisch. Laß es sein, befahl sie sich selbst. Weshalb willst du ihn zu einem Geständnis zwingen, das du gar nicht ertragen könntest?

Er streichelte ihre Brüste, dann nahm er sie in die Hand und strich mit dem Daumen zärtlich über die Brustwarze. »Mrs. McClanahan klingt doch gut, findest du nicht? Die letzte Frau in meiner Familie, die einen McClanahan nahm, hat sieben Kinder zur Welt gebracht. Denkst du, du bist dazu bereit?«

Nun fühlte sie sich kalt und starr werden. Was bin ich doch für eine Heuchlerin, dachte sie. Bitte ihn, mir alles von Rose zu erzählen, während ich die Wahrheit über mich selbst zurückhalte.

Nein, dachte sie. Eine Ehe muß auf Ehrlichkeit und vollkommenem Vertrauen aufgebaut sein. Sie mußte es ihm sagen. Er würde es eines Tages erfahren müssen. Er hatte von Anfang an, schon als sie im Corpus Christi an seinem Bett saß und sein Tagebuch las und ihm zuhörte, wie er sich seine Zukunft erträumte, keinen Zweifel daran gelassen, daß er sich eine Familie wünschte.

»Brian...« Aber ihr Hals schien es abzuwürgen.

Es war ein so schöner Augenblick, vielleicht der wunderbarste Tag in ihrem und Brians Leben, es wäre nicht richtig, ihn zu verderben. Nein, nicht jetzt. Es war noch zu früh. Und es war auch schon etwas zu spät. Sie war ein Feigling. Sie hätte es ihm schon längst sagen sollen, damit er die Möglichkeit gehabt hätte, von seinem Vorhaben zurückzutreten, bevor dieser betrunkene Kaplan den Segen sprach. Aber alles war in einem solchen Rausch geschehen... nur eines hatte sie gewußt und wußte es auch jetzt: Sie durfte ihn nicht verlieren.

»...hör nicht auf«, murmelte sie statt dessen und spürte das köstliche Fröstelgefühl in ihrem Körper, als seine Hand ihren Bauch hinunterglitt. »O ja, o Gott, so, ja so... oh, Liebling, hör nicht auf, bitte...«

Dann war er in ihr, *richtig* in ihr, bewegte sich auf ihr mit kräftigen, zitternden Stößen seines Körpers, und jeder brachte eine kleine, lustvolle Entladung. Sie bog das Kreuz durch, krümmte sich, um ihm entgegenzukommen und strich ihm zur gleichen Zeit mit den Händen über die Hinterbacken, oh, diese liebliche runde Form! fühlte die Spannung seiner Gänsehaut, und als sie tiefer faßte, den kleinen runzeligen Saum, der wie eine Spur zu seinen Hoden führte.

Oh, Brian, wenn ich dir doch eines Tages ein Kind schenken könnte... wenn ich doch nur...

Sie spürte eine heiße Gefühlsentladung, einen mächtigen Sinnenrausch, der ihren ganzen Körper durchströmte und der ihres wilden, hitzigen Verlangens wegen um so köstlicher war.

Dann kam Brian auch, sie konnte fühlen, wie er sich in ihr verströmte, und in diesem Augenblick kam sie sich plötzlich verloren, abgeschnitten von Brian vor, als triebe sie aus seinem Orbit hinaus.

Nicht die richtige Art, eine Ehe zu beginnen. Es ist falsch, dachte sie, ganz und gar falsch, Brian so zu betrügen.

Sag es ihm, befahl sie sich selbst. Er wird es verstehen. Er liebt dich.

Sie tat den Mund auf, versuchte die Worte zu flüstern, aber sie konnte sie nicht über die Lippen bringen. Einen furchtbaren Augenblick lang sah sie noch einmal das bläulichweiße Licht auf der stählernen Kürette in Davids Hand und hörte Davids zornige, erschreckende Stimme: *Du wirst das eines Tages noch bedauern. Du wirst es bedauern, daß du mich das machen läßt.*

Dann verblaßte das Bild. Es war nur noch die feuchte Wärme von Brians Körper da, der sie einhüllte.

Sie schluchzte unterdrückt.

»Was hast du?« fragte er.

»Ich bin so glücklich, das ist alles. Ich weine, wenn ich glücklich bin, und wenn ich mich ärgere oder nervös bin, lache ich – kichere wie eine Verrückte.«

»Dann hoffe ich, daß ich dich nie zum Kichern bringen werde.«

Und was Rachel von ganzer Seele hoffte, war, daß es zwischen ihnen immer so bliebe. Und sie *würde* ihm von der Abtreibung erzählen, bald. Und er würde es verstehen. Er würde es sicher verstehen. Und dann wäre es wirklich vollkommen. Keine Lügen zwischen ihnen.

So, wie es zwischen Mama und Daddy gewesen war.

17

Seit Brian nach Vietnam gegangen war, hatte sich Rose zu einer eifrigen Zeitungsleserin entwickelt und siebte jeden Morgen die *Times* und die *News* nach Berichten über Kampfhandlungen, Bombardierungen, etwaige Fortschritte bei den Friedensverhandlungen durch, prüfte jede Information, so unbedeutend sie auch scheinen mochte, in der Hoffnung, daß der Krieg bald zu einem Ende und Brian nach Hause kommen würde, bevor seine Dienstzeit um war.

Sie hatte die *Times* in der U-Bahn durchgesehen, und nun

ließ sie sich an ihrem Schreibtisch nieder – morgens immer aufgeräumt und von allen Papieren frei –, nahm den Deckel von ihrem Kaffeebehälter und schlug die *Daily News* auf.

Auf Seite drei sah sie eine Vietnam-Geschichte, und ein körniges Foto fiel ihr auf – ein Mann in einem Smoking, der seine Braut umarmte. Die Zeile darunter lautete: HOCHZEITSGLOCKEN FÜR HELDEN UND SEINE ÄRZTIN.

Rose ersparte sich die obersten Zeilen mit den Namen und Altersangaben, sprang gleich mitten in die Geschichte hinein und hatte sie rasch durchgelesen. Eine fesselnde Erzählung über eine Ärztin im Kampfgebiet und den sterbenden Soldaten, dessen Leben sie gerettet hatte. Und über denselben Soldaten, der sich später, den Befehl mißachtend, unerlaubt von der Truppe entfernte, um hinter die feindlichen Linien vorzudringen und sie zu retten. Eine märchenhafte Liebesgeschichte. Rose lächelte, nun war ihr ein wenig leichter ums Herz. Manchmal, dachte sie, gibt es also doch noch ein Happy-End. Es ist nicht unmöglich.

Rose kehrte zum ersten Absatz zurück, sie wollte diese Menschen kennen, ihre Namen erfahren und woher sie kamen. Ein Name sprang sie an. *Soldat Brian McClanahan, 121. Infanterieregiment.*

Die Buchstaben verschwammen ihr vor den Augen, das Foto wurde unscharf. Nicht ihr Brian natürlich, nein, es mußte ein anderer Soldat mit dem gleichen Namen sein. Ein Zufall, mehr nicht.

Ihr wurde schwindlig, ihre Gedanken drehten sich wie wahnsinnig im Kreis, als ob sie verrückt würde. Und doch wußte sie, daß sie es nicht werden würde. Die Vernunft war ringsherum, dieser Schreibtisch, ihre Arbeit. Ja, das war die Realität, die vernünftige Welt, dieser dampfende Pappbecher auf ihrem Tisch, diese Kassette mit den diktierten Briefen, die sie zu tippen hatte. Und in ein paar Minuten Max Griffin, der den Korridor herunterkommen, sie mit seinem Sie-und-ich-gegen-die-Welt-Grinsen anblecken und ihr einen guten Morgen wünschen würde.

Aber dieses Foto, dieses Gesicht, das so tat, als ob es das Gesicht von Brian wäre, würgte sie im Hals, öffnete einen dunklen Abgrund in ihrem Herzen, in den sie, wie sie fühlte, selbst hinabzustürzen begann.

Nun schwankte das Zimmer, kippte irgendwie abwärts, ihr Stuhl und der von einem Teppich bedeckte Fußboden rollten unter ihr weg. Sie umklammerte den Rand des Schreibtischs, um sich festzuhalten, und stieß den dampfenden Kaffeebecher neben dem Telefon um. Kaffee ergoß sich über die aufgeschlagene Zeitung und sickerte hindurch auf den von einer Glasplatte bedeckten Tisch, tropfte ihr auf den Schoß. Und dann spürte sie den heißen, sengenden Schmerz, als ob ihr ein glühendes Eisen auf die Schenkel gedrückt würde. *Es schmerzt... oh, es tut so weh... Brian...*

Sie zwang sich, das Foto anzusehen, genauer diesmal, konzentrierte sich darauf. Sein Gesicht, o Gott, es war sein Gesicht. Obgleich das Foto nun durchweicht und wellig war, erkannte sie das Gesicht, die lange, schmal zulaufende Form, diese unvergeßlichen Augen.

Brian. *Ihr* Brian.

Ihre allergrößte Angst. Brian in jemand anderen verliebt. Nein, nicht nur das... schlimmer, als sie es sich je hätte ausmalen können. Er war verheiratet.

Heller Zorn packte sie. Er hätte lieber umkommen sollen, das wäre besser gewesen. Wenigstens hätte er dann noch ihr gehört.

Rose lehnte sich zurück, sie zitterte. Gott, sie wurde tatsächlich verrückt. Hatte sie wirklich so etwas gedacht? Brian tot? Nein, nicht das... das niemals.

Es ist nicht wahr, sagte sie sich. Ich bin nur müde nach der letzten Nacht und dem Anruf von Nonnie und ihrem Gejammer, wo es ihr überall weh tut und daß sie niemand besucht. Wie hätte ich danach schlafen können? Kein Wunder, daß ich erschöpft bin. Ja, es muß eine Art Halluzination, eine Art Alptraum sein...

Mit einer wütenden Bewegung raffte Rose die aufgeweichte Zeitung zusammen und stopfte sie in den Papierkorb. *Und dieses Kleid, dieses hübsche Kleid mit dem Blumenmuster, das Brian ihr zu ihrem letzten Geburtstag geschenkt hatte, mußte sie unbedingt in kaltem Wasser einweichen, oder es würden Flecken bleiben...*

Ja, das war es, was sie tun sollte. Nach Hause gehen, jetzt, sofort.

Bevor der Fleck eintrocknen konnte. Denn sobald er eintrocknete, bekam man ihn nie wieder heraus, ganz gleich wieviel man schrubbte und wieviel Seifenpulver oder Fleckenentferner man benutzte. Das hübsche Kleid von Brian! Vielleicht war es für immer ruiniert.

Und dann kam ihr das Bild in den Sinn mit den darunterstehenden Worten:

... Der junge Columbia-Absolvent sollte von Okinawa aus mit dem Bronze Star nach Haus geschickt werden... aber er besorgte sich falsche Papiere, um illegal in die Kampfzone zurückzukehren, in der er Wochen zuvor beinahe ums Leben gekommen war... überwand eigentlich unüberwindliche Schwierigkeiten, um die schöne Ärztin zu befreien, die ihm das Leben gerettet hatte... die Frau, die er liebt...

Die Frau, die er liebt, dachte Rose. Aber das bin ich. Ich bin die, die Brian liebt. Wir werden heiraten. Sobald er nach Haus kommt, sobald...

Ich muß diesen Fleck entfernen. Verdammt, er ist wahrscheinlich inzwischen eingetrocknet. Ich muß nach Haus. Ich muß...

Dann stand sie auf, kam sich verrenkt vor wie eine Marionette, bei der die Schnüre sich ineinander verknotet hatten, ihre Arme zuckten in seltsame Richtungen, ihre Beine knickten ein, sie hatte die Beherrschung verloren. Sie streckte den Arm nach ihrer Handtasche aus, ihr Arm streckte sich und streckte sich, als wäre er aus Gummi, ihre

Hand am Ende des Arms sah aus wie etwas, das man durch das umgekehrte Ende eines Fernrohrs betrachtete.

Nun ging sie; der Korridor mit den Türen, die in die Büros der Anwälte führten, streckte sich vor ihr aus, ein Tunnel, der endlos schien. Der Teppich war aus Treibsand, zog an ihren Füßen. *Geh weiter. Geh nach Hause. Ja, der Fleck muß heraus, damit Brian nach Hause kommen kann...*

Die massiven Doppeltüren zu den Fahrstühlen. Die Türen der einen Kabine glitten auf, dann die einer anderen. Leute strömten in die Halle hinaus, an ihr vorbei, einige nickten ihr zu. Alle außer einem Mann, der zögernd stehenblieb, als die anderen zu den Bürotüren eilten. Ein kräftiger Mann, nicht groß, aber stämmig. Er trug eine braune Jacke, eine Aktentasche, sein breites, hübsches Gesicht gerötet, als wäre er die Treppen hinaufgerannt anstatt den Fahrstuhl zu nehmen, sein grau werdendes braunes Haar kringelte sich empor aus den Bahnen, die der Kamm gezogen hatte: Max Griffin.

Rose spürte, daß ihre Verwirrung ein wenig nachließ. Dieser Mann würde ihr helfen. Er hatte ihr schon geholfen, nicht wahr? Mit dem Stipendium zum Herbstsemester. Und daß er mit ihr geredet hatte, nicht wie ein Boß, sondern wie ein Freund.

Die Ecke eines Papiers ragte aus seiner zerbeulten ledernen Aktentasche. Sie sah es wie durch ein Vergrößerungsglas – seine Hand umschloß den abgewetzten Handgriff der Aktentasche – sein mächtig aussehendes Handgelenk – die Rolex aus Edelstahl. Die Oberfläche der Uhr war zerkratzt, was er wahrscheinlich noch nicht einmal bemerkt hatte.

»Rose! Was ist los? Sie sind so weiß wie ein Gespenst. Sind Sie krank? Haben Sie sich verletzt?«

Sie schüttelte den Kopf. Warum sollte sie krank sein? Und wie hätte sie sich verletzen können? Nein... nicht so schlimm... nur dieser dumme Fleck...

»Ich habe meinen Kaffee verschüttet«, sagte sie ihm. »Und jetzt ist er überall auf meinem Kleid... ich muß nach

Hause. Mein Kleid. Ich hole die Zeit nach. Bitte. Ich muß nach Hause.« Ihre Stimme, dachte sie, klang fremd, blechern.

Max sah sie seltsam an... sein Boxergesicht schien noch quadratischer zu werden, seine blauen Augen sahen sie immer schärfer an.

»Dann kommen Sie«, sagte er freundlich. »Ich bringe Sie nach Hause.«

Sie fühlte sich so weich in den Knien, unfähig, ihm zu widersprechen. »Ja, nach Hause.«

Er steuerte sie in den Fahrstuhl, packte ihren Arm fest an. Dann saßen sie in einem Taxi, das sich durch den Verkehr schlängelte, die Fenster waren halb heruntergekurbelt, und die stickige Sommerluft strömte auf sie ein. Trotzdem war ihr kalt, so kalt, als läge Schnee auf den Straßen. Schnee ringsherum und in ihrem Innern, und ihr Herz erfröre.

Und alles lief ineinander – alle Farben der Stadt, die hellen Sommerkleider der Frauen, der lustige Flickenteppich der Magazine in den Auslagen eines Kiosks, der gestreifte Sonnenschirm des Hot-dog-Verkäufers, alles verwischte sich zu einem schmutzigen Brei.

Sie fing an zu zittern, ihre Zähne klapperten. Sie wollte, daß es aufhörte, aber sie konnte nichts dagegen tun.

Max, seine Stimme kam aus großer Ferne, durch das Summen hindurch, sagte: »Sie sind krank, Rose. Ich glaube, ich sollte Sie zu einem Arzt bringen.«

Zu einem Arzt? Wozu? Sie war doch völlig in Ordnung.

Sie schüttelte den Kopf und schlang die Arme um den Oberkörper, damit das Zittern aufhörte. »Mir geht es gut«, sagte sie. »Das ist zu dumm. Sie sollten doch im Büro sein, statt Ihre wertvolle Zeit so zu vergeuden. Sie müssen in einer Stunde im Gericht sein.«

»Vergessen Sie mal das Gericht. Ich beantrage eine Vertagung. Ich mache mir um Sie Sorgen, Rose. Sie müssen mir sagen, was geschehen ist. Sie sehen aus, als wäre jemand gestorben.«

Ja. Eine Stimme erhob sich aus dem Rauschen in ihrem Kopf. *Brian. Er ist tot. So gut wie tot.*

Rose streckte die Hände vor sich aus, als wolle sie einen Schlag abwehren, als wäre der schreckliche Gedanke von außen auf sie gerichtet und im Begriff, sie zu treffen.

»Nein«, schrie sie. »Nein!«

Max hielt sie dann, hielt ihre Arme fest. »Rose, um Gottes willen, was ist denn? Was ist geschehen? Sagen Sie es mir!«

Sie schüttelte den Kopf, außer sich. *Bitte... zwingen Sie mich nicht, es zu sagen. Wenn ich es Ihnen sage, wird es nur noch realer.*

»Ich will Ihnen nur helfen«, drängte er sie. »Aber das kann ich nicht, wenn Sie mir nicht sagen, was los ist. Rose? Rose?«

»Nichts. Nichts ist los.« Es überkam sie eine plötzliche Welle der Übelkeit. »Oh, Max, ich glaube, ich muß mich übergeben.«

Aber er hielt sie nur noch fester, und sie spürte, daß ihre Übelkeit etwas nachließ. Dann, endlich, half er ihr aus dem Wagen, stützte, nein, trug sie beinahe die Dutzende von Stufen in ihr winziges Studio hinauf.

»Es wird schon werden, Rose«, tröstete er sie. »Was es auch ist, es wird sich bessern. Und ich bin hier. Ich werde mich um Sie kümmern.«

Nein, wollte sie schreien. *Nein.* Brian sollte sich um sie kümmern, nicht wahr? Nur, wo war er? Sie brauchte ihn jetzt, mehr als je zuvor.

Aber sie fühlte sich so schwach, war kaum fähig, sich zu bewegen. Sie erlaubte Max, ihr die Schuhe auszuziehen, dann ihr Kleid... ihr ruiniertes Kleid... und nun, im Unterrock, zitternd in der erstickenden Hitze... ließ sie sich von ihm zu Bett bringen und zudecken, als wäre sie ein Kind.

Der Raum schien auf einmal zu klein, zu dunkel, dieses Studio auf der Lower East Side, das sie so aufregend gefunden hatte, als sie den Mietvertrag unterschrieb. Drollig, diese winzige Küche, die Badewanne auf Klauenfüßen, diese Couch, die man zu einem Bett auseinanderklappen konnte. Aber jetzt sah sie, wie finster es in Wirklichkeit war, kein Sonnenstrahl drang je bis zu ihrem Fenster in der finsteren Nebenstraße vor, und draußen dieses häßliche Akkordeongitter. Sie sah, daß die Geranien, die sie auf die Feuerleiter hinausgestellt hatte, starben, sie waren ganz schlaff und braun. Ihre Lieblingsinsel im Weltmeer kam ihr nun wie eine Gefängniszelle vor, grau und angsteinflößend.

»Es wird schon werden«, sagte Max wieder. »Sie brauchen nicht darüber zu reden. Ruhen Sie sich einfach aus. Hier, trinken Sie das.« Er hielt ihr ein Glas an die Lippen und ließ sie etwas hinunterschlucken. »Ich bleibe bei Ihnen. Ich gehe nicht weg.«

Seine Freundlichkeit löste etwas in ihr aus, als hätte er auf einen Knopf gedrückt, etwas Schreckliches, einen Schmerz, den Schmerz von Messern, die sie durchbohrten, durchschnitten.

Sie konnte sich weder rühren noch atmen.

Sie würde an diesem Schmerz sterben, ganz bestimmt.

»Helfen Sie mir.« Sie griff nach seiner Hand, seiner kräftigen Hand mit der weichen, breiten Handfläche und den starken Fingern, sie umklammerte sie mit beiden Händen, als ob sie ertränke und sich aus Angst um ihr Leben daran festhielte.

»Ich bin hier«, hörte sie ihn durch das Brüllen in ihren Ohren. »Ich bin hier, Rose.«

Zweiter Teil

Es fällt uns nicht schwer,
unsere kriminellen Handlungen zu gestehen,
sondern die lächerlichen und schmachvollen.

Rousseau, Bekenntnisse

18

1974

Sylvie schnitt eine verdorrte Rosenknospe ab. Eine Schande, dachte sie, hat nicht mal blühen dürfen, bevor sie starb.

Sie bückte sich, um den Strauch genauer in Augenschein zu nehmen, und bemerkte die feinen weißen Fäden, die wie Spinnweben über manchen Blättern hingen. Spinnmilben, wenn nicht alles täuschte. Man würde den ganzen Garten sprühen und die meisten Sträucher zurückschneiden müssen. Es kam ihr irgendwie nicht richtig vor. Dieser prächtige Junitag, die Sonne schien. Kein Tag für derartige Enttäuschungen.

Sylvie ließ sich auf die Knie herab, die Schere in der Hand, bewegte sich nicht. Horchte nur auf das schläfrige Summen der Insekten, atmete den lieblichen sonnenwarmen Rosenduft und sah hinaus in ihren Garten. Er war ein bißchen zugewachsen, die French Lace hingen schwer herab mit ihren creme-rosa Knospen und nahmen den lavendelfarbenen Blue Nile die Luft weg, während die Teerosen vom Spalier herüber bis zur Südwand geklettert waren und sie für sich erobert hatten.

Vor ein paar Jahren hätte sie es niemals dazu kommen lassen... gewiß nicht, solange Gerald lebte. Aber in den vergangenen sechs Jahren hatte sich vieles verändert.

Sie hatte sich verändert, sie begriff es und erschrak. Kein albernes Huhn mehr, das vor seinem eigenen Schatten Angst hat. Keine Entschuldigungen mehr, daß ich so bin, wie ich bin, und nicht so, wie ich nicht bin, und daß ich dieses tun kann und jenes nicht. Es gibt sogar Männer, die mich attraktiv, sogar begehrenswert finden – Alan Fogherty, der mich zum Essen einlud, als er in der Stadt war, der mir Blumen schickte, und Dennis Corbett in der Bank, der mich gerade letzte Woche angerufen hat, um mir zu sagen, daß er zwei Karten fürs Ballett hat.

Und natürlich Nikos...

Sylvie merkte, daß ihr heiß wurde, als ob die Sonne durch die Kleidung brannte. Sie stellte sich Nikos vor, wie er, das blaue Arbeitshemd über die kräftigen braunen Unterarme hochgerollt, einen Packen Entwürfe in der Faust, mit den schwarzen Augen hierhin und dorthin blinzelnd zwischen den Stapeln der Hohlziegel und Stahlträger seines Bauplatzes umherging und schon das Gebäude sah, wie es sein würde, wenn es fertig war.

Und mit ihr, sah er mit ihr noch etwas in der Zukunft? Dachte er je an die längst vergangene Zeit zurück, da sie einander geliebt hatten?

Gott, was ist los, fragte sich Sylvie. Will ich ihn etwa?

Sie ärgerte sich darüber, daß ihre Hände zitterten, und in ihrem Bauch war ein leichtes Flattern.

Sylvie konzentrierte sich wieder auf ihre Rosen und begann zu schneiden. Gesunde Blüten zuerst, so würde nichts vergeudet. Sie hielt eine vollkommene Rose in der Hand, die sie von einem kranken Strauch geschnitten hatte. Snowfire, eine ihrer Lieblingsblumen, auch eine sehr seltene. Perfekt cremiges Weiß im Zentrum, dann in Rosa übergehend und an den Rändern eines jeden Blütenblatts tief karmesinrot. Köstlich, ein kleines Wunder.

Und hier kniete sie mit ihren fast zweiundfünfzig Jahren, kniete im Dreck, so zufrieden wie ein Kind.

Vielleicht lag es nur an diesem Wetter – nach soviel Regen. Sylvie spürte den Sonnenschein in ihrem Nacken, warm und erquickend wie die Hand eines alten Freundes. Bald würde es zu heiß werden. Aber im Augenblick war es das wundervollste Gefühl auf der Welt. Sie fühlte sich stark und... als ob sie alles fertigbringen könnte, was sie nur wollte.

Sie knipste eine andere Blüte ab und legte sie sachte in ihren Korb.

Ihre Gedanken kehrten zu Nikos zurück. Sie erinnerte sich, wie freundlich er in jenen düsteren Monaten nach Geralds Tod gewesen war. Rief sie an, um zu hören, wie es ihr ging, erzählte ihr eine komische Geschichte, um sie aufzumuntern. Ließ sie wissen, daß er da war, wenn sie ein offenes Ohr, eine starke Schulter brauchte, an der sie sich ausweinen konnte.

Sie schämte sich ein wenig. Sie hatte ihn viel zu sehr in Anspruch genommen, seine Güte ungebührlich ausgenützt. Und doch, wenn er nicht gewesen wäre, wo würde sie dann sein? Er hatte sie ermutigt, ihr Leben selbst in die Hand zu nehmen, ihr Vermögen selbst zu verwalten. Und so war sie in dieses Abenteuer hineingewatet und hatte sich wie eine Forschungsreisende gefühlt, die ein auf keiner Landkarte verzeichnetes und möglicherweise gefährliches Gebiet betrat. Und was für eine Wildnis! Eine Aktienmehrheit an der Bank, Aktien an anderen Unternehmen, Investmentanteile, städtische Anleihen, Staatsanleihen, Anteile an Grundstücksgesellschaften, ganz zu schweigen von den großen Häusern in New York, Deal und Palm Beach. Geralds Anwalt, Packard Haimes, riet ihr dringend, ihm die Vollmacht für die Verwaltung des Ganzen zu erteilen, und es wäre eine große Erleichterung für sie gewesen, wenn sie es einfach getan hätte. Aber etwas – ja, wahrscheinlich war es Nikos' Einfluß – hatte ihr diesen offenbar so bequemen Ausweg verleidet.

Der liebe alte Packy. Sie sah ihn noch immer vor sich, sein rosiges Gesicht mit den zwinkernden Augen beugte sich über sie, und seine große trockene Hand tätschelte ihre Schulter, als er sie in den Ledersessel gegenüber seinem Schreibtisch setzte.

»Sie brauchen sich wirklich überhaupt gar keine Sorgen zu machen. Geralds Anlagen waren so sicher wie der Felsen von Gibraltar. Wir werden uns zusammen mit der Bank darum kümmern und dafür sorgen, daß Sie bis ans Ende Ihrer Tage ruhig leben können. Also passen Sie nur ein bißchen auf sich selbst auf, essen Sie etwas mehr, unternehmen Sie doch eine Kreuzfahrt... die Südsee oder ein hübsches

Fleckchen in der Karibik würde Ihnen sicher ungeheuer guttun, wissen Sie«, hatte er ihr geraten und sie mit seinem onkelhaften Lächeln angestrahlt, das sie in der Vergangenheit immer beruhigend gefunden hatte. In diesem Augenblick jedoch fand sie es irritierend.

Und sie erinnerte sich, daß Nikos einmal gesagt hatte, Geld würde gewöhnlich von denen am besten verwaltet, die ihr eigenes Hemd dabei verlieren könnten, wenn es nicht gut genug geschähe. »Ich habe mich entschlossen, die Verwaltung meines Vermögens von nun an selbst in die Hand zu nehmen.«

»Das kann nicht Ihr Ernst sein«, hatte Packy eingewandt. »Was wissen Sie denn schon über –«

»Absolut nichts«, unterbrach sie ihn. »Aber ich bin nicht dumm. Ich kann es lernen, nicht wahr?«

Und so hatte sie es, mit Nikos' Hilfe, gelernt. Und wenn die langen Zahlenreihen, die Bilanzen, Gewinn- und Verlustrechnungen ihr vor den Augen zu verschwimmen begannen, erinnerte sie sich an Nikos' aufmunternde Worte.

»Es ist gar nicht so kompliziert«, hatte er ihr gesagt. »Es sieht nur zuerst so aus. Vergiß zweierlei nie. Erstens, fürchte dich nie davor, Fragen zu stellen. Und zweitens, erlaube dir nie einen Zweifel daran, daß du die Antworten verstehen kannst.«

Und die Ahnung war in ihr gewachsen wie ein winziges Samenkorn, das man in ihren Kopf gesät hatte, daß sie vielleicht wirklich zu mehr Dingen auf der Welt fähig war als nur dazu, sich zu beschäftigen, wie sie es immer getan hatte, mit Gartenarbeit, Einkäufen, Lunching mit Evelyn Gold, Spendenbeschaffung für den Unterhalt der Oper und gelegentlich einem Abendessen mit Rachel und Brian.

Es gab da schließlich die Bank. Zuerst hatte sie allein schon der Gedanke, bei den monatlich stattfindenden Aufsichtsratssitzungen zu erscheinen – als einzige Frau unter all den Männern – mit einer fürchterlichen Migräne ins Bett taumeln lassen.

Aber dann hatten, zwei Jahre nach Geralds Tod, die Pelham Securities Vergleich anmelden müssen und schuldeten der Bank nahezu zwanzig Millionen Dollar. Sie hatte sich vorgestellt, daß die Früchte von Geralds harter Arbeit in all den Jahren nun wie die Knospen der von Milben befallenen Rosen zu verderben drohten.

Und das hatte ihr den Mut verliehen, etwas dagegen zu unternehmen. Ihre Nachforschungen ergaben, daß Hutchinson Payne den betreffenden Kredit gewährt hatte. Ein aufgeblasener alter Narr, sie hatte ihn schon immer verabscheut, und nun mochte es den Untergang der Bank bedeuten, wenn man ihm weiterhin den Posten des Aufsichtsratsvorsitzenden überließ.

Zur nächsten Aufsichtsratssitzung hatte sie sich um sechs Uhr in der Frühe erhoben und erst einmal ein heißes Bad genommen, um die Nerven zu beruhigen. Dann ein Frühstück, das sie normalerweise vermied, mit zwei Eiern und mehreren Scheiben Toast, die sie wie eine Medizin hinunterzwang. Sie würde vielleicht dasitzen und nicht wissen, was sie sagen sollte, aber wenigstens würde sie nicht vor all den Männern in Ohnmacht fallen.

Sylvie erinnerte sich auch, wie sorgfältig sie sich an jenem Morgen angekleidet hatte. Echte Seidenstrümpfe aus Paris und das Chanel-Kostüm, in dem Gerald sie so gern gesehen hatte, das mit den weißen Paspeln an Rocksaum und Jacke. Dann die Perlenkette ihrer Großmutter, das einzige Erbstück, das sie von ihrer Mutter besaß. Und einen Hut natürlich, einen jener eleganten Pillbox-Hüte von Halston, kreisrund und mit dem niedrigen, flachen Kopf.

Das Ergebnis hatte sie lange und kritisch im Spiegel geprüft. Sie fand sich tatsächlich ein wenig zu schmal, sie hatte nach Geralds Tod zuviel abgenommen. Sie war ein bißchen sehnig, wie Frauen ihres Alters zu werden schienen, wenn sie sich nicht in die andere Richtung hin entwickelten und drall und füllig wurden, aber im ganzen gesehen trotz alledem recht elegant.

Gerald, hatte sie gedacht, wäre stolz auf sie gewesen… wenn auch vielleicht ihres Vorhabens wegen etwas beunruhigt.

Jenes erste Mal hatte sie während der ganzen Konferenz einfach nur dagesessen und war viel zu schüchtern gewesen, um ein Wort zu sagen. Es genügte, daß sie gekommen war. Das zweite Mal desgleichen. Beim drittenmal fühlte sie sich zwar immer noch nicht ganz wohl in ihrer Haut, aber die Angst war verschwunden. Und sie konnte nun schon fast ihre Gedanken lesen, wie sie sich passende kleine Etiketts für das störende Frauenzimmer in ihrer Mitte ausdachten: *Langweilt sich natürlich, den ganzen Tag zu Haus herumzusitzen, möchte irgendwo dabeisein. Gibt ihr vor allen Dingen Gelegenheit, ihre teure Garderobe vorzuführen. Sie ist zwar eine alberne Ablenkung, aber schaden kann sie uns im Grunde nicht.*

Ein kleiner Irrtum, meine Herren, dachte Sylvie und lachte in sich hinein, als sie sich ihrer verblüfften und beleidigten Gesichter erinnerte. Wer hätte gedacht, daß Geralds furchtsame Witwe die Frechheit besitzen würde, einfach aufzustehen und vorzuschlagen, sie sollten einen neuen Vorsitzenden wählen, einen, den sie schon im Auge hatte, einen jungen stellvertretenden Direktor namens Adam Cutler. Er war der Sohn eines Schuhverkäufers aus North Carolina und hatte sich von unten heraufgearbeitet. Im Aufsichtsrat gehörte Cutler nicht zum »inneren Kreis«, aber ihrer Ansicht nach war er der einzige mit Sinn für die Realität und Grips im Schädel.

Den Augenblick, der ihrem Vorschlag folgte, würde sie wohl niemals vergessen können. Der lange Tisch aus Walnußholz – so glänzend poliert, daß sie sich alle gespenstisch darin spiegelten. Dann erhob sich Pyne. Sein Gesicht war erstarrt und leicht verfärbt vor unterdrückter Empörung.

»Wir – und ich glaube, für alle von uns hier zu sprechen – begrüßen selbstverständlich das Interesse, das Sie seit kurzem unserem Haus entgegenbringen, Mrs. Rosenthal«, sagte er mit einer Stimme, die die Zimmertemperatur um gut zwanzig Grad zu vermindern schien. »Aber ich meine doch, daß es in unser aller Interesse ist, Sie daran zu erinnern, daß es sich bei dem, womit wir uns hier beschäftigen, nicht um die Verabredung zu einer Cocktailparty oder den Ausgleich eines Kundenkreditkontos beim Kaufhaus Saks handelt.«

Und Sylvie war ihm dankbar, ja, *dankbar* dafür gewesen, daß er sie mit seinen Worten in den Zorn versetzte, der sie richtig in Schwung brachte. Ihre Hände, die eben noch zu zittern anfangen wollten, lagen nun ganz still, und die Männer, die um den Tisch herum saßen, kamen ihr nicht bedrohlicher als die Hausmeister, Verkäufer oder Büroangestellten vor, mit denen sie es zu Haus und bei ihren Einkäufen zu tun gehabt hatte.

»Sie versuchen mich einzuschüchtern«, erwiderte sie mit schonungsloser Offenheit. »Und es stimmt, was Sie sagen, daß ich erst seit kurzem an Ihren Beratungen teilnehme.« Sie hatte die grauen Gesichter dieser Männer angesehen, eines nach dem anderen, und sich gezwungen, ihnen in die Augen zu blicken. »Aber das einzige, dessen ich mich wirklich schämen muß, ist, daß ich es nicht schon lange tue. Nun, darf ich Sie daran erinnern, daß mir sechzig Prozent der Mercantile Trust Bank gehören? Wenn Sie mich *nicht* ernst zu nehmen wünschen, ist es, wie ich meine, nur fair, Sie davon in Kenntnis zu setzen, daß ich einen Käufer habe, der mir einen guten Preis für meine Anteile geboten hat...«

»Kann mir nicht vorstellen, daß wir viel schlimmer dran sein könnten als jetzt«, bemerkte schwitzend Sol Katzman, und Sylvie sah ihm mit einem feinen Lächeln zu, wie er an seiner Krawatte zupfte und sie dann wütend aus dem Kragen seines Maßhemdes riß, als ob er sie damit erhängen wollte.

»Ich nehme an, einige von Ihnen kennen bereits den Käufer, von dem ich spreche«, fuhr sie mit zuckersüßer Miene fort und wartete einen Augenblick, bevor sie ihre Bombe ausklinkte. »Mr. Nikos Alexandros.«

Schweigen. Und sie hätte vor Vergnügen in die Hände

klatschen mögen. Denn sie hatte ihre Karten genau richtig ausgespielt. Es war klar, daß sie immer noch lieber mit einer Frau als mit einem Ausländer, einem Außenseiter, zu tun hätten – noch dazu einem Griechen, der sie alle, wie sie zweifellos fürchteten, in die Tasche stecken würde.

Schon bevor sie zur Abstimmung schritten, wußte Sylvie, daß sie gewonnen hatte. Dann blieb nur noch die Frage: Würde sie da heil herauskommen, ohne im Fahrstuhl zusammenzubrechen?

Ich bin aber nicht zusammengebrochen, beendete Sylvie ihre Träumerei, um aufzustehen, wobei sie sich leise ächzend auf einen Pfosten stützte. Einen Augenblick lang war ihr ein wenig schwindlig. Orangerote Sonnenflecken wirbelten ihr vor den Augen. Ihr Herz schlug viel zu schnell.

Zeit ins Haus zu gehen, dachte sie und musterte die mittäglichen Schatten unter den Rosensträuchern, die Alabasterkübel mit den blühenden Quitten und Pseudo-Orangenbäumen und den von Ziegelsteinmauern umgebenen Innenhof. Wenn sie sich beeilte, blieb ihr noch Zeit, Manuel zu rufen und ihm zu erklären, wie er den Garten sprühen sollte, bevor sie sich für ihre Verabredung zum Lunch mit Nikos bereit machte.

Nikos hatte gesagt, daß er ihr etwas Aufregendes mitzuteilen hätte. Was konnte das sein? Vielleicht, dachte sie plötzlich mit einem neidischen Gefühl im Herzen, hat er jemanden kennengelernt – eine Frau, die er heiraten wollte. Und weshalb nicht? Er war immer noch so vital und attraktiv. Und vor allen Dingen freundlich.

Natürlich gab es keinen Grund, wieso er nicht heiraten sollte. Es war nur … nun ja, sie hatte noch nicht an so etwas gedacht. Und … ach du lieber Gott, würde das bedeuten, daß sie sich nicht mehr zum Mittagessen treffen würden, worauf sie sich immer so sehr freute? Und die Oper? Und die Wohltätigkeitsveranstaltungen, bei denen Nikos sie aus der Gesellschaft eines traurigen alten Mannes befreite, der gerade seine Frau verloren hatte?

Der liebe Nikos. Sie schuldete ihm so viel. Vor allem, was Rachel betraf. Trotz Sylvies Leugnen schien Nikos Rachel immer noch für seine Tochter zu halten, aber er bedrängte sie nicht in dieser Frage, niemals. War immer höflich und freundlich zu Rachel, und das war alles. Sylvie war ihm so dankbar, daß sie allein dafür alles für ihn getan hätte. Alles, nur nicht die Wahrheit verraten... über Rose.

»Also... was denkst du?« fragte Nikos und grinste vom Treppenabsatz im ersten Stock des Hauses, zu dem er sie nach dem Lunch gebracht hatte, zu ihr herunter. »Bin ich ein Narr oder ein Genie? Einhunderttausend Dollar sagen mir, daß ich wahrscheinlich ein Narr bin.«

Sylvie ging die schiefe Treppe zu Nikos hinauf. Sie war mit ihm zu diesem verfallenen Haus in der Nähe vom Gramercy Park gekommen und hatte sich gefragt, was er ihr eigentlich zeigen wollte. Nun verstand sie es. Ihr Blick streifte über einen schlimm verwüsteten und von Schutt bedeckten Raum, der Anno 1904 ein prächtiges Wohnzimmer gewesen sein mußte. Enorme Schiebetüren, die aus einem herrlich geschwungenen Türbogen herausglitten, waren von abscheulichen, dicken alten Farbschichten bedeckt, die Hälfte der hübsch gravierten Scheiben darin waren entweder zerbrochen oder fehlten ganz. Die hohe Decke mit den angeschlagenen Stuckrosetten und -umrandungen erinnerte an die oberste Schicht einer Hochzeitstorte, an der die Ratten genagt hatten.

Ein Haus also, dachte sie. Das wollte er mir sagen. Gott sei Dank, daß es keine schlimmere Nachricht war.

Sylvie wurde ganz schwach, fast schwindlig vor Erleichterung. Dann begann sie darüber nachzudenken, was es kosten würde – sowohl an Geld als auch an Ärger –, dieses alte Wrack von einem Haus bewohnbar zu machen, und sie sorgte sich um Nikos. Er war schließlich kein so junger Mann mehr, über sechzig jetzt.

Sie wandte sich nach ihm um, er stand unter einem Türbogen inmitten von Brocken herabgefallenen Stucks und neben einem Stapel zerbrochener Fußbodenfliesen aus Vinyl. Aber er schien ihr so kräftig wie vor dreißig Jahren zu sein. Ein bißchen fülliger um die Taille herum, aber mit Sicherheit nicht dick. Das Haar so dicht wie eh und je, nur grau jetzt, hart wie Eisenspäne.

Er hatte die Jacke ausgezogen und über eine Schulter gehängt, eine aufgerollte Planskizze unter dem Arm. Den Kopf in den Nacken gelegt, während er den Raum in sich aufnahm, das Leuchten einer Zukunftsvision im Gesicht.

Es war eine Weile her, seit sie das letzte Mal so ein Funkeln in seinen Augen gesehen hatte. Den ganzen Lunch hindurch war er wie ein Kind gewesen, das vor Aufregung platzt, weil es einem ein Geheimnis verraten will. Er hatte sie so merkwürdig angeschaut und dann eine Flasche Champagner bestellt. Na, kein Wunder, daß der Kopf ihr wegschwamm. Waren sie nicht alle beide ein bißchen beschwipst?

»Ich glaube, es... es läßt sich etwas daraus machen«, erklärte sie schließlich, bemüht, ja nichts Falsches zu sagen.

Nikos sah sie mit seinen dunklen Augen an und lachte dröhnend, so daß es durch das leere, verwahrloste Zimmer schallte. »Ach Quatsch. Ich weiß, du findest es entsetzlich. Was bist du doch für eine schlechte Lügnerin, Sylvie. Du siehst aus, als hättest du gerade in etwas gebissen, das abscheulich schmeckt.«

»Nun ja, es braucht eine Menge Arbeit.« Sie war verlegen. Aber weshalb sollte sie das sein? »Oh, Nikos, es ist doch nicht dein Ernst, daß du es kaufen willst, oder? Ich meine, na ja... die Lage ist gut. So nahe am Gramnercy Park und nur fünf Querstraßen von deinem Büro. Aber schau dir das doch bloß an. Es ist ein Wunder, daß man es nicht abgerissen hat. Und wieviel Stockwerke, sagtest du, hat es?«

»Noch drei außer diesem. Komm, siehst du es dir an?« Bevor sie antworten konnte, nahm er ihren Arm und führte sie eine weitere, steile, geschwungene und – dachte Sylvie erschrocken – ganz gefährlich wacklige Treppe hinauf.

Sie *war* gefährlich, stellte sie fest, fühlte manche Stufen unter ihrem Gewicht schwanken und knarren wie den Mast eines Schiffs bei steifer Brise. Hier und da fehlten auf den Stufen Bretter. Wenn man unachtsam war, könnte man leicht hinfallen oder sich einen Knöchel verrenken. Es herrschte auch ein scharfer, unangenehmer Geruch wie nach verfaulten Wacholderbeeren. Als sie schwer atmend den oberen Treppenabsatz erreichte, sah sie ein dunkles Etwas aus dem Dunkeln huschen und über den Treppenabsatz flitzen. Ihr Herz verkrampfte sich. Dann sah sie, daß es nur eine Katze war. Deshalb stank es so.

Im zweiten Stock führte Nikos sie durch einen großen, luftigen Raum mit einem verfärbten Marmorkamin, wahrscheinlich ein Schlafzimmer. An dem von Rußstreifen bedeckten Fenster konnte Sylvie ganz links gerade noch das grüne Gras des Parks mit hübschen Blumenrabatten und gepflegten Kieswegen erkennen. Junge Frauen schoben Kinderwagen, und Leute saßen auf den Bänken, mit aufgeschlagenen Büchern auf den Knien, im Schatten unter Bäumen.

Mit einemmal, o ja, *konnte* sie sehen, daß etwas daraus zu machen war. Mit ungeheuer viel Arbeit, gewiß, aber am Ende...

Sylvie wandte sich vom Fenster ab, und da hockte Nikos auf dem Fußboden, entrollte die Pläne, verankerte sie an allen vier Ecken mit je einem losen Ziegelstein vom Kamin.

»Sieh mal... hier und hier... schlage ich die Zwischenwände heraus, mache große Räume, mehr Sonne. Und sieh, hier, keine winzige Küche mehr. Ich baue eine große ein. Auf der Greene Street habe ich heute früh einen alten Schlachtertisch gesehen, riesig, und der könnte genau hier an dieser Wand stehen. Aber diese Tür hier, also ich weiß nicht. Ich glaube, die sollte vielleicht besser hier sitzen...«

Bevor sie so recht begriff, was sie tat, kniete Sylvie neben ihm, mitgerissen von seiner Begeisterung. Sie folgte Nikos' derbem Zeigefinger, als er sich mit entschiedenen, stoßenden Strichen von Raum zu Raum bewegte.

»Nein«, unterbrach sie ihn. »Ich glaube nicht, daß du da eine Tür einbauen solltest. Das sieht unmöglich aus. Warum öffnest du nicht diese ganze Südwand und setzt riesige Fenster ein? Mach aus diesem Raum am Garten eine sonnige Veranda. Siehst du, dort hast du viel mehr Platz für ein Eßzimmer.«

»Ja, ich glaube, da könntest du recht haben.« Er hob den Kopf und ließ die Augen herumwandern, als versuche er sich die Wirkung vorzustellen. »Und was ist hier? Ich brauche einen Anrichteraum, nicht? Ich glaube, er ist vielleicht zu klein für ein Frühstückszimmer.«

»Nein, überhaupt nicht, wenn du diese Schrankwand herausnimmst. Siehst du, du hast genügend Platz, um eine Insel in der Mitte zu schaffen. Viel praktischer, glaube ich. Ein Tresen, den du von beiden Seiten benutzen kannst, und Platz für das Geschirr hast du darunter. Und oben drüber kannst du eindrucksvolle Kupfertöpfe hängen.«

Nikos schaukelte auf die Absätze zurück und starrte sie an. »Erstaunlich! Sylvie, du überraschst mich immer wieder. Wie hast du dein Licht so lange unter den Schemel stellen können?«

»Unter den Scheffel«, verbesserte sie ihn lachend. »Und laß mich aus dem Spiel. Wie willst du das alles zustande bringen? Du hast noch nie ein altes Haus renoviert. Es kann viel schwieriger sein, als ein neues von Grund auf zu bauen.« Sie erinnerte sich an die Zeit, als sie das Haus in Deal gekauft hatten, noch etwas älter als dieses, aber längst nicht so verfallen, und an die vielen Wochenenden, die sie damit verbracht hatte, die Stukkateure, Zimmerleute und Maler zu beaufsichtigen.

»Mit deiner Hilfe«, antwortete er, ohne zu zögern.

»Ich? Was verstehe ich denn schon davon?«

»Das hast du mir gezeigt. Und –« er streckte die Hand aus, die Handfläche nach oben, und beendete so die Diskussion –

»du hast ein Auge für Schönheit. Dieses Haus ist weiblich, ich kann es fühlen, du nicht? Es braucht eine Frau, die sich darum kümmert.«

»Oh, Nikos...« Sylvie sah in seine schwarzen Augen und merkte, daß er es völlig ernst meinte. Sie fühlte sich geschmeichelt und war zugleich bestürzt. »Du bist der unmöglichste Mann, den ich je kennengelernt habe.«

»Du findest es also unmöglich, nein zu sagen?« Er grinste.

»Ich weiß es einfach nicht...«

»Denke darüber nach. Bitte.«

Dann nahm er ihr Kinn in seine derben, schwieligen Hände – sie konnte die Farbe der Blaupause an seinen Fingern riechen – und küßte sie.

Als sie den warmen Schock seines Mundes auf ihrem spürte, dachte Sylvie: Lieber Gott, ich bin verrückt. Vor dreißig Jahren hat er mich so geküßt. Aber jetzt? Das ist doch nicht möglich. Wir sind einfach nur alte Freunde. Wir sind über diese Art von Unsinn hinaus.

Aber sie spürte, daß sie sich diesen Empfindungen überließ, die ebenso wundervoll wie überwältigend waren.

Wie lange war es her, daß sie so etwas gefühlt hatte? Jahre, oh, Jahre.

Lieber Herrgott, wieso dachte ich, ich sei zu alt?

Hatte er die ganze Zeit gewartet, bis er dachte, daß sie bereit wäre?

Sie wich zurück, dachte, sie sähe die Antwort in seinen Augen. Ja, er hatte lange gewartet. Sie waren nun so anders als die beiden leichtsinnigen Narren, die sich damals in Scham und Schande aneinandergeklammert hatten. Sie hatten Zeit gebraucht, ja, viele Jahre, um es zu lernen, einander zu respektieren und zu mögen. Einander zu kennen wie zwei Menschen, zwei Freunde.

Nun hatte er sie mit einem Kuß daran erinnert, daß sie noch immer eine Frau war und er ein Mann. Seine Augen sagten ihr: Ich bin hier, wenn du mich willst, wenn du bereit bist.

Noch nicht, antwortete sie ihm schweigend, aber vielleicht bald. Ja, ich glaube, es könnte sehr bald sein.

Sylvie wich zurück, spürte eine leichte Kühle. Das Rechteck aus Sonnenlicht, in dem sie gekniet hatten, war bis zur Wand hinübergewandert und ließ sie im Schatten zurück.

Nikos erhob sich und streckte eine Hand aus, um ihr aufzuhelfen. »Komm, meine liebe Sylvie. Ich bringe dich jetzt heim. Dann muß ich auf Wiedersehen sagen. Ich werde bis nächsten Montag geschäftlich in Boston zu tun haben. Gehen wir zusammen essen, wenn ich wiederkomme?«

»Ja, ich glaube, das läßt sich einrichten. Auf jeden Fall«, sagte sie, als sie die Blaupausen zusammensuchte, einrollte und unter den Arm schob, »gibt mir das Gelegenheit, mir die Pläne genau anzusehen.«

Er grinste, ein Blitzen weißer Zähne im furchigen Leder seines Gesichts. Sie fühlte ihr Herz wieder weich wie Wasser werden und die alte Sehnsucht warm und schwer in ihr wachsen wie ein ungeborenes Kind.

19

Max Griffin trank seinen Tee und sah auf die Themse hinaus, die wie angelaufenes Silber in der Sonne blinkte. Ein echter Glückstreffer, dieser Sonnenschein. Er nahm gerade sein Lieblingsfrühstück im Savoy ein und genoß seine Lieblingsaussicht. Weshalb fühlte er sich dann also derart hundeelend? Verkatert, als hätte er gestern abend zuviel Bordeaux hinter die Binde gegossen. Es waren aber doch nur ein, zwei Gläschen gewesen.

Es mußte mit Rose zusammenhängen. Womit sonst? Gestern hatten sie Seite an Seite im Flugzeug gesessen, waren nach ihrer Ankunft in London in ein proppenvolles Restaurant in Chelsea essen gegangen und hatten sich an den einzigen Tisch, der noch frei war, gesetzt – in eine winzige Ecknische, in der sie praktisch aufeinandersaßen. Den ganzen Abend hatte er ihr Parfüm eingeatmet, den warmen Atem ihres Gelächters gespürt, das Blitzen in ihren Augen gesehen.

Gestern abend hätte er so gern ihre Hand in seine Hand genommen. Wie nahe sie einander gewesen waren, ihr Knie an seinem in der engen Nische, ihr Arm hatte ihn gestreift, wenn sie gestikulierte. Und trotzdem hätten sie auch ebensogut im Büro hocken können. Wo er sie auch, genau gesagt, hätte lassen sollen. Rein geschäftlich? Wen versuchte er denn da auf den Arm zu nehmen, zum Teufel noch mal?

Jedenfalls, es war jetzt zu spät. Er mußte nun das Beste daraus machen. Es waren ja nur drei Tage. Weniger, wenn der zugeknöpfte britische Anwalt dieses absurd generöse Angebot akzeptierte, das er ihm zu offerieren ermächtigt war.

Max starrte hinunter in den Victoria Park, einen Streifen grünen Rasens mit Blumenbeeten darin und von hübschen gepflasterten Wegen umgeben. Darunter lag die Uferstraße, sie war vom Verkehr verstopft, während auf dem Bürgersteig Büroangestellte zielstrebig einherschritten, zusammengerollte Regenschirme in der Hand, die sie wie Uhrenpendel auf und ab schwangen.

Gott schütze diese Briten, dachte er. Die Sonne schien. Der Himmel war so klar wie das Gewissen eines Neugeborenen. Und nicht einer ohne seinen Parapluie unterwegs. Viele trugen auch Hüte und akkurat gefaltete Regenmäntel über dem Arm.

Sie gehen auf Nummer Sicher, dachte er. Aber tun wir das nicht alle?

Max sah im Geiste die Tür vor sich, die seine Suite mit dem Zimmer daneben verband. Pastellblau, eingesetzte Füllungen, Messingklinke und kein Schloß oder Schlüssel. Nur ein großer Messingriegel, den er oder wer auch immer leicht zurückschieben könnte. Und doch hatte er gestern abend eine geschlagene Stunde lang dort gestanden, die

Hände feucht, das Blut in Wallung, und war nicht einmal fähig gewesen anzuklopfen, geschweige denn den Riegel zurückzuschieben. Er wäre so gern durch diese Tür gegangen, hätte Rose in die Arme genommen und ihr gesagt, was er ihr schon so lange hatte sagen wollen: daß er von ihr besessen war, daß er sie verzweifelt begehrte, daß er sie liebte.

Und wenn er es gewagt hätte? Wie hätte sie reagiert? Schockiert wahrscheinlich zuerst. Dann überfließend vor Sympathie. Armer alter Max. Sie mochte ihn gern. Sie würde ihn sehr freundlich und liebevoll abblitzen lassen. Wie einen alten Hund, den der ihn liebende Besitzer schonend von seinem Leiden erlösen muß.

Ja, vielleicht würde sie ihn sogar aus Dankbarkeit ins Bett einladen mit dem Gefühl, daß sie ihm das schuldete. O Gott, sie auf diese Weise zu bekommen... das wäre hundertmal schlimmer als überhaupt nicht.

»Haben Sie schon gewählt, Sir?« Eine freundliche Stimme unterbrach ihn in seinen Gedanken.

Max sah zu einem Kellner in einer makellosen weißen Jacke mit einer schwarzen Schleife auf, der ein blütenweißes Damasthandtuch gefaltet über dem Arm trug. Sein Gesicht war völlig teilnahmslos, gänzlich unbewegt. Braunes Haar, glatt und glänzend wie Otternfell an den Schädel geklebt.

»Noch nicht«, antwortete er. »Ich warte auf jemanden. Sie dürfte jeden Augenblick herunterkommen.«

»Sehr wohl, Sir.« Der Kellner verschwand.

Als er sich dem Inneren des Saals zuwandte, gewahrte er eine schwarzhaarige junge Frau. Groß, lange Beine, sinnlich, bewegte sie sich mit der naiven Anmut einer Frau, die sich ihrer Schönheit nicht bewußt war. Max versteinerte und fühlte ein Hitzewelle durch seinen Körper laufen.

Allmächtiger Gott, dachte er, sechs Jahre, und ich werde immer noch aufgeregt wie ein Teenager, wenn ich sie hereinkommen sehe.

Er sah, wie sie sich auf seinen Tisch zuschlängelte. Ihre dunkle Haut war gerötet, das unbändige schwarze Haar wallte ihr um die Schultern. Mit ihrem exotischen Aussehen kontrastierten ihr gerade geschnittener Tweedrock und die schlichte, weiße, am Hals offene Seidenbluse, unter der sie eine Perlenkette trug. Er erinnerte sich daran, daß er ihr diese Perlen geschenkt hatte – sie lagen in einer Aktentasche der Marke Cross, die er ihr am Tage, als sie ihr Anwaltsexamen bestanden hatte, feierlich überreichte. Seltsam allerdings, was sie da für einen Ohrring trug, nur einen einzigen wie ein Pirat. Seit Jahren schon hing nun immer dieser einzelne Rubin an ihrem rechten Ohrläppchen. Ihr Geburtsstein, hatte sie ihm erzählt. Sie sagte, er bringe ihr Glück.

Als sie ihn entdeckte, lächelte sie herzlich. »Hi!« Sie winkte leicht mit der Hand aus sieben Metern Entfernung, und Max sah ein Dutzend Köpfe sich umdrehen und starren. Sogar die ordentlichen Briten, stellte Max belustigt fest, wußten etwas Gutes zu schätzen, wenn sie es sahen.

Rose glitt in den Sessel, der ihm gegenüberstand. Ihre Wangen waren gerötet, und sie atmete heftig, als wäre sie zu sehr in Eile gewesen, um auf den Fahrstuhl zu warten – der sich in diesem stattlichen alten Hotel so langsam wie ein asthmatisches altes Familienfaktotum von einem Stock zum anderen bewegte –, und den ganzen Weg gelaufen. Ihr Duft war wie ein frischer Luftzug, der durch ein hastig aufgestoßenes Gartenfenster strömte.

»Tut mir leid, daß ich zu spät komme. Ich habe wie ein Murmeltier geschlafen. Der Jet-lag, nehme ich an. Sie hätten an meiner Tür klopfen sollen, bevor Sie hinuntergingen.«

Gott, wenn sie wüßte, wie nahe er letzte Nacht der Versuchung gewesen war, viel mehr zu tun, als nur zu klopfen.

»Ich dachte mir, Sie brauchten Ihren Schlaf«, sagte er. »Außerdem haben wir viel Zeit. Das Treffen mit Rathbone ist erst um elf. Wie es scheint, hält seine Klientin es für erforderlich, sogar noch länger auszuschlafen als eine gewisse New Yorker Anwältin, die ich kenne.«

Rose lächelte. »Danke. Aber ganz nebenbei – ich war die

halbe Nacht auf, um den Schriftwechsel durchzugehen. Mein Gott, was für ein Wust von Papieren wegen einer einzigen idiotischen Bemerkung! Haben Sie lange gewartet?«

»Ich bin auch gerade erst heruntergekommen. Ich habe den Ausblick genossen.« Er gab dem Kellner ein Zeichen. »Und lassen Sie Kaffee heute sein, ich werde Ihnen Tee bestellen. Wer zum erstenmal in London ist, muß mindestens einmal Tee trinken – wenn irgend möglich im Savoy. Sie bekommen dann einen Stempel in Ihren Paß.«

»So rächen sich diese Briten also an uns wegen der Boston Tea Party.« Sie lachte, aber in ihren Augen sah er den gleichen alten Schatten, die gleiche Traurigkeit. Sechs Jahre, eine lange Zeit. Würde sie ihm jemals genug vertrauen, um ihm ihren Kummer mitzuteilen?

Er sah ihren Blick an sich vorbeiwandern, als sie sich auf beiden Ellbogen vorbeugte und das Kinn auf die Handflächen stützte, um alles in sich aufzunehmen – den eindrucksvollen Blick, das Cinerama der Themse. Max, der das Licht auf ihrem Gesicht spielen und ein allmähliches, fast kindliches Erstaunen in ihren großen dunklen Augen aufleuchten sah, sehnte sich so sehr danach, sie zu berühren, daß er beinahe zitterte.

Dann fiel ihm seine Mutter ein, und er hörte sie verächtlich schnauben, wie sie es gern tat: *Kein Narr ist so närrisch wie ein alter Trottel.* Und er merkte, wie ihn der Mut verließ, so plötzlich, als hätte sich eine Falltür in seiner Brust geöffnet. Trottel, Trottel, wie konnte er sich jemals einbilden...? Weshalb sollte sie sich mit einem verheirateten Mann einlassen? Und dann noch mit einem, der zwanzig Jahre älter war als sie?

Alter Freund, du hast sie nicht mehr alle, verhöhnte ihn eine lebensmüde innere Stimme. *Es ist ihr völlig gleich, ob du verheiratet bist oder nicht. In ihren Augen bist du ein guter Freund, ein netter Boß, eine liebe alte Vaterfigur, der aufmerksame alternde Mentor.*

Und eines schönen Tages wird sie heiraten. Sogar wenn sie

nie über den Bastard hinwegkommt – wer es auch war –, der schuld an diesen traurigen Augen ist. Sie ist einunddreißig – und überfällig. Sie wird Kinder wollen, bevor es zu spät ist.

Er stellte sie sich schwanger vor, mit dickem Bauch, mit *seinem* Kind im Bauch.

Dann empfand er einen Ekel vor sich selbst. Herrgott, wie lange wollte er sich eigentlich noch so herumquälen?

»Schön, nicht?« unterbrach er ihre hingerissene Betrachtung der Themse.

Rose wandte sich vom Fenster ab und ließ die Hände in den Schoß fallen. »Oh, Max, es ist himmlisch! Ich bin noch nie an einem Ort wie diesem gewesen –« sie duckte den Kopf mit einem schüchternen Lachen. »Nun, wenn Sie die Wahrheit wissen wollen – ich bin noch nie irgendwo gewesen. Das heißt, niemals aus New York heraus. London ist... oh, es ist märchenhaft. Ich erwarte jeden Augenblick, Peter Pan vorbeifliegen zu sehen.«

»Treffend ausgedrückt.« Er lächelte und erinnerte sich, daß ihre Gegnerin, Devon Clarke, hier in London den Peter Pan gespielt hatte. Es hieß, es sei eine ihrer berühmtesten Rollen gewesen; berühmt war sie auch für ein paar andere Dinge.

Daß sie mit jedem Mann, vom Beleuchter bis Captain Hook, ins Bett hopste.

Welch ein Witz, dachte er, daß Devon Clarkes Seitensprünge sie hierher nach London gebracht hatten.

Wenn ihr Ex-Ehemann doch bloß *vor* der Ablieferung seines Manuskripts zu Max gekommen wäre, dann hätte er ihn noch rechtzeitig auf diese allzu persönlichen Passagen aufmerksam machen und veranlassen können, sie zu streichen. Aber inzwischen war ihm auch klar, daß Jonathon Booth als betrogener Ehemann sich an Devon hatte rächen wollen, und zwar so grob, daß sie ihn nun dafür bestrafte. Erstaunlich nur, daß sie sogar jede Diskussion über einen außergerichtlichen Vergleich abgelehnt hatte. Sie ging aufs Ganze – alles oder nichts.

Vorige Woche dann der verzweifelte Anruf von Jonathon. Devon, so schien es, war endlich bereit, mit sich reden zu lassen, aber nur, wenn Jonathons Anwalt nach London kam, um mit ihr zu verhandeln ... auf Jonathons Kosten natürlich.

Rose hatte die Schriftsätze verfaßt und die nötigen Nachforschungen angestellt, und darum war ihm der Gedanke gekommen, sie mit nach London einzuladen. Rose war ein Mensch, der die Probleme von der Seite anging wie ein Krebs. In diesem Fall konnte eine solche Technik Gold wert sein.

Rose lächelte. »Peter Pan? O Gott, ich mußte gerade an die Stelle in Jons Buch denken, als er sie mit Lady Hemphills sechzehnjährigen Zwillingssöhnen im Bett erwischte. Gott, wie komisch!«

»Natürlich wissen wir, daß sie es nicht zu ihrem Vergnügen getan hat.« Max behielt ein sehr ernstes Gesicht. »Sie ist bekanntlich eine Anhängerin der Methode Stanislawskijs. Es war ein Teil ihres Rollenstudiums, und sie versuchte sich ... wie drückte sie es doch aus? Oh, ja ... in die Lage eines sechzehnjährigen Knaben zu versetzen.«

Rose lachte in sich hinein und sagte dann: »Sie klingt interessant, diese Devon Clarke. Ob Sie es glauben oder nicht, ich freue mich richtig auf diese Begegnung. Glauben Sie wirklich, daß sie selbst dasein wird?«

»Ja, und wahrscheinlich sogar in ihrem Peter-Pan-Kostüm mit Glöckchen und klingelnden Münzen. Ich nehme an, sie genießt das alles sehr. Perfekte Werbung für ihr nächstes Stück. Sie tritt in einer Neuinszenierung von *Blithe Spirit* auf. Zuerst war das Theater am Haymarket halbleer, und jetzt, höre ich, ist es jeden Abend ausverkauft.«

Bei dem Kellner, der an ihrem Tisch erschienen war, bestellte er: »Tee für die Lady.«

»Max, ich weiß nicht. Denken Sie ernsthaft, daß ich es mit einer solchen Frau aufnehmen kann?«

»Sie vergessen, daß Sie die Unerschrockenheit in Person

sind. Erinnern Sie sich nur an unsere kleine Spritztour im Sportwagen, als Sie uns beinahe den Hals gebrochen haben, um zu beweisen, daß das Ding nicht sicher war. Ich verspreche Ihnen, Devon Clark wird nicht halb so kompliziert oder gefährlich sein.« Er reichte ihr das von einer Serviette bedeckte Körbchen mit den Brioches, das vor ihm stand. »Süße Brötchen?«

»Danke. Ich bin fast verhungert.« Sie nahm sich eins. »Da wir gerade von dieser Cyclone-Geschichte sprechen: Sie haben es damals genau richtig gemacht, wissen Sie? Habe ich Ihnen je gestanden, wie sehr ich Sie deswegen bewundert habe, daß Sie Ihren Job so einfach aufs Spiel setzten?«

Max schwieg. Er erinnerte sich. An die Begegnung mit Graydon Wilkes, dem Vorsitzenden von Pace Auto, zwei Tage nach jener haarsträubenden Fahrt. Max hatte ihm auf den Kopf zugesagt, er verheimliche ihm entscheidende Informationen, und ihn gewarnt, was die Folgen sein müßten, wenn diese Tatsachen je in der Öffentlichkeit bekannt würden.

»Sie werden so viele Schadenersatzansprüche an den Hals bekommen, daß Sie nicht wissen werden, wohin damit«, hatte er Wilkes erklärt. »Sie werden froh sein, wenn Sie mit einem Hemd am Leib davonkommen.«

Wilkes' Gesicht war grau wie sein Anzug geworden. Dann hatte er Max mit einem so haßerfüllten Gesicht angesehen, daß Max ganz sicher war, daß er ihn feuern würde. Er wäre auch wirklich gegangen und hätte den Klienten seinem Schicksal überlassen, wenn Wilkes nicht schließlich nach einem langen Schweigen die Augen gesenkt und gesagt hätte: »Also gut. Rufen wir sie zurück.«

Max erinnerte sich, welch eine Euphorie ihn erfaßt hatte, und etwas davon spürte er jetzt, als er sah, wie Rose ihn betrachtete: stolz und froh. »Nein, Sie haben es mir nie gesagt«, erklärte er.

Rose runzelte die Stirn, ihre Augen wurden dunkel und nachdenklich.

»Damals ist sehr viel geschehen...«, begann er und setzte mit einem Zögern hinzu: »Es war kurz, nachdem Sie... als sie so krank waren.«

»Oh, ja... natürlich.« Sie wandte die Augen ab, aber er sah trotzdem noch den Schmerz in ihren Augen.

Verdammt, wieso wollte sie nicht darüber reden? Waren sechs Jahre Schweigen nicht genug?

Sechs Jahre. Seine Gedanken kehrten zu jenen Wochen zurück, in denen es Rose so schlechtging, mehrere Tage hatte sie gefiebert und war dann zu schwach gewesen, als daß sie aus dem Bett hätte aufstehen können. Nein, in Wirklichkeit hatte sie nicht aufstehen *wollen*. Nach einer Weile war sie derart abgemagert, daß es ihn entsetzt hatte. So hatte er sie jeden Tag in seiner Mittagspause oder abends nach der Arbeit besucht. Er brachte ihr Essen mit, den einen Tag zartes Geflügelfleisch, heiße Spinatpasteten und knuspriges frisches Brot von Balducci's, am nächsten scharf gewürzte Portionen aus dem Szechuan. Überschüttete sie mit Zeitschriften, Taschenbuchromanen und schließlich, als sie sich dafür zu interessieren schien, wieder gesund zu werden, einem Aktenberg aus dem Büro. Langsam, sehr langsam, zentimeterweise war sie in das Land der Lebenden zurückgekehrt.

Max wußte, was es verursacht hatte, er wußte von Brian. Aus dem wenigen, was Rose ihm verraten hatte, aber vor allem aus den Medien hatte er sich die Geschichte zusammengereimt. Nach dem Bericht in den *News* waren ein paar Absätze darüber in *Newsweek* erschienen, *Life* hatte eine Fotostory gebracht, und schließlich hatte sogar die Abendschau *Today* dem Ganzen einen Spot gewidmet. Etwa eine Woche lang waren Brian und Rachel Amerikas berühmtestes Liebespaar gewesen.

Aber Rose sprach niemals mehr über Brian. Sie litt, das wußte er. Es war in ihren Augen zu sehen. Und der Himmel allein wußte, was in ihrem Herzen vor sich ging, das die Enttäuschung so sehr angegriffen hatte.

Seltsam, daß sie danach härter, stärker und irgendwie... scharfsinniger wurde. Ein von der Tragödie geformter und geschliffener Brillant. Zuerst ihr pausenloses Studium für den Collegeabschluß. Dann das Jurastudium, die gleiche zielstrebige Energie, mit der sie sich zur Mitarbeit bei der *Law Review* an der University of Columbia qualifizierte. Er und die anderen Anwälte der Sozietät hatten sie nicht als Kollegin akzeptiert, um ihr einen Gefallen zu tun. Wenn überhaupt, dann lag der Fall eher umgekehrt.

Das Eintreffen des Tees unterbrach Max in seinen Tagträumen.

Er spürte, daß seine düstere Stimmung schwand, sich in Belustigung verwandelte, als er sah, wie Rose alles mit großen Augen in sich aufnahm. Den schmalen, hohen Teetopf mit dem Kuppeldeckel, das silberne Teesieb, das auf die Öffnung der Tasse paßte, das Schälchen mit dem Berg grobkörnigen braunen Zuckers, die weiße Porzellankanne voll dampfend heißen Wassers, das Sahnekännchen randvoll mit schäumender Milch.

Sie starrte die seltsamen Gerätschaften auf dem weißen Damasttischtuch an. »Ich weiß nicht, wo ich anfangen soll. Sind Sie sicher, daß man darin nicht erst einen Kursus belegen muß?«

Max hob den dicken weißen Porzellantopf auf.

»Hier, ich zeige es Ihnen. Zuerst die Milch, so. Und nun gießen Sie Ihren Tee durch dieses Sieb. Vorsichtig, füllen Sie die Tasse nur zur Hälfte. Denn er ist sehr stark, dafür ist das heiße Wasser da, um ihn zu verdünnen. Und nun Zukker, wenn Sie wollen. Voilà.«

Er sah Rose einen ersten, vorsichtigen Schluck nehmen. »Nicht schlecht. Aber all das Theater wegen einer Tasse Tee – kein Wunder, daß sie den Krieg gegen uns verloren haben.«

»Trinken Sie aus.« Max sah auf die Uhr. »Die Briten haben ihn noch nicht verloren... bevor wir nicht das Weiße in Devon Clarkes Augen sehen«, scherzte er.

Max rutschte ungeduldig in dem ledernen Ohrensessel herum. Es war zwanzig nach eins, und das Büro von Adam Rathbone, Esq., in Gray's Inn schien sich allmählich in eine Sauna zu verwandeln. Sie waren einer Lösung in zweieinhalb Stunden nicht nähergekommen. Er hatte das Gefühl, in einem ermüdenden Theaterstück mitzuwirken, in dem man einander unaufhörlich schwere Schläge versetzte, ohne daß man dabei von der Stelle kam.

Sogar das Büro, dachte er, sah wie ein Bühnenbild aus. Vollgestopft mit viktorianischen Kinkerlitzchen – einem Roßhaarsofa voller Kissen, einem antiken Klingelzug an der Tür, einem Stoßzahn über dem Kamin. Es stand sogar ein Stuhl mit einem riesigen Stapel Bücher darauf in einer Ecke (wahrscheinlich nur für den optischen Effekt). So sehr à la Charles Dickens, daß es einem weh tat; sogar ein richtiges Kohlenfeuer glühte auf dem Rost, obgleich es draußen um die zwanzig Grad warm war.

Devon Clarke, der Star dieser kleinen Show, hockte in der Mitte der Bühne auf einer rundlichen Armlehne des Sofas, ihre Füßchen berührten den stark abgeschabten Orientteppich gerade eben. Devon, ein winziges Persönchen von gut und gern fünfzig Jahren, erinnerte Max mit ihrer papiernen rosa Haut und den scharfen Gesichtszügen, ihrem hellgrünen Kleid und dem an ihrem Hals verknoteten hauchdünnen Schal an einen Sittich.

Ihr gegenüber hinter einem riesigen, mit herrlichen Schnitzereien verzierten Schreibtisch saß die Karikatur eines Solicitors, das heißt eines Anwalts, der nur vor niederen Gerichten plädieren durfte, ein untersetzter, kahl werdender Gentleman mit Weste, goldener Uhrkette und einem erstickend engen Kragen.

Max war von seinem Klienten Booth befugt, der Dame bis zu fünfzigtausend Pfund anzubieten, wenn sie dafür von einer Klage absah. Devon Clarke aber schien sich nur für Gefühle zu interessieren. Sie hatte sich inzwischen durch circa acht Versionen des Buches Hiob hindurchlamentiert und klargestellt, daß diese Bestie Jonathan Booth der teuflische Verursacher all ihrer Qualen war.

»... Möchten Sie den eigentlichen Grund dafür erfahren, weshalb er dieses sogenannte Buch, diesen Haufen Schmutz verfaßt hat?« fragte sie und zündete sich etwa ihre hundertste Zigarette an.

»Ich frage mich«, Max wollte staatsmännisch bleiben, »ob derartige Spekulationen uns hier an dieser Stelle wirklich weiterbringen.«

»Weil ich mich geweigert habe«, fuhr sie fort, als hätte Max nicht gesprochen, »die Hauptrolle in seinem Stück zu übernehmen. Ich habe ihm auch gesagt, was ich davon hielt – es war ein Haufen selbstgefälligen Quarks. Und furchtbar, furchtbar langweilig!«

Max räusperte sich. Genug jetzt. Diesmal würde er sie festnageln und diese sogenannte Verhandlung endlich in Gang bringen.

»Miß Clarke, mein Mandant und ich bedauern zutiefst den Kummer, den Sie erlitten haben. Und Jonathon, ob sie es glauben oder nicht, ist bereit, eine Wiedergutmachung zu leisten. In der Tat, er meint, es sei ganz in Ihrem Interesse, wie auch in seinem, wenn –«

»In meinem Interesse?« unterbrach ihn Devon mit hartem, hellem Lachen. »In *meinem* Interesse? Oh, verzeihen Sie bitte, aber das ist ja großartig. Das ist einfach *unbezahlbar*. Darf ich Ihnen erklären, wie sich dieser gemeine Schuft, Ihr Mandant, auf unserer Hochzeitsreise benommen hat? Auf meiner *Hochzeitsreise,* hören Sie? Wir waren in Mallorca, und mir ging es so schlecht, ich hatte diesen Magenvirus. Und wo war er? Bei seiner leidenden Braut? Nein, keineswegs. Keine vermaledeiten fünf Minuten. Übelkeit, erklärte er, deprimiere ihn, deklamierte es wie ein Hamlet, der schon bessere Tage gesehen hat, und war weg und über alle Berge. Na, heute kann er mir mal im Mondschein begegnen.«

Max warf einen Blick zu Rose hinüber, die in einem wackligen alten Ecksessel nahe beim Feuer saß. Nun stand sie auf, sah Devon schüchtern an. Was konnte sie wollen?

»Tut mir so leid, daß ich Sie unterbrechen muß«, sagte sie. »Aber ich überlegte gerade, Miß Clarke, ob Sie mir vielleicht den Weg zu der, ähem, Damentoilette zeigen könnten. Die Praxis ist etwas labyrinthisch, und ich verliere so leicht die Orientierung, ich fürchte, daß ich mich verlaufen würde...«

Max mußte aufpassen, daß er nicht vor Lachen herausplatzte. Rose würde den Weg auch in einem Schneesturm im Himalaya nicht verlieren. Sie war die einzige Frau in seiner Bekanntschaft, die im Kaufhaus Bloomingdale nicht die Orientierung verlor.

Was hatte sie vor, fragte er sich.

Die beiden Frauen kehrten schließlich zurück und sahen wie zwei Verschwörerinnen aus. Was, zum Teufel, sollte das? Sogar Rathbone wirkte mißtrauisch.

Mit einemmal ganz friedlich, wandte Devon Clarke sich Max zu und sagte: »Sie haben vorhin von einer außergerichtlichen Regelung gesprochen? Nun, wer weiß, vielleicht ist das wirklich eine gute Idee von Jonathon. Die ganze Geschichte ist ja so eine furchtbare Tortur gewesen. Und ich möchte diese Qualen nicht verlängern...«

Max sah Rose an, sie strahlte triumphierend.

»...In der Tat«, lächelte sie geziert, »spüre ich meine Migräne. Ich werde Sie also verlassen, damit Sie die Sache mit Arthur regeln.« Sie wandte sich ihrem Solicitor zu. »Arthur, Liebling, sei nicht so ein altes Ekel und laß diese netten Leutchen hier nicht den ganzen Nachmittag schmoren. Sie haben ein großzügiges Angebot gemacht, und ich habe es akzeptiert.«

Etwas flatternder Chiffon, eine Duftwolke Chanel No. 5, und Devon Clarke war fort. Max, euphorisiert und auch etwas verwundert, konnte sein Glück kaum fassen.

Als sie hinten im Taxi sitzend ins Hotel zurückfuhren, wandte sich Max Rose zu. »Wie –«

»Es war ganz einfach«, erklärte Rose selbstzufrieden. »Sobald ich mit ihr allein war, sagte ich ihr, daß ich genau ihrer Meinung sei. Die Männer *sind* solche Schurken. Dann deutete ich an, daß sie ihre Zeit mit einer Klage gegen Jonathon möglicherweise vergeude, während die beste Art von Rache genau vor ihrer Nase... ungenutzt blieb.«

»Und worin besteht die, wenn ich das erfahren darf?« fragte Max belustigt.

»Natürlich darin, daß sie ihre eigenen Memoiren schreibt. Ich meine, wenn man sie all diese Geschichten erzählen hört, merkt man ja doch sofort, daß sie darauf brennt, der ganzen Welt mitzuteilen, was sie alles getan und erlebt hat. Ich habe ihren Überlegungen nur ein bißchen nachgeholfen.«

»Sie sind wunderbar, wissen Sie das?« Max wollte sie küssen.

Dann, ohne zu wissen, wie es geschah, küßte er sie *tatsächlich.* Und es war genau wie in seinen Wunschträumen: Rose erwiderte seinen Kuß, ihr Mund war weich und entgegenkommend, ihre Arme legten sich kühl und seidig um seinen Hals.

Aber einen Augenblick später, und es war weniger als ein Augenblick, so schien es, wich sie mit einem atemlos verlegenen Lachen zurück, und der Wunschtraum löste sich auf wie eine Fata Morgana.

»O Max, ich weiß, wie Sie sich fühlen. Ich bin selbst ein bißchen durcheinander vor Freude. Es ist so ein merkwürdiger Vormittag gewesen. Aber lassen Sie uns jetzt nicht verrückt spielen.«

Die Worte schlugen ihm auf den Magen. Sie denkt sicher, fuhr es ihm durch den Kopf, ich sei so ein verheirateter Mann auf Geschäftsreise, der ein kleines Abenteuer sucht.

Wenn es doch nur so einfach wäre. Aber was er wollte, war mehr, so viel *mehr*... und dann doch auch wieder gar nicht so viel. Er wollte Rose. So einfach war das. Und so kompliziert.

Und um das Gesicht zu wahren, sagte er: »Keine Angst«, und sein Arm lag wie zufällig um ihre Schulter, als hätte er gar nicht gemerkt, daß er noch dort war. »Sie sind eine verdammt attraktive Frau, Rose, aber ich mag Sie viel zu sehr, als daß ich irgend etwas unser freundschaftliches Verhältnis stören ließe.«

Rose, konnte er sehen, war ungeheuer erleichtert. Sie lachte und sagte: »Oh, Max, ich liebe Sie *wirklich.*«

Jesus... die Worte, nach denen er sich gesehnt hatte. Er hatte sich tausendmal vorgestellt, daß sie sie sagte. Aber nicht so, nicht so dahingeworfen, als handele es sich um etwas zum Essen oder zum Anziehen.

Max starrte aus dem Fenster in die vorüberfliegenden Häuserreihen und sah, daß es zu regnen angefangen hatte.

20

»Wie sehe ich aus? Bin ich wirklich nicht zu auffällig angezogen?« Rose zupfte an ihrem Ärmel herum. Wahrscheinlich ziemlich albern von mir, dachte sie, mich so über dieses Kleid zu ereifern. Aber was wußte sie schon über diese Art von Party? Woher sollte sie wissen, was solche Leute tragen würden.

»Machen Sie sich keine Sorgen«, beruhigte sie Max. »Das Kleid ist wundervoll. Es wird keine andere Frau auf der Party sein, die auch nur halb so bezaubernd aussieht.«

Rose sah zu ihm hinüber. Max saß auf dem pfirsichfarbenen Sofa vor dem Kamin (ein marmorner Kamin in ihrem Schlafzimmer, sie konnte es noch immer nicht fassen). *Er* sah vollkommen entspannt in seinem Smoking aus – und warum auch nicht? Das war seine Welt – alles – das elegante London, das Savoy Hotel. Ihr Blick wanderte über den Raum mit den zartrosa, creme und bleu getönten Wänden und Türen, den zierlichen französischen Tischen und Stühlen mit den geschwungenen Beinen und dem riesigen Bett mit der seidenen Tagesdecke. Ja, Max paßte in diese Welt. Aber wohin paßte sie?

»Aber darüber mache ich mir ja gerade Sorgen«, seufzte sie. Wieso konnte er das nicht verstehen? Sie wollte nicht, daß die Leute sie anstarrten. Sie wollte möglichst überhaupt nicht auffallen. Rupert Everest, Jonathon Booths britischer Verleger, war mit der königlichen Familie verwandt. Sie hatte einmal in *Time* über eine Party von ihm gelesen, bei der Mick Jagger aus Julie Christies Halbschuh Champagner getrunken hatte. Was konnte sie zu solchen Menschen sagen?

Rose ging ins Badezimmer, um sich in dem großen Spiegel zu betrachten. Der Augenblick der Wahrheit.

Sie stand vollkommen still. Kein Herumdrehen, um sich von verschiedenen Seiten zu sehen oder um festzustellen, ob der Saum hinten gerade saß. Die Frau im Spiegel war überhaupt nicht *sie* – nein, konnte es nicht sein. Denn die wahre Rose Santini war immer noch das schlaksige Mädchen von der Avenue K und Ocean Avenue in der marineblau-weißen Schulkleidung (blauer Rock und weiße Bluse) und den flachen Halbschuhen. Und diese große, schlanke, elegante Frau in Schuhen mit hohen Absätzen, das Haar mit glitzernden Kämmen hochgesteckt, war... war... ja... *schön*.

Nachmittags hatte Max sie zum Einkaufen ins Liberty in der Regent Street mitgenommen. Dicke Eichenholztäfelungen an den Wänden, mit Schnitzereien verzierte Treppengeländer, antike Sessel und Sitzbänke, die mit dem prächtigen Pfauenmuster geschmückt waren, die das Liberty, wie Max erklärte, berühmt gemacht hatten. Rose stellte sich vor, sie wäre gestorben und in das Einkaufsparadies gekommen. Verführt von der Magie des Hauses hatte sie sich einen Burberry-Regenmantel und einen passenden Kaschmirschal... und dieses Kleid gekauft.

Max hatte recht, es *war* wundervoll. Von einem Renaissance-Bild inspiriert und aus einem fast leuchtenden tiefvioletten Samt geschneidert, der bis kurz über den Knien fast senkrecht herabfiel, um sich dann wie die Blütenblätter einer Blume zu einem Rock aus schmalen Falten zu bauschen, die in einen Einsatz aus blaß malvenfarbener alter Spitze ausliefen. Die Ärmel aus der gleichen malvenfarbenen Spitze, bauschig und an den Schultern und Ellbogen gerafft, am Unterarm enganliegend.

Dunkler, rachedürstender Triumph stieg aus irgendeinem tiefen Abgrund in ihr, in dem er verschlossen gewesen war, empor. Wenn du mich jetzt sehen könntest, mein lieber treuloser Brian, dachte sie, würde es dir dann leid tun, daß du mich verlassen hast? Würdest du mich zurück haben wollen?

Sie sah den Artikel in den *News* wieder vor sich und all die anderen, die danach gekommen waren – die Doppelseite in *Life,* diese dramatischen Fotos von der Rettung, die Hochzeit, dann die Großaufnahme von den beiden, Brian und seiner Frau, wie sie sich auf dem Sofa ihrer Wohnung in Murray Hill aneinanderschmiegten; und ein anderes von Brian an der Schreibmaschine – er schrieb einen Roman über seine Erfahrungen in Vietnam, hatte es in der Unterzeile geheißen.

Rose hatte sie alle in Fetzen gerissen, diese Seiten und Bilder, aber sie waren dennoch in ihr Gedächtnis eingebrannt. Ihre Gedanken kehrten immer wieder zu ihnen zurück, so wie ihre Zunge einen schmerzenden Zahn abtasten würde. Und jedesmal die gleiche Frage, immer wieder im Kreis herum, ein endloses, nicht zu beantwortendes Rätsel: *Warum? Warum, Brian?*

Max war ihr gefolgt und befestigte den obersten Haken an der Rückseite ihres Kleides sicher in der Öse. Sie spürte seine warmen Finger in ihrem Nacken, und die Kopfhaut kribbelte ihr; es war ein köstliches Gefühl, umsorgt zu werden. Der liebe Max. Der wundervollste Freund auf der Welt.

Ein kleiner Schnitzer, das war alles – daß er sie gestern im

Taxi geküßt hatte. Beide hatten sie in ihrer Aufregung über den gelungenen Vergleich einen Augenblick vergessen, wer sie waren.

Ja, flüsterte eine Stimme ganz hinten in ihrem Kopf, aber das ist nicht das, was du in jenem Augenblick gedacht hast, oder? Als er dich küßte, fühltest du... nun, es gefiel dir, nicht wahr? Und du hattest ganz das Gefühl, daß er es ernst meinte...

Und als sie ihn an diesem Abend sah, wie vornehm und – ja, gib es doch zu! – regelrecht sexy er aussah, spürte sie dasselbe Flattern und fragte sich: Wie würde er mich im Bett küssen?

Rose fing sich, sie schämte sich und war verwirrt. Was für idiotische Gedanken!

Sie wandte sich Max zu. »Gehen wir?«

Der Taxichauffeur brauchte lange, bis er Rupert Everests Haus fand. Die villenartigen Häuser am Cheyne Walk standen ziemlich weit abseits der King's Road, und in der Dunkelheit verbargen die Zweige riesiger alter Bäume die rußgeschwärzten Fassaden, so daß man die Nummern daran kaum erkennen konnte.

Rose warf einen Blick auf ihre Armbanduhr mit dem schwach leuchtenden Ziffernblatt. Fast eine Stunde zu spät!

Max ließ sich wie immer durch nichts erschüttern. Rose fühlte seine Hand auf ihrem Arm, spürte den freundschaftlichen Druck. »Keine Angst. Es wird ein solches Gedränge herrschen, daß Rupert uns gar nicht bemerken wird. Er stellt einen jungen Autor vor – einen Amerikaner, glaube ich –, und wahrscheinlich hat er die BBC und die Presse sowie alle Rockstars eingeladen, deren er habhaft werden konnte. Das macht er immer.«

Die Bremsen quietschten, ein jäher Ruck warf sie beide fast von ihren Sitzen, und dann rollte der Wagen am Bordstein entlang auf ein großes, harfenförmiges schmiedeeisernes Tor zu.

»Hier müßte es sein«, verkündete der Taxifahrer.

Rose stieg aus und spähte hinauf in die vom Nebel verschleierte Dunkelheit und sah ein geflügeltes schmiedeeisernes Engelspaar, einen auf jedem Torpfosten, so kunstvoll gestaltet, daß es aussah, als wollten sie gerade losfliegen.

Sie trat durch eine hohe geschnitzte Eingangstür in ein Vestibül, das von zwei überwölbten Alkoven flankiert war, in denen in riesigen Vasen Dutzende und Aberdutzende von Rosen standen, blutrote an der einen Wand, schneeweiße an der anderen; die Wirkung war verblüffend. Der betäubende Duft trieb ihr ein wenig den Schweiß in die Poren, es roch erstickend gut. Durch die zweiflügelige Glastür, die in die eigentliche Halle führte, sah sie eine breite Treppe sich emporschwingen und hörte das Gemurmel vieler Stimmen, das von oben zu ihr herunterdrang.

Die Mäntel verschwanden in den Armen eines Dienstmädchens, das einem Film aus den dreißiger Jahren zu entstammen schien: schwarzes Kleid, gekräuselte Organzaschürze und Häubchen. Dann erschien ein kleiner eleganter Mann in einer pflaumenfarbenen Smokingjacke oben auf der Treppe und kam herunter, um sie zu begrüßen.

Max' Hand drückte ihren Ellbogen, und er flüsterte: »Er ist ein bißchen exzentrisch. Aber charmant.«

»Wie wundervoll, Sie zu sehen... ich bin entzückt, daß Sie uns doch noch gefunden haben«, begrüßte sie ihr Gastgeber überschwenglich. Rose dachte belustigt: Er hat nicht die geringste Ahnung, wer wir sind. Aber die Begeisterung machte sein mäßiges Erinnerungsvermögen wett. Nun glitten seine Augen über Roses Kleid, und er faltete die Hände – winzig und zerknittert wie die eines Babys – vor der Brust wie zu einem Gebet. »Sie sehen köstlich aus, meine Liebe. Wo haben Sie bloß dieses Kleid aufgetrieben? Nein, verraten Sie es mir nicht. Ich kann einfach keine Geheimnisse für mich behalten, und jede Frau auf dieser Party wird es wissen wollen. Lassen Sie uns hinaufgehen, ja? Ich möchte Ihnen unseren Ehrengast vorstellen.«

»Ein berühmter Schriftsteller, sagten Sie?« gelang es Max einzuwerfen.

Rupert beugte sich zu ihnen vor, so nahe, daß Rose die feinen Lidstriche sehen konnte, die seine jadegrünen Augen umrandeten. »Es ist sein erster Roman, um genau zu sein, aber ich wage zu behaupten, daß er ziemlich rasch berühmt werden wird. Auch für mich ein ganz schöner Coup. Ein Vögelchen hat mir gerade ins Ohr geflüstert, daß jemand ihn in der *Times* als größte literarische Entdeckung des Jahrzehnts herausstellen will. Ein bißchen erinnert er an Hemingway, sehen Sie, der Mann hat sage und schreibe mit einem Gewehr in Vietnam auf Menschen geschossen. Der Titel ist so ein militärischer Slangausdruck, glaube ich: *Double Eagle.* Vielleicht haben Sie es schon gelesen?«

Rose spürte, daß ihr das Herz stillstand, als hätte eine Faust sich darum geschlossen, und eine schreckliche Kälte breitete sich von ihrem Schlüsselbein nach unten aus.

Brians Buch, o Gott, oh, ja...

Sie erinnerte sich an den Schock, als sie es auf dem Tisch eines Buchladens in der Fifth Avenue gesehen hatte. Sie hatte es in die Hand genommen und das Foto des Mannes auf der glänzenden Schutzhülle angestarrt, in den sie so heftig und so lange verliebt gewesen war, und dabei das Gefühl gehabt, als hätte man sie in der Mitte durchgespalten.

Rose wollte schreien, diese kleine Himbeere von einem Mann bei den Schultern packen und dieses alberne Grinsen aus seinem Gesicht schütteln. Das ganze prächtige Haus, alles um sie her wurde jählings grau und fade und leer. Sie fühlte sich ungeheuer müde, ihr Kopf war heiß und benommen.

Bitte, Gott, dachte Rose, ich kann es nicht noch einmal durchstehen... laß es nicht geschehen...

»Rose?« Eine laute Stimme drang durch das Summen in ihren Ohren. »Rose... fehlt dir etwas?«

Max, dachte sie und klammerte sich an diese Stimme wie an eine Rettungsleine. Gott sei Dank, daß Max da ist.

Der graue Nebel verzog sich, und Rose sah sich Max gegenüber, einem Mann, der wie ein ehemaliger Berufsboxer aussah, stämmig und schon ein bißchen füllig um die Taille, und seine Haare wurden grau, aber so wundervoll *da*, ein Mann, auf den man sich verlassen konnte, immer.

»Mir fehlt nichts«, hörte sie sich sagen, kühl wie Eiswasser. »Nur ein bißchen müde. Der Jet-lag. Ich glaube, er hat mich ganz plötzlich eingeholt.«

»Warum legen Sie sich nicht ein bißchen hin, meine Liebe?« Ihr Gastgeber war auch so freundlich und um sie besorgt. »Es gibt genügend Schlafzimmer oben, wo Sie ungestört sind ... ganz ehrlich, Sie sehen ein bißchen bleich aus.«

»Mir fehlt nichts«, wiederholte Rose. »Nein, wirklich nicht.«

Dann erblickte sie sich in dem großen Art-Deco-Spiegel mit dem Rahmen aus Elfenbein und Chrom am Fuße der Treppe und sog die Luft ein. Gott, *sah* sie blaß aus.

Sie merkte, daß sie die elegant gekleideten Menschen, an denen sie vorbeikam, anlächelte und ihnen zunickte.

Oben betraten sie einen riesigen Raum, blendend weiß die Decke und die Wände, erschreckende Formen und Farben sprangen sie an – grellrote Drachen, die sich auf einer chinesischen Lackkommode krümmten, ein riesiges Bild von Mondrian mit gelben und roten Quadraten, Spiegel, in denen sich Spiegel spiegelten, ganze Horden von smokingtragenden Männern und mit Glitzerplättchen behängten Damen, die ins Unendliche strömten.

Und da stand er an dem großen Fenster, das von der Decke bis auf den Fußboden reichte, mit dem Rücken zu ihr, hager und leicht vornübergebeugt. Sein Gesicht – das Gesicht, das sie Nacht für Nacht im Schlaf heimgesucht hatte – schimmerte geisterhaft in dem dunklen Glas und nichts anderes, niemand sonst existierte.

Brian...

Rose schien es, als wäre der Champagner, an dem sie gerade genippt hatte, zu Säure geworden. Er brannte ihr im Hals, wurde zu einem stechenden Schmerz in ihrem Magen.

Wie konnte sie jetzt zu ihm gehen? Mit ihm reden, so tun, als sei das alles normal, nur ein wenig überraschend, zwei alte Freunde, die einander irgendwo in der Ferne wieder über den Weg liefen...

Aber sie *ging* hinüber, ließ Max stehen und ging durch eine Luft, die dicker als Wasser war, zu Brian hinüber. Die Unterhaltung der Gäste wurde zu einem leisen Summen, aber das Klirren der Eiswürfel in jemandes Glas klang, als ob jemand etwas in Scherben schlüge. Dann stand sie vor ihm, streckte die Hand aus. Sie sah den Schock, der sich in seinem Gesicht abzeichnete. Einen Augenblick jähen Schmerzes. Dann hatte er sich wieder in der Gewalt.

Hager und hungrig. Diese Worte fielen ihr ein. Ein Klischee aus einem Kitschroman. Aber es traf dennoch auf Brian zu. Es war das gleiche Gesicht, das sie all diese Jahre wie eine Kamee in ihrem Herzen getragen hatte, nur kantiger, mit längerem Haar, das sich über den Kragen seiner braunen Kordsamtjacke ringelte, an den Schläfen vorzeitig ergraut. Diese Silberaugen, die ein so faszinierendes Licht von innen heraus erleuchtet hatten, waren nun Spiegel, in denen nur noch sie selbst sich reflektierte.

»Hallo, Brian«, begrüßte sie ihn.

»Mein Gott, ich kann's gar nicht glauben... Rose!« Das Glas in seiner Hand zitterte, er fing es gerade noch mit einer hastigen Bewegung auf, und Tropfen einer bernsteinfarbenen Flüssigkeit spritzten auf den weißen Teppich. Das gab ihr einen Augenblick Zeit, um zur Oberfläche zu schwimmen und Luft zu holen, bevor sie ihn ausrufen hörte: »Dich hätte ich hier zu allerletzt erwartet.«

Sie gab ein girrendes Gelächter von sich, das ihr selbst in den Ohren weh tat. »Und mir geht es genauso. Dich hätte *ich* hier zu allerletzt erwartet. Wie geht es dir?«

»Gut. Besser denn je. Ich habe ein Buch geschrieben. Hab's sogar geschafft, einen Verlag zu finden und ein paar Exemplare zu verkaufen. Mr. Everest hier bringt es in England gerade mit großem Tamtam heraus.«

Er lächelte, und es war ein so falsches, erzwungenes Lächeln, Rose wollte hineintreten, genau wie sie in diese Werbeplakate mit seinem Gesicht darauf hatte hineintreten wollen, die sie in den Buchläden gesehen hatte. Sätze gingen ihr durch den Kopf, Bruchstücke von Interviews, die sie gelesen hatte.

...das Debut eines begabten jungen Autors...

...packender als DIE NACKTEN UND DIE TOTEN, *bissiger als* IM WESTEN NICHTS NEUES...

...DOUBLE EAGLE *ist der Codename einer militärischen Operation in Vietnam, die wirklich stattgefunden hat... aber auch ein Symbol für die Desillusionierung des Helden, eine Abrechnung mit dem, wofür Amerika steht. Lesen Sie dieses Buch nur, wenn Sie bereit sind, die grauenhafte Wahrheit dieses Krieges zu erfahren...*

Sie hatte es gelesen, weil sie es hassen und verabscheuen wollte, aber dann war es ihr so nahegegangen, daß sie noch stundenlang danach geweint hatte.

Rose war jetzt auch zum Weinen zumute. Heiße Tränen, die sie zu verraten drohten, stiegen ihr in die Augen. Ihr Hals war wie zugeschnürt.

Und dann hörte sie Brian sagen: »Rose, ich möchte dich mit meiner Frau bekannt machen...«

Unglaublich, aber da stand sie vor ihr. Sie hat die ganze Zeit neben ihm gestanden, ging es ihr auf, und ich habe sie einfach nicht gesehen.

Nun mit einemmal war Brians Frau der einzige Mensch im Raum.

»...Rachel...«

Rose dachte, und es gab ihr einen Stich ins Herz: Sie ist schön. Ich hatte nicht gedacht, daß sie so schön ist.

Zierlich, gut eineinhalb Köpfe kleiner als Brian, aber es war nichts Püppchenhaftes an dieser Frau. Sie strahlte Entschlußkraft und Zielstrebigkeit aus.

Schlanke Finger umschlossen ihre zu einem forschen, überraschend kräftigen Händedruck. Alles an Rachel war forsch, intelligent, scharf, sprühend vor Energie. Und anders. Irgendwie war sie anders als jede andere Frau im Raum. Überall sah man Perlen, Armreifen, auf gebatikte Seide genähte Goldplättchen, und hier stand *diese* Frau in einem milchig weißen Leinenkostüm, kostbar und erlesen. Ihr hell bernsteinfarbenes Haar war in der Mitte gescheitelt und fiel ihr im Rücken locker und frei in Wellen bis zur Taille.

Als Rose ihr lächelnd die Hand schüttelte, konnte sie die Augen nicht von dem schmalen Reif am Ringfinger von Rachels linker Hand abwenden. Sie hätte ihn gern abgerissen. Er gehörte nicht daran.

Es ist meiner, wollte sie schreien. Ich sollte ihn tragen. Brian sollte mein Mann und nicht deiner sein.

Die Tränen stiegen hoch, heiß und erstickend, und plötzlich wußte Rose, daß sie keinen Augenblick länger höflich dastehen konnte. Sie wandte sich ab und floh, bahnte sich mit den Ellbogen einen Weg durch die Menge – *geht zum Teufel, ihr alle, es ist mir gleich, was ihr denkt* – die Treppe hinunter.

Ein langer Korridor, hinten eine Tür, und dann stand Rose im Garten. Der Garten war so alt wie das Haus, dunkel und still wie ein Brunnenschacht. Von Efeu bedeckte Ziegelsteinmauern, ein von Moos überwachsener Springbrunnen, über dem ein steinerner Amor Wache hielt.

Stille, bis auf das Geräusch des Wassers, das von den Blättern der Bäume auf den Boden des Innenhofs fiel, ein hohler und irgendwie herzloser Laut.

Rose sank auf die feuchte steinerne Bank nieder und sah, daß sie noch immer ihr leeres Champagnerglas in der Hand hielt. Wie eine Figur in einem modernen Drama, die am Ende des Stücks die bittere Ironie erfährt. Sie fing an zu lachen, aber das Lachen verwandelte sich in etwas anderes und kam als Schluchzen aus ihrer Kehle.

Sie hob ihr leeres Glas zum kopflosen Amor empor. »Ich trinke auf unser Wohl, Brian. Unsere Liebe ruhe sanft.«

21

»Rose... es tut mir leid.«

Hinter ihr ertönte Brians Stimme leise in der Stille. Rose fühlte, wie sie eine Gänsehaut bekam. Ihr Herz raste plötzlich, und sie zuckte herum, um ihn anzusehen.

»Was tut dir leid?« fragte sie bitter. »Daß du heute abend hierhergekommen bist? Daß ich so taktlos war, hallo zu dir zu sagen? Oder einfach nur, daß du mich vor all den vielen Jahren ohne ein Wort zum Teufel geschickt hast? Weißt du was, Brian, es stimmt, daß ein Bild soviel sagt wie tausend Worte. Du hast keine Ahnung, wie sehr das stimmt –« Sie stockte.

Sie starrte ihn an und suchte in seinem Gesicht nach dem, was sie darin zu finden hoffte. Schmerz. Lieber Gott, betete sie, laß ihn wenigstens ein kleines bißchen von alldem fühlen, was ich gelitten habe. Aber als sie – in dem fahlen Licht, das aus den Fenstern des Hauses in den Garten herabfiel – sah, wie bleich und elend er wirkte, wollte sie einfach nur zu ihm gehen, ihn umarmen und trösten.

In diesem Augenblick wußte Rose, weshalb sie niemals von ihm frei sein würde. Weil sie sich nicht entscheiden konnte, ob sie ihn lieben oder hassen wollte. Gott, warum mußte er es ihr so schwermachen? Warum konnte sie ihn nicht einfach hassen?

»Es war anders«, sagte er tieftraurig. »Und es tut mir nicht leid, daß du heute abend hergekommen bist. Rose... ich... habe so oft versucht, dich anzurufen. Aber –« Er spreizte die Hände in einer Geste der Hilflosigkeit von sich, die alles und nichts sagte.

Rose war sich bewußt, daß sie die Fäuste zusammenballte; ihre Fingernägel bohrten sich in die Handflächen.

»Wenn ich gewußt hätte, daß du heute abend hiersein würdest, wäre ich nicht gekommen«, sagte sie und brachte die geballten Fäuste nahe an ihr Gesicht, sie waren so kalt wie Eisklumpen. »O Gott, Brian, warum? *Warum* hast du es getan? All diese Jahre... wenn ich es begriffen hätte. Das hat mich ja umgebracht, daß ich es nicht verstanden habe, warum. *Warum hast du sie geheiratet?*«

Eine lange Pause, und Brian sagte zärtlich: »Nicht deshalb, weil ich dich nicht geliebt hätte, Rose. Ich möchte, daß du das weißt. Wenn du es wissen willst, ich... nun, ich wollte dich wiedersehen, als ich zurückkam, aber du...«

»Ich habe den Hörer aufgehängt, meinst du das? Ungefähr ein dutzendmal, erinnere ich mich. Meinst du, daß das irgend etwas ändert? Meinst du das ehrlich, Brian? Jesus, sollte ich dich irgendwo zum Lunch treffen, nur um deine elenden Erklärungen anzuhören – als nettes kleines Abschiedsgeschenk? ›Also dann mach's gut, war nett, dich kennenzulernen, und nebenbei, möchtest du den Cornedbeefsandwich mit Mostrich oder mit Sauerkraut?‹« Sie weinte jetzt. »So etwas haben wir doch nicht verdient, Brian, oder? Wir waren doch mehr als nur so ein Pärchen aus Brooklyn, das oben auf dem Dach herumbumst.«

»Rosie... Rosie...« Er streckte die Hände nach ihr aus, als ob er sie trösten wollte, aber nicht wüßte, wie. Diese langen Hände, so bleich in der Dunkelheit, daß sie fast zu leuchten schienen. Sie hatte sie so geliebt, und sie waren so zärtlich zu ihr gewesen, hatten alles von ihr gewußt. »Ich wollte, ich wüßte, wie ich es dir erklären könnte... Ich wollte dir das sagen... es war nicht einfach. Es war nicht so eine Entscheidung, daß ich das eines Tages beschlossen hätte, so soll es sein, so wird es gemacht.«

Rose sah Brians Hände an seinen Seiten herunterfallen. Er sackte auf die Bank herunter, starrte in die Dunkelheit, ins Leere. Sie dachte, ratlos: Es bricht mir das Herz, ihn auch nur anzusehen. Älter, mager, die Knochen sprangen aus seinem Gesicht heraus wie Felsgrate aus einem Berg und – ich kann's noch immer nicht glauben – graues Haar an den Schläfen.

»Eine Menge Leute versuchen dir zu erzählen, wie es war da drüben in Nam«, begann er stockend. »Aber niemand, weder ich noch irgendwer sonst, könnte dir je klarmachen, daß das da wirklich geschehen ist. Es war einfach nur... es war einfach... der Krieg, der Dschungel, und das war alles, und sonst gab es überhaupt nichts mehr, und sonst hatte es nie etwas gegeben, und alles andere war gar nicht wahr. Weder das, was angeblich zu Hause war, oder meine Familienangehörigen, nicht einmal du. Ihr alle... was mochtet ihr tun da zu Hause... es war, als ob man sich eine von diesen uralten schwarzweißen Fernsehshows ansähe, und der Empfang ist miserabel, ein einziges Schneetreiben, und dann hörst du dir diese Dialoge an, das blöde Zeug, na ja, du hörst es dir eben an, aber du *weißt*, daß es nur Schauspieler sind, die dafür bezahlt werden, daß sie so tun, als ob sie einander nicht scheißegal wären. Es spielte keine Rolle, wie oft ich mir *sagte,* du wartetest auf mich, du liebtest mich, es kam mir einfach nie real vor. Dann, als du nicht schriebst...«

Rose hatte ein Gefühl, als stieße man ihr ein Messer ins Herz. »Deine Briefe. Die Nonnie vor mir versteckt hat. O Gott. Hast du denn nicht meinen Brief –«

»Ich bekam deinen Brief. Sie schickten ihn zu meinem Standort. Aber erst nach meiner Entlassung. Nachdem Rachel und ich...« Er stockte. »Da siehst du also, wie es war.«

»Bittest du mich etwa, daß ich dir verzeihen soll, Brian? Erwartest du ernsthaft von mir, daß ich dir glauben soll, du hättest *sie* geheiratet, weil du meintest, ich liebte dich nicht mehr?«

Er wandte ihr das Gesicht zu, und sie sah, daß er Tränen in den Augen hatte. »Ich weiß es nicht mehr, Rose. Es ist so lange her. Ich weiß ehrlich nicht mehr genau, was ich damals dachte. Ich weiß, was für Gefühle ich hatte und daß es wahrscheinlich nichts mit dir oder mit dem, was wirklich war, zu tun hatte. Dann... nachdem ich verwundet worden war... wurde es schlimmer, dieses Gefühl. Es war, als hätte ich geschlafen und wäre aufgewacht und alles, was vor dem geschehen war, waren nur Träume. An manche dieser Träume erinnerte ich mich kaum mehr.«

»Wie an mich.«

»Nein. Ich erinnerte mich an dich, Rose. Nur... nur warst du ein Traum, etwas, das ich mir eingebildet hatte. Wirklich war nur das Hospital, das Bett, in dem ich lag, der unheimliche Schmerz. Und Rachel. Sie hat mir das Leben gerettet, Rose. Sie... sie war real.«

Rose dachte: Das ist auch real, was ich jetzt fühle. Und ich hasse ihn deswegen. Daß er mir das antut, daß er es mir zu erklären versucht. So tut es mir doch noch mehr weh.

Aber ein Teil von ihr verstand es gut. Er war weit weg von zu Haus gewesen, und etwas Schreckliches war geschehen... und dieses Etwas hatte sie auseinandergerissen.

Sie verstand nun auch, nach so vielen Jahren, daß Brian ihr nicht hatte weh tun wollen. Aber hatte sie denn nicht schon immer gewußt ganz unten tief in ihrem Herzen, wo die Versöhnung bereitlag?

»Brian...« sagte sie mit erstickter Stimme.

Plötzlich wankten ihr die Knie. Sie sank auf die Bank neben ihm nieder, drückte ihr heißes Gesicht in die abgeschabten Rippen seiner Kordjacke und klammerte sich an ihn, so wie sie sich als Kind im Traum an wunderbare Dinge geklammert hatte, mit dem Gefühl, daß sie nach dem Erwachen bei ihr bleiben würden, wenn sie sie nur genügend festhielt.

Rose fühlte, daß seine Arme sich vorsichtig und zärtlich um sie legten, als tröste er ein Kind, das sich verlaufen hatte, und mit wehem Herzen erinnerte sie sich an die vielen Male, die er sie so gehalten hatte.

»Küß mich, Brian«, weinte sie, wich ein wenig zurück und drehte ihr Gesicht so, daß es seinem gegenüber war. »Tu mir das nicht an. Daß ich dich bitten muß. Komm... um Gottes willen... *küß mich.*«

»Rose, ich kann nicht...«

Zum Teufel mit ihm. Sie würde ihn *zwingen*, sie zu küssen. Sie mußte wissen, ob es in ihm etwas gab, so tief es auch begraben sein mochte, das sie noch liebte.

Dann schlang sie die Arme fester um seinen Hals und zog ihn zu sich herunter, als ertränke sie und er wäre hinausgeschwommen, um sie zu retten. Gott... o Gott... wie oft hatte sie sich nach diesem Augenblick gesehnt? Hatte geträumt, daß er so zu ihr kommen würde. *Bitte, Brian, bitte gib mir doch wenigstens diesen einen... diesen einen Kuß...*

Dann *küßte* er sie, öffnete den Mund, leidenschaftlich, sanft, hungrig nach ihr, einen erstickten Seufzer in der Kehle. *Siehst du... oh, Brian... du liebst mich...*

Aber etwas stimmte nicht. Er wich zurück, versuchte sich gewaltsam von ihr zu befreien, seine Finger bohrten sich ihr schmerzhaft in die Schultern.

»Nein!« rief er. »Nein... ich kann nicht. Rose, was ich dir erzählt habe, ist wahr, alles. Aber es ist vor langer Zeit gewesen. Ich liebe Rachel. Sie ist meine Frau. Wir... hätten das nicht tun dürfen. Es tut mir leid.«

»Es tut dir leid?« Müdes Gelächter perlte in ihr hoch. Leid tat es einem, wenn man jemandem auf den Zeh trat oder eine Lampe umwarf. Nicht wenn man das Leben eines anderen Menschen vernichtete, so wie er es tat.

Dann stand Brian auf, ragte turmhoch über ihr mit einem Ausdruck maßloser Trauer. Und sie wollte ihn anschreien und ihm das Gesicht zerkratzen: *Ich will nicht, daß du mich bedauerst, du Bastard! Ich will dein Mitleid nicht.*

»Es tut mir *wirklich* leid, Rose.«

Es gab nichts mehr zu sagen. Er ging fort und nahm alles mit, was sie je gewollt hatte. O Gott, es tat weh, es tat so verdammt *weh*...

Rose schrie vor Wut und Schmerz auf und nahm das leere Champagnerglas, um es ihm an den Kopf zu werfen, um ihm so weh zu tun, wie er ihr weh getan hatte.

Aber irgendwie verkrampfte sich statt dessen ihre Hand um das Glas. Ein knackendes Geräusch und ein brennend ausbrechender Schmerz. Rose sah hinab und bemerkte das Blut, dunkel und dick, und Glassplitter, die in ihrer Hand steckten.

Rose saß da, umklammerte ihr Handgelenk und starrte entsetzt und hypnotisiert auf das Blut, das sich ausbreitete, in ihrer hohlen Hand einen See bildete, über ihr Handgelenk hinablief, auf ihren Schoß hinunterspritzte und das schöne Samtkleid befleckte.

»Rose... was...« Brian. War er nicht gegangen? Nein. Denn hier stand er neben ihr, hielt sie fest, hielt ihre verletzte Hand, und die roten Blutstropfen befleckten seine weiße Hemdbrust wie mit winzigen roten Blumen.

»Es sieht nach einem tiefen Schnitt aus«, sagte er mit erstickter Stimme. »Es muß vielleicht genäht werden. O Gott, Rose...« Dann weinte er ganz vornübergebeugt; ein furchtbarer Laut wie bei einem Tier, das Schmerzen erleidet, ein Laut, der nicht für menschliche Ohren bestimmt war.

Als Brian sie, die blutige Hand in ein Taschentuch gewickelt, die Treppe hinaufführte, fühlte Rose sich merkwürdig losgelöst. Sie dachte: Nichts von alledem geschieht wirklich mir. Ich sehe einen Film von mir.

Die Menschenmenge wurde still und wich in Wellen zurück, als wäre es so einstudiert worden. *Die Teilung des Roten Meeres, Erstes Bild,* dachte Rose, und ein Teil von ihr hörte nun eine imaginäre Tonspur mit einem Gelächter darauf.

Der starre, hübsche Raum schien auseinanderzubrechen und sich dann zu einer bizarren Collage wieder ineinanderzufügen. Kleinigkeiten sprangen sie an, zitternd, verzerrt. Eine Zigarette brannte zu einem Röhrchen aus Asche herunter in der Hand einer großen blonden Frau, die gelähmt vor Entsetzen dastand und sie anstarrte. Eine weiße Perserkatze schlängelte sich verstohlen durch einen Wald aus Beinen. Ein Muster einander überlappender feuchter Ringe auf der gläsernen Oberfläche eines Kaffeetischs wie die Kräuselung des Wassers auf einem Teich.

Dann wie ein Trugbild, das aus dem Nichts auftauchte, Rachel. Schob sich mit den Schultern durch die Menge, schien mit Riesenschritten den roten Nebel zu zerreißen... etwas Blaues nun, das Blau ihrer Augen, das Blau der Träume, des Rauchs und der gebrochenen Versprechen...

Meine Zwillingsschwester, dachte Rose, ja, das bist du. Meine siamesische Zwillingsschwester. Du kennst mich nicht. Aber ich lebe seit Jahren mit dir zusammen. An dich gefesselt. Ich habe dich gehaßt. Mich gefragt, weshalb er dich gewählt hat und nicht mich...

»Ich möchte Ihnen helfen«, sagte Rachel ganz ruhig. Rose konnte nicht begreifen, was sie hörte. Aber dann umklammerten diese schlanken starken Finger ihr Handgelenk. »Ich bin Ärztin.«

Das ist ein Film, sagte sich Rose. So etwas geschieht im wirklichen Leben nicht.

Rose wich vor Rachels Berührung zurück, haßte ihre Sanftheit, die Art, wie sie ihr Handwerk beherrschte. Wenn sie roh und verletzend gewesen wäre, hätte sie ihr nicht so weh getan. »Nein... nein... es geht schon. Es geht... Ich glaube, es ist nicht tief... danke, aber ich komme schon zurecht –«

»Seien Sie nicht albern.« Rachel nahm ihr Handgelenk wieder ganz fest wie eine Erwachsene, die ein störrisches Kind über eine gefährliche Straße bringen will. »Sie bluten ja immer noch. Es muß ein tiefer Schnitt sein. Wie ist es geschehen?« Ihre Augen wanderten zu Brian hinüber. Nur einen Augenblick, aber Rose sah die Frage darin.

Sie empfand heimlichen Triumph. Diesmal wich sie nicht zurück. Eine unwiderstehliche Faszination zog sie zu dieser Frau hin. Nun wollte sie sie kennenlernen. Und ihr nahezukommen hieße vielleicht, ein bißchen in Brian hineinzukriechen, nicht wahr? Wenn sie Rachel mit Brians Augen sehen konnte, bekam sie vielleicht heraus, was er an ihr so anziehend gefunden hatte.

Kenne deinen Feind! Stand das nicht in der Bibel? Vielleicht sollte sie feststellen, welches Rachels Schwächen waren. Diejenigen Stellen, in die sie einen Keil treiben konnte.

»Ein Champagnerglas«, sagte sie. »Es ist mir in der Hand zerbrochen. Ich muß es zu fest gedrückt haben.«

»Lassen Sie mich sehen.« Rachel fing an, das blutige Taschentuch abzuwickeln, dann blickte sie auf, und ihre stahlblauen Augen erfaßten die neugierig gaffende Menge der Gäste. »Nicht hier. Im Badezimmer.«

Rose fand sich vorwärtsgetrieben, eine feste Hand an ihrem Ellbogen. Sie hob den Kopf und sah eine vertraute Figur aus der Menge herausplatzen. Max. Er sah zerzaust und bestürzt aus.

»Rose. Ich habe Sie überall gesucht. Sind Sie –« Er blieb stehen, starrte sie an, und sein sonst so unerschütterliches Gesicht schien vor ihren Augen zu zerbröckeln. Leise sagte er: »Oh, Rose, oh, Baby.«

Augenblicklich fühlte Rose sich besser; eine große gläserne Welle der Ruhe glitt über sie hinweg. Max war da. Max würde dafür sorgen, daß diese verrückten Gedanken in ihrem Kopf zu flattern aufhörten. Max würde sie wieder gesund machen.

»Max... ich bin o. k.«, sagte sie und meinte es auch so. »Nur ein kleines Mißgeschick. Warten Sie auf mich. Es dauert nur ein paar Minuten. Dann bitte... bitte bringen Sie mich ins Hotel zurück.«

»Ich werde warten«, sagte Max, und da fiel ihr etwas an seiner Stimme und in seinen Augen auf, und sie fragte sich, ob...

Dann Rupert Everest, er rang die Hände und geleitete sie in ein Badezimmer, eine Art-Deco-Phantasie. Schwarze Marmorfliesen und flamingorosarotes Porzellan, eine riesige eingelassene Badewanne mit Wasserhähnen in Gestalt bronzener Nymphen, Spiegel an allen Wänden, die alles von überallher und überallhin reflektierten.

Rose sank hinab auf den gepolsterten Sessel neben der Glasetagere mit den französischen Badesalzen.

Rachel schloß die Tür.

Dann waren sie allein.

Rose war es einen Augenblick lang so, als hielte die Wirklichkeit den Atem an und ließe sie – beide – in einer Art Vakuum zurück. An einem Ort, an dem nichts... und alles... einen Sinn hatte.

Wie dieser Gedanke, der ihr kam, daß sie Rachel irgendwie schon einmal gesehen hätte. Es konnte nicht dieses Photo in der Zeitung sein. Das war so unscharf, und ihr Gesicht wurde größtenteils von demjenigen Brians verdeckt. Nein, es gab da noch etwas. Eine wirkliche *Vertrautheit*... das war so unheimlich daran. Rachel erinnerte sie an einen Menschen, den sie sehr gut kannte... sie kam nur nicht darauf, wo sie ihr schon einmal begegnet war. Immer wenn sie meinte, sie hätte das Bild gefunden, glitt es weg.

Alles nur Einbildung, sagte sie sich.

Rachel schob eine der Spiegelflächen über dem Waschbecken beiseite und suchte in dem Fach dahinter nach Erste-Hilfe-Material. Dann kniete sie auf dem dicken roten Teppich vor Rose nieder, löste das Taschentuch ab und untersuchte die Wunde. Es war ein langer klaffender Einschnitt, der sich wie ein höhnisch lächelnder Mund diagonal über ihre Handfläche hinzog, aber nur ein paar Millimeter tief ins Fleisch reichte.

Rose atmete erleichtert auf. Es war nicht so schlimm, wie sie gedacht hatte. Der Schmerz war einem dumpfen Pochen gewichen. Sie starrte auf Rachels Kopf und die blaßrosa Scheitellinie, die aussah, als wäre sie mit einem Lineal gezogen, auf die Wellen des schimmernden bernsteinfarbenen Haars, die ihr über das Gesicht fielen. Sie überlegte, ob sie die Art-Deco-Statuette des Diskuswerfers nehmen sollte, die auf dem Marmortresen stand, um damit auf die perfekte rosa Scheitellinie einzuschlagen.

Dann, als Rachel mit einer Pinzette einen langen Glassplitter aus der Wunde holte, zuckte sie zusammen. Frische Schmerzwellen löschten ihre sündigen Gedanken aus.

Rachel sah auf und verzog das Gesicht mitfühlend zu einer Grimasse.

»Autsch. Ich wette, das tut weh. Aber es braucht nicht genäht zu werden. Ich werde Ihnen die Wunde nur saubermachen und einen Verband anlegen.«

»Danke«, stöhnte Rose. »Wirklich, ich komme mir so idiotisch vor wegen der ganzen Sache. Es war so ein dämlicher Unfall.«

»Unfälle kommen vor, es war nicht Ihre Schuld.« Aber wieder blitzte diese Frage in ihren Augen auf. Was ist zwischen dir und Brian da draußen vorgefallen, las Rose in ihrem prüfenden Blick.

Das darfst du selbst herausfinden, antwortete Rose schweigend.

Sie blieb still und sah Rachel zu, wie sie den Schnitt mit einem scharf riechenden Antiseptikum betupfte und dann den Gazeverband anlegte. Während sie die geschickten und anmutigen Bewegungen ihrer Hände bewunderte, stellte sich Rose diese Hände auf Brians Körper vor, während sie ihn liebten, wie Schmetterlingsflügel über ihn dahintanzten...

Hör auf. Hör sofort auf, befahl sie sich selbst. Du bist verrückt. Du benimmst dich wie eine Verrückte...

Rachel stand nun wieder, drehte den Wasserhahn auf, um sich die Hände zu waschen. »Lassen Sie den Verband ein odcr zwei Tage dran«, sagte sie laut, während das Wasser rauschte. Dann trocknete sie sich an einem der flauschig weichen Tücher ab und wandte sich wieder Rose zu. Ihr Blick wanderte hinunter, und sie schüttelte den Kopf. »Aber es wäre schade um das Kleid. Es ist hübsch. Ich hoffe, es ist nicht ruiniert.«

Ihr Kleid? Sie hatte nicht mehr daran gedacht, und nun erschrak sie – ihr schlechtes Gewissen meldete sich. Aber sie konnte es reinigen lassen. Wenn ihr Leben sich doch auch so leicht wiederherstellen ließe, das Leben, das sie mit Brian hatte führen wollen...

Aber das war so, als wünschte man sich, daß Vietnam nie geschehen wäre. Oder das Feuer, in dem ihre Mutter umgekommen war.

Überwältigt von ihren Gefühlen, fing Rose mit tonlosen, hilflosen Schluchzlauten an nach Luft zu ringen.

»Sehen Sie mal«, sagte Rachel, und ihre Stimme klang hilfsbereit, professionell. »Sie haben einen Schock. Fahren Sie ins Hotel zurück, nehmen Sie ein paar Aspirin und ruhen Sie sich aus.«

Rose, bemüht, ihre Gefühle im Zaum zu halten, sah Rachel durch den Tränenschleier an, der ihr die Sicht trübte. »Brian hat mir nicht verraten, in welchem Hotel Sie abgestiegen sind. Damit ich Ihnen einen Scheck schicken kann für Ihre Mühe.«

Rachel erstarrte. »Das wird nicht nötig sein«, sagte sie. »Ich würde Freunden keine Rechnung schicken. Auch nicht Brians Freunden«, fügte sie rasch hinzu. Zu rasch. Und es folgte eine tiefe Schamröte, die ihr den Hals hinaufkroch und auf ihrer milchig-rosa Haut häßliche purpurne Flecke erzeugte.

Rose spürte so etwas wie Genugtuung in der Magengrube. Gut. So hatte sie doch eine Achillesferse. Und die war Brian.

22

Rachel sah noch einmal in ihr Höschen, nur um sicherzugehen.

Kein Blut.

Erleichtert atmete sie auf, während sie zusammengekauert auf der Toilette des winzigen Waschraums im rückwärtigen Teil der Klinik saß.

Vier Tage, dachte sie. Und ihre Periode kam fast nie zu spät. Trotzdem war es noch zu früh, sich zu freuen.

Aber sie freute sich doch. Die Hände zitterten ihr vor Aufregung. Ihr Magen flatterte. Als sie aufstand, das Höschen hochzog und ihren Kordsamtrock glättete, fühlte sie sich ein bißchen wacklig auf den Knien. Sie spülte und griff dann unter die dünne Baumwollbluse, um den Büstenhalter geradezuziehen. Er war in den letzten Tagen etwas eng geworden, ein unangenehmes Gefühl; die Brüste fühlten sich schwer und empfindlich an, die Brustwarzen wund.

Alle Anzeichen sind vorhanden, sagte ihr medizinisch geschulter Verstand.

Nur einmal angenommen, sie *wäre* schwanger. Nach all diesen Jahren. Es gab ja immer eine Chance, eins zu tausend.

Bitte, Gott, betete sie, mach, daß es bei mir geschieht. Bei uns. Bei Brian und mir.

Sie erinnerte sich an diese schmerzhaften Fruchtbarkeitstests. Beim letztenmal hatte sie sogar das Morphin genommen. Und was bewiesen sie anderes, als was sie bereits wußte? Und seit wie vielen Jahren maß sie nun schon jeden Morgen ihre Temperatur und trug sie auf ein Kurvenblatt ein – wie bei einer Laborratte!

Aber schlimmer als ihre eigene Enttäuschung war das Bewußtsein, daß sie gelogen hatte. Sie hatte Brian in dem Glauben gelassen, daß es keinen Grund gäbe, weshalb sie nicht ein Kind bekommen sollte. Wenn er wüßte –

Sechs Jahre, dachte sie. Nach sechs Jahren hatte sie noch immer nicht den richtigen Augenblick gefunden, es ihm zu sagen. Natürlich war es ihre Schuld. Brian hätte gar nicht zärtlicher und verständnisvoller sein können. Sie wußte, daß er es verstehen würde, wenn sie es ihm sagte, aber trotzdem konnte sie sich noch immer nicht überwinden, die Worte auszusprechen.

Diese ersten Jahre ihrer Ehe waren so gut gewesen, sie hatte nicht das Herz gehabt, einen einzigen Tag, eine einzige Minute zu verderben. In New York zurück, hatte sie ihre Assistenzarztzeit als Geburtshelferin abgeschlossen, und Brian hatte wie ein Wahnsinniger an seinem Roman gearbeitet. Das ließ ihnen beiden so wenig Zeit, daß jede Stunde, die sie zusammen verbrachten, kostbar war.

Sie erinnerte sich: Eines Tages, es schneite und sie wankte nach sechsunddreißig Stunden Dienst heimwärts... da fielen ihr, als sie im Taxi saß, siedend heiß die Carnegie Hall und das Rubinstein-Konzert ein, für das sie an diesem Abend Karten hatten. Sie hatten sich beide schon seit Wochen darauf gefreut – einen Abend mit der himmlischen Musik, danach ein Dinner im Russian Tea Room. Aber alles, was sie nun wollte und wonach sie sich sehnte, war ein heißes Bad und dann, endlich, ins Bett. Jedoch, wie konnte sie Brian eine solche Enttäuschung bereiten? Er hatte soviel Geduld mit ihr und ihrem mörderischen Dienstplan bewiesen, sich nicht ein einziges Mal beklagt oder ihr irgendwelche Vorhaltungen gemacht. Sie schuldete ihm ganz einfach dieses Konzert, so todmüde sie auch war.

Endlich daheim jedoch hatte Brian, fix und fertig angezogen in seinem besten Anzug mit Krawatte, sie prüfend angesehen und gesagt: »Ich kann es in puncto Blini zwar nicht mit dem Russian Tea Room aufnehmen, aber ich bringe ein ziemlich schauderhaftes Omelett zustande, wie wäre es, wenn wir heute abend zu Hause blieben und ich mixe uns etwas zusammen?«

»Oh, Brian –« Sie war vor Erschöpfung und Erleichterung den Tränen nahe gewesen. »Aber was ist mit dem Konzert? Ich weiß doch, wie sehr du dich darauf gefreut hast...«

»Wir gehen ein andermal. Die Carnegie Hall wird ja nicht morgen zusammenbrechen. Bei dir jedoch sieht es so aus, als ob du kurz davor stündest. Auf jeden Fall«, sagte er und grinste – dieses wundervolle schiefe Grinsen, das sie so herzerquickend fand, »bist du viel schöner anzuschauen als der alte Herr Rubinstein. Und wir können doch jederzeit auch eine Schallplatte auflegen.«

Und so hatte sie ein ausgiebiges heißes Bad genommen, während Brian in der Küche ein Abendessen zubereitete, und während des Essens hatten sie Brahms gehört. Dann waren sie ins Schlafzimmer gegangen, und er hatte sie langsam ausgezogen. Und ihr die Brüste und die so empfindliche

Vertiefung dazwischen geleckt und mit den feuchten Lippen den Bauch gestreichelt und seine Kleidung abgeworfen und sie auf die Matratze hinuntergezogen und »Jetzt den Nachtisch!« gemurmelt und ungezogen gegrinst.

Und dann war er in sie eingedrungen, und sie war in der Dünung seiner Leidenschaft dahingetrieben... und ihrer eigenen, die sich rasch gesteigert und sie aus ihrer Erschöpfung herausgehoben hatte.

Als sie in seinen Armen einschlief, war sie so glücklich bei dem Gedanken gewesen, daß sie mit diesem wunderbaren Mann verheiratet war und daß noch ein ganzes Leben voll solcher Nächte vor ihr lag. Und eines Tages würde vielleicht doch ein Wunder geschehen, und sie würde schwanger werden – die Spezialisten sagten ja nicht, es sei unmöglich, sondern nur, unwahrscheinlich, und es konnte gerade jetzt in diesem Augenblick geschehen... ein Baby... Brians Baby... dann würde endlich alles wirklich vollkommen sein...

Wann haben wir uns eigentlich das letzte Mal geliebt, fragte sie sich jetzt, als sie am Waschbecken stand und die Hände abtrocknete. Es war Wochen her.

Aber sie würden alles nachholen – sobald sie sich ein paar Tage freinehmen konnte – und zusammen auf eine dieser romantischen Antilleninseln fliegen, vielleicht nach Antigua. Und diese Praxis war schließlich ein paar Opfer wert, nicht wahr? Ihre eigene Spezial-Praxis: eine Beratungsstelle, in der arme schwangere Frauen gut versorgt wurden. Gott, es war ja so schwer gewesen, die bürokratischen Hürden zu nehmen – Anwälte, Empfehlungen, endlose Unterredungen, Berge von Anträgen und Formularen, die ausgefüllt werden mußten, alles nur, um eine kümmerliche Finanzierung vom Ministerium für Gesundheit, Erziehung und Soziales zu erhalten, die nur für das Allernötigste reichte. So schwer auch, noch eine Ärztin wie sie selbst zu finden, auf Kay zu warten, bis sie ihre Hebammenausbildung beendet hatte, und ein geeignetes Gebäude zu entdecken.

Sie erinnerte sich an die Eröffnung hier im East Side Women's Health Center. Die aufmunternde knallgelbe Farbe war gerade mal trocken an den Wänden dessen, was sechzig Jahre lang eine Eisenwarenhandlung gewesen war, und das Vinyl der Fußbodenfliesen glänzte frischgewachst. Den Warteraum hatten sie mit billig erstandenen Gebrauchtmöbeln eingerichtet, weil das Geld hinten und vorn nicht reichte, ein paar schäbige Sofas, aber immerhin etwas, auf dem die Schwangeren Platz nehmen könnten, dazu ein paar Pflanzen in großen Töpfen und natürlich Körbe voller Plastikspielsachen, damit die Kleinen etwas zum Wühlen hatten und dann ... war kein Mensch gekommen, den ganzen Tag blieb der Warteraum so leer wie eine U-Bahnstation um drei Uhr in der Frühe.

Kay hatte dann die Idee: eine Kaffeemaschine! Sie hängten also ein großes, breites Schild ins Schaufenster, auf dem stand in Englisch und Spanisch geschrieben: KAFFEE UND KRAPFEN UMSONST. An diesem Tag kamen drei Frauen. Schüchterne schwarzhaarige Damen mit niedergeschlagenen Augen und zaghaftem Lächeln, die stramme Babys auf den Hüften balancierten. Am Ende der Woche war der Warteraum bereits überfüllt.

Nun, nach eineinhalb Jahren, hatte sich alles schon gut eingespielt. Diese stolzen, willensstarken Frauen hatten angefangen, ihr zu vertrauen. Sie brachte ihnen ihre Babys zur Welt, hörte sich an, was sie auf dem Herzen hatten, half, wann und wo immer sie konnte. Natürlich wollte sie öfter mit Brian zusammensein, aber diese Menschen hier brauchten sie so sehr. Sie waren in gewisser Weise ihre Kinder.

An der Tür wurde gerüttelt, und sie fuhr aus ihren Gedanken hoch. »Rachel, bist du da drin?« rief Nancy Kandinsky. »Ich will gerade nach Hause gehen. Du auch, weiß ich, aber ich glaube, du solltest dir noch diese Frau hier ansehen, sie hat nach dir gefragt. Lila Rodriguez. Sie ... na, du wirst es ja selbst sehen.«

Rachel seufzte. Es war gleich halb acht. Sie sehnte sich danach, endlich nach Hause zu gehen. Brians Arme zu spüren, die sie willkommen hießen.

Doch Brian sprach heute abend bei der Veterans' Administration. Seit sein Buch erschienen war, wurde er zu so vielen Lesungen, Auftritten im Fernsehen und Radiodiskussionen eingeladen, daß sie gar nicht mehr mitkam. Er würde erst spät nach Haus zurückkehren. Der dritte Abend in dieser Woche also, an dem sie allein ins Bett kriechen mußte... ohne seinen langen warmen Körper zu spüren, an den sie sich kuscheln könnte.

Und er brauchte gar nicht all diese vielen Reden zu halten und fast jeden Abend zu einer von diesen Veranstaltungen zu gehen, kam es ihr in den Sinn. Könnte es sein, daß er die Lust verloren hat, auf mich zu warten? Auf mich, auf ein Kind? Und wenn ich ihm das, was er sucht, nicht geben kann, ist es dann nicht möglich, daß er es sich anderswo holt?

Sie erinnerte sich, wie sie vor zwei Monaten in London Rose auf dieser Party getroffen hatten. Sie war schön, ein südländischer Typ – und diese hungrigen Augen. Wie diese Augen Brian angesehen hatten. Ein kalter Angstkeil fuhr ihr ins Herz.

Sie schob den Gedanken weit weg von sich.

Unsinn, dachte sie. Wenn ich schwanger bin, wird alles anders. Dann sind wir eine Familie.

Morgen, versprach sie sich. Ich gehe schon früh nach Hause, und dann mache ich einmal zur Abwechslung das Abendessen. Ja, etwas ganz Tolles, mit Champagner und Kerzenbeleuchtung. Und später, im Bett, wenn wir uns lieben, wird es ein Gefühl sein wie beim ersten Mal.

»Sag Mrs. Rodriguez, ich bin gleich bei ihr«, rief sie Nancy durch die Tür zu.

»Also gut. Ich gehe. Bis morgen früh dann.«

Als Rachel aus dem Waschraum kam, sah sie gerade noch den karottenroten Haarschopf in dem schmalen Korridor verschwinden, der nach vorn zum Untersuchungszimmer führte. Nancy *ging* nicht. Alles, was sie tat, geschah im Laufschritt.

Nun beeilte sich Rachel auch, suchte Lila Rodriguez' Karteikarte aus dem überquellenden Schrank in ihrem engen kleinen Büro heraus und drängte sich zwischen den auf den Gängen promenierenden Patientinnen hindurch ins Untersuchungszimmer.

Lila saß auf dem Klappstuhl in der Ecke unter dem mit einem Eisengitter versehenen Fenster. Sie war sehr klein. Ihr Gesicht sah grauenhaft aus. Beulen und blaue Flecke, die Augen angeschwollen.

Das nächste Mal bringt er sie um, dachte Rachel voller Entsetzen.

Sie sog die Luft ein und bemühte sich ruhig zu bleiben. Warum ließ diese Frau es zu, daß ihr Mann sie schlug? Sie hatte den Bastard das letzte Mal sogar noch in Schutz genommen und gesagt, sie hätte sich verletzt, weil sie die Treppe hinuntergefallen wäre. Höllisch.

»Señora«, sagte sie und nahm vorsichtig ihre Hand, die sich schlaff und feuchtkalt anfühlte. *»Dígame que pasó.«*

Lila schüttelte den Kopf, fettige schwarze Strähnen fielen ihr über die wachsbleiche Stirn. *»Mi niño? Está bien? Está bien mi niño?«* Sie legte die Arme schützend um ihren schwangeren Leib.

»Lassen Sie uns nachsehen. Ich werde sehr vorsichtig sein, ich verspreche es.«

Rachel bekam sie hinauf auf den Untersuchungstisch und hob ihren Rock hoch. Keine vaginale Blutung, Gott sei Dank. Aber da war eine riesige Quetschung gerade unterhalb des Brustkorbs, die Rachel Sorgen machte. Es könnte ein Anzeichen für eine Verletzung sein. Ihr Fruchtwasser mußte untersucht werden.

»Ihrem Baby geht es wahrscheinlich ausgezeichnet, aber ich möchte Sie gern über Nacht hierbehalten«, sagte Rachel zu ihr. »Nur, um ganz sicherzugehen. *Entiendes, señora?*«

Lila verstand. Bei den Worten »über Nacht hierbehalten«

hatte sich das wächserne Gelb ihres Gesichts in Grau verwandelt, und die Augen rollten in ihren Kopf zurück. Sie hat Angst, dachte Rachel, mehr Angst davor, hierzubleiben, als nach Haus zu dem Mann zurückzukehren, der sie geschlagen hat.

Lila schüttelte den Kopf, erhob sich langsam und rutschte vorsichtig von dem Untersuchungstisch herunter.

»Nein«, sagte sie leise, aber entschlossen. »Nicht hierbleiben. Sie nehmen mein Baby.«

Sie war schon an der Tür und nestelte an den Knöpfen ihrer schäbigen rosa Strickjacke, bevor Rachel sie aufhalten konnte. »Mrs. Rodriguez, bitte hören Sie zu. Was damals geschehen ist, als Sie die Fehlgeburt hatten, war etwas anderes...«

Doch wieder schüttelte Lila höflich, aber bestimmt den Kopf. *»Gracias, Doctor. Gracias... pero no.«*

Rachel wollte hinter ihr herlaufen, sie an den Schultern packen und schütteln: Wissen Sie, was Sie riskieren? Haben Sie denn eine Ahnung, daß viele Frauen alles geben würden für ein Baby? Für eine Chance, schwanger zu werden?

Aber es wäre sinnlos. Lila würde es nicht verstehen. Und sie würde überhaupt nicht mehr in die Klinik kommen. Rachel konnte sie nicht festhalten.

Sie beruhigte sich, ging durch die Verbindungstür ins Büro zurück und suchte unter den Heftern auf ihrem Schreibtisch, fand auch gleich den, nach dem sie Ausschau hielt: SAUCEDO, ALMA. Auf dem Heimweg wollte sie im Krankenhaus vorbeischauen und nach Alma sehen. Hier war wenigstens etwas, das sie tun konnte.

Kay steckte ihren Lockenkopf zur Tür herein. »Ich gehe gleich. Kann ich dir noch irgend etwas besorgen, bevor ich verschwinde? Sandwich, Kaffee, eine Transfusion? Du siehst hundemüde aus, Rachel.«

»Ich ruhe mich aus, wenn ich hier fertig bin. Aber sag mir noch, ist Alma Saucedos Blutbild schon da?«

»Noch nicht. Morgen früh, und wenn ich es mit der Feuerzange aus ihnen herausquetschen muß. Du kennst ja diese Armleuchter im Labor – versprechen tun sie alles. Soll ich sie anrufen und sagen, daß es ein Notfall ist?« Kay sah müde aus, dunkle Ringe unter den Augen, ein bißchen eingefallen das Gesicht.

»Morgen früh reicht«, entschied Rachel. »Gute Nacht, Kay. Und hör mal... paß auf dich auf, ja?«

Ein paar Minuten darauf schloß Rachel die Tür ab – zweimal, sicherte das Akkordeongitter mit zwei Vorhängeschlössern und bewegte sich dann durch das Niemandsland der East Fourteenth Street. Der Bürgersteig war eine Müllkippe, Hundekothaufen, zerbrochene Flaschen, überquellende Abfalltonnen, verwüstete Telefonzellen. Sogar die Luft roch verfault. Graffiti an den Hauswänden: VIVA LA RAZA! CHICO LOVES ROXY! TOD DEN BULLENSCHWEINEN! Und aus allen Fenstern dröhnte, so kam es ihr vor, der unbarmherzig hämmernde Rhythmus der lateinamerikanischen Musik.

Früher hatte die sie nervös gemacht. Sie erinnerte sich noch, was für ein Gefühl es am Anfang gewesen war, hier draußen zu arbeiten – als wäre sie eine Astronautin, die einen unbekannten und gefährlichen Planeten betrat. Was dachten diese Leute, wenn sie sie aus den Fenstern hängend beobachteten? War sie in deren Augen nur eine dieser liberalen Kaffeetanten aus den vornehmen Vierteln, die hier ihre guten Werke tun wollten? Warteten sie nur auf eine Gelegenheit, ihr die Handtasche zu stehlen?

Aber jetzt dachte sie mit einem Lächeln: *Das hier ist mein Planet.* Sie winkte einer Frau zu, die auf einer rußigen offenen Veranda hockte, vor der eine Babykarre stand. Anita Gonzalez. Vor sieben Monaten hatte sie sie von dem Kind entbunden, das jetzt in der Karre saß. Eine komplizierte Geburt, erinnerte sie sich. Und am Ende eine kleine Krabbe mit lauter schwarzem Haar und nicht viel sonst. Und nun war es schon ein großer, gesunder Junge, der regelrecht aus seinen Sachen platzte. Rachels Stimmung hellte sich auf.

Das Heulen eines Krankenwagens riß sie aus ihren Gedanken.

Bald fand sie sich am Eingang eines riesigen häßlichen Backsteingebäudes. Neben der großen Doppeltür aus Glas las sie in roter Farbe aufgesprüht: MARIO GET FUCKED. Jemand hatte auch die meisten Messinglettern abgebrochen, die einmal ST. BARTHOLOMEW HOSPITAL ergeben hatten. Übrig war nur noch ST. BART.

Eingeklemmt zwischen einem übermüdeten Assistenzarzt und einer Putzfrau mit einem riesigen Wäschewagen, auf dem ein Berg schmutziger Bettücher lag, fuhr Rachel mit dem knarrenden Fahrstuhl in den fünften Stock hinauf.

Alma Saucedo lag in der Station C im Bett direkt an der Tür. Sie schlief. Ihr Gesicht sah aus wie eine liebliche Elfenbeinkamee, ein Fächer schwarzen Haars auf dem Kopfkissen. Erst sechzehn, dachte Rachel. In diesem Alter sollte sie eigentlich lieber für die Schule pauken, sich mit Jungen verabreden, auf Feten gehen, nicht aber ein Kind bekommen.

Rachel erinnerte sich, wie sehr sie Alma schon bei ihrem ersten Besuch in der Klinik ins Herz geschlossen hatte. Ein schüchternes, bildhübsches Mädchen in einem marineblauen Schulpullover, der ihr zu eng geworden war. Die Untersuchung ergab, daß sie sich bereits im 4. Schwangerschaftsmonat befand, und dann kam die ganze Geschichte unter vielen Tränen heraus. Ihr erster Freund. Er hatte ihr gesagt, daß cr sic licbtc. Und ihr versprochen, es würde nichts passieren. Und jetzt wollte er nichts mehr mit ihr zu tun haben. Sie wollte das Baby auch nicht, aber ihre Eltern erlaubten ihr keine Abtreibung. Sie waren katholisch und hielten das für eine Todsünde.

Und nun sah es so aus, als ob das Baby Alma das Leben kosten könnte.

Rachel betrachtete das Krankenblatt. Blutdruck von heute früh erhöht: hundertvierzig zu hundertzehn. Ödem trotz des Magnesiumsulfats unverändert. Alma bekam laktierte Ringerlösung, aber ihre Harnausscheidung war minimal. Verdammt, dachte Rachel. Ich werde die Geburt bald einleiten müssen, wenn ihr Zustand sich nicht bessert. Ich könnte sie beide verlieren, Alma und das Baby. Morgen früh, sobald ich das Blutbild habe ...

»Doktor Rosenthal! Oh, ich bin so froh, daß Sie gekommen sind.«

Rachel bemerkte zu ihrer Überraschung, daß Alma erwacht war. Sie sah unglücklich aus. Tränen traten in die vom Schlaf geschwollenen braunen Augen, liefen die Wangen hinunter.

Rachel setzte sich auf den Bettrand und nahm Almas Hand. »Fühlen sich ganz schön elend, hm?«

»Dieser Mann«, flüsterte Alma, so leise, daß Rachel sich über sie beugen mußte, um sie zu verstehen. »Bitte ... er soll mich nicht wieder anfassen.«

Hatte Alma geträumt? »Was für ein Mann?« fragte Rachel.

»Ein Arzt, ich weiß nicht, wie er heißt. Groß und ... na ja, manche Mädchen würden sagen, gutaussehend.« Sie verzog das Gesicht zu einer Grimasse; ganz klar, sie war nicht dieser Meinung. »Er kam mit einem Haufen anderer Ärzte her, vor einer Weile ...«

Rachel nickte. »Abendvisite. Ist so üblich.«

»Nein, nein.« Alma schüttelte den Kopf. »Er ... er war nicht wie die anderen Ärzte. Er ... hat mich nicht nur untersucht. Er war so *kalt.* Wie er mich *angefaßt* hat. Ich hatte so ein Gefühl –« Sie verbarg das Gesicht in den Händen und sprach durch die Finger, es klang hohl und halberstickt. »Er hat mich nicht einmal gefragt. Er hat mir einfach die Beine auseinandergerissen und ... vor *allen* Leuten ...
mit dem Metallding ... und die ganze Zeit über mich geredet, als wäre ich gar nicht da ... o Gott, ich wollte *sterben.*«

Rachel fühlte ihren Zorn wie eine glühende Kohle in der Magengrube. Dieser Bastard! Den würde ich gern an den Daumen aufhängen, wer es auch ist.

Sie führte Tag für Tag einen nervenaufreibenden Krieg

gegen diese gefühllosen Kollegen, die ihren Patienten nicht mehr Interesse entgegenbrachten als irgendwelchen Leichen, die man in der Anatomie zerlegte.

Und ausgerechnet hier auf der Entbindungsstation. Diese Ärzte schienen allgemein der Ansicht, eine Frau, die schwanger werde, verdiene es nicht anders, als daß man ihre Geschlechtsteile zur Schau stellte wie ein Obsthändler seine Äpfel und Bananen.

Ich werde mal mit Dr. Townsend darüber sprechen, dachte sie. Er hat das Herz auf dem rechten Fleck. Soll er noch etwas Gutes tun, bevor er sich zur Ruhe setzt.

Dann fiel ihr ein, daß Harry Townsend sich ja bereits zur Ruhe gesetzt *hatte.* Als man ihm zum Abschied die Party gab, war sie leider verhindert gewesen. Aber wer hatte seinen Posten übernommen? Sie erinnerte sich, daß verschiedene Namen von Ärzten gefallen waren, die in Frage kamen, aber sie kannte keinen von ihnen. Und hatte es nicht geheißen, daß man irgendeine Koryphäe vom Presbyterian herüberlocken wollte?

Sie drückte Alma verständnisvoll die Hand und reichte ihr dann ein Papiertaschentuch aus dem Karton, der auf dem Nachttisch stand. Der Riß in Rachels Herz wurde breiter, als sie Alma zusah, die pflichtbewußt ins Taschentuch trompetete. Waren das die Gefühle, die eine Mutter empfand? Daß sie trösten wollte, aber nicht helfen konnte, außer daß sie ein Taschentuch aus einer Pappschachtel holte?

Eine Mutter. Lieber Gott, genau das werde ich sein, wenn ich schwanger bin.

Ihr Herz machte einen Sprung.

Wenn, wenn, wenn...

Wenn sie es doch nur sicher wüßte.

Rachel holte tief Luft. »Sieh mal, Alma, ich weiß, was du durchmachst. Alles ist dir jetzt schrecklich unangenehm, und das letzte, das du dir wünschst, ist, daß die Ärzte in dir herumstochern. Aber glaub mir, der einzige Grund, weshalb du hier bist, ist der, daß wir dir und deinem Baby dann helfen können. Nun versuche ein bißchen zu schlafen. Ich komme gleich morgen früh, um nach dir zu sehen.«

Alma nickte, dann, als Rachel gehen wollte, faßte sie ihre Hand und umklammerte sie ganz fest. »Versprechen Sie mir, Doktor Rosenthal... *Versprechen* Sie mir, daß niemand außer Ihnen mein Baby zur Welt bringt. Ich möchte nur Sie haben.«

Rachel blieb stehen, hin und her gerissen. Wie konnte sie so etwas versprechen? Höchstwahrscheinlich *würde* sie Alma entbinden. Aber wenn nun etwas dazwischenkam, wenn sie verhindert wäre...

Rachel öffnete den Mund, um Alma zu beruhigen und ihr zu sagen, es gäbe ja doch auch noch andere Ärzte, die gut und vielleicht sogar noch besser als sie seien. Aber der angsterfüllte Ausdruck in Almas Gesicht hinderte sie daran. Wenn sie in diesem Augenblick Almas Hoffnungen enttäuschte, in dem es darauf ankam, daß sie nicht den Mut verlor, würde sie wahrscheinlich einen größeren Schaden bei ihr anrichten als mit einem Versprechen, das sie vielleicht nicht halten konnte. »Ich verspreche es«, sagte sie.

Sie sah einen Lichtstreifen unter der Tür, auf der in großen Lettern CHEF DER GEBURTSHILFE UND GYNÄKOLOGIE stand. Nun, wer auch immer Henry ersetzt hatte, es mußte ein strebsamer Mensch sein, daß er so spät noch im Büro saß.

Rachel klopfte vorsichtig an.

»Kommen Sie herein«, rief eine gequält klingende Stimme.

Rachel stieß die Tür auf und trat ein, begierig darauf, mit dem neuen Chef zu sprechen.

Sie erblickte einen Kopf, der über den Schreibtisch gebeugt war; zerzaustes blondes Haar glänzte in dem harten runden Lichtkreis, den die an einem Schwenkarm befindliche Lampe darauf warf. Zwei muskulöse Unterarme ruhten auf einem aufgeschlagenen Aktenhefter, die Hemdsärmel waren hochgerollt. Dann hob sich der Kopf, und Rachel starrte in ein Paar müde grüne Augen.

Sie blinzelte und dachte, daß sie vor Übermüdung bereits Gespenster sähe. Nach all den Jahren...

David Sloane. Ein bißchen älter, ein bißchen dicker und immer noch gutaussehend... aber dennoch kein angenehmer Anblick. Es wölbten sich Tränensäcke unter seinen Augen, und sein Gesicht wirkte krankhaft aufgedunsen.

Sie erstarrte einen Augenblick und ihr war, als hätte man ihr alles Blut entzogen. Ein anderer David blitzte über die Leinwand ihrer Erinnerung, ein jüngerer in einer weißen Jacke, der eine Kürette in der zitternden Hand hielt.

Aber sie wischte rasch dieses Bild fort. Alte Geschichte, redete sie sich ein. Nun, da sie beide auf demselben Gebiet arbeiteten, mußten sie einander früher oder später über den Weg laufen.

Eine peinliche Situation, aber sie würde einfach das Beste daraus machen müssen.

Sie sah ihn mit einem Ruck von Townsends altem Drehstuhl aufstehen, um sie zu begrüßen. »Na, hallo.« Er knipste ein Lächeln so breit wie einen Scheinwerfer an.

Rachel streckte die Hand aus, zwang sich zu einem Lächeln.

»Hallo, David. Es ist eine Weile her, nicht wahr? Das letzte, was ich von dir hörte, war, daß du im Presbyterian arbeitetest. Es ging so ein Gerücht um, daß sie eventuell jemanden von dort holen wollten, aber ich wäre nie auf den Gedanken gekommen, daß du das sein würdest.«

»Das letzte, was ich von *dir* gehört habe«, gab er ihr den Ball zurück, »war, daß du irgendwo im Dschungel säßest und Dr. Schweitzer spieltest. Nun, ist ja schön zu sehen, daß du es heil zurück geschafft hast. Du siehst blendend aus, Rachel.«

»Du auch.«

Überhaupt nicht wahr, dachte sie. Er sieht fürchterlich aus.

»Ich würde dich einladen, Platz zu nehmen«, sagte er. »Aber wie du siehst...« Er deutete auf die halbvollen Kartons an der Tür. Unordentliche Bücher- und Aktenstapel lagen auf allen Stühlen. »Ich bin mitten im Aufräumen. Harry Townsend konnte einfach nichts wegwerfen. Der Bursche hat einfach alles aufgehoben, von alten Zündholzheftchen bis zu Autopsieberichten von vor zwanzig Jahren. Er hat die ganze Abteilung auf diese schlampige Art geleitet. Kommt mir ganz so vor, als hätte ich hier in der nächsten Zeit noch eine Menge zu tun.«

»Na ja, St. Bart ist nicht gerade das Presbyterian. Aber ich kenne mich hier ein wenig aus, meine Praxis ist ja ganz in der Nähe. Wenn ich dir also in irgendeiner Weise helfen kann...«

Es schadet nicht, dachte sie, sich bei ihm ein wenig anzubiedern. Er könnte mir das Leben hier ganz schön zur Hölle machen.

»Ich will dir was sagen«, erwiderte er und klickte wieder dieses breite Schweinwerferlächeln an. »Ich wollte sowieso gerade für heute abend Schluß machen. Laß uns doch irgendwo noch auf die schnelle ein Gläschen zur Brust nehmen, ja? Dann können wir auch gleich ein paar Kleinigkeiten durchhecheln, einverstanden? Wenn du zum Beispiel ein paar Ideen hast, wie man diesen Sauladen ausmisten könnte, nur heraus damit. Was meinst du?«

Nein, dachte Rachel. Das letzte, was ich möchte, ist, mit David in einer Bar hocken und herumlabern.

Aber dann, andererseits, wenn sie sich weigerte... nun ja, er könnte es ihr übelnehmen. Und der häßliche Haken an der Sache war, daß sie es sich nun mal leider nicht leisten konnte, ihn vor den Kopf zu stoßen. Sie gehörte hier nicht zum Stab, sie war nur geduldet und auf das Wohlwollen des Chefs der Abteilung angewiesen. All ihre Privilegien konnten jederzeit widerrufen werden. Und außerdem: Was schadete es schon?

»Gern«, log sie, »aber es muß wirklich auf die schnelle geschehen. Ich werde schon seit einer Stunde zu Hause erwartet.«

Augenblicklich angelte er sich seine Jacke – Wildleder, und zwar sehr teuer.

»Heim zum Allerwertesten?« Es verbarg sich schneidender Hohn hinter diesem breiten Lächeln, aber sie hatte sich bereits entschlossen, diplomatisch zu sein, selbst wenn sie daran krepierte.

Sie setzte einen Ausdruck auf, von dem sie hoffte, daß er eine angenehme Wirkung auf ihn hätte. »Ja, in der Tat. Und du? Verheiratet?«

»Wer, ich? Nein, noch nicht. Ich nehme das Leben immer noch gern ein bißchen locker vom Hocker. Eine Ehefrau hätte das ziemlich bald satt. Verstehst du, was ich meine?« Er nahm ihren Arm, führte sie hinaus, und sie mußte gegen ihren Wunsch ankämpfen, sich von ihm loszureißen. »Also ja, ich glaube schon, man kann sagen, daß ich in diesem Punkt bisher Schwein gehabt habe. Sieht ganz so aus, als zöge ich die Zwangsarbeit hier dem lebenslänglichen Zuchthaus irgendwo zu Hause vor.« Er lachte laut über seinen Witz.

Rachel schrumpfte innerlich zusammen. Sie sah etwas an seinem Hals glänzen. Ein Goldkettchen! O Gott, hatte sie sich wirklich darauf eingelassen, mit diesem widerlichen Kerl etwas trinken zu gehen?

Und da war noch etwas, das da irgendwo in ihrem Hinterkopf nagte. Ja, es hatte mit dem Presbyterian zu tun. Ihre alte Freundin Celia Kramer, eine Oberschwester in der dortigen Entbindungsstation, hatte vor einiger Zeit etwas David Betreffendes erwähnt. Irgendeine Art Skandal. Aber was war das gewesen?

»Wo ist denn diese Bar, in die du mich bringst?« fragte Rachel, und ihr Magen zog sich zusammen, als das Taxi wieder in eine andere schmale Seitenstraße in Greenwich Village bog.

Sie wünschte sich nun, sie hätte sich nicht Gordo's Bar, das Lokal schräg gegenüber vom St. Bart, ausreden lassen. Gordo's war ziemlich schäbig und das Fernsehen oft ziemlich laut, aber wenigstens kannte sie eine Menge von den Leuten, die dort verkehrten.

»Es ist ein ruhiger Ort«, antwortete David, »wo wir uns unterhalten können. Hektik habe ich im St. Bartholomew's genug. Keine Angst, wir sind gleich da.«

Angst, dachte sie. Weshalb sollte ich denn Angst haben? Wir sind ja doch nur zwei Kollegen, die nach der Arbeit noch ein Glas zusammen trinken gehen. Es stimmt, wir waren mal ziemlich eng befreundet, und du hast mir ein Kind gemacht, aber...

Das Taxi hielt an, David zahlte und stieg aus. Eine nette Wohngegend, sah sie. Bäume, eine Reihe alter Ziegelsteinhäuser mit frisch gestrichenen Türen und Fensterrahmen, ein gut gekleidetes Paar, das einen Hund ausführte, aber keine Bars...

»Ich wollte mal ein bißchen mit meinem neuen Zuhause protzen«, erklärte David etwas verlegen. »Bin gerade vorigen Monat eingezogen. Ich glaube, ich habe wirklich das große Los gezogen, obwohl es keinen Fahrstuhl gibt. Na komm schon, sieh mich doch nicht so an, es sind ja nur zwei Treppen, und es ist wirklich ruhig, wir können uns unterhalten.«

Sie zögerte, obwohl sie nicht genau sagen konnte, weshalb. »Einverstanden, aber ich kann wirklich nur ein paar Minuten bleiben.«

Mehr als eine halbe Stunde später saß Rachel eingekeilt in einer Ecke seines weißen Ledersofas. Zweimal hatte sie ihm gesagt, daß sie gehen müsse, und jedesmal hatte David darauf bestanden, daß sie noch einen Augenblick bliebe, sie solle doch wenigstens noch ein zweites Glas zu sich nehmen.

Dabei hatte sie noch immer nicht ihr erstes ausgetrunken, während David allerdings bereits bei seinem dritten Glas Scotch war.

Der glasige Ausdruck in seinen Augen und wie er dasaß oder eher lag, ein Bein auf dem Polster, den Arm über die Rückenlehne hängen lassend und das Gesicht ihr zugewandt, verursachten ein flaues Gefühl in ihrem Magen. Es war ganz falsch gewesen, daß sie sich hatte überreden lassen, mit zu ihm heraufzukommen.

Auch diese Wohnung war irgendwie ganz falsch. Wie aus einem Prospekt von Bloomingdale, alles in Biskuit- und Michweiß, die Möbel peinlich genau in Rechtecken angeordnet, irgendwie seelenlos.

David sprach jetzt vom Presbyterian, und sie versuchte sich auf das zu konzentrieren, was er sagte.

»...ja, ich weiß, es klingt verrückt, ist aber trotzdem wahr. Mein Doktorgrad von Princeton war denen einen feuchten Kehricht wert.
Du bist nicht in ihren Kreisen geboren, und da lassen sie dich eben nicht rein in ihren Klub. Das geht natürlich alles ganz mit rechten Dingen zu, alles ganz gediegen, die Herrschaften sind ja alle ach so wohlerzogen und so wahnsinnig vornehm und tun bestimmt so, als ob du auch da hineindürftest, aber genau im richtigen Augenblick dann fertigen sie dich doch mit irgendwelchen Kleinigkeiten, irgendwelchen raffinierten Tricks ab und lassen dich draußen stehen und zeigen dir, wie sehr sie dich verachten, und zwar indem sie dich ganz bewußt und systematisch stets bei deinem *ganzen* Vornamen nennen, während *sie* untereinander allesamt natürlich ihre ganz bestimmten Spitznamen und Abkürzungen haben. Und irgendwie ist auch zufällig niemals ein Stuhl an ihrem Tisch frei für dich, wenn du in die Kantine kommst. Und dann haben mir diese Hundesöhne natürlich stets die schwerste Arbeit aufgehalst. Ich habe immerzu nur gearbeitet und alles perfekt erledigt, wie das nun einmal meine Art ist. Ich hätte also den Chefarztposten verdient. Ich war bei weitem der Beste, ohne jede Frage.«

Er atmete schwer, sein Gesicht war gerötet. Rachel hatte das Gefühl, daß er im Begriff war, die Beherrschung zu verlieren. Sie stellte ihr Glas auf den Tisch und erhob sich, um zu gehen.

»Ich würde sehr gern irgendwann mal die ganze Geschichte hören, David, aber ich muß jetzt wirklich –«

Seine Hand schoß heraus und packte ihr Handgelenk wie mit einem eisernen Schraubstock.

»Geh noch nicht... bitte, du hast mir noch gar nichts von dir erzählt und wie es dir drüben in Vietnam ergangen ist. Und du hast ja auch noch nicht einmal dein Glas ausgetrunken.«

Er ließ ihr Handgelenk nicht los. Er ließ nicht locker –

Sie gab auf, ließ sich zurück aufs Sofa fallen; ihre Knie waren weich wie Butter. Sie rieb sich das Handgelenk, das ein wenig prickelte und schmerzte. Aber David konnte das ja doch nicht so gemeint haben. Nein, sie bildete sich das natürlich nur ein, daß er sie bedrohte. Nicht wahr, sie war hergekommen, um mit ihm zu diskutieren, und zwar über St. Bart und über Alma Saucedo. Ja, nun mußte diese Diskussion endlich begonnen werden.

Und dann, nachdem er sich beruhigt hätte, dann erst würde sie aufstehen und zur Tür gehen und die beiden Treppen hinunterrennen und ein Taxi rufen.

Allenfalls noch zehn Minuten, sagte sie sich. Und dann nach Hause.

»David, ich hätte gern deinen Rat wegen einer Patientin von mir.« Sie begann sich vorsichtig in jene Position hineinzuräkeln, von der aus sie dann rasch zur Tür entkommen könnte. Sie beschrieb ihm Almas Zustand. »Ich möchte ihr nicht gleich Pitocin geben. Die Überlebenschancen des Babys wären dann weniger als fünfzig Prozent. Andererseits, wenn ich noch warte...«

»Ich habe sie selbst untersucht«, unterbrach er sie, »zwei, drei Stunden, bevor du wie ein Blitz aus heiterem Himmel in mein Büro geplatzt bist. Sie sah zwar nicht so aus, als ob sie beim Tangotanzen noch den großen Preis gewinnen würde, aber an deiner Stelle würde ich mich da nicht gleich in irgend etwas hineinsteigern. Gib ihr ein, zwei Tage, bevor du sie mit Pit fertigmachst.«

Also warst du derjenige, dachte sie. Ich hätte es mir denken können.

Rachel stand unvermittelt auf und stieß mit dem Knie gegen den Kaffeetisch. Ihr Glas schlitterte weg und hinterließ eine feuchte Bremsspur auf der hellen, polierten Oberfläche. Der Schmerz schoß ihr durchs Bein. So ein Mist. Sie würde einen blauen Fleck bekommen. Aber es war ihr gleich. In diesem Augenblick wollte sie nur hinaus, weg von hier.

»Danke für den Drink«, sagte sie. »Ich muß wirklich los. Bleib sitzen, ich finde schon den Weg hinaus.«

Aber er stand auf und bewegte sich mit plumper Zielstrebigkeit, verstellte ihr den Weg – ein, zwei Meter vor der Tür. Rachels Herz fing an schneller zu schlagen, und ihr Magen drehte sich langsam um.

»Warum hast du es denn so eilig?«

Sie sah, daß er rot geworden war, die Adern an seinem Hals traten heraus, seine Augen waren schmal.

»Sieben Jahre, verdammt noch mal, sieben Jahre lang habe ich dich nicht gesehen, und plötzlich rennst du wie ein geölter Blitz zur Tür. Ich frage dich, ehrlich, ist das 'ne Art, einen alten Freund zu behandeln?«

»Sieh doch mal, David, laß uns nicht alles kaputtmachen. Es war toll, dich wiederzusehen, aber wie ich schon sagte –«

»Wartet noch jemand außer deinem Allerwertesten auf dich? Ein Kind vielleicht? Oder mehrere Kinder?«

»Keine Kinder.« Sogar das Aussprechen dieser Worte tat weh. Oh, verdammt, daß ausgerechnet er sie daran erinnern mußte.

»Weißt du, das ist komisch, weil ich immer dachte, du würdest mal eine großartige Mutter abgeben«, fuhr er fort und stand mit krummem Rücken vor der Tür. »Nimm meine eigene Mutter zum Beispiel. Die ließ zwischen mich und meinen Pop nichts kommen. Nicht mal, wenn er mir den

Arsch versohlte, daß die Fetzen flogen. Also, *das* heißt zusammengehören und ein Herz und eine Seele sein, wie man so schön sagt. Mein Alter und ich, wir waren so.« Er hielt zwei Finger hoch – zusammengepreßt. Sie sah, daß seine Hand zitterte. »Aber ich mache es ihm gar nicht zum Vorwurf. Und weißt du, warum? Weil sie nämlich diejenige welche war. Diese egoistische Sau hat immer nur an sich selbst gedacht. Und nie war ihr irgendwas gut genug. Sie wollte immer alles für sich haben. Sie hat ihn so weit gebracht. Sie hat ihn jeden Abend in den Suff hineingetrieben. Und wenn der kleine Davey ihm da zufällig über den Weg lief, ja, das war dann eben sein verdammtes Pech.«

»David, hör auf.« Sie hatte jetzt Angst, ihr Magen war ein fester Knoten.

»He!... Ich fange gerade erst an. Du weißt, sieben Jahre sind eine lange Zeit. In sieben Jahren gehen einem eine Menge Gedanken durch den Kopf. Ich habe zum Beispiel früher nie bemerkt, wie sehr du mich an meine Mutter erinnerst.«

Seine Augen, hart und glühend rot, starrten sie an. Rachel lief es kalt den Rücken herunter.

»David, du regst dich ja jetzt so wahnsinnig auf. Sieh mal, versuch dich doch zu beruhigen, leg dich hin und schlaf. Wir reden morgen darüber weiter.«

Sie versuchte, einen Schritt vorwärts zu machen, um die Tür zu erreichen.

Er sprang auf sie zu, packte sie roh bei den Schultern, tat ihr weh mit seinen Fingern, die sich in sie hineinbohrten. Ein Schrei blieb ihr im Hals stecken, unterhalb des Adamsapfels, sie bekam ihn nicht heraus. Sie war unfähig, sich zu bewegen. Sie war erstarrt wie in einem Alptraum.

Sein Gesicht war nur Zentimeter von ihrem entfernt, der Alkoholgestank seines Atems hüllte sie ein wie ein giftiger Nebel.

»Nein!« brüllte er. »Jetzt reden wir. *Jetzt!*«

»Du bist nicht bei Trost«, sagte sie.

Sie kämpfte mit ihm, um sich zu befreien, aber er warf sie herum und drückte sie gegen die Wand, nagelte sie fest. Sie hörte etwas an ihrem Ohr vorbeischlittern und in sie hineinplatzen. Eine Leuchtkugel explodierte in ihrem Schädel. Eine Fontäne aus roten Funken. Blut, sie schmeckte Blut. Sie hatte sich gebissen. Sie fühlte sich wie damals mit acht, als sie mit dem Fahrrad einen Berg hinuntergerast und hingestürzt war... betäubt, benommen, sogar ein bißchen dumm und albern. Das konnte doch nicht wahr sein, das gab es doch gar nicht, daß ihr so etwas geschah. Das mußte –

Davids Mund stieß hart auf ihren herab.

O lieber Gott, nein... NEIN

Sie fühlte seine Zunge, rauh wie Sandpapier, die in ihren Mund eindrang. Ihr weh tat. Sie schmeckte immerzu Blut. Gott... o Gott...

»Fühlt sich gut an, was? Baby?« keuchte er. »O ja, ich weiß noch genau, wie du damals geschrien hast. Du willst ja, jetzt gleich, nicht? Du willst, daß ich dich genauso wie früher ficke, damit du schreist. Dazu bist du doch hergekommen, oder was?«

Sie spürte einen heißen Adrenalinstoß durch ihren Körper wirbeln.

»Du Bastard!« schrie sie und schlug blind und zornig mit beiden Fäusten auf ihn ein. Sie traf ihn so hart, daß der Stoß sich ihren Arm hinauf fortsetzte und sie schüttelte.

Er hielt die Unterarme vors Gesicht, um ihre Schläge abzuwehren. Und sie sah zu ihrem Entsetzen, daß seine Zähne blutig waren und das Blut aus seinem Mundwinkel troff...

Sie stürzte zur Tür und suchte wie rasend nach dem Türknopf, drehte ihn, hörte es klicken. Die Tür öffnete sich jetzt. Gott sei Dank. Oh, danke –

Von hinten fühlte Rachel etwas sie anspringen, und plötzlich kippte der Raum, Wände und Fußboden drehten sich umeinander. Dann wurde alles grau und glitschig.

»Du Nutte.« Eine Stimme platzte in ihren Kopf hinein. »Ich werde es dir besorgen. Was du haben wolltest.«

Ihr Kopf wurde klarer, und sie spürte einen brennenden Schmerz im Hals, als hätte man ihr einen heißen Spieß hineingestochen.

Und sie sah.

David. Er kniete über ihr. Wie rasend damit beschäftigt, seinen Gürtel aufzuschnallen, den Reißverschluß seiner Hose aufzureißen. O nein. Bitte...

Es war ihr, als wäre sie wahnsinnig geworden. All diese Jahre waren irgendwie ausgelöscht, und sie lag auf einem Tisch in einer verlassenen Arztpraxis, hörte den Regen gegen die Fenster prasseln, sah die groteske weiße Maske von Davids hübschem Gesicht eingerahmt zwischen ihren hochgezogenen Knien...

David zerrte jetzt an ihren Beinen, riß sie auseinander, riß sie aus dem längst vergangenen Alptraum in den Alptraum dieses Augenblicks zurück.

»Nein! *Nein! Hör auf!*« Ihre Stimme war wieder da.

Sie hörte etwas zerreißen. Ihr Rock, er zerrte ihn beiseite. Dann lag er auf ihr mit seinem Gewicht, erdrückend und erstickend, sie bekam keine Luft mehr. Hilfe! Luft! Etwas Weiches, Feuchtes stieß ihr zwischen die Beine.

»Du Nutte. Du verdammtes Miststück. Ich will dich *schreien* hören.«

Dann spürte sie, wie er mit seinem ganzen Gewicht auf ihr lag und pumpte.

Aber das Ding, das er gegen sie stieß, blieb schlaff.

In einem einzigen irrsinnigen Augenblick begriff Rachel: *Er kann mich nicht vergewaltigen. Er schafft es nicht. Er kriegt ihn nicht hoch.*

Hysterisches Gelächter zitterte in ihren Eingeweiden, sie biß die Zähne zusammen, um es nicht herauszulassen. Vielleicht schaffte er es nicht, sie zu vergewaltigen, aber er könnte sie immer noch verletzen.

Aber dann brach David zusammen. Rollte von ihr herunter, Luft drang wieder in ihre Lungen ein.

Rachel setzte sich auf und war einen Augenblick verwirrt,

als sähe sie ein surrealistisches Gemälde. Ein Bild Salvador Dalis von einem zerzausten, einstmals hübschen Mann, der inmitten der Eiswürfel eines umgeworfenen Drinks auf einem eierschalenfarbenen Teppich auf dem Rücken lag.

Er weinte.

Tränen sickerten aus seinen Augenwinkeln, tröpfelten in seine modisch langen Koteletten hinab. Seine Brust zuckte auf und nieder und machte ein scheußliches, hackendes Geräusch, das an einen trockenen, stoßweisen Husten erinnerte.

»Ich kann nicht«, schluchzte er unzusammenhängend. »Ich kann nicht ... nicht bei dir ... bei keiner ... bring's nicht mehr ... sieben Jahre ... o Jesus ... was hast du getan? Was hast du in der Nacht damals mit mir gemacht?« Seine vor Haß glitzernden feuchten Augen fixierten sie. »Dich hätte ich umbringen sollen, nicht das Kind ... *Ich hätte dich umbringen sollen!*«

Rachel richtete sich torkelnd auf. Er war krank ... ein krankes Tier ... sie wollte nichts mehr hören.

Sie schaffte es zur Tür. Diesmal ging sie auf, ganz leicht, schwang auf, als ob ein elektrisches Auge es ihr befahl.

Vorsichtig jetzt. Die Treppe. Immer nur eine Stufe auf einmal. Sie hielt sich die Ohren zu, um nicht die Stimme zu hören, die sie verfolgte, aber sie hörte sie trotzdem. Sie schien in ihrem Kopf zu sein und kreischte: *»Ich kriege dich noch! Wart's ab, irgendwie kriege ich dich. Ich zahle dir heim, was du mir angetan hast. Du entkommst mir nicht. Bilde dir das nicht ein. Ich erwische dich noch.«*

Draußen sah sie zu ihrer Erleichterung ein freies Taxi und rief es, und es hielt.

Hinten auf dem Rücksitz fing sie an zu schluchzen, es überkam sie in Wellen.

»Sind Sie o.k., Lady?« krächzte der Fahrer.

»Nein«, weinte sie.

»Hat Ihnen jemand weh getan? Wollen Sie zur Polizei?«

»Nein, nein.«

»He! Lady, tut mir leid, aber ich muß Geld verdienen. Also wohin?«

Sie gab ihm ihre Adresse an. Ja, Brian. Nur Brian, niemand sonst.

Ihr ganzer Körper zuckte, hob und senkte sich von ihrem Schluchzen, es war ein trockenes Schluchzen, das aus der Mitte ihres Körpers hervorzustoßen schien, und dann fiel ihr plötzlich ein: *Ich kann nicht. Kann nicht... wie könnte ich es ihm erzählen? Wenn ich ihm von heute abend erzähle, muß ich ihm alles andere auch erzählen. Die Abtreibung, alles, daß ich ihn jahrelang belogen habe.*

Aber es gab einen Ausweg aus alledem. Es war eine Hoffnung vorhanden. Die Schwangerschaft – vielleicht.

Brian würde so glücklich sein. Die Vergangenheit spielte dann keine Rolle mehr. Sie schloß die Augen und stellte sich Brian im Central Park vor, wie er einen dieser großen, glänzenden englischen Kinderwagen schob und dann vorsichtig, ganz vorsichtig die flauschigen Decken beiseite schob, wenn jemand stehenblieb, um einen Blick hineinzuwerfen.

Aber so sehr sie es sich auch vorzustellen versuchte, es gelang Rachel nicht, das Gesicht dieses imaginären Babys zu sehen.

Dann spürte sie die Feuchtigkeit zwischen den Beinen. Einen leichten, anhaltenden Krampf im Unterleib. Sie dachte: *O Gott, nein... bitte... nein.*

Aber es konnte keinen Zweifel geben. Ihre Periode war da.

Musik aus dem Radio wehte über den Rücksitz. Bobbie Gentry
sang mit einer rauhen, heiseren Stimme von der Nacht, in der Billy Joe McAllister von der Tallahatchi-Brücke sprang.

Als Rachel in das Meer aus Scheinwerfern, Verkehrsampeln und erleuchteten Schaufenstern entlang der Madison Avenue hinausstarrte, wünschte sie sich, daß sie auch von einer Brücke springen könnte.

23

Brian sah die Menschen an, die vor ihm saßen. Es mochten etwa hundert sein. Die meisten von ihnen Veteranen, ein paar Ehefrauen. Sie saßen auf den grauen, metallenen Klappstühlen. Harte Gesichter. Enttäuschte, zornige, müde Gesichter. Gesichter, deren steinerne Mienen sagten: Es gibt nichts Schlimmes, das ich nicht schon gesehen habe.

Er richtete sich auf, straffte sich. Ordnete seine Karteikarten. Was konnten sie von ihm erwarten? Hoffnung? Hofften sie, daß er irgendwie einen Schlüssel besitzen könnte, eine Medizin gegen das, was ihr Leben zerstörte?

Brian merkte, wie er unter der Jacke aus grobem Baumwolldrillich schwitzte. Wie kann ich ihnen helfen, fragte er sich. Ich weiß nicht einmal, was mein eigenes Leben, Rachels und meines, zerstört.

So viele Leute wollten hören, was er zu sagen hatte. Ehemalige Vietnamsoldaten meistens, Männer, die selbst nicht die richtigen Worte finden konnten. Einen »Grunt« wie sie selbst, der sagte, was Sache war. Jemand, der sie daran erinnerte, daß das, was sie durchgemacht hatten, noch nicht das Ende von allem war, daß es immer noch etwas Gutes in dieser Welt gab.

All diese Aufregung über Watergate jetzt, dachte er, die Anhörungen, alles spekuliert: Wird Nixon gestehen? Es ist, als litte das ganze Land an Gedächtnisschwund. Sie haben vollkommen vergessen, daß es jemals so etwas wie Vietnam gegeben hat. Sie haben den Dreck unter den Teppich gekehrt. Und diese Männer hier, die gedient und gekämpft haben, sind nur ein Haufen lästiger Mahner.

»Als ich ein kleiner Junge war«, fing er an und trat hinter dem Podium hervor, lehnte sich mit dem Ellbogen dagegen, »kannten die Kinder in meiner Gegend alle Schimpfworte, die es in der englischen Sprache gibt. Die spanischen, italienischen und jiddischen auch. Und wenn wir uns gerade mal nicht diese dreckigen Schimpfworte an den Kopf warfen, dann malten wir sie an die Hauswände. Aber ein Schimpfwort gab es, das kannten wir noch nicht. Es war damals noch nicht erfunden worden.«

Er machte eine Pause und wartete, bis das letzte Rascheln verstummte. Dann sagte er in die Stille hinein: »Vietnam.«

»Verdammt richtig!« brüllte jemand aus dem Publikum.

Brian lächelte. »Ihr wißt, wovon ich rede«, fuhr er fort. »Es ist ein Wort, das keiner mehr hören will, stimmt's? Du erwähnst Nam, und alle sehen anderswohin. Oder sie werden wütend und beschuldigen dich, du hättest da drüben Frauen und Kinder umgebracht. Sie sagen, wir hätten da drüben gar nichts zu suchen gehabt.« Er machte eine Pause und sah mehrere Männer nicken. »So lernst du, deinen Mund zu halten. Du sagst nichts mehr. Vielleicht denkst du sogar: Sie haben recht, du bist ein schlechter Kerl, ein ganz übler Bursche. Und dann sagst du dir: ›He! Mann, das ist nicht fair. Ich habe für mein Land gekämpft. Ich müßte doch eigentlich ein Held sein!‹« Er wartete einen Augenblick, dann schlug er mit der Faust auf das Podium – es war ein hohl und dumpf klingender Schlag – und sagte: »Nein! Vergiß das mit dem Held-Sein. Ich bin hier, um euch zu sagen, daß wir keine Helden sind. Wir sind auch keine schlechten Kerle. Wir sind auch keine ganz üblen Burschen. Wir sind einfach Männer. Männer, die das getan haben, was man ihnen gesagt hat, und denen man dafür einen Tritt in den Arsch gegeben hat...«

Eine halbe Stunde später konnte Brian sehen, daß diese harten Gesichter im Publikum aufgebrochen waren. Hier und da weinten Männer still vor sich hin, und die Tränen liefen über ihre von Narben gezeichneten Gesichter. Der Applaus setzte zögernd ein und brach dann in einer zornigen, fast gewalttätigen Welle der Anerkennung los.

Ich kann von Glück sagen, dachte er. Ich habe darüber geschrieben, es aus mir herausgeholt, auf diese Weise bin ich es losgeworden. Es war mir damals, als ich es zu Papier brachte, auch völlig gleich, ob es jemals einer lesen würde.

Wenn er das Schreiben von *Double Eagle* mit irgendeiner anderen Erfahrung vergleichen konnte, dann mit Malaria. Die Worte hatten in ihm gebrannt wie ein Fieber, und am Ende des Tages war er erschöpft und in Schweiß gebadet gewesen. Daß das Buch einen richtigen Schluß hatte und in einer Form herauskam, die einem Roman ähnelte, verdankte er Rachel. Sie hatte die Seiten gelesen, so wie sie aus der Schreibmaschine kamen, Vorschläge gemacht, Trost gespendet und ihm geholfen, die heiße, wütende Explosion der Worte zu einer richtigen Geschichte zu formen.

Er erinnerte sich an diese Tage und Nächte ihrer Assistenzarztzeit, als sie erschöpft nach Haus kam und trotzdem immer noch die Energie aufbrachte, die Seiten mit ihm durchzugehen, die er tagsüber geschrieben hatte. Er sah sie vor sich, es war ein Bild so präzise wie ein Schnappschuß: Rachel, einen Bleistift zwischen den Zähnen und die von ihm getippten Blätter ausgebreitet im Schoß auf dem buckeligen alten Sofa mit dem schottischen Plaid in seiner armseligen Behausung. Wie ein Schulmädchen kaute sie auf ihren Bleistiften herum und zernagte sie bis auf die Mine. Ja, sie sah so jung aus in den großen Herrenhemden, die sie über ihren Jeans trug.

Brian erinnerte sich auch an andere Zeiten, an die drei Wochen auf Fire Island jeden August, bevor sie mit der Klinik zuviel zu tun bekam. Wie sie zusammen den Strand hinuntergerannt waren, bis sie atemlos in den warmen Sand fielen. Zärtliche, lange Küsse in der Nacht am Feuer, das sie mit dem Treibholz entzündet hatten. Die vom Sand bedeckten Laken, auf denen sie sich geliebt hatten, während ihre Haut von zuviel Sonne brannte.

Rachel. Gott, wir haben uns geliebt, wir waren glücklich, nicht wahr?

Brian spürte einen Stich. Er hatte in der Zeitform der Vergangenheit gedacht.

Nein, das war falsch. Er liebte sie doch jetzt noch genauso wie damals. Nur hatte sich etwas verändert, es war nicht mehr so wie früher: Damals hatten sie gewissermaßen in ein und demselben Raum gelebt, die gleiche Luft geatmet... und nun lebten sie in zwei getrennten Sphären.

Der Saal begann sich zu leeren. Ein Dutzend Zuhörer blieb zurück. Es waren Männer, die von Vietnam befreit werden und zugleich die Erinnerung an die alte Tritt-in-den-Arsch-Kameradschaft auffrischen wollten, weil sie einander damals so nahegestanden hatten.

Bruchstücke ihrer Unterhaltung wehten zu ihm herüber, als er vom Podium herunterkam.

»Das Hundertste? Ehrlich? Ich auch. Delta-Kompanie. Ihr Jungs habt uns ganz schön die Ärsche aufgerissen bei Phu Bai, nach Tet...«

»...Ihr habt eure Ärsche in den Dreck buddeln können, Scheiße, Mann. Aber wir waren oben in der Luft und haben die ganze Flak in die Fresse gekriegt. Mann, habt ihr schon mal in so einem Schlitten gesessen und die ballern dir den verdammten Schwanz unter dem Arsch weg...?«

Brian wünschte sich mit einemmal, daß sie alle verschwänden. In den Schläfen spürte er einen bohrenden Schmerz. Und ein dumpfes Pochen in den Stirnhöhlen. Er hatte nur noch einen Wunsch: nach Hause zu fahren und Rachel dort anzutreffen, wie sie auf ihn wartete, etwas zu essen machte... oder einfach nur da war und wartete, daß er zur Tür hereinkam und sie in die Arme nahm...

Laß den Unsinn, Mann, sagte er sich. Sie ist nicht da. Sie ist in der Klinik oder im Krankenhaus. Wahrscheinlich rettet sie gerade jemandem das Leben. Und darauf kannst du Gift nehmen: dir nicht. Du warst schon dran.

Brian hob den Kopf und sah rechts unten aus dem Schatten des Korridors eine Frau treten. Einen verrückten Augenblick lang dachte er, es sei Rachel. Er fühlte ein Glücksgefühl in sich aufwallen: Sie hatte einmal alles andere sein lassen, um ihn hier zu treffen. Wundervoll.

Dann stellte er zu seiner Enttäuschung fest, daß sie es nicht sein konnte. Viel zu groß und zu dunkel. Außerdem trug sie einen Hut, der einen Schatten über ihr Gesicht warf. Rachel trug nie einen Hut. Sie sagte immer, Hüte seien für große Frauen, kleine Frauen mit Hüten sähen wie Pilze aus.

Diese Frau war kein Pilz. Eher eine Weide – groß und anmutig. Er sah sie kommen, wie sie um die Gruppe der Männer herumging, ein weißer Baumwollrock wehte um die gebräunten Waden. Es war ihm, als ob er sie schon einmal gesehen hätte. Die Frau hob den Kopf, und unter dem Rand des Hutes erschien ihr Gesicht. Brian erkannte es. Rose. Guter Herrgott. Was tat sie hier?

Er sah sie zielbewußt die Männer überholen, die auf ihn zukamen, dann streckte sie die Hand aus, lange, schlanke Finger, warm und überraschend sanft, umschlossen die seinen. Sie legte den Kopf ein wenig in den Nacken zurück, ein schüchternes Lächeln lugte unter dem Hutrand hervor. Brians Unbehagen verlor sich augenblicklich und verwandelte sich in ein Gefühl großer Zärtlichkeit. Er erinnerte sich: Er sah ein kleines Mädchen allein auf einem Schulhof stehen, verschorfte Knie schauten unter einem Kleid hervor, das viel zu klein für sie war, und ihr Gesicht drückte den ganzen Jammer dieser Welt aus. Er nahm sie bei der Hand, und sie schenkte ihm ein strahlendes Lächeln, das das schüchterne häßliche Entlein in etwas sehr Schönes verwandelte, so daß ihm vor Erstaunen die Luft wegblieb.

Brian hatte jetzt das gleiche Gefühl: als bekämen seine Lungen nicht genügend Luft. »Rose. Was, zum Teufel, machst du denn hier?«

»Das ist ja eine nette Art, eine alte Freundin zu begrüßen.« Sie lachte, und er war erleichtert zu hören, wie entspannt es klang. Nein, es würde nicht wieder so wie in London werden. »Ich wollte dich natürlich sehen. Das heißt vor allem, dich *hören.* Ich wußte nicht so recht, ob ich mich zwischen all diesen Leuten hindurch nach vorn drängen sollte. Aber ich bin froh, daß ich es getan habe. Ich möchte dir eins sagen: Du hast das großartig gemacht da oben. Ich wußte immer schon, daß du Schriftsteller werden würdest, aber das... ja, ich fand es wirklich sehr beeindruckend.« Es klang, als meinte sie es ehrlich.

Nun mit einemmal freute er sich sehr, daß sie da war. »Hör mal, kannst du ein paar Minuten warten? Es sind ein paar Leute hier, mit denen ich noch reden muß. Und dann, was meinst du, trinken wir irgendwo eine Tasse Kaffee? Oben an der Ecke ist ein Restaurant.«

Sie zögerte, einen Augenblick lang verschwand ihr Lächeln und ein Schatten glitt über ihr Gesicht. Dann antwortete sie: »Ich könnte vielleicht wirklich eine Tasse Kaffee gebrauchen. Ich arbeite gerade an einem Schriftsatz, und wahrscheinlich werde ich die ganze Nacht damit zu tun haben. Ja, weißt du, eigentlich dürfte ich gar nicht hier sein. Aber ich konnte einfach der Versuchung nicht widerstehen, als ich die Ankündigung in der Zeitung las. Ich wohne nur ein paar Straßen von hier entfernt.«

»Wunderbar. Gib mir fünf Minuten.«

Brian wandte sich der Gruppe zu, die am Podium auf ihn wartete. Doch da erregte ein Tumult am hinteren Ende des Saals, nahe dem Ausgang, seine Aufmerksamkeit. Zwei Männer stritten miteinander. Er sah ein Messer aufblitzen. Ach du lieber Himmel, das fehlte noch.

Brian packte die Wut. Verdammt. Hatten sie es denn noch immer nicht begriffen? Der Krieg war vorbei.

Er stürzte den Mittelgang hinunter, die Menge wich zurück, metallene Stühle rutschten über den Fußboden und stießen gegeneinander. Ein Kreis von Zuschauern hatte sich um die beiden Kampfhähne gebildet, er bahnte sich einen Weg hindurch, stieß sie mit dem Ellbogen beiseite. Innerhalb des Kreises sah er Fäuste durch die Luft wirbeln, verzerrte Gesichter, ein am Ärmel aufgerissenes kariertes Cowboyhemd. Ein hagerer Weißer schlug wie ein Wahnsinniger mit den Fäusten auf einen massigen Schwarzen ein.

»Fuck you, man«, spuckte das Cowboyhemd. »Ich war 1968 dabei, ich habe in Hue gekämpft. Ich bin kein Motherfucker aus dem zweiten Glied!«

»He, du Armleuchter«, knurrte der Schwarze. »Ich habe ein *Bein* in der Tet-Offensive verloren, also erzähle du *mir* nichts von Kämpfen.«

Brian fiel auf, daß der Schwarze ein wenig schief dastand, die eine Hüfte höher als die andere – er trug eine Prothese. Aber der Weiße wollte sich offensichtlich nicht die Gelegenheit entgehen lassen, über jemanden herzufallen.

Er sprang vor, das Messer in der Hand, und Brian fühlte etwas im Kopf klicken, sein Kampfinstinkt schnappte ein wie eine Patrone in eine Gewehrkammer. Es war alles wieder genau wie in Nam, der heiße Adrenalinstoß, das Summen in den Ohren, der plötzliche Verlust der Schwerkraft.

Brian sprang den Weißen in dem Cowboyhemd an, packte ihn beim Handgelenk und drehte ihm gleichzeitig den anderen Arm auf den Rücken. Er hörte ein wütendes Grunzen und fühlte, wie der Cowboy unter seinem Zugriff bockte und hin- und herzerrte und dann unvermittelt erschlaffte. Das Messer fiel klappernd zu Boden.

Der Mann sackte weg und krümmte sich zusammen. Brian fing ihn in einer harten Umarmung auf und spürte, wie seine Brust zu zucken anfing, als ob er losschluchzen wollte.

»Ist schon gut, Mann«, murmelte Brian. »Du brauchst uns hier nichts mehr zu beweisen. Der Krieg ist zu Ende.«

Dann fühlte Brian eine sanfte Berührung an der Schulter. Er drehte sich um, und da stand Rose, die schwarzen Augen groß und leuchtend, im Gesicht ein rätselhaftes Lächeln.

»Ich hatte ganz vergessen, daß du schon früher auf dem Schulhof immer die Kämpfenden voneinander getrennt hast«, sagte sie. »Du hast dich nicht verändert, Brian. Eines Tages wirst du dich verletzen, während du jemand anderem zu helfen versuchst.«

Er zuckte die Achseln. »Diese Typen … sind wie Handgranaten auf Menschenbeinen. Sie sind blitzschnell entsichert. Eigentlich wollen sie niemandem weh tun.«

»Aber sie tun einem weh … selbst wenn sie es gar nicht wollen.« Er meinte einen Schatten über ihr hübsches Gesicht gleiten zu sehen, dann senkte sie rasch den Kopf und nahm seinen Arm. »Sollen wir jetzt Kaffee trinken gehen? Ich glaube, wir könnten beide einen gebrauchen.«

Wenig später, als sie einander im City Diner an der 23. Straße in einer Nische gegenübersaßen und ihren Kaffee bestellt hatten, sagte Rose: »Ich glaube, ich verstehe jetzt... wovon du heute abend gesprochen hast... wie es vielen von diesen Kerlen geht. Vor ein paar Monaten habe ich einen Mann verteidigt. Er hatte jemanden umgebracht, weil er ihn beim Überholmanöver auf der Jersey Turnpike geschnitten hatte. So eine Riesenwut über so eine Bagatelle. Ich habe es damals nicht verstanden. Jetzt begreife ich es.«

Brian hätte gern die Hand über den Tisch ausgestreckt und ihre Hand berührt. Der heiße Dampf, der aus dem weißen Kaffeebecher stieg, ließ ihr Gesicht wie eine Fata Morgana erscheinen.

»Die Wut ist nur ein Teil davon«, sagte er. »Außerdem ist da auch noch das Schuldgefühl. Das schlechte Gewissen. Du hast so viele von den Kameraden da drüben sterben sehen und fragst dich, warum *du* durchgekommen bist. Warum bist du so etwas Besonderes? Und wenn du darauf keine Antwort weißt, fängst du an dir zu überlegen, daß du ja vielleicht doch gar nichts Besonderes bist und daß du es eigentlich verdient hättest, genau wie sie vor die Hunde zu gehen.«

»Hast du das auch so empfunden?«

»Eine Zeitlang ja. Aber jetzt bin ich darüber hinweg. Es hilft sehr, wenn man darüber reden kann. Ich habe mich durch das Schreiben des Buches davon zu befreien versucht. Hör mal, möchtest du nicht etwas essen? Einen Hamburger? Ein Stück Torte? Die Blaubeertorte ist nicht schlecht.«

»Nein, danke. Ich habe gesehen, was sie für riesige Portionen haben. Für Lastwagenfahrer genau das Richtige. Aber ich würde die ganze Nacht und eine Schaufel brauchen, um mich hindurchzuarbeiten.« Sie lächelte und beugte sich ein wenig vor. »Schreibst du an irgend etwas Neuem? An einem zweiten Roman?«

»Wenn ich Zeit habe. Es ist...« Brian zögerte. Sollte er es ihr erzählen? Das neue Buch handelte von seiner Kindheit, von seinem Aufwachsen in Brooklyn. Von den fünfziger Jahren. Und sie war ein so wichtiger Teil davon. »...noch zu früh, um etwas darüber zu sagen, wovon es handelt. Im Augenblick liegen mehr Seiten in meinem Papierkorb als auf dem Schreibtisch.«

»Oh, Brian...« Sie beugte sich über den Tisch vor und strahlte ihn mit diesem Lächeln an, das ihn einen halben Meter von der abgewetzten kunstledernen Sitzbank hochhob. »...ich *freue* mich für dich. Wirklich. Ich glaube, ich bin heute abend auch deshalb gekommen, weil ich dir sagen wollte, daß es mir leid tut, was in London passiert ist. Es war... der Schock, dich dort zu sehen. Ich hatte einfach nicht mit dir gerechnet. Es stimmt, ich war wütend und verletzt, aber trotzdem bin ich auch immer stolz auf dich gewesen. Ich wußte, daß du eines Tages ein wundervolles Buch schreiben würdest.«

»Du mußt irgendwo eine Kristallkugel haben. Früher habe ich doch ziemlich idiotisches Zeugs verfaßt.«

Sie lachte. »Ja, ich erinnere mich. Aber so verrückt es auch war, es hatte ein gewisses... na ja, Flair. Wie viele werden schon von Elefanten zertrampelt, von einem Rhinozeros aufgespießt, von einer Pythonschlange erwürgt und haben trotzdem noch die Kraft, Federball zu spielen?«

»Immer noch nicht so schlimm wie der Held, der in meinem mysteriösen Kriminalroman nur deshalb wieder auflebte, weil es mir entfallen war, daß ich ihn schon im zweiten Kapitel getötet hatte.«

»Finde dich damit ab, Brian. Du bist nicht aus dem Holz geschnitzt, daß du ein zweiter Mickey Spillane werden könntest.«

Sie fing an zu kichern. Dann packte es ihn auch, und er wäre fast an seinem Kaffee erstickt. Mit einemmal wurde es ihm bewußt, wie schnell die Zeit vergangen war. Er dachte an die heißen Sommernächte mit Rose draußen auf der

Feuertreppe, an den Duft der Krapfen, der von dem Delikatessenladen auf der Avenue J heraufwehte. Sie hatten zusammen Weintrauben gegessen und Pops Lucky Strikes geraucht. Und Rose hatte ihm all diese verrückten Kartentricks beigebracht. Es war damals alles viel einfacher gewesen. Damals, lange vor Vietnam, als der Gedanke, daß man einmal dreißig Jahre alt werden könnte, einem so unglaublich vorkam wie die Vorstellung, daß es so etwas wie den Tod gab. Er verspürte den Wunsch, ganz tief in diese Erinnerungen einzutauchen, so daß er niemals mehr in die Gegenwart zurückzukehren brauchte.

»Was ist mit Kindern, Brian? Ich weiß, du wolltest immer eine Familie...«

Es kam ihm vor, als wäre er auf einer Schaukel sitzend emporgeflogen und hätte große schwingende Bögen auf den buntstiftblauen Himmel gezeichnet, und plötzlich risse man die Schaukel unter ihm weg.

»Wir strengen uns an«, sagte er. »Aber bisher kein Glück.«

»Das tut mir leid.«

»Braucht es nicht. Es ist nicht hoffnungslos. Nur verdammt enttäuschend jedesmal. Ich habe mir immer eine große Familie gewünscht, und jetzt wäre ich mit einem Kind zufrieden.«

»Deine Frau ist... ich habe von ihrer Praxis gelesen.« Rose wechselte taktvoll das Thema. »Es ist wunderbar, was sie für diese Leute in der Gegend dort tut.«

»Sie ist eine hingebungsvolle und engagierte Frau.«

In mancherlei Hinsicht, dachte er, waren Rachel und Rose einander sehr ähnlich. Sie besaßen beide eine Art inneren Feuers, aber bei Rachel war es in alle Richtungen geglüht. Roses Feuer brannte langsamer, heißer und konzentrierter.

Brian fiel der Abend in London ein und wie Rose ihn angesehen hatte. Sie schaute ihn jetzt genauso an; ihre dunklen Augen fixierten ihn, ließen ihn nicht los mit diesem stillen Mona-Lisa-Lächeln, das er so gut kannte. Er wollte, sie würde aufhören ... aufhören, ein Gefühl in ihm zu erregen, das –

»Dieser Mann, mit dem du auf der Party warst«, fragte er. »Wirst du ihn heiraten?«

»Max?« Sie sah ihn erschrocken an, und ihre Tasse schwankte, als sie sie an den Mund hob. Etwas daraus ergoß sich auf ihren Handrücken, und sie wischte es schnell mit einer Serviette weg. Brian sah die gezackte weiße Narbe, die sich in ihrer Handfläche knitterte, und zuckte innerlich zusammen. »Nun guck dir an, was ich getan habe, Brian. Erinnerst du dich noch, wie ich dauernd vom Fahrrad gefallen bin und mir die Knie aufgeschlagen habe? Du siehst also: kein bißchen verändert. Erst vorige Woche bin ich –«

»Er ist in dich verliebt.«

Ihre Wangen röteten sich. »Mach keine Witze. Max ist ... na ja, eben Max. Ich könnte nicht ohne ihn klarkommen, aber wir sind einfach nur ... ach, das ist lächerlich, warum reden wir über ihn?«

»Warum sollen wir nicht über ihn reden? Bist du in ihn verliebt?«

»Nein, natürlich nicht. Außerdem ist Max verheiratet.«

»Oh, ich verstehe.«

Ihre Röte verstärkte sich noch, es wurde ein zorniges, fleckiges Rot, und sie schlug die Augen nieder. »Nein, das tust du nicht. Wir sind nicht ... es ist nicht so, wie du denkst. Max ist ein wundervoller Freund für mich gewesen. Es gab eine Zeit ... eine sehr schlimme Zeit, nach dir ... nun, sagen wir einfach: Max war für mich da, er hat sich um mich gekümmert. Ich glaube auch nicht, daß ich das Jurastudium durchgehalten hätte, wenn er nicht gewesen wäre.«

Brian dachte: Entweder bist du eine sehr schlechte Lügnerin oder eine Närrin. Ich habe gesehen, mit was für Augen er dich angeschaut hat. Ich hätte blind sein müssen, um das nicht zu sehen.

»Ich wette, du bist eine verdammt gute Anwältin«, sagte er. »Ich würde dich irgendwann gern mal in Aktion sehen.«

»Sag nicht so etwas.« Sie lächelte. »Dein Wunsch könnte sich erfüllen. Max sagt immer, Anwälte seien wie Bestattungsunternehmer. Früher oder später braucht jeder einen, aber besser später als früher.«

»Klingt so, als ob er ein witziger Kerl ist, dein Max. Ich würde ihn gern irgendwann einmal kennenlernen.«

»Irgendwann einmal«, bestätigte sie und warf einen Blick auf ihre Armbanduhr. »O Gott. Sieh mal, wie spät es ist. Ich werde die ganze Nacht aufbleiben müssen. Und morgen früh habe ich eine Sitzung im Gericht.«

»Jetzt weißt du endlich, warum Perry Mason diese Säcke unter den Augen hatte.«

Sie lachte, berührte kurz seine Hand und flüsterte: »Es war gut, dich wiederzusehen – so in aller Ruhe, Brian. Ich möchte, daß wir in Kontakt bleiben.«

Brian dachte: Ich sollte dem sofort ein Ende machen. Ich sollte ihr sagen, daß es sinnlos ist. Es führt zu nichts.

Aber er brachte es nicht über sich, diese Worte auszusprechen. Statt dessen verspürte er insgeheim den Wunsch, sie wiederzusehen.

»Wir treffen uns zum Lunch. Bald. Ich rufe dich an.«

»Versprichst du's?« Sie stand auf, um zu gehen, zögerte einen Augenblick, und ihre Augen suchten die seinen.

»Ich verspreche es. Hoch und heilig. Bei meiner Pfadfinderehre.«

Als er dasaß, nachdem sie gegangen war, erinnerte er sich des Versprechens, das er ihr vor Jahren gegeben – und gebrochen hatte. Er sollte ihr das alles nicht noch einmal antun. Aber was er jetzt auch tat, es würde sie verletzen.

Liebst du sie noch, flüsterte eine harte, ruhige Stimme in ihm. Tat er das? Die Wahrheit lautete, er wußte es nicht. Auf eine gewisse Art würde er sie immer lieben. Aber war die Liebe denn je so einfach eine Frage von ja oder nein? Seine Gefühle Rose gegenüber zu definieren wäre nicht weniger schwierig, als ein Stück aus dem Himmel herauszuschneiden.

Als Brian seine Wohnung in der East Fifty-second Street betrat, überraschte es ihn, daß kein Licht brannte. Es war kurz vor Mitternacht.

»Rachel? Bist du zu Hause?« rief er leise, als er die Deckenbeleuchtung einschaltete.

Keine Antwort.

Der Wirrwarr der Schatten im Wohnzimmer verwandelte sich augenblicklich in ein helles, beruhigendes Bild. Eine schöne Wohnung, dachte Brian. Er wußte diese Gemütlichkeit zu schätzen, das zerknitterte Chintzsofa mit den heruntergefallenen, prallen, bestickten Kissen, den alten Tortenschrank mit den Blechtüren, in die Löcher gestanzt waren, den Kiefernholztisch daneben, auf dem nun ein Stapel Buchbesprechungen lag, die ihm sein Herausgeber geschickt hatte.

Und diesen verrückten Sessel am Kamin, den sie in ihrem ersten Sommer nach der Hochzeit in Maine ausgegraben hatten. Brian lächelte, als er sich daran erinnerte, wie Rachel beim Herumstöbern in der alten Scheune voll Gerümpel und Dreck hinter einem Stapel rostiger Bettgestelle, die an einer Wand lehnten, auf dieses Ungetüm gestoßen war. Sie hatte es herausgezogen und war dann immerzu um dieses Ding mit den Schnitzereien herumgegangen und hatte besonders eingehend die Bärenklauenfüße und die Bärenkopfarmlehnen geprüft. Und dann hatte sie erklärt: »Es ist das scheußlich-schönste Ungeheuer, das ich je gesehen habe, und wenn ich es nicht kaufe, werde ich mir den ganzen Weg nach Hause furchtbare Vorwürfe machen, daß ich mich nicht getraut habe.«

Der alte Farmer, dem der Gerümpelladen gehörte, war nicht auf den Kopf gefallen, o nein, er wollte ihn für weniger als dreißig Dollar nicht abgeben, und das war praktisch ein Vermögen in jenen Tagen und fast ihr ganzes restliches Geld für das Wochenende. Aber Rachel hatte darauf bestanden, und so schleppten sie das Ungetüm hinaus zum Wagen und banden es mit Stricken in dem Kofferraum fest. Als sie den

Interstate Highway entlangfuhren, stritten sie sich bereits, wo sie das Monster hinstellen wollten. Rachel wollte es mitten ins Zimmer stellen, aber Brian meinte, es sei am besten in einer dunklen Ecke aufgehoben. Aber als sie den Brokken endlich zu Hause und saubergemacht hatten, ja, da war ihm klargeworden, wie perfekt, wie wundervoll dieser Sessel war. Einmalig wie Rachel selbst.

Etwas strich an seinem Bein entlang. Er bückte sich und hob einen Kater mit hellgelbem und weißem Fell auf den Arm. »Hallo, du da, General Custer, hältst du auch schön das Fort für mich? Oder suchst du nur mal gerade nach einem Mitternachtsimbiß, du alter Freibeuter.« General Custer fing laut zu schnurren an; es klang wie eine rostige Bandsäge. Er war Rachels Kater, um genau zu sein, aber er war sehr demokratisch in diesen Fragen und ließ sich von jedem füttern.

In der Küche fand Brian eine folienbedeckte Katzenfutterdose hinten im Kühlschrank und kratzte die stark riechende Masse mit einer Gabel in Custers Napf. Dann sah Brian aus dem Fenster auf die leuchtende Perlenkette der Queensboro-Brücke, die sich über den Fluß streckte, und dabei fiel ihm der Asparagusfarn auf der Fensterbank auf. Er war gelb und verdorrt. Er betastete mit dem Finger die Erde darunter. Knochentrocken.

Am Wasserhahn füllte er ein Glas und goß den Inhalt über den Farn aus. Die Wohnung erinnerte ihn allmählich an jene im Sommer abgeschlossenen Behausungen, deren Eigentümer derweil die Ferien in Nantucket oder auf Fire Island verlebten. Nur daß es nicht Sommer, sondern erst April war. Und sie sich nicht in den Ferien, sondern zu Hause befanden.

Es roch sogar wie in verschlossenen Räumen: trocken und muffig. Wie eine Decke, die man aus einem Schrank voller Mottenkugeln zog.

Aber jetzt roch er etwas anderes. Rauch. Zigarettenrauch. Eine kleine Alarmklingel läutete in seinem Kopf. Rachel hatte früher zwar geraucht, es aber schon vor Jahren aufgegeben.

Brian folgte dem Geruch den Korridor hinunter. Er fand Rachel zusammengerollt in dem großen gepolsterten Schaukelstuhl aus Ahornholz im Schlafzimmer. Es war auch dort dunkel, nur die großen Neonlampen unten auf der Straße warfen ein purpurn fluoreszierendes Licht in den Raum. Brian sah, daß sie nicht schlief... aber sie war auch nicht völlig wach. Die Zigarette, die sie in der Hand hielt, war bis auf den Filter heruntergebrannt, und Asche lag verstreut auf der gehäkelten Afghanendecke, die zerknüllt auf ihren Knien lag. Sie starrte hinein in den Raum, als ob es der leere Weltraum wäre, ihr Gesicht war weiß und seltsam still, und der Ausdruck, den Brian darin sah, jagte ihm eine Gänsehaut über die Rückseite der Arme.

»Rachel?« rief er leise, flüsterte beinahe ihren Namen. »Liebling?«

Er hatte sie noch nie so gesehen. Christus, was war geschehen?

Dann, als wäre er ein Hypnotiseur und hätte gerade in die Hände geklatscht, blinzelte sie, und der leere, geistesabwesende Ausdruck verschwand aus ihrem Gesicht. Sie wandte den Kopf herum und sah ihn an.

»Hi«, sagte sie.

Brian ging hinüber und drückte ihr einen Kuß auf die Stirn. Ihr Haar war feucht, als ob sie es gerade gewaschen hätte. »Ich dachte, du wärst nicht zu Hause. Du hast mir nicht geantwortet.«

»Ich habe dich nicht gehört. Sorry.«

Zärtlich nahm er ihr den glimmenden Filter aus der schlaffen Hand und trug ihn ins Badezimmer, spülte ihn in der Toilette hinunter.

Er kam zurück und setzte sich auf das Bett. Eine Decke lag darauf, die sie vor Jahren bei den Amish in Pennsylvania gekauft hatten. In der Ecke, am Fuß des Bettes, stand eine große alte Kinderwiege. Brian versuchte sich ein schlafendes Kind darin vorzustellen wie damals, als er sie gekauft hatte, in jenem ersten Sommer, da sie beschlossen hatten, sich »Mühe zu geben«. Aber die Vorstellung wollte nicht kommen. Alles, was er sah, war das Sammelsurium von Dingen, die jetzt darinlagen – alte Zeitschriften, Bücher, die er zu lesen angefangen, aber nicht beendet hatte, ein paar Wanderstiefel, die neu besohlt werden mußten.

»Möchtest du darüber reden?« fragte er.

Sie schenkte ihm ein dünnes, farbloses Lächeln. »Nein. Wenn es dir nichts ausmacht.«

Es machte ihm etwas aus. Er spürte, daß die Wut sich in seinem Unterleib zusammenballte, und seine Stimme klang gereizt, als er sagte: »Also gut. Dann lassen wir das übliche ›Wie war der Tag‹ aus. Wann hast du wieder zu rauchen angefangen?«

»Ich hab's gar nicht. Ich fühlte mich nur so, daß ich eine Zigarette wollte. Bitte, Brian, laß uns nicht streiten. Mir ist heute abend nicht danach.«

Sie sah grauenhaft aus, fand er. Also gut, er würde sie nicht drängen. Sie würde ihm schon erzählen, was los war. Irgendwann.

Er wartete, ließ die Stille über sich hinweggehen, horchte auf das leise Surren der elektrischen Uhr auf dem Nachttisch und den fernen Verkehrslärm.

»Meine Periode ist da«, sagte sie schließlich.

Die Worte fielen wie große flache Steine in einen stillen See. Er fühlte, daß seine Hände sich zu Fäusten ballten, ein stiller, unterdrückter Ärger sickerte durch seinen Körper.

Das ist nicht fair, dachte er. Vierzehnjährigen Mädchen passiert es gleich beim erstenmal auf dem Rücksitz eines Chevrolets. Und sieh dir Ma an. Sieben Stück. Warum also nicht Rachel. Ja, eine Blockierung der Eileiter. Aber was war mit all diesen Behandlungen und all der Planung, die sie seit langem betrieben? Eilten sie nicht jedesmal nach Haus und rasch ins Bett, wenn ihre Temperatur anstieg, legte er ihr nicht Polster und Kissen unters Becken, damit der kostbare Samen im entscheidenden Augenblick nicht hinauslief? Und wozu das alles?

Nicht Rachels Fehler. Nicht seiner. Einfach einer von diesen Zufällen natürlich. Warum hegte er dann aber diese bösen Gefühle, diese Bitterkeit und Wut?

Er kam sich betrogen vor. Es tat weh, mit ihr zusammenzusein. Es war ein schmerzendes, wundes Gefühl, das er in ihrer Gegenwart empfand. Er hätte gern mit Worten auf sie eingedroschen, ihr alles mögliche an den Kopf geworfen: daß sie so verdammt beschäftigt und mit ihrer Arbeit verheiratet war und er sie eigentlich nur noch sah, wenn sie ins Bett taumelten und mechanisch ihren Liebesakt vollzogen.

Brian starrte die verdammte Wiege in der Ecke an, und es kamen ihm die Tränen. Er konnte sie nicht mehr ertragen; gleich morgen früh würde er sie wegschaffen, aus den Augen, damit er nicht mehr andauernd daran erinnert würde.

Und dann kam er sich ganz gotterbärmlich vor. Hier stehe ich da und bemitleide mich selbst, ich Egoist. Und grolle ihr, ausgerechnet. Jesus, für Rachel muß es doch noch viel schwerer sein.

»Es tut mir leid«, sagte er.

»Mir auch. Diesmal dachte ich wirklich –« Sie biß sich auf die Lippen. »Ach, nichts.«

Sprich doch mit mir, drängte er sie stumm. Jesus, kannst du denn nicht einmal darüber sprechen?

»Rachel«, begann er vorsichtig. »Hast du noch einmal über das nachgedacht, worüber wir gesprochen haben? Über –«

»Nein«, schnitt sie ihm das Wort ab. »Und ich möchte jetzt nicht daran denken. Ich bin nicht bereit, ein fremdes Kind zu adoptieren, Brian.«

»Wir könnten wenigstens einen Antrag einreichen. Es dauert Jahre. Und bis dahin...«

Sie richtete sich auf, schob die Decke von ihrem Schoß und stand auf. »Es tut mir leid. Ich kann es nicht. Nicht jetzt. Vielleicht eines Tages.«

Er griff sie bei den Schultern. »Wann? Du willst nicht einmal darüber reden? Rachel?«

»Warum muß es jetzt sein? Warum nicht nächste Woche oder morgen?«

»Weil, siehst du das denn nicht, unser Leben nur aus ›morgen‹ und ›morgen‹ und ›morgen‹ besteht. ›Morgen‹ werden wir uns unterhalten. Ich habe es satt, von morgen zu hören. Was ist mit heute?«

Er zitterte. Ihm war, als hätte er beinahe schon auf gefährliche Weise die Gewalt über sich verloren.

»*Rede* mit mir«, bettelte er sie an und zog sie an sich, preßte die Lippen auf ihre Stirn. »Sag mir, was du fühlst. Sag mir doch, ich soll zum Teufel gehen. Sag mir irgend etwas. Bitte, Rachel, schließe mich nicht aus.«

Als er ein Kind war, hatte sich einmal ein Vogel in sein Zimmer verflogen und bei dem Versuch herauszukommen am Fenster bewußtlos gestoßen. Brian hatte ihn vorsichtig mit beiden Händen aufgehoben und gespürt, wie dieses unendlich zarte Wesen wieder zum Leben erwacht war. So fühlte sich jetzt Rachel an, als sie in seinen Armen zitterte.

Er sehnte sich nach ihr, während sie so litt. Aber er empfand seine Enttäuschung sogar noch stärker. Er hätte sie gern geschüttelt. Sie zu einer Antwort gezwungen.

»Brian ... es gibt da etwas, das ich ...« Sie stockte, ihr Gesicht verzerrte sich, daß es qualvoll anzusehen war, während sie mit sich rang. »Heute abend, nachdem ich das Krankenhaus verlassen hatte ... ein Mann ... er hat mich angegriffen ...«

Rachel verletzt, o Gott ... und die ganze Zeit hatte er sie mit seinen Worten gepeinigt. Brian fühlte den Haß in sich aufwallen. *Der Bastard. Ich bringe ihn um, ich schlage ihn tot, wenn er ihr weh getan hat.* »Hat er dir weh getan?«

»Er ...« Sie wich zurück und berührte mit einer zitternden Hand ihr Gesicht, als wolle sie sich vergewissern, daß sie noch da war, heil und unverletzt. Dann flüsterte sie mit erstickter Stimme: »Nein ... nicht richtig. Er hat mich zu Boden geworfen, das ist alles. Es... geht mir gut. Ich bin nur etwas durcheinander.«

»Warum hast du es mir nicht gleich gesagt, als ich hereinkam? Rachel, was ich da alles geredet habe! Weshalb hast du mich denn nicht unterbrochen?«

»Ich weiß nicht... Gott, ich weiß es nicht. Ich hatte eine solche Angst, als es geschah. Er hat mich zu Boden gerissen, aber ich bin ihm entkommen. Dann war ich so erleichtert... ich wollte nicht mehr darüber reden... oder auch nur daran denken.«

»Hast du ihn gesehen? Hast du sein Gesicht gesehen?«

Rachel schlug die Augen nieder, und er konnte fühlen, daß ein Schauer durch ihren Körper lief. »Es war... dunkel«, murmelte sie. »Nein, ich habe sein Gesicht nicht gesehen.«

»Und die Polizei? Hast du es gemeldet?«

»Ich habe es nicht gemeldet. Brian, ich habe dir ja gesagt, daß es nichts zu melden gab. Er hat mich nicht verletzt, und ich habe sein Gesicht nicht gesehen. Bitte... oh, bitte... können wir es nicht einfach vergessen? Ich möchte nicht mehr darüber sprechen.« Ihre Stimme versagte.

Brian sah die Verzweiflung in ihrem weißen Gesicht. In all den Jahren, in denen sie zusammen waren, hatte sie ihn noch niemals so angeflcht. Sie war ihm immer so stark und tüchtig vorgekommen. Und nun sah er sie zum erstenmal nackt und verletzlich.

Er zog sie sanft herunter aufs Bett und hielt sie in den Armen fcst, bis ihr Atem allmählich ruhiger ging und sein Arm erlahmte. Und trotzdem rührte er sich nicht, bis er sicher war, daß sie fest schlief und nicht aufwachen würde, wenn er sich bewegte. Dann lehnte er sich selbst zurück und ließ, als er auf dem Rücken lag, die Tränen kommen, die still und heiß die Schläfen hinunter ins Haar rannen.

Wenn ihr irgend etwas passiert wäre... Wenn er sie wirklich verletzt hätte. *Ich weiß nicht, was ich ohne sie tun sollte.*

»Ich liebe dich, Baby«, flüsterte er und drehte den Kopf

herum, so daß er sie sehen konnte. Im bernsteinfarbenen Licht der Straßenbeleuchtung sah ihr Profil auf dem Kissen aus wie eine Kamee. Er sah eine Ader in ihrer weichen Schläfe pulsieren und war voll Zärtlichkeit.

Was hatte sich mit ihnen zugetragen? Wieso fiel es ihr so schwer, ihm davon zu erzählen? Am Anfang hatten sie einander alles gebeichtet. Sie hatten einander so sehr geliebt, daß er sich manchmal gefragt hatte, ob es möglich sei, daß man jemanden *zu* sehr liebte. Es war, als hätte ihn seine Liebe zu ihr irgendwie einer lebenswichtigen äußeren Schicht beraubt, einer seelischen Haut, die er brauchte, um zu bestehen. Und aus diesem Grunde hatten sie sich vielleicht beide ein wenig voneinander zurückgezogen. Das war in Ordnung, das war natürlich.

Aber nun...

Brian berührte ihre Wange mit der Handfläche und dachte: Wir haben uns zu weit in die andere Richtung bewegt...

Dabei liebte er sie so sehr wie eh und je und vielleicht mehr noch.

Aber du hast Rose auch geliebt, flüsterte eine verstohlene Stimme in seinem Kopf, *und trotzdem hast du sie verloren.*

Wenn Rachel nur ein Baby bekommen könnte! Er spürte einen Stich bei dem Gedanken. Er erinnerte sich an jedes Brüderchen, das seine Mutter aus der Klinik mit nach Haus gebracht hatte und wie er sich mit den Brüdern zusammen am Fenster drängte, um zu sehen, wie Pop Ma unten aus dem Taxi half, während sie ein wollig weiches Bündel in den Armen hielt. Und dann das Wunder dieser winzigen Finger und Zehen und der süße Babyduft, der die ganze Wohnung füllte wie der Geruch frischgebackenen Brots.

Brian wünschte sich, er könnte mit Rachel darüber reden. Aber jedesmal wandte sie sich ab, wurde still und schwieg. War es so schwer für sie?

Oder – der bittere Gedanke kam ihm – vielleicht wünschte sie sich nicht so sehr wie er ein Kind. Vielleicht sperrte sie sich deshalb innerlich dagegen. Lag ihr mehr an der verdammten Klinik als daran, eine Familie zu haben? Oder vielleicht sogar mehr als an ihm?

Brian schob diesen Gedanken beiseite, er machte ihm angst. Wenn das stimmte, was dann?

Vorsichtig, um sie nicht zu stören, stand er vom Bett auf und deckte Rachel mit der Afghanendecke zu. Ja, laß sie schlafen. Sie brauchte ihren Schlaf dringend. Und morgen würden sie neu beginnen. Sie würden darüber reden... ja, morgen, ganz gewiß.

24

Rose gähnte und starrte auf die Papiere, die auf ihrem Küchentisch lagen. Die Absätze der beeidigten Erklärung und des Schriftsatzes, in dem die Position noch einmal in kürzerer Form dargestellt wurde, verwischten sich vor ihren Augen. Sie war so müde, daß sie nicht mehr denken konnte. Sie würde es morgen zu Ende bringen, den Wecker stellen und bei Tagesanbruch aufstehen.

Sie warf einen Blick auf die elektrische Uhr über dem Kühlschrank. Zwei Uhr früh. Da blieben ihr nur vier Stunden Schlaf. Eine Stunde zum Duschen, sich anzuziehen, heißen Pulverkaffee hinunterzuschlucken – und dann das Plädoyer skizzieren, bevor sie im Gericht sein mußte.

Wen nimmst du denn da auf den Arm, fragte sie eine schneidende Stimme im Nebel ihrer Müdigkeit. *Du hättest doch sowieso nicht schlafen können. Du hättest im Bett gelegen, an die Decke gestarrt und an Brian gedacht. Und dich gefragt, wann... oder ob... du ihn wiedersehen würdest. Und gebetet, daß es bald geschähe.*

Das Telefon läutete, ein schriller Laut, der die Stille durchbohrte.

Rose sprang auf und dachte sofort: *Etwas Schlimmes.* Marie? Hatte Pete sie diesmal krankenhausreif geschlagen? Eins von den Kindern verletzt? Oder ist es Nonnie? Ruft Clare an, um zu sagen, daß es Nonnie schlecht geht?

Dann eine aufblitzende Hoffnung. *Brian? O bitte, Gott.*

»Rose?« fragte eine Stimme im gleichen Augenblick, in dem sie den Hörer abnahm. Eine bekannte Stimme. Max.

»Max!« rief sie. Ein Augenblick der Enttäuschung, gefolgt von Angst. Max hatte sie noch nie so spät angerufen. »Was ist los? Sind Sie o.k.?«

Eine kurze Pause. »Ich bin o.k. Ja, also, es tut mir leid. Ich weiß, daß es schon spät ist. Habe ich Sie aufgeweckt?«

»Aber nein. Ich habe noch an dem Metcalf-Fall gearbeitet. Aber wenn Sie mich aufgeweckt hätten, wäre es auch kein Beinbruch. Irgend etwas stimmt nicht. Oder Sie würden doch nicht um diese Zeit anrufen.«

»Es ist verrückt, ich weiß... aber kann ich heraufkommen? Ich bin in einer Telefonzelle an der Ecke.«

»Natürlich«, sagte sie, ohne einen Augenblick zu zögern. Max hatte sie noch nie um irgend etwas gebeten. Nach all dem, was er für sie getan hatte.

Sie hängte ein und stellte zu ihrem Entsetzen fest, daß sie ihren ältesten, schauderhaftesten Bademantel trug. Na und. Max hatte bereits schlimmere Dinge gesehen. Und er kam ohnehin nicht zu einem Rendezvous herauf.

Aber die Wohnung – lieber Gott – es war das erste Mal, daß Max sie besuchte, und es sah aus wie Sodom und Gomorrha. Sie stürzte hinaus ins Wohnzimmer, raffte schmutzige Kaffeebecher, verstreut umherliegende Zeitungen, über Stuhllehnen geworfene Kleidungsstücke zusammen. Wann hatte sie das letzte Mal Staub gesaugt? Es war Wochen her. Nach der Party, die Patsy gegeben hatte, als sie die Rolle der Malka in *Anatewka* bekam. Seither zog sie mit der Truppe in Bussen und Requisitenwagen über Land. Jetzt war sie gerade in Lexington, Kentucky, oder nein, Louisville? Wie auch immer, Rose hatte niemanden, dem sie etwas vorwerfen konnte, als sich selbst.

Sie wußte noch, wie sehr sie sich in diese Wohnung verliebt hatte. Der oberste Stock in einem Brownstone Twenty-first Street Ecke Tenth Avenue. So sonnig wie ein Gewächshaus, all das Licht, das durch die großen Fenster hereinfiel, und Pflanzen überall, sie hingen von den Gardinenstangen, sprossen aus Joghurtbechern, die auf den Fensterbänken standen, wuchsen in riesigen mexikanischen Tontöpfen auf dem Fußboden. Die Wände waren ein Flickenteppich von alten Theater- und Filmplakaten. Große, runde marokkanische Sitzkissen lagen am Boden verstreut und dienten als Sofas.

Patsy war die Bekannte einer Bekannten, eine Sängerin, Tänzerin und Schauspielerin, alles in einer Person. Sie hatte eine Frau gesucht, die sich die Wohnung mit ihr teilte, nachdem ihre vorige Untermieterin, auch eine Schauspielerin, nach Los Angeles gegangen war. Rose, die sich in ihrem dunklen, engen Studio auf der Lower East Side eingeengt fühlte, war noch in der gleichen Woche umgezogen. Und nun, da Patsy sich für gut ein Jahr auf Achse befand, gehörte ihr die Wohnung ganz allein.

Max wird über diese Unordnung hinwegsehen und feststellen, wie wundervoll die Wohnung ist, sagte sie sich. Und er versteht auch, daß ich zu sehr beschäftigt bin, um groß saubermachen zu können.

Sie trug die zusammengerafften Kleidungsstücke ins Schlafzimmer und warf sie mitten aufs Bett – ihr wundervolles Bett mit dem alten schmiedeeisernen, weißgestrichenen Gestell. Die Tagesdecke war erlesen, aus handgewebtem Mohair, in den Farben eines Sonnenuntergangs in der Wüste. Sie hatte sie auf einer Kunstgewerbeausstellung erstanden und ein Vermögen dafür bezahlt und sich vorgestellt, was Brian dazu sagen würde. Was es für ein Gefühl sein mochte, sich mit ihm darunter zu verkriechen.

Nun dachte sie mit einem Stich Sehnsucht im Herzen: Bitte, Gott, laß Brian zu mir kommen. Ich habe schon so lange gewartet.

Das Schrillen der Türklingel schreckte sie hoch. Max. Sie drückte auf den Türöffner und riegelte dann eilends die Tür auf.

Im Treppenhaus sah sie hinunter und erblickte ihn, wie er langsam heraufgestiegen kam. Als er sich ihrem Stockwerk näherte, bemerkte sie, daß er bleich und zerknittert aussah. Sein grauer Anzug war arg zerknautscht, und die Krawatte hing heraus wie die Schlinge eines Henkers.

»Hi«, sagte er und schenkte ihr ein schiefes Grinsen.

Rose war erstaunt, sogar ein wenig erschrocken. Sie hatte ihn noch nie so gesehen.

»Max, sind Sie betrunken?«

Er begegnete ihrem Blick mit einem Ausdruck übertriebener Nüchternheit. »Um die Wahrheit zu sagen, nein. Ich habe mir Mühe gegeben, ich habe ernsthaft *versucht*, betrunken zu werden, der Barkeeper im P. J. kann das bestätigen – aber ich muß leider zugeben, ohne Erfolg.«

Dann sah sie, daß er eine kleine mit einem Reißverschluß versehene Reisetasche trug. »Wollen Sie verreisen?« fragte sie.

»Könnte man so ausdrücken.« Er blieb stehen und holte tief Luft. »Ich bin daheim ausgezogen. Ich war auf dem Weg in die City. Es gibt da ein ganz anständiges Hotel in der Nähe des Büros. Aber ich glaube, ich brauche in diesem Augenblick mehr als nur ein Bett in einem Hotel. Ich brauche jemanden, der mich aufnimmt. Und ich danke Ihnen dafür, daß ich heraufkommen darf.«

»Wissen Sie, ich wollte Sie sowieso schon lange mal einladen, ich habe nur noch auf die richtige Gelegenheit gewartet.« Sie lächelte nervös. »Ich dachte, wenn die Arbeit etwas weniger würde und nachdem ich mal gründlich reinegemacht hätte. Aber es hat sich offenbar nie ergeben.«

Als er hereinkam und seine Augen über das Wohnzimmer schweiften, sagte er: »Lassen Sie bitte alles so, wie es ist. Es ist großartig so.«

Mit einemmal fühlte sie sich glücklich und erleichtert.

Dann dämmerte ihr, was er ihr gerade zu erklären versucht hatte. Weshalb er hier war. Daheim ausgezogen.

Er hatte seine Frau verlassen.

Sie hätte überrascht sein müssen. Aber sie war es nicht. Vielleicht, weil Max niemals über seine Ehe sprach. Ja, sie hatte seine Melancholie bemerkt, eine Art versteckter Verzweiflung unter seiner Energie und seinem forschen Auftreten und seinem gewinnenden Lächeln. Und gewisse Kleinigkeiten waren ihr aufgefallen – wie Max zum Beispiel unbewußt die Stirn runzelte, wenn er mit seiner Frau telefonierte, wobei er sich manchmal in den Nasenrücken zwickte, als ob er Kopfschmerzen hätte. Wie sein Gesicht sich aufhellte, wenn seine Tochter Mandy im Büro vorbeischaute, wie gereizt und fast ein wenig mißtrauisch er aber wirkte, wenn es Bernice war.

Rose sah ihn an, und die üblichen Trostworte fielen ihr ein: Es tut mir leid... vielleicht gibt es sich wieder... am Morgen sieht alles schon ganz anders aus.

Aber sie konnte sehen, daß Max jetzt vor allem anderen jemanden brauchte, der ihm zuhörte. Nicht einen Haufen Platitüden. Ich kenne Max jetzt wie lange, dachte sie. Jahre. Und ich weiß wirklich so wenig von ihm und was in ihm vorgeht.

»Vergessen Sie das Hotel«, sagte sie. »Hier ist genug Platz. Sie können Patsys Zimmer haben. Kommen Sie herein. Setzen Sie sich. Ich mache Ihnen eine Tasse Kaffee. Sie sehen aus, als könnten Sie eine ganze Kanne voll gebrauchen.«

»Ich wollte aber nicht... nein, das kann ich nicht annehmen.«

»So schlimm ist mein Kaffee auch wieder nicht.«

»Sie wissen schon, was ich meine. Es ist furchtbar nett von Ihnen, Rose. Aber... ach, zum Teufel, es ist mein Problem. Ich muß allein damit fertig werden.«

»Würden Sie bitte einmal in Ihrem Leben aufhören, den knallharten Berufsboxer zu spielen, Max Griffin«, schimpfte sie ihn aus, »und sich ausnahmsweise von jemandem helfen lassen?«

Er zögerte, aber bevor er noch ein Wort herausbringen konnte, schwebte sie an ihm vorbei in die Küche.

»Das letzte Zimmer, links von Ihnen, dort können Sie Ihre Sachen lassen«, rief sie ihm über die Schulter zu.

Als sie mit dem Kaffee zurückkam, saß Max auf einem marokkanischen Kissen und sah plump und unbeholfen aus, als gehöre er nicht dahin. Er erinnerte an einen Reisenden in einem fernen Erdteil, der verdammt bemüht ist, ja nicht aufzufallen. Aber sie lächelte bewußt nicht, als sie sich neben ihn hockte und das Tablett auf den abgewetzten Orientteppich zwischen sie stellte.

Sie goß den Kaffee in die dicken, handgetöpferten Keramikbecher, reichte ihm den einen und wünschte sich, daß ihr genau die richtigen Worte einfielen, um ihn seinen Schmerz vergessen zu machen.

Max lehnte sich zurück, den Becher in beiden Händen. Etwas an ihr ist anders, dachte er. Sie wirkt lebendiger, als ich sie je erlebt habe. Und so schön sieht sie aus. Sie strahlt wie...

Wie eine Frau, die verliebt ist.

Er spürte, daß ihm das Herz in der Brust stockte.

Hatte sie jemanden kennengelernt? War sie verliebt?

Der Gedanke tat weh, vor allem nach dem, was er an diesem Abend durchgemacht hatte. Schwerer war ihm nie etwas gefallen. Es schmerzte, als ob man ihm ein Glied vom Körper risse.

»Man wacht eines Morgens auf«, sagte er unvermittelt, »nach zwanzig Jahren, und stellt fest, daß man weiter voneinander entfernt ist als bevor man einander kennenlernte... oh, wenn Monkey – ich meine Mandy – nicht wäre, dann...«

Natürlich, er wußte, daß es so besser war. Er würde Mandy oft sehen. Sie würden zusammen verreisen. Er wollte sich eine Wohnung in der City nehmen, und dort könnte sie die Füße aufs Sofa legen und ihre Freunde zu einer Pizza einladen, ohne Angst haben zu müssen, daß ihre Mutter einen Herzanfall bekam, weil jemand etwas Coke auf den Teppich verschüttete.

Aber trotzdem tat es so verdammt weh.

»Sie brauchen nicht darüber zu reden, wenn Sie es nicht möchten«, gab Rose ihm zu verstehen. »Es ist keine Bedingung dafür, daß Sie hierbleiben dürfen.«

Tränen kratzten ihm wie Sandkörner in den Augen. »Tut mir leid«, sagte er. »Ich bin im Augenblick kein besonders unterhaltsamer Zeitgenosse.«

»Sie brauchen sich nicht zu entschuldigen.« Er fühlte ihre zärtliche, mitfühlende Hand auf der Schulter.

»Es ist doch komisch, nicht?« fuhr er fort und drehte dabei den Becher in der Hand. »Seit Jahren versuche ich all meinen Mut zusammenzunehmen, um mich zu trennen... und jetzt komme ich mir wie ein Feigling vor. Als ließe ich Mandy im Stich. All diese Bücher, die sie ständig liest, all diese Teenager-Angst – ja, jetzt erlebt sie sie selbst. Jetzt ist sie auch so eine Wochenendtochter. Gott, ich liebe sie so sehr. Es tut weh, jemanden so sehr zu lieben.«

»Ich weiß.« Roses dunkle Augen füllten sich mit Schmerz. Dann lächelte sie. »Ich glaube, Ihre Tochter hat großes Glück. Ich hätte meine Seele für einen Vater wie Sie hergegeben. Selbst wenn ich ihn nur am Wochenende gehabt hätte.«

Liebe, wunderbare Rose. Ihr fielen genau die richtigen Worte ein.

Wenn sie doch nur...

Hör auf damit, nein. Er war dessentwegen hergekommen, was sie ihm anbot: Ihre Freundschaft. Ein bißchen Mitgefühl. Und mehr nicht.

Max zog ein Taschentuch aus der Jacke. Ordentlich gebügelt und zu einem perfekten Dreieck gefaltet. Wie ein Projektil, das Bernice zum Abschied hinter ihm herjagte.

Er dachte an Bernice, wie sie mit trockenen Augen und

starrem Gesichtsausdruck am Bettende gesessen und ihm beim Packen zugesehen hatte. Sie hatte ihn nur gebeten, ihr »für den Notfall« eine Telefonnummer zu hinterlassen.

Bei Bernice war jeder Augenblick im Leben ein Notfall. Gestern abend hatte ein letzter Tropfen das Faß zum Überlaufen gebracht, als er Monkey weinend und zusammengekauert, das Haar in nassen Strähnen auf dem Rücken, im kalten, schaumigen Wasser in der Badewanne sitzen sah. »Ich bin schmutzig«, hatte sie geschluchzt. »Mom sagt, ich sei schmutzig. Und es läßt sich nicht abwaschen. Ich will nicht, daß mich jemals wieder einer anfaßt.«

Max fühlte eine bittere Panik den Hals heraufsteigen. Jesus, war es ein Junge gewesen? Hatte ein Junge sie angefaßt, zu irgend etwas gezwungen?

Er hätte sie so gern herausgehoben und in einen Bademantel gewickelt wie damals, als sie noch ein kleines Mädchen war. Aber als er sie so erblickte, krummbucklig über die mageren Knie gebeugt, zitternd und elend, wurde ihm klar, daß sie in ihrer Würde gekränkt war und mehr als billigen Trost verdiente. Er brachte ihr ein Badetuch und streckte es ihr hin, so daß sie aufstehen konnte, ohne daß er ihre ganze Nacktheit sah. Mit fünfzehn war sie so schüchtern und gehemmt, was ihren Körper betraf. Und erst als sie eingewickelt war, drückte er sie an sich und sagte ihr, daß ihn niemals irgend etwas davon abbringen könnte, sie zu lieben, oder auf den Gedanken, daß sie schmutzig wäre.

Als Monkey sich ein wenig beruhigt hatte, war er Bernice suchen gegangen. Er fand sie in der Wäschekammer. Das Haar unter einem Tuch hochgesteckt. Die Hände in riesigen gelben Gummihandschuhen. Ihr Gesichtsausdruck grimmig. Sie stopfte gerade Bettzeug in die Waschmaschine. Ein riesiger Wäscheberg lag ihr zu Füßen, mehr noch befand sich in dem blauen Plastikkorb, der auf der Trockenschleuder stand.

»Was ist mit Mandy los?« hatte er geschrien, krank vor Sorge; er stellte sich inzwischen schon Schlimmeres vor, als daß ein Junge in ihrem Alter sie berührt hatte – vielleicht war es ein Sittenstrolch, der sich vor ihr entblößt, ein älterer Mann, der sich an sie herangemacht hatte.

Bernice sah auf, und ihr Gesicht verzerrte sich vor Wut.

»Man hat sie heute mit einem Zettel aus der Schule nach Hause geschickt. Sie *wimmelt* von Läusen!« Ihr Mund verzog sich vor Ekel, und sie trat einen Schritt zurück, als glaubte sie, er könnte, da er Monkey berührt hatte, auch davon angesteckt sein.

Max verstand nun. Wie Bernice Mandy gedemütigt haben mußte, daß sie sich jetzt so schmutzig und ungeliebt vorkam. Alles wegen etwas, zu dem das arme Kind gar nichts konnte.

Er tat dann etwas, das er noch nie getan hatte.

Er schlug Bernice mit der flachen Hand mitten ins Gesicht.

Nun saß er hier.

Panik stieg in ihm hoch. Was war, wenn er noch einmal versagte? Wenn er hier bei Rose, obwohl endlich frei, doch keine Chancen hatte?

Wohin würde er dann gehen? Würde einer dieser traurigen Männer in den mittleren Jahren aus ihm werden, die sich lange Koteletten wachsen ließen und modische Kleidung kauften, um sich in Single-Bars herumzutreiben und dort Frauen aufzugabeln, die halb so alt wie sie selbst waren?

Dann sah er Rose an, sah ihr leuchtendes Gesicht.

Sie war die richtige, die einzige Frau, die er wollte.

Und wenn es für ihn auch nur die kleinste Chance gab, würde er warten. Ganz gleich, wie lange es dauern mochte.

Er beruhigte sich allmählich, fühlte sich auch stärker, besser, als er sich den ganzen Abend gefühlt hatte.

»Danke«, sagte er.

»Wofür? Daß Sie bei mir übernachten dürfen?« Sie lachte. »Um Ihnen die Wahrheit zu sagen: Ich fühle mich ein bißchen einsam, seit Patsy weg ist. Ich freue mich, daß Sie hier sind.«

»Nur für ein paar Nächte«, erinnerte er sie. »Bis ich etwas anderes gefunden habe.«

»Bleiben Sie, solange Sie wollen.« Sie lächelte ihn an. »Nur in einem Punkt muß ich Sie gleich aufklären. Ich bin nicht der ordentlichste Mensch der Welt, wie Sie wahrscheinlich schon festgestellt haben. Und ich beabsichtige auch nicht, mich zu ändern, bloß weil Sie hier sind.«

»Ist mir recht. Mehr als recht. Ich finde es wundervoll.«

25

Plötzlich schmetterte Rachel Musik durch den Kopf.

Sie wurde augenblicklich wach und schoß im Bett hoch, einen sauren Geschmack im Mund. Der Radiowecker. Sie hatte ihn auf sechs Uhr früh gestellt. Sie konzentrierte die trüben Augen auf die leuchtenden roten Ziffern. Halb zehn? O Gott. Nancy und Kay würden sich fürchterliche Sorgen machen in der Klinik. Sie mußte sich beeilen.

Rachel schlug mit dem Handballen auf den Ausschaltknopf, und Paul McCartneys »Rocky Raccoon« war augenblicklich weg. Sie kletterte aus dem Bett. Ihre Kehle war trocken und rauh, als wäre sie von Glaswolle bedeckt, und in ihren Schläfen pochte es schmerzhaft.

Dann erinnerte sie sich an den Abend zuvor, und sie sank auf die Matratze zurück, die Beine weich wie Butter, und heiße Tränen stiegen ihr im Hals hoch.

David. Ihre Periode. Der Streit mit Brian.

Sie hatte es Brian sagen wollen. Alles. Die Sache mit David, daß er sie angegriffen hatte und nicht irgendein Fremder, Unbekannter. Und sie hatte damit angefangen... aber als sie sah, daß Brian kreideweiß im Gesicht wurde vor Zorn... Lieber Gott, sie hatte sich vorgestellt, daß dieser Zorn sich gegen sie richten, daß er seine Wut an ihr auslassen könnte, wenn er die ganze Wahrheit erfuhr, weshalb sie nicht schwanger werden konnte. Und daß sie es ihm all die Jahre verschwiegen hatte. Da war ihr Mut geschwunden. Da brachte sie es doch nicht über sich...

Nun merkte sie, daß Brians Seite des Bettes kalt war, als hätte er es schon vor Stunden verlassen. Sie erinnerte sich dunkel daran, daß er sie zu Bett gebracht und zugedeckt hatte. Aber wo war er jetzt?

»Brian?« rief sie.

Keine Antwort.

Sie nahm sein Kopfkissen und drückte es an sich. Ihr kam ein schrecklicher Gedanke: Wenn Brian sie je verlassen sollte, würde sie morgens in einem leeren Bett erwachen.

Aber er hat mich nicht verlassen, erinnerte sie sich. Er ist nur für ein paar Minuten weggegangen, spazieren oder joggen oder um etwas zu besorgen. Er wollte mich nicht wekken, er dachte wahrscheinlich, ich brauchte meinen Schlaf.

Dann fiel es ihr ein. Natürlich. Brian ging um diese Zeit hinunter, um die Morgenzeitung zu kaufen, und dann aß er bei Levy's unten einen heißen Bagel. Wenn sie morgens mehr Zeit zu Hause mit Brian verbracht hätte, statt immer sofort zur Klinik zu hasten, wäre ihr das sofort klar gewesen.

Rachel zwang sich aus dem Bett; sie war am ganzen Körper steif, und die Prellungen taten ihr weh. Schmerzen auch im Unterleib, ein Pulsieren, Krämpfe. So schlimm wie lange nicht mehr.

Sie schlich ins Badezimmer und suchte im Schrank nach einem Tampon. Der Karton war fast leer, nur noch zwei Stück waren übrig. Sie hatte den Kauf einer neuen Packung aufgeschoben in der Hoffnung, daß sie sie nicht brauchen würde. Nun dachte sie: Ich bin eine Närrin. Ich werde niemals schwanger werden. Ich hätte es Brian sagen sollen. Das wäre ich ihm schuldig gewesen. Wenigstens die Wahrheit.

Aber nun, da das alte Elend wieder in ihr hochquoll, verhärtete sie sich dagegen, legte ihren Stahlpanzer an. Du hast deine Arbeit, die auf dich wartet, sagte sie sich. Du mußt an die anderen Menschen denken, nicht nur an dich selbst.

Sie wusch sich das Gesicht, zog die Jeans und einen leichten Pullover über.

Eine Tasse Kaffee, dachte sie. Dann muß ich weg. Erst zum Krankenhaus, sehen, wie es Alma geht. Ob sie o.k. ist. Aber sie hätten mich angerufen, wenn irgend etwas Ernstes wäre.

Rachel warf einen Blick zum Telefon hinüber, das auf dem altmodischen Schulpult im Eingang stand, und ihr Magen drehte sich um.

Der Hörer lag neben der Gabel.

Die Erinnerung an letzte Nacht schoß ihr durch den Kopf. Als sie die Wohnungstür aufschloß, hatte das Telefon pausenlos geklingelt, und sie war, ohne die Tür zuzumachen, zum Apparat gestürzt, weil sie dachte, es sei Brian. Gebetet hatte sie, daß es Brian wäre. Statt dessen hörte sie Davids schnarrende Stimme, die vor Wut überschnappte, als er schrie: *Du Nutte, du Sau... du denkst wohl, du kannst mich so einfach abhängen, was...? Ich mache dich fertig...*

Sie hatte den Hörer auf die Gabel geknallt und dann wieder heruntergenommen aus Angst, daß er noch einmal anrufen könnte...

Als sie näher kam, hörte sie das Besetztzeichen... wah... wah... wah... Als weine ein Baby am anderen Ende. Der Anschluß war die ganze Nacht blockiert gewesen.

Vorsichtig, als wäre er aus Glas und könnte ihr in der Hand zerbrechen, legte sie den Hörer auf.

Sie erinnerte sich des Versprechens, das sie Alma gegeben hatte. Das Herz schlug ihr bis in den Hals hinauf.

Und *wenn* etwas Ernstes geschehen war?

Und man hatte sie zu erreichen versucht, war aber nicht durchgekommen?

Bitte, Gott, betete sie, *laß es ihr gutgehen. Laß es dem Baby gutgehen.*

Ein paar Minuten später saß sie in einem Taxi, das die Second Avenue hinunter zum St.-Bartholomew-Krankenhaus raste.

»...acht Zentimeter. Zu neunzig Prozent geöffnet. Und nicht ein Piep von ihr die ganze Zeit. Sie gehen am besten sofort zu ihr hinauf. Sieht aus, als wäre sie ganz kurz davor.«

Rachel hörte, was die kräftige schwarze Oberschwester hinter dem Schalter des Schwesternzimmers zu ihr sagte, starrte sie an, und ihr war, als hätte ein Riese sie hochgehoben und dann zu Boden geschmettert. Ihre Gedanken und Gefühle waren ein wirrer Knäuel.

Alma. Etwas Ernstes. Blutungen. Fötus in Gefahr.

Sie riß sich zusammen und zwang sich, systematisch heranzugehen. »Wer ist bei ihr?« fragte Rachel.

»Dr. Hardman. Er ist der diensthabende Assistenzarzt. Wir haben Sie zu erreichen versucht.« Mavis' braune Augen wurden schmal, und ein defensiver Ton schwang in ihrer Stimme mit. »Mehrmals sogar. Natürlich wußten wir nicht, daß es so ernst war. Das Mädchen sagte ja nur andauernd, daß sie mit Ihnen reden wollte. Sie wirkte erregt, das war alles. Hat nicht gesagt, daß es ihr weh täte. Also, mich trifft keine Schuld –« Sie knallte einen Karteikasten zu. »Als ob ich nicht alle Hände voll zu tun hätte, daß ich auch noch Gedanken lesen soll.«

Rachel rannte mit klopfendem Herzen den Korridor hinunter, einen neonbeleuchteten Gang mit einem alten, marmorierten, grünen Linoleum, das unter ihren hastenden Schritten knirschte. Keine Zeit für langatmige Entschuldigungen. Später würden sie noch genug Zeit für Vorwürfe und Gewissensbisse haben.

Sie stellte sich vor, wie Alma mitten in der Nacht aufgewacht war, als die Wehen begannen. Entsetzt bestand sie darauf, daß nur Dr. Rosenthal ihr Baby zur Welt bringen dürfte. Dann, als man ihr mitteilte, daß die Ärztin nicht zu erreichen sei, beschloß sie zu warten. Und niemandem zu sagen, daß die Wehen bereits da waren...

Dumm von ihr, kindisch. Aber Alma *war* ja auch noch ein Kind. Ein bildhübsches, zu Tode erschrockenes Kind, das glauben wollte, ihre Ärztin sei eine Art Göttin.

Im Entbindungsraum 1 traf Rachel einen jungen Assistenzarzt an, der seine Anordnungen einer Schwester zubrüllte. Hardman. Einer von den Neuen, noch nicht trocken hinter den Ohren. Sein schweißglänzendes Gesicht erschreckte Rachel mehr als der Anblick Almas, die mit gespreizten Beinen, die Füße in den Haltern und den riesigen Leib in ein steriles blaues Tuch gehüllt in Lithotomie-Position auf dem Tisch lag. Das hieß, daß er mit Schwierigkeiten rechnete. Mit fürchterlichen Schwierigkeiten.

»Wie sieht's aus?« fragte Rachel. Sie schrubbte sich bereits die Hände. Von dort aus, wo sie stand, konnte sie sehen, wieviel schlimmer das Ödem geworden war. Almas Füße waren angeschwollen, das Fleisch um ihre Knöchel zur Größe von Warzenmelonen aufgedunsen.

»Nicht gut«, sagte Hardman. »Blutdruck hundertachtzig zu hundertzwanzig. Ich nehme auch sofort ein Kardiotachogramm vom Baby.«

»Fruchtwasser abgegangen?« fragte sie, während sie die Handschuhe anzog.

»Kurz bevor Sie kamen. Ich habe sie untersucht. Der Kopf bewegt sich schon und kommt gleich herunter. Dr. Rosenthal, wenn Sie eine Schnittentbindung vornehmen wollen, würde ich nicht damit warten.« Hardman mochte es an Erfahrung fehlen, dachte Rachel, aber dumm war er nicht.

Sie mußte sich entscheiden: Vaginale Entbindung oder Kaiserschnitt. Dame oder Tiger. Aber in diesem Fall lauerte ein Tiger hinter jeder der beiden Türen.

Da Almas Blutdruck so hoch war, könnte ihr bei der Anstrengung, das Baby durch den Geburtskanal zu pressen, sehr leicht ein Blutgefäß platzen. Aber ein Kaiserschnitt bedeutete schon allein laut Statistik ein noch größeres Risiko.

Rachel ging um den Tisch herum, dorthin, wo Almas Gesicht einen leuchtend roten Kreis auf dem weißen Laken bildete. Verzerrt wegen der Kontraktionsschmerzen, riesige dunkle Augen und hervortretende Augäpfel. Der hohe Blutdruck natürlich. Gott im Himmel, würde sie je...?

Dann ließ die Wehe nach, und Almas Lippen streckten sich zurück zu einem grimmigen, erschöpften Lächeln. Ihre Lippen waren aufgesprungen und blutig.

Sie klammerte sich an Rachels Hand wie eine Ertrinkende.

»Ich wußte, daß Sie kommen würden«, keuchte sie. »Ich habe gewartet.«

»Du bist fast soweit, Kindchen.« Rachel erwiderte ihren Händedruck und kämpfte gegen den Kloß in ihrem Hals. »Gleich rollt der Ball durchs Tor. Die Hauptsache ist, habe keine Angst. Denke nur an das Baby. Bald hältst du es in den Armen.«

»Sie«, verbesserte sie Alma. »Es wird ein Mädchen. Ich *weiß* es einfach. Ich nenne sie – uuuhhh, Doktor, es tut *weh*. Es fühlt sich an, als ob ich da unten verbrenne.«

Rachel winkte die Schwester herbei. »Halten Sie sie hoch, so, fast sitzend. Dann hat sie es nicht so schwer. Sie –« sie warf Hardman einen strengen Blick zu »– binden Sie sie von den Beinhaltern los.«

»Aber Doktor, es ist nicht vorschrif...«

»Es ist mir gleich, ob es vorschriftsmäßig ist oder nicht!« zischte sie ihn an.

Hardman warf ihr einen bedenklichen Blick zu, schnallte aber die Lederriemen auf, die Almas Füße an die schweren metallenen Beinhalter fesselten. Er sah nun noch entsetzter als vorher aus, und ein dunkler Halbmond aus Schweiß befleckte die Vorderseite seiner grünen Chirurgenkappe.

Wenn ich ein Baby bekäme, dachte Rachel, wäre das die letzte Position, in der ich mich befinden wollte – flach auf dem Rücken ausgestreckt, die Füße an die Beinhalter gefesselt. So wie jetzt, halbaufgerichtet, ist es leichter für die Mutter. Natürlicher. Dann konnte sie fühlen, daß Alma zum Pressen bereit war. Rachel nahm ihre Position ein, sah sich den Gebärmutterhals genau an und stellte fest, daß sie soweit war. Nun redete sie ihr gut zu: »O. K., Kleine, jetzt mußt du pressen. Lege alle Kraft hinein, die du hast.«

Alma verzerrte das Gesicht und preßte, wurde puterrot bei der Anstrengung, ächzte furchtbar.

Der Kopf des Kindes erschien, ein Kreis verfilzten schwarzen Haars von der Größe einer Vierteldollarmünze, wurde größer und wich dann wieder zurück. Rachel ergriff die Episiotomie-Schere und wartete, um zu sehen, ob der Damm reißen würde, während sie gleichzeitig Hardman den Blutdruck ausrufen hörte, der immer höher kletterte. In ihrer Angst fühlte Rachel, daß ihr Herz große Sprünge machte, als ob sie ein Wettrennen liefe.

Gott, laß mich diesmal gewinnen, betete sie.

Dann kam die Schulter des Babys wie als Antwort auf ihr Gebet. »Sie hat's eilig!« frohlockte Rachel und drehte die zusammengedrückten Schultern des Kindes sanft um fünfundvierzig Grad,während der kleine, weiche Kopf in ihrer anderen Hand lag.

Der Rest des Kindes kam in einem glitschigen Strom heraus. »Ein Junge!« rief Rachel. Sie nahm die Klammern und setzte sie auf die pulsierende türkisblaue Nabelschnur.

Alma weinte, Tränen liefen ihr das Gesicht herunter. »Ein Junge«, wiederholte sie leise, verwundert. »Darf ich ihn haben?«

»Natürlich darfst du. Er gehört ja dir. Du darfst ihm sogar die Brust geben, wenn du möchtest.«

Rachel legte das winzige Baby, das noch an der Nabelschnur hing, in Almas Arme. Die kleine Rosine von einem Gesicht wühlte sich in ihre Brust, dann fand es die Brustwarze und begann zu saugen.

Rachel überkam eine tiefe Traurigkeit. *Ich werde das nie erleben. Ich werde niemals erfahren, wie das ist.*

Aber sie hatte das Rennen gewonnen, darauf kam es an. Das Baby war gerettet.

Sie fühlte sich stark und jubelte innerlich, als hätte sie das Matterhorn erklommen und oben ihre Fahne aufgepflanzt.

Ein wenig später saß sie im Ärztezimmer und trank lauwarmen Kaffee. Hardman kam hereingestürzt, noch immer in seiner zerknitterten, von Schweißflecken übersäten grünen Chirurgenkleidung. Sein Gesicht sah fast grün aus. Bevor er den Mund aufmachte, wußte sie, daß etwas Schreckliches geschehen war.

»Alma Saucedo ist oben im Ruheraum ohnmächtig geworden. Ich habe alles versucht, aber umsonst. Sie bringen sie jetzt in den OP.«

Rachel taumelte hoch, ihr Herz machte Sprünge. Lieber Gott, dachte sie. *Was habe ich getan?*

Als sie irgendwann nach zehn Uhr abends heimkam, war Brian nicht da. Auf dem Kühlschrank lag ein Zettel unter dem Magneten mit den Schmetterlingsflügeln:

Es hat mich jemand abgeholt.
Wir sind einen Happen essen gegangen.
Warte nicht, leg dich gleich hin.
P. S. Ich habe Custer gefüttert.

Rachel sackte gegen die Tür des Kühlschranks und legte die Stirn auf die kühle weiße Emaille.

Komm nach Hause, bat sie ihn. Ich brauche dich. Jetzt. Sofort. Ich brauche dich jetzt, bitte. Mehr denn je zuvor.

Aber wie konnte sie das von ihm erwarten? Es war nicht fair. Hunderte von Nächten hatte er hier auf sie gewartet, allein in dieser Wohnung. Wie oft hatte sie ihm wohl in all den Jahren gefehlt?

Sie starrte auf den Zettel. Jemand. Aber wer? Das stand nicht da. Das konnte jeder sein. Auch eine Frau...

Jemand, das konnte Rose sein.

Rachel schüttelte den Verdacht ab. Nein, lächerlich. Brian verabredete sich nicht mit Rose.

Er liebt mich, dachte sie. Er hat mich geheiratet, nicht sie.

Ja, erwiderte eine innere Stimme, *aber das ist Jahre her. Angenommen, er hat es sich inzwischen anders überlegt. Angenommen, er bedauert es heute.*

Sie drehte mit einem heftigen Ruck den Hahn auf, als könnte das Rauschen des Wassers diese Gedanken auslöschen. Sie ließ den Kessel vollaufen und stellte ihn auf den Herd. Eine Tasse Tee würde die Nerven beruhigen. Vielleicht mit etwas Honig und Zitrone, so wie Mama ihn immer zubereitete, wenn sie als kleines Mädchen mit Halsschmerzen im Bett lag.

Wann hatte sie zum letztenmal mit Mama gesprochen? Vor einer Woche? Oder war es schon länger her? Mama hatte sie früher fast jeden Tag angerufen. Aber natürlich war sie in letzter Zeit selbst so beschäftigt.

Rachel stellte zu ihrer Überraschung fest, daß sie ihre Mutter vermißte.

Sie unterschieden sich in fast allem voneinander – wie sie lebten, dachten, sich anzogen, sich benahmen. Aber Mama war die einzige Person, von der sie sicher wußte, daß sie sie immer lieben würde, ganz gleich was geschah.

Sie wählte schnell ihre Nummer.

»Rachel!« Sylvies Stimme klang überrascht und aufgeregt, als sei Rachel eine lang vermißte Freundin, die sie vom anderen Ende der Welt anrief. War es *so* lange her? »Oh, Darling, ich bin froh, daß du mich noch erwischt hast. Ich war gerade auf dem Weg zur Tür.«

»Dann will ich dich nicht aufhalten.« Rachel spürte so etwas wie Enttäuschung. Dann dachte sie: Wie selbstsüchtig von mir, ich erwarte einfach, daß sie meinetwegen alles sausen läßt.

»Sei nicht albern. Es ist nur wieder eine von diesen langweiligen Sammelaktionen, diesen Dinners, du weißt schon. Sie werden das Heilmittel gegen den Krebs nicht schneller entdecken, wenn ich mich beeile. Übrigens hätte ich dich schon selbst angerufen, wenn ich nicht von morgens bis abends herumgerannt wäre. Den ganzen Vormittag war ich im D & D, dann heute nachmittag –«

»D & D?«

»Designers and Decorators. Auf der Third Avenue. Die

wundervollsten Tapeten und Stoffe und – Liebling, fehlt dir irgend etwas? Deine Stimme klingt ein bißchen sonderbar. Bist du erkältet, hast du Fieber?«

Rachel lachte. »Nein. Ich bin nur noch nicht an dein neues Ich gewöhnt, das ist alles.«

»Mein neues Ich?« Nun lachte Sylvie. »Himmel, das klingt so scheußlich. Wie eines von diesen sensationellen neuen Waschmitteln. Habe ich mich denn so sehr verändert?«

»Du bist –« Rachel bemühte sich, das richtige Wort zu finden – »glücklicher, glaube ich. Seit du angefangen hast, dieses Haus für Nikos einzurichten. Aber ich freue mich für dich. Ehrlich.« Sie war auch ein bißchen neidisch. Sie sehnte sich danach, sich so glücklich zu fühlen, wie ihre Mutter es dem Klang ihrer Stimme nach zu sein schien.

»Das klingt irgendwie nicht so, als ob du es gutheißt.« Eine Pause. »Bist du mir wegen Nikos böse? Daß wir in der letzten Zeit soviel zusammen sind?«

»Nein, natürlich nicht. Ich mag Nikos. Du weißt das. Er ist sehr nett und offensichtlich verrückt nach dir. Schläfst du mit ihm?«

»Rachel!« Sie hörte das Zischen eines scharf eingezogenen Atems. Dann einen anderen Laut. Leiser, fast unhörbar. Das winzigste Kichern. »Du wirst nie müde, mich zu schockieren, nicht wahr? Und die Antwort ist nein. Nikos und ich sind nur Freunde.«

»Freunde schlafen manchmal zusammen.«

»Ehrlich, ich muß ... oh, Liebling, da ist er schon. Er wartet unten auf mich. Habe ich dir gesagt, daß er mich abholt? Ich muß jetzt los. Wolltest du mich aus irgendeinem besonderen Grund sprechen?«

»Nein, Mama.« Aus keinem besonderen Grund. Nur überhaupt mal wieder, weil ich sonst niemanden habe.

Rachel sehnte sich in diesem Augenblick danach, in ein kleines Mädchen zurückverwandelt ihrer Mutter auf den Schoß zu klettern und den Kopf gegen ihren süß duftenden, weichen Busen zu lehnen.

»Also, dann...«

»Auf Wiedersehen, Mama. Viel Vergnügen. Gib Nikos einen Kuß von mir.«

Als sie den Hörer aufhängte, pfiff der Teekessel. Rachel schnappte ihn vom Brenner und goß etwas heißes Wasser in einen Becher. Sie suchte im Schrank nach einem Teebeutel. Alles roch muffig und schal. Wann war sie das letzte Mal einkaufen gegangen?

Rachel hatte Hunger, aber sie war gleichzeitig zu erschöpft, um etwas zu kochen. Sie trug ihren Becher ins Wohnzimmer und schaltete das Fernsehgerät ein. Aber sie konnte sich nicht konzentrieren.

Rachel dachte an Alma Saucedo. Wie viele Menschen würden je von ihrem Schicksal erfahren? Alma lag im Koma oben in der Neurologischen Abteilung. Sie hatte eine starke Gehirnblutung erlitten und würde wahrscheinlich nie wieder das Bewußtsein erlangen.

Oder ihr Baby in den Armen halten.

Rachel krümmte sich der Magen zusammen.

Alles mein Fehler. Ich hätte ihr niemals dieses dumme Versprechen geben dürfen. Ich hätte strenger sein müssen. Warum in Gottes Namen habe ich mich zu so etwas hinreißen lassen?

Gott, wenn Brian doch nur käme, dachte sie. Ich brauche ihn.

Rachel schaltete den Fernseher aus und ging nach hinten. Neben ihrem Schlafzimmer befand sich ein Extraraum, den Brian als Büro benutzte. Er hatte das Kinderzimmer werden sollen. Dort wollte sie warten, bis er zurückkam. Von seinen Sachen umgeben würde sie sich wenigstens nicht so einsam fühlen.

Sie sank in den tiefen Ledersessel, der vor Brians Schreibtisch stand, und starrte seine Schreibmaschine an; es war eine alte Smith Corona, die er seit dem College hatte. Er nannte sie seinen Glücksbringer.

Ein Blatt war eingespannt, eine halbgetippte Seite.

Und neben der Maschine lag in einem Metallkorb ein Stapel Blätter. Sein neuer Roman. Es sah aus, als wäre er ungefähr halb fertig. Wie war das möglich? Hatte er nicht gerade erst angefangen? Oder kam es ihr nur so vor?

Sie spürte einen Stich bei dem Gedanken, wie vertraut sie miteinander gewesen waren, als Brian an *Double Eagle* arbeitete. Jeden Tag hatte sie gelesen, was er geschrieben hatte, und ihm gesagt, was sie gut fand und was ihr überflüssig vorkam. Sie hatte mit ihm zusammen geweint, wenn die Erinnerungen ihn zu sehr aufwühlten, und über seinen Humor gelacht, der so schwarz war, daß niemand ihn würde verstehen können, der nicht dort in Nam gewesen war.

Wo war nun diese Vertrautheit hin? Etwas davon mußte doch wenigstens noch vorhanden sein, nicht wahr?

Rachel drehte das Blatt aus der Schreibmaschine heraus und fing an zu lesen.

... dunkel, aber er fand die Leiter, seine Handflächen berührten die Metallsprossen, noch warm von der Sonne, obwohl sie schon vor Stunden untergegangen war. Der Mond stand nicht am Himmel, aber er sah genug wegen der erleuchteten Fenster über und unter ihm. Ja, er konnte sogar bis draußen nach Coney Island sehen, das wie ein Weihnachtsbaum herüberfunkelte. Laura wartete da oben auf ihn in ihrem Fort, das sie sich zusammen gebaut hatten, als sie Kinder waren. Die beiden Luckies, die er seinem Vater geklaut hatte, steckten oben in seiner Hemdtasche. Für jeden eine. Er stellte sich vor, wie es sein würde. Laura neben ihm, die Schulter an ihn geschmiegt und die nackten Beine ausgestreckt aus dem zu engen Kleid, lang und dunkelgolden wie Ahornsirup. Ihm war heiß trotz der Brise, die ihm kühl um den Hals wehte. Und auf einmal ärgerte er sich über sich selbst. Vielleicht war es an der Zeit, daß er damit aufhörte, sie oben zu treffen. Nun, da er bald vierzehn wurde und ahnte, daß Lauras Mund mehr konnte als Witze reißen und Pops Zigaretten paffen...

Rachel ließ das Blatt fallen. Ihr war so kalt, als hätte sich irgendwo in ihr ein Loch aufgetan und all ihr Blut sickerte hinaus.

Rose. Er schreibt dieses Buch über sie.

Warum hat er mir nichts davon erzählt?

Rachel fing an zu frösteln. Sie hatte Angst. Sie fragte sich, ob sie jetzt nicht vielleicht noch mehr Angst hatte als in Vietnam.

Dritter Teil

Du magst die Vase zerbrechen,
aber der süße Duft der Rosen
liegt weiter in der Luft.

Thomas Moore

26

»Nein, die ist zu dunkel. Zu förmlich. Aber diese hier...« Sylvie wählte ein Tapetenmuster aus und hielt es vor die fertig verputzte Wand. »Da, siehst du, wie sie das Licht auffängt, das von draußen hereinfällt? Man hat fast das Gefühl, als befände man sich mitten in einem Van Gogh.«

»Ja.« Nikos nickte nachdenklich. »Ich glaube, du hast recht. Wieder einmal. Aber eins mußt du zugeben – daß ich gewußt habe, was dieses Haus am meisten brauchte.« Er wandte sich ihr zu, lächelnd, seine Augen leuchteten.

Sylvie fühlte eine warme, schwere Hand im Nacken.

Das Muster mit den leuchtenden Sonnenblumen glitt ihr aus der Hand und fiel zu Boden. Wie still es doch war. Die Maler waren alle nach Hause gegangen, und das Licht der Abendsonne füllte den Raum mit einer warmen Glut. Die am Fenster aufgestellten Leitern warfen lange, sich kräuselnde Schatten auf das Segeltuch, mit dem der Boden der Malerarbeiten wegen bedeckt war. Draußen konnte sie Tauben in der Dachrinne gurren hören.

Wärme breitete sich von Nikos' Hand aus – das Rückgrat hinunter, füllte sie mit langsamen, warmen Wellen sehnsüchtigen Verlangens. Lieber Gott, wie wundervoll, wieder so etwas zu empfinden. Nach so vielen Jahren.

Sylvie zitterte, sah Stäubchen in dem schrägen Strahl des gelben Sonnenlichts wirbeln.

Sie wich einen halben Schritt zurück.

»Korbmöbel«, sagte sie, etwas zu eifrig. »Die würde ich in dieses Zimmer stellen. Wie in einen Garten, weiße Korbmöbel und Kissen mit diesen tollen japanischen Bezügen... und da drüben ans Fenster einen Korb mit getrockneten Blumen...«

Aber Nikos hörte ihr nicht zu, wie sie sah. Er massierte ihr jetzt die Schultern, lockerte die verknoteten Muskeln mit tief eindringenden, festen, kreisenden Daumenbewegungen.

»Nikos«, lehnte sie sich schwach gegen ihn auf, »du hörst mir ja gar nicht zu. Du hast mich doch engagiert, damit ich dir sage –«

»Du bist zu mager, Sylvie«, unterbrach er sie. »Ich kann deine Knochen fühlen. Wie ein Specht.«

»Ein Sperling«, verbesserte sie ihn mit einem nervösen Lachen.

»Möchtest du, daß ich aufhöre?«

»Ja... nein... oh, es fühlt sich so gut an. Aber, Nikos, ich dachte, du wolltest dir mit mir zusammen diese Muster ansehen. Ich kann dir sagen, was, wie ich meine, am besten paßt, aber die endgültige Entscheidung mußt du selbst treffen. Es ist ja schließlich dein Haus.«

»Was dir gefällt, gefällt mir auch.«

Seine Hände bewegten sich von ihren Schultern hinab zu ihren Armen, die nackt aus den kurzen Ärmeln ihrer sommerlichen Bluse herabhingen. Sie spürte das scharfe Prikkeln einer Gänsehaut.

»Nikos... es wird *ewig* dauern, wenn du mir nicht hilfst.«

»Ich bin sehr egoistisch gewesen und habe dich von deiner anderen Arbeit abgehalten, nicht wahr?«

»Meiner anderen Arbeit?«

»Die Leitung einer Bank ist keine Arbeit?« Er lächelte, die Falten in seinem verwitterten Gesicht vertieften sich.

Sylvie verstand. Es war nicht als Witz gemeint. Als sie sich seine Worte durch den Kopf gehen ließ, versuchte sie sich so zu sehen, wie Nikos sie wahrscheinlich sah: eine Frau, die mit den Jahren stärker und nicht schwächer wurde. Eine Frau, die nun mehr als die verblaßten Reste jugendlicher Anmut besaß. Eine Frau mit einem guten Kopf, die endlich lernte, wie sie ihn gebrauchen mußte.

Ja, für die Bank *war* sie verantwortlich. Nicht so, wie Gerald es gewesen war. Aber dennoch – wenn sie dieser Tage in eine Aufsichtsratssitzung kam, vernahm sie kein verlegenes Hüsteln und Räuspern mehr, und niemand verdrehte die Augen. Im Gegenteil, die Männer begrüßten sie respektvoll, sahen sie aufmerksam an und hörten ihr zu, wenn sie ihre Gedanken vortrug.

Gott, diese Ängste, an die sie sich so viele Jahre hindurch geklammert hatte. Jetzt erst, mit einundfünfzig Jahren, fühlte Sylvie sich endlich frei.

Wenn sie sich fallenließ und Nikos liebte, konnte das alles nur verderben.

»Nikos...« Jetzt küßte er ihren Hals, seine Lippen flüsterten über ihre Haut, sandten köstliche Schauer durch ihren Körper. Sylvie seufzte und entspannte sich, lehnte sich in den sicheren Schlupfwinkel zwischen seinem muskulösen Arm und seinem breiten Brustkorb. Sie fühlte sich so schwach. Sie konnte nicht aufhören, ihn zu begehren.

»Ich warne dich«, murmelte er. »Ich bin ein eifersüchtiger Mann.«

»Und auf wen bist du eifersüchtig? Auf Mr. Caswell in der Bank? Er ist achtzig und, wie ich höre, noch ziemlich munter. Und dann ist da noch Neal, der mich frisiert, aber ich nehme an, es wäre ihm lieber, wenn ich ein Knabe wäre...«

»Nein, nein, nein. Auf es. Dieses Haus.« Er lachte leise in sich hinein, während sein Mund an ihrer Ohrmuschel lag. »Ich fürchte, es liegt dir mehr am Herzen als ich.«

Sie dachte darüber nach. »Weißt du, ich mag dieses Haus *wirklich* sehr gern. Aber nicht wie du denkst. Was mir so daran gefällt, ist das, was ich *tue*. Es ist doch gewissermaßen eine künstlerische Arbeit, nicht wahr? Das Haus ist wie eine leere Leinwand. Nikos, weißt du was? Ich wollte immer eine Malerin werden. Ich habe als Kind so viel Zeit in Museen verbracht. Meine arme Mama hatte auch große Hoffnungen in mich gesetzt. Wir konnten uns kein Fleisch leisten, aber sie brachte mir Zeichenblöcke und einen Tuschkasten mit. Und, o je, es war schrecklich. Meine Pferde sahen alle wie Hunde aus.

»Man könnte dasselbe von Picasso sagen.«

Sylvie drehte sich um und sah ihn an. Sie legte den Kopf in den Nacken, so daß sie ihm direkt in die dunklen Augen blickte. »Ich muß dir danken, Nikos. Weil du mir gezeigt hast, worin ich *gut* bin. Wenn du nicht wärst...«

»...hättest du es mit der Zeit auch allein herausbekommen«, beendete er ihren Satz. »Du bist eine bemerkenswerte Frau, Sylvie. Dir fehlte nur eins... Selbstvertrauen.«

»Oh, Nikos...«

Er küßte sie – langsam, sanft, mit der zärtlichen Sorgfalt eines alten Freundes. Dann vertiefte sich sein Kuß, wurde der Kuß eines Liebenden. Ungeduldig. Seine kräftigen Finger verhakten sich in ihrem Haar, zogen es aus den Klammern heraus. Sylvie fühlte, wie es in einer warmen Flut über die Schultern herabfiel.

Sie fand sich schmerzhaft gefangen zwischen ihrem Verlangen, ihn zu umarmen, und dem Drang wegzulaufen.

Nikos murmelte: »Sylvie, mein Liebling, sollen wir es taufen, dieses Haus, das du liebst? Hier? Jetzt?«

Sylvie wußte sofort, daß sie wollte.

Genau, wie du sagst, dachte sie. Hier. Jetzt. In diesem Augenblick, die Vergangenheit und die Zukunft zählen nicht. Die schrägen Sonnenstrahlen fallen gerade so ins Zimmer. Deine Lippen, deine Fingerspitzen wie Pinselstriche auf meiner Haut. Ein Gemälde. Ewig.

Sylvie trat einen Schritt zurück und fing langsam an sich auszuziehen. Zuerst die Bluse. Sechs Perlenknöpfe, einen für jedes Jahr, seit sie das letzte Mal bei einem Mann gelegen hatte. Nun den Rock. Oh, ihre Finger zitterten so! Vorsichtig, damit der Reißverschluß nicht im Saum hängenblieb. Als nächstes den Unterrock. Das Höschen. Echte Seide mit Spitzenbesatz.

Zuletzt nahm sie die Halskette, den Armreif und die Ohrringe ab und legte alles auf das staubige Fensterbrett.

Und schließlich zog sie ihren Ring ab – einen erlesenen, mindestens zweihundert Jahre alten, von Saphiren eingefaßten Marquise-Brillanten, den Ring, den Gerald ihr bei ihrer Hochzeit an den Finger gesteckt hatte.

Da. Oh, wie lieblich war der Sonnenschein auf ihrem

nackten Körper, wie eine riesige unsichtbare Handfläche, die sie aufnahm. Sie kam sich vor wie... oh, sechzehn, ein junges Mädchen an der Schwelle zum Erwachsenenalter.

Närrin, sagte sie sich. Du bist über fünfzig. Runzlig und nur Haut und Knochen... hat er das nicht selbst gesagt? Wie kann er dich denn wollen?

Sylvie starrte Nikos an. Er hatte die Khakihosen und das baumwollene Arbeitshemd ausgezogen und stand nackt in dem Licht der untergehenden Sonne, das seine Haut rot tönte. Sie sah, daß er auch alt geworden war, das Haar, das sich auf seiner Brust verfilzte, grau, die großen Scheiben seiner Muskeln glitten dem unvermeidlichen Verfall entgegen. Wie ein alter, grau gewordener Tiger, dachte sie. Aber daß sie ihn so sah, steigerte nur ihr Begehren. Und da, *sieh* nur, wie er sie begehrte.

Dann führte er sie zu einem Stapel frischer Segeltücher in einer Ecke des Zimmers. Ich werde das hier nie vergessen, dachte Sylvie. Alle Einzelheiten. Das rauhe Segeltuch auf meiner nackten Haut. Den Geruch nach frischer Farbe. Das Gurren der Tauben draußen.

Und diesen Mann: den feinen Schimmer auf seinen starken braunen Schultern. Den guten erdhaften Geruch wie frischgemähtes Gras, wie Brot, das gerade aus dem Ofen kommt. Und oh, die Festigkeit seines Körpers, seine Kraft.

Sie fühlte ihn in sich eindringen, und die Freude, die sie dabei empfand, war wie die Heimkehr nach einer endlosen Abwesenheit. Ihre Augen füllten sich mit Tränen. Über Nikos' Schultern hinweg sah sie verschwommen etwas aufblitzen – ein letzter Sonnenstrahl traf den Brillanten ihres Eherings auf der Fensterbank und funkelte in einem strahlenden Prisma, einem verwirrend schönen Regenbogen von Farben auf.

Bitte versteh, mein Liebling, Gerald, dachte sie. Es ist nicht so, daß ich Nikos mehr liebe, als ich dich geliebt habe... nein, überhaupt nicht... ich beginne nur endlich die Person zu verstehen, die du geliebt hast. Die Frau, die Nikos jetzt liebt...

Dann rief Sylvie aus: »Nikos!«

Sein offener Mund preßte sich auf ihre Schläfe, heißer Atem fuhr ihr durch das Haar, und sie fühlte sich wieder jung, so jung.

Nikos füllte sie alle, ihre geheimen Stellen ... o Gott, gab es jemals schon so ein Gefühl wie dieses?

Lieblich. Süß.

O Nikos ... ja ... ja ...

Dann war es vorbei, und sie lag in seinen Armen, fühlte die kühle Luft auf ihren schweißfeuchten Gliedern, und der schnelle heiße Pulsschlag seines Atems verlangsamte sich allmählich.

Nikos drückte sie einmal, sehr fest, die Muskeln in seinen Armen ballten sich, wurden hart wie Ziegelsteine. Und er flüsterte ihr mit heiserer Stimme ins Ohr: »Heirate mich, Sylvie.«

Sylvie fühlte das wunderbare Ding, das sie geschaffen hatte, auseinanderspringen wie die Perlen einer zerrissenen Halskette.

Warum, oh, warum mußte alles so kompliziert sein?

Ich habe Angst, dachte sie. Wenn jemand da ist, an den ich mich hängen kann, dann klammere ich mich an ihm fest. Und werde wieder schwach, so wie Rosen, sobald sie an einem Spalier gezogen werden, nicht mehr frei stehen können, sondern zu Boden fallen.

»Ich kann es nicht«, sagte sie, rutschte von ihm weg und setzte sich auf. Die kühle Luft strömte auf sie ein. Sie zitterte.

Er starrte sie an, sein Gesicht lag nun im Schatten, aber in seinen Augen blitzten Sterne. Sein Mund war eine Wunde. »Aber warum?«

»Meine Tochter ...« fing sie an. Dann ließ sie den Satz sterben. Was hatte sie gerade sagen wollen? Daß es Rachel gegenüber nicht fair wäre?

Nein, etwas anderes.

Sylvie hob die Hand und streichelte seine Wange, die rauh

wie Sandpapier war. Sie spürte, daß ihr die Tränen kamen, bittere Tränen, die ihr in den Augen brannten und einen Stachel durch den Hals trieben.

Ich kann ihn nicht heiraten. Aber etwas muß ich tun. Ich muß es ihm sagen. Das mit Rose. Ich habe es ihm viel zu lange verschwiegen.

Zweiunddreißig Jahre lang hatte sie dieses Geheimnis bewahrt. Und nun würde sie es ihm anvertrauen müssen. Er verdiente es.

Vielleicht würde er sie hassen, wahrscheinlich ja... aber wenigstens wüßte er es... und vielleicht könnte er Rose sehen, aus der Entfernung natürlich... und mehr über sie erfahren...

Er würde allerdings einsehen müssen, wie verheerend es sein würde, wenn er sich Rose näherte, weil dann die Gefahr bestand, daß sie die Wahrheit erfuhr.

Aber das würde er verstehen, nicht wahr? Er war intelligent und sensibel.

»Nikos, Liebling, es gibt da etwas, das ich dir erzählen muß... etwas, das ich dir schon lange hätte sagen sollen«, begann sie seltsam außer Atem. »Von meiner Tochter. Unserer Tochter.«

Nikos setzte sich auf, sein Gesicht mit einemmal gespannt und aufmerksam.

»*Unsere* Tochter«, atmete er. »Ja, ich habe es immer gewußt. Rachel sieht gar nicht wie ich aus – sie ist blond und hübsch wic du, Sylvie. Aber in meinem Herzen habe ich gefühlt, daß sie von mir ist. Oh, meine liebste Sylvie, du kannst dir gar nicht vorstellen, wie gut es ist, die Wahrheit zu hören.«

»Es ist nicht Rachel«, korrigierte sie ihn.

Nikos starrte sie an, als wäre sie wahnsinnig geworden.

Einen kurzen Augenblick glaubte Sylvie es selbst. Woher sonst kam dieses entsetzliche Gefühl, daß sie schrumpfte, immer kleiner wurde?

»Wer dann?« flüsterte er heiser, stockend.

»Sie heißt Rose.«

Dann erzählte sie ihm alles. Wie verzweifelt und verängstigt sie gewesen war. Das schmutzige Krankenhaus, das Feuer. Die schreckliche Entscheidung, die ihr Leben in einen wahnsinnigen Betrug verwandelt hatte. Die endlos vielen Jahre, in denen sie sich danach sehnte, ihr Kind in die Arme zu nehmen oder auch nur zu sehen.

Als sie ihre Erzählung beendet hatte, fühlte Sylvie sich erschöpft, als hätte sie alles noch einmal durchleben müssen, nur in schlimmerer Form, weil sie ihr Verbrechen nun in Nikos' ungläubigen schwarzen Augen widergespiegelt sah.

Es war kalt im Zimmer geworden; das köstliche milde Sonnenlicht hatte sich zurückgezogen und war in dem grauen Verputz verschwunden. Sie versuchte aufzustehen, aber die Beine zitterten ihr so stark, daß sie sie nicht trugen. Sie sah alles verschwommen wie durch eine vom Regen überflutete Windschutzscheibe, der Raum flog auf sie zu.

Sie fühlte, daß Nikos sie an sich zog, seine starken Arme um sie schlang.

Seine Brust bebte, sein Gesicht war tränennaß.

»Oh, Sylvie... arme Sylvie...«

Es ist wie ein Wunder, dachte sie, erstaunt und dankbar.

Seine Worte schienen sie hochzuheben, und sie fühlte, daß das riesige Gewicht ihres Elends sich hob und ein Stück davon abbrach. Er verstand sie. Er verzieh ihr. Und wenn er das tun konnte, ja, dann konnte sie vielleicht anfangen, sich selbst auch ein bißchen zu verzeihen.

Dann sagte Nikos mit einer Stimme, die vom Grunde des tiefsten Brunnenschachts zu kommen schien: »Gott sei Dank, Gott sei Dank. Mein Kind. Meine eigene Tochter. Wir werden sie finden, Sylvie. Und dann werden wir es ihr zusammen sagen. Es ist noch nicht zu spät...«

Nein, *nein,* er hatte es mißverstanden.

Was er sagte, war... unmöglich.

Sie mußte es ihm erklären... aber sie bekam keinen Ton heraus. Sie wollte schreien, mit den Fäusten auf ihn einschlagen. Aber sie vermochte sich nicht zu rühren, nicht zu atmen. Sie konnte Nikos nur hilflos und angsterfüllt anstarren... und stumm anflehen.

Aber nein, es war nicht Nikos' Schuld, sondern ihre.

Um Gottes willen. Sie hatte ihm die Gewalt verliehen, sie und ihre beiden Töchter zu zerstören.

27

Der Junge in der ledernen Bomberjacke starrte Rachel wütend über den Schreibtisch hinweg an.

»Eh! Wer glauben Sie eigentlich, wer Sie sind? Sie reden da nämlich von *meiner* Alten. Das ist *mein* Kind, das sie kriegt. Also lassen Sie mal schön Ihre komischen Sprüche bleiben, was? Ich kann mich selbst ganz prima um Tina kümmern.«

»Nichts können Sie«, schnauzte Rachel ihn an und lehnte sich dann erschrocken und entnervt in ihren Drehstuhl zurück.

Sie sagte sich: Hör auf, du darfst doch nicht die Selbstbeherrschung verlieren. Sei höflich, aber bestimmt und hilfsbereit, nur auf die Patientin kommt es an.

Aber seit Wochen hatte Rachel ein Gefühl, als müsse sie einen Drahtseilakt vollbringen. Immer gespannt, gereizt und ängstlich. Bei der geringsten Kleinigkeit ging sie gleich in die Luft.

Nun, ich befinde mich ja tatsächlich auf einem Drahtseil, sagte sie sich. David hat es auf mich abgesehen, wirft mir Alma Saucedo vor, hetzt alle im St. Bart gegen mich auf.

Ja, das war es. Dieser Junge erinnerte sie an David, obwohl sie einander gar nicht ähnlich sahen. Seine Abgebrühtheit, seine völlige Gleichgültigkeit gegenüber dem Befinden seiner Freundin.

Nun gab er seine gebeugte Haltung auf und bog sich zurück, die Daumen in den Gürtelschlaufen wie ein Revolverheld im Fernsehen.

Rachel schoß hinter ihrem Schreibtisch hoch und sah ihm ins Gesicht, ihre Nerven summten.

»Hören Sie mal zu«, sagte sie. »Es ist jetzt keine Zeit zum Machospielen. Ihre Freundin ist zu mir gekommen, weil sie in Not ist. In großer Not. Sie könnte das Baby verlieren. Und deshalb möchte ich nur, daß Sie mir eine Frage ehrlich beantworten. Nehmen Sie beide Drogen?«

»Aber nicht doch...« Seine Augen glitten von ihr ab, und er leckte sich die Lippen.

»Ich habe die Einstiche in ihren Armen gesehen. Sie sagte, sie wären alt. Aber ich fand nicht, daß sie alt aussahen. Was meinen Sie dazu, Angel?«

»Ich hab' Ihnen ja schon *gesagt.* Tina und ich, wir haben nichts mit Drogen zu tun.«

Rachel schlängelte sich um ihren Schreibtisch herum in dem engen Raum zwischen der Wand und dem Karteischrank. Sie blieb unmittelbar vor Angel stehen, nahe genug, um den widerlich ranzigen Geruch von Zigarettenrauch und saurem Schweiß einzuatmen, der ihm anhaftete.

»Ich glaube Ihnen nicht«, sagte sie und starrte ihn an, um ihn zu zwingen, ihr in die Augen zu sehen.

»Well, fuck you then!« Ein Nebel aus warmem Speichel traf ihr Gesicht. Angels Gesichtszüge verzerrten sich vor Wut. »Das geht Sie sowieso einen Scheißdreck an!« Er näherte sich ihr und seine Augen wurden ganz schmal. »Das ist mein Revier, Lady. Sie kommen hierher und glauben, Sie können uns Spics zeigen, wo's langgeht. Aber wir *brauchen* Ihre Hilfe nicht.« Er grinste, als fiele ihm gerade etwas umwerfend Tiefsinniges ein, das er unbedingt noch loswerden müßte. Ein Grinsen wie eine zerbrochene Flasche, die Schneidezähne schief und verfärbt. Er tat noch einen Schritt auf sie zu, bis sie seinen Atem auf dem Gesicht spüren konnte, dann hob er die Hand und fuhr ihr mit einem schmutzigen Fingernagel zärtlich drohend die Wange her-

unter. »Wissen Sie, was ich glaube? Ich glaube, Sie sind eifersüchtig auf all die Ladies mit den dicken Bäuchen. Ja. Ich wette, Sie haben keinen Mann und auch keine Kinder. Wollen Sie, daß ich Ihnen ein Kind mache, so wie Tina?«

Etwas riß in Rachel. Sie hörte nur ein hohes, heftiges Surren in den Ohren. Ein roter Film flimmerte über ihr Gesichtsfeld.

Sie nahm einen Drahtkorb voll von der Post des Vortags und warf ihn in Angels akneverwüstetes Gesicht.

Dann trat sie zurück, entsetzt über das, was sie getan hatte.

Angel erstarrte. Ein in der Mitte gefalteter, auf dickes blaues Papier geschriebener Brief war auf einer seiner Schultern hängengeblieben. Ein Schneeschauer aus weißen Durchschlägen schwebte langsam zu Boden und häufte sich auf den ungeputzten abgestoßenen Spitzen seiner Motorradstiefel. Er sah überrascht aus, Tränen der Bestürzung glitzerten in seinen Augen.

Rachel starrte ihn an und zitterte, ihr Herz hämmerte in der Brust.

Er hätte mir nicht weh getan, dachte sie. Er hat nur den harten Burschen gespielt. Weshalb bin ich so ausgerastet?

Sie sah ihn herumwirbeln und davonstaksen, wobei er nur noch kurz stehenblieb, um ihr den Vogel zu zeigen, bevor er die Tür krachend ins Schloß warf. Das Diplom, das an der Wand hing, fiel zuBoden.

Rachel sank vornüber auf den Schreibtisch und verbarg das Gesicht in den Händen. Ihr war so schlecht.

Dabei wußte sie, was ihr wirklich weh tat. Alma Saucedo. Sie wollte nicht, daß ihr das noch einmal geschah, noch so ein zarter, zerbrechlicher, kranker Teenager, noch so eine Tragödie.

Sie dachte an ihren letzten Besuch bei Alma, als sie das leblose Wesen gesehen hatte, das einmal ein blühender, hübscher schwangerer Teenager gewesen war. Noch immer keinerlei Besserung, und es waren nun schon drei Monate vergangen. Ihre Augen geschlossen. Die magere Brust pumpte automatisch, das einzige Geräusch war das des Beatmungsgeräts und das leise Piepen des Elektrokardiographen über dem Bett.

Rachel hatte gegen ihren Wunsch angekämpft, an ihrem Bett niederzuknien und sie um Verzeihung zu bitten. Aber wenn sie noch einmal alles überdachte, Schritt für Schritt, dann wußte sie, daß sie unter den gleichen Bedingungen wieder genauso handeln würde. Sie hatte Alma gegenüber nur darin versagt, daß sie etwas versprochen hatte, das sie nicht halten konnte.

Aber Entschuldigungen würden Alma jetzt nicht mehr helfen.

Außerdem war es mehr als Alma. Es war auch David. Guerillakrieg, Angriffe aus dem Hinterhalt, nie ein Feind zu sehen. Ihre Laborberichte verschwanden auf geheimnisvolle Weise. Schwestern, die früher so freundlich gewesen waren, zeigten ihr neuerdings die kalte Schulter. Minimale Zusammenarbeit, aber kein bißchen mehr seitens der Assistenzärzte. Und dann David, der eine eisige Miene aufsetzte, sobald sie in Sicht war. Der hinter ihrem Rücken herumpfuschte, damit sie dann wie eine Idiotin aussah, wenn sie nicht verstand, was mit ihren eigenen Patientinnen vor sich ging.

Sie mußte seinem Treiben ein Ende setzen. Ihm furchtlos gegenübertreten, damit er endlich aufhörte, sie zu belästigen. Sie mußte Brian erzählen, daß er versucht hatte, sie zu vergewaltigen. Und weshalb.

Aber als sie es sich vorzustellen versuchte, brach ihr der kalte Schweiß aus.

Was ist denn heute los mit mir, dachte sie. Ich schaffe das. Ich habe doch immer daran geglaubt, daß ich alles schaffen kann.

Aber in der letzten Zeit hatte sie so ein Gefühl, als ob ihre Kraft nachließe. Unbedeutende Probleme, mit denen sie früher leicht fertig geworden war, schienen sie jetzt wie ein mächtiger Strudel in die Tiefe zu ziehen. Jeden Tag kämpfte sie dagegen an, bot all ihre Kraft auf, um den Kopf über Wasser zu halten. Nachmittags war sie schon immer erschöpft und bereit aufzugeben.

Rachel kniete auf dem bunten ecuadorianischen Teppich vor ihrem Schreibtisch nieder und fing an, die Papiere aufzusammeln und in den Korb zurückzulegen. Die Hände zitterten ihr, wie sie in einer Anwandlung von Ekel sich selbst gegenüber bemerkte.

Sie spürte einen Luftzug, als die Tür aufsprang, Schritte. Ihr Körper spannte sich.

»Warte, ich helfe dir.«

Nein, nur Kay, Gott sei Dank.

Ihre Freundin hockte sich neben sie und las mit einer einzigen kreisenden Bewegung ihrer kleinen Schaufelhände den Rest der verstreuten Blätter auf.

»Die Ladung hat zwar gesessen, aber die Munition war schlecht«, sagte Kay und rollte auf die Hacken zurück, ein plumper kraushaariger Gnom in schwarzen chinesischen Pyjamahosen und weißem Laborkittel. Ihre braunen Augen hinter den runden Linsen richteten sich auf Rachel. »Ich habe alles mit angehört. Du hättest ihm hiermit eins überbraten sollen.« Sie sprang auf und nahm einen Briefbeschwerer – eine von Amethystkristallen funkelnde Geode – vom Tisch.

»Ich hätte die Ruhe bewahren sollen, das hätte ich tun sollen«, antwortete Rachel kläglich. »Ich komme mir wie das allerletzte Scheusal vor.«

»Du fängst schon wieder damit an.« Kays Augen wurden schmal.

»Womit?«

»Auf dir selbst herumzuprügeln. Du bist Ärztin. Heißt das, daß du ein Engel sein mußt? Zufällig bist du auch ein menschliches Wesen. Und das berechtigt dich, ab und zu die Nerven zu verlieren.« Kay seufzte und sah den funkelnden Stein an, den sie in der Hand hielt. »Weißt du, manchmal denke ich, daß wir noch immer an der Front sind. Nur der Krieg ist ein anderer.«

Rachel fing an, die Papiere zu ordnen. »Nun, ich habe das Gefühl, daß ich den hier verliere.«

Kay legte einen Arm um ihre Schultern.

»Ach was, Kindchen, das bildest du dir ein. Hier und da vielleicht mal eine Schlacht, das mag sein. Hör mal, ich weiß eine perfekte Strategie. Nimm Urlaub. Mach Ferien. Pack deinen großartigen Mann am Kragen und hau ab, irgendwohin, wo es schön ist, in einen dieser traumhaften Gasthöfe irgendwo auf dem Lande mit steinernen Kaminen und knarrenden Himmelbetten. Du weißt schon, was ich meine.«

Wenn es doch nur so einfach wäre, dachte Rachel.

»Ich kann nicht«, sagte sie.

»Weshalb nicht? Nancy und ich können das Fort ein paar Tage allein halten.«

»Das ist nicht fair. Ihr beide habt auch noch niemals Urlaub gehabt.«

»Einer muß ja mal damit anfangen. Jedenfalls, wenn ich einen Ehemann hätte – ich will gar nicht davon reden, wie sexy er ist und so –, dann würde ich ab und zu mal das Feuer schüren. Sage bitte niemals, ich hätte jemandem im Weg gestanden im Streben nach Leben, Freiheit und großartigem Sex.«

»Danke, Kay. Ich will es mir überlegen.«

Rachel war Kay dankbar, daß sie sie aufzumuntern versuchte, und dachte: Na ja, wieso denn eigentlich nicht?

Um, wenn auch nur für eine Weile, den Warteraum voll Frauen mit dicken Bäuchen und Kindern, die an ihren Röcken hingen, und die Arbeitsessen mit den Beamten des Gesundheitsministeriums zwecks Erörterung der allernotwendigsten Finanzierung und Alma Saucedo zu vergessen.

Und vor allem, um David Sloane zu vergessen.

Sie sah Kay zu, die aufstand und zu dem winzigen, in der Ecke am Fenster eingeklemmt sitzenden Ausguß ging, wo die Kaffeemaschine und die Elektrokochplatte standen.

Kay kramte in einem Schuhkarton, der ein Sammelsurium von losen Teebeuteln, Salz- und Zuckertüten, in Zellophan verpackten Zahnstochern und Plastikbeutelchen mit Soße aus dem chinesischen Imbißladen enthielt. Sie fischte einen Aluminiumfolienbeutel heraus und warf ihn Rachel zu.

»Hühnersuppe«, sagte sie. »Gibt ängstlichen kleinen Mädchen Mut. Bei Schweißausbrüchen dreimal täglich einen Eßlöffel voll.«

Rachel erstarrte, ahnte, was kam. »Ich habe so ein Gefühl, als ob du mir weh tun willst.«

»Rachel.« Kay baute sich vor ihr auf. »Du mußt endlich mal einen Punkt machen. Allmählich gehst du nämlich daran ein. Sloane ist wahnsinnig. Und siehst du nicht, daß du ihm dabei noch hilfst. Weil du den Mund hältst, und genau das nützt er gegen dich aus.« Sie machte eine Pause. »Ich wollte es dir nicht sagen, aber die Schwestern reden darüber: Sloane will, daß man dir die Genehmigung entzieht. Du sollst das Krankenhaus nicht mehr betreten.«

Rachel war, als hätte man ihr einen Schlag in die Magengrube versetzt. »Der Bastard.«

»Man müßte ihn für das, was er dir angetan hat, ins Gefängnis bringen«, fuhr Kay wütend fort. »Und wenn ich dir nicht versprochen hätte, es nicht weiterzusagen, dann würde ich jetzt hinmarschieren und es über die Hausanlage durchgeben.«

»Ich habe nicht vor David Angst«, sagte Rachel. »Sondern vor Brian. Wenn er wüßte ...« Ein Klopfen an der Tür brachte sie zum Schweigen.

Es war ihre Sekretärin, Gloria Fuentes. Sie wirkte nervös, wie sie dastand und eine Strähne ihres langen schwarzen Haars um den Zeigefinger wickelte.

»Hier ist jemand, Doktor Rosenthal«, sagte Gloria. »Ein Mann. Er hat etwas für Sie. Es ist wichtig, sagt er.«

Ein Arzneimittelvertreter, dachte sie.

»Also gut«, sagte sie. »Lassen Sie ihn herein.«

Er war sehr dick. Man konnte zwischen den Knöpfen seines bügelfreien Oberhemds einen Streifen seiner Unterwäsche sehen. Und auf dem Kopf trug er ein Käppchen, auf das mit goldenem Faden der Name »DAVE« eingestickt war. Kein Vertreter also, dachte sie. Vielleicht jemand von einer armen jüdischen Gemeinde, der um eine milde Gabe bitten will.

»Sind Sie Dr. Rosenthal?« fragte er mit einem kräftigen Brooklyn-Akzent.

Sie nickte.

Er händigte ihr einen langen dünnen Umschlag aus, wandte sich um und verschwand aus der Tür.

Rachel hatte mit einemmal Angst. Was mochte in diesem Umschlag sein? Sie spürte einen Drang, ihn ungeöffnet zu zerreißen und in einer Million winziger Fetzen die Toilette hinunterzuspülen.

Aber sie öffnete ihn.

Ihre Augen wanderten über das unordentlich getippte Dokument. Verwaltungsbezirk New York. Stadt New York. Hector und Bonita Saucedo, Kläger, gegen Dr. Rachel Rosenthal, Beklagte.

Almas Eltern verklagten sie wegen eines ärztlichen Kunstfehlers. Fahrlässigkeit oder Fehlverhalten bei Ausübung des Berufs.

Rachel wurde schwindlig, ein schrecklicher heißer Schmerz breitete sich fächerförmig in ihrem Brustkorb aus.

Sie kniff die Augen zu und sah Nadelspitzen auf den Innenseiten ihrer Lider.

David, dachte sie. Er ist das. Er steckt dahinter. Ich weiß es. Nur er kann es sein.

Und er wird keine Ruhe geben, er wird nicht aufhören, bevor er es nicht geschafft hat, bevor er mich nicht aufs Kreuz gelegt hat, genau wie damals.

Damit er wieder das Leben aus mir herausschneiden kann.

28

Der Fall *Tyler gegen Krupnik* war in der Tat ungewöhnlich. Rose hatte das schon vermutet, als Bernie Stendahl ihr die Akte letzten Donnerstag mit einem Zwinkern und den Worten »Viel Spaß!« übergeben hatte.

Als sie Shimon Krupnik nun in ihr winziges Zimmer hinter dem Konferenzraum führte, fragte sie sich, wie sie sich bloß mit diesem Menschen verständigen sollte. Krupnik sah wie ein Gettobewohner des neunzehnten Jahrhunderts aus, der gerade einer Zeitmaschine entstiegen war. Bei sechsundzwanzig Grad Außentemperatur trug er einen langen doppelreihigen Mantel und einen dicken schwarzen Filzhut. Sein Gesicht war bleich, seine Augen erinnerten an die eines Maulwurfs und lagen hinter dicken randlosen Brillengläsern, als hätte er sein Leben lang in einem Tunnel gehaust. Zwei lange Schläfenlocken hingen spiralförmig an den Schläfen herab, und ein zotteliger schwarzer Bart verbarg nur zum Teil die käsigen Backen. Heiliger Jesus, dachte sie, was sage ich denn jetzt zu ihm?

Sie streckte die Hand aus. »Freut mich, Sie kennenzulernen, Mr. Krupnik. Mr. Stendahl bittet vielmals um Entschuldigung. Er ist leider verhindert.«

Etwas stimmt nicht, dachte sie und hatte ein ungemütliches Gefühl in der Magengrube. Krupnik stand da und starrte ihre Hand an, als hielte sie eine tote Schlange darin.

Er murmelte etwas, das wie »sehr angenehm« klang, gab ihr aber noch immer nicht die Hand.

Da fiel es ihr ein. Eine jüdische Freundin hatte es ihr einmal erklärt. Chassidische Männer berühren keine anderen Frauen als ihre Ehegattinnen. Niemals und um keinen Preis der Welt.

Wärme stieg in ihren Wangen auf, und sie ließ die Hand rasch fallen, strich sich damit glättend über ihren Rock, als hätte sie nichts bemerkt.

Sie fragte: »Möchten Sie eine Tasse Kaffee?«

Er schüttelte den Kopf, und sie sah, daß er die Augenbrauen überrascht ein wenig hochzog. Dann begriff sie. Natürlich, ja, unsaubere Tassen, nicht koscher. Guter Herrgott, dachte sie, ich habe kaum angefangen... und schon zwei Schnitzer.

»Setzen Sie sich doch bitte«, sagte sie und deutete auf das zweisitzige Sofa mit dem verblichenen Baumwollbezug, der zu den Buchrücken in dem Regal darüber paßte.

Als sie sah, wie er sich steif auf die Ecke eines Sofapolsters setzte, erinnerte sie sich an die chassidischen Juden, die sie als Kind gesehen hatte. Männer aus einer anderen Welt, die mit langen, flatternden Mänteln, die Augen starr geradeaus gerichtet, die Avenue J hinuntereilten und die Augen aller Frauen mieden. Als sie einmal an einer Gruppe solcher Männer vorbeigekommen waren, hatte Nonnie Rose angestoßen und wütend gezischt: »Diese Hüte tragen sie, um ihre Hörner darunter zu verbergen, sie sind das Zeichen des Teufels und erinnern uns daran, daß sie unseren Herrn Jesus Christus kaltblütig umgebracht haben, als wäre er ein Hund.«

Es war das erste Mal, daß sie je ein Wort zu einem Chassiden gesagt hatte, und sie war nervös. Sie wünschte sich, daß Max bei ihr wäre. Er würde wissen, wie man mit einem solchen Mann sprach.

Der Gedanke an Max beruhigte sie irgendwie. Sie stellte ihn sich vor, wie er abends nach der Tagesarbeit eine Flasche eisgekühlten Chardonnay entkorkte, er wußte genau, was sie brauchte. Sogar, was die Musik anging. Vivaldi, John Renbourne und Cat Stevens, wenn sie mit den Nerven am Ende war; die Moody Blues, Led Zeppelin und Beethovens Neunte, wenn sie Lust zum Feiern hatte.

Nur für zwei Tage, hatte er gesagt. Und nun waren zwei Monate daraus geworden. Er hatte sich zwar verschiedene Wohnungen angesehen, aber keine schien das Richtige zu sein. Und um die Wahrheit zu sagen: Sie hatte sich daran gewöhnt, daß er bei ihr nächtigte. Nein, mehr noch, es gefiel ihr sogar.

Rose zwang ihre Aufmerksamkeit zurück auf ihren Mandanten und warf einen Blick in die Akte, die vor ihr lag.

Krupnik wurde beschuldigt, einen gewissen Tyler tätlich angegriffen zu haben, der einen Zeitungskiosk unter der Kings-Highway-Autostraßenbrücke in Brooklyn besaß. Tyler behauptete der Polizei gegenüber: Krupnik, erzürnt, daß er ein zionistisches Blatt ausgehängt sah – die Satmyr-Sekte, so schien es, lehnte den Zionismus kategorisch ab, weil Gott selbst Israel nicht als das Heilige Land bezeichnet hätte –, Krupnik verlangte von Tyler, daß er dieses Blatt entferne. Tyler weigerte sich, woraufhin Krupnik Tyler angeblich mit einem Boxhieb zu Boden streckte und auch dann noch mehrfach auf ihn einschlug. Zuschauer hatten Jagd auf ihn gemacht und schließlich einen Mann festgenommen, von dem sie annahmen, daß es der Täter sei. Tyler hatte ihn als solchen identifiziert.

Krupnik bestritt alles. Er sei einen Häuserblock entfernt von jenem Kiosk gewesen und habe seine Druckerei abgeschlossen. Menschen hätten sich auf ihn gestürzt, ihn von hinten gepackt. Die roten Flecken an seinen Händen waren eindeutig Druckfarbe, nicht Blut. Trotzdem wurde er verhaftet. Die Anklage wurde jedoch wegen unzureichender Beweise fallengelassen. Keine Augenzeugen außer Tyler konnten beschwören, daß Krupnik der Täter war.

Tyler reichte dann eine Zivilklage ein und verlangte dreihunderttausend Dollar Schadenersatz.

»Werde ich aussagen müssen?« platzte Krupnik heraus, und die langen weißen Finger auf seinem Schoß wanden sich nervös umeinander.

Rose lächelte ihn an und hoffte ihn dadurch zu beruhigen. Vielleicht war er in dieser Beziehung nicht so viel anders, dachte sie. Jeder Mensch wurde nervös, wenn er einem Richter und einer Jury gegenübertreten mußte.

»Nicht unbedingt«, erklärte sie ihm. »Wir haben Zeugen. Aber es wäre für uns von Vorteil. Abgesehen von den Einzelheiten dieses Falles selbst wird die Jury wissen wollen, was für eine Art Mensch Sie sind, was für ein Leben Sie führen.« Sie machte eine Pause, erinnerte sich an Nonnies furchtbare Bemerkung und dachte daran, wie mißtrauisch, sogar ängstlich die Menschen jedem gegenüberstanden, der anders war als sie selbst. »Mr. Krupnik, sind Sie verheiratet?«

Er zwinkerte zweimal, seine Finger schlangen sich fester ineinander als zuvor. »Ich lebe mit meiner Mutter zusammen.«

»Wie alt sind Sie, Mr. Krupnik?«

»Dreiundvierzig im nächsten Monat, wenn der Heilige Eine es will.«

»Und haben Sie irgendwelche Steckenpferde? Sie wissen schon, so wie Vögel beobachten oder sagen wir Photographie?«

Er antwortete nicht, starrte sie nur ungläubig an.

O. K., dachte sie, dumme Frage von mir. Aber wohltätige Arbeit vielleicht. Lose verkaufen zugunsten der Opfer der Muskeldystrophie oder blinden Menschen Bücher vorlesen. Das würde die Jury beeindrucken.

»Lassen Sie es mich so ausdrücken, Mr. Krupnik, was tun Sie in Ihrer freien Zeit?«

»Ich studiere den Talmud.« Diesmal zögerte er nicht. »Ich lese die Thora, die fünf Bücher Mosis. Ich gehe zur *Schul.*« Es klang unschuldig und arrogant zugleich, als er es sagte.

Rose fing an, sich Sorgen zu machen. Wenn wir uns nicht etwas einfallen lassen, dachte sie verzweifelt, wird die Jury wirklich dem Eindruck erliegen, er verberge ein Paar Hörner unter seinem Hut.

Aber was?

Dann erinnerte sie sich eines Falles, von dem sie vor vielen Jahren gelesen hatte. Ein Schwarzer war wegen Vergewaltigung angeklagt. Und in einem Gerichtssaal voll schwarzer Gesichter hatte das Opfer, eine Weiße, den Beschuldigten nicht identifizieren können.

»Ich habe eine Idee«, sagte Rose und wurde ganz aufgeregt. »Es ist nur ein Versuch, die Chancen sind nicht sehr groß, aber es könnte klappen.«

»Ja? Und wie?«

»Wann haben Sie Mr. Tyler zum letztenmal gesehen?« fragte sie. »Wann standen Sie einander das letzte Mal von Angesicht zu Angesicht gegenüber?«

Krupnik überlegte einen Augenblick mit zusammengezogenen Brauen. »Letzten Oktober war das. Vor Gericht.«

Rose lächelte. Immer besser, dachte sie. »Mr. Krupnik, wie viele von Ihren Freunden und Bekannten könnten Sie Ihrer Meinung nach zum Termin zusammenbekommen? Ich brauche mindestens fünfundzwanzig, wenn möglich mehr.«

Krupnik starrte sie verblüfft an. Dann erzählte sie ihm von ihrem Plan, und ein Lächeln verwandelte sein blasses, ernstes Gesicht, ein sanftes rosiges Leuchten wie bei einer brennenden Kerze.

»Alevai«, rief er leise aus. »Ich bringe sie mit, sicher. Hundert, wenn Sie möchten. Mehr sogar.«

Zehn Tage später stand Rose auf der Freitreppe vor dem Obersten Gericht des Staates New York am Foley Square und sah einen privaten gelben Bus heranfahren. Ungefähr vierzig Männer in langen schwarzen Mänteln, mit schwarzen Hüten und schwarzen Bärten und herabbaumelnden Schläfenlocken stiegen aus.

Als die Chassiden alle stumm im Gerichtssaal Platz genommen hatten, wandte sich Rose an den Vorsitzenden. »Euer Ehren, ich habe eine ziemlich ungewöhnliche Bitte. Anstelle einer einleitenden Erklärung würde ich gern Mr. Tyler eine Frage stellen.«

Richter Henry, ein Schwarzer mit einem schneeweißen Afrohaarschnitt, runzelte die Stirn, und Rose ließ den Mut sinken. Wenn er es ablehnte...

»Sie müssen sich schon etwas genauer ausdrücken, Miss Santini. Was genau möchten Sie ihn fragen?«

»Ich möchte, daß Mr. Tyler meinen Mandanten, Mr. Krupnik, identifiziert.«

Eine Bewegung entstand, und als Rose hinüberblickte, sah sie die gelangweilt dreinschauenden Geschworenen sich aufrichten und lebendig werden. Gut. Nun, bitte, wenn es doch bloß funktionierte.

Der Richter nickte, und sie merkte seinem Gesicht an, daß er es auch spannend fand. Natürlich, wem war nicht ein bißchen Theater lieber als das übliche Hin und Her langatmiger Erklärungen? Nur der Kläger selbst wirkte empört, als er steif und mit rotem Gesicht in den Zeugenstand trat. Er sah auch aus, als hätte er sich vor der Sitzung bereits ein paar Gläser genehmigt.

»Mr. Tyler«, sagte sie kühl. »Können Sie den Mann identifizieren, der Sie am Abend des einundzwanzigsten Oktober angegriffen hat? Ist er hier im Gerichtssaal?«

»Natürlich kann ich das«, sagte er. Er zeigte mit einem stummelartigen Finger auf den bärtigen schwarzgekleideten Mann, der am Tisch des Verteidigers saß.

»Würden Sie bitte aufstehen, Mr. Krupnik?« rief Rose aus.

Totenstille herrschte, als aller Augen sich dem Mann zuwandten, der ernst und still am Tisch des Verteidigers saß.

Dann sah Rose zwei Reihen dahinter von einer vollbesetzten Zuhörerbank Shimon Krupnik sich erheben, langsam, majestätisch, und die Schläfenlocken, die an seinen Ohren herabbaumelten, gaben dem Ganzen eine unerwartet schrullige Note. Ein breites Grinsen erschien auf seinem Gesicht.

Rose fühlte ein Triumphgefühl in sich aufwallen. Und sie dachte: Wenn Brian doch hier wäre. Und das gesehen hätte. Besser als alle Kartentricks, die ich ihm gezeigt habe, als wir Kinder waren.

Zehn Minuten später, nach der wütenden Tirade des Gegners und der Abweisung der Klage durch den grinsenden Richter, bahnte sie sich einen Weg durch den Sitzungssaal und fühlte sich drei Meter groß – eine Königin, die huldvoll lächelnd die Segenswünsche ihres Volkes entgegennahm –, und eine Gruppe von Chassidim nickte ihr anerkennend zu, als sie vorbeiging.

Dann entdeckte sie einen silberhaarigen Mann, der auf sie zukam und sie beim Ellbogen nahm und sie durch das Gedränge der Zuschauer zu der großen Saaltür steuerte.

Als sie draußen stehenblieb, um ihm zu danken, sah sie, daß er älter war, als sie ihn seiner festen Hand nach geschätzt hatte. Über sechzig. Aber immer noch gutaussehend auf eine dunkle, ausländische Art. Er wirkte elegant, obwohl er sich die Jacke über die Schulter gehängt hatte und die Ärmel seines frischen weißen Hemdes aufgerollt trug, so daß man die mit einem dichten dunklen Haarpelz bedeckten Unterarme sah.

Es fiel ihr auf, wie er sie anstarrte. Prüfend beinahe, als wäre sie ein Bild in einem Museum oder ein seltenes wildes Tier.

Unvermittelt ergriff er ihre Rechte und drückte sie mit seiner warmen, festen Hand. »Darf ich Ihnen gratulieren, Miss Santini.« Er hatte eine tiefe Stimme mit einem leichten Akzent, den sie nicht näher bestimmen konnte. »Das war eine großartige Leistung. Ich bin sehr von Ihnen beeindruckt.«

»Danke«, sagte sie und lachte. »Ich habe einfach Glück gehabt. Die Sache hätte genausogut auch ins Auge gehen können, und dann stände ich ganz schön dumm da.«

»Nein.« Er schüttelte lächelnd den Kopf. »Niemals.«

Warum starrte er sie so an? Er machte sie nervös.

»Ich glaube nicht, daß ich Sie kenne«, sagte sie und entzog ihm ihre Hand.

»Nikos Alexandros«, stellte er sich vor.

»Sind wir einander schon einmal begegnet? Ich fürchte, ich erinnere mich nicht...«

Ein trauriger, fast schmerzhafter Ausdruck glitt über sein Gesicht, und er sagte: »Ich wollte, es wäre so... aber, nein.« Dann fügte er mit einem merkwürdigen Lächeln hinzu: »Auf Wiedersehen, Rose. Und viel Glück. Ich hoffe, wir sehen einander mal wieder.«

Erst als sie aus dem Gerichtsgebäude heraus war und die breite Treppe hinunterging, fiel ihr auf: Er hatte sie Rose genannt. Seltsam. Woher wußte er ihren Vornamen?

Das Rätsel leuchtete wie ein über das Wasser hüpfender Stein am Horizont ihres Bewußtseins auf und versank.

Als Rose den von Menschen wimmelnden Bürgersteig entlangeilte und in dem spätnachmittäglichen Verkehrschaos nach einem freien Taxi Ausschau hielt, dachte sie an den vor ihr liegenden Abend.

Eine gute Flasche Wein, ein Dinner mit Max. Warum nicht eine kleine Siegesfeier? Ich kann das weiße Seidenkleid anziehen, das ich vorige Woche bei Bloomingdale's gekauft habe. Und Blumen mitnehmen. Himmlisch duftenden Flieder für jedes Zimmer.

Aus dem Augenwinkel sah sie, daß sich drei Männer nach ihr umdrehten und sie anstarrten, als sie zu dem Taxi rannte, das zwanzig Meter weiter vorn an den Bordstein herangefahren war. Als sie ihre Aktentasche auf den Rücksitz warf und hinterherkletterte, lächelte sie bei dem Gedanken, wie sehr sie sich verändert hatte. Vor noch nicht so langer Zeit hätte sie gedacht, daß jene Männer sie anstarrten, weil etwas mit ihr nicht stimmte: ein Fleck auf dem Rock, eine Laufmasche im Strumpf. Nun wußte sie, daß sie es taten, weil sie sie anziehend fanden.

Und zum erstenmal fand sie sich selbst auch anziehend. Sogar hübsch. Gestern abend nach dem Dinner hatten sie und Max sich ein paar Schallplatten von Glenn Miller angehört, die sie am Sonntag zuvor auf einem Flohmarkt erstanden hatten. Dann zeigte ihr Max, wie man den Lindy tanzte, seine breiten Hände faßten sie resolut um die Taille, und er wirbelte sie im Kreis herum und duckte sie und schnellte mit ihr auf und nieder, bis sie schließlich schwitzend, außer Atem und wie ein Teenager kichernd aufs Sofa fiel. Rose wußte nicht mehr, wann sie sich das letzte Mal so amüsiert oder so glücklich gefühlt hatte.

Rose sagte dem Fahrer ihre Adresse und lehnte sich zurück und versuchte eine bequeme Stellung auf dem vorgewölbten Sitz zu finden. Sie konnte es nicht erwarten, nach Hause zu kommen.

»Schweinefleisch Mu-schu.« Rose reichte Max einen Karton und spähte dann in einen anderen. »Und was das hier ist, habe ich keine Ahnung. Sieht aus wie etwas, das von Mrs. Lindquists Katze übrig war, nachdem der Müllwagen sie überfahren hatte.«

»Ente gepreßt«, sagte Max. »Es war im Sonderangebot.« Er zog eine Flasche aus der Tüte. »Dies auch. Ich dachte, wir sollten ein bißchen feiern.«

Rose sah auf das Etikett. »Perrier-Jouet! O Max, sogar *ich* weiß, wie teuer der ist. Das hätten Sie doch nicht tun sollen.«

»Ein Extrahonorar. Für heute.« Er wickelte die Flasche in ein Küchenhandtuch und begann den Korken vorsichtig herauszuziehen. »Ich glaube nicht, daß P. T. Barnum eine bessere Vorstellung hingekriegt hätte.«

Rose spürte, wie sie rot wurde, und dachte: Ich möchte, daß er stolz auf mich ist. Ich schulde ihm soviel.

Sie sah ihm zu, wie er den Korken mit einem sanften Plop herauszog und schäumenden Champagner in zwei langstielige Kelche goß. Er hatte kurz zuvor geduscht, sein Gesicht sah rosig aus, sein Haar war feucht und ringelte sich im Nakken über dem Kragen wie das Haar eines Kindes. Die Brust und die Füße waren nackt, und er trug nur ein paar weiche, ausgebleichte Jeans. Er kam ihr schlanker und jünger vor und das nicht nur, weil er abgenommen hatte. Es schien, als sei er irgendwie heiterer und munterer geworden. Wie ein Zimmer, in dem man alle Lampen anschaltete, nachdem es vorher immer im Halbdunkel gelegen hatte.

Sie fragte sich, ob andere Frauen ihn wohl auch so sähen. Vital, gutaussehend, sexy. Der Gedanke, daß Max irgendeine schöne, attraktive Mandantin küssen könnte, versetzte ihr einen Stich.

Und bald geht er fort, dachte sie.

Sie wollte nicht, daß er fortging. Rose begriff es in einer jähen Anwandlung von Traurigkeit. Abende wie dieser würden ihr fehlen, wenn sie sich gemeinsam ein Essen zubereiteten und den Tagesablauf bei einem Glas Wein diskutierten. In mancherlei Hinsicht hatten sie eine Routine wie ein Ehepaar entwickelt. Fuhren zusammen mit der U-Bahn ins Büro, manchmal auch wieder nach Hause. Wenn einer von ihnen abends länger arbeitete, besorgte der andere das Essen. Sie duschte morgens, er am Abend. Sie wechselten sich sogar mit dem Wäschewaschen ab.

Alles wie bei einem Ehepaar, nur daß sie nicht zusammen ins Bett gingen.

Als sie am Abend zuvor mit Max getanzt und sich so wunderbar warm und sexy in seinen Armen gefühlt hatte, da hatte sie kurz gedacht: *Warum nicht?* Sie waren Freunde, sie mochten einander. Und es war so lange ... so sehr lange her. Lebten sie nicht im Zeitalter des Wassermanns – der freien Liebe und der zwanglosen Sexualität?

Aber mit Max ins Bett gehen hieße vielleicht ihre wunderbare Freundschaft ruinieren. Und wofür? Max konnte nun bald schon ausziehen, andere Frauen kennenlernen, sich vielleicht sogar verlieben.

Und ich, dachte sie, werde immer noch hier sein und von Brian träumen, einsamer denn je. Nein. Laß es sein. So ist es besser.

Rose nahm ein Schlückchen aus dem schäumenden Glas, das Max ihr in die Hand drückte. »Mmmm. Gut.«

»Passen Sie auf, daß er Ihnen nicht zu Kopf steigt.«

»Was? Der Champagner oder der Erfolg bei Gericht?«

»Der Champagner. Da ich Sie kenne, nehme ich an, daß Sie nicht zu Mittag gegessen haben.«

»Ich war zu aufgeregt zum Essen. Jedenfalls verspreche ich Ihnen, daß ich mich nicht sinnlos betrinken werde. Bei einem Dollar pro Schluck ohnehin kaum möglich.«

Er stieß mit ihr an. »Auf all Ihre künftigen Siege, mögen

sie zahlreich sein und... oh, Mist, entschuldigen Sie, die Ente. Ich habe sie in den Backofen gesteckt, um sie aufzuwärmen.« Rauchfähnchen kringelten sich aus den Ofenspalten, und Rose roch etwas, das sie unangenehm an die Zukkerraffinerien entlang der Jersey Turnpike erinnerte. Max sprang hin, riß die Ofentür auf und zerrte die Schmorpfanne heraus, die die verkohlten Reste ihres Entenfleisches enthielt. Er starrte sie traurig an.

»Macht nichts«, sagte Rose. »Ich hatte sowieso keinen Hunger. Das Mu-schu allein ist schon mehr als genug.«

Sie trank ihren Champagner und goß sich ein zweites Glas ein. Eine angenehme Glut sickerte durch ihren Körper, als ränne warmes Badewasser statt Blut in ihren Adern. Im Kopf hatte sie ein leichtes Gefühl, und sie schien sich sehr langsam zu bewegen; eine Ewigkeit verging zwischen dem Augenblick, in dem sie nach ihrem Glas griff und dem, in dem sich ihre Finger um den klebrigen Stiel schlossen.

Na und, dachte sie, dann bin ich also ein bißchen betrunken. Aber es gefällt mir so. Ich weiß auch gar nicht mehr, wann ich zum letztenmal beschwipst war. Ist schon Jahre her. Brian und ich? Ja. Oben auf dem Dach. Die Flasche Red Mountain. Also, auf dein Wohl, Brian, und das der Dame, mit der du jetzt trinkst...

Ein scharfer Schmerz wie von einem Glassplitter bohrte sich ihr ins Herz, und in der Kehle würgte es sie, als sie trank. Bläschen stiegen ihr in die Nase und brachten Tränen in ihre Augen.

Rose rang nach Luft und fing unbändig an zu husten. Max klopfte ihr auf den Rücken. Schließlich war es vorüber. Sie sah zu ihm hoch, sah den besorgten Ausdruck in seinem Gesicht und schlang die Arme um seinen Hals, preßte die Wange gegen seine feste, warme, nackte Brust.

»Wenn Sie mich betrunken machen wollten, dann haben Sie Ihr Ziel erreicht«, murmelte sie. »Versprechen Sie mir eins. Wenn ich ohnmächtig werden sollte, bringen Sie mich dann ins Bett?«

»Sicher. Wozu sind Freunde da?«

Seine Hand legte sich ihr auf den Kopf, ganz leicht, strich über die Wölbung ihres Schädels. Rose erschauerte, als sie seine Finger durchs Haar und über den Nacken streichen fühlte. So angenehm, berührt zu werden...

Unvermittelt wich Max zurück. Er ging zum Spülbecken und drehte mit einem Ruck den Hahn auf. Rose sah das Wasser in einem schmutzigen Geysir aufspritzen, als es auf die schwarz gewordene Pfanne traf, in der die Ente sich befunden hatte, und den Abwaschtisch mit fettigen Tropfen übersäte.

»Max?« rief sie.

Etwas stimmte nicht. Er bewegte sich zuckend wie in einem Krampf, als wäre er wütend auf etwas. Die Muskeln in seinen Schultern traten hervor. Dann drehte er sich um und starrte sie an. Die Wangen wurden ihr heiß. Sie kam sich so töricht vor.

Max begehrte sie.

Natürlich. Er war mit keiner Frau mehr zusammengewesen... jedenfalls nicht, daß sie es wüßte... seit Monaten nicht mehr. Wie konnte sie so gedankenlos sein? Morgens war sie im Pyjama in der Wohnung umhergelaufen. Hatte kaum überlegt, wenn sie halbangezogen zum Telefon gestürzt war. Und nun...

»Oh, Max«, sagte sie und seufzte. »Laß uns ins Bett gehen. Jetzt gleich. Vergiß das Essen, ja? Ich bin vielleicht betrunken, aber nicht so, daß ich nicht wüßte, was gut für mich ist.«

Sie erhob sich ein wenig unsicher und ging zu ihm. Sie legte die Arme um seinen Hals.

»Rose...« fing er an, seine Stimme klang etwas heiser.

»Ich weiß schon, was ich tue, wenn du das meinst«, sagte sie und lächelte ein bißchen. »Es wird mir nicht am Morgen leid tun. Solange wir dann noch immer gute Freunde sind, o.k.?«

Er nickte und sein Adamsapfel bewegte sich auf und ab.

Dann zog er sie mit einem Stöhnen an sich und küßte sie. Tief. Mit soviel Hunger, fühlte Rose ganz plötzlich, als sauge er ihr Inneres heraus; in ihrem Kopf drehte es sich. Lieber Gott. Wer hätte das gedacht? Max...

Wundervoll, o Gott, wie wundervoll, dachte sie, als er sie im Schlafzimmer entkleidete. Als er niederkniete, um ihr als letztes die Socken auszuziehen, küßte er ihr die Füße, während er es tat und fuhr ihr mit der Zunge sanft über den Spann. Dann drehte er sie auf den Bauch herum in dem großen Messingbett und tat dasselbe mit ihren Kniekehlen und den zarten fleischigen Halbmonden unter jeder Hinterbacke.

Rose zitterte vor Lust, jeder Sinnesreiz war ein neues und unerwartetes Geschenk, das langsam ausgewickelt und ausgekostet werden mußte. Wie ein Karton mit feiner Schokolade, die man eine nach der anderen vorsichtig benagte. Wie himmlisch, sich so zu lieben, ohne ineinander verliebt zu sein, ohne den Sturm und Drang.

Zärtlich legte er sie wieder auf den Rücken, während sein Kopf zwischen ihre Beine hinunterwanderte.

Oh, lieber Gott...

Sie kam. Rasch, ein unbändiger Taumel, als stürze sie sich überschlagend eine heiße Sanddüne hinunter. Ihre Beine umklammerten seinen Brustkorb, ihre Finger staken in seinem Haarschopf. *Oh... oh... Max... woher wußtest du, wie man das machen muß, dieses wundervolle Gefühl?*

Und als es vorüber war, lag sie keuchend und glühend und hungrig nach mehr da. »In mich hinein«, stöhnte sie. »Schnell.«

Sogar besser noch. Besser als die silbrigen Triller, die er mit der Zunge hervorgebracht hatte. Fest, tief. Seine Hüften hoben sich und fielen, die Muskelkraft seiner Arme und Beine floß in sie hinein wie eine elektrische Ladung. So anders als der lange, locker-gliedrige Brian. Der Unterschied zwischen einem Langstreckenläufer und einem Preisboxer.

Nein, sagte sie sich, denke nicht an Brian. Das ist nicht

fair. Nicht fair. Sogar wenn du nicht in Max verliebt bist. Du hast kein Recht, Brian hier hereinzubringen.

Max atmete schneller, in harten kleinen Stößen, gegen ihr Ohr.

»Rose... ich kann's nicht mehr halten... oh, Rose...«

»Ja, Max, *ja.*«

Sie fühlte, wie er kam, und es riß sie auch mit. Ihr Körper sang in dem köstlichen Gefühl, das sie dabei empfand. Wieder und wieder und wieder...

Danach brach sie zusammen, unfähig sich zu bewegen, ihr Herz galoppierte in der Brust. Eingehüllt in den warmen glitschigen Kokon des Schweißes, den ihre Körper hervorgebracht hatten. An ihrem Ohr hörte sie seine Atemstöße langsamer werden.

»Mein Gott, Max, mein Gott«, flüsterte sie wie gelähmt.

Und in diesem Augenblick spürte sie, daß die Traurigkeit sie durchbohrte. Sie wünschte sich so sehr, daß sie in ihn verliebt wäre.

Stunden später, übersättigt, schmiegte sich Rose an Max und dachte, daß sie ihn sogar nach der Liebe gern in ihrem Bett haben mochte. Bei Max fühlte sie sich geborgen, auch jetzt.

Sie war gerade dabei einzuschlafen, als sie ihn beiläufig sagen hörte: »Stu Miller von Prudential hat mich heute angerufen. Einer seiner Versicherungsnehmer... eine Frau, genau gesagt, hat ein Verfahren am Hals... eine Ärztin, du kennst sie sogar... Rachel Rosenthal.«

Rose war, als hätte er einen Eimer eiskalten Wassers über sie ausgegossen, all ihre Nerven hellwach durch den Schock, ihr Herz jagte. Rachel... Brians Frau...

Sie rollte sich herum auf den Rücken und vermied es, Max in die Augen zu sehen. Sie wollte nicht, daß Max ihre Gefühle kannte; sie waren zu privat, zu schmerzhaft.

»Tatsächlich?« Sie gähnte gezwungen. »Worum geht es?«

»Ich kenne noch nicht alle Einzelheiten, aber ich treffe

mich deswegen morgen früh mit Stu. Er möchte, daß ich den Fall übernehme. Ich dachte, du hättest vielleicht Lust, mich zu begleiten. Dürfte ganz interessant sein.«

Verdammt, warum tat Max ihr das an? Er mußte wissen, wie schwer es für sie sein würde.

»Ich weiß nicht so recht«, sagte sie, sehr darum bemüht, ihre Erregung nicht zu verraten. »Ich muß erst in meinen Terminkalender sehen.«

Aber die Gedanken rasten ihr in großen Sprüngen voraus. Sie sah sich bereits bei dieser Begegnung. Sah Rachel und Brian – würde Brian auch da sein? Rachel würde aufgeregt sein, und Brian würde den Arm um sie legen, sie trösten. *Gott, nein, wie könnte ich das ertragen? Nach allem, was ich schon durchgestanden habe?*

Nein, verdammt, Mitleid mit Rachel stand nicht auf ihrem Programm.

Aber dann schoß ihr ein anderer Gedanke durch den Kopf. Konnte sie nicht einfach nur so *tun,* als ob sie Rachel bedauerte und ihr helfen wollte? Und vielleicht konnte sie ihr am Ende wirklich helfen, Max steckte ja bis über beide Ohren in der Boston-Corporation-Sache drin. Und wie edel stände sie dann da! Wie großzügig!

Und würde Brian nicht dankbar sein? O ja. Sie konnte es jetzt sehen ... wie sie zum Kaffee oder Lunch zusammenkamen, durch die gemeinsame Sache vereint. Zuerst würden sie nur von Rachel reden. Aber später würde ihr Gespräch sich anderen Themen zuwenden ... sie würden zusammen lachen und sich an die Zeit erinnern, als sie einander geliebt hatten ...

Die Lösung des Problems schien glasklar vor ihr zu liegen: Rachel würde das Bindeglied sein, durch das sie Brian zurückbekam. Sie war die Brücke, die sie wieder mit Brian verband.

Aber Max? Was sollte sie ihm sagen? Er war so eine Art Testperson. Er hatte ein sehr feines Gespür, ihm entging nie etwas. Er mußte ahnen, was dieser Fall für sie bedeuten konnte. Verdammt, er hielt ihn ihr wie einen Köder vor die Nase. Wenn sie morgen bei dieser Verabredung erschien, würde er wissen, daß sie noch immer an Brian interessiert war.

Also gut, sie nahm den Köder an ... aber zu ihren eigenen Bedingungen, nicht den seinen.

Langsam rollte sie zu Max hinüber, energiegeladen, knisternd vor Erregung, als könnte sie die ganze Nacht aufbleiben, ohne die geringste Müdigkeit zu verspüren.

»Vergiß meinen Terminkalender«, sagte sie. »Ich nehme mir eben die Zeit.«

29

Rachel rutschte ungeduldig auf dem niedrigen Sofa im Vorzimmer der Anwaltssozietät umher. Zum dritten oder vierten Mal sah sie auf die Armbanduhr. Fast elf schon, und der Termin war um zehn Uhr dreißig gewesen. Wenn sie doch bloß aufspringen und hinausgehen könnte.

Die Räume waren durch eine superstarke Klimaanlage eisgekühlt, kälter als die Antarktis, und trotzdem schwitzte sie. Ihre Achselhöhlen waren feucht, die Strumpfhose klebte unter den Oberschenkeln. Es war so lange her, seit sie das letzte Mal eine Strumpfhose getragen hatte, von dem Kostüm gar nicht zu reden. Und Gott, warum hatte sie sich bloß so förmlich angezogen? Wen wollte sie beeindrucken?

Noch fünf Minuten, sagte sie sich. Dann entschuldige ich mich irgendwie bei der Empfangssekretärin und verschwinde. Ich habe wahrscheinlich eine Schraube locker, daß ich überhaupt hierherkomme. Ausgerechnet Rose Santini als Anwältin!

Als der Versicherungsagent ihr den Namen genannt hatte, hatte sie laut gelacht, konnte nicht dagegen an. Gott, welch ein Witz! Seltsames Schicksal, das sie ausgerechnet

Rose auslieferte. Und sie hatte nicht einmal mehr die Kraft, sich dagegen zu wehren.

Warum mußte von den Tausenden von Anwälten der Stadt *sie* es sein?

Gab es noch einen Ausweg? Und weshalb war sie hergekommen? Weil sie sich trotz allem noch irgend etwas erhoffte? Aus Müdigkeit? Oder aus Neugier?

Nein, es war mehr als das, etwas Stärkeres. Rachel war gekommen, um sie zu sehen, um sie kennenzulernen. Diese Frau, die Brian einmal geliebt hatte... und die er vielleicht immer noch liebte.

Nur ein Besuch, hatte sie sich auf der Herfahrt im Taxi gesagt. Mehr nicht. Der Termin war schließlich schon fest verabredet. Sie würde Rose sehen, mit ihr sprechen und dann verlangen, daß Prudential ihr einen anderen Anwalt gab.

Aber sie schämte sich wirklich ein bißchen deswegen. Und kam sich auch ein wenig närrisch vor. Was konnte sie denn erreichen?

Sie erhob sich und schritt über den dicken, haferflockenfarbenen Teppich hinüber zu dem langen Schreibtisch aus Holz und Chrom in der Ecke. Eine junge, braungebrannte Empfangsdame mit einer Mähne streifig blonden Haars und langen roten Fingernägeln sah von ihrer IBM-Selectric auf.

»Dürfte nicht mehr lange dauern«, sagte ihr die junge Frau und zwinkerte ein Lächeln.

»Ich bin nur... ja, ich fürchte, ich kann nicht länger warten«, sagte Rachel. »Wissen Sie, ich muß um ein Uhr zurück –«

Rachel hörte das Klicken einer Tür, die geöffnet wurde, und spürte einen kühlen Luftzug an der Rückseite ihrer klebrigen Beine. Dann eine sanfte, melodische Stimme.

»Es tut mir leid. Ich hatte einen Anrufer aus Übersee. Ich hoffe, ich habe Sie nicht zu lange warten lassen.«

Rachel wandte sich um und sah sich einer großen, schlanken Frau gegenüber, die in dem Durchgang stand, welcher das Vorzimmer mit den Anwaltsbüros verband.

Rose.

Als Rachel in die dunklen, stolzen Augen sah, traf sie der Schock des Wiedererkennens. Sie registrierte die mit verzierten Kämmen hochgesteckte schwarze Lockenmasse, das einfache, schwarze, untaillierte Baumwollkleid und den um Roses Schultern künstlerisch drapierten farbenprächtigen Schal sowie die knapp unterhalb ihres Ellbogens um den dunkelhäutigen rechten Arm geklemmte gehämmerte goldene Spange. Und – wie merkwürdig – den einen Ohrring, als ob sie eine Piratin wäre. Ein Rubin in Gestalt einer Träne geschliffen und in Gold eingefaßt, der von ihrem linken Ohrläppchen herabhing und in der fluoreszierenden Deckenbeleuchtung schimmerte und blitzte.

Ein kalter Angstschauer durchlief Rachel, und sie dachte: Sie ist umwerfend schön. Wieso habe ich das an dem Abend in London nicht gesehen? Kein Wunder, daß Brian sie nicht vergessen kann.

Sie kam sich zwergenhaft neben Rose vor, unterlegen. Sogar in ihrem besten Sommerkostüm aus Rohseide, von Galanos, das in einer Vielzahl gelblichbrauner Farbtöne schimmerte. Sie selbst war matt und schlaff wie eine Pflanze, die man zu begießen vergessen hatte. Ihr Haar lieblos mit einem Gummiband zusammengerafft, ihr blasses Gesicht ohne Make-up und mit dunklen Rändern unter den Augen von all den schlaflosen Nächten, seit sie die Vorladung erhalten hatte.

Nun mach schon, sagte sie zu sich selbst. Laß dir eine Ausrede, eine Entschuldigung einfallen. Du hast hier nichts verloren.

»Ich verstehe«, sagte Rachel, »aber ich muß zurück zu meinen Patienten. Sehen Sie, das ist wahrscheinlich ein Mißverständnis, daß ich hierherkomme. Vielleicht wäre es am besten, wenn ich –«

»Sie sind in Schwierigkeiten, und Sie brauchen Hilfe«, unterbrach Rose sie, und ihre dunklen Augen sahen Rachel an. In ihrer Stimme schien keine Sympathie mitzuschwingen, auch kein Groll. Sie stellte nur eine Tatsache fest. »Kommen Sie doch herein, und wir reden darüber. Dann können Sie gehen, wenn Sie möchten. Es verpflichtet Sie zu nichts.«

Rose lächelte, und ihr dunkles Gesicht schien zu leuchten wie eine zauberhafte Ikone.

»Ich habe Ihnen einmal gesagt, daß ich Ihnen noch etwas schuldig bin«, fügte sie hinzu, »und ich meinte das auch wirklich so.«

Rachel, entwaffnet und ein bißchen erschrocken, erwiderte Roses Lächeln und dachte: Diese Frau müßte mich eigentlich hassen. Warum ist sie so locker und freundlich?

»Also gut«, sagte sie.

Rose trat auf sie zu, streckte die Hand aus. Kühle, lange Finger, die Rachels Hand fest ergriffen und dann wie Wasser abglitten. Rachel witterte einen feinen, süßen, erdhaften Duft wie von Winterbirnen, die auf einer Fensterbank reifen.

»Mein Büro ist zur Zeit ein bißchen vollgestopft«, sagte Rose. »Papiere überall. Ich bereite mich auf einen Fall vor. Wir können in Max Griffins Büro gehen. Möchten Sie gern einen Kaffee oder Tee?«

»Ein Tee wäre schön.«

»Tee für Mrs. McClanahan, Nancy«, rief Rose der Empfangsdame zu. Rachel fand es seltsam, daß sie sie beim Namen ihres Mannes nannte und nicht »Dr. Rosenthal«.

Rachel folgte Rose durch ein Labyrinth von getäfelten Korridoren zu einem Büro ganz hinten, von dem aus man über den East River sah. Von diesem Blick abgesehen war ihr ganz so, als träte sie in das Haus ein, in dem sie aufgewachsen war. Ein luxuriöser alter Orientteppich, ein viktorianischer Gaslichtkronleuchter, mit abgewetztem Samt bezogene holländische Intarsiensessel. Ein mit Papierstapeln und braunen Aktenheftern beladener altertümlicher Schreibtisch. Ein verglaster Bücherschrank voll in Leder gebundener Wälzer mit Goldaufdruck. Hübsch, dachte sie. Und höllisch einschüchternd.

Rose deutete auf etwas, das wie ein Kanapee des berühmten Möbeltischlers Duncan Phyfe aussah. »Bitte, nehmen Sie Platz.«

Rachel sank hinab auf das harte Lederpolster und sah Rose in einem Sessel ihr gegenüber Platz nehmen, der auf der Rückenlehne – die Ironie der Sache fiel ihr auf – eine geschnitzte Taube mit einem Olivenzweig im Schnabel trug.

Es entstand ein peinliches Schweigen. Dann sagte Rose: »Es ist vielleicht besser, wir lassen die oberflächlichen Floskeln weg und kommen gleich zur Sache, nicht wahr, Mrs. McClanahan?«

»Ja, das wäre besser«, sagte sie. »Aber bitte, nennen Sie mich Rachel. Alle tun es.«

Rose schien es sich durch den Kopf gehen zu lassen, derweil die durch die weitmaschigen Vorhänge dringenden Sonnenstrahlen sie in einen sich kräuselnden goldenen Dunstschleier hüllten.

»Also gut, Rachel.« Sie hob einen gelben Juristenschreibblock von dem Tisch auf, der vor ihr stand, und balancierte ihn auf den Knien. »Ich bin die Unterlagen durchgegangen, die Ihre Versicherung hergeschickt hat, und ich möchte Ihnen gegenüber sehr direkt sein. Ich glaube, Sie haben alles in Ihrer Macht stehende getan, um Alma Saucedo die bestmögliche Behandlung angedeihen zu lassen. Und eine Jury wird das wahrscheinlich ebenfalls denken. Aber nichtsdestotrotz *könnte* die gleiche Jury sehr leicht auch gegen Sie entscheiden.«

Rachel merkte, daß ihr Herz zu pochen anfing, es schlug hart gegen ihre Brust. Aber das war unmöglich. Sie wäre ruiniert, die Beratungsstelle am Ende. Das Ministerium würde die Finanzierung augenblicklich einstellen; hatte Sandy Boyle sie nicht bei der letzten Sitzung genau vor so etwas gewarnt? Und ihre Arbeitsmöglichkeiten im St. Bart würde man ihr auch entziehen. Alles, wofür sie geschuftet hatte, vernichtet, all die Frauen, die sie brauchten, die ihr *vertraut* hatten, hätten niemanden mehr.

»In einer solchen Situation gehört die Sympathie der Jury natürlich dem Opfer, in diesem Fall einem sechzehnjährigen Mädchen, das gehirntot für den Rest seines Lebens nur noch dahinvegetiert. Und ein Kind hinterläßt, das einer äußerst kostspieligen Fürsorge bedarf. Also, o.k., Sie wissen, wir sprechen hier von großen Summen. Die Frage wird in den Augen der Jury nicht unbedingt die sein, wer, wenn überhaupt, schuldig ist, sondern, wer das bezahlt. Die schon überlasteten Eltern von Alma Saucedo oder die reiche Versicherungsgesellschaft.«

»Ich verstehe.« Rachel kam sich seltsam losgelöst vor, als flöge sie ein Flugzeug mit automatischer Steuerung und hörte und spräche ganz normal, während ihre Gedanken ihr bereits vorauseilten und die vor ihr liegende Katastrophe zu berechnen versuchten.

»Wirklich? Ich weiß nicht. Die meisten Menschen können sich nicht von der Vorstellung trennen, sobald sie einen Gerichtssaal betreten, es sei eine Frage von Schuld oder Unschuld.«

Rachel raffte sich auf und antwortete: »Ich glaube nicht, daß es in der Medizin je so klar zu definieren ist. Man verläßt einen Patienten immer mit dem Gefühl, daß man mehr für ihn hätte tun müssen.«

»Haben Sie bei Alma Saucedo dieses Gefühl?«

»Ja.«

»Die Frage ist: *Hätten* Sie mehr tun können?«

»Ich war mir zuerst nicht sicher, während das alles geschah«, antwortete Rachel, entschlossen, aufrichtig zu sein. »Aber später, als ich es noch einmal Schritt für Schritt durchging...« Sie straffte sich gegen das unnachgiebige Sofa. »Die Antwort ist nein, ich hätte nicht mehr tun können. Unter diesen Umständen, die alles andere als optimal waren, schlug ich den Weg ein, der mir der sicherste zu sein schien. Ich glaube nicht, daß irgendein anderer Arzt verantwortungsvoller hätte handeln können.«

Roses schwarze Augen fixierten sie mit einer solchen Intensität, daß sich in ihrem Nacken eine Gänsehaut zusammenzog.

Der Gedanke tauchte von irgendwoher auf: Sie und ich, wir sind hier, um etwas zwischen uns zu klären, nicht wahr? Nicht nur diesen verdammten Fall.

Sie hatte es schon gespürt, als sie Rose zum erstenmal begegnet war. Dieses seltsame Gefühl, als hätte irgendein verrückter Zufall sie und Rose... gegeneinander ausgespielt.

Beide in denselben Mann verliebt. Und seltsam war es doch auch, nicht wahr, daß von allen Anwaltsfirmen in der City ausgerechnet Roses ihre Versicherung vertrat.

Rose spürte es auch, Rachel war sich dessen ganz sicher, beide schätzten einander ab wie zwei Revolverhelden kurz vor dem Showdown.

Was will sie von mir, fragte sich Rachel. Sie brauchte doch nicht hier zu sitzen. Sie hätte den Fall an jemand anderen in der Firma abgeben können. Aber sie hat es nicht getan.

Warum nicht?

Die unheimliche Spannung ließ nach, als Rose sich vorbeugte und etwas auf den Block schrieb, den sie auf den Knien hielt.

»Die Saucedos haben das Angebot der Prudential, zweihunderttausend Dollar, heute abgelehnt. Nach dem, was Stu Miller mir sagte, hatten sie gestern unter Vorbehalt zugestimmt. Heute aber haben sie erklärt, sie hätten es sich anders überlegt.«

Ein jäher, ohnmächtiger Zorn stieg in Rachel hoch. David. Er stand hinter alledem. Sie konnte fühlen, wie er sich in sie hineinkrallte. Die armen Saucedos, sie hatten ein Recht auf ihren Kummer und ihren Zorn. Aber was David tat... war abscheulich, *gemein.*

Und dann geriet sie in Angst und Verzweiflung. Wie konnte sie sich gegen David wehren? Wenn sie die Wahrheit sagte, warum er das hier tat, wäre es das Ende ihrer Ehe. Wenn sie schwieg, wäre es das Ende ihrer Karriere. Ganz gleich, wie sie sich entschied, er würde sie vernichten.

»Was soll ich tun?« fragte Rachel und wußte, daß sie in einer Falle saß.

Rose sah ihr gerade in die Augen und sagte mit fester Stimme: »Vor Gericht erscheinen. Mit mir als Ihrer Anwältin.«

Rachel starrte sie an und platzte dann mit der Frage heraus, die von Anfang an zwischen ihnen gehangen hatte.

»Warum? Warum ausgerechnet *Sie*?«

Rose sagte nichts, und Rachel spürte förmlich die Spannung zwischen ihnen knistern, als wäre der Raum mit Elektrizität aufgeladen.

Dann verzog sich Roses Mund zu einem merkwürdigen, etwas schiefen Lächeln.

»Sagen wir einfach, daß mir daran liegt, meine Schulden zurückzuzahlen.« Sie schwieg und fügte dann hinzu: »Ich kann nichts versprechen. Nur eines. Ich werde für Sie kämpfen. Ich werde alles in meiner Macht stehende tun, um diesen Fall zu gewinnen. Und wer weiß?« Ihr Lächeln wurde breiter. »Vielleicht gelingt es mir sogar.«

Als Rachel sie ansah und in ihre dunklen, blitzenden Augen schaute, versuchte sie sie zu verstehen.

Tut sie es für mich... oder für sich selbst? Benutzt sie mich, um sich an Brian zu rächen? Oder, das verhüte Gott, um ihm näherzukommen?

Rachel war es, als hätte sie soeben einen Stein verschluckt. Dann dachte sie: Wenn das wahr ist, wenn sie es für sich selbst tut, dann wird sie härter kämpfen als irgendwer sonst es tun würde. Und ich brauche jemanden wie sie. Ich brauche jedes bißchen Hilfe, das ich bekommen kann.

»Also gut. Sagen wir, ich bin einverstanden. Was nun?« fragte Rachel.

»Wir sammeln alle medizinischen Aufzeichnungen und andere relevante Beweismittel. Eidliche Aussagen in schriftlicher Form von allen Beteiligten. Können Sie sich vorstellen, daß jemand gegen Sie aussagen wird? Ein anderer Arzt, eine Schwester?«

Rachel dachte an Bruce Hardman, den jungen Assistenzarzt, der bei der Entbindung von Alma Saucedo mitgeholfen hatte. An sein schreckensbleiches Gesicht, die Schweißflekken auf seiner grünen Chirurgenkleidung. Erleichtert wahrscheinlich, daß niemand mit dem Finger auf ihn zeigte.

Der Gedanke an David blitzte ihr auch durch den Kopf, aber sie wagte ihn nicht zu erwähnen. Außerdem, erinnerte sie sich, hatte er ihr geraten, zu warten und nicht die Wehen einzuleiten. Und er war nicht da, als sie Almas Baby herausholte. Was für Beweise konnte er also gegen sie haben?

»Nein. Mir fällt niemand ein.«

Rose kritzelte etwas auf den Block, den sie auf dem Schoß hielt. »Wir werden darüber noch ausführlicher sprechen. Möglich ist sogar, daß es gar nicht zu einem Prozeß kommt. Prudential will noch immer einen außergerichtlichen Vergleich. Ich treffe mich am Montag mit dem Anwalt der Saucedos. Danach weiß ich ein bißchen mehr darüber, wohin die Reise geht.«

So viele Jahre lang hatte Rachel ihre Kämpfe selbst ausgefochten. Nun sollte sie sich einfach zurücklehnen und jemand anderen für sich kämpfen lassen? Den einzigen Menschen auf der Welt außer David, der Grund hatte, sie zu hassen?

Doch seltsamerweise hatte sie das Gefühl, sie könne Rose vertrauen.

Sie wird sich für mich schlagen, wurde ihr klar, weil sie es zugleich auch für Brian tut.

Und wenn es je zu einem Wettkampf zwischen ihr und Rose kommen sollte, was dann? Wer von ihnen würde gewinnen?

Für wen würde Brian sich am Ende entscheiden?

»Treffen wir uns doch am Montag, nach meiner Unterredung mit dem Anwalt, zum Lunch!« schlug Rose vor und erhob sich.

Rachel stellte ihren nicht ausgetrunkenen Tee auf dem niedrigen Tisch ab, der vor ihr stand, und stand auf. »Ja, gut. Einverstanden.«

»Im Odeon um halb eins?«

»Ja. Ich werde dort sein.«

Sie war schon halb an der Tür, als Rose ausrief: »Oh, und grüßen Sie Brian von mir.«

Rachel blieb einen Augenblick stehen, spürte eine leichte Übelkeit in sich aufsteigen und wollte sich umdrehen, beschloß dann aber, es nicht zu tun, sie konnte Rose einfach nicht ins Gesicht sehen. Rose durfte nicht merken, wie groß ihre Angst war, den Mann zu verlieren, den sie beide liebten.

Der Fahrstuhl im Krankenhaus brauchte ewig.

Rachel drückte noch einmal auf den Knopf und wußte, daß es nichts nützte. Die Aufzüge im St. Bart waren wie alles andere auch prähistorisch. Sie konnte die Kabel knarren und quietschen hören, während der Aufzug sich langsam knackend über die Zacken des Sperrades hochwand. Sie sah auf und verfolgte das Licht, das die Zahlenleiste über der Tür hochkletterte, Stufe für Stufe, während der Fahrstuhl in jedem Stockwerk hielt. Drei, vier, das nächste Stockwerk war ihres. Und dann kehrte er unglaublicherweise um und kletterte wieder hinunter.

Verdammt. Zum Teufel mit dem Fahrstuhl. Alles hier verschwor sich gegen sie, warum nicht auch die Aufzüge?

»Scheiße«, fluchte sie leise.

Eine große, gertenschlanke Schwester kam vorbei und verlangsamte ihren Schritt. Rachel kannte sie, es war Jane Sackman, und wollte sie grüßen. Sie kannte Jane nicht sehr gut, aber sie mochte sie gern. Eine Schwester, die immer ein echtes, von Herzen kommendes Lächeln zustande zu bringen schien. Aber Janes Augen glitten an ihr vorbei, und Rachel blieb das »Hi« im Halse stecken. Sie sah, daß Jane ihren Schritt beschleunigte und vorbeieilte.

Was ging hier vor? Man hatte sie den ganzen Tag lang schon so ausweichend angesehen.

Oder litt sie schon unter Verfolgungswahn?

Als sie Alma gerade eben wieder in der Intensivstation wie einen Leichnam katheterisiert am Respirator hängend hatte sehen müssen, war sie mehr denn je erschüttert gewesen. Gott, jedesmal wurde es schlimmer. Rachel zitterten die Knie, und in ihren Handgelenken zuckte es. Im Mund hatte sie den sauren Geschmack des starken, bitteren Kaffees.

Schließlich öffneten sich fauchend und zischend die Fahrstuhltüren, und sie duckte sich und ging hinein. Gott sei Dank, endlich durfte sie nach Hause. Brian wartete sicher schon. Sie wollten zur Eröffnung der neuen Galerie in der Spring Street gehen und danach zu einem Essen mit Brians Agenten und dessen Frau. Der Abend, der vor ihr lag, schimmerte in ihrem Bewußtsein wie eine Oase in der Wüste. Ein Abend mit Menschen, die sie mochte und die sie mochten. Sie würde an nichts anderes denken. Nicht an Alma. Nicht an Rose. Nicht –

»Hallo, Rachel.«

Sie drehte sich um. David.

Die Fahrstuhltüren schlossen sich hinter ihnen, und der Aufzug ruckte ein bißchen, als er seinen Abstieg begann. Rachel fühlte den Magen unter sich wegrollen, ihre Haut spannte sich.

David grinste, es war ein kaltes, triumphierendes Grinsen. Unter dem Neonlicht kam er ihr beinahe unwirklich vor mit den messerscharfen Bügelfalten seiner goldbraunen Hose, der von der gebügelten Stärke glänzenden weißen Jacke und der prachtvollen Frisur. So perfekt, als hätte man ihn aus einer Anzeige in einer Illustrierten herausgeschnitten oder als wäre er einer jener Ärzte im Fernsehen, die die Wunderwirkung irgendeines Heilmittels verkündeten ... bis auf die Augen, die geplatzten Äderchen in der weißen Augenhaut und das kalte arktische Grün seiner Pupillen.

Diese Augen fixierten sie jetzt, und es fröstelte sie. Sie wandte ihm den Rücken zu und drückte den Knopf, auf dem ERDGESCHOSS stand, obgleich das Licht schon brannte, und hoffte zu Gott, daß er sie in Ruhe ließe, wenn sie ihn nicht beachtete.

Verdammter alter Kasten. Sie würde hier nie mehr herauskommen.

Sie drückte den Knopf noch einmal.

»Du kannst wegrennen, soviel du willst. Aber es wird dir nichts nützen.« Davids Stimme klang sanft, beinahe zärtlich. »Ich habe dem Verwaltungsrat empfohlen, die Genehmigung, aufgrund derer du die Einrichtungen dieses Krankenhauses benutzen darfst, zu widerrufen.«

Wütend drehte sie sich um. »Aus welchem Grund?«

»Grob fahrlässiges Handeln. Mein Gott, hast du wirklich gedacht, du kämest damit durch? Dieses Mädel und ihr Baby. Du hättest ebensogut versuchen können, sie gleich umzubringen.«

Rachel stand wie betäubt da. Etwas in ihr wollte laut loslachen. Das konnte nicht wahr sein – David sagte doch nicht wirklich solche gemeinen Sätze, solche Dialogfetzen, die aus irgendeinem billigen Melodram stammen mußten.

Der Aufzug hielt mit einem Ruck, die Türen öffneten sich mit einem Rasseln.

David wischte an ihr vorbei, makellos, erhaben, heiter, hielt nur einen Augenblick an, um ihr noch ein dünnes, süffisantes Lächeln zuzuwerfen, einer kalten Mondsichel gleich, die an einem Winterhimmel strahlt.

»Es ist ein weiter Weg zur Hölle, Rachel, und du bist noch nicht einmal halbwegs angekommen.«

Als Rachel ihn weggehen sah, zitterte sie so schrecklich, daß sie sich kaum aufrecht halten konnte. Sie war entsetzt. Über sich selbst.

Sie hatte ihn umbringen wollen. Hätte sie in jenem Augenblick eine Pistole in der Hand gehalten, so hätte sie abgedrückt.

30

Rose und Max aßen weiches Fladenbrot und Tandoori Chikken in einem indischen Restaurant auf der Lexington Avenue Ecke 28. Straße und schlenderten dann zur Fifth Avenue hinüber. Es war ein heißer Abend, heißer noch durch den würzigen Curryreis, der von Zeit zu Zeit Rauchsignale aus Roses Magen heraufsandte. Sie fand die Hitze unangenehm; sogar in ihrer kühlsten Baumwollbluse und dem Rock aus Kräuselkrepp fühlte sie sich ekelhaft klebrig. Die aufgestaute Hitze des Pflasters, die durch die dünnen Sohlen ihrer Sandalen drang, schien ihre Bewegungen zu verlangsamen. Ihr war, als schleppe sie sich durch die salzigen Niederungen des Death Valley.

Sie wollte nach Hause, zuerst eine kalte Dusche und dann nackt mit Max unter dem langsam sich drehenden Ventilator im Schlafzimmer auf dem Bett liegen, das sie nun miteinander teilten. Sie dachte daran, wie er sie lieben würde, langsam, mit unendlicher Zärtlichkeit. Von der Vorstellung allein fühlte sie sich in den Knien weich werden.

Wie? Wie kann ich Max so begehren? Liebe ich denn nicht Brian?

Und Max, was will er von mir?

Ein bißchen Wärme, nahm sie an, nach so vielen Jahren einer kalten Ehe. Ein freundliches Gesicht neben sich, wenn er morgens aufwachte, jemand, der ihm Mut machte und den Glauben einflößte, daß es tatsächlich so etwas wie ein Leben nach der Scheidung gab.

Und danach, wenn er weiterzog, was dann? Würden sie wieder nur einfach gute Freunde sein? Konnten sie wirklich zu dem zurück, was sie zuvor gehabt hatten? Rose fühlte eine aufsteigende Welle der Einsamkeit.

Sie nahm seine Hand und war beruhigt. Die Finger schlossen sich fest um ihre.

»Wir sind da«, sagte er.

»Wo?« Sie hatte nicht auf die Straßenschilder geachtet,

war ihm einfach in einer Art Betäubung gefolgt. Nun sah sie hoch und erblickte eine endlose Fläche grauen Granits mit riesigen Art-Deco-Ornamenten. Das Empire State Building.

»Komm«, sagte Max. »Ich nehme dich mit hinauf. Da oben weht eine angenehme Brise.«

»Ist es nicht schon zu spät? Die Aussichtsplattform wird geschlossen sein.«

Max kniff ein Auge zu. »Keine Angst, ich habe meine Beziehungen.«

Minuten später befanden sie sich in einem Fahrstuhl, der wie eine Rakete hinaufschoß.

»Ein alter Freund meines Vaters«, erklärte Max und erzählte ihr von dem greisen Pförtner, der den Fahrstuhl für sie aufgeschlossen hatte. »Mein Vater hat Moe den Job besorgt. Und Moe macht hier die gleiche Nachtschicht, praktisch seit das Gebäude steht. Er kennt es wahrscheinlich besser als seine Frau und Kinder.«

Die Fahrstuhltüren glitten auf, und sie traten hinaus. Die King-Kong-T-Shirts, Big-Apple-Bierkrüge und Yankee-Fahnen in dem abgedunkelten Schaufenster des Andenkenladens gegenüber von ihnen sahen einsam und häßlich aus.

Er führte sie einige Treppenstufen hinab, durch eine Glastür, und dann standen sie draußen. Eine kühle Brise, die an dem hohen Plexiglasschild vorbeipfiff, zerrte an ihrem Haar, ihrem Rock. Rose fühlte sich, als hätte man sie in einen unsichtbaren Fluß geworfen und sie triebe nun in der kühlen Wucht seiner Strömung dahin.

Sie beugte sich, soweit sie konnte, vor, atemlos vom Anblick Manhattans, das wie ein großes juwelenbesetztes Gespinst unter ihr ausgebreitet lag. Die Nacht hatte die rußig graue Stadt in etwas Zauberhaftes verwandelt. Fort waren die heißen, dreckigen Bürgersteige, die wütend drängenden Menschenmassen, die mißtönenden Verkehrsgeräusche. Es kam ihr vor, als würde ihr ein Geschenk, eine kostbare Halskette von Cartier in einer glänzenden, mit Samt ausgelegten Schatulle überreicht.

Sie drehte sich um. Max sah sie an, nicht die Stadt, die unter ihnen lag. Seine hellen blauen Augen waren auf sie gerichtet, auf seinen Lippen lag ein kaum wahrnehmbares Lächeln. Rose dachte: Du wunderbarer Mann. Du wußtest das. Du wolltest mich überraschen.

»Danke«, sagte sie zu ihm.

»Mein Vater hat mich oft abends mit heraufgenommen«, sagte Max und legte ihr einen Arm um die Schultern; seine massige Gestalt war eine warme Höhle, in die sie sich hineinschmiegte. »Er hielt mich hoch, und ich kam mir so groß und stark wie King Kong vor. Und dann sagte er immer: ›Sieh dir das an, Max. Du bist auf dem Dach der Welt. Und es gehört alles dir. Du brauchst es dir nur zu nehmen.‹«

»Na, in gewisser Weise hast du das ja getan, oder?«

Max ließ den Kopf ein wenig sinken und schwieg, sein Gesicht lag im Schatten.

Dachte er an seine Tochter? Die Papiere für die Scheidung waren aufgesetzt, also mußte Mandy wissen, daß er nie mehr nach Haus kam. Es mußte Max schwerfallen, ihr das zu erklären.

Er hob den Kopf und lächelte. Sein Gesichtsausdruck war so traurig, daß sie ihn an sich drücken und ihm sagen wollte, alles würde gut.

»Es ist komisch«, sagte er. »Ich dachte früher immer, mein Vater hätte es richtig erfaßt, und nur darauf käme es im Leben an: auf den Erfolg und daß man eine Menge Geld verdient. Das war seine Meinung, weil er beides nicht gehabt hat. Und was einem fehlt, kommt einem immer viel wichtiger vor als das, was man hat. Aber jetzt weiß ich es besser. Ich muß nicht oben auf dem Empire State sein, um mir das zu nehmen, was ich brauche. Nein, nicht, wenn es hier, direkt neben mir steht.« Er drehte sich um und sah sie an.

Sie verstand ihn. Alles wurde ihr nun klar. Was er sagte und wie er sie ansah.

Er liebt mich.

Seit wann? fragte sie sich. Seit wann liebte er sie schon, und sie war zu taub und dumm und blind gewesen, es zu sehen?

Als sie ihn jetzt anschaute und die Liebe sah, die aus seinem Gesicht leuchtete, und den traurigen wissenden Ausdruck in seinen Augen wahrnahm, begriff sie, daß er es wahrscheinlich schon sehr, sehr lange tat, und das versetzte ihr einen Stich, der fast ihr Herz zum Stehen brachte. Schon lange bevor sie das Bett miteinander geteilt hatten. Vielleicht schon seit Jahren.

Rose sah es jetzt alles. Seine Güte, die zahllosen Gefälligkeiten, die er ihr erwiesen hatte, jede wie eine winzige Perle, für sich genommen nur gering und unbedeutend, aber wenn man sie aneinanderreihte, verwandelten sie sich in eine schöne und kostbare Halskette. Er hatte ihr das schönste Geschenk gegeben, das sie sich vorstellen konnte, ein Geschenk zudem, für das er keine Gegenleistung erwartete.

Tränen traten ihr in die Augen.

»Es tut mir leid«, flüsterte sie. *Ganz falsch, so etwas zu sagen, völlig falsch.* Aber es war das einzige, das ihr einfiel.

»Das sollte es aber nicht.« Er strich ihr mit dem Knöchel über die Wange, und die Berührung war so sacht, daß es auch der Wind hätte sein können.

»Ich habe es nicht begriffen.«

»Ich weiß.«

»Oh, Max... ich möchte...« Sie verstummte, wußte nicht, was sie sagen sollte, nur, was sie fühlte. Daß es hoffnungslos war.

Er strich ihr über das Haar, zärtlich, rhythmisch, als wäre sie ein Kind, das getröstet werden müßte. Sie glaubte sein Herz wie einen Hammer pochen zu hören.

»Ich weiß«, sagte er. »Du liebst Brian.«

»Ja.«

»Obgleich er verheiratet ist.«

»Ja.«

»Hast du deshalb den Fall Saucedo gegen Prudential übernommen? Brians wegen?«

»Zum Teil.« Sie zuckte die Achseln. »Ja.« Aber es war nicht nur das, und sie wollte es ihm sagen. »Das klingt vielleicht seltsam, aber... ich mag Rachel. Sie ist so geradeheraus und offen und so unglaublich pflichtbewußt und engagiert.«

»Und Brian? Liebt er dich noch?«

»Brian? Ich glaube, das kann man nicht so einfach mit ja oder nein beantworten. Ich kenne ihn ja seit ewig. Wir sind in gewisser Weise jeder ein Teil des anderen. Aber er muß sich erst selbst richtig über alles klarwerden. Wenn es soweit ist, werde ich es erfahren.«

»Und du bist bereit zu warten?«

»Ja.«

Es tat ihr weh, Max zu verletzen, aber sie sagte ihm die Wahrheit. »Solange ich muß. Solange, wie er braucht.«

»Ich verstehe«, sagte er leise.

Rose hatte einmal zugeschaut, wie ein zehnstöckiges Apartmenthaus abgerissen wurde, und sie erinnerte sich immer noch daran, wie es ausgesehen hatte, als es zusammenbrach, es explodierte nicht wie eine Bombe, sondern es klappte seltsam graziös, wie eine würdevolle alte Matrone, die einen Hofknicks versuchte, Stockwerk für Stockwerk in sich zusammen. Max kam ihr jetzt auch so vor. Als ob er in sich selbst zusammenklappte; die Flächen seines Gesichts verschoben sich, kippten um wie Teile einer Wand. Sie wollte ihn festhalten, verhindern, daß er sich weh tat.

Aber sie konnte nur die Arme um ihn legen, während ein starker Wind an ihr zerrte, als ob er sie wegtragen wollte. Das einzige, was sie mit dem Zementfußboden zu verankern schien, war das riesige, schmerzende Gewicht ihres Herzens.

»Max«, murmelte sie. »Oh, Max, ich wollte, du könntest es sein. Mehr als alles auf der Welt.«

Max begehrte sie. Sie konnte es fühlen, als sie ihn in den Armen hielt.

Und sie wußte, daß sie ihn auch begehrte. Sie sehnte sich danach, ihm das zu geben, was sie ihm geben konnte, auch wenn es nicht genug war. War ein bißchen Liebe nicht besser als gar keine?

Plötzlich küßte Max sie, und sie küßte ihn wieder. Es waren heftige, leidenschaftliche Küsse, nicht zärtlich liebevolle wie die anderen Male zuvor, sondern verzweifelte Küsse, die mehr von einem Ende als von einem Anfang sprachen. Mit einem Ächzen sank Max in die Knie und preßte das Gesicht in ihren Schoß, dort, wo der Wind den Rock an ihre Schenkel drückte. Seine Finger preßten sich in ihr Fleisch, sein Atem erhitzte sie durch den dünnen Stoff.

Rose streckte sich ihm entgegen; den Kopf im Nacken, ließ sie den Wind über ihr Gesicht hinwegwehen und durch das Haar strömen.

Max faßte unter ihren Rock, zerrte an ihrem Höschen, seine Nägel kratzten ihre Schenkel. Und lieber Gott, sie half ihm.

Nun war das Höschen in ihrer Faust zusammengeballt – ein mit Spitzen besetzter seidiger Fetzen –, und sie warf es in den Wind, sah, wie eine Bö den silbrigen Stoff erfaßte und in einem weiten, hohen Bogen über die Plastiktrennwand trug. Dann segelte er wie ein grotesker Vogel hinaus über die dunklen Straßenschluchten und die glitzernden Avenuen.

Sie wandte sich zu Max und ließ den Rock über die nackten Schenkel hochflattern und flüsterte: »Ja, nimm mich.«

31

Erschöpft lag Sylvie im Dunkeln neben Nikos, und es tat ihr weh. Es war das erste Mal, daß sie sich in ihrem Bett geliebt hatten. In dem Bett, das sie sich mit Gerald geteilt hatte.

Er war ein bißchen grob gewesen, nicht wie die anderen Male. Und so hastig, hatte sie kaum liebkost.

Sie horchte auf den angestrengten Strom seines Atems und spürte, daß das Hämmern ihres Herzens ganz allmählich nachließ. Die Hitze war fast zum Ersticken. In der Dunkelheit tastete sie über das Knäuel der Bettücher hinweg nach Nikos' Hand und spürte eine Welle der Erleichterung, als seine Finger sich um ihre schlossen.

Sylvie dachte an den Abend zurück. Sie hatten ein vorzügliches Dinner in der Caravelle mit einer sagenhaften Flasche Château Ausone genossen, um den Anlaß festlich zu begehen: Das Haus war endlich eingerichtet. Sie hatte aus diesem Abend etwas ganz Besonderes machen wollen, jedes Detail sollte perfekt und erlesen sein – bis zu ihrem Kleid aus weicher, grüner burmesischer Seide. Es paßte zu ihren Augen und den Smaragden in ihren Ohren. Doch Nikos schien es kaum zu bemerken. Er war höflich und zuvorkommend, aber mit seinen Gedanken anderswo gewesen. Und nun dieses Schweigen.

Sie drückte seine Hand und hoffte auf eine Reaktion.

Aber sie ahnte es bereits. In ihrem Herzen fürchtete sie sich vor seinen Worten. Es hatte sich zwischen ihnen seit drei Wochen immer höher aufgetürmt, seit sie ihm von Rose erzählt hatte. Nikos war stiller, nachdenklicher geworden, aber sie hatte den Aufruhr und die Unruhe in ihm gespürt.

»Ich habe sie gesehen«, sagte Nikos. »Rose.«

Sylvie fühlte, wie ihre Brust starr wurde und die Lungen sich zusammenzogen, als atme sie durch einen Strohhalm.

Ich hätte es ihm niemals sagen dürfen, dachte sie.

»Sie ist schön. Und klug«, fuhr Nikos fort, und seine Stimme klang etwas heiser. »Wenn du wüßtest... wenn du sie sehen könntest, Sylvie, mein Gott, unsere *Tochter.*«

Sylvie, unfähig, das riesenhafte, drückende Gewicht auf ihrer Brust länger zu ertragen, zog sich hoch. Sie trat die Bettücher weg, die an ihren Knöcheln hingen, und schwang die Beine über den Matratzenrand.

Ihre Beine waren butterweich, als sie über den Teppich ging und den Morgenrock von der kleinen Sitzbank nahm, die vor dem Toilettentisch stand. Sie zog ihn zu hastig an und sank auf den Sitz.

Die hohen französischen Balkontüren standen offen, und eine laue Brise hob die Säume der beiseite gezogenen Spitzengardinen an. Im Mondlicht konnte Sylvie die Umrisse ihrer Rosen, aber keine Farben erkennen; es war, als sähe sie ein schwarzweißes Photo. Die Shot Silk war bis über die schmiedeeiserne Balkonbrüstung emporgeklettert, und ihre riesigen Blüten lugten durch die harfenförmig geschwungenen Balustraden. Und die Blue Nile stand blaß vor dem Efeu, der die Südwand bedeckte.

Oh, beschütze sie, betete sie. Meine Töchter. Bewahre sie, daß ihnen kein Leid geschehe. Bestrafe mich und nicht sie.

»Zweiunddreißig Jahre lang habe ich mir nichts sehnlicher gewünscht, als meine richtige Tochter kennenzulernen«, sagte sie leise in die duftende Nacht. »Oh, Nikos, du weißt das nicht, du kannst dir das nicht vorstellen! Dein eigenes kleines Mädchen – zu wissen, daß sie irgendwo da draußen ist, vielleicht in Not oder unglücklich, und du kannst ihr nicht helfen. Du kannst sie nicht in den Armen halten und dafür sorgen, daß alles wieder gut wird. Ich habe so oft davon geträumt ... lieber Gott, sie in den Arm zu nehmen ... nur für einen Augenblick. Ich hatte nie den Mut, sie um Verzeihung zu bitten. Was würde ich dafür geben!« Sie streckte die Arme aus. »All dies, alles ...«

Sie wandte sich zu der dunklen Silhouette um, die im Bett aufrecht saß, der Schmerz in der Brust war so groß, daß sie fast daran zu sterben meinte. »Sogar dich, Nikos, Liebling.«

Nun erhob er sich, schattenhaft, trat jetzt in das silbrige Licht, kräftig und glühend, als er auf sie zukam. Er kauerte sich an ihre Seite und nahm ihre kalten Hände in die seinen.

»Es tut mir leid, meine Sylvie. Alles, was du erlitten hast. Ich werfe dir nichts vor. Das sollst du niemals denken. Ich möchte nur ...« Seine Stimme versagte, und seine Augen schimmerten im Mondlicht. »Ich wollte, ich hätte es schon vor Jahren gewußt. Unser Kind, *mein Kind,* von fremden Leuten aufgezogen... es tut mir weh, wenn ich daran denke... und wenn ich es gewußt hätte, wäre alles so anders gewesen. Sylvie, Sylvie – weshalb hast du es mir nicht früher gesagt?«

Er *warf* es ihr vor. Und er hatte ein Recht dazu. Konnte sie wirklich von ihm erwarten, daß er anders darauf reagierte?

Tränen glitten ihr die Wangen hinunter und tropften auf die geballten Knöchel. »Es gab niemals eine Gelegenheit«, sagte sie. »Niemals... niemals schien es möglich zu sein... es dir zu sagen. Zuerst mußte ich an Gerald denken. Ich hätte ihm nie im Leben weh tun mögen. Und du... ja, du warst damals ein Teil der Vergangenheit. Ich wußte nicht, wo du warst, was mit dir geschehen war. Und dann, als wir einander wiederbegegneten...« Sie holte tief erschauernd Luft. »... da habe ich es dir nur gesagt, weil es nicht fair zu sein schien, daß du es nicht wußtest... obwohl es nun zu spät war.«

»Zu spät?« Seine Augen waren auf sie gerichtet, nur konnte sie sie nicht sehen bis auf die Nadelspitze des Lichts, das sich wie ferne Sterne darin spiegelte. »Nein. Ich glaube nicht, daß es zu spät ist.«

Sylvies Herz donnerte ihr in den Ohren. Lieber Gott, was meinte er? Woran *dachte* er?

Dann sagte Nikos: »Ich habe sie beobachtet. Bin ihr wie ein Spion gefolgt. Ich weiß, wo sie arbeitet, wo sie wohnt. Ich habe sogar getan, als wäre ich ihr zufällig über den Weg gelaufen, so daß ich mit ihr sprechen konnte. Sie ist in mancherlei Hinsicht so wie du, glaube ich. Klug und stolz. Und so ein Temperament! Aber sie lächelt selten. Ich frage mich, ob sie glücklich ist.«

»Und du meinst, ich hätte ihr Unglück verschuldet? Oder wir wären daran schuld? Oh, Nikos, siehst du das denn nicht? Es wäre so viel schlimmer für sie, wenn sie es wüßte! Sie würde mich hassen. Ich habe sie im Stich gelassen, fremden Leuten ausgeliefert. Ein anderes Kind an ihrer Stelle angenommen.«

»Aber du hast sie nicht vergessen. Du hast dafür gesorgt, daß man sich um sie kümmerte. Daß sie Geld hatte.«

»Geld.« Sie spie das Wort aus. »Wie leicht und bequem für mich und wie feige von mir, anonym ein Konto für sie einzurichten – das angeblich ihr Vater für sie eröffnet hatte, bevor er ums Leben kam. Als könnte Geld das wiedergutmachen, was ich getan habe!«

Eine Wolke glitt über den Mond, und der Rosengarten lag plötzlich im Schatten.

Wie oft kann ein Herz brechen, fragte sie sich.

»Ich habe sie einmal gesehen«, erzählte sie ihm. »Als sie ein kleines Mädchen war. Ich wartete draußen vor der Schule auf sie. Ich wollte sie ... so wie du ... nur sehen, wissen, ob es ihr gut ging. Wenigstens habe ich mir das so eingeredet. Und als ich sie schließlich sah ... nun, genau in dem Augenblick begriff ich, was für einen schrecklichen Fehler ich gemacht hatte. Es überkam mich. Ich mußte sie berühren, ihr nahe sein. Mein eigenes Kind. Das Kind, das ich in mir getragen hatte. Oh, versteh mich nicht falsch. Ich könnte niemals bereuen, daß ich Rachel geliebt und als mein Kind aufgezogen habe. Und wenn ich nicht am Anfang diese fürchterliche Wahl getroffen hätte, dann hätte ich sie ja niemals kennengelernt. Ich hätte sie niemals geliebt.«

Nikos packte sie bei den Schultern. Sie konnte den Druck seiner schwieligen Finger durch die Seide des Morgenmantels fühlen, sie taten weh.

»Es ist nicht zu spät, Sylvie. Rose hat ein Recht auf die Wahrheit. Dann kann sie selbst entscheiden, was sie für Gefühle hat.«

Sylvie war es, als bräche der Raum in große gezackte Stücke auseinander, die auf sie herabfielen und sie unter sich begruben.

»Nein!«

Sie stieß ihn von sich, richtete sich schwankend auf.

»Ich kann es nicht!« schrie sie. »Siehst du das nicht ein? So falsch meine Entscheidung damals auch gewesen sein mag, ich kann nicht mehr zurück. Ich muß jetzt an Rachel denken, und sie gehört nach all diesen Jahren soviel mehr zu mir als Rose. Ich liebe sie genauso, als wäre sie mein eigen Fleisch und Blut. Stell dir vor, was das für sie bedeuten würde. Wenn sie erführe, daß ich sie ihrer wirklichen Familie gestohlen und so getan habe, als sei ich ihre Mutter. Oh, Nikos, *überlege* das einmal.«

Er erhob sich und stand neben ihr. Die schwarzen Sterne seiner Augen brannten heiß auf ihr Gesicht, aber sie schien sich ihnen nicht entziehen zu können. Es waren Roses Augen, wie ihr mit einemmal bewußt wurde. Dieselben Augen – riesig und traurig und irgendwie hungrig – hatten an jenem Tag auf dem Schulhof zu ihr aufgesehen, als sie ihrem erstaunten Kind den Ohrring in das Händchen gedrückt hatte.

»Ich bleibe bei dem, was ich gesagt habe«, erwiderte Nikos. Seine Stimme klang traurig und weit entfernt. »Ich werfe es dir nicht vor. Ich glaube, du hast dich selbst schon genug bestraft. Wir müssen uns alle entscheiden, aber wer außer Gott kann wirklich sagen, was richtig und was falsch ist? Vielleicht ist es selbstsüchtig von mir: Ich möchte, daß eine erwachsene, fremde Frau das kleine Mädchen ist, das ich nie gehabt habe. Aber der Wunsch ist so stark. Er ist stärker als ich.« Er schwieg einen Augenblick, als ringe er um Selbstbeherrschung, und dann brach es aus ihm heraus: »Ich *brauche* sie, Sylvie.« Jedes Wort krachte wie ein Revolverschuß heraus. »Du hast eine Tochter. Ich habe nichts. Gib mir Rose. *Gib mir meine Tochter zurück.*«

»Und wenn ich mich weigere?« flüsterte sie mit belegter Stimme.

Nikos starrte sie an, ohne sich zu rühren, nackt im Mondlicht, die muskulösen Arme hingen schlaff an seinen Seiten herab. Dann sagte er: »Ich werde tun, was ich tun muß.«

Sylvie war es, als hätte sich in ihrer Magengrube ein Riß aufgetan und eine große Kälte stiege herauf und betäube sie.

Sie sah in Gedanken alles so, als blicke sie in einen zersprungenen Spiegel. Ihr Leben, das Leben ihrer Töchter brach auseinander und zerplatzte in winzige scharfe Splitter.

Sie warf die Arme über das Gesicht, wie um einen Schlag abzuwehren. Sie hatte gedacht, nichts könne schlimmer sein als die Lüge, die sie all die Jahre mit sich herumgetragen hatte. Aber es gab etwas noch viel Schlimmeres.

Die Wahrheit.

32

Rachel sah ihre Mutter die Torte auf den Tisch stellen. Drei Schichten hoch, mit schwarzer Schokoladenglasur, ruhte sie auf Großmutter Rosenthals Wedgwood-Tortenplatte, die auf einem weißen Spitzendeckchen stand.

»Eine Überraschung!« rief Sylvie und strahlte. »Du hast doch nicht geglaubt, daß ich es vergesse, oder?«

Rachel starrte sie verwirrt an, und dann schämte sie sich furchtbar: Mein Gott, mein Hochzeitstag, und ich habe ihn vergessen. Wir haben ihn vergessen. Deshalb hat uns Mama also heute abend zum Essen eingeladen.

Sie starrte die Torte an, wünschte sich, daß sie verschwände, und haßte Mama, weil sie sie daran erinnerte, daß ihre Ehe gescheitert war, und haßte Mama wegen ihrer Freundlichkeit und Güte und Anmut, die sie ihr Leben lang auf diese ungeheure Kluft aufmerksam gemacht hatte, welche zwischen ihnen bestand.

Die Erinnerung an jene grauenhaften Klavierstunden nach der Schule kam Rachel wieder hoch, als sie immer wieder »Mary Had a Little Lamb« und »Farmer in the Dell« hatte herunterklimpern müssen, bis sie dachte, sie stürbe. Aber Mama wurde des Zuhörens niemals müde, sie sang sogar mit oder tappte mit einem Fuß den Takt dazu. Rachel hatte zuerst gedacht, sie sei nur halt nett und mütterlich, aber nach einer Weile begriff sie, daß ihre Mutter es wirklich *gern* hörte, wenn sie diese blöden Melodien herunterhämmerte. Ihr kleines Mädchen sollte wie sie selbst sein, so sanft und süß und den feinen Dingen des Lebens, der Musik, der Kunst und den Blumen zugewandt. Aber Rachel sah sich, als sie heranwuchs, ganz anders.

»Mama, das hättest du nicht... das ist...« Rachel schluckte das übrige herunter, besiegt von den guten Absichten ihrer Mutter. »Du hättest einfach nicht, das ist alles.«

Sylvie lächelte Rachel zu und ließ den Tortenheber mit dem Porzellangriff herabsinken. »Ich weiß, Liebes. Ich *wollte* es.« Sie lächelte und sah ätherischer denn je aus, die Haut bleich wie Seife in der preiselbeerfarbenen Seidenbluse mit dem runden, ziemlich tiefen Ausschnitt, ihr sorgfältig frisiertes Haar mit den Silberstreifen. Wohlwollend fügte sie hinzu: »Du standest ja doch derart unter Druck durch diesen fürchterlichen Prozeß, daß ich dachte, du hättest gar keine Zeit oder Kraft, um wegen deines Hochzeitstages viel Aufhebens zu machen. Aber dafür sind ja nun einmal Mütter da, nicht wahr?«

Rachel fühlte einen Stich. Würde sie je eine Mutter sein? Verdammt unwahrscheinlich.

Sie sah zu Brian hinüber, der auf dem Chippendalestuhl neben ihr saß. Er trug ein ausgebleichtes Hemd und abgewetzte Cordhosen. Seine Ungezwungenheit wirkte wie ein frischer Luftzug in diesem Eßzimmer mit den symmetrisch aufgestellten Kerzenleuchtern, der dunklen Täfelung und den steif drapierten Vorhängen. Er trug das Haar nun länger; wie ein Fächer hing es ihm hinten über den Kragen. Sie sah die grauen Fäden darin, aber sie standen ihm nicht schlecht, wirkten beruhigend. Er war in sich selbst hineingewachsen, stellte sie fest, die Ecken abgerundet wie die Deckel eines oft gelesenen Buchs, sein hagerer, schlaksiger Körper ausgefüllt, die Kanten seines Gesichts weicher, abgemildert.

Seine Augen begegneten den ihren, glitten dann zu

schnell weg, sprangen ab. Ein Schmerz bohrte in ihrer Brust.

Ich liebe dich, sollte er zu ihr sagen. Ich liebe dich so sehr. Siehst du das nicht? Wir brauchen keine Kerzen und Blumen und Torten. Wir waren von Anfang an anders.

»Nur ein ganz schmales Stück für mich«, sagte sie zu Sylvie. »Ich habe soviel von dem Dinner gegessen, ich weiß nicht, ob ich noch einen Happen herunterbekomme.«

Sylvie schnitt ihr ein eher großzügig bemessenes Stück ab und reichte Rachel den Teller hinüber. »Du bist zu dünn. Du *solltest* essen.«

Rachel lächelte. »Schau mal, wer das sagt. Wenn ich zu dünn bin, Mama, dann nur, weil ich dir nachschlage.«

Sie sah Sylvie erröten, ihre Augen blitzten nun noch mehr. Dann lachte Sylvie glockenhell und sagte: »Nun... vielleicht. Es ist komisch, aber ich war neulich mit Evelyn Gold zum Lunch, und sie ist ja so dick geworden. Wie ein Pferd! Und, ja, ich weiß, es war nicht sehr nett von mir, sie ist schließlich meine beste Freundin... aber ich konnte mir so eine winzige Spur Selbstgefälligkeit nicht verkneifen.«

»Ich dachte, die Golds lebten in Florida«, warf Rachel ein.

»Wie? Ja. Sie sind nur für eine Woche oder so hier und besuchen Mason.«

Rachel richtete sich auf. Mason! Gott, sie hatte ihn seit einer Ewigkeit nicht mehr gesehen. Augenblick mal... es mußte ein paar Jahre her sein. Sie sollte ihn anrufen; es würde ihr guttun, Mason wiederzusehen.

Das kurze Schweigen unterbrechend fragte Sylvie: »Nebenbei, haben sie schon einen Termin angesetzt?«

»Termin?« Rachel war zuerst verwirrt, dann verstand sie, Mama sprach von dem Gerichtsverfahren. Das Allerletzte, an das sie jetzt denken wollte. Aber sie nahm an, daß Mama ein Recht hatte, es zu erfahren. »Noch nicht«, sagte sie. »Meine Anwältin meint, es kann eine Weile dauern. Schneetreiben nennt sie es. Die Anwälte schneien einander mit Bergen von Papier ein, zweifellos in der Hoffnung, einander in dieser Papierlawine zu begraben.«

»Eine Anwältin? Es ist eine Frau?« Nikos beugte sich zu ihr herüber. Rachel wandte ihm ihre Aufmerksamkeit zu. Nikos sah melancholischer als sonst aus. Er trug einen dunklen Anzug mit Weste und kam ihr auch älter vor. Während des Essens war er sehr ruhig gewesen und hatte seine Worte sehr sorgfältig gewählt. Konnte es sein, daß Mama und er Probleme miteinander hatten?

Rachel hoffte, nicht. Nikos war so gut für Sylvie. In den letzten Jahren schien Mama aufgeblüht zu sein wie eine ihrer Rosen. Farbe war in ihren Wangen, ein Glanz in ihren Augen. Rachel nahm an, daß sie zusammen schliefen. War es nicht wundervoll, daß Mama Nikos hatte, der sich um sie kümmerte?

Aber wie albern, auf diese Art an Mama zu denken, als wäre sie eine Jungfrau, die jemanden brauchte, der für sie sorgte. Mama hatte schließlich bewiesen, daß sie sehr wohl fähig war, selbständig zu handeln.

»Ja, eine Frau«, sagte Rachel zu Nikos und fügte mit einem Lachen hinzu: »Wir erheben uns tatsächlich zuweilen über den Stand von Krankenschwestern und Sekretärinnen.«

Nikos lächelte. »Ja, natürlich, ich wollte nicht... Ihre Mutter hat mir so wenig über diese unglückliche Sache erzählt.«

»Mein Fehler«, sagte Rachel. »Ich habe sie soweit wie möglich im unklaren gelassen.« Sie wandte sich Sylvie zu. »Ich wollte dir unnötige Aufregungen ersparen, Mama.«

Etwas blitzte in Sylvies neblig schimmernden grünen Augen auf und machte sie hart und glänzend.

»Du brauchst mir überhaupt nichts vorzuenthalten«, sagte Sylvie. Ihre Stimme war wohlwollend und sanft wie immer, aber mit einem Unterton aus Stahl. »Ich falle nicht gleich auseinander. Ich bin mit viel schlimmeren Dingen fertig geworden.«

Rachel fühlte sich wieder beschämt. Natürlich. Als Daddy starb. Mama war damals stark gewesen, viel stärker als Rachel es je für möglich gehalten hätte.

Brian ergriff unter dem Tisch ihre Hand und drückte sie, und Rachel fühlte sich zu Tränen gerührt. Wie lange war es her, daß er sie so angefaßt hatte, spontan, ohne daß dem Ganzen etwas Peinliches anhaftete?

»Bitte entschuldige, Mama. Ich habe... einfach keine große Lust gehabt, darüber zu sprechen. Mit niemandem übrigens.«

»Es gibt im Augenblick auch noch nicht viel darüber zu sagen«, warf Brian in diesem Augenblick ein. »Die üblichen Schriftsätze hin und her, was sie die Offenlegung prozeßwichtiger Urkunden nennen. Rose hat die eidlichen Aussagen gesammelt und sie –«

»Rose? Sie heißt Rose?« unterbrach ihn Sylvie, ihre Schultern schienen zu erstarren, und ihre Stimme klang schneidend. Sie saß wie gelähmt da, das Tortenmesser in der Schwebe, Flammenspitzen reflektierten Kerzenlichts sprangen auf der silbernen Klinge umher.

Brian warf ihr einen merkwürdigen Blick zu.

»Rose Santini«, sagte er.

Der Name schien in der nun unnatürlichen Stille des Zimmers ein Echo hervorzurufen.

Sylvie saß einfach da, mit geweiteten Augen. Alle Farbe war aus ihrem Gesicht gewichen. Warum sollte dieser Name Mama irgend etwas bedeuten? fragte sich Rachel. Warum um Himmels willen *starrte* sie so verwundert?

Das Messer fiel mit einem gedämpften Klirren aus Sylvies Hand und streute schwarze Krümel über den schneeweißen Damast. Sylvie griff sich an die Brust, ihr Gesicht war bleich.

Rachel eilte erschrocken zu ihr.

»Mama! Was ist?«

Sylvie schüttelte den Kopf. Sie riß den Mund auf, schnappte ihn dann wieder zu, öffnete ihn wieder, als ringe sie nach Luft. Ihre Hände verkrampften sich über der Tischkante, die Knöchel waren weiß.

Jetzt war Nikos an ihrer Seite.

Sylvie winkte ihn weg, ihre Hand flatterte wie ein verwundeter Vogel in der Luft. »Nichts...«, flüsterte sie. »Es ist nichts. Nur ein bißchen schwindlig im Kopf. Ich... ich glaube, ich lege mich lieber hin. Würdet ihr mich bitte entschuldigen? Nein, Nikos, du bleibst. Rachel hilft mir schon hinauf.«

Rachel legte einen Arm um ihre Mutter, überrascht von ihrer Magerkeit und etwas erschrocken. Könnte es sein, daß sie wirklich krank war? Ich bin so ausschließlich mit meinen eigenen Problemen beschäftigt gewesen, dachte Rachel, gut möglich, daß ich es nicht einmal bemerkt hätte.

Der Gedanke, daß sie ihre Mutter verlieren könnte, traf sie wie ein Schlag in den Magen. Sie konnte sich ein Leben ohne Mama, ohne ihre Sanftmut und Güte nicht vorstellen, nicht einmal ohne Mamas rosig gefärbte Ansicht von der Welt, die so angenehm altmodisch von ihrer eigenen abstach.

Oben in der Stille hörte Rachel nur das Ticken der Porzellanuhr auf der Kommode. Langsam sah sie sich um. Sie erinnerte sich, daß sie als Kind auf Zehenspitzen durch dieses Zimmer mit dem pastellfarbenen Teppich und den polierten alten Möbeln, den kostbaren Vasen und den beiden Porzellanhunden, den Bullterriern, gegangen war, die auf spindelbeinigen Tischen standen. Hatte sich sehr zusammengenommen und kaum zu atmen gewagt aus Angst, etwas zu zerbrechen. Nun sah sie, wie hübsch es war. Ganz wie die Mama selbst: schön und heiter, klar und still, eine Insel abseits von der übrigen Welt.

Nichts Schlimmes kann in diesem Zimmer geschehen, sagte sie sich.

Rachel sah auf Sylvie hinab, die dünn und blaß unter den spitzenbesetzten Porthault-Bezügen lag. Rachel hatte im Arzneischränkchen im Badezimmer etwas Valium gefunden und ihr eine Tablette gegeben. Sie schlief beinahe schon.

Wenn Mama nur nicht so entsetzlich weiß wäre! In dem sanften rosa Licht der Nachttischlampe konnte Rachel die dunklen Ränder unter Sylvies geschlossenen Lidern erkennen.

Sie ließ sich vorsichtig auf dem Bettrand nieder und konzentrierte sich auf das sanfte Steigen und Sinken der Brust ihrer Mutter.

Alma Saucedo fiel ihr ein, und sie spürte einen schmerzhaften Stich in der Brust, als sie sich daran erinnerte, wie sie genauso auf ihrem Bettrand gesessen und Nachtwache gehalten hatte. Nur daß Alma, nun fast nicht mehr wiederzuerkennen, niemals aufwachen würde.

Mama ist nicht krank, sagte sie sich. Sie ist nur müde. Sie hat Nikos das Haus eingerichtet, ist überall herumgerannt auf der Suche nach genau dem richtigen Teppichboden und gutem Walnußholzparkett zum vorteilhaftesten Preis. Wie ein Kind völlig in Anspruch genommen von diesem aufregenden neuen Spiel und ohne mit ihren Kräften hauszuhalten.

Doch um ganz sicherzugehen, würde sie darauf bestehen, daß Mama morgen ihren Hausarzt anrief und sich einmal gründlich untersuchen ließ. Sie hatte es wahrscheinlich seit Jahren aufgeschoben.

Plötzlich schoß eine Hand unter der Bettdecke hervor. Kalte Finger verkrampften sich um Rachels Handgelenk. Mama! Was –

Sylvies Augen waren weit geöffnet und auf sie gerichtet, weit und glasig wie die einer Schlafwandlerin.

Rachel schlug das Herz bis zum Hals.

»Meine Tochter...«, flüsterte Sylvie mit eigenartiger Stimme, ihre Augen starrten, so schien es, an Rachel vorbei, durch sie hindurch. »Wo ist meine Tochter?«

»Ich bin doch hier, Mama.« Rachel versuchte ihrer Stimme einen munteren Klang zu geben, um die Angst, die sie empfand, zu verbergen. Hatte Mama die Orientierung verloren, oder war es mehr als das?

Dann schien Mama aus ihrer Betäubung zu erwachen und ihre Tochter wiederzuerkennen. »Rachel. Ja.« Sie lächelte, es war ein Lächeln von tiefer Traurigkeit, daß es Rachel vorkam, als sei ein Schleier gelüftet und sie entdecke nun endlich die verborgene Seele ihrer Mutter, von der sie bislang nur hier und da einmal einen Blick erhascht hatte. »Ich möchte, daß du es weißt. Ich habe es niemals bedauert –« Sie brach ab, die Lider sanken herab, und die Augen schlossen sich.

»Was bedauert, Mama?«

Es folgte ein langes Schweigen, und Rachel dachte – nein, hoffte –, daß Mama endlich schlief. Sie hatte das ganz eigenartige Gefühl, daß es besser wäre, wenn sie das, was Mama ihr hatte sagen wollen, nicht hörte.

Dann flatterten Sylvies Lider, und sie schlug die Augen auf.

»Daß du da bist«, sagte sie leise, aber deutlich in die rosa Dämmerung des Nachttischlichts. »Das habe ich nie bedauert.«

Rachel fühlte sich seltsam erleichtert. Also doch keine Beichte und kein Geständnis, sondern nicht mehr, als sie immer schon gewußt hatte.

»Oh, Mama, denkst du, das weiß ich nicht? Ich könnte mir keine liebevollere Mutter wünschen.«

Sylvies Mundwinkel schienen sich zu einem winzigen Lächeln zu heben. »Oh, mein Baby...«

Dann fielen Sylvie die Augen zu, und sie schien fortzutreiben. Augenblicke später hörte Rachel sie gleichmäßig und ruhig atmen. Ihre Mutter war eingeschlafen.

Rachel beugte sich über sie und küßte sie auf die Wange. Kühle trockene Haut wie Seide, ein süßer Puderduft. Sie wartete und wachte noch einige Minuten an ihrem Bett, bis sie sicher war, daß Mama fest schlief.

Aber als Rachel sich langsam erhob, um fortzugehen, hörte sie Sylvie etwas im Schlaf murmeln. Rachel erstarrte.

Dann sagte sie sich rasch: Ich bilde mir ein, was ich gerade gehört habe. Ich bin auch müde. Müde davon, den Kopf über Wasser zu halten. Müde der Drohungen Davids und der kühlen Distanz Brians. Natürlich habe ich es mir eingebildet. Oder vielleicht hat sie nur etwas über ihre Rosen gemurmelt.

Weshalb sollte Mama nach Rose rufen?

Rachel hatte sich verlaufen. Und sie kam sich so lächerlich vor: Sie, eine geborene New Yorkerin und in der Grand Central Station verlaufen! Sie sah auf ihre Uhr. Verdammt, sie würde zu spät kommen...

Sie eilte zurück durch den dunklen Tunnel, der auch keinen Ausgang besaß. Dann, als sie um eine Ecke bog, sah sie die Oyster Bar. Erleichtert atmete sie auf und trat ein.

Ihr Blick wanderte über die Tische des Restaurants, das ziemlich überfüllt war, und sie entdeckte jemanden, der eine vage Ähnlichkeit mit Mason besaß. Hastig drängte sie sich an den Kellnern vorbei, die Platten mit Bergen von Austern und Venusmuscheln zu ihren Gästen brachten. Draußen kam man vor Hitze um, aber hier unten in diesem großartigen Saal aus glänzendem Holz und Messing war es wunderbar kühl, und ein angenehmer Fischduft lag in der Luft, als befände man sich in einer riesigen Meeresgrotte.

Als sie näherkam, merkte sie, daß ihr Gesicht sich zu einem Grinsen verzog. Ja, es *war* Mason, und sieh ihn dir an! Fort waren der Pferdeschwanz und die schiefgelaufenen Jesussandalen. Sein lockiges Haar war ordentlich geschnitten, wenngleich seine Koteletten ein bißchen zu lang waren. Er trug ein flottes Jackett und eine Krawatte. War das der Rechtshilfe-Look, oder hatte er es satt bekommen, ein Hippie zu sein? Es war so lange her. Sie hatten einander zu den Festtagen ein paar Glückwunschkarten geschickt und dann und wann eine Ansichtskarte, aber es mußten schon mehr als ein paar Jahre vergangen sein.

Ihre Augen trafen sich, und Mason nickte.

Als sie ihn erreichte, bückte sie sich, um seine Wange zu

küssen, bevor sie in den anderen Sessel ihm gegenüber rutschte. »Mason! Wie schön, dich zu sehen! Tut mir leid, daß ich so spät komme. Mein Taxi ist hinter einem Lastwagen steckengeblieben, der plötzlich nicht mehr weiterkam, und so bin ich die sechs Blocks bis hierher gelaufen und dann, kannst du dir das vorstellen? Ich habe hier unten im Bahnhof die Orientierung verloren.« Sie lachten beide, während sie sich zurücklehnte und prüfend sein Gesicht betrachtete. Er war jetzt schmaler geworden, winzige Fältchen strahlten von den Winkeln seiner lustigen braunen Augen aus. »Herrgott! Wie lange ist das her! Du siehst wunderbar aus. Was ist mit all dem Haar geschehen?«

»Ein Opfer an den großen Gott des Kapitalismus.« Mason stieß einen ironisch gemeinten Seufzer aus. »Du weißt, ganz früher gab es wirklich mal einen Wall dort, wo heute die Wall Street ist, und den hatte man errichtet, um die Indianer herauszuhalten. Ja, und ich sitze jetzt wieder drin im Fort und wehre die Angriffe der Viehdiebe ab, die unsere heiligen Kühe schlachten wollen.«

»Was ist denn aus dem Kampf für die Unterdrückten und Entrechteten und der blinden Dame Justitia geworden?«

Er zuckte die Achseln, lockerte den Knoten seiner Krawatte und lehnte sich in seinem Sessel zurück. »Nichts Dramatisches... ich bin einfach aus meinen Träumen aufgewacht, wie die Leute das so schön nennen. Ich habe gemerkt, daß die meisten Menschen, denen ich helfen wollte, mich nicht mochten, und daß ich auch nicht allzu verrückt nach ihnen war. Einer von ihnen hat es mal ziemlich gut ausgedrückt, glaube ich, so eine richtige Flasche, neunzehn und vorbestraft, und nun saß er wegen eines Einbruchs drin. Und der sagte, entschuldige bitte, aber das waren seine Worte: ›Du machst das ja gar nicht für mich, Mann, du machst das für dich selbst. Damit du abends nach Hause gehen und Vanilleeiscreme scheißen kannst.‹«

»Oh, Mason, ich weiß.« Rachel mußte einfach darüber lachen. »Es geht mir manchmal genauso... in der Klinik.«

»Aber du gibst nicht auf.« Mason hob salutierend das Glas. »Du warst schon immer eine hartnäckige kleine Hexe. Sag mal, möchtest du etwas trinken?«

»Sicher, aber laß mich bitte bestellen. Vergiß nicht, ich habe dich eingeladen.« Sie bestellten Campari mit Soda. Sie fühlte sich erleichtert und besser als seit längerer Zeit. »Und deine Familie? Was macht die Brut?«

»Oh, du solltest Shan sehen... eine begeisterte Vorstadtpflanze mit meterlangen Wurzeln. Die ist aus ihrem Bungalow mit Garten überhaupt nicht mehr herauszukriegen. Nicht mal ein übergelaufener Klärtank macht ihr etwas aus. Und die Kinder toben wie die Verrückten. Auf dem Rasen hinterm Haus haben wir jetzt gerade eines dieser aufblasbaren Plastikschwimmbecken, und die drei plantschen den lieben langen Tag darin herum. Wir haben ihnen einen Hund besorgt, einen goldgelben Apportierhund, er heißt Drake und badet genauso gern.«

Rachel lächelte bei der Vorstellung, daß Mason, der sie früher ins Schwimmbecken seiner Eltern eingetunkt hatte, jetzt ein richtiger Erwachsener war, der den Müll hinausbrachte, den Rasen mähte und die Kinder zum Kindergarten fuhr. Und sie fühlte einen Stich. Sie war neidisch. Drei Kinder... das war nicht fair. Konnte Gott ihr nicht wenigstens eins geben?

Nun schlug Mason die Augen nieder, starrte in sein Glas. »Rachel, ich hab'... von dem Verfahren gehört... wegen eines angeblichen Kunstfehlers. Was für ein gemeiner Hammer.«

Ihr Campari kam, und sie war froh über die Ablenkung. Sie nahm sich Zeit mit dem Ausdrücken der Zitronenscheibe. Dann nippte sie an ihrem Drink und fand, daß er wie Mundwasser schmeckte. Nichts schmeckte in diesen Tagen, nicht mal die lausigen Zigaretten, die sie wieder zu rauchen angefangen hatte. Sie hörte unter dem Fußboden die Züge rumpeln, und das Geräusch schien in ihrem Magen zu vibrieren.

Es kam ihr vor, als stünde sie auf einem Drahtseil und könnte jeden Augenblick herunterfallen. Das Leichteste würde in diesem Augenblick sein, überzukippen und alles auf Mason abzuladen. Aber stumm schwor sie sich, es nicht zu tun.

Rachel zuckte die Achseln. »In der Geburtshilfe kommen statistisch gesehen mehr Schadensersatzverfahren wegen angeblicher Kunstfehler vor als in allen anderen Fachbereichen.«

»Verdammt, ich wollte, ich könnte dir irgendwie helfen, Rachel. Aber die Sozietät, bei der ich bin, ist so spezialisiert, wir haben keine Ahnung von solchen Sachen. Ich könnte dir vielleicht jemanden empfehlen, wenn du nicht mit dem zufrieden bist, den du hast. Wer ist dein Anwalt?«

»Es ist eine Frau. Rose Santini. Bei Stendahl und Cooper.«

»Santini, Santini, ja, ich habe etwas im *Law Journal* über sie gelesen. Sie sollte sich nicht Santini, sondern Houdini wie der berühmte alte Zauberkünstler nennen. Hast du von diesem Fall gehört, den mit den Chassidim?«

»Nein, ich glaube nicht.«

»Sie hatte die Verteidigung eines Chassiden übernommen, wegen schweren tätlichen Angriffs. Und sie bringt eine ganze Busladung von diesen Typen mit den schwarzen Bärten und den langen schwarzen Mänteln an und fordert den Kläger auf, ihren Mandanten herauszupicken. Natürlich pickt er den Falschen heraus, und die Klage wird abgewiesen.«

Rachel wurde es leichter ums Herz, und ein Lächeln zuckte um ihre Mundwinkel. Nicht, daß ihr Fall so einfach sein würde. Doch konnte sie sich vorstellen, daß Rose sie mit irgend so einem spektakulären Handstreich rettete. Rose war verdammt schlau und schreckte auch nicht vor Risiken zurück.

Aber Rose konnte sie auch vernichten, und zwar so leicht.

In irgendeinem dunklen Winkel ihres Bewußtseins flüsterte eine Stimme: Und wäre das für Rose nicht bequem? Wenn sie Brian alles über David erzählte, würde er sich dann nicht ganz selbstverständlich an Rose wenden, die seine älteste und beste Freundin war, und sie um Rat bitten? Sich von ihr trösten lassen? Wie perfekt, wie ungeheuer einfach.

Und doch vertraute Rachel Rose irgendwie. Nun, da sie mit ihr so eng zusammenarbeitete, sah sie, was Brian an ihr geliebt haben mußte – ihre Verletzlichkeit und Empfindlichkeit unter dieser glühenden Energie, ihre Herzlichkeit und Güte.

»Sie ist gut«, sagte Rachel. »Ich mag sie.« Alles wahr... trotz ihrer Angst und Eifersucht. »Es gibt da nur ein Problem. Sie ist Brians frühere Freundin. New York ist tatsächlich ein Dorf, hm?«

Mason stieß einen Pfiff aus und schüttelte den Kopf. »Das ist ja wirklich ein Heuler. Und du nimmst an, daß sie noch immer mächtig auf ihn scharf ist, was?«

»Vielleicht.« Sie zuckte die Achseln, ihr war ein bißchen schlecht, und sie wünschte sich, daß sie das Thema wechseln könnten.

»Ja, ich weiß ja nicht, wenn es Shans Exfreund wäre, ich glaube, ich würde so an dem Ding drehen, daß er für ein paar Jährchen in den Bunker kommt.«

»Ich dachte, ihr beide wäret nicht von der besitzgierigen Sorte.«

»O je, das war ja so toll, wir dachten, wir wären wahnsinnig cool. Bis ich dann herausbekam, ein paar Monate nach der Heirat, daß Shan und Buzz zusammen nackt baden gegangen waren, draußen in der Bucht, während ich ein paar Kleinigkeiten in der City zu erledigen hatte. Natürlich schwor sie Stein und Bein, es wäre ein harmloses Vergnügen gewesen, und ich glaubte ihr sogar, aber trotzdem sah ich rot.« Er kicherte in sich hinein. »Und nun guck mich an, Mason Gold, den tollen Vorstadthengst in seinem Bungalow im Grünen und treu wie Ahornsirup. Ich komme mir allmählich immer mehr wie mein alter Herr persönlich vor.«

»Wie geht es deinen Eltern? Ich habe gehört, sie sind bei dir zu Besuch.«

»Nur für ein paar Wochen. Dann heißt es zurück nach Palm Beach. Sie leben jetzt ständig da unten. Als Pop sich aus dem Geschäft zurückzog, haben sie ihr Haus in Harrison verkauft. Jetzt legt er jeden Tag seine achtzehn Löcher auf dem Golfplatz ein, und Mom verbringt die Zeit mit Bridge oder dem Organisieren von Chadasch-Wohltätigkeitsveranstaltungen. Sie sind beide braun wie Kunstledersofas. Shan und ich fliegen die Kinder hin, sooft wir können. Pop hat an unserem Dylan einen Narren gefressen ... der ist zwei Jahre alt und völlig verrückt nach Erbsen, Spinat und Rosenkohl.« Mason schüttelte den Kopf, aber Rachel konnte den Stolz und die Liebe in seinem Gesicht sehen. »Was macht deine Mom? Wie kommt sie zu Rande?«

»Ihr geht's gut. Sie hat einen Liebhaber.«

Masons Augenbrauen schossen hoch. »Ehrlich? Na, gut für sie. Ist es was Ernstes? Oder nur so zum Zeitvertreib?«

»Ich weiß es nicht. Es kommt mir ziemlich ernst vor, aber vom Heiraten hat meine Mom noch kein Wort gesagt. Sie hat sich verändert, seit Dad tot ist. Sie ist nicht mehr so nervös und auch glücklicher, glaube ich. Und kannst du dir das vorstellen: Sie sitzt im Aufsichtsrat der Bank. Meine Mama, der große Boß! Es ist alles ... na ja, man muß sich daran gewöhnen. Mason, findest du, daß unsere Eltern sich wirklich verändert haben? Oder haben wir uns verändert?«

»Beides, glaube ich. Aber hör mal, hier ist ein grauenhafter Gedanke: Du und ich, wir sind jetzt im gleichen Alter wie unsere Eltern waren, als wir beide einander im Schwimmbecken untergetunkt haben.«

»Gott, ist das schon so lange her?«

»Ja, so lange ist das her.« Er lachte kurz auf und kippte den Rest seines Getränks hinunter. »Weißt du, ich fahre sogar gern meinen Station Wagon mit den Kindern und dem ganzen Gerümpel drin.«

Rachel fühlte sich seltsam erleichtert und streckte ihre

Hand nach seiner aus. Sie brauchte einen Freund, und er war der älteste, den sie hatte. »Mason. Ich habe eine Heidenangst. Vor diesem Prozeß. Davor, älter zu werden. Und... vor einer Menge Dinge.«

Mason drückte ihre Hand. »Willkommen in unserem Klub. Manchmal sehe ich in den Spiegel, und wen sehe ich da – wer sieht mich da an? Ein alter, abgearbeiteter, abgehetzter, abgefeimter Rechtsanwalt. Hör mal, an dem Tag, an dem ich aufhöre, wenigstens ab und zu mal umsonst zu arbeiten, und mir statt dessen eine Eigentumswohnung in Florida kaufe – erschieß mich bitte, versprichst du mir das?«

»Ich habe eine bessere Idee«, sagte sie und lachte. »Ich lasse dich, ebenfalls umsonst, in meiner Klinik arbeiten. Die Verteidigung von Drogenabhängigen wird dir nach ein paar Wochen wie Manna vom Himmel vorkommen.«

Mason lächelte. »Einverstanden.«

Der Kellner stand da, bereit, ihre Bestellungen entgegenzunehmen, und Rachel verspürte auf einmal einen Riesenhunger. Das Leben ging also weiter. Und, verdammt, ihres würde auch weitergehen. Und wenn der Seegang rauh wurde, nun, dann müßte sie sich eben beim Schwimmen noch mehr anstrengen, das war alles.

»Austern«, sagte sie dem Kellner. »Die größte Portion, die Sie haben.«

33

Max schlüpfte gerade in dem Augenblick durch die zweiflügelige Tür am hinteren Ende des Sitzungssaals herein, als der Protokollführer die Anwesenheit der Geschworenen feststellte.

Der Gerichtssaal war voll, die langen Eichenholzbänke bis auf den letzten Quadratzentimeter besetzt. An beiden Seiten standen die Leute an den getäfelten Wänden entlang, und hinten sah er sie die Hälse recken und sich drängen, um einen besseren Blick auf das zu haben, was vorn vor sich ging. Zum Teufel mit diesen idiotischen Reportern, dachte Max. Schon gestern, am ersten Sitzungstag, hatte über den Fall auf der dritten Seite der »Post« die Schlagzeile gestanden: ÄRZTIN VOR GERICHT. Und darunter fanden sich entsprechende Fotos: Alma bewußtlos und von den Apparaten umgeben, die sie am Leben erhielten, daneben ein kleineres von ihrem Baby. Es war ihnen gelungen, den Fall *Saucedo gegen Rosenthal* in eine Zirkusvorstellung zu verwandeln. Diese Menschenmenge erinnerte Max an eine Schule für Hyänen, die in den Überresten eines liegengebliebenen Kadavers herumwühlten.

Bald würde Rose im Rampenlicht stehen. Und sie mußte gut sein, oder die Medien würden sie in Stücke reißen. Aber wieso regte er sich eigentlich auf? Rose *war* gut. Doch das war auch der Ankläger, Sal Di Fazio, trotz seiner schmalzigen Art und seiner Effekthascherei. Max sah ihn vor der versammelten Zuhörerschaft theatralisch auf und ab gehen und strahlende Blicke in die Menge werfen, als hätten die Leute teure Karten erstanden, um ihn in seiner großartigen Rolle zu bewundern.

Max linste zwischen den Köpfen hindurch und entdeckte Rose am Verteidigertisch, wo sie etwas in ihrer Aktentasche suchte. Sie trug ein Kostüm, das er noch nie an ihr gesehen hatte, kobaltblau, dazu eine einfache elfenbeinfarbene Bluse, die am Hals offen war und die köstliche goldbraune Säule ihres Halses zeigte. Sie bückte sich gerade, um ein Papier aufzulesen, das zu Boden gefallen war. Ihre elektrisch geladenen dunklen Locken breiteten sich fächerförmig aus, verdunkelten ihr Gesicht, die Perlenkette, die er ihr geschenkt hatte, schwang weg von ihrem Hals und fing so das Licht ein. Sein Herz klopfte schneller.

Er dachte an den Anruf von Gary Enfield letzte Woche aus Los Angeles. Gary hatte ihm von Bruce Oldens Bypass-Operation erzählt und daß er Bruce heimlich, still und leise klargemacht hätte, daß es besser sei, wenn er sich zur Ruhe setzte. Dann hatte er seine Bombe fallen lassen und Max gebeten, nach Los Angeles zu kommen und dort die Rechtsabteilung zu übernehmen.

Max war schwindlig geworden, er hatte Gary gesagt, er wolle es sich überlegen. Und das hatte er getan.

Das heißt, er hatte alle Gründe zusammengetragen, warum daraus niemals etwas werden könnte. Und hatte das Für und Wider gegeneinander abgewogen.

Nun, als er Rose sah, dachte er: Wie kann ich dich verlassen? Wie kann ich auch nur den einen Teil von dir loslassen, den ich habe?

Zuerst hatte er vor allem den Gedanken nicht ertragen, daß er sich von Mandy trennen müßte. Aber ironischerweise hatte Monkey selbst dieses Problem gelöst.

»Cool, Daddy«, hatte sie gesagt, als er das Thema bei einem Eisbecher mit Früchten im Rumpelmayer angeschnitten hatte. Sie drehte ihren Löffel um und leckte einen Klecks Schokoladensoße ab. »Ich könnte meine Ferien dann immer da draußen verleben. Wow! Kalifornien! Cyndi sagt, die Jungs da draußen sind ganz große Klasse. Würden wir ein Haus nahe am Strand bekommen?«

Und so war dieser Punkt geklärt worden, Monkey in engen Jeans und mit einem Styx-Sweatshirt plapperte weiter über Jungs und erinnerte Max, daß sie in ein paar Jahren achtzehn und alt genug sein würde, selbst darüber zu bestimmen, wo sie leben wollte. Sie könnte sich sogar dazu entschließen, ein College in seiner Nähe zu besuchen.

Aber mit Rose gäbe es keine Zukunft mehr, keine Sommerferien, keine zweite Chance. Als er sie nun sah, fühlte er sich unwiderstehlich zu ihr hingezogen. Wie konnte er fortgehen, solange es für ihn noch irgendeine Hoffnung gab?

War es jetzt vier Monate her, seit er als Untermieter in das Haus am Beekman Place gezogen war? Vier ganze Monate schon schlief er allein, kam heim in eine leere Wohnung. Wenn er morgens schlaftrunken ins Badezimmer stolperte, stellte er sich immer vor, er sähe nun gleich wieder Roses Strümpfe zum Trocknen über die Schiebetür der Duschkabine hängen. Und abends, wenn er die Wohnungstür aufschloß, träumte er davon, daß sie ihn schon im Wohnzimmer erwartete, um ihn zu umarmen und ihm etwas Lustiges zu erzählen, das ihr auf dem Heimweg widerfahren war. Max spürte einen hohlen, betäubenden Schmerz im Magen.

Er zwang sich, der Verhandlung zu folgen und die Augen auf Roses Mandantin zu richten. Die Ärztin hielt sich sehr gerade, die Hände vor sich gefaltet. Ihr goldbraunes Haar, das im Rücken oberhalb der Taille endete, schimmerte, als wäre es mit hundert Bürstenstrichen geglättet. Es wurde auf beiden Seiten von Schildpattkämmen zurückgehalten. Sie trug ein schlichtes Kostüm aus sandfarbenem Leinen und eine pfirsichfarbene Seidenbluse. Kein Make-up außer einer Spur von rosa Lippenstift. Sie sah jung und zierlich und verängstigt aus, trotz des entschlossen gereckten Kinns und des stahlharten Ausdrucks in ihren Augen.

Fehler Numero eins, dachte Max und fing an, sich Sorgen zu machen. Diese Geschworenen wollen einen gestandenen Mann als Beschuldigten sehen, ihm würden sie blindlings vertrauen. Aber nicht so einer halben Portion von einer Frau, die kaum alt genug zu sein scheint, daß sie ihr Medizinstudium absolviert haben könnte.

Am Tisch der Kläger saß eine Frau, die nur Alma Saucedos Mutter sein konnte. Vierzig oder so, mit Übergewicht, trug ein billiges Kleid mit Blumenmuster, das sich so fest um ihren runden Rücken spannte, daß man den Umriß ihres Büstenhalters darunter sah. Eine enorme Kunstledertasche ruhte auf ihrem Schoß, deren zerfaserte Henkel ihre Hände nervös zu Würsten verdrehten und wieder auseinanderrollten.

Fehler Nummer zwei, ächzte Max innerlich.

Der Protokollführer verkündete mit monotoner Stimme: »Das Gericht beginnt die Sitzung. Die Fortsetzung des Verfahrens *Saucedo gegen Rosenthal.*« Die Geschworenen betraten nacheinander die Box. »Nehmen Sie zu Protokoll: Alle Geschworenen sind anwesend, und alle Anwälte sind anwesend.«

Das Summen der Stimmen, das Scharren der Schuhe auf dem Holzboden, das Rascheln der Mäntel, die ausgezogen wurden, erstarb allmählich. Nur das leise Zischen der altertümlichen Dampfheizungsradiatoren und das Knarren von Schritten draußen auf dem Korridor war noch zu vernehmen.

»Guten Morgen, meine Damen und Herren«, grüßte Richter Weintraub von der Richterbank. Ein netter Mann, obschon ein wenig angejahrt. Fast völlig kahl. Herzkrank. Er würde bald in Pension gehen. »Mr. Di Fazio?«

Di Fazio, der auf dem Stuhl neben seiner Mandantin Platz genommen hatte, sprang auf – wie eine Marionette, dachte Max.

»Euer Ehren«, verkündete Di Fazio mit einer Stimme, in der ein wenig die Bronx mitschwang. »Ich würde gern Dr. David Sloane in den Zeugenstand rufen.«

Max folgte der allgemeinen Blickrichtung der Anwesenden und sah einen gutaussehenden Mann von einer Bank nahe dem Gericht aufstehen und zum Zeugenstand schreiten. Er trug einen elegant geschnittenen marineblauen Nadelstreifenanzug und eine breite Krawatte. Seine Koteletten waren lang und erweiterten sich nach unten hin zu einem modischen Keil, aber die Rasur war perfekt. Max nahm an, daß der Kerl einen Corvette fuhr und dabei Mantovani von der Kassette hörte. Aber Jesus, er sah eindrucksvoll aus: genau die Art von Doktor, die man sich für seinen Herzanfall wünschen würde... oder bei einem Schadenersatzverfahren wegen grober Fahrlässigkeit im Zeugenstand. Natürlich nur, solange er auf der eigenen Seite stand.

»Guten Morgen, Mr. Sloane«, jubelte Di Fazio. Als ob es nicht draußen zwei Grad unter Null wäre und gottserbärmlich regnete. Der schlimmste November, an den sich Max erinnern konnte.

»Guten *Morgen*«, gab Sloane den Ball geschickt zurück, äußerst sympathisch.

»Dr. Sloane, Sie sind Arzt und im Besitz einer rechtsgültigen Zulassung zur Ausübung Ihres Berufs in New York?«

»Jawohl.«

»Würden Sie Ihre Ausbildung zum Arztberuf beschreiben?«

»Ich habe in Princeton studiert und dort mein Examen abgelegt, danach habe ich mich der Mikrobiologie an der John-Hopkins-Universität gewidmet und schließlich ein Medizinstudium am College für Ärzte und Chirurgen in der Columbia-Universität absolviert. Meine Assistenzarztzeit habe ich im Good-Shepherd-Krankenhaus in Brooklyn verbracht und wurde dort zum Leiter der Abteilung für Geburtshilfe und Gynäkologie ausgewählt.«

Di Fazio lehnte sich gegen den Zeugenstand vor, eine Hand in der Tasche, so als wären er und Sloane alte Freunde, die sich über den Zaun zwischen ihren Hinterhöfen die Bälle zuwarfen.

»Und sind Sie Mitglied irgendwelcher Standesorganisationen?«

»Ja, ich bin Facharzt für Chirurgie mit einem Diplom des American College of Surgeons, Mitglied des American College of Obstetricians and Gynecologists, des International College of Surgeons und der New York Gynecological Society.«

Zu selbstgefällig, dachte Max. Gut. Den Geschworenen wird das auffallen.

»Und sind Sie zur Zeit an einem Krankenhaus in New York tätig?« fragte Di Fazio.

»Jawohl. Ich bin Chef der Abteilung für Geburtshilfe im St. Bartholomew.«

»Und wie lange haben Sie schon diese Position, Doktor?«

»Seit einem halben Jahr. Vorher war ich im Ärztestab des Presbyterian.«

»Erinnern Sie sich an eine Patientin, die am fünfzehnten

Juli dieses Jahres ins St. Bartholomew aufgenommen wurde, an eine junge Frau namens Alma Saucedo?«

»Jawohl. Das tue ich. Sehr gut.« Er runzelte leicht die Augenbrauen.

»Doktor, wir haben gestern die Zeugenaussage von Emma Dupre gehört, die an dem Abend, als Miss Saucedo aufgenommen wurde, ihren Dienst als Oberschwester versah.« Di Fazio schlenderte zu seinem Tisch hinüber und fischte ein Dokument aus seiner offenen Aktentasche. »Nun, ich würde Ihnen gern Almas Krankenblatt überreichen, das die Initialen von Mrs. Dupre trägt, das ist das Beweismittel Nummer eins der Klägerin. Haben Sie dieses Blatt schon einmal gesehen?«

»Jawohl. In der Tat. Das habe ich.« Er überflog es und gab es dem Anwalt zurück. Jede seiner Gesten sah so aus, als hätten sie alles haargenau einstudiert. »Das sind meine Notierungen da unten auf der ersten Seite. Ich habe Miss Saucedo am Abend des sechzehnten Juli untersucht.«

»Können Sie uns sagen, was Sie feststellten, als Sie die Patientin untersuchten, Doktor?«

David Sloane schien nachzudenken, den Kopf etwas gesenkt, die langen, schönen Hände im Schoß gefaltet, beinahe als ob er betete.

Als er schließlich den Kopf hob, die grünen Augen bekümmert, aber dennoch klar, war die Wirkung auf die Menge elektrisierend. Gemurmel erklang, Körper beugten sich erwartungsvoll vor. Nun endlich, nach drei Tagen trokkener Zeugenaussagen, würden sie die richtige, rührselige Familientragödie zu hören bekommen.

»Miss Saucedo«, sagte er schließlich, »war in ihrem achten Schwangerschaftsmonat. Ich stellte Hypertension, das heißt einen zu hohen Blutdruck und schwere Anzeichen eines Ödems fest, mit anderen Worten: die Retention oder Zurückhaltung der Körperflüssigkeiten war sehr hoch. Das bedeutete: sie war hochgradig toxisch, vergiftet.«

»Also war sie in Ihren Augen eine Risikopatientin?«

»Toxämie oder Toxikämie ist nicht ungewöhnlich bei schwangeren Frauen, vor allem nicht in den letzten Monaten. Wenn man sie aber nicht behandelt, können daraus gefährliche Komplikationen sowohl für die Mutter als auch für das Kind entstehen. Das heißt also, um Ihre Frage zu beantworten: Ja, sie stellte eine Risikopatientin dar.«

»Haben Sie der Patientin irgend etwas verschrieben?«

»Nein.«

»Oh? Können Sie uns sagen, weshalb nicht, Doktor?«

»Sie war nicht meine Patientin. Die behandelnde Ärztin war in diesem Fall Dr. Rosenthal.« David richtete seinen kühlen Blick auf Rachel.

Max hätte schwören können – sogar auf diese Entfernung –, daß er sie schaudern sah. Die Farbe verschwand aus ihrem Gesicht, die Haut unter ihren riesigen blauen Augen schien eine schwach violette Tönung anzunehmen.

Sein Blick schweifte zu Rose hinüber. Sie saß sehr gerade da, das Kinn erhoben, die Schultern zurückgeworfen. Kampfbereit. Gutes Mädchen.

Di Fazio grinste. Ein Mann, der es nicht gewohnt war zu lächeln, wie man deutlich sah; seine dicken Lippen verbargen schlechte Zähne.

»Aber Sie *hatten* eine Meinung, was die Behandlung betraf, die Miss Saucedo zuteil wurde, ist das richtig?«

»Ja.«

»Und welches war damals Ihre Meinung, Doktor? Stimmten Sie in diesem Fall mit der Diagnose von Dr. Rosenthal überein?«

»Nein. Das tat ich nicht. Damals nicht und heute auch nicht.«

Max sah Rachel ein bißchen zusammenzucken, als hätte man ihr ins Gesicht geschlagen. Sie wandte sich Rose zu, schüttelte den Kopf und deutete mit dem Mund ein stummes Nein an.

»Oh? Und teilten Sie ihr diese Ihre Meinung damals mit?«

»Das tat ich. In der Tat, wir sprachen ausführlich darüber.

Ich empfahl ihr, unverzüglich eine Schnittentbindung vorzunehmen, einen sogenannten Kaiserschnitt also. Ich war der Ansicht: Die Mutter befand sich bereits in so großer Gefahr, daß man sofort operieren mußte – auch wenn die vorzeitige Geburt für das Kind, im achten Schwangerschaftsmonat, nicht optimal sein mochte. Ich erinnere mich sehr genau, daß ich Dr. Rosenthal gewarnt habe: Miss Saucedo war in Gefahr, eine Embolie… oder Schlimmeres zu erleiden.«

Max sah zu den Geschworenen hinüber. Das war etwas Neues. Ein Verdammungsurteil. Einen Augenblick lang herrschte eine Grabesstille, unterbrochen nur von einem nervösen Gehüstel und dem Zischen der Heizung.

Rachel schien auf ihrem Stuhl leicht hin und her zu schwanken, als könnte sie jeden Augenblick ohnmächtig werden, und plötzlich stand ein Mann, der hinter ihr gesessen hatte, neben ihr. Ein Mann in einer Tweedjacke mit aufgenähten Lederflecken an den Ellbogen. Groß, breite Schultern, schlaksig. Max fand, er sähe ein wenig wie Gary Cooper in jungen Jahren aus.

Und er erkannte ihn. Es war dasselbe Gesicht, das er in Illustrierten, Talkshow-Interviews und später auf dem Umschlag eines Buches gesehen hatte. Und auf Rupert Everests Party in London. Wie könnte er Brian McClanahan je vergessen?

Den Mann, den Rose liebte.

Er rang nach Luft, mußte sich unbedingt irgendwo hinsetzen.

Es wurde ihm eines klar: Was Brian für Rose empfand oder nicht empfand, hatte auf sein eigenes Schicksal keinen Einfluß. Nicht den geringsten. Rose liebte diesen Brian. Und da spielte es kaum eine Rolle, ob er sie auch liebte – oder lieben konnte.

Brian wirkte auch hin und her gerissen, den Arm hatte er um die Schultern seiner Frau gelegt, aber mit den Augen hing er an Rose, als flehe er sie an. Wollte er, daß sie Rachel half, oder bat er sie um Verständnis für seine schwierige Situation, die es ihm in diesem Augenblick nicht erlaubte, seine Frau zu verlassen? Wollten sie erst das Ende dieses Verfahrens abwarten, um es Brians Frau dann möglichst schonend beizubringen?

Es ist aus, dachte Max, fühlte sich alt und hatte keine Hoffnung mehr.

In Kalifornien würde wenigstens die Sonne scheinen, ja, auch im November noch.

Er sah auf seine Rolex. Schon Viertel nach. Er mußte sich beeilen. Viel Glück, Rose. Viel Glück und Lebewohl, wünschte er ihr stumm, als er in den Korridor hinausglitt. Es kam ihm vor, als sei er am Ende einer langen Reise angelangt, in gewisser Weise froh, endlich die Füße hochlegen zu können, und gleichzeitig tieftraurig, daß es vorbei war.

34

»Er lügt«, sagte Rachel.

Rose beobachtete sie, wie sie sich eine Zigarette ansteckte und in ihren Sessel zurückfiel. Sie sah grau vor Erschöpfung aus und so nervös, als ob sie bei der geringsten Berührung zerspringen könnte. Sie saßen im Zimmer des Gerichtsdieners. Der Richter hatte eine Mittagspause von neunzig Minuten angeordnet.

Rose ging vor Wut bebend auf und ab, blieb stehen und starrte Rachel an.

»Entweder er oder Sie. Einer von beiden.«

Was bin ich für eine verdammte Idiotin gewesen, sagte sie zu sich selbst. Daß ich geglaubt habe, sie hätte mir alles erzählt. Sie hat mir dieses Gespräch mit Sloane ja ganz bewußt verheimlicht. Weiß Gott, was sie sonst noch alles zu verbergen hat.

Rachel zuckte die Schultern. »Spielt es eine Rolle?«

Rose schlug krachend mit der Faust auf den Tisch, ein

leerer Styropor-Kaffeebecher und ein Blechaschenbecher kippten um. Asche und mit Lippenstift gefleckte Zigarettenstummel verstreuten sich über die Holzplatte. Rachel zuckte zusammen, aber nur ein wenig.

»Und ob es darauf ankommt! Es geht nicht nur um Ihren Arsch. Stellen Sie sich vor, wie ich mich gefühlt habe, als ich dasaß und mir von Di Fazio erzählen lassen mußte, was meine eigene Mandantin mir längst hätte sagen müssen. Sie haben mich vorsätzlich im unklaren gelassen!«

Rachel saß einfach da und starrte auf das große eingerahmte Foto von Präsident Ford an der gegenüberliegenden Wand. Der Rauchfaden ihrer Zigarette stieg senkrecht auf und bildete ein langgezogenes Fragezeichen. Rose kam sich so verraten und betrogen vor, sie wußte nicht mehr aus noch ein. Wenn Rachel doch wenigstens zurückschreien würde.

Rose holte tief Luft.

»Also gut. Nehmen wir an, *er* lügt. Warum? Was hat er davon?«

»Ich weiß es nicht.« Rachels Stimme, tonlos und ohne Leben, hätte die einer automatischen Telefonansage sein können.

Aber etwas in ihrem Gesicht, ein Zucken ihrer Lider, ein Muskel, der sich auf ihrer zusammengebissenen Kinnlade bewegte, verriet sie. Sie lügt, dachte Rose.

Rose beugte sich vor, die Handflächen flach auf dem Tisch.

»O.k. Versuchen wir es andersherum. Erzählen Sie mir doch bitte Ihre Version. Haben Sie je mit Dr. Sloane über Alma Saucedo gesprochen?«

»Ja.«

»Hat er etwas empfohlen?«

»Ja.«

»Was?«

»Er hat mir geraten, ich solle warten. Er sagte, es sei wahrscheinlich riskanter, die Wehen bei ihr vorzeitig einzuleiten.« Sie drückte ihre Zigarette mit einer heftigen, ungeduldigen Bewegung im Aschenbecher aus. »Ich habe es nicht erwähnt, weil ich es nicht für wichtig hielt.«

»Glauben Sie, daß er sich selbst schützen will?« fragte Rose. »Hat er deshalb gelogen... um seinen eigenen Arsch zu retten?«

Aber Rose glaubte das nicht. Sloane war viel zu glatt. Zu überlegt.

»Vielleicht. Woher soll ich das wissen? Hören Sie mal, ist das wirklich nötig? Sie wissen es jetzt. Es gibt sonst nichts zu erzählen.«

»Ich denke doch.«

Rachel drehte sich herum, wandte ihren Kopf sehr langsam, mit den vorsichtigen Bewegungen einer Invaliden, Rose zu. Sie kniff die blauen Augen zusammen vor dem aufsteigenden Rauch, der sich in einer nebelartigen Schicht über den Raum verteilte.

Ich kann jetzt sehen, warum Brian sich in sie verliebt hat, dachte Rose. *Sie ist genauso hartnäckig wie er selbst. Ich wette, sie hat wie ein Teufel gekämpft, um ihm in Vietnam das Leben zu retten.*

»Dr. Sloane würde mich gern gerädert und gevierteilt sehen«, sagte Rachel. *»Deshalb.«*

»Hat er dafür irgendeinen bestimmten Grund?«

Rachel schwieg.

Rose fühlte eine heiße Wut in sich aufsteigen und überkochen.

»Verdammt! Was spielen Sie hier eigentlich für ein Spiel? Was meinen Sie, wie es aussieht, wenn wir da wieder hineingehen und ich mache mich während des Kreuzverhörs lächerlich?«

»Ja, darauf kommt es Ihnen in Wirklichkeit doch nur an, auf Ihren guten Ruf«, sagte Rachel, und ihre Stimme hob sich. »Wichtig ist für Sie, wie Sie dastehen. Welche Rolle spielt es schon, was aus mir wird?« Ihre Augen blitzten vor Wut. »Nun, ich kann nicht behaupten, daß ich überrascht wäre. Ich wußte ja, worauf ich mich mit Ihnen einließ. Vielleicht habe ich Sie gerade deshalb damit betraut. Weil ich die Geheimnistuerei nicht mehr ertrage. Ich bin es müde, im Dunkeln herumzutappen und überall anzustoßen und blaue Flecke einzustecken. Ich glaube, in Wirklichkeit dreht sich ja doch nur alles um – Brian.«

»Gut möglich«, bestätigte Rose leise und fühlte sich seltsam erleichtert. Vielleicht würde nun alles herauskommen. Hatten sie es nicht beide von Anfang an darauf abgesehen? »Ich wollte es schon immer wissen. Weshalb er Sie geheiratet hat und nicht mich. Weshalb er aufgehört hat, mich zu lieben.«

»Sind Sie sich dessen so sicher?« Eine Seite von Rachels Mund zog sich zu einem bitteren Lächeln herab.

»Ich habe in diesem Fall mein Bestes getan«, sagte Rose. »Ich möchte, daß Sie das wissen. Was auch immer für Gefühle ich Ihnen gegenüber haben mag, ich habe mein Bestes getan.«

»Ich weiß das. Aber nun sagen Sie mir bitte: Lieben Sie Brian immer noch?« wollte Rachel wissen.

O. k. Sie hatte sie endlich gefragt. Und mit diesen Worten fühlte Rose etwas von der Bitterkeit schwinden, die sie in all den Jahren wie ein langsam wirkendes Gift gequält hatte.

»Ja«, sagte sie.

Rachel blinzelte hart.

»Ich glaube, ich habe das auch gewußt«, sagte Rachel ruhig und mit erstarrtem Gesicht. »Also gut. Sie haben mir die Wahrheit gesagt. Ich werde Ihnen von David Sloane erzählen. Warum sollen Sie es nicht erfahren. Es liegt eine Art ausgleichender Gerechtigkeit darin, das sehe ich jetzt ein. Denn wenn ich von Anfang an Brian gegenüber ehrlich gewesen wäre, hätte er wahrscheinlich nicht mich, sondern Sie geheiratet.«

»Ich verstehe nicht.«

Rose war es, als ob der Raum plötzlich ins Wanken geriete. *Lieber Gott im Himmel, was sagt sie da?*

Rachel wirkte ruhig, nur ihre Augen strahlten ein so helles und nacktes Licht aus, daß es weh tat, in sie hineinzublikken. Rose spürte ein leichtes Unwohlsein, ein Frösteln, als kündigte sich ein Fieber an.

»Sie werden es verstehen«, sagte Rachel leise. »Wenn ich es Ihnen erkläre. Wenn ich Ihnen erzähle, wie David Sloane und ich unser Kind ermordet haben.«

Brian wartete. Rose entdeckte ihn auf einer Bank hinten im Restaurant, dort, wo die Mäntel aufgehängt wurden. Die Bar war überfüllt und mit Zigarettenqualm verräuchert. Aus einem hinteren Raum drangen die sanften, samtenen Klagelaute eines Saxophons. Sie winkte ihm zu, aber er sah sie nicht. Er starrte geradeaus; ein fast leeres Glas Bier stand vor ihm auf dem Tisch.

Sie zwängte sich mit Mühe an der langen Hecke aus Menschen vorbei, die sich um die Bar drängten. Der intensive Geruch von schalem, saurem Bier lag wie ein Nebel in der Luft, und die Gesichter, die der lange Spiegel über der Bar reflektierte, schimmerten durch den Rauch.

Sie hatte ein schlechtes Gewissen und kam sich beinahe wie eine Verbrecherin vor, als wüßten alle Anwesenden über sie Bescheid, starrten sie an und beschuldigten sie. Und was war, wenn Brian sie am Ende gar nicht wirklich wollte? Jeder Schritt jagte ihr ein heißes Angstgefühl durch den Körper, als ob man sie mit einem glühenden Stahlblech durchschnitte.

Rose warf den Kopf zurück, biß die Zähne zusammen und ermahnte sich: Ich nehme mir nur, was mir gehört, was immer mir gehört hat. Brian gehört mir.

So nahe jetzt am Ziel. Nachdem sie so lange gewartet hatte.

Fast in Reichweite.

Der Augenblick, auf den sie sieben Jahre lang gewartet, um den sie gebetet, von dem sie geträumt hatte. Nun war er da.

Wir werden zusammensein, dachte sie, genauso wie wir es

damals geplant haben. Wir kaufen uns ein Haus in einer ruhigen Gegend, vielleicht auf Long Island oder in Westchester. Ich weiß, was er braucht, eine Frau, die ihm folgt, er geht allem anderen vor. Dann, in ein, zwei Jahren ein Baby. Brians Baby. Etwas, das ich ihm schenken kann.

Die rauchige Bar, der Regenmantel, den sie trug und nun die Klavierläufe, die das Schluchzen des Saxophons untermalten, erinnerten sie an ihren Lieblingsfilm, *Casablanca*. Nur den Schluß, den Schluß hatte sie immer gehaßt, wenn Bogie in den Nebel hinausging und Ingrid zurückließ. Wie oft sie ihn sich auch angesehen hatte, immer hatte sie sich danach gesehnt, daß Bogie die Bergman in die Arme nahm und ihr sagte, daß nichts so wichtig wäre wie daß sie zusammenblieben.

Ja, und nun würde sie den Schluß umschreiben, so wie er ihr gefiel.

Rose zog ihren Mantel aus und rutschte auf den Stuhl ihm gegenüber. Es schnürte ihr so die Kehle zu, daß sie einen Augenblick fürchtete, sie würde kein Wort herausbringen können.

Dann sah Brian von seinem Bier auf, und seine tiefgrauen Augen blickten sie erwartungsvoll an.

»Ich hatte schon Angst, daß du nicht hier sein würdest«, sagte sie.

Er wirkte überrascht. »Ich habe dir doch gesagt, ich käme.« Er lächelte. »Möchtest du etwas zu trinken? Ein Bier? Ich fürchte, das ist so ungefähr alles, was man in diesem Laden bekommen kann. Bier oder Whisky. Ich habe dieses Lokal nur deshalb vorgeschlagen, weil es um die Ecke liegt.«

»Es spielt wirklich gar keine Rolle.« Sie spürte einen winzigen Stich Ungeduld. Dachte er wirklich, es käme ihr darauf an, *wo* sie sich befanden? »Ich möchte überhaupt nichts trinken.«

Er zuckte die Schultern und trank sein Bier mit einem Zug aus. Sie sah die lange, stoppelige Seite seines Halses, als er den Kopf zurückwarf. Sie wollte ihn berühren, in die Arme nehmen und küssen. Wie traurig er wirkte, älter irgendwie als das letzte Mal, als sie ihm an einem solchen Tisch gegenübergesessen hatte; Fältchen gingen fächerförmig von seinen Augenwinkeln aus.

»Brian...« Sie streckte die Hand aus, spürte, wie seine langen Finger sich warm und ein wenig feucht um ihre Finger schlossen.

Was wirst du sagen, fragte sie sich, wenn ich es dir erzähle? Daß deine Frau dich all die Jahre angelogen hat? Daß sie niemals ein Kind bekommen wird? Wirst du dann zu mir kommen?

»...ich bin froh, daß du hier bist«, beendete sie ihren Satz. »Ich wollte mit dir... über etwas sprechen. Über Rachel.«

Brians Schultern sackten nach vorn, und das Licht in seinen Augen schien zu erlöschen.

»Du weißt es also?«

»Was?«

Er schwieg einen Augenblick. Dann sagte er: »Rachel hat mich verlassen.«

Rose fühlte eine wilde Freude in sich aufsteigen. Brian war frei, endlich *frei.* Jetzt war ja alles so einfach.

»*Sie* hat dich verlassen? Hat sie gesagt, weshalb?«

»Das brauchte sie nicht. Es hat sich schon lange angekündigt. Wir...« Er schluckte schwer, und Tränen standen in seinen Augen. »Sieh mal, ich will das nicht alles auf dich abladen. Es hat nichts mit dem Prozeß zu tun. Es fing schon vor längerer Zeit an... ich weiß nicht mal, wann und wie. Gott, ich wollte, ich wüßte es.«

Als Rose die Verzweiflung in Brians Gesicht sah, spürte sie, wie ihre gehobene Stimmung dahinschwand.

Es war ihr, als versänke sie. Er ist durcheinander wegen des Schocks, beruhigte sie sich. Er wird darüber hinwegkommen. Eines Tages wird er auf das alles zurückblicken und einsehen, daß es in Wirklichkeit sein Glück gewesen ist.

Vor allem, sobald sie ihm die Wahrheit über Rachel erzählt hatte.

»Brian, es gibt da etwas, das du wissen solltest...« Rose brach ab, mit einemmal unsicher geworden.

Sie erinnerte sich, wie mutig Rachel es ihr gestanden hatte. Wenn sie geweint und vor Selbstmitleid gestöhnt hätte, wäre es jetzt leichter, Brian davon zu berichten. Aber alles, was Rachel verlangt hatte, war, daß sie ihr zuhörte und sie nicht verdammte. Mit diesen ihren nackten, strahlenden Augen hatte sie um Verständnis gebeten, nicht um Verzeihung gebettelt.

Rose wurde ungeduldig mit sich selbst.

Sag es ihm jetzt, sagte die innere Stimme. Das ist deine Chance. Ihre Ehe ist ohnehin am Ende. Damit hast du überhaupt nichts zu tun. Und an dir hat es nicht gelegen. Du nimmst dir nur das, was von Anfang an dein Eigentum war.

Aber Brian hörte ihr nicht einmal zu, stellte sie fest. Er starrte wieder vor sich hin ins Leere, weit von allem entfernt, was sie ihm zu sagen hatte. Sie wollte ihn beim Kragen packen und schütteln, damit er sie endlich *ansah*.

Dann lehnte sie sich zurück, ein bißchen über sich selbst schockiert. Sie hatte sich Trommelwirbel und Geigen, Blitze und ein großartiges Feuerwerk vorgestellt. Und hier saßen sie... in einer elenden Bar an der Third Avenue... tranken Bier... jeder für sich in seine eigenen Gedanken versunken. Brian wollte Trost. Sie wollte Liebesschwüre von ihm hören.

Wir sind wie – o Gott, schon allein der Gedanke, daß so etwas möglich sein könnte, tat ihr weh – Fremde, kann das sein? Ist es möglich, daß ich mich so verändert habe, daß wir so andere Menschen geworden sind, als wir vor dem Krieg waren?

Plötzlich, als die Musik wechselte, merkte sie, daß sie an Max dachte. Wie leer ihr die Wohnung vorkam, seit er ausgezogen war. Erst letzte Nacht hatte sie den Arm über die kalte Fläche des Bettes hinweg ausgestreckt, und er war nicht da. Sie vermißte die albernsten Dinge, seinen Rasierapparat und seine Zahnbürste über dem Waschbecken im Badezimmer, seine über den Tisch verstreuten Papiere.

O Gott, was war das mit ihr? Sie wollte doch Brian, hatte immer nur ihn gewollt. Und nun war ihre Chance da.

Aber irgend etwas ließ sie einhalten. War es der Anblick seines Gesichts und der Einsamkeit, die sie darin sah? Ja, sie spürte sie auch, diese Leere, die wie eine leere Straße in der City um vier Uhr morgens war, wenn der kalte Wind hindurchfegte. O ja...

Dieses Gefühl, dachte sie, habe ich gehabt, als Max fort war.

Dann flossen ihr die Worte aus dem Mund, aber nicht die, die sie hatte sagen wollen, als sie hergekommen war.

»Ich möchte hier nicht irgendwelche psychologischen Vermutungen anstellen oder dergleichen«, begann sie ruhig. »Aber ich habe so etwas schon mehrmals erlebt... welcher Art deine Probleme auch sein mögen... so ein Prozeß, deine Frau einer neugierigen Menge preisgegeben... hat eine seltsame Wirkung auf die Betroffenen. Auf deren Ehe. Laß erst einmal alle Schlußfolgerungen sein, das will ich dir damit sagen. Laß dir Zeit.«

»Wann wird dieser verdammte Prozeß vorbei sein?«

»Nach einer, höchstens zwei weiteren Verhandlungen, hoffe ich. Ich habe Richter Weintraub um eine Vertagung bis Montag gebeten. Es gibt da noch ein paar Details zu klären.«

Dr. Sloane, zum Beispiel, fügte sie in Gedanken hinzu. Ich habe so ein Gefühl, als ob er nicht ganz koscher ist, ganz abgesehen von dem, was Rachel mir erzählt hat.

Brian ließ einen Augenblick den Kopf hängen, und als er ihn hob, waren seine Augen rotgerändert. Er lächelte dann, ein sanftes, trauriges Lächeln.

»Es ist wie in Vietnam«, sagte er. »Weißt du, warum wir den Krieg verloren haben? Ich will es dir sagen. Es hat nichts mit Tricky Dick Nixon zu tun. Oder mit der Studentenrevolte in Kent State. Oder der CIA. Es hatte damit zu tun, daß wir nicht sehen konnten, wogegen wir kämpften. Nicht einfach gegen Charlie. Nicht einfach gegen die Leute in den schwarzen Pyjamas, die uns mit ihren raffinierten Minen in die Luft gejagt haben. Unser Problem war, daß wir nicht wußten, wofür, zum Teufel, wir kämpfen sollten. Der Feind war am Ende gar nicht der Vietkong, der Feind, das waren wir selbst. Und das hat uns umgebracht. Wir wußten nicht, wofür wir kämpften, und so liefen wir statt dessen immerzu im Kreis.

Und das bringt auch Rachel um. Daß sie nicht weiß, wer der Feind ist. Sind es die Saucedos? Ist es Di Fazio? Ich glaube das nicht. Ich glaube, sie ist es selbst... *wir* sind es selbst. Irgend etwas stimmt nicht mit uns beiden, es fehlt etwas. Ich habe immer gedacht, es sei das Kind, das uns fehlt, aber jetzt weiß ich: Es ist mehr als nur das. Wir brauchen beide etwas, an dem wir uns festhalten können, das uns Sicherheit gibt. Aber es ist nicht mehr da. Es war einmal vorhanden. Vielleicht ist es immer noch... irgendwo... und wir sperren bloß nicht genügend die Augen auf.«

Oder vielleicht hast du dir einfach die falsche Frau ausgesucht, dachte Rose.

Aber die Bitterkeit war nicht mehr so stark wie früher. Sie fühlte etwas anderes, das sich damit vermischt hatte – es durchströmte sie so frisch und klar wie ein Gebirgsbach.

Sie hatte Brian verziehen.

Ich habe dich geliebt, Brian, dachte sie mit einer gewissen Wehmut. Ich habe dich so sehr geliebt, daß ich für dich hätte sterben können. Aber ich hätte dich nicht retten können, so wie Rachel es getan hat. Und jetzt verstehe ich, wie die Dinge und die Menschen sich verändern können. Wie die Ereignisse stärker sein können, als wir es sind. Und sogar, daß man mehr als einen Menschen lieben kann und daß jede Liebe ihre eigenen feinen Schattierungen hat, und die eine ist vielleicht stärker als die andere, löscht sie aber nicht unbedingt aus.

Sie war hinter dem Regenbogen hergewesen, hatte sich eine Phantomwelt ausgedacht. Genau wie ein Erwachsener gern in seinen glücklichen Erinnerungen an die Kindheit schwelgt – im Sommer barfuß laufen und orangene Bermudashorts tragen und für zehn Cents mit der U-Bahn nach Coney Island fahren. Eine Liebe, die so stark war, weil es zu ihr keine Rückkehr gab.

»Ich frage mich, was aus uns beiden geworden wäre, wenn du mich geheiratet hättest«, sagte Rose. Früher hätte sie diese Worte nicht aussprechen können, sie wären zu schmerzhaft für sie gewesen.

Brian lächelte, und etwas von seiner Traurigkeit verschwand aus seinen Augen. »Wir würden Fehler machen, genau wie alle anderen auch. Wir würden uns darüber streiten, wer die Zahnpastatube zuzumachen vergessen hat und in welchen Film wir gehen sollen. Ja, und wahrscheinlich würden wir auch manchmal denken, es wäre besser gewesen, wenn wir jemand anderen geheiratet hätten.«

»Aber wir wären glücklich gewesen.«

»Ja. Wahrscheinlich.« Seine Hand schloß sich fester um ihre, und für einen kurzen Augenblick trafen sich ihre Blicke, seine Augen waren klar und ruhig. »Aber, Rose, wir hatten kein Monopol auf das Glück. Du hast mich zum Teil deshalb geliebt, weil du dich so allein fühltest. Und du warst so verdammt stolz. Wenn du auch mal andere Männer angesehen hättest...«

»Ich wollte niemand anderen.«

»Das ist hart, wenn man der einzig Verantwortliche für das Glück eines anderen Menschen ist. Niemand sollte der einzige sein.«

Tränen brannten in ihren Augen, aber sie zwang sich zu einem Lächeln. »Du hast gar keine schlechte Wahl getroffen.«

Er schüttelte den Kopf und sah erfreut aus. »Ich hätte nie gedacht, daß ich dich das einmal sagen hören würde.«

»Sehr lange Zeit konnte ich das auch nicht. Es tat mir zu

sehr weh, wenn ich mich ständig an die Zeit unseres Zusammenseins erinnerte. Aber ich glaube, ich habe mich geändert. Wir beide haben uns geändert. Ich glaube, ich sollte mich lieber an die guten Dinge erinnern, als daß ich sie alle mit den schlechten zusammen hinauswerfe.« Sie hob den Kopf, als ihr etwas einfiel. »Hast du noch das St.-Christophorus-Medaillon, das ich dir gegeben habe?«

»Nein, aber es war mein Lebensretter in Nam.« Stockend erzählte er ihr seine Version der Befreiungsaktion, von der Rose in den Zeitungen gelesen hatte.

»Ich bin froh, daß ich die Geschichte aus deinem Mund gehört habe.« Sie zog die Hand zurück, um sich die Tränen aus den Augen zu wischen. »In all den Monaten war ich so verzweifelt, daß ich dich nicht erreichen konnte. In gewisser Weise ist das jetzt die Entschädigung dafür.«

»Entschädigung? Wofür?«

»Rachel und du. All die Jahre bin ich höllisch eifersüchtig auf Rachel gewesen, daß sie dir das Leben gerettet hat. Es war etwas, das ich hundertmal hintereinander für dich getan hätte... nur hatte ich nie die Gelegenheit dazu.«

Aber du hast jetzt die Gelegenheit, sagte sie zu sich.

»Rose... wenn das etwas ausmacht«, erklärte er ihr zögernd. »Ich *habe* dich geliebt. Ich... liebe dich in gewisser Weise immer noch.«

»Ich weiß«, sagte sie.

Sie tauschten einen langen, zärtlichen Blick aus. Sie wußte genau, was er meinte... weil sie dasselbe empfand. Sie liebten die, die sie gewesen waren und die sie hätten sein können... nicht die, die sie jetzt waren.

»Liebst du Rachel?« fragte Rose.

»Ja. Ich glaube, ich wußte bis vor ein paar Tagen nicht, wie sehr.«

Sie sah ihn an und erblickte nichts als Ehrlichkeit in diesen schönen grauen Augen. Es hatte nie etwas anderes als Ehrlichkeit in Brian gegeben.

Ich könnte ihm sagen, wie sie gelogen hat, dachte sie. Ich

könnte ihn in die Knie zwingen, aber das will ich doch nicht, oder? Nein, nicht mehr.

Rose lehnte sich zurück und wunderte sich, wie wenig Schmerz sie empfand. Sie war mit Brian zu einem Ende gekommen, und es blieb nur eine bittersüße Erinnerung.

»Geh zu ihr«, drängte sie ihn mit einemmal. »Wenn du das wirklich meinst, dann geh zu ihr, sag ihr, daß du sie liebst, ganz gleich, was sie getan hat oder jemals tun wird.«

»Einfach so?«

»Nein. Einfach ist das niemals. Das sage ich nicht...« Ein Bild von Max tauchte in ihren Gedanken auf, die endlich von Brians Schatten frei waren. Ein Bild so deutlich wie ein schönes Andenken, das sie weggegeben hatte, weil sie seinen Wert nicht kannte.

Oh, Max, warum habe ich das nicht gesehen?

»...aber du mußt es versuchen«, beendete sie ihren Satz. Sie konnte nicht alles ausdrücken, was sie empfand.

»Rose, da ist noch etwas... ich habe mich lange gehaßt, weil ich dir das angetan habe.«

»Denke nicht mehr daran«, sagte sie und meinte es auch so. Sie drückte ihm die Hand, dann ließ sie sie los. »Du hast recht mit dem, was du vorhin gesagt hast. Wenn wir geheiratet hätten... na, vielleicht war ich damals mit nichts anderem als etwas ganz Perfektem zufrieden – wie bei unserem Fort da oben auf dem Dach. Es sollte eine Welt nur für uns beide sein. Aber es war nicht real, oder? Es war nur ein Phantasiegebilde. Wie die Geschichten, die du früher geschrieben hast.«

»Rose, was ich für dich empfunden habe, war real.«

»Ich weiß. Ich weiß das jetzt.« Sie rutschte von ihrem Stuhl und stand auf. »Ich muß jetzt gehen, Brian. Ich habe noch etwas Wichtiges zu tun.«

Er erhob sich und streckte verlegen die Hand aus. »Auf Wiedersehen, Rose.«

Sie übersah die Hand und gab ihm einen leichten Kuß auf die Stirn, wobei sie einen Kloß im Hals spürte. »Auf Wiedersehen. Und viel Glück. Ich hoffe, es wird alles gut. Weißt du, es ist komisch, aber trotz allem glaube ich noch immer an einen glücklichen Schluß.«

Rose ging durch die überfüllte Bar hinaus, gefolgt vom Triller eines Saxophons, und sprach ein stummes Gebet, daß Max zu Hause wäre, wenn sie ihn anrief.

35

Der Richter eröffnete die Sitzung mit einem dreimaligen Klopfen seines Hammers, und Rachel lief ein kalter Schauer über den Rücken. Ihre Nerven waren zum Zerreißen gespannt, die Schultern- und Rückenmuskeln so verkrampft, als ob sie bei der geringsten Bewegung wie ein trockener Ast entzweibrechen könnte.

Gott, hoffentlich war es bald vorbei.

Sie war mit Schlimmerem, viel Schlimmerem in Vietnam fertig geworden. Mit gebrochenen, blutenden Männern. Sterbenden Babys. Aber damals war sie stark gewesen, hatte gewußt, was zu tun war, und hatte es getan. Hier kam sie sich so hilflos vor, ihr Schicksal lag in den Händen anderer Leute.

Die Präliminarien waren erledigt, die Anwesenheit der Geschworenen festgestellt.

Und nun beginnt die Veranstaltung, dachte Rachel und sah sich im Saal um, sah, wie die Gesichter um sie her sich spannten, hörte den Lärm abebben. Sie betastete das Amulett, das an einer Kette um ihren Hals hing – ein winziger goldener Kedusis, Wahrzeichen der Ärzte. Kay hatte ihn ihr zu Beginn des Prozesses geschenkt.

»Ich hätte dir beinahe einen Davidsstern mitgebracht«, sagte sie. »Aber statt dessen habe ich das hier gewählt. Ich dachte, du bräuchtest eine Gedächtnisstütze – daß du eine Ärztin, und zwar eine verdammt gute, bist.«

Sie wünschte sich sehr, daß Kay jetzt bei ihr wäre. Aber sie hatte trotz Kays Protesten darauf bestanden, daß sie in der Praxis blieb. Es gab soviel zu tun, und sie waren sowieso nicht genug.

Allerdings würde es nach diesem Prozeß vielleicht gar keine Praxis mehr geben, erinnerte sie sich bitter.

Nun, lange würde es jedenfalls nicht mehr dauern. Wie es auch immer ausgehen mochte, bald waren diese Qualen ausgestanden. Sie mußte sich dann mit einem Leben ohne Brian abfinden und irgendwie damit fertig werden. Wenigstens hatten die Geheimnistuerei und die Lügen dann ein Ende.

Eine seltsame Erleichterung stellte sich ein und mischte sich mit der Erschöpfung, an der sie litt.

Jetzt bin ich ganz in Roses Händen, dachte sie. Sie kann mich befreien oder mit einem Schlag vernichten. Alles über David und mich enthüllen, mich vor seinen Lügen retten... und mich mit meinen eigenen verdammen.

Sie sah zu Rose hinüber, die sich von ihrem Stuhl erhob, groß und irgendwie unbesiegbar. Sie schien den Gerichtssaal zu beherrschen, ein Feuer der Entschlossenheit. Sie trug eine dunkel karmesinrote Bluse, einen Tweedrock und schwarze Lederstiefel. Am Hals ein Kruzifix an einer Perlenkette. Den seltsamen einzelnen Rubinohrring. Das dunkle Haar lag wie eine Gewitterwolke auf ihren Schultern.

Sie hat sich verändert, durchfuhr es Rachel. Etwas ist mit ihr geschehen. Ist sie mit Brian zusammengewesen?

Rachel stellte sie sich zusammen vor, Rose und Brian. Ineinander verschlungen im Bett, wie sie sich berührten und küßten und liebten, ohne daß Geheimnisse sie voneinander trennten. Es war ihr, als hätte man ihr das Herz aufgeschnitten.

Brian fehlte ihr mehr, als sie je für möglich gehalten hätte. Sie hatte ihn seit zwei Tagen nicht mehr gesehen, nur noch hier im Gerichtssaal. Sie hatten nicht miteinander gesprochen, seit sie zu Mama zurückgegangen war. Sie hatte ihm einen Brief zurückgelassen und ihn gebeten, er solle nicht versuchen, mit ihr in Kontakt zu treten, jedenfalls nicht für eine Weile.

Er würde sehr bald wissen warum.

Sie zwang sich, nicht den Kopf herumzudrehen und nach seinem lieben, vertrauten Gesicht zu suchen. Aber sie konnte seine Gegenwart spüren – sie wärmte sie, half ihr, sich aufrecht zu halten. Trotz allem würde er ihr seine Loyalität bewahren.

Aber wenn er erfuhr, daß sie ihn belogen hatte – was dann?

Ihr Leben lag nun in Roses Hand. Alles hing von ihr ab. Warum hatte sie sich Rose anvertraut? Warum gab sie dem Menschen, der am meisten dadurch gewinnen konnte, daß er sie vernichtete, eine geladene Waffe in die Hand?

Weil ich müde bin, dachte sie, erschöpft vom Lügen.

So erschöpft, daß sie sich krank fühlte.

»Euer Ehren, ich möchte Mr. Di Fazios letzten Zeugen, Dr. Sloane, einem Kreuzverhör unterziehen«, sagte Rose, ihre Stimme klang klar und selbstsicher.

Richter Weintraub räusperte sich, nickte, seine kreppapierartigen Lider senkten sich. »Bitte sehr, Frau Anwältin.«

Rachel starrte auf ihre Hände, die sie krampfhaft im Schoß gefaltet hielt. Nein. Sie würde ihn nicht ansehen. Würde ihm nicht die Genugtuung verschaffen...

Ein kühler Luftzug streifte sie, das konnte nur David sein. Sie roch etwas süß Duftendes, widerlich Übersättigtes. Sein After-shave.

Dann zog es ihren Blick doch hinauf, gegen ihren Willen, wie durch eine umgekehrte Schwerkraft. Sie begegnete einen Augenblick lang seinen Augen, und als hätte sie ein freiliegendes Stromkabel berührt, durchzuckte sie ein häßlicher Schock. Seine Augen waren vollkommen kalt. Wie die Augen einer Schaufensterpuppe.

Rachel sah ihn in den Zeugenstand treten, elegant in einem grauen Maßanzug, einem Hemd mit Manschettenknöpfen und flachen italienischen Halbschuhen. Ein eindrucksvoll aussehender Mann und ein ernst zu nehmender Zeuge.

Ein aalglatter Lügner.

Vor Wut straffte sie sich und hob das Kinn ein wenig an. Ich kann dich nicht so bekämpfen, wie ich es gern tun würde, sagte sie ihm in Gedanken, aber ich will verdammt sein, wenn ich dir das Vergnügen lasse zu glauben, daß du mich geschlagen hättest.

Sie richtete ihre Augen auf Rose, die entspannt und selbstbewußt vor dem Zeugenstand wartete, ein Bündel Papiere in der Hand. War sie wirklich so zuversichtlich, wie sie wirkte?

»Dr. Sloane«, begann Rose freundlich. »Ich werde Ihnen Fragen stellen und Sie bitten, mit lauter Stimme und, wenn es geht, in Richtung der Geschworenen zu sprechen, so daß wir alle Ihre Antworten hören können.«

»Gern«, erwiderte David und lächelte ein bißchen.

»Doktor, Sie haben am Freitag ausgesagt, daß Sie, bevor Sie die Position des Chefs der Geburtshilfeabteilung im St. Bartholomew übernahmen, im Stab des –« sie zog das Bündel Papiere in ihrer Hand zu Rate – »Presbyterian Hospital waren. Ist das richtig?«

»Ja, das ist richtig.«

»Und davor?«

»Da habe ich für kürzere Zeit in einer privaten Praxis gearbeitet.«

»Aha.« Sie sah wieder in ihren Papieren nach. »Ich glaube nicht, daß Sie das während der Befragung durch Mr. Di Fazio erwähnt haben. Vielleicht ist es Ihnen entfallen, Doktor. Würden Sie uns bitte sagen, wann und wo das war?«

Ein winziges Stirnrunzeln schien die filmische Vollkommenheit von Davids Verhalten zu beeinträchtigen. »Gewiß. Es war in Westbury, Connecticut. Ich habe dort in einer Gemeinschaftspraxis mit zwei anderen Ärzten gearbeitet. Lassen Sie mich nachrechnen, das wäre dann vom Herbst 1971 bis zum Frühjahr 1973 gewesen.«

»Eine ziemlich kurze Zeit, was meinen Sie?«

Er zuckte die Achseln. »Eine Privatpraxis ist nicht für jeden das Richtige. Ich bevorzuge die stärkere Herausforderung eines städtischen Krankenhauses.«

»Doktor, erinnern Sie sich an eine Patientin, die Sie damals behandelt haben – mit dem Namen Sarah Potts?«

Er zögerte einen Augenblick. Dann sagte er: »Ja, natürlich.«

»Können Sie Ihren Zustand beschreiben?«

»Sie war schwanger.«

»Haben Sie Mrs. Potts entbunden?«

»Nein.«

»Können Sie uns sagen – bitte sprechen Sie lauter, Doktor, damit alle Geschworenen Sie verstehen können – *warum* nicht?«

Roses Aufforderung an David, lauter zu sprechen, hatte genau die gegenteilige Wirkung, ganz klar die Wirkung, die Rose erzielen wollte, stellte Rachel fest. Davids Stimme wurde leiser, er schien sogar etwas zu stottern.

»Sie hatte eine Fehlgeburt im fünften Monat ihrer Schwangerschaft. Natürlich tat ich alles, was ich konnte, aber sie war –«

»Sie brauchen es nicht zu erklären, Doktor, beantworten Sie nur die Frage. Doktor, erinneren Sie sich an eine Patientin, die Sie am 17. Januar 1971 untersuchten? Ihr Name war Edna Robbins?«

»Lassen Sie mich nachdenken...« Er zögerte.

»Bitte zu Protokoll: Ich zeige dem Zeugen ein Krankenblatt, das von Mrs. Robbins. Erkennen Sie Ihre Handschrift, Doktor?«

»Meine Handschrift?« David runzelte etwas die Stirn und studierte das Papier in seinen Händen. »Ah ja, Mrs. Robbins. Es fällt mir jetzt wieder ein. Ein ungewöhnlicher Fall.«

»Ungewöhnlich inwiefern? Könnten Sie den Geschworenen den Zustand von Mrs. Robbins beschreiben zu dem Zeitpunkt, als Sie sie zum erstenmal sahen?«

»Ihr Hausarzt hatte sie an mich wegen Unfruchtbarkeit überwiesen. Sie und ihr Mann hatten seit Jahren erfolglos ein Kind zu zeugen versucht.«

»Und welche Behandlung haben Sie ihr verordnet?«

»Erst einmal die üblichen Tests. Einen Spermientest für ihren Mann, der eine normale Anzahl von Samenzellen aufwies. Dann ein Röntgen der Eileiter bei Mrs. Robbins...«

»Und wurde dieses Röntgen der Eileiter von einem zugelassenen Radiologen vorgenommen?«

»Natürlich.«

»Und was war das Ergebnis, Doktor?«

»Ich...« David stockte.

»Ist es nicht so, Doktor, daß Mrs. Robbins zu dem Zeitpunkt, als man sie röntgte, schwanger war, ohne es zu wissen?«

»Ich... ja, es fällt mir jetzt ein. So ein bedauerlicher Fall...«

»Weshalb bedauerlich?«

»Nun, sehen Sie, es wird ein Kontrastmittel injiziert... und dadurch wurde die Schwangerschaft automatisch abgebrochen.«

»Aber war so ein schrecklicher Fehler nicht zu vermeiden?«

»Mrs. Robbins kam zu mir, weil sie und ihr Mann seit mehr als fünf Jahren ein Kind zu zeugen versucht hatten.« David klang gereizt und wurde auch schon etwas rot.

»Aber gibt es denn nicht einen Test, Doktor, einen *einfachen* Urintest, um die Schwangerschaft bei einer Frau festzustellen?«

»Ja.«

»Und haben Sie diesen Test bei Mrs. Robbins vorgenommen?«

»Nein.« Das Wort kam gepreßt, abgehackt heraus. »Was geschehen ist, war ein Versehen, eines in einer Million, es...«

Und nun folgte wie ein Hammerschlag: »Doktor, ist es

wahr, daß Ihre Kollegen in der Gemeinschaftspraxis in Connecticut Sie seinerzeit darum gebeten haben auszuscheiden? Daß man dort der Meinung war, Sie hätten ein Alkoholproblem, das Ihre Leistung beeinträchtigte?«

Der Anwalt der Saucedos, Mr. Di Fazio – eine kleine Kröte von einem Mann, dachte Rachel, als sie ihn voll Abscheu beäugte – sprang auf, rosa im Gesicht.

»Euer Ehren, ich lege Einspruch ein. Das ist überhaupt nicht zur Sache gehörig. Dr. Sloane steht hier nicht vor Gericht.«

Rose wandte sich gelassen der Richterbank zu und sagte: »Ich versuche nur die Glaubwürdigkeit dieses Zeugen festzustellen, da seine Aussage so entscheidend für meine Mandantin ist.«

Der Richter wandte sich an Rose. »Wenn Sie das nicht konkretisieren können, Anwältin, werde ich Sie bitten müssen, von dieser Art Befragung Abstand zu nehmen«, ermahnte er sie.

»Sehr wohl, Euer Gnaden, ich ziehe die Frage zurück.«

Rachel spürte, daß man hinter ihr unruhig wurde, die Leute murmelten. Geschworene, die einen Augenblick zuvor noch gelangweilt dagesessen hatten, beugten sich auf ihren Stühlen vor, die Augen wachsam, aufmerksam geworden. Etwas Bedeutungsvolles ging vor, das fühlte sie, etwas, das eine knisternde Spannung erzeugte, als stehe der Saal unter Strom, und ihre Kopfhaut zog sich zusammen.

Richter Weintraub runzelte dic Augenbrauen, deutlich verärgert klopfte er mit seinem Hammer mehrmals hintereinander auf den Tisch.

Rose zögerte und senkte ein wenig den Kopf, ein leichtes Lächeln auf den Lippen. Sie spielte mit dem Kruzifix an ihrem Hals.

»Fahren wir fort, Dr. Sloane, ja? Als Sie im Stab des Presbyterian waren, nach Ihrer... ah, sagen wir, *Enttäuschung* in Connecticut – ist es nicht wahr, Dr. Sloane, daß Sie ebenfalls gebeten wurden, das Presbyterian zu verlassen?«

»Natürlich nicht«, sagte David einen Deut zu laut. »Ich habe gekündigt.«

Seine Zungenspitze, ein winziger glänzender rosa Splitter, drängte sich heraus und glitt über seine Lippen.

»Vielleicht könnten Sie uns die Umstände, die zu Ihrer... äh, Kündigung führten, näher erläutern, Dr. Sloane.«

»Ich bin nicht sicher, ob ich weiß, von welchen Umständen Sie sprechen.« David beugte sich nun vor, seine Stirnrunzeln vertieften sich, seine Hände bildeten eine Kirchturmspitze unter seinem Kinn. »Man bot mir den Posten des Chefs der Geburtshilfeabteilung im St. Bartholemew an, und ich nahm ihn an. So einfach.« Er brachte ein Lächeln zustande, das irgendwie weniger überzeugend, weniger selbstsicher als zuvor war. »Es tut mir leid, Sie zu enttäuschen, aber ich fürchte, es gibt da kein Geheimnis.«

»Aber ist es nicht wahr, daß Sie mit Ihrer gegenwärtigen Position im St. Bartholomew eine Gehaltskürzung in Kauf nahmen?«

»Ich weiß nicht, was mein Gehalt hier für eine Bedeutung haben könnte.« Er sprach mit zusammengebissenen Zähnen, und Rachel sah ihn erröten, seine Gemütsruhe schien erschüttert. »Ich hatte Gründe... gute Gründe... das St. Bartholomew war eine verantwortungsvolle Aufgabe, die Geburtshilfe brauchte einen fähigen Leiter.«

»Dr. Sloane, ist es wahr, daß man Sie aufgefordert hatte, ihren Posten im Presbyterian zu räumen und daß Ihre Kollegen Ihnen damit drohten, daß sie Sie vor den Board of Medical Ethics bringen würden, wenn Sie sich weigerten?«

»Das ist eine Lüge!« platzte David heraus, und sein hübsches Gesicht zerbrach für einen Augenblick in etwas Häßliches, Gemeines. Dann fing er sich und glättete sein Gesicht mit einer langen, vornehmen Hand und hatte sich wieder in der Gewalt. Die Stimme senkend, erklärte er ungefragt: »Es gab dort Leute... Kollegen... die neidisch waren, die mir meine Beförderung nicht gönnten. Ich war der Beste, sehen Sie...«

Etwas geht da vor, dachte Rachel, ein winziger Hoffnungsschimmer tauchte am grauen Himmel ihrer Depression auf. Lieber Gott, sieh ihn dir an, er verliert allmählich die Fassung.

»Der Beste worin, Doktor? Sagen Sie uns, worin Sie der Beste waren?«

»Einspruch!« brüllte Di Fazio. »Die Anwältin drangsaliert den Zeugen.«

»Der Einspruch wird abgelehnt.«

Rose wandte sich wieder David zu. »Doktor, erinnern Sie sich an eine Geburt, die Sie im Februar 1974 vornahmen, als Sie noch im Presbyterian waren? Eine Frau namens Katherine Cantrell, im siebten Schwangerschaftsmonat?« Ihre Stimme klang sanft, beinahe verführerisch.

»Katherine Cantrell«, wiederholte er langsam. »Ja.«

»War es eine normale Entbindung?«

»Nein... ihre Wehen kamen zu früh. Und da gab es... Schwierigkeiten.«

»Sie brachten Mrs. Cantrells Baby mit einem Kaiserschnitt zur Welt. Ist das richtig, Dr. Sloane?«

»Ja.«

»Und danach nahmen Sie eine Not-Hysterektomie vor, das heißt, Sie entfernten die Gebärmutter? Bitte verbessern Sie mich, wenn ich etwas Falsches sage, Dr. Sloane.«

»Ja... ja«, antwortete David, es klang ungeduldig und mißtrauisch. »Aber was hat das zu tun mit –«

»Doktor«, unterbrach ihn Rose, und ihre Stimme war samtweich, jedes Wort jedoch irgendwie deutlich und scharf wie eine Messerklinge: »Kam Mrs. Cantrells Baby gesund zur Welt?« Er stutzte und starrte vor sich hin. Dann sagte er: »Es war eine Frühgeburt. Es ergaben sich Komplikationen. Es... lebte nur ein paar Stunden.«

»Erinnern Sie sich noch daran, ob es ein Junge oder ein Mädchen war?«

»Ich... nein, ich weiß es nicht mehr.«

»Lassen Sie mich Ihre Erinnerung auffrischen, Doktor.«

Sie sah diesmal nicht in ihre Notizen, sondern dem Zeugen gerade ins Gesicht. »Lynda Ann Cantrell wog ein Kilo und fünfhundertfünfundvierzig Gramm und starb am neunzehnten Februar um halb vier Uhr morgens im Alter von zwei Stunden und zweiundvierzig Minuten.«

Es wurde still im Saal.

Dann fuhr Rose leiser fort: »Ich hoffe, daß das nicht einfältig klingt, Doktor, aber ist es wahr, daß eine Frau nach einer Hysterektomie keine Kinder mehr bekommen kann?«

»Das ist richtig.«

»Genauer gesagt: Mrs. Cantrell wird nie mehr ein Kind bekommen?«

»Das ist richtig.«

»Und war es Mrs. Cantrells erstes Baby... ihr *einziges* Baby?«

»Ich... ja, ich glaube.«

»Sie glauben? Sie meinen, Sie sind nicht sicher?«

»Es... ist einige Zeit her.«

»Aber gewiß würde sogar der vielbeschäftigtste Arzt sich an eine solche Tragödie erinnern. Gewiß würde er sich an sie ebensogut, wenn nicht noch besser erinnern als an eine beiläufige Bemerkung, die er vor Monaten nur in einem *Gespräch* über die Patientin eines anderen Arztes oder einer anderen Ärztin gemacht hat.« Sie schwieg einen Augenblick. »Dr. Sloane, ist es wahr, daß Sie unter Alkoholeinfluß standen, als Sie den Kaiserschnitt und anschließend die Hysterektomie an Katherine Cantrell vornahmen? Daß der Arzt, der Ihnen assistierte, Dr. Roland Church, diesbezüglich eine Beschwerde an seinen Vorgesetzten richtete?«

Rachel sah, daß Di Fazio aufstehen und den Mund auftun wollte, um Einspruch einzulegen, aber es war zu spät. David war schon aufgesprungen und bäumte sich auf, die Hände auf die hölzerne Barriere vor dem Zeugenstand gespreizt.

»Lügen! Alles Lügen! Church... dieser Bastard... er wollte selbst befördert werden...«

»Euer Ehren, ich beantrage eine zehnminütige Unterbrechung.« Di Fazio stand jetzt, er schwitzte übermäßig, und seine Stimme klang schmeichlerisch. »Man hat meinen Mandanten mit diesen durch nichts zu erhärtenden Unterstellungen eindeutig aus der Fassung gebracht. Miß Santini scheint der Ansicht zu sein, daß sie das Gericht von den Verfehlungen ihrer Mandantin abzulenken vermag, indem sie den Zeugen mit derart haltlosen Beschuldigungen in die Enge zu treiben versucht.«

Es fielen Rachel jetzt die Klatschgeschichten ein, die sie gehört hatte. Vor ein paar Monaten war ihr Janet Needham über den Weg gelaufen – Janet spezialisierte sich im Presbyterian auf Neonatologie –, und sie *hatte* auf Gerüchte angespielt, die Davids Trunksucht betrafen. Aber Rachel hatte das nicht ernst genommen.

Sie spürte, daß die Muskeln in ihren Schultern und im Rücken sich verkrampften, und ein scharfer Schmerz fuhr ihr in den Nacken. Sie wußte, daß sie erleichtert sein sollte. David hatte nichts über *sie,* über sie beide gesagt... und dennoch war es Rose gelungen, seinen großartigen Ruf zu erschüttern.

Aber was Rachel empfand, war Zorn. Weshalb sollte David jetzt frei ausgehen? Er war offensichtlich schuldig, warum stand *er* also nicht vor Gericht?

Rachel fühlte etwas in sich aufsteigen, es kam von einer üblen Spannung in ihrem Magen. Bahnte sich unerbittlich einen Weg ihren Hals herauf, obgleich sie es zu unterdrükken versuchte.

Dann brach es heraus, ein schockierender Laut in der Stille des Gerichtssaales.

Sie fing hilflos an zu kichern.

Nun starrte David sie an, sein Gesicht schien anzuschwellen, wurde häßlich, aufgedunsen und scharlachrot.

In diesem Augenblick fiel ihr etwas anderes ein: Vor vielen Jahren waren sie und David im Central Park spazierengegangen, und David wäre aus Versehen beinahe über einen Riß im Asphalt gestolpert. Seine Arme hatten auf der Suche nach dem verlorenen Gleichgewicht wie wild in der Luft herumgewirbelt, und der Ausdruck in seinem Gesicht war fast komisch gewesen, jedoch hatte er sich im allerletzten Augenblick noch gefangen. In der Nähe aber stand ein Kind, zehn oder elf, das mit der Hand auf dem Mund zu lachen anfing. Zornentbrannt ging er auf den Jungen zu, packte ihn so beim T-Shirt, daß er ihn fast von den Füßen gehoben hätte, und fauchte ihn an: »Lach nicht über mich! Wage es nicht noch einmal, über mich zu lachen!«

Und jetzt mußte er denken, daß sie über ihn lachte. Sich über ihn lustig machte.

Rachel sah trotz ihres Lachkrampfs, wie seine Augen hervorquollen und ein Muskel über seiner Kinnlade zu zucken begann.

Dann, es war unglaublich, fingen andere Leute im Saal leise zu lachen an, und Rachel erinnerte sich, wie ansteckkend ein Kichern sein konnte, gerade wenn man es zu unterdrücken versuchte.

Es war zuviel für David.

Nun fing sein Mund an zu zucken, und das machte ihn häßlich. Heftig atmend zeigte David mit einem zitternden Finger auf Rachel.

»Nutte! Du warst das. Du bist an allem schuld. An allem.« Sogar seine Stimme hatte sich verändert, sie war rauh und krächzend. »Mit dir werde ich noch fertig. Das mußt du mir büßen. Du gemeine Schlampe! Du *Hure*!«

Im Gerichtssaal trat eine wohltuende Stille ein.

Dann brach die Hölle los.

Di Fazio eilte zum Zeugenstand und suchte den Wütenden zu bändigen.

Mrs. Saucedo im gelbgrünen Hosenanzug fing an, aufgeregt mit der hinter ihr sitzenden Frau, wahrscheinlich einer Verwandten, Spanisch zu plappern.

Auch die Geschworenen, Männer und Frauen – Schwarze, Hispanics, Weiße – alle sprachen sie aufgeregt durcheinander.

Andere Stimmen, die in schnellem Spanisch redeten, schlossen sich dem allgemeinen Palaver an.

Rachel hatte nur noch einen Gedanken: *Ich muß hier heraus. Jetzt. Sofort.*

Sie stand auf, fühlte, wie ihr das Blut in den Kopf schoß, hörte nur noch ein Summen wie in einem Fernsehgerät, wenn der Sender nachts das Programm beendet hat. Es kam ihr vor, als rase sie mit sehr hoher Geschwindigkeit rückwärts durch einen Tunnel. Sie dachte wie in einem Traum: Ich werde ohnmächtig, nicht wahr?

Das letzte, dessen sie sich noch erinnern konnte, war das dumpfe Dröhnen des Hammers auf dem Tisch des Richters.

Rose sah Rachel zusammenbrechen und zu Boden sinken. Sie wollte ihr zu Hilfe eilen, aber als sie sie erreichte, war schon ein halbes Dutzend Leute um sie bemüht.

Ein stämmiger älterer Herr mit Silberhaar hatte Rachel den Arm um die Schultern gelegt und stützte sie. Als Rose näher kam, erkannte sie in ihm den Mann, der sie nach dem Verfahren gegen Krupnik im Korridor angesprochen hatte. Seltsamerweise war sie ihm danach noch mehrmals über den Weg gelaufen. Ein griechischer Name. Alexandros, nicht wahr?

Was tat er hier?

Dann blieb Rose stehen, verwirrt vom Anblick einer Frau, die sich mit einem Ausdruck großer Bestürzung von einer Bank ganz hinten im Gerichtssaal erhoben hatte. Eine gertenschlanke, elegante Dame in einem lavendelfarbenen Kostüm aus Kaschmirwolle, unter der ein Fitzelchen von einer Seidenbluse so zart wie eine Wolke hervorsah. Handschuhe trug sie auch und einen Hut, der über den größten Teil ihres Gesichts einen Schatten warf. Eine nicht mehr ganz junge Frau, aber noch immer sehr schön. Man sah es an der Art, wie sie sich bewegte.

Als die Frau näher kam, spürte Rose, daß ihr Herz schneller schlug. Ich kenne dieses Gesicht, durchfuhr es sie. Woher? Wo habe ich sie schon einmal gesehen?

Dann hob die Frau, verwirrt und außer sich vor Sorge, die Hand, um ihren Hut zu richten, und fuhr sich dabei übers Ohrläppchen, an dem ein winziger Brillant blitzte.

Da fiel es Rose auf einmal ein, und sie wunderte sich. *Das ist sie.*

Rose tastete unbewußt nach dem tränenförmigen Rubin in ihrem rechten Ohr. Sie hatte das Gefühl, sich in einem absurden Theaterstück zu befinden, in dem alle Zeiten, Vergangenheit, Gegenwart und Zukunft, am gleichen Ort zusammenkamen.

Nein, sie bildete sich da etwas ein. Das war nicht möglich.

Die Frau blieb auf halbem Weg mitten im Gang zwischen den Bankreihen stehen, und ihre Augen trafen sich mit denjenigen von Rose. Es waren riesige, meerwasserfarbene Augen, die vor Tränen glänzten in einem Gesicht so fein wie Meißener Porzellan. Augen voll stummer, fürchterlicher Seelenqual.

Und mit diesem einen Blick war die Realität für Rose mit einemmal zu Ende, der lange, schmutzige Bürgersteig, auf dem sie bis hierher, bis zu diesem Augenblick gekommen war. Sie war vom Bordstein herunter in einen Traum eingetreten.

Wer bist du? Was willst du von mir?

Dann war dieser Augenblick vorüber. Die Frau bewegte sich, wand sich durch die Menschentraube hindurch, die sich um den Tisch drängte, ihre schlanken behandschuhten Hände streckten sich aus, um die blasse Statue, die Rachel war, in die Arme zu nehmen.

Es versetzte Rose einen Schock, als sie Rachel »Mama!« rufen hörte.

36

Als Brian die Wohnung betrat, entdeckte er Rachel sofort, die zusammengekuschelt im Bärentatzensessel am Kamin hockte. Er blieb stehen, die Hand noch immer am Türknopf und vor Freude und Verblüffung wie gelähmt.

»Rachel.«

Sein Herz hüpfte nun vor Freude. War sie also zurückgekehrt? Wollte sie ihm das mitteilen?

Sie sah zu ihm auf und lächelte. Aber ihr Gesichtsausdruck war so traurig, ihre blauen Augen glänzten von nicht vergossenen Tränen.

Brian fühlte seine Freude schwinden.

Lieber Gott, dachte er, wenn sie zurückgekommen ist, um mir zu erzählen, daß sie nichts mehr von mir wissen will, könnte ich es nicht ertragen. Ich habe sie so verdammt vermißt. Ich brauche sie.

»Hallo, Brian.«

Ihre Stimme löste seine Erstarrung. Er ging auf sie zu, langsam, die Augen auf sie gerichtet. Er kam sich wie ein Fotograf vor. Einer, der unzählige Stunden mit der Suche nach der richtigen Perspektive, dem richtigen Licht und der richtigen Haltung seines Modells zugebracht hatte und der nun auf einmal alles wunderbar zusammenkommen sah. Die Lampe auf dem Tisch gab gerade das richtige Licht, ein gedämpftes Sepia-Braungrau als Hintergrund für die kauernde Frau im Sessel, und malte sie in sanften rosa, goldenen und grünen Farben.

Alles, was er zu verlieren drohte, sah er nun so deutlich vor sich. Brian war es, als berühre ein kalter Finger sein Herz.

Wann hatte sie je so jung ausgesehen? Oder so schön? Fast wie eine Halbwüchsige in Jeans und einem seiner alten Hemden, die nackten Füße hochgezogen und die Arme um die Knie geschlungen, die sie dabei an die Brust drückte. Ihr dunkelgoldenes Haar sah frisch gewaschen aus und hing ihr glänzend über die Schultern.

Er sah jetzt, wie verletzlich sie unter dieser harten Schale war, die sie so gern betonte. Er hatte es immer als selbstverständlich vorausgesetzt, daß sie stark war und mit allem fertig wurde. Und vielleicht war der Ärger, den er ihr gegenüber empfunden hatte, in Wirklichkeit Enttäuschung darüber gewesen, daß sie ihn nicht wirklich brauchte. Er hatte es so viele Male in die Arme nehmen wollen, dieses ängstliche kleine Mädchen, von dem er immer angenommen hatte, daß es irgendwo in ihr stecke – das Mädchen, das er jetzt vor sich sah –, genau wie er es mit Rose getan hatte.

Er sehnte sich nun danach, Rachel zu berühren, sie in den Armen zu halten, aber etwas hinderte ihn daran. Es war ihm, als ob sie auseinanderbrechen oder, schlimmer noch, sich vor ihm zurückziehen, zurück in ihr Schneckenhaus kriechen könnte.

Nein, er wollte ihr die Initiative überlassen, sie sollte den Augenblick wählen, ihm zu sagen, was sie ihm zu sagen hatte.

»Es ist aus«, sagte sie.

Sein Blut schien sich in Eiswasser zu verwandeln.

Aber er lächelte zaghaft.

Und dann begriff er. Sie meinte den Prozeß. O Jesus, natürlich.

Er hatte sie seit gestern nicht gesehen, seit der unglaublichen Szene im Gerichtssaal, als die Leute sie umringten und ihn von ihr abdrängten. Er hatte sich danach gesehnt, sie aufzuheben und wegzutragen, dorthin, wo sie sicher wäre und wo sie zusammen neu anfangen könnten. Aber er war stehengeblieben aus Angst, daß sie ihm seine Aufdringlichkeit oder Einmischung verübeln könnte. Und, dümmer noch, er hatte sich geärgert. *Sie* sollte den ersten Schritt tun, hatte er gemeint. Sie hatte ihm weh getan. Ihn einfach so zu verlassen mit einem Brief, der auf dem Kühlschrank lag.

»Die Anwälte sind heute früh zusammengekommen«, sagte sie. »Die Saucedos haben sich mit einem Vergleich einverstanden erklärt.«

Er war froh, daß der Prozß ein Ende hatte. Aber nicht überrascht von den Ereignissen von gestern. Sloane, der Bastard. Warum hatte Rachel ihm nie erzählt, daß Sloane sie nicht ausstehen konnte?

»Du siehst nicht allzu glücklich darüber aus«, sagte er.

»Was die Versicherung ihnen nun zahlen wird«, sagte sie schließlich, »liegt weit unter ihrem ursprünglichen Angebot, kaum der Rede wert. Und die Saucedos waren trotzdem so dankbar, daß sie überhaupt noch etwas bekamen ... O Gott, Brian, es war so ... erbärmlich.«

»Du solltest dir keine Vorwürfe machen«, sagte er ihr. »Es war nicht deine Schuld.«

Sie zuckte die Schultern. »Wann hätten Vorwürfe je etwas geändert? Was ist Schuld? Immer liegt es an allen möglichen Umständen, wenn man so will. Nein, ich glaube nicht, daß es mein Fehler war, was mit Alma Saucedo geschehen ist. Aber ich habe in der Bank Bescheid gesagt, sie sollen einen Teil des Geldes, das mein Vater mir hinterlassen hat, auszahlen. Ich möchte, daß Almas Familie es bekommt. Ich habe nicht das Gefühl, ihnen etwas zu schulden, aber ich möchte das tun. Für das Baby. Für Almas Sohn.«

Rachel sah ihn an, und er entdeckte etwas von dem alten Feuer in ihren Augen. Er dachte an die tapfere Ärztin, die alles für ihn getan hatte und für die er doch nur einer der vielen Grunts gewesen war, die der Krieg zerkaut und wieder ausgespien hatte; sie aber – wer weiß, warum – hatte an ihn geglaubt und ihn den Klauen des Todes entrissen. Und wegen dieser ihrer Leidenschaft, Menschen zu retten und zu heilen, hatte er sich in sie verliebt. Konnte er jetzt ohne sie leben?

Und er war auch schuld an ihrer beider Kummer. Ich wollte das alles nur für mich, dachte er, all diese Leidenschaft, diese Glut, ich war eifersüchtig.

»Rachel ...« Er wollte sagen: »Ich liebe dich«, aber die Worte schienen ihm im Hals steckenzubleiben. Es war schwer, über den steinernen Ausdruck in ihrem Gesicht hinwegzukommen.

»Wir müssen uns unterhalten, Brian. Über uns.« Sie streckte die Beine aus und stand auf. Sie ging zum Kamin und wollte das Päckchen mit den Zigaretten vom Sims nehmen, überlegte es sich aber anders und stieß es beinahe wütend weg. Dann wandte sie sich zu Brian um, das Gesicht erhoben, das Kinn hochgereckt, mit flammendem Blick.

Er erschrak, weil er wußte, daß sie ein solches Gesicht machte, wenn eine schwere Aufgabe vor ihr lag, zu deren Lösung sie eines stählernen Willens und grimmer Entschlossenheit bedurfte.

Brian sprang instinktiv auf und streckte die Hände vor sich aus. »Warte. Hör mal zu. Bevor du irgend etwas sagst. Ich möchte, daß du weißt... es tut mir leid.«

»Es tut *dir* leid?« Sie starrte ihn an, erschüttert. Dann blinzelte sie, und er sah, daß ihre Wimpern von Tränen übersät waren. »Oh, ich verstehe, wegen Rose, meinst du.«

»Rose?«

»Du liebst sie immer noch, nicht wahr?«

Brian war plötzlich zum Lachen zumute. Rose? Sie dachte, er hätte eine Liebschaft mit Rose? Wie war sie denn auf diesen Gedanken gekommen? Durch Rose?

»Wie bist du denn –« fing er an.

»Durch dein Buch«, unterbrach sie ihn. »Ich habe etwas darin gelesen. Von ihr.« Die ganze grimmige Entschlossenheit schien sie zu verlassen. »Du brauchst es mir nicht zu erklären, Brian. In gewisser Weise verstehe ich dich. Ich... ich werfe es dir nicht vor.«

»Du verstehst *überhaupt* nichts«, schrie er, wütend, daß sie sich quälte und völlig grundlos. »Ich habe von einer Zeit in meinem Leben geschrieben. Diese Zeit ist vergangen. Daß ich mich daran erinnern kann, was ich damals empfunden habe, bedeutet nicht, daß ich heute noch das gleiche empfinde.«

»Was empfindest du denn heute? Nein, warte, antworte nicht.« Sie verschränkte die Arme über der Brust und hielt beide Ellbogen mit den Händen fest. Sie sah zu Boden, auf den Teppich zu ihren Füßen. »Ich muß dir zuerst etwas sagen. Etwas, das ich dir schon lange hätte sagen sollen, vor unserer Heirat. Ich hatte damals Angst davor. Ich fürchtete, wenn ich es dir erzählte, würdest du aufhören, mich zu lieben. Und jetzt habe ich sogar noch größere Angst. Denn… o Gott, es ist so schwer…« Sie schwieg und schien mit sich zu ringen, ihr Gesicht so blaß, daß es fast durchsichtig schien. »Weil ich dich all die Jahre belogen habe. Ich ließ dich in dem Glauben, daß es keinen Grund dafür gäbe, daß wir kein Kind bekommen konnten. Und das ist nicht wahr.«

Rachel war es, als purzele sie einen sanften Abhang hinunter. Ein Schwindelgefühl, als sie sich überschlug, ein Blutandrang im Gesicht. Ein gutes Gefühl, ein Gefühl, alles loszulassen und sich freizumachen von diesem schweren Gewicht, das so lange auf ihrem Herzen gelastet hatte.

Einen wilden, erhebenden Augenblick lang schwebte sie hoch in der Luft, vollkommen frei. Sie hatte es endlich getan. Und nun konnte sie es nicht mehr aufhalten, auch nicht, wenn sie es wollte.

Und dann sah sie Brian, der sie schockiert und verwirrt anstarrte.

»Ich verstehe nicht«, sagte er.

»Du hast dich wahrscheinlich gewundert, gestern vor Gericht«, holperte sie langsam vorwärts, als lerne sie nach einer Krankheit wieder laufen, suchte nach Worten, »warum David Sloane mich so sehr haßt, weshalb er mir schaden wollte. Weißt du, er und ich… wir waren ein Liebespaar. Vor langer Zeit. Während meiner Assistenzarztausbildung. Ich wurde schwanger, und er… nun, er wollte, daß ich es abtreiben ließ. Aber ich brachte es nicht fertig. Nicht auf seine Art, eiskalt, als ließe man sich einen Zahn ziehen, als spiele es keine Rolle. Und so ließ… ließ ich *ihn* es machen, er mußte die Abtreibung vornehmen. Deshalb haßt er mich. Und deshalb… war ich krank danach, so krank… und sie sagten… o Gott… die Röntgenbilder… besagten, daß ich wahrscheinlich nie mehr ein Kind bekommen könnte…

eine Chance von eins zu tausend ...« Sie stockte, trat einen Schritt zurück und fühlte die kalte Kante der marmornen Kamineinfassung in ihrem Rücken. Sie hatte ein Gefühl, als schrumpfe sie ein und krümmte sich zusammen, um den schrecklichen Schmerz in ihrem Innern abzuwehren. »Nun weißt du es, warum du Rose hättest heiraten sollen und nicht mich. Warum es für uns keinen Grund gibt zusammenzubleiben.«

Sie fühlte die Tränen in sich aufsteigen, aber sie hielt sie zurück. Sie hatte kein Recht, Selbstmitleid zu empfinden. Sie hatte es getan. Und jetzt sah Brian durch ihre Schuld wie damals in Vietnam aus, bleich wie der Tod, im Schockzustand, die Pupillen erweitert.

O mein Liebling, dachte sie, ich wollte, ich könnte zurück und alles ändern, was geschehen ist, ganz neu anfangen. Wie anders hätte unser Leben sein können! Aber ich kann es nicht. Was geschehen ist, ist geschehen. Alles, worum ich bitte, ist, daß du mich nicht allzusehr haßt, daß du mich zu verstehen versuchst.

Aber Brian sagte gar nichts, er stand nur da und starrte sie an mit diesen Augen, die ein ganzes Universum zu reflektieren schienen.

Sie kam sich verloren vor, endlich frei von ihrer Lüge ... aber, o Gott, so allein.

Geh jetzt, sagte sie sich. Geh, bevor du zu betteln anfängst, daß er dir verzeihen und dich zurücknehmen solle.

Rachel wandte sich ab und wollte zur Tür gehen. Es war ihr, als wate sie mit seltsame schwereloser Grazie langsam durch Wasser.

»Rachel, warte.«

Sie blieb stehen, drehte sich um und sah seine Gestalt verschwommen durch einen Tränenschleier auf sich zustürzen.

Dann erdrückte Brian sie mit seinen Armen, nahm ihr die Luft.

O Herrgott, war das wahr, Brians Arme um sie herum? Oh, dieses Wunder, Brians starker Körper und seine Knochen, so wunderbar fest, als wäre sie am Ertrinken gewesen und er zöge sie an ein Ufer.

»Rachel«, murmelte er, und seine Stimme war von Tränen erstickt. »Du kleine Närrin. Wie konntest du jemals denken, daß ich aufhören würde, dich zu lieben? Und die ganze Zeit habe ich gedacht, es läge an mir und du liebtest mich nicht mehr.«

Er weinte, sie weinten beide. Sie schmeckte das Salz seiner Tränen, als sie ihn küßte.

»Brian«, flüsterte sie, »oh, Brian... kannst du mir das jemals vergeben?«

Sie wartete und hörte Geräusche, die sie ein paar Minuten zuvor nicht bemerkt hatte, das Ticken einer Uhr, Custers Schnurren hinten auf dem Sofa, das Zischen der Heizung.

Dann hörte sie Brian sagen: »Das habe ich schon getan.«

Rachel wich ein wenig zurück, mußte sein Gesicht sehen, wenn er es ihr sagte.

»Bin ich dir genug, Brian? Ich allein? Ohne ein Kind?«

Das Licht in seinen Augen war klar, schmerzhaft hell, vor Liebe leuchtend.

»Du bist genug«, sagte er.

Rose ging schnell den Korridor hinunter auf die offene Tür zu. Max' Büro. Es brannte Licht.

Sie fing an zu laufen, ihr Herz schlug gegen den Brustkorb.

Oh, laß ihn da sein, betete sie, oh, bitte.

Die ganze Woche über war sie hinter Max hergejagt. Zuerst hatte sie ihn immer wieder in seiner Wohnung angerufen, es endlos klingeln lassen. Und heute morgen hatte sie sich so zusammenreißen müssen, um die Formalitäten der Unterredung in Di Fazios Büro irgendwie durchzustehen, bevor sie es sich erlauben durfte, an Max zu denken.

Und nun endlich, *endlich* würde sie ihn sehen. Es war noch keine Mittagspause, er dürfte noch in seinem Büro sein. *Bitte*...

Sie blieb in der Türöffnung stehen, ihr Herz schien auch stehenbleiben zu wollen.

Max hockte vor dem Eichenschrank hinter dem Schreibtisch und nahm Akten heraus, die er in einen Karton packte. »Max, was, um Himmels willen, tust du denn da?«

Er sah hoch und lächelte verlegen. »Nun, ich glaube, es sieht so aus, als ob ich umziehe.«

Eine Art Witz natürlich. Aber kein besonders lustiger.

Rose überblickte das Büro, es fiel ihr auf, wie kahl es aussah, sein Schreibtisch leergefegt, Kartons am Bücherschrank mit den Glastüren aufeinandergestapelt.

O Mutter Gottes, es war kein Witz.

Rose fühlte sich, als wäre sie meilenweit gerannt... nur um zu spät am Ziel anzukommen. Erhitzt, die Muskeln taten ihr weh, das Blut pochte in den Adern.

Das ist nicht wahr, sagte sie sich. Ich gehe hinaus, und wenn ich wieder hereinkomme, wird alles sein, wie es war.

»Was *soll* das, Max? Um Gottes willen, *sag es mir.*«

»Ich habe dich gestern abend anzurufen versucht«, sagte er. »Dein Telefon war besetzt. Ich wollte es dir sagen. Tut mir leid, daß es so eine Überraschung geworden ist.«

»Das ist komisch, das ist wirklich merkwürdig, denn ich habe gestern abend dich anzurufen versucht. Ich habe dich das ganze Wochenende über zu erreichen versucht.«

Mit wem konnte sie gesprochen haben, als Max ihren Anschluß besetzt gefunden hatte? Oh, natürlich, mit Clare, die sie von Albany aus anrief und so aufgeregt war, daß sie kaum einen klaren Satz herausbrachte. Nonnie. Sie hatte wieder einen Schlag erlitten, nicht gar so schwer, aber trotzdem immer noch sehr beunruhigend. Sie hatte geredet und geredet, während Rose die ganze Zeit aufhängen wollte, damit der Anschluß frei wäre, falls Max anrief.

Und er *hatte* angerufen... aber nur, um ihr Lebewohl zu sagen.

Die Komik wurde ihr bewußt, und Rose fing gleichzeitig zu lachen und zu weinen an.

Max sah zu ihr auf, er lächelte, einen verwunderten Ausdruck im Gesicht. »Willst du es mir nicht erklären?«

»O Max, du siehst so komisch aus, wie du da unten hockst. Wie... wie... oh, ich weiß nicht... als hätte ich dich mit der Hand in der Keksdose erwischt oder so etwas.« Tränen rannen ihr aus den Augenwinkeln und über die Schläfen.

Er erhob sich, sein Gesicht war rot und erhitzt, und er sah sie mit einem so jammervollen Ausdruck an, daß sie jäh zu lachen aufhörte.

»Ich übernehme die Rechtsabteilung in Los Angeles«, erklärte er. »Es ist alles ein bißchen plötzlich gekommen, und du warst so mit dem Prozeß beschäftigt... ich wollte es dir nicht sagen, bevor...«

»Ist es wirklich das, was du willst, Max, ist es wirklich das, was *du* willst?«

Max zuckte die Schultern, grinste beinahe, ein geisterhaftes Grinsen. »Es ist eine großartige Chance. Und Mandy ist begeistert von Kalifornien. Ich werde sie im Sommer, in den Schulferien und so drüben bei mir haben. Sie war mit mir übers Wochenende in Los Angeles. Wir haben sogar in einem Swimmingpool geplanscht.« Er rollte den Ärmel seines Hemdes hoch und zeigte ihr seinen gebräunten Unterarm. »Sieh mal, würdest du so etwas für möglich halten? Mitten im November. Ja, es gibt schlimmere Gegenden als Kalifornien.«

Gott, Max reiste *wirklich* ab. Und zwar für immer.

Rose kam es vor, als wäre der Fußboden samt Parkett und Orientteppich plötzlich wie eine Falltür nach unten weggeklappt und ließe sie in den schwarzen Weltraum hinausstürzen.

Max, ihr treuer Freund, der immer für sie dagewesen war. Auf niemanden als ihn konnte sie sich so verlassen. Sie hatte ihn für selbstverständlich gehalten wie die frische Luft, die sie zum Atmen brauchte.

Und nun... Sie wollte sagen: Max, geh nicht weg. Ich brauche dich. Ich will dich.

Aber die Worte wollten nicht herauskommen. Sie würde sich nur lächerlich machen... hinterher wäre es ihnen beiden peinlich. Max hatte sie bereits verlassen. Das war klar. In seinen Gedanken und mit dem Herzen war er schon fünftausend Kilometer von ihr entfernt. Wahrscheinlich war er schon vor vier Monaten, nach seinem Auszug aus ihrer Wohnung, zu dieser Reise aufgebrochen. Sie hatte nichts getan, um ihn zurückzuhalten.

Es ist zu spät. Die schreckliche Gewißheit traf sie wie ein Faustschlag.

»Wann?« fragte sie.

»In zwei Wochen. Ich würde mir zwar gern mehr Zeit lassen, um die Dinge hier zu erledigen, aber Gary sagt, er kommt da drüben nicht mehr klar.« Er breitete die Hände in einer Geste der Hilflosigkeit aus. »Hier stehe ich nun und versuche dreiundzwanzig Jahre meines Lebens aufzuräumen. Ich nehme nicht an, daß du mir beim Packen helfen willst.«

Rose machte ein Geräusch im Hals, ein Schluchzen, das sie gerade noch zurückhalten konnte. Sie setzte ein falsches Lächeln auf und sagte in einem munteren Ton, als wolle sie ihm gratulieren:

»Wahnsinnig gern, aber ich bin verabredet und etwas in Eile. Aber wenn du noch Zeit hast, können wir doch zusammen lunchen gehen, bevor du abreist, o.k.? Mit Champagner und allem, was dazugehört.«

»Abgemacht.« Max war schon wieder auf den Knien und wühlte in der untersten Lade eines Aktenschranks. Er winkte ihr geistesabwesend mit einem braunen Hefter zu. »Sobald ich unter all dem Müll meinen Kalender wiedergefunden habe.«

Rose zögerte noch und nahm das Bild in sich auf, speicherte es in ihrem Gedächtnis, streifig von dem Nachmittagslicht, das durch die Jalousien fiel. Max mit vorgebeugtem Kopf, der Buckel seines breiten Rückens spannte die Rückseite des Hemdes über seinen Schultern. Ein zerknitterter Hemdzipfel war aus dem Bund seiner grauen Hose herausgerutscht, und sie erinnerte sich, daß sie einmal gesagt hatte, als sie zusammen unter der Dusche standen, er sei »wie ein alter Büffel gebaut«.

Sie dachte jetzt daran. Ein Büffel. Irgendwo hatte sie gelesen, daß die Prärieindianer sich früher, wenn sie auf der Jagd von einem Schneesturm überrascht wurden, dadurch vor dem Erfrieren schützten, daß sie einen Büffel töteten, ihm den Bauch aufschnitten und hineinkrochen, bis der Sturm vorüber war. Und das hatte sie mit Max gemacht, nicht wahr? Sie hatte sich seiner bedient, um warm zu bleiben.

Was hatte sie denn erwartet? Daß er ewig für sie dasein, mit offenen Armen auf sie warten würde? Nein. Sie hatte ihm weh getan. Und er hatte das getan, was jeder vernünftige Mensch tun würde.

Und nun war es zu spät.

Sie hatte sich vorgestellt, daß sie sich mit Max zusammen abends bei einem Glas Wein entspannen könnte, so wie sie es früher getan hatte. Sie hätte ihm dann alles von dem Prozeß erzählt, wie es zum Höhepunkt gekommen war, vom Vergleich heute morgen. Und die Geschichte, die sie die ganze Nacht lang bis in den Traum verfolgt hatte, dieser unheimliche Zufall, daß ihr Engel von damals, wie sich herausstellte, Rachels Mutter war.

Wenn sie jetzt doch nur zusammen nach Haus gehen und diese Flasche Wein öffnen und mit ins Bett nehmen könnten. Und wenn sie sich geliebt hätten und sie in seinen Armen läge, würden sie genau wie früher über alles sprechen. Nur hatte *sie* gewöhnlich gesprochen und um Rat gebeten... und Max hatte zugehört, nicht wahr?

Jetzt gab es plötzlich so viel, was sie über Max wissen wollte. Aber es blieb keine Zeit mehr dafür. Sie hatte ihre Chance verpaßt.

Rose spürte, daß ihr die Tränen kamen, wandte sich ab und floh zur Tür hinaus.

37

»Der Herr wird ihnen das Tor zum Paradies auftun, und sie werden in die Heimat zurückkehren, in der es keinen Tod, sondern nur ewige Freude gibt...«

Rose hörte die Worte des jungen Priesters. Ihre Augen waren trocken, als sie ihn ein Holzkreuz auf den einfachen weißlackierten Sarg legen sah.

Ewige Freude, wiederholte sie in Gedanken. Ja, ich hoffe es. Nonnie hatte weiß Gott keine Freude im Leben gehabt. Laß sie aus dem Tod herausholen, was sie kann.

Es überraschte Rose, wie wenig sie empfand. Es tut mir nicht leid, daß sie tot ist, dachte sie, wie könnte es das? Aber ich freue mich auch nicht darüber.

Ja wirklich, hatte Nonnie sich nicht dafür abgerackert in all den Freitags- und Sonntagsmessen, mit ihren endlosen Rosenkränzen und Beichten, unablässig Punkte für ihren Eintritt in den Himmel gesammelt, als ob das Leben selbst nichts anderes als ein riesiges Bingospiel wäre?

Gott sei Dank war es wenigstens schnell gegangen. Eine Reihe von winzigen Schlaganfällen in der Woche nach Clares Anruf und dann das Hinübergleiten mitten in der Nacht. Allen, am meisten Nonnie selbst, war der Alptraum erspart geblieben, der gefolgt wäre, wenn sie weitergelebt hätte. Bettlägerig, nicht mehr klar im Kopf, wie ein Säugling gefüttert, umgezogen, gewaschen und gewindelt werden zu müssen...

Rose sah zu Marie hinüber, die neben ihr auf der hölzernen Kirchenbank saß. Magerer denn je und älter, trotzdem seltsam würdevoll, hielt sie sich kerzengerade; ihr Gesicht war unerbittlich hart wie das des Indianers auf der Fünf-Cent-Münze. Sie trug einen marineblauen Mantel, aus dessen rechtem Ärmel ein Zipfel herausgerissenen Futters hing.

Rose fühlte dasselbe alte Mitleid und dieselbe alte Gereiztheit und Wut in sich hochsteigen. *Sieh sie dir an, noch immer so stolz und eigenwillig wie eine Katze.* Marie rief sie selten an, um mit ihr zu plaudern, und wenn Rose sie zum Lunch, Dinner oder sonst etwas einlud, damit sie abends mal heraus und unter Leute kam, brachte sie stets irgendeine Entschuldigung vor, um dankend abzulehnen. Rose war es müde geworden, sie unablässig zu ermuntern, und so hatte sie Marie seit einem Jahr oder länger nicht mehr gesehen. Und nun saßen sie hier... Gott, was für ein elendiger Anlaß, um zusammenzukommen.

Sie fühlte sich selbst auch elend. Und so müde, als hätte sie Blei in den Knochen. Morgen, erinnerte sie sich, morgen fliegt Max weg nach Kalifornien.

Der Gedanke war wie eine von Nonnies Stricknadeln, er bohrte sich ihr ins Herz.

Gott, er fehlte ihr jetzt schon, und der Schmerz wurde immer schlimmer. Wie dumm sie gewesen war, wie blind! Und warum, so quälte sie sich, warum sehen wir gerade das nicht, worauf es am meisten ankommt? Weil es uns so nahe ist?

Es war ein anderes Gefühl als das, das sie bei Brian gehabt hatte. Max hatte nie rein und strahlend wie eine Ikone in ihrem Herzen gethront. Nein, er war etwas, in dem man lebte. Wie ein Haus voller Möbel, Bilder, Nippes und Ramsch und abgewetzten Armlehnen und wundervoller als der schönste Palast.

Ich werde jetzt jeden Augenblick zu weinen anfangen, dachte sie. Das wäre komisch, was? Alle würden denken, ich weinte Nonnies wegen.

Rose zwang sich wieder, dem Priester zuzuhören. Der alte Pater Donahue hatte sich zur Ruhe gesetzt, wie es hieß. Dann mußte dieser pausbäckige Knabe – er sah ja wirklich kaum älter als ein Ministrant aus – sein Nachfolger sein. Seltsam, Holy Martyrs ohne den verschrumpelten kleinen Pater Donahue in seinem grünweißen Meßgewand zu sehen. Und statt Donahues eintönigem Gemurmel diese klare und jungenhafte Stimme zu vernehmen, die über die fast leeren Bänke hinweg erscholl.

»O Gott, du bist mein Gott, den ich suche; nach dir sehnt sich mein Fleisch und dürstet meine Seele wie die Erde, die ausgedörrt und leblos ist und ohne Wasser...

Ja, leblos, so kam sie sich ohne Max vor.

»...du bist mein Helfer, und im Schatten deiner Fittiche jauchze ich vor Freude. Meine Seele hält sich an dir fest; deine rechte Hand hält mich aufrecht.«

Und ein leiser Ton, als ob etwas übersprudelte – irgend jemand weinte.

Rose sah an Marie vorbei, deren steinernes Gesicht mit den harten Augen unverändert war, zu Clare hin. Ihr Kopf war gesenkt, ihr Gesicht hinter den herabhängenden grauen Flügeln ihres Nonnenschleiers verborgen. Clare erinnerte sie an ein Kopfkissen, weich und formlos, das man auf die Bank hatte fallen lassen. Wenn sie doch um Himmels willen bloß zu *weinen* aufhören würde. Als ob Nonnies Tod nicht wirklich ein Segen gewesen wäre.

»Sie ist einfach so verschieden –« hörte Rose die weinende Clare Marie zuflüstern. »Wie ein Licht, das verlöscht. Oh, ich fühle mich so schrecklich. So... verantwortlich.«

»Warum solltest du dich verantwortlich fühlen?« flüsterte Marie ungeduldig zurück. »Das klingt ja, als ob *du* sie umgebracht hättest.«

Rose sah Clares rundes, von Tränen verschwollenes Gesicht bei diesem Gedanken vor Schreck starr werden.

Einen Augenblick empfand Rose Mitleid für Clare. Dann erinnerte sie sich, daß nicht Clare, sondern das Personal eines katholischen Pflegeheims in diesen letzten Jahren für Nonnie gesorgt hatte. Clare hatte kaum mehr als früher für Nonnie getan. Von ihren Gebeten abgesehen natürlich. Clare war eine richtige berufsmäßige Beterin.

Schließlich endete der Gottesdienst; der junge Priester schlug das Kreuz über Nonnies Sarg.

Rose fühlte einen Schauer über ihren Rücken laufen. Plötzlich kam ihr der schreckliche Gedanke, daß Nonnie gar nicht wirklich tot war, sondern vielmehr grinsend in diesem

Sarg lag und wie ein teuflisches Schachtelmännchen darauf wartete, heraus und ihnen ins Gesicht zu springen.

Dann sah sie, daß Marie an ihrem Mantel herumwurstelte und nach ihrer Handtasche griff.

»Ich muß nach Hause«, sagte sie. »Mein Babysitter kann nur eine Stunde bleiben.«

»Du kommst nicht mit heraus zum Friedhof?« fragte Clare. Ihr teigiges Gesicht schien herabzusacken.

»Um zuzusehen, wie jemand Erde über sie schaufelt?« Marie zuckte die Achseln. »Nein, danke.« Dann wurde sie ein winziges bißchen sanfter und gab Clares Hand zerstreut einen kleinen Klaps. »Sieh mal, ich muß wirklich zurück. Missy ist krank, und Bobby sah heute morgen ein bißchen spitz aus.« Ein Mundwinkel zog sich hoch. »Wie man so sagt, ›Das Leben geht weiter‹, weißt du?«

Rose sah, daß Clare sich von Marie ab- und ihr zugewandt hatte, einen flehenden Ausdruck im Gesicht.

Rose erstarrte und dachte: Ich halte das nicht mehr aus. Aber dann dachte sie: Ist es fair, Clare mit diesen Trauergästen allein zu lassen? Mit Mrs. Slatsky und den alten Weibern aus dem Pflegeheim?

Ja, so hätte ich mich früher breitschlagen lassen – zum sogenannten »anständigen Verhalten« – damals, als ich ein Fußabtreter war. Aber damit ist Schluß. Ich habe mich geändert.

»Ich fahre mit Marie zurück«, hörte sie sich sagen. »Geh doch allein auf den Friedhof, Clare.« Freundlich fügte sie hinzu: »Ich glaube, das ist es, was Nonnie gewollt hätte, meinst du nicht?«

Jedenfalls hatte sie etwas mit Marie zu besprechen. Allein. Etwas, bei dem Marie ihr vielleicht würde helfen können.

Rachels Mutter – ja, Sylvie hieß sie. Es könnte sein, daß Marie etwas wußte.

Rose berührte ihr Ohrläppchen. Und wenn sie etwas weiß, dachte sie, dann kann ich vielleicht herausbekommen, warum mir Sylvie Rosenthal vor all den Jahren diesen Ohrring geschenkt hat.

Maries Wohnung hatte sich nicht verändert. Dieselbe düstere Höhle von einem Wohnzimmer mit der abgestandenen Luft und dem Geruch nach kaltem Zigarettenrauch. Dieselben Möbel, nur noch schäbiger als früher. Der Laufstall war verschwunden, und ein Hockeyschläger stand in der Ecke neben dem Fernsehapparat. Auf dem Teppich lag eine nackte, verrenkte Barbie-Puppe.

»Stell das einfach auf den Boden, und du hast einen Sitzplatz«, sagte Marie und deutete auf den überquellenden Wäschekorb, der auf einem kreuz und quer mit Isolierband überklebten Fernsehsessel stand. »Übrigens, Bobby hat sich wahnsinnig über das Atari-Spiel gefreut, das du ihm zum Geburtstag geschickt hast. Ist gar nicht mehr davon wegzukriegen.«

»Ich weiß. Er hat mir einen netten Dankesbrief geschrieben. Er ist ein prima Junge, Marie. Sind alles prima Kinder, die du hast. Du bist eine gute Mutter.«

Vom Schlafzimmer neben der Wohnhöhle drangen Fernsehgeräusche herein. Alle drei Kinder saßen dort, die kranke Missy in ihrem Bett in der Mitte, und sahen sich »The Mod Squad« an. Rose schwor sich, daß sie sich mit allen dreien noch beschäftigen würde, bevor sie ging, und Bobby war alt genug, daß er einmal bei ihr in der Stadt übernachten könnte. Sie würde es Marie vorschlagen...

»Jesus«, sagte Marie jetzt, »du klingst ja allmählich so vornehm wie die heilige Schwester Clare. Kommt das daher, daß du jetzt eine so angesehene Anwältin bist?«

Bevor Rose es ihr übelnehmen konnte, hatte Marie sich auf die Couch fallen lassen, völlig entkräftet, wie es mit einemmal schien. Sie zündete sich eine Zigarette an und blinzelte durch den Rauch zu Rose hoch.

»Komm, reg dich nicht auf, wenn ich so rede«, sagte Marie und seufzte. »Mir fällt nur manchmal die Decke auf den

Kopf vom ewigen Herumgewurstel ganz allein, wenn die Kinder in der Schule sind. Da wirst du nach 'ner Zeit richtig gemein.«

»Wo ist Pete?« fragte Rose.

»Pete!« schnaubte Marie verächtlich. »Der ist weg. Ausgezogen. Vor ein paar Wochen. Hab' ich's dir nicht erzählt? Na ja, ich bin froh, daß ich ihn los bin.«

»Aber... was...« Rose sprach es nicht aus, hielt es für besser, nicht zu fragen: Wovon lebst du denn? Solange Pete da war, hattest du wenigstens eine Arbeitslosenunterstützung.

Der abweisende Ausdruck in Maries Augen lud nicht zu schwesterlicher Besorgtheit ein.

»Kann ich dir etwas anbieten? Kaffee?« fragte Marie.

»Nein, mach dir nicht die Mühe... bitte. Ich kann sowieso nicht lange bleiben.« Rose holte tief Luft. »Marie, ich bin mitgekommen, weil ich dich fragen wollte... wegen etwas, das Nonnie vor vielen Jahren einmal gesagt hat. Über unsere Mutter... daß sie vielleicht... nun, daß ich vielleicht nicht den gleichen Vater wie du und Clare gehabt habe.«

Marie starrte sie an, als hätte sie nicht mehr alle Tassen im Schrank. »Ist das dein Ernst? Was kümmert dich das, was die alte Fledermaus da erzählt hat? Sie hat doch andauernd nur herumgestänkert. Es hat ihr Spaß gemacht, uns zu quälen. Aber wie auch immer, was ändert das jetzt?«

»Ich möchte es nur wissen, das ist alles. Ich dachte, vielleicht... na ja, daß du vielleicht etwas wüßtest. Daß Nonnie dir vielleicht etwas gesagt hat –«

Maries Augen wandten sich von ihr ab, und auf einmal wirkte sie so mißtrauisch wie eine streunende Katze. »Ich *habe* es dir gesagt. Ich weiß nicht mehr als du.« Sie klang verärgert. »Also, nun vergiß das mal lieber alles.«

Aber Rose konnte nicht damit aufhören. Diese Sache fraß an ihr, und sie wußte, daß sie es sich nicht nur einbildete. Sylvie Rosenthal. Als sie ihr im Gerichtssaal begegnet war. Sie hatten einander wiedererkannt.

Und Rose war sicher, daß es mit ihrem richtigen Vater zu tun hatte. Das war nicht der lächelnde Seemann auf dem Foto im Silberrahmen, Nonnies Sohn und Maries und Clares Vater. Der Mann, aus dessen Samen sie entstanden war, sah anders aus, dunkel, und deshalb hatte sie sich vom Tage ihrer Geburt an von ihren Schwestern unterschieden.

»Wenn ein anderer Mann mein Vater gewesen ist, dann muß er eine Familie gehabt haben, richtig?« Verzweifelt sprach sie weiter. »Eine Frau vielleicht? Eine Schwester? Und diese Frau oder Schwester hat es vielleicht gewußt. Das mit mir. Sie wollte mich vielleicht sehen...«

Marie stand unvermittelt auf und griff sich an den Kragen ihres Kleides. »Ich habe dir gesagt, ich weiß nichts darüber! Du träumst, das ist alles. Du träumst das alles nur.« Sie beschäftigte sich mit dem Wäschekorb, riß ein Unterhemd aus dem wirren Haufen und faltete es mit einer wütenden Bewegung zusammen. »Sieh mal, ich habe eine Menge zu tun. Also, wenn du sowieso gehen wolltest, halte mich bitte nicht auf.«

Ein Gefühl ohnmächtiger Wut stieg in Rose hoch. Marie log. Rose war sich dessen sicher. Marie verbarg etwas vor ihr.

Rose beugte sich in ihrem Sessel vor, packte den Plastikrand des Wäschekorbs und zwang Marie, sie anzusehen.

»Um Gottes willen, Marie.«

»Ich habe dir *gesagt,* ich –«

»Ich weiß, was du gesagt hast, aber ich glaube, daß du etwas weißt. Oh, Marie, tu mir das nicht an. Mein ganzes Leben lang habe ich diesen Unterschied gefühlt, bin ich eine Ausgestoßene in meiner eigenen Familie gewesen, und jetzt wendest *du* dich auch gegen mich.«

Rose sprang auf. Sie zitterte vor Wut auf ihre Schwester, und gleichzeitig brauchte sie sie.

»Ich muß es wissen –« Rose schluckte und rang nach den richtigen Worten. »Wer bin ich? Verstehst du das denn nicht, daß ich das wissen muß? Ich... ich verlange sonst nichts. Wenn mein richtiger Vater eine Familie hat, werde ich niemanden belästigen, ich will niemandem Ärger bereiten. *Ich will es nur wissen.*«

Nun starrte Marie sie an, fieberhafte Farbflecke auf ihren blassen Wangen, unter denen das Jochbein sich abzeichnete.

Dann brach Marie auf dem Sofa zusammen und fing an zu weinen.

Rose betrachtete sie verwundert. Sie erinnerte sich nicht, ihre Schwester je weinen gesehen zu haben.

Als Marie das Gesicht wieder hob, waren ihre Augen rotgerändert. Sie stand auf und sagte: »Warte. Da ist etwas.«

Rose sah Marie müde aus dem Zimmer schlurfen, ihr Herz schlug schneller, als es sollte.

Marie war eine Minute später zurück und hielt etwas in der Hand, ein kleines blaues Buch. Ein Sparbuch, sah Rose. Marie warf es ihr zu, schnell, als müsse sie es loswerden.

Rose öffnete es und sah den hineingedruckten Namen: *Rose Angelina Santini.*

Die ursprüngliche Einzahlung belief sich auf fünfundzwanzigtausend Dollar und trug das Datum vom 15. September 1945. Aber dann folgten Seiten über Seiten mit Abhebungen, Jahre und Jahre, hundert Dollar, fünfzig, fünfundsiebzig. In der allerletzten Spalte wies das Konto einen restlichen Betrag von siebenhundertundzweiundvierzig Dollar auf.

Sie sah Marie an. Was war das?

Die Augen ihrer Schwester stahlen sich fort.

»Ja, es gehört dir«, gestand Marie mit vor Scham leiser Stimme. »Ich habe es zusammen mit Brians Briefen in Nonnies Sachen gefunden. Sie muß es schon sehr viel länger gehabt haben, weil das Datum auf dem Brief –«

»Auf was für einem Brief?« unterbrach Rose sie, und in ihrem Kopf staute sich langsam eine Hitze und pochte in ihren Schläfen.

»Auf dem Brief, der in dem Umschlag mit dem Sparbuch

lag. Er war ein paar Monate nach dem Tod unseres Vaters datiert. Und von irgendeinem Anwalt. Es stand darin nur, daß jemand dieses Konto auf deinen Namen eröffnet hätte – der Brief sagt nicht, wer, nur daß er anonym zu bleiben wünschte.«

»Und Nonnie?«

»So wie ich es mir denke, muß sie sich ausgerechnet haben, daß etwas faul im Staate Dänemark war. Ich meine, warum sollte dir ein wildfremder Mann all das Geld schenken? Sie hatte wohl die ganze Zeit schon den Verdacht gehabt, daß Dad nicht dein richtiger Vater gewesen ist, und das paßte ihr wunderbar in den Kram.«

»Aber du hast mir nichts gesagt. Du hast es behalten.«

»Ja, ich habe es behalten.« Marie wich ihrem Blick schließlich nicht mehr aus und kniff die Augen zusammen, als täte es ihr weh. »Ich habe mir jeden Tag gesagt, es wäre ja nur für kurze Zeit, ich bewahrte es nur für dich auf. Dann schmissen sie Pete aus dem Eisenwarenladen raus, und wir waren so pleite, und ich sagte mir, ich würde nur ein bißchen von dem Geld borgen, hundert Dollar, damit wir über die Runden kämen. Es spielte keine Rolle, weil ich es zurückzahlen würde. Sobald Pete seine Arbeitslosenunterstützung bekäme. Es war bequem für mich, *zu* bequem. Auf der Bank sagte ich, ich wäre du. Ich hatte diesen alten Bibliotheksausweis von dir und den Brief, der an dich gerichtet war, und ich wußte alle Familiennamen. Danach –« Sie zuckte mit den Achseln. »Es war immer das gleiche. Bobbys Mandeloperation. Gabes Polypen. Und Pete, schneller von der Straße und wieder auf der Straße als eine Stricherin vom Times Square, und die Rechnungen rollten immer an, und die Mahnungen flatterten ins Haus. Ich lieh und lieh und sagte mir, ich würde es eines Tages zurückzahlen... und dann, als du so eine tolle Anwältin wurdest und alles, da legte ich 'ne neue Platte auf und sagte mir, daß du das Geld nicht so dringend brauchtest wie ich und daß es sowieso von Anfang an unfair gewesen wäre, daß du es gekriegt hättest.

Aber ich glaube, das ändert nichts an dem, was ich getan habe. Und was auch immer das wert sein mag: Ich hasse mich deswegen. Du könntest mich nicht mehr hassen, als ich mich schon deswegen hasse.«

Rose fühlte sich wie betäubt, zu erschüttert, um zu denken oder zu sprechen. Wut kam in ihr hoch, dick und würgend: Verdammt. Wie konnte Marie mich anlügen? All diese Jahre. Wenn sie das Geld nötig hatte, brauchte sie mich nur zu fragen. Ich hätte es ihr gegeben, alles.

Dann sah Rose, wie ihre Schwester die Schultern herausdrückte, das Kinn in die Luft reckte. Tränen blitzten in ihren Augen, aber jetzt waren es harte, trotzige Tränen.

Roses Wut verrauchte so schnell, wie sie gekommen war. Sie verstand. Marie besaß nichts mehr außer ihrem Stolz. Für sie wäre eine Bitte um Geld schlimmer gewesen als eine Lüge. Schlimmer als Diebstahl, als alles.

Rose, überwältigt von Gefühlen – Mitleid, Erleichterung, Liebe – ging zu ihr und legte die Arme um sie.

»Es geht mir nicht um das Geld, Marie. Das kannst du alles behalten. Aber siehst du nicht, was das bedeutet? Er *hat* sich um mich gekümmert. Wer auch immer mein richtiger Vater war. *Jemand* hat sich um mich gekümmert.«

Ja, jemand, dachte sie, aber wer? Wer ist er? Und was hat er mit Sylvie Rosenthal zu tun?

38

Sylvie seufzte und schloß das Hauptbuch. Es war immer Geralds gewesen, aber nun füllte ihre spinnwebenfeine Schrift die linierten Seiten. Sie strich mit der Handfläche über den abgewetzten Kalbslederdeckel. Er war einstmals kastanienbraun gewesen, nun hatte er die Farbe von Portwein angenommen. In verblaßten Goldbuchstaben war daraufgepunzt: ACCOUNTS – Kontobuch.

Erhaltene Gelder, ausgezahlte Gelder. Jede monatliche Zahlenkolonne schön ausbilanziert. Alles in Ordnung. Alle Schulden bezahlt.

Alle außer einer, dachte sie.

Der größten, der wichtigsten.

Du bist eine Närrin, sagte sie sich. Du hättest nie in diesen Gerichtssaal hineingehen sollen. Hat dir Rachel nicht gesagt, du solltest nicht hingehen? Warum hast du nicht auf sie gehört?

Als sie sich an Rose, ihre Rose erinnerte – wie großartig sie gewesen war, als sie Rachel gerettet hatte –, fühlte Sylvie den alten Schmerz in sich aufsteigen, begleitet aber von einer neuen, heftigeren Qual.

Ich sehe, was du aus deinem Leben gemacht hast, meine Tochter, dachte sie. Und ich bin stolz auf dich. Du bist schön und hochbegabt, genau wie Nikos sagte. Und ich hätte dich nicht verleugnen dürfen. Auch daß ich Rachel habe, daß ich ihre Liebe habe, kann das niemals ersetzen.

Letzte Nacht, als Nikos erklärt hatte, daß er ihr Geheimnis Rose nicht verraten würde, war sie so erleichtert gewesen.

Und als er sagte, daß er sie immer noch heiraten wollte, jetzt mehr denn je, war sie zu Tränen gerührt gewesen.

Ich liebe ihn wirklich, dachte sie, aber möchte ich ihn tatsächlich heiraten?

Sylvie sah lange ihr Porträt über dem Kamin an. Ja, es wies eine gewisse Ähnlichkeit auf, aber trotzdem stellte es einen anderen Menschen dar. Sie glich nicht mehr der schüchternen Person, die damals heimlich zu Nikos ins Souterrain gekommen war. Sie hatte sich zu einer Frau entwikkelt, die frei, ohne Verlegenheit oder Angst zu empfinden, die sein konnte, die sie wirklich war.

Nur ihr Herz hatte sich nicht verändert. Ihr Herz, das niemals aufgehört hatte, sich um Rose zu grämen...

Mit einemmal fühlte sich Sylvie sehr müde. Sie legte die Stirn auf das Hauptbuch, dessen Leder so blank und glatt von den Händen war, die es gehalten hatten, daß es fast zu leben schien.

Allein konnte sie ihre Müdigkeit beinahe genießen, sie willkommen heißen wie einen alten Freund. Mitten am Tag durfte sie ihr Haupt zur Ruhe betten, und niemand fragte sie, ob sie krank sei.

Wie seltsam das Leben ist, dachte Sylvie. Wie habe ich es nach Geralds Tod gehaßt, mich allein an den gedeckten Frühstückstisch zu setzen, den ganzen Tag vor mir wie die einsamste Landstraße der Welt.

Aber nun hatte sie Gefallen an ihrem einsamen Frühstück gefunden, manchmal auf einem Tablett im Bett, wobei sie sich verwöhnt vorkam, wenn sie dabei die Nachrichten oder »Good Morning, America« hören durfte, so daß sie mit der Welt verbunden war. Und es gefiel ihr, daß sie all ihre Schecks selbst ausschreiben, ihr *eigenes* Geld ausgeben durfte.

Von niemandem als sich selbst abzuhängen gefiel ihr am meisten. Was war das für ein Hochgenuß! Und wie gut war doch dieses Gefühl, daß sie die Kraft hatte, soviel zu tun!

Sylvie erinnerte sich an einen Tag in Nikos' Haus vor nicht ganz einem Monat. Sie war allein dort, mit dem Aussuchen von Stoffmustern beschäftigt, als im Stockwerk über ihr ein Rohr brach und das Wasser sich wie aus einer Quelle direkt in das große Wohnzimmer ergoß. Zuerst hatte sie eine Panik erfaßt, und sie war zu bestürzt gewesen, um einen klaren Gedanken fassen zu können. Aber dann war sie in den Keller gelaufen und hatte den Hauptwasserhahn gefunden, die Notdienstnummer des Klempners angerufen und sogar das Wasser aufgewischt, bevor es die Decke darunter ernstlich beschädigen konnte.

Wenn Nikos dagewesen wäre, hätte er sich um alles gekümmert, und sie wäre sich schwach und gänzlich nutzlos vorgekommen. Und sie hätte *gewollt,* daß er alles machte. Das war das Schreckliche daran. Sie war stark. Aber war sie stark genug, um einem Mann zu widerstehen, der die Verantwortung für alles übernehmen wollte? Nicht nur im Falle eines Rohrbruchs, sondern in jeder Hinsicht – für ihr ganzes Leben? Aber Nikos, Gott sei Dank, brauchte sie.

Ich habe wenigstens Rachel, dachte sie, aber Nikos hat niemanden. Nein, sogar schlimmer noch: eine Tochter, die er lieben möchte, aber nicht kann.

O Gott, vergib mir, all die Jahre habe ich mich so davor gefürchtet, daß Gerald es herausbekommen könnte. Aber in Wirklichkeit habe ich Nikos weh getan.

Würden sie ihr das je verzeihen können – Rachel, Nikos, Rose? Gott, wie sehr sie sich danach sehnte.

Sylvie hob den Kopf. Irgendwo in der Stille des Hauses schlug eine Uhr. Weshalb war es so ruhig? Bridget hatte ihren freien Tag. Nur Manuel war da und harkte im Rosengarten das Laub zusammen.

Der Wetterbericht hatte Schnee angesagt. Und es sah auch danach aus. Der Himmel draußen vor dem Fenster kam ihr still und irgendwie dräuend vor; bald würden die Rosensträucher unter einer weißen Schneedecke begraben sein, verschwunden wie ein Traum.

Der Haustürsummer unterbrach die Stille; sie schrak zusammen. Und aus überhaupt keinem Grund fing ihr Herz an schneller zu schlagen.

Sie fürchtete sich davor, die Tür zu öffnen.

Aber während sie innerlich noch zögerte, trugen die Füße sie bereits durch Geralds Büro in den Korridor hinaus, und ihre Absätze klapperten über die Marmorfliesen der Halle. Und ohne auch nur den Schalter der Sprechanlage zu drükken, um zu hören, wer draußen war, öffnete sie die schwere Tür aus Walnußholz.

Sylvie hatte nicht gefragt, weil ihr Herz wohl schon wußte, wer es war. Sogar bevor sie die Tür ganz geöffnet hatte und die große Frau mit dem dunklen Teint in dem Burberry-Regenmantel unten auf der Treppe stehen sah, während die ersten Schneeflocken herabwirbelten und sich wie Blütenblätter in ihrem schwarzen Haar fingen, wußte sie es.

Und als sie wie angewurzelt in der Türöffnung stand, fühlte sie ihr Herz vor Freude hüpfen und gegen die Brust schlagen.

»Rose«, hauchte sie.

39

Rose trat ein und brachte einen Schwall kalter Luft mit. Sylvie fühlte, daß die riesigen Augen der jungen Frau sie genauso neugierig und verwirrt ansahen wie damals, als sie einander an jenem Wintertag auf einem Schulhof in Brooklyn gegenübergestanden hatten.

Sylvie, fast überwältigt von einem unwiderstehlichen Verlangen, mußte sich sehr beherrschen, um Rose nicht in die Arme zu schließen.

Statt dessen sah sie sie nur an, während die Schneeflocken tauten und von ihrem Regenmantel hinab auf die schwarzen und weißen Marmorfliesen tropften. Ein leiser Schauer lief ihr über den Rücken.

»Woher wußten Sie meinen Namen?« fragte Rose.

Sylvic trat einen Schritt zurück, und ihre Hand fand ihren Hals, tastete die kleinen Knöpfe am Kragen ihrer roten Strickjacke aus Kaschmirwolle ab. Sie fand den obersten und drehte ihn und spürte, daß er sich lockerte.

»Ich...« fing sie an, aber die Stimme blieb ihr im Hals stecken. Sie wollte die Wahrheit hinausschreien.

Aber es war ihr, als seien ihre Stimme und ihre Lunge erfroren, und die Kälte breitete sich in Wellen aus, betäubte sie und verwandelte sie in Eis.

Ich bin deine Mutter, wollte sie sagen. Ich habe dich geboren und dich dann weggegeben. Aber wie, wie kann ich dir so etwas je erzählen?

»Wir wurden einander tatsächlich noch nicht vorgestellt, aber Rachel hat mir alles über Sie erzählt«, sagte Sylvie und haßte sich deswegen. »Bitte, wollen Sie nicht hereinkommen? Sie müssen halb erfroren sein. Im Wetterbericht sagten sie, wir könnten gut und gern mit zehn bis fünfzehn Zentimetern Schnee rechnen. Hier, geben Sie mir doch bitte Ihren Mantel. Dann können wir ins Wohnzimmer hinaufgehen und uns unterhalten. Sie sind Rachels wegen gekommen?«

Ihr Geplapper schien von irgendwoher zu kommen, jemandes anderen Stimme sprach über ihre gefrorenen Lippen hinweg.

Rose schien zu zögern; sie wirkte unschlüssig. Sie gestattete es Sylvie, ihr den Mantel abzunehmen. Darunter trug sie einen einfachen marineblauen Wollrock und einen weißen Pullover. Sie sah dem ernsten kleinen Mädchen in der Schulkleidung so ähnlich, dessen Bild Sylvie wie ein unsichtbares Medaillon über zwanzig Jahre lang im Herzen mit sich herumgetragen hatte. Sie konnte keinen Augenblick länger mit diesem abscheulichen Getue fortfahren, ganz unmöglich.

»Kaffee? Oder trinken Sie Tee?« Aber, o lieber Gott, sie konnte es sehr wohl. Sie tat es. »Ich selbst trinke lieber Tee. Kamillentee. Er wirkt sehr beruhigend auf die Nerven, sagt man.« Als sie ihr voraus die Treppe hinaufging, setzte sie ihr Geplapper fort. »Bitte nehmen Sie Platz. Wo Sie wollen.« Sie deutete auf den bequemsten Platz, das zweisitzige Clubsofa mit dem Chintzbezug am Kamin. »Sie haben es mir noch nicht gesagt: Kaffee oder Tee?«

»Tee bitte, wenn es Ihnen keine Mühe macht.«

»Nicht im mindesten. Meine Haushälterin hat allerdings heute ihren freien Tag, so werde ich selbst einmal kurz hinunter in die Küche gehen. Aber ich bin wirklich gleich wieder da.«

Sylvie war sehr erleichtert, daß sie aus dem Zimmer herauskam und nicht in diese Augen, Nikos' Augen, sehen mußte, die sie anklagten, ihr Vorwürfe machten. Rose kann nicht wissen, wer ich bin, dachte sie, aber sie spürt irgend etwas. Tief in ihrem Inneren muß sie sich erinnern...

Während sie in der Küche darauf wartete, daß das Wasser im Kessel zu sieden anfing, klammerte sie sich an den Rand des Tresens, Arme und Schultern taten ihr weh. Ihr war schwindlig, und die Kälte durchdrang ihren Körper mit einem steten, brennenden Schmerz.

Als der Tee fertig und sie so lange fortgeblieben war, wie sie es sich anständigerweise erlauben durfte, trug sie das Tablett hinauf, horchte auf das Klirren der Wedgwood-Tassen, die auf den Untertassen zitterten, und nahm sich vor, ruhig zu bleiben.

»Hier wären wir«, sagte sie und stellte das Tablett auf den niedrigen Rosenholztisch vor das Chintzsofa. »Nehmen Sie Zitrone?«

Rose nickte. »Ja, bitte.«

»Nun denn«, sagte Sylvie und reichte Rose die zierliche Tasse mit dem Blumendekor, die bis zum Rand mit dampfendem Tee gefüllt war. »Gibt es etwas, worin ich Ihnen helfen kann? Etwas, was Rachel betrifft?«

»Ich... wollte nicht... es ist nur...« Rose rutschte, als wäre es ihr unbehaglich, auf dem Sofa hin und her, und ihre Augen sprangen im Zimmer herum, als wüßte sie nicht so recht, weshalb sie gekommen war. Dann sahen ihre dunklen Augen wieder Sylvie an, und Sylvie fühlte, daß sie zu zittern begann.

»Ich bin eigentlich nicht Rachels wegen gekommen. Ich... ja, es kommt mir jetzt alles ein bißchen lächerlich vor, jetzt, da ich hier bin... aber die Sache ist die: Gestern im Gerichtssaal glaubte ich Sie wiedererkannt zu haben. Ich war mir dessen sogar vollkommen sicher.« Rose griff unter die dunkle Wolle ihres Haars und nahm etwas von ihrem Ohr ab.

Sylvie zuckte zusammen. Lieber Gott, o lieber Gott, dachte sie, der Ohrring, den ich ihr gegeben habe. Sie hat ihn immer noch. Nach so vielen Jahren. Sie starrte den Ohrring an und krümmte sich innerlich zusammen, als enthielte er ein tödliches Gift, das ihr schaden könnte.

Nun hielt Rose ihn in der Hand, einen Rubin in Gestalt einer Träne, die an einem mit Brillanten besetzten Stift hing. Er blitzte hell und heiß wie Blut in ihrer Hand.

»Eine Dame hat ihn mir geschenkt, als ich ein kleines Mädchen war«, erklärte Rose. »Ich war gerade neun geworden, und die Dame sah aus wie Sie. Wirklich, fast genau wie Sie. Natürlich ist es sehr lange her, aber ich erinnere mich so gut an sie... Sie nahmen... diese Frau nahm den Ohrring ab und gab ihn mir einfach, ohne ein Wort zu sagen. Nun, Sie können sich nicht vorstellen, wie erschrocken ich war... es kam mir vor, als ob... als ob eine gute Fee von nirgendwoher erschienen wäre, um mich mit ihrem Zauberstab zu berühren. Jedoch lief sie weg, ohne mir ein Wort darüber zu sagen, warum sie es tat oder wer sie war. Ich dachte, daß Sie mir vielleicht helfen könnten. Und Sie wüßten vielleicht irgendwie, weshalb...« Sie stockte und sah Sylvie an, während sie ihren Ohrring wieder befestigte.

Nun brannten diese schwarzen Augen, genau wie Nikos' es getan hatten, brannten geradewegs durch sie hindurch. Und Sylvie konnte ihre Verfehlung eine Schicht nach der anderen aufflammen fühlen, als ob es Farbschichten auf einem alten Möbelstück wären. *Sie weiß es. Sie erinnert sich an mich. Lieber Gott, laß die Lügen aufhören. Laß mich ihr die Wahrheit sagen.*

Sie konnte es jedoch nicht. Die Wahrheit kam ihr zu ungeheuerlich vor, wie ein großer Felsblock, der sie erdrücken würde, wenn sie ihn herauszuheben versuchte.

Und nun machte sie eine andere Wahrheit betroffen: Sie hatte das Geheimnis so lange gehütet, daß es ein Teil von ihr geworden war, wie ihr lebendes Fleisch. Wenn sie es herausschnitte, wäre es, als ob sie einen Teil ihrer selbst tötete.

»Ich wollte, ich könnte Ihnen helfen«, log sie wieder und haßte sich deswegen mehr, als sie es je für möglich gehalten hätte. »Aber ich fürchte, ich kenne diese Frau nicht. Sie sagen, daß ich ihr sehr ähnlich sähe? Nun, ich weiß, wie das ist. Ich bin auch einmal einer Frau begegnet, und ich wäre beinahe wahnsinnig geworden, sie kam mir so bekannt vor und ich wußte nicht weshalb. Ich habe es auch nie herausbekommen. Oh, du lieber Himmel, Ihr Tee ist kalt geworden. Lassen Sie mich Ihnen eine frische Tasse eingießen.«

Rose stellte ihre Tasse mit einem entschiedenen Klick auf die Untertasse zurück. »Nein... danke.« Sie wirkte sehr erregt. »Ich... ich muß gehen. Bitte entschuldigen Sie, daß ich Ihre Zeit in Anspruch genommen habe. Und einfach so bei Ihnen hereingeplatzt bin. Aber sehen Sie, ich dachte... ich war so sicher...«

Auf ihrem Weg die Treppe hinunter betete Sylvie, daß es Rose nicht auffiele, wie sehr sie zitterte und wie falsch und hohl ihre Worte geklungen hatten. Und als sie unten waren, sah sie den Blick in Roses dunklen Augen. Du hast gelogen, sagten diese Augen. Ich weiß, *daß du gelogen hast.*

Sylvie dachte an den Rubinohrring, der zu dem von Rose gehörte. Und sie erinnerte sich, daß sie vor Jahren einen lockeren Ziegelstein in der Gartenmauer herausgezogen und den Ohrring dahinter versteckt hatte. Wie einen Samen, dachte sie jetzt, einen nicht in die Erde gelegten, einen, der nie aufgehen würde.

In diesem Augenblick wollte sie sich auf den kalten Fliesenboden legen und sterben.

40

Als Rose Sylvie zum Wandschrank gehen sah, um ihren Mantel herauszuholen, spürte sie einen heftigen Drang, sie zu packen und zu schütteln. Ihre große Chance, ihre einzige vielleicht, die Wahrheit herauszubekommen, entglitt ihr. Noch einen Augenblick, und sie war endgültig verpaßt.

Sie weiß etwas, dachte Rose, aber verdammt, sie will es mir nicht sagen. Sie scheint Angst zu haben. Und warum? Vor wem könnte sie sich fürchten?

Und dann, als sie sich umsah, während sie auf ihren Mantel wartete, blickte sie durch eine offene Tür in einen Raum, der wie das Arbeitszimmer eines Mannes aussah: abgewetzte Ledersessel, eine alte Landkarte und eingerahmt an den Wänden riesige Opernplakate aus den zwanziger Jahren. Über dem Kamin mit den wuchtigen löwenkopfgeschmückten Messingböcken hing das Ölgemälde einer jungen Frau in einem blauen Chiffonkleid, die Hände im Schoß. Obwohl sie blaß war, schien sie vor Wärme und Leben zu glühen, als könnte sie jeden Augenblick aus dem Rahmen heraus ins Zimmer herabsteigen.

Fasziniert von dem Bild, ging Rose näher heran, überschritt die Schwelle des Zimmers. Vor dem Kamin blieb sie stehen und starrte hinauf zu dem Porträt der schlanken Frau mit den grünen Augen und dem Haar, das aussah wie feuchte Seide. Dann fiel ihr etwas anderes auf, etwas Rotes, Leuchtendes unter ihrem Ohr, ein in Gold gefaßter Rubin, der wie eine Träne geschliffen war. Der Künstler hatte ihn so geschickt gemalt, daß er regelrecht zu funkeln schien.

Rose fühlte sich schwindlig, ihr Herz hüpfte mit raschen, flachen Schlägen wie ein Stein, der über die Oberfläche eines Teiches schnellt. *Sie ist es... mein Schutzengel.*

»Das ist das Arbeitszimmer meines Mannes«, flötete Sylvies Stimme hinter ihr. Sie klang verängstigt und nervös. »All seine Bücher, seine Schallplattensammlung... er liebte die Oper, wissen Sie...«

Rose zwang sich, Sylvie anzusehen und drehte sich zu ihr um. Sie stand in der Nähe der geöffneten Tür und hielt Roses Mantel zusammengefaltet in den Armen. Es war etwas Seltsames in der Art, wie sie ihn hielt, bemerkte Rose, sie drückte ihn an sich, fast als ob es ein Kind wäre.

»Sie *waren* es.« Es gelang Rose kaum, die Worte herauszupressen, sie bekam keine Luft mehr.

Sie hatte es natürlich gewußt... aber das hier... daß sie ihn tatsächlich *sah,* den Ohrring, genau denselben. Gott, was ging hier vor?

Rose merkte plötzlich, daß sie die Hand erhoben hatte und ihren Ohrring betastete.

Sie sah Sylvie zusammenzucken, als ob ihr jemand ins Gesicht geschlagen hätte.

»Wer sind Sie?« flüsterte Rose.

Sylvie starrte sie lange an. Sie stand so reglos und ohne mit den Wimpern zu zucken da, wie ein wildes Tier, das in die Scheinwerfer eines heranbrausenden Wagens blickt.

Dann sagte sie: *»Ich bin deine Mutter.«*

Ihrer Stimme schien ein Echo zu folgen, als stände sie in einem Tunnel.

Was meinte sie damit? Rose kam sich dumm vor. Sylvie schien ihr etwas, etwas Wichtiges zu sagen, aber es war, als spräche sie Chinesisch. Mutter? Wie konnte diese Frau ihre Mutter sein? Nein. Unmöglich. Sie mußte sie falsch verstanden haben.

»Ich verstehe nicht«, sagte Rose. Das Sprechen fiel ihr schwer. Ihre Lippen kamen ihr erstarrt vor, auch ihr Gesicht. »Ich kann das nicht... meine Mutter... meine Mutter ist tot...«

»Ja, Angie, sie ist umgekommen. Aber nicht deine richtige Mutter. Ich, *ich* habe dich hier drin getragen.« Sie preßte eine bleiche Hand auf ihren Bauch. »Ich habe dich geboren. Du warst... so dunkel... all das schwarze Haar, Augen wie Jettknöpfe... aber ich wollte dich... o ja, ich wollte dich. Nur Gerald... er hätte dann gewußt, daß ich einen anderen Mann geliebt hatte... und ich wußte, daß er mich hassen, sich von mir scheiden lassen würde.« Sylvie zitterte, ihre Worte strudelten wie wild heraus, ohne Zusammenhang mit dem blassen, verzerrten Oval ihres Gesichts. »Dann das Feuer... da war ein Feuer in jener Nacht... und, Gott vergib mir, ich nahm Angies Baby statt meines eigenen. Ich ließ dich dort.« Sie bedeckte das Gesicht mit den Händen.

»Rachel«, flüsterte Rose.

Dann wurde es ihr blitzartig bewußt... das eifersüchtig

nagende Gefühl, das sie stets in Rachels Gegenwart überkam... Rachel erinnerte sie immer an jemanden, aber an wen? An wen? Und jetzt, o du lieber Gott... *da habe ich sie doch die ganze Zeit vor Augen gehabt und es trotzdem einfach nicht erkannt...*

Marie. Gott, ja.

Rachel, goldbraunes Haar, strahlend blaue Augen, zierlich, genau wie Marie. Eine jüngere, hübschere Marie.

Rose fühlte eine seltsame Leichtigkeit, als hebe jemand sie hoch, und nun sei sie gewichtlos, schwebe in der Luft. Das konnte nicht wahr sein... das war unmöglich.

Diese Frau, Sylvie Rosenthal. Meine richtige Mutter. Nein, undenkbar.

Und doch spürte sie gleichzeitig, daß es wahr sein mußte.

Sie hatte ein Gefühl, als ob sie innerlich auseinanderbräche wie die Fragmente aus farbigem Glas in einem Kaleidoskop, die durcheinanderwirbelten und sich zerstreuten. Ein Rauhreif aus kalter Wut legte sich um ihr Herz.

Meine Mutter ist nicht tot. Sie ist nicht in dem Feuer umgekommen... sie ist einfach weggegangen... hat mich fremden Leuten überlassen... o Gott... sie hat mich verlassen...

»Ich habe darunter gelitten«, sagte Sylvie, ließ die Hände sinken und zeigte ihr schmerzverzerrtes Gesicht. »Sogleich nachdem ich es getan hatte, tat es mir leid... ich wollte zurückgehen und ihnen sagen, daß es ein Versehen sei. Aber ich konnte es nicht. Ich sah keinen anderen Weg.«

»Und mein Vater? Wer ist mein Vater?«

»Nikos Alexandros. Er war mein Geliebter. Ich habe es ihm nicht gesagt... aber er weiß es jetzt. Und er will *dich*... mehr als alles andere. Er hätte dich damals auch gewollt. Aber... ich war so verwirrt, siehst du, und so verängstigt. Es war falsch. Ich weiß das jetzt. So falsch, daß ich dich im Stich gelassen habe. Es hat in all den Jahren keinen einzigen Tag gegeben, an dem ich mich deswegen nicht gehaßt hätte.«

»Aber du hättest mich später holen können, als ich ein Jahr alt war oder fünf oder sieben.« Die Kälte, die ihr Herz ergriffen hatte, breitete sich aus, betäubte ihre Finger und Zehen. Draußen, sah sie, hatte der Schnee zu fallen begonnen, wirbelte mit zischendem Geräusch gegen die Fensterscheiben. »Und als du zu mir an den Schulhof kamst. Warum? Warum hast du es mir da nicht gesagt?«

»Ich wollte dich nur sehen. Nur einmal... sehen, wie es dir ging. Wie du aussahst.« Sylvies Stimme klang ein wenig brüchig, krächzte ein bißchen, als sie es sagte, und sie hob die Hand ans Ohr, erinnerte sich. »Dann konnte ich dich nicht gehen lassen... ohne etwas von mir.«

»Aber was ist mit *mir*?« rief Rose und ging noch einen Schritt vorwärts, die Knie wurden ihr weich. »Du hattest doch Rachel, du brauchtest nichts von *mir*!«

»Nein... nein, du verstehst nicht... *ich wollte dich.* Aber es war inzwischen zu spät.« Reflexionen des fallenden Schnees huschten über Sylvies schmales, weißes Gesicht. »Wie hätte ich es dir damals sagen können? Du wärst weggerannt. Du hättest es mir nicht geglaubt. Du hättest mich nicht gewollt.«

»Aber du irrst dich. Ich wollte dich. Ich *brauchte* dich... oder jemand anderen... irgend jemanden, der mich liebte.« Rose starrte Sylvie an und sah sie noch bleicher werden. Sie erinnerte sich an den Tag – den kalten Wind, der an ihrem dünnen Mantel zerrte, der Schock des unerwarteten Geschenks: ein Rubinohrring wie ein Tropfen heiligen Blutes in ihrer Hand wie von Jesus am Kreuz. O ja, und wie sie sich daran erinnerte. »Aber wenn du mich damals zu dir genommen hättest? Hielt Rachel dich davon ab? Was wäre mit ihr geschehen?«

Sylvie zuckte hoch, als hinge sie an unsichtbaren Fäden, die ihr Rückgrat aufrichteten, ihren Kopf anhöben. In ihrem Gesicht arbeitete es, als sie die Tränen zurückzuhalten versuchte.

»Ich liebe Rachel«, sagte Sylvie, »als ob sie meine eigene Tochter wäre. Ich hätte sie ebensowenig hergeben können, wie wenn...«

Rose fühlte, daß etwas in ihr zerriß. Sie sprang vorwärts und packte Sylvie bei den Schultern. Sie konnte Sylvies Parfüm riechen, es war ein leichter, blumenhafter Duft, der in ihr zugleich eine verzweifelte Sehnsucht und Wut erregte.

»Wie wenn? Wie wenn sie dein eigenes Kind gewesen wäre? Wolltest du das sagen? *Ja?*«

Sylvie unternahm keinen Versuch, sich ihr zu entziehen. Sie stand mit hängenden Armen da, und ihre großen grünen Augen glänzten.

Langsam schüttelte Sylvie den Kopf, und als sie es tat, löste sich eine Träne. Sie rollte ihre Wange hinab, tropfte von ihrem Kinn und fiel heiß auf Roses Handgelenk.

Dann hielt Sylvie sie fest, hielt ihr Gesicht zwischen den Händen, ihre Finger waren kalt, und Rose erschrak über ihre Kälte. Lange standen sie so da, schweigend, miteinander verbunden. Der einzige Laut war das Hämmern von Roses Herz.

»All diese Jahre...« Sylvies bebende Stimme zerbrach die Stille. »Dich zu berühren... oh, nur dich zu berühren... so... mein Kind... meine Tochter...«

Rose riß sich los, eine Welle des Zorns rollte aus ihrem Unterleib empor, überschlug sich zu einem düsteren Rot, das ihren Kopf erfüllte.

»Nein!« schrie sie. »*Nein!* Du wolltest mich damals nicht... du hast mich nie gewollt... du hast mich *ausgesetzt*... als wäre ich ein Hund oder eine Katze. Mein ganzes Leben lang habe ich gespürt, daß ich nicht zu meiner Familie gehörte. Meine Großmutter hat mich gehaßt. Sie sah, wie anders ich war... sie dachte, *meine* Mutter, Angie, wäre schuld, sie hätte sich mit anderen Männern herumgetrieben. Sie hat mir die Schuld am Tod ihres Sohnes gegeben. Und du dachtest, ein lausiges Bankkonto könnte das wiedergutmachen? O ja, ich weiß auch davon. Das kannst nur du gewesen sein. Aber sogar da warst du zu feige, deinen Namen anzugeben.«

»Ich konnte es nicht tun. Aber ich wollte, daß du etwas hattest...«

»Du hast mir nichts gegeben! Nein, weniger als nichts. An dem Tag damals vor der Schule warst du wie ein schöner Traum, du gabst mir Hoffnung. Aber es war eine trügerische Hoffnung. Nutzlos. Wie dieser Ohrring. Hast du jemals darüber nachgedacht, wie nutzlos ein einzelner Ohrring ist? Schlimmer noch... er erinnert an etwas, das fehlt.«

Sylvie preßte eine Hand an ihr Herz und verzerrte das Gesicht, als litte sie schreckliche Schmerzen. Ihr Gesicht war feucht. »Es tut mir leid... so leid«, flüsterte sie erstickt. »Ich wollte es nicht... ich wollte dir niemals weh tun...«

»Wie konntest du mir weh tun? Ich kannte dich ja gar nicht.« Rose spürte einen salzigen Geschmack auf der Zunge, sie konnte jeden Augenblick zu weinen anfangen.

Sie bückte sich, um ihren Mantel vom Boden aufzuheben. Das Blut strömte ihr in den Kopf. Stecknadeln aus Licht tanzten vor ihren Augen und machten sie vorübergehend blind. Dann wurde ihre Sicht wieder klar, und sie bewegte sich auf die Tür zu, um aufzubrechen.

»Lebewohl... *Mutter.*«

»Warte! Du darfst nicht gehen. Nicht jetzt... nicht bevor... warte, oh, bitte!«

Sylvies Stimme, die sie zurückrief, war wie ein Echo in Roses Kopf. Ein Echo aus einer anderen Zeit. Sie spürte wie an dem lange vergangenen Tag, daß ihre Arme und Beine schwerer wurden und sie verlangsamten, bis sie sich nicht mehr bewegen konnte. Und wie an jenem Wintertag im Schulhof drehte sie sich um, hoffnungslos gefesselt von dem Drängen dieser Stimme.

Dummes Ding. Geh jetzt endlich! Aber sie stand da und haßte ihre eigene Schwäche. Sogar jetzt noch sehnte sie sich nach dem, was sie niemals gehabt hatte, nach der Liebe einer Mutter. Es war zu spät dafür. Wenn Sylvie es ihr doch früher gesagt hätte... wenn sie sie doch nur mehr als Rachel geliebt hätte.

»Ich habe etwas für dich«, sagte Sylvie. »Warte.«

Rose wollte weglaufen... aber etwas hielt sie fest, der

Anblick Sylvies, die so bleich und silbrig war, daß sie zu schimmern schien, das Gesicht qualvoll verzerrt.

Nun lief Sylvie... stürzte durch das Zimmer und riß plötzlich mit einem Ruck die Terrassentür hinter den schweren Vorhängen auf. Rose fühlte einen Schwall eiskalter Luft hereinströmen und sah Schneeflocken wirbeln, in den Samtfalten des Vorhangs hängenbleiben.

Rose starrte fröstelnd in das wirbelnde Weiß jenseits der geöffneten Türen. Sie sah einen Garten. Einen Garten unter all dem Weiß. Die Skelette von Sträuchern. Bäume mit Schneekissen in den Krümmungen der Äste. Ganz hinten an der Ziegelsteinmauer ein Gewirr von Ranken.

Sylvie stürzte sich jetzt hinaus in dieses Weiß, ohne an die Kälte zu denken, ohne einen Mantel anzuziehen. Rose sah sie die Treppe hinunterhasten, halb ausrutschen, dann stachen ihre Absätze tiefe Löcher in den Schnee, der den Innenhof bedeckte.

Heilige Mutter Gottes... was tut sie da?

»Sylvie!« rief Rose.

Aber der Wind schien ihre Stimme wegzufangen und fortzuschleudern.

Sie warf ihren Mantel über und lief hinter Sylvie her. Die beißende Kälte hüllte sie ein, Schneeflocken näßten ihre Wangen und Lippen.

»Sylvie!« schrie sie und humpelte über den glitschigen Innenhof. »Was machst du? Du wirst erfrieren!«

Aber Sylvie schien sie nicht zu hören... oder kümmerte sich nicht darum. Die Augen gegen den wirbelnden Schnee zusammengekniffen, tastete sie sich an der Ziegelsteinmauer entlang. Und nun griff sie mit ihren bloßen Händen nach einem der Ziegelsteine.

Als Rose näherkam, sah sie, daß Sylvies Hände blau vor Kälte waren, Schnee und Mörtel klebten daran. Von dem bläulichen Weiß ihres Gesichts hoben sich scharlachrote Flecke ab.

»Sylvie, um Gottes willen!« Rose fiel halb schluchzend

vor Angst neben ihrer Mutter auf die Knie in den Schnee und wollte, daß sie aufhörte. Sie konnte es keinen Augenblick länger ertragen, Sylvie so zu sehen, wie sie zitternd vor Kälte, gebrochen und in Tränen aufgelöst an der Mauer kratzte.

Rose zog den Mantel enger um sich, die Kälte stach ihr wie mit spitzen Nadeln in die Beine und Hände. Was suchte Sylvie da?

Der Ziegelstein, an dem Sylvie zerrte, gab plötzlich nach. Rote Splitter und Dreck fielen heraus. Dann streckte Sylvie die Hand in das gähnende Loch und zog etwas in ein schmutziges Stück Plastikfolie Gewickeltes hervor. »Sieh mal! Hier ist es!« schluchzte sie triumphierend.

Sie riß die Folie ab und da, in einem Nest aus verrottetem Samt, lag der Ohrring. Der Rubinohrring, der zu dem anderen an Roses Ohrläppchen gehörte. Funkelnd, makellos, als hätte Sylvie ihn gerade eben abgenommen.

»Hier.« Sylvie hielt in ihr hin, genauso wie sie es vor so vielen Jahren getan hatte. Aber nun war ihre Hand mager und schmutzig, und sie trug keine eleganten Handschuhe.

Rose spürte, daß ihr Herz sich immer wieder überschlug, als stürze sie einen steilen Abhang hinunter.

Mutter...

Sie konnte fühlen, wie sie die Hand ausstreckte... sie ausstreckte, um den Ohrring zu nehmen.

Kein Schutzengel jetzt – diese Frau, die vor ihr kniete, war jemand, der wirklich existierte... und jemand, der auch von ihr etwas wollte...

Hatte sie etwas anzubieten? Und konnte sie ihr verzeihen? Bevor Rose die Antwort wußte, nahm sie Sylvies Hand. Sie fühlte, daß Sylvies steife Finger sich um ihre schlossen und sie fest drückten, der Rubinohrring stach ihr wie ein spitzer Dorn in die Handfläche.

Ich will es versuchen, dachte Rose. Das ist das Mindeste, was ich tun kann.

»Laß uns hineingehen«, sagte sie leise.

41

Rose saß an ihrem Fenster und starrte hinaus. Es kam ihr zu Bewußtsein, daß sie schon lange so gesessen haben mußte und daß es dunkel geworden war und immer noch stark schneite. Unter den gelben Lichtkegeln der Straßenlaterne sah sie die Flocken wirbeln. Der Bürgersteig war von einem weißen Teppich bedeckt und in der Mitte von Fußspuren zerfurcht. Dieser frühe Schnee, der den Schmutz und Unrat zudeckte, schien die Stadt in eine weiße Leinwand zu verwandeln, auf deren neuer Oberfläche ein wundervolles Gemälde erscheinen könnte. Und ich, fragte sie sich. Wird mein Leben jetzt anders sein? Vielleicht besser?

Wie steif sie sich fühlte. Wie lange hatte sie hier gesessen? Stunden vielleicht. Seit sie von Sylvie weggegangen war, schien ihr jedes Zeitgefühl abhanden gekommen zu sein.

Sie dachte an den langen Nachmittag, den sie in dem großen Haus am Riverside Drive verbracht hatte; als sie unter einer weichen Mohairdecke vor dem flackernden Feuer auf dem Sofa liegend sich gewärmt hatte. Sie hatte Portwein getrunken und geredet... Sylvie alles erzählt, an das sie sich erinnern konnte, ihr ganzes Leben. Wie Nonnie sie jahraus, jahrein verhöhnt und geschmäht hatte. Rose wußte gar nicht, daß soviel Zorn in ihr steckte, der nun herausbrach. Aber auch ihre Liebe zu Marie und, ja, sogar zu Clare kam heraus. Und sie hatte Sylvie alles über Brian erzählt, von ihrer Liebe und ihrem Haß, und auch von ihrem Haß auf Rachel.

Sylvie war schonungslos, nein, fast hungrig mit ihren Fragen gewesen, und Rose hatte allmählich gespürt, wie auch die letzten Spuren ihres Grolls verschwanden, während sie redete und redete, bis ihre Stimme zu versagen begann. Und dann war sie erschöpft in die Polster des Sofas zurückgesunken und hatte geschwiegen.

Lange Zeit waren sie dann beide still gewesen. Rose hörte nur das Knistern des Feuers und das Geräusch des Schnees, der gegen das Fenster rieselte. Einen wundervollen Augenblick lang überließ sie sich ihrer Phantasie, wie es gewesen wäre, wenn sie in diesem Haus hätte aufwachsen dürfen. In Gedanken machte sie sich klein, klein genug, um auf Sylvies Schoß zu kriechen und sich gegen ihren sanften Busen zu lehnen.

Da beugte sich Sylvie zu ihr herüber und nahm ihre Hand. »Ich muß dir etwas sagen, Liebes.« Die Feierlichkeit in Sylvies Stimme ließ Rose erstarrten – was es auch war, sie wollte es nicht hören. »Ich erwarte nicht von dir, daß du es verstehst, aber ich hoffe, daß du es wenigstens versuchen wirst.« Sylvie machte eine Pause, aber nun wirkte das Schweigen irgendwie drohend. »Es ist wegen Rachel«, fuhr Sylvie fort.

Rose spürte ihren Groll wieder aufflammen. Verdammt, dies war *ihr* Tag! Rachel hatte ihre Mutter ihr ganzes Leben lang gehabt und dazu jeden anderen vorstellbaren Luxus. Wieso ruinierte Sylvie Rose den einzigen Tag eines Lebens, das Rachel ständig genossen hatte?

»Was ist mit Rachel?« fragte sie und hörte den Ärger in ihrer Stimme mitschwingen.

»Oh, Rose, siehst du nicht! Wie sie all das nur verletzen könnte, wenn sie erführe, daß ich nicht ihre richtige Mutter war?« Sylvie seufzte tief auf und schloß die Augen, als verspüre sie einen Schmerz. »Aber wie kann ich von dir verlangen, daß du mir zuliebe lügst? Ich habe kein Recht dazu, ich weiß. Ich habe dich bereits gezwungen, so schreckliche Opfer zu bringen. Aber bitte, ich flehe dich an, bevor du irgend etwas unternimmst oder sagst, mußt du es dir sorgfältig überlegen und dir über die Folgen klarwerden. Damit du ... nicht am Ende Rachel für das Verbrechen bestrafst, das ich an dir begangen habe.«

»Also, dann sagen wir es Rachel nie. Sie lebt weiter in ihrem Glauben, und wo bleibe *ich*?« hatte Rose gefragt und sich betrogen gefühlt wie ein Kind, dem man sein wunderschön verpacktes Geschenk wieder wegnimmt, bevor es überhaupt Zeit hatte, die Gabe auszuwickeln.

Sylvie drückte ihre Hand. »Oh, Rose. Niemand, nicht einmal Gott kann dir zurückgeben, was ich dir genommen habe. Gewiß auch nicht Rachel. Also müssen wir, du und ich, von diesem Augenblick an noch einmal ganz neu beginnen. Als Freunde. Und was wir empfinden, was wir wissen, wird nicht anders dadurch, daß wir nicht alles laut aussprechen.«

Lügen, Lügen und noch mehr Lügen, fühlte sie sich versucht, bissig zu bemerken. Aber etwas – sie war nicht sicher, was – hielt Rose zurück. Sie hatte weder ja noch nein gesagt, sondern nur, daß sie darüber nachdenken wolle. Matt und überdrüssig hatte sie Sylvie umarmt und war gegangen, und ein Teil von ihr hatte sich gefragt, ob sie Sylvie jemals wiedersehen würde. Ob das alles wirklich geschehen war.

Aber nun... als sie hier saß und es sich immer wieder durch den Kopf gehen ließ, sah sie ein, wie richtig Sylvies Bitte war. Rachel war unschuldig. Und hatte sie durch den Prozeß nicht wirklich genug erlitten? Nein, es wäre nicht richtig.

Trotzdem wollte ein Teil von ihr – das gekränkte Kind, das tief in ihrem Herzen immer noch da war – Rachel auch kränken, für all die guten Dinge und für die Liebe, die sie genossen hatte und die eigentlich ihr, Rose, hätte zukommen sollen. Und dieser Teil von ihr, das wußte Rose, würde Rachel für den Rest ihres Lebens grollen.

Aber Rose wollte auch Sylvie und das, was sie ihr bot – ihre Freundschaft, vielleicht eines Tages echte Vertrautheit, sogar Liebe. Und sie konnte nicht Rachel schrecklich verwunden und dann Sylvies bedingungslose Liebe erwarten.

Ein Windstoß rüttelte am Fenster. Rose sah hinunter und erblickte einen einsamen Menschen, der vornübergebeugt, den Mantelkragen mit der Hand zusammenhaltend, den verschneiten Bürgersteig hinunterhastete. Er sah so unglücklich und abgeschnitten von der Welt aus, als der Schnee ihm auf die Schultern fiel, daß sie auf einmal an sich selbst denken mußte, als sie so einsam und verlassen in ihrer Wohnung gewesen war.

Sie sehnte sich in diesem Augenblick nach Max, daß er sie in die Arme nahm und drückte. Sie fühlte einen Stich. An diesem Abend flog er nach Los Angeles. Wahrscheinlich war er bereits fort.

Du bist dumm, höhnte eine Stimme in ihr. *Nicht Max verläßt dich, sondern du hast ihm den Laufpaß gegeben.*

Weshalb, fragte sie sich, habe ich ihm nicht gesagt, daß ich ihn liebe, als ich ihn beim Ausräumen seines Büros antraf? Ich hätte es tun können. War es mein verdammter dummer Stolz?

Oder war es etwas ganz anderes? Hatte sie Angst davor gehabt, eine zu enge Bindung mit Max einzugehen? Und wenn Max ihr so weh tat, wie Brian es getan hatte?

Aber ich will nicht mehr allein sein.

So lange hatte sie sich einsam und irgendwie ausgeschlossen gefühlt, aber nun wollte sie das nicht mehr. Sie wollte Max. Sie wollte ihn mehr als Sylvie, mehr als alles.

Vielleicht... vielleicht konnte sie ihn noch erwischen.

Rose ergriff den Hörer und wählte. *Bitte... bitte, sei da, Max.*

Verdammt, er nahm nicht ab. Sie wartete, ließ es läuten und läuten und läuten. Sie wollte gegen irgend etwas treten, gegen die Wand schlagen. Es war nicht fair. Tränen kamen, ihr Hals schwoll an, sie erstickte beinahe.

Sein Flugzeug, erinnerte sie sich, flog erst um zehn. Er hatte im Büro ein Blatt mit seinen kompletten Daten herumgehen lassen für den Fall, daß irgend jemand ihn erreichen müßte. United Airlines, John F. Kennedy Airport, zehn Uhr abends, jedes dieser Worte hatte sich ihrem Gedächtnis eingeprägt. Bei diesem Wetter würde es wahrscheinlich zu Verspätungen kommen. Wenn sie sich also beeilte, könnte sie es gerade noch schaffen.

Sie riß die Schranktür auf, zog die Schneestiefel an, warf den dicken Mantel über, fummelte an den Knöpfen herum. Sieh mich an, dachte sie, irgendwie amüsiert. Ich zittere jetzt schon und bin nicht mal aus der Tür!

Irgendwie gelang es ihr, direkt vor dem Haus ein Taxi zu erwischen. Aber auf dem Long Island Expressway war der Verkehr fast zum Erliegen gekommen. Sie fluchte auf den Schnee und die Lastzüge, die allen den Weg versperrten, und die Pendler, die die Autobahn verstopften, obwohl sie bei diesem Wetter lieber zu Hause hätten bleiben sollen. Sie sah auf die Uhr. Neun jetzt. Er würde vielleicht sofort an Bord gehen. Gott, sie mußte es ihm sagen. Sie konnte ihn nicht wegfliegen lassen, ohne daß sie... sie *konnte* es nicht...

Bitte, Max... bitte sei da.

Nach einem Dutzend Stauungen erreichten sie den Terminal. In der Zufahrt standen die geparkten Autos in zweiter und dritter Spur. Im Inneren der Flughafenhalle Menschenmassen, die sich um die Ticketschalter drängten, alle Sitzplätze in den Warteräumen waren besetzt und auf dem Boden kampierten die Leute, der Weg zu den Flugsteigen war verstopft von Menschen, die sie mit ihren Koffern stießen. Dutzende von Flügen waren abgesagt worden.

Gott, bitte... laß Max' Flug dabeisein.

Sie prüfte die Anzeigetafel mit den Abflügen und fand ihn rasch, Flug 351, Los Angeles, 10.05, Flugsteig 12. Ihr blieben noch sechs Minuten.

Rose rannte, während ihr das Herz im Halse schlug und das Blut in den Schläfen pochte, im Zickzack durch die Menschenmenge, stieß mit einem riesigen Schwarzen zusammen, der einen enormen Koffer schleppte, und rannte beinahe ein Kind um. Die Nummern der Flugsteige wurden allmählich höher, 4, nun 6, 7, 9...

Zwölf. Flugsteig 12. Mit schmerzenden Lungen stürzte sie am Schalter vorbei in die Wartehalle. Die Schranke, die zum Flugsteig 12 führte, war geschlossen. Aber vielleicht konnte sie noch durch... vielleicht...

Dann sah Rose durch das große Glasfenster die blinkenden roten Lichter eines dunklen gleitenden Rumpfes.

Max' Flugzeug. Es rollte vom Flugsteig weg an den Start.

Ihr ganzer Körper wurde schwer, ihre Beine schienen in den Boden zu sinken, ihr Herz war ein eisernes Gewicht.

Max... oh, Max...

42

Max drückte mit dem behandschuhten Finger ein zweites Mal auf den Türsummer. Gott, was stellte er sich denn vor? Sie lag bestimmt im tiefsten Schlaf. Es war kaum hell, nicht einmal sechs.

Er sollte einfach abfliegen und Schluß. Es war dumm von ihm herzukommen. Sinn- und zwecklos. Er mußte sein Flugzeug erreichen.

Max konnte die Kälte vom schneeverkrusteten Beton durch die Schuhsohlen kriechen fühlen. Die Hände in den Handschuhen waren erstarrt. In der Nacht hatte es zu schneien aufgehört. Die Temperatur mußte weit unter Null sein. Sein Atem erzeugte weiße Wolken in der stillen, grauen Luft.

Schließlich, als er den Summer zum drittenmal drückte, wurde ihm klar, daß Rose nicht antworten würde. Vielleicht war sie gar nicht zu Hause. Er spürte die Enttäuschung. Er drehte sich um, nahm seinen Koffer.

Als er die schneebedeckten Stufen hinunterging, fiel ihm ein: Gott, er hatte immer noch die Schlüssel.

Er streckte eine Hand in die Tasche und zog den Schlüsselbund heraus. Ja, immer noch dran. Roses Schlüssel. Er fühlte eine Freude in sich hochkommen, die, wie er wußte, albern war.

Eine Minute später war er oben, drehte den Schlüssel herum, fühlte den Sperriegel zurückgleiten, und dann öffnete er vorsichtig die Tür. Er stellte den Koffer lautlos gleich hinter der Tür ab.

Das Herz schlug ihm bis zum Hals. Blödhammel, dachte

er, was soll denn dieser Quatsch? Du bist doch gar nicht heraufgekommen, um Lebewohl zu sagen. Du erhoffst dir doch immer noch was!

Christus, warum konnte er das nicht endlich einsehen? Sie wollte ihn nicht mehr sehen und war heilfroh, daß er endlich verschwand. Das hatte sie ihm doch klar und deutlich zu verstehen gegeben.

Aber trotzdem, wie konnte er abfliegen, ohne ihr wenigstens Lebewohl zu sagen?

Natürlich, wenn das Wetter nicht so lausig gewesen wäre, wenn Monkey ihn nicht gebeten hätte, den Flug zu verschieben, wäre er jetzt schon in Beverly Hills.

Aber das Flugzeug ging erst in zwei Stunden, also hatte er gedacht: *Warum nicht?*

Max ging auf Zehenspitzen durch das Wohnzimmer. Das Morgenlicht, das vom Schnee draußen vor dem Fenster reflektiert wurde, ließ alles heller erscheinen, als ob es schon viel später als sechs Uhr morgens wäre. Er sah einen Berg Kleider auf einem Stuhl, einen Mantel, ein Paar Stiefel, die auf dem Boden lagen. Sie mußte spät nach Hause gekommen sein, so spät, daß sie sich nicht mehr die Mühe gemacht hatte, den Mantel aufzuhängen. War sie vielleicht mit jemandem verabredet gewesen? Mit irgendeinem Kerl? Er spürte ein flaues Gefühl im Magen – vielleicht lag sie mit einem Mann im Bett. Ihm blieb plötzlich die Luft weg, als hätte jemand sie aus ihm herausgesaugt.

Leise bewegte er sich auf das Schlafzimmer zu. Trübes Licht sickerte durch die Jalousien herein; es zerteilte den Raum in dunstige Streifen und schimmerte matt auf den Messingknöpfen des Bettes. Er sah hinunter auf die Figur unter der zerknüllten Steppdecke. *Allein, ja, Gott sei Dank.* Ein Schwall köstlich frischer Luft strömte in seine Lungen.

Er betrachtete Rose, wie sie dalag und schlief und das Heben und Senken ihrer Brust die Steppdecke kaum bewegte. Ihr Gesicht war in zwei Hälften, eine helle und eine dunkle, geteilt, ihr Haar eine schwarze Wolke auf dem Kissen. Gott, sie war schön. Es brach ihm ein wenig das Herz, und seine Augen füllten sich mit Tränen.

»Rose.« Er berührte ihre Hand. »Rose, wach auf.«

Laß mich nur Lebewohl sagen, und ich verspreche dir, aus deinem Leben zu verschwinden.

Morgen um diese Zeit würde er den Santa Monica Freeway hinunterrauschen. Zweiundzwanzig Grad da draußen, hatte ihm Gary gestern abend am Telefon gesagt. Im verdammten November. Zweiundzwanzig Grad! Ich nehme dich mit nach Venice, hatte er gesagt, du wirst es nicht glauben, aber es ist die reine Wahrheit: Mädchen in Bikinis fahren Rollschuh auf dem Bürgersteig. Max, wenn du hier draußen auftauchst, hast du die große Auswahl.

Ja, dachte Max, zusammen mit all den anderen lächerlichen Typen, Hemden bis zum Bauchnabel offen, Goldmedaillen am Hals und laufen hinter Mädchen her, die halb so alt sind wie sie selbst.

Und wenn alles, was ich will, hier ist?

Aber sie will dich nicht, Max, alter Junge. Also nichts wie weg, bevor du dich endgültig zum Narren machst.

Nein, nur ein kurzes Lebewohl. Eine kleine Formalität. Das ist der Rechtsanwalt in mir. Alles muß einen Anfang und einen Schluß haben.

Sicher, dachte er, wir werden einander wahrscheinlich ein paar Jahre lang Weihnachtskarten schicken, und vielleicht stecke ich, wenn ich mal wieder hier bin, den Kopf hinein ins Büro, um hallo zu sagen. Zum Teufel, sie wird wahrscheinlich bald jemanden heiraten und mich zur Hochzeit einladen. Aber da spiele ich dann nicht mehr mit, nein, danke bestens.

»Rose«, murmelte er wieder und starrte auf sie hinunter, prägte sich ihr Gesicht ein. Sie schlief so fest, daß er es nicht übers Herz brachte, sie wachzurütteln. Sie sah ganz erschöpft aus, das arme Kind.

O.K., es war wahrscheinlich besser so... wegzugehen, bevor sie überhaupt merkte, daß er dagewesen war.

»Lebewohl, du wirst mir fehlen«, flüsterte Max leise.

Sein Herz stolperte vor Wehmut, und Tränen brannten ihm in den Augen. »Ja... also.« Er drückte einen Kuß auf ihren Mund. »Auf Wiedersehen.«

Er war an der Schlafzimmertür, als er Rose krächzen hörte: »Max? Bist du's?«

Er drehte sich um. Sein Herz hüpfte. »Ich bin's. Tut mir leid, daß ich dir einen Schreck eingejagt habe.«

Nun schoß sie hoch, hellwach, ihre riesigen dunklen Augen verwundert auf ihn gerichtet. »Max, was tust du hier? Du solltst doch in Los Angeles sein!«

»Mandy wollte mich bei dem lausigen Wetter nicht fliegen lassen, also habe ich ihr versprochen, daß ich warten würde, bis es sich aufklärte. Und jetzt bin ich auf dem Weg zum Flughafen. Ich wollte nur kurz noch vorbeischauen, um Lebewohl zu sagen... und dir die hierzulassen.« Er nahm die Schlüssel von seinem Bund und ließ sie mit einem gedämpften Klicken auf den Frisiertisch fallen. »Steh nicht auf. Ich habe nur eine Minute Zeit.« Er zwang sich zu einem Lächeln. »*California, here I come,* wie es in dem Lied heißt. He! He! Was ist das? Tränen schon so früh am Morgen?«

Rose sprang mit einem Satz aus dem Bett. Das wirre Haar, das ihr um den Kopf stand, ließ an Sprungfedern denken, die aus einem Uhrgehäuse ragten, und Tränen liefen ihr die Wangen hinunter. Und nun blockierte sie, die Hände auf die Hüften gestemmt, die Tür.

»Du gehst nicht. Ich lasse dich nicht durch.«

Max starrte sie verwundert an.

»Rose, was redest du denn da?«

»Du hast mich genau verstanden, Max Griffin. Du fliegst nirgendwohin, nicht ohne mich, verstanden?« Hektische Röte färbte ihre Wangen, und ihre Augen blitzten.

Ein Samenkorn der Hoffnung brach in ihm auf und schickte einen blassen, tastenden Trieb aus. Max durchquerte das Zimmer mit zwei großen Schritten, packte sie bei den Schultern.

»Rose, bist du verrückt?«

»Du hast es gehört. Ich gehe mit dir.«

»Sag mal, träumst du? Was, zum Teufel, willst du in Kalifornien?«

»Pampelmusen.«

»Rose... du machst keine...«

»Smog. Heiße Bäder mit mehreren Leuten zusammen in großen Wannen aus Redwoodholz. Freie Autobahnen für freie Bürger. Ronald Reagan...«

»Bist du völlig –«

»Dich.«

»Was hast du gesagt?«

»Dich.« Sie lächelte. »Ich liebe dich, Max. Ich kann nicht hierbleiben, wenn du nicht hierbleibst.«

Nun blühte die Hoffnung voll in ihm auf, unglaublich. »Ich glaube, ich träume jetzt.«

»Ich habe dich von Anfang an geliebt. Ich habe es nur nicht gewußt. Dann, als ich dachte, es sei zu spät, als du sagtest, du gingest nach Los Angeles... oh, Max, *ist* es zu spät?«

»War das dein Ernst, daß du mit mir kommen willst?«

Sie grinste, aber er konnte sehen, daß ihre Mundwinkel zitterten. »Die heißen Bäder sollen sehr erotisierend wirken. Außerdem bin ich verrückt auf Pampelmusen.«

Max starrte sie an. Ihm war, als hätte man ihm unterwegs den Flugzeugboden unter den Füßen weggerissen und er fiele dreitausend Meter tief, zum Glück an einem Fallschirm, der sich öffnete, vor dem knochenharten Aufprall. Ihm war, als wäre er zwanzig Jahre lang eine schlechte Straße hinuntergeholpert, und hier stand sie: eine Fata Morgana, die am Horizont schimmerte und ihm Kühlung und Wasser und ein Ende seiner Einsamkeit versprach.

Max blinzelte und sah Rose vor sich stehen; es war, als erblicke er mit einemmal ein verwirrendes winziges Universum, die zarten blauen Adern an ihren Schläfen, die glänzenden Locken, die hellen Lichtreflexe in ihren dunklen Augen, die sie aufleuchten ließen.

Er streckte die Hand nach ihrem Gesicht aus, fühlte die Wärme, die davon ausging. Rose legte den Kopf in seine Hand und schloß die Augen; ihre Haut auf der harten Krümmung ihres Backenknochens fühlte sich so seidig an wie frisches Gras. Keine Fata Morgana, sagte er sich. Nein, sie war genau wie er ein müder Reisender, der zu Hause ankam.

»Unter einer Bedingung«, sagte er, und seine Kehle war rostig vor Aufregung.

»Schieß los«, sagte sie.

»Heirate mich.«

Ihre Augen flogen auf. Ein langsames Lächeln breitete sich auf ihrem Gesicht aus. »Mach' ich. Ich meine, gern. Beantwortet das deine Frage, oder soll ich weiterreden?«

»Ja«, sagte er. »Aber rede trotzdem weiter. Ich mag es.«

Sie warf den Kopf in den Nacken und lachte und reckte die Arme hoch, noch höher. Ihr Hals bog sich zurück, und ihr elektrisch geladenes Haar fiel zurück und gab ihre Ohren und ihren Nacken frei.

In diesem Augenblick sah er sie – die Ohrringe. *Zwei,* miteinander identisch, geschliffen wie winzige Tränen funkelten sie an ihren Ohrläppchen.

Epilog

Sylvie sank in den tiefen Sessel am Kamin und schwelgte einen Augenblick in dem weichen Samt. Sie schleuderte die Pumps von den Füßen und ließ den Kopf auf die pralle Rükkenlehne fallen. Durch die Glasscheiben der Schiebetüren des Herrenzimmers konnte sie Schatten sich bewegen sehen, die Angestellten des Partyservice räumten die Gläser, Aschenbecher und Teller weg.

Sie fühlte sich müde, aber es war ein gutes Gefühl. Wie wenn sie nach einem anstrengenden Vormittag, an dem sie in der heißen Sonne Unkraut gejätet hatte, Rosen in ihre beste Waterford-Vase stellte.

Es hatte ihnen gefallen. Was Nikos aus dem alten Wrack von einem Haus gemacht hatte. Was sie getan hatte. Ein Wunder hatten sie es genannt.

Von unten konnte sie entferntes Gelächter und das tiefe, rollende Röhren von Nikos' Stimme hören, als er den letzten Gästen eine gute Nacht wünschte. Und auch Geräusche aus der Küche genau unter ihr, den Singsang-Dialekt der Jamaikaner, das Rinnen des Wasserhahns und Tellergeklapper.

Sylvie legte die bestrumpften Beine auf die gepolsterte Fußstütze. Sie kam sich nun doch ein bißchen einfältig vor bei dem Gedanken, wie schamlos sie sich in den Lobreden des Abends gebadet hatte.

Aber warum eigentlich nicht? Sie hatte sie sich *wirklich* verdient.

Sie sah sich im Wohnzimmer um, das von dem rosigen Licht des allmählich erlöschenden Feuers erleuchtet war, und fand es wunderbar und vollkommen. Kein Gedanke mehr an rissige Wände, durchhängende Decken, Stapel von Bauholz und Berge von Eimern mit Farbe. Langsam, verwundert wurde sie sich ihres Stolzes bewußt auf das, was sie geschaffen hatte.

Ein Haus für große Gesellschaften, dachte sie. Und zugleich intim. Das Beste aus beiden Welten.

Und wie recht sie gehabt hatte, diese hellen Farben zu wählen als Kontrast zu dem Mahagoniholz der Türen und Fensterrahmen, ein Design im blassesten Silber und für die Decke mit ihren Girlanden aus Stuckrosetten sanfte Pastelltöne. Und statt des schweren, dunklen Samts hatte sie Vorhänge aus einem weichen zitronengelben Gewebe ausgesucht, die das Sonnenlicht einfangen würden. Hier und da hatte sie leuchtende Akzente gesetzt: ein chinesisches

Teeschränkchen aus rotem Koromandelholz, dazu einen eindrucksvollen Louis-Quinze-Spiegel in einem Goldrahmen zwischen den beiden hohen Balkontüren und über dem Kamin ein zauberhaftes Gemälde von Georgia O'Keefe.

Das habe ich geschaffen, sagte sie sich. Etwas, auf das ich stolz sein kann. Oh, Mama, ich wollte, du könntest das sehen...

In dem hohen Spiegel zwischen den Balkontüren sah Sylvie die schimmernde bernsteinfarbene Reflektion einer schlanken Frau. Sie trug ein Kleid aus Crêpe de Chine in der Farbe ihrer Blue-Nile-Rosen, und ihr helles Haar war mit zwei antiken Silberkämmen hochgesteckt. In den großen, meergrünen Augen der Frau lag ein Ausdruck vollkommenen Friedens.

Sie sah dieses Bild im Spiegel an und fühlte einen Abstand dazu, als sähe sie ein Porträt, das jemand von ihr gemalt hatte. Und die Würde dieser Frau, ihre offensichtliche Selbstbeherrschung machte sie betroffen.

»Du hast es dir überlegt, nicht wahr?« flüsterte sie sich selbst zu und atmete den Geruch des Parfüms und der Zigaretten ein, der noch immer im Raum hing.

Ja. Endlich. Sie wußte, wie sie ihr restliches Leben verbringen wollte. Nikos wurde ungeduldig. Sie hatte ihn zu lange vertröstet. Nun verdiente er eine Antwort, obwohl der Gedanke an das, was sie opfern würde, so weh tat.

Aber jede Entscheidung hatte ihren Preis.

Sie dachte an die längst vergangene Nacht, den erstickenden Rauch, den Schreck, die sengenden Flammen und wie sie mit der einmal getroffenen Entscheidung hatte leben müssen, nachdem sie das Baby, das sie in Decken gewickelt im Arm trug, als ihr eigenes ausgegeben hatte. Aber Gott sei Dank schmerzte sie die Erinnerung nun nicht mehr so sehr. Sie hatte ihr Kind, ihre Rose gefunden. Sie hatte ihre wirkliche Tochter in den Armen gehalten. Und sie würde sich nicht mehr von Rose trennen lassen, nie wieder, auch nicht, nachdem sie jetzt in Kalifornien lebte. Sie würde sie dort oft besuchen. Einmal war sie bereits hingeflogen. Und im Sommer sollte die Hochzeit stattfinden. Die Zeiten hatten sich geändert.

Nikos hatte Rose auch gerade erst vor zwei Wochen in Kalifornien aufgesucht. Er war mit einem Berg Fotos zurückgekommen und hatte ihr alles erzählt, bis in alle Einzelheiten, worüber sie geredet und was sie zusammen unternommen hatten.

Sylvie erschrak bei dem Geräusch der schweren Schiebetüren, die in ihren Schienen zurückgerollt wurden.

»Du siehst so müde aus, ich dachte schon, du schliefest.« Nikos' Stimme, leise und etwas heiser, stahl sich von hinten an sie heran. Dann spürte sie die warme Berührung seiner Lippen, die ihr über den Nacken strichen. »Sylvie, Liebling. Du warst die Schönste auf dem Ball heute abend.«

Er kam herum und setzte sich ihr gegenüber in den Ohrensessel. Er sah so gut in seinem Smoking aus, dachte Sylvie, und wirkte doch irgendwie fremd, wie ein vornehmer Senator, der bei einem Wohltätigkeitsbankett den Vorsitz übernommen hat.

Nikos lehnte seinen mächtigen Körper zurück. Er fuhr sich mit den Fingern durch das Haar, knöpfte die Jacke auf, zupfte an der Schleife und an den Manschetten. Sie sah, daß sein Hals, breit und braungebrannt, in dem Spalt zwischen den Ecken seines aufgeknöpften Kragens erschien. Nun kam er ihr wieder wie ihr Nikos vor, erdhaft und leidenschaftlich.

»Ich glaube, ich habe ein Glas Champagner zuviel getrunken«, sagte sie und lachte. »Ich fürchte, ich höre schon im Kopf die Glocken läuten.«

»Ja, dann werde ich dich wohl zu Bett bringen müssen«, erklärte er mit einem Lächeln, in seinen schwarzen Augen spiegelten sich die züngelnden Flammen des Kaminfeuers.

Sylvie fühlte, daß sich in ihrer Brust etwas zusammenzog. »Nein... nicht heute abend, Liebling... ich möchte nach Hause.«

»Sylvie...« Nikos beugte sich vor, die Ellbogen auf die Knie gestützt, und seine derben, von Wind und Wetter gebräunten Hände bildeten eine Pyramidenspitze unter seinem Kinn. Er sah bekümmert aus. »Du bist die ganze letzte Zeit vor mir weggelaufen... ist da etwas, das du mir sagen willst?«

Sylvie starrte in das verlöschende Feuer und fühlte eine Wehmut in sich aufsteigen. Sie hörte das sanfte Ticken des Regens an den Fensterscheiben. Der Frühlingsregen war ihr schon immer wie der kälteste von allen vorgekommen. Weshalb?

Eine alte Erinnerung tauchte auf. Sie war in ihrem gelben Regenmantel mit der Kapuze und den roten Gummistiefeln in die Schule gestapft. Auf halbem Wege trat sie versehentlich in eine große Pfütze, das Wasser drang in ihre Stiefel und die Füße fühlten sich glitschig und kalt an. Sie hatte sich auf den Bordstein gesetzt und die Stiefel mitsamt den Schuhen und Socken ausgezogen. Aber dann bekam sie die nassen Schnürbänderknoten nicht auf, als sie die Schuhe wieder anziehen wollte. So saß sie einfach weinend da, bis ein Mann vorbeikam und von einer Telefonzelle aus Mama anrief.

Sie dachte: Ich habe den größten Teil meines Lebens mit dem Gefühl verbracht, daß ich schwach und dumm sei und darauf warten müsse, daß ein Mann vorbeikäme, um mich zu retten.

Damit war Schluß. Sie wollte nun auf eigenen Füßen stehen.

»Ich kann dich nicht heiraten, Nikos«, sagte sie leise. »Ich möchte dich nicht länger hinhalten. Es wäre nicht fair.«

Nikos wirkte erstarrt, es schien ihr, als sähe sie ihn jetzt auf einem Foto, wie er mit gelockerter Krawatte dasaß, das Kinn auf die Pyramide seiner Finger gestützt, und seine Augen kamen ihr wie zwei in die lederne Haut seines Gesichts gebrannte Löcher vor.

»Es entbehrt nicht einer gewissen Ironie, ich weiß«, fuhr sie fort und sah ihn nun doppelt, als ihre Augen sich mit Tränen füllten. »Denn du hast mir ja geholfen zu erkennen, daß ich auf mich allein gestellt leben konnte. Ohne dich wäre es mir nie gelungen. Aber inzwischen gefällt es mir, daß man mich in der Bank nach meiner Meinung fragt. Und wenn das Dach herunterkäme, würde ich nicht mehr in Panik ausbrechen, wie ich das früher getan hätte, sondern etwas dagegen unternehmen. Ich bin es nun gewöhnt, Verantwortung zu tragen und... über meine Angelegenheiten selbst zu bestimmen.«

»Ich verlange ja gar nicht, daß du dich mir unterwerfen sollst«, sagte Nikos in flehentlichem Ton und streckte demütig bittend die Hände nach ihr aus. »Ich möchte nur, daß du mich liebst.«

»Aber das tue ich doch schon, mein Liebling. Und dabei wird es auch bleiben.«

»Warum willst du mich dann nicht heiraten?«

»Weil...« Sie dachte nach, um ihre Worte sorgfältig zu setzen »... ich mich selbst nur zu gut kenne. Jeden Tag würde ich ein bißchen abhängiger von dir, ein bißchen ängstlicher davor werden, selbst zu handeln. Es ist nicht dein Fehler. Ich bin nun einmal so. Und vielleicht liegt meine größte Stärke darin, daß ich fähig bin, diese Schwäche in mir zu erkennen.«

»Oh, Sylvie.« Sie sah, daß nun auch in seinen Augen Tränen standen. »*Ich* bin schwach. Ich wüßte nicht, wie ich ohne dich weiterleben könnte.«

»Das brauchst du ja auch nicht«, sagte sie. »Ich habe nur gesagt, daß ich dich nicht heiraten kann. Aber das heißt doch nicht, daß wir einander von nun an nicht mehr sehen werden, oder?«

»Vielleicht nicht.« Er seufzte, lehnte sich zurück. »Aber ich würde immer wieder damit anfangen. Ich möchte eine richtige Frau, Sylvie. Es fehlt mir etwas, wenn ich nicht verheiratet bin. Ich werde alt... zu alt, um den Frauen hinterherzulaufen und nicht zu wissen, in welchem Bett ich aufwache, in deinem oder in meinem. Ich will *dich*. Immerzu, nicht nur einmal hier und einmal da.«

Sylvie fühlte eine leichte Rührung in ihrem Herzen, sie war nicht so heftig, wie sie gefürchtet hatte. »Oh, Nikos, das ist ganz in Ordnung, daß du so etwas willst. Und ich wollte, ich könnte es dir geben. Wenn es nur darum ginge... dir etwas zu übergeben und auszuliefern, dann täte ich es gern. Und in der Tat, mein Herz hast du ja bereits... aber mehr kann ich dir nicht geben.«

Es trat ein Schweigen ein, und Sylvie hörte ein jähes Geräusch, einem Seufzer ähnlich. Sie hob den Kopf und sah, daß die Glut im Kamin in sich zusammengebrochen war und ein Funkenschwarm zum Schornstein emporwirbelte.

Sie empfand eine seltsame innere Ruhe. Als wäre diese Entscheidung ein steiler Berg gewesen, den sie nun endlich erklommen hatte, so daß sie sich oben angelangt ein wenig erholen konnte.

Sie wartete lange darauf, daß er noch etwas sagen würde, und als das nicht geschah, beschloß sie endlich, die Hand dorthin auszustrecken, wo er saß.

Einen schrecklichen Augenblick lang schien ihre Hand in der Luft zu hängen, schwer und kalt.

Würde er sie wegstoßen? Wütend auf sie sein? Oh, bitte, Gott, flehte sie, laß ihn nicht zornig werden. Ich liebe ihn und brauche ihn noch immer in so vielerlei Hinsicht...

Dann fühlte sie zu ihrem Glück, daß Nikos' starke, warme Finger sich um ihre schlossen, und nun stand er auf und zog sie hoch auf die Füße.

»Du glaubst, du hättest mich erobert, ja, meine trotzköpfige Sylvie?« Seine Augenbrauen zürnten ihr, aber seine Augen waren zärtlich.

»Du meinst: ich hätte dich besiegt, geschlagen, unterworfen? Oh, Nikos, bitte denke nicht so. Ich meinte nur, wenn ich dich heiratete, bliebe ich nicht die Frau, die du jetzt liebst.«

»Du bist stark. Ich werde dich immer lieben, ganz gleich in welcher Gestalt. Und ich gebe nicht so leicht auf, wie du weißt. Nicht, wenn ich fest entschlossen bin.«

»Aber Nikos.« Sylvie lächelte. »Du *hast* mich schon.«
»Für immer?«
»Für heute abend, für morgen, übermorgen, jeden Tag.«
»Ich verstehe. Nun, dann fangen wir jetzt an. Mit heute abend. Willst du heute abend bei mir bleiben?«
Sie durchschaute seine Strategie und lächelte. Nun ja, es schadete wohl nichts, wenn sie auch einmal nachgab, oder?
Als seine Arme sie umfingen und seine harte, massige Gestalt sie wärmte und während sein steifer Kragen ihren Hals kitzelte, lächelte Sylvie vor sich hin, und ihr Herz schlug viel zu schnell. O ja, sie verstand ihn jetzt. Nikos wollte heute abend und morgen abend und alle Abende zu einer festen Kette aneinanderreihen, die niemand zu zerreißen vermöchte.
»Und morgen früh«, murmelte er, »mußt du unbedingt zum Frühstück bleiben. Ich brauche dringend deinen Rat. Auf dem Fleckchen hinter der Terrasse wollte ich nämlich Rosen pflanzen. Weiße und rote.«

Band 12030

Thomas H. Cook

Die Tote von Atlanta

»Genau die Sorte Roman, die wirklich alle Sinne anspricht.«

John Katzenbach

Vom Selbstmord der eigenen Tochter zutiefst geschockt, ist der Fall »Angelica Devereaux« das letzte, was Polizeioffizier Frank Clemons im Augenblick brauchen kann. Doch wie jeder, der einmal mit dieser jungen Frau in Berührung gekommen ist, kann auch er sich der magischen Anziehungskraft nicht entziehen, die sogar noch jenseits der Schwelle des Todes von ihr ausgeht. Die üppigen Gärten der Reichen und die deprimierenden Ghettos Atlantas bilden die Kulisse für Frank Clemons Bemühen, den Tod dieser Kindfrau und die Geheimnisse ihres Lebens aufzuklären...

BASTEI LÜBBE